(上册)

想带你回家

鹿灵 著

Lu Ling Works

青岛出版社
QINGDAO PUBLISHING HOUSE

图书在版编目（CIP）数据

想带你回家 / 鹿灵著. — 青岛 : 青岛出版社,
2019.12

ISBN 978-7-5552-8653-0

Ⅰ. ①想… Ⅱ. ①鹿… Ⅲ. ①长篇小说－中国－当代
Ⅳ. ①I247.5

中国版本图书馆CIP数据核字(2019)第236967号

书　　名　想带你回家
著　　者　鹿　灵
出版发行　青岛出版社
社　　址　青岛市海尔路182号（266061）
本社网址　http://www.qdpub.com
邮购电话　010-85787680-8015　13335059110
0532-85814750（传真）　0532-68068026
责任编辑　贺　林
校　　对　张静静
特约编辑　崔　悦
封面设计　46
照　　排　李红艳
印　　刷　三河市科茂嘉荣印务有限公司
出版日期　2019年12月第1版　2021年5月第2次印刷
开　　本　32开（880mm×1230mm）
印　　张　18
字　　数　350千
书　　号　ISBN 978-7-5552-8653-0
定　　价　59.80元（全二册）

编校印装质量、盗版监督服务电话　4006532017　0532-68068638
建议陈列类别：畅销·现代言情

CONTENTS

目 录 ㊤㊥

CONTENTS

目录 下册

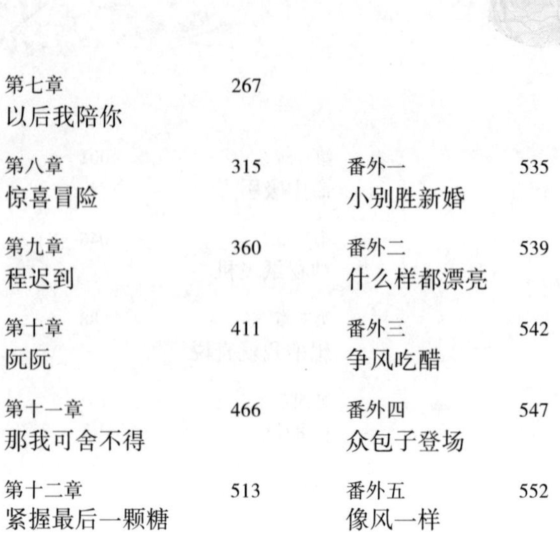

如果人真的能有尾巴，在遇到你的那一霎，你大概能看到我摇出的龙卷风吧。

第一章

命中吸引力

五班的庆祝晚会在八点的时候准时结束。

迫不及待想走的学生正准备背包起身，便被班主任陈丽的声音给重新定回了位置上。

“我还没总结发言呢，这一个两个就都准备走了啊？都先坐好，真是的，大家分班前最后一次在一块儿了，也不说珍惜点。”

男生们嘻嘻哈哈地推搡着坐下，互相嘲笑同伴的着急。

阮音书抬起脸来，剪水双瞳轻轻眨了眨，专注地看向陈丽。

陈丽对上她柔和干净的视线，笑了笑：“明天大家就要根据分班考成绩，重新分去新班级上课了。很多同学分出了五班，并且以后班级也不会像这样大变动了。

“崭新的高二时光将要开启，希望大家早日和新的同学、老师熟悉，不要放松对自己的管束，继续努力，有问题可以随时来找我。

“好了，今天的晚会到此结束了，大家记得明早早点来，把自己的桌子搬走！”

教室里响起如雷的掌声，男生们拉拉扯扯鱼贯而出，还不忘笑着说句老师再见。

阮音书沉浸在自己的小世界里，找了个小盒子把多余的装饰蜡烛和火柴装进去，然后抱着盒子跟朋友一起离开座位。

她走到讲台前，抿出一个笑："老师再见。"

"等等。"

没想到陈丽会叫住自己，阮音书长睫敛了敛，目光落过去。

一直都是这样，不管别人讲的内容是不是重点，只要叙述对象包括自己，阮音书都会抬起脸，用干净而认真的目光看向正在说话的人，表示自己在认真倾听。

她成绩很好，是稳定的年级前三，教养也好，性格软，班上老师就没有不喜欢她的。

陈丽每次只要看着她，哪怕不说上什么话，也觉得非常舒服，这小姑娘浅浅一笑，简直熨帖到心里去了。

陈丽摸摸她的头发："一班是我们的重点班，除了一两个花钱进去的纨绔子弟以外，全都是认真学习的。老师特别喜欢你，希望你高二也一样认真，给我们一高争光。"

阮音书直达眼底的笑意还挂着，声音浸着细软鼻音，却很肯定。

"嗯，我会的。"

陈丽又跟在她后面的李初瓷聊了两句，这才让她们两个人离开阶梯教室。

她和李初瓷从进校同桌开始，关系就很好，在五班一起上了一年学。高二伊始学校便组织了分班考试，根据成绩更有针对性地把学生分去适合的班级，所幸她们俩还是一起去了一班。

明天就要正式开始分班上课了，在分别前，陈丽便借了个阶梯教室开晚会，算是给大家的高一做个总结。

晚会前大家都把书包收好了，为的就是一结束就能立刻背包回家。

但阮音书下午忙着送卷子，班上只剩她一个人没收拾书包。

李初瓷得赶去培优班上课，阮音书跟她道别后便独自往班上走去。

一高是远近闻名的好高中，师资力量强，资金也富裕，又因为学生众多，高中的三个年级便分了三栋楼。

因为高二学生明天才上课，所以那栋教学楼的人早就走光了，灯也都熄了，天黑得又快，那栋楼远远看去简直是漆黑一片。

她有点夜盲症，下楼的时候太匆忙，忘了带手电筒，幸好她带着晚会布置多出来了的蜡烛和火柴。

她借着月光划亮火柴，点好蜡烛。

蜡烛是为了烘托气氛买来的香薰烛，很漂亮，淡蓝色膏体，旁边还贴着很多她刚折的折纸。

火苗随风向摇曳不定，这点光勉强让她能视物。阮音书大气也不敢喘，一手抱着盒子，一手端着蜡烛，低着身子，慢慢地往上走。

五班在三楼，她得爬两层才能到。

到了二楼，她正往三楼迈了两步，忽然听到有懒洋洋的人声在这方空间内炸响。

“把老子的打火机往伏特加里扔，你欠揍？”

那声音说得很淡然，漫不经心似的，却又在句子里添了几个重音，末了音节往上勾了勾，语气带着满满的侵略性和攻占感。

她一时间愣住，越发不敢喘气。

阮音书提着呼吸又往上走了几步，看见拐角的楼梯上坐了个人。对方整个人被黑夜模糊成一团，她只能看到手机发出的光，以及那人被照亮的鼻尖和延伸至脖颈的弧度。

手机那边说了什么她没听到，只听到坐在楼梯上的人一字一顿道：“那老子现在要抽烟，你说怎么办？”

即使隔着一个拐角，她都能感觉到那人周身涌动的乖张和戾气，裹着十足的不耐烦和躁意。

看这人明目张胆、桀骜、不羁的架势，她心里隐约猜出了个名字。

毕竟学校一直管得很严，除了女生们最爱讨论的那个人，还有谁敢把抽烟打架这些违反校规的事跟闹着玩儿似的做？

她从小乖顺，连迟到都很少，这样的情况平时只和朋友远远看过几回，她自己单独遇上……还是头一次。

她有些紧张，喉咙口发干，一颗揣在胸膛里的心不得安生，不知道自己该往哪儿去。

忽然间，上头传来划动打打火机的声音，但竟是一丝火苗都没有蹿出。

那个打火机坏掉了。

程迟烦躁地揉了揉头发，半个身子支在墙壁边沿，另一只手在腿上敲着，像某种等待的倒计时，使气氛更加焦灼起来。

电话那边的人都不敢说话，过了好一会儿才恬不知耻地笑："我那不是昨晚喝糊涂了嘛，加上打了一架，你也知道我当时正热血着……"

"行了。"

打火机盖蓦然扣拢，噌一下如送刀脱鞘。

阮音书被吓了一跳，茫然抬头看去。

程迟皱着眉，兴致缺缺地终止话题："净说些屁话。"

他把坏掉的打火机扔到一边，一低头，就看到了站在下头的阮音书。

女生瘦瘦小小的，被包在宽大的校服里更显瘦弱，五官在昏黄的光下晕染得愈发精致漂亮，一双鹿眼干净清亮，黑得摄人心魄。

偏偏她好像还有些受惊，像看到猎人骤然闯入森林的鹿，那双眼茫然地瞧着他眨啊眨，长睫落下的光影铺在眼尾，扇动着——

一下，又一下。

等等。

程迟眉头皱了一下。

她有火?

他注视她，竟是连眸光也没有挪动半分了。

阮音书心里开始发怵，现在不只是紧张了，还有点儿害怕。

被他这如同捕食者盯着猎物一般的目光盯着，她不大可能再往回跑，而且人家也没做什么，她跑掉好像也不太尊重人。

事到如今，她只能硬着头皮上楼。

她一边往上，一边紧紧抓着手里的盒子来缓解惧怕，脚步声轻，却清晰地回荡在楼梯间内。

他还在盯着自己，她能感觉到那如刀锋一般的目光。

走到转角口，她侧了身子，目光在他所在的台阶处停了一秒，这才鼓起莫大的勇气抬了腿。

她在心里清楚地数着两个人之间相隔的台阶数，尽可能让这煎熬的时间流动得快一点。

四步。

三步。

她屏住呼吸。

他不会开口说话吧？

两步。

一步。

她踏上跟他同一级的台阶。

电话对边的人还在讲废话：“哎，我们昨晚还打赌来着，说是想着到底谁能真正把你收服呢。讨论了三个小时，讨论出了——个屁。大家一致觉得你太狠了，谁能让你缴械投降呢？”

“还有，我昨天陪我新女朋友逛商场看到了一东西，我觉得总结得巨到位，那设计师说每个人都是一把锁，你说你什么时候才能遇到一下就打开你的钥——”

那边的“钥匙”还没来得及说完，程迟垂着眸，寡淡又冷漠地挂断了电话。

楼梯间静得可怕，危险人物就在旁边的这个认知让她彻底害怕起来。

阮音书软着腿，立刻就想快速跑上去，但还没来得及和他错身而过——

他挂着一副冷脸，骤然出声：“喂。”他的嗓音冷感又沙哑至极。

这一个字把她钉在原地，让她心脏骤停一瞬。

少年下颌半扬不扬，喉结滚动，声音像是克制着乖戾嚣张。

“借个火。”

这明明是借，是请求，可经这人嘴里说出来，便成了十足的命令语气。

她吞了吞嗓子，颤着牙关，把唯一的火源递到他面前。

程迟隐在黑暗中的手臂终于抬起，骨节分明的双指夹着烟半含进唇中，而后定头，烟尾往火焰中心过了一道，零星的火色从烟卷处密密麻麻地蔓延开。

借着那微光，她看清了他轮廓分明的侧脸。他有着挺直的鼻梁，懒散半垂的眼，微绷的颌骨，浑然天成的五官，好看得像是从漫画里走出的高校少年。

他眉心略蹙，含烟轻吸一口，神态在火光的描摹下显出亦正亦邪的样子。

阮音书看烟一点着，便急匆匆捧着蜡烛小跑着上了楼，愈发像逃窜的麋鹿。

程迟定着头，忽然听到了什么东西掉下的声音，循着声看去，一个手工折纸掉在了他手边。

折纸的形状……是个钥匙。

他抬头看往她离开的方向，愣怔半晌，忽而低低笑了声。

昨天下午，整个高二都在庆祝和纪念分班，别的全没干，搬桌子换班级的任务自然就延到了今早。

一大早，整个高二的教学楼都热闹无比。

阮音书和李初瓷刚到五班就看见男生在帮着搬桌子。

原班长和体委人好，看女生力气小便主动帮忙，上上下下几趟，这才大汗淋漓地跑来帮阮音书她们。

“等很久了吧？你们俩是去一班吗？”

“嗯。”阮音书从书包里拿出两张纸巾递过去，“还有一会儿才上课，你们先擦擦汗吧。”

四个人边慢慢搬着边聊天，到了一班门口，班长闭着眼深吸一口气：“火箭重点班果然不一样，连空气都弥漫着一股清香。”

他话音还没落，有女生拿着一束栀子花，通红着脸从一班走出。

“……”

班长咳嗽声，生硬地转走话题：“对了，你们俩快选位置吧。坐哪里？”

阮音书站在门口往内看了看，刚刚不知发生过什么，里面还有躁动的起哄声，此刻班里的人看到她，不知怎么的，又传来一阵欢呼。

大家都到得很早，教室已经差不多坐满了，她又要和朋友坐一块儿，找了一圈，只剩第三组后面有她们能去的空位。

阮音书正看过去，冷不丁对上一道视线，那视线漫不经心中带几分锐利，似笑非笑，衬得周边都带上几分冷色调。

居然是他——昨晚楼梯间找她借火的那个男生。

兴许是大家都发现她们只有程迟前面的位置可以选，不由得齐齐看过来。

程迟坐在最后一排，前面有两排空位。

阮音书做好决定之后，开始搬桌子。

谁都知道她这回考了年级第一，于是程迟旁边的邓昊也神秘兮兮地凑过来，小声说："你猜她是会直接坐我们前面，还是隔一排坐过去？我觉得吧，这么好的机会，谁会放弃和我们程大少爷前后桌的待遇……"

他话没说完，阮音书便已经把桌子搬到倒数第三排的位置。

二人相隔的那一排，仿佛一条不长不短的银河。

邓昊哽了一下，讷讷缩回脖子："看来这位同学对此等大福利不太'感冒'啊。"

程迟低着头，目光不知落在哪里。

过了会儿上课铃打响，第一节是殷婕的语文课。

他看她始终直着背看向讲台，不时做着笔记，很是认真专心的样子。

下课后，老师对着成绩和课堂表现综合了一下，选了阮音书做课代表，笑说："听说你在原来的班上课代表做得很好，每次我都看到你准时去办公室送作业。"

下课后殷婕还布置了作业，说是今天要检查《劝学》第一、二段的背诵。

火箭班的一切都是最严苛的，老师是最好的，要求也是最高的，所以老师第一天就让他们开始背书。

不过能考入一班的学生，基础都很好，课本都提前预习过几遍，所以这个差事不算难，陆陆续续有人找阮音书来背诵。

到了下午放学时，班上的人也已经背得差不多，只剩下几个还没找她。

她有一个名单，背完的人都在上面打了钩，没背的则是一个铅笔画的圈。

她正在检查着是哪几个人没有背，看到"程迟"后面跟着一个圈的时候，那人仿佛能感知到似的，不知何时挪到她身侧，用指尖在自己名字后面点了点。

"喂。"

他还是一贯的语气，带着几成的随意和霸道。

"帮我把这个圈……"他的指尖又挪去上面的某处，慢条斯理垂下，"换成钩。"

说完这句话，他钩着自己的包便走，迈出几步，又像是想到什么似的回过头，朝她略扬首致意，唇边勾起一缕笑。

“辛苦。”

这个“打钩通知”下达得莫名其妙，阮音书默了好一会儿，这才抬头往门口看去。

那恶劣的小少爷早已不知去向，大概是心安理得地放了学，又或是去进行日常娱乐，反正没有背书。

也不知道到底他会不会背，又是怎么进一班的。

不过……她没有猜错，那晚靠在墙边抽烟的人的确就是程迟。

她以前虽没见过他，但他在课间八卦中出镜率极高，她听得多了，靠传言也能认出。

阮音书拿起笔在名单上画了一下，然后有人走到她前面：“还可以背书吗？”

她把表格放在一边，笑着说：“可以呀。”

阮音书检查完背书已经是放学四十分钟后了，负责做清洁的也早已收工。她又是最后一个走的。

她每天上下学都由母亲接送，而她在班上一贯忙，所以阮母早都习惯她出得晚了。

刚背完书的那个男生等在门口，看阮音书锁了门：“一起走吧。”

出了校门，阮音书一上车阮母就立刻紧张兮兮地询问：“那男生谁？”

毕竟他们家里这个女儿生得好，从小学就开始收到情书，此后陆陆续续的异性缘更是斩不断，家里都怕她走错一步去早恋，也只得把她管紧一点。

阮音书伸手去背后摸索安全带，笑意敛起：“背完书一起出来的同学而已，顺路嘛。”

阮母这才满意地哼了声：“也是，我家音书要找，也是找最优质的。”

……

回家之后，阮音书根本不需要他们操心，径自回房间做作业，做完作业听会儿英语磁带，预习明天的几门科目，这才去洗澡睡觉。生活习惯好得可怕。

第二天准时到校门口，她买了碗粉，吃完便背着书包准备进校。

阮母照例叮嘱："一高两极分化大，好的太好，混的太混，你在学校记得离那些纨绔子弟远一点。"

她说好，跟阮母告了别，正把东西丢进垃圾桶里的时候，听到一道口哨声——

"哟，我们迟哥今天来这么早啊？"

紧接着，另一道熟悉的声音回："一晚没睡呢，打完最后一把就来了，能不早吗？"

她想了半天，记起来这个声音似乎是程迟同桌的，人叫邓昊。

看样子程迟也在这边，阮音书抓了抓书包带，不动声色地往另一边靠了靠。

程迟制霸一高的声名赫赫在外，她又太过乖巧地长大，对他没点惧怕是不可能的。

站在门口的人继续笑："这都熬几个晚上了，肾能不能行啊？"

"滚你妈蛋。"邓昊像个易爆可乐罐，上去就是一脚，"能不能行，要我说了算？"

这边喧闹，门口学生都时不时把视线投来。

阮音书极少熬夜，一方面是身体习惯了健康作息，偶尔晚睡就会力不从心；另一方面则是阮母从小教导的，熬夜对皮肤不好。

这么想着，她不禁放慢脚步，此刻，又恰好有个身影出现在她视线范围内。

程迟太过打眼，简直占尽了她能想出来的所有先天优势，天生带有一种让人无法忽视的气场。

她忽然生出一个很奇怪的想法，这样被老天眷顾的人，也不知道通宵会不会长黑眼圈？

她侧了侧头，余光从他微垂的眼睫落下去，看向他下眼睑。

对方像是能够感应到她的目光，她才看过去几秒，程迟便也抬眼望来。

两个人视线撞了个正着。

她在他有些灼热的眸光中移开眼，被抓包的羞窘让她耳郭微红，她只好攥着自己的书包带快步走入教学楼，头也没回一下。

明明是她先看过来，反倒像是他做了什么坏事儿似的，程迟百无聊赖地扯了扯耳垂，偏头，目送她的背影消失。

她一米六的个子，又因为骨架小，看起来小小的。校服在她身上像个挡风衣，很容易激起他人的保护欲。

邓昊伸手在程迟面前晃了晃："看什么呢？看得神都没了。"

"没什么。"他收回目光，神色寡淡如常，"困了。"

这边的李初瓷还在分享阮音书的"情报"。

"什么？通宵好几个晚上连黑眼圈都不长的？这是神吧？我羡慕死了。"

阮音书心想：何止，他不仅没有黑眼圈，而且皮肤连瑕疵都看不见，这是熬"美容夜"呢？

阮音书拿出早读课本，附和了句："我也是。"

李初瓷好笑地掐了掐她的脸，满满一手胶原蛋白，弹弹软软。

"你羡慕什么啊，你？你皮肤也嫩得能掐出水了好吗？"

"那是我睡得早。"

"得了吧，您就别给自己的天生丽质找理由，试图安慰我们这些普通百姓了。"李初瓷交了作业，又说，"不过程迟那张脸颜值高也是真的，也不看看学校多少女生为他如痴如狂。"

早读开始，殷婕布置了一个继续背书的任务，她们便投入到背诵里头去了。

直到早读结束，第一节课铃声响了又落，第二节课的时候程迟和邓昊才进了班。

程迟一指钩着外套搭在肩后，就在老师的上课声中旁若无人地进了教室。讲台上的人也视若无睹地继续讲课，仿佛眼前飘过去的只是一团空气。

明明他和阮音书一起进的校门，也不知道为什么现在才到位置。

一坐下他就把外套盖在身上，挡住阳光，然后开始睡觉，一直到阮音书出去打水都没有再动。

"虽然夜熬得多，但是觉睡得更多吧。"李初瓷提着水杯晃，"我估计他高中这三年就是睡过去的。"

阮音书更觉得反常："那他怎么进的一班？"

高一进校分班时有随机性，加上她那天姨妈痛发挥不好，她才去了五班。可高二的分班考完全不同，一班是学校最重视的班级，只有学习上的佼佼者才能留下来。

“因为家里有钱啊，他们那群不学无术的人都是家里花钱送进来的，送得越多就越肆无忌惮。前两年学校重修，程迟和邓昊家里直接送了楼，程迟家投的就是我们高二这栋。”

和两耳不闻窗外事的阮音书不同，李初瓷对这些事可谓是了如指掌，就没有她不知道的。

李初瓷手指过去：“给了学校资金这么大支持，送个好班位置还不是应该的？”

阮音书明白了：“所以学校才对他们睁只眼闭只眼，只要不太过分都当没看见。”

“对的，毕竟我们学校厉害，想送孩子来的家长太多了，成绩不够，money 来凑嘛。”李初瓷手指搓了搓，比了个数钱的手势。

二人笑闹着走到打水区，发现五班刚上完体育课，好多旧同学都围在那里边喝水边聊天。

她们俩围过去，发现这次话题的中心是：“程迟今早在球场坐了一节课”。

他果然是数一数二的风云人物，讲八卦的十个有七个都能说到他。

“我同学看到他全程坐那儿了，真的蛮帅的。《热血高校》看过没？就那种感觉。”

“虽然帅但是太难接近了，冷得像块冰，长得又正，可又有点坏坏的。啊，莫名带感有没有……”

“收收，口水要把杯子灌满了。”

“不过好遗憾，平时见他都是一副低气压的样子，完全不敢惹。”

“肯定啊，你指望大佬见你还露出如沐春风的笑吗？这种人只有捉弄喜欢女生的时候，才会露出自己蔫儿坏的一面吧。”

“对了，他是分到哪个班了啊？下次下课去看看，刚好新买的拍立得还没拍过人呢。”

“一班吧。”有人转向阮音书，“音书，他好像和你一个班来着。”

阮音书点头，正要打水，水杯被人接过：“我来帮你吧，你这细皮嫩肉弱不禁风的，我真怕你被烫着。”

她性格好，在五班的时候经常教大家做题，老师作业布置多了都会去请愿调整，人又善良，能帮的都帮，脾气也好，大多时候笑眼盈盈，属于没有攻击性特招人喜欢的那种。

久而久之她就成了名副其实的班宠，大家都喜欢她护着她，简直当妹妹在养，重活永远排不到她，擦黑板这种呛鼻的也不让她做，她不好意思，就每天给大家抄课表，经常整理知识点复印给大家。

何妍用手背蹭了蹭她脸颊：“哎哟，我们阿音真是软嘟嘟，特别好捏。”

可别看阮音书满脸少女感，但该有肉的地方有，不该有的全没有，下巴没有赘肉，小小尖尖的脸型长她身上，竟也意外可爱。

“谁说圆脸才可爱？我们小脸音一笑，谁不融化我给谁烤到融化。”

“你这也太血腥了。”有人作揖，“社会我妍姐。”

阮音书提醒：“跑题了欸。”

“哦对，听说程迟在你班上！”何妍忽然严肃，“我们阿音可不能给他欺负了。你离他远点啊，崽崽！”

如果碰上想欺负她的，阮音书这种性格还不吃亏得要死。

怎么大家都这么跟她说？

阮音书抿抿唇，失笑：“你们不说我也知道的，不会靠他太近。”

“那就好，一是怕你被他欺负，那人霸道着呢，干架也厉害；二是……主要是怕他泡你，我们音崽好好学习天天向上，不能被这种恋爱——”

“八字没一撇呢！”有人为程迟平反，“程迟追过人吗？不存在的。”

上课铃响，阮音书从朋友手里接过杯子，结束课间八卦后回了班。

还有五班的男生站在原地目送她回班，目光颇为不舍，步子都舍不得挪动。

同伴笑：“舍不得啊？舍不得别在五班了呗，跟人一块儿去一班咯。”

“你以为一班那么好考啊？再说，就算我去了一班，肯定也没什么用。”

“知道自己追不到就行，走吧，你还有点儿自知之明。”

“……”

今天的最后一节是语文课，大家纷纷开始准备，只不过准备的东西不大一样。

大部分人准备开始上课，程迟和邓昊准备……放学。

说起来也是奇怪，程迟这人上课一贯看心情，大多数时候下午两三点就走了，但今天很奇怪，任邓昊怎么催，他都不为所动。

最后一节课只上了半个小时，殷婕留了十分钟给大家背《劝学》第三段。

“听课代表说很多同学中午就已经背完了，值得表扬，剩十分钟给大家收个尾吧，没背的抓紧了。”

“这就第三段了？第一、二段我都没背。”邓昊满不在乎地嗤了声，“老子这辈子都没背过什么文言文。”

他只是纯粹觉得无聊，手肘捅了捅程迟：“你也是吧？”

他问完觉得自己这个问题太无聊了，程迟怎么可能背书？

“我？”程迟低头看自己屏幕上闪出的 MVP 字样，手指松了松，“我背了。”

“什么玩意儿？”邓昊吓了一大跳，“你什么时候背的？我怎么不知道？你胡扯吧？你怎么可能背书呢，你连语文书都没带！哈哈哈哈！”

程迟一记眼刀扫过来，邓昊立刻终止笑声，假作安静乖巧。

程迟看了一眼讲台上正在抄明日课表的少女，颊边涌现一丝高深莫测的笑意：“我让课代表帮我打了个钩。”

“你什么时候这么闲了？”邓昊糊里糊涂，“平时别说背书了，作业你都没交过，也没人管你啊。你现在怎么还有闲情雅致关注这种事？”

他们这群混日子的纨绔以颓为美，推崇消极，虽然谁也不知道这观念怎么成形的。

“再说了，课代表这么好说话吗？”邓昊感觉今儿真是天上下问号，满脑子疑惑。

他动作幅度很小地翻出去，从阮音书桌上拿起名单表回到位子上。

邓昊看了一眼程迟后面的记号，惊叹道：“嘿，还真不是圈儿啊。”

程迟勾唇，未来得及回话，邓昊继续道：“我们课代表给你打了个叉。”

“……”

程迟维持着不发一语的姿势，下了课也没有动一下，直到最后只剩下阮音书和他们二人他才起身，邓昊紧随其后。

走到门口，程迟顿住脚步："你先走。"

"干什么啊？"

"有些话要跟……"他声音滞了滞，"课代表说。"

"这跟咱们也没关系吧，你何必纠结课代表给你记了个啥呢？"邓昊眉头紧皱，"还记得我们的口号吗？玩乐事最大，玩乐顶呱呱！"

程迟耐心早就消耗完毕，言简意赅："滚。"

邓昊看人要发脾气了，赶紧一溜烟跑走。

阮音书背着书包出来的时候，发现门口站了个人。

发现那人是程迟之后，她有些无措地眨了眨眼，想像上次一样快速离开，但和上次一样——

这人长臂一展，手轻松撑在门框边，将她堵在门口。

他垂头，就那么吊儿郎当地俯身凑近她，一双略勾着弧度的眼带了点笑，声音沉沉。

"喂。

"听说你给我打的……是个叉？"

她被吓得来不及躲闪，距离猝不及防被他拉近，她能清晰地看见他微褐的瞳仁，还有鼻尖上那颗近乎巧思一般的棕色的鼻尖痣。

那就像水墨画里再普通不过的一甩笔，墨色却落得恰到好处。

程迟勾了勾唇，眉梢要挑不挑："看够了？"

她这才倏然回过神，条件反射地往后退了两步，那双鹿眼比以往睁得更大，一眨不眨地看着他，却明显带了些怕。

他那么爱招惹事端，她好怕他找自己麻烦。

那双眼睛太大太亮，什么都好像藏不住，全都干净地写在别人可以看见的地方。

被这样透亮的眼睛看着，他忽然生出一股从未有过的挫败感，虽然只是一瞬间。

他很快恢复过来，眼尾稍抬："解释一下？"

她显然是被突如其来的一切吓蒙了，乌黑的眸子湿湿亮亮的，声音轻飘飘的，像是还没缓过来："解释什么呀？"

“为什么你给我打的是叉，嗯？”

阮音书回想了一下，好脾气地说：“可你确实没有背，是不是？”

“但为什么别人不背就是个圈，但我是个叉？”他喉结轻滚，“更何况，我还和你说过改成钩。”

她站在那儿好好地构思了一会儿措辞，而后咬了咬浅粉色的唇：“是这样的，别人打圈，是因为他们没有找过我，我不知道他们是正在慢慢背还是什么，有人速度慢一点，我也可以等等，反正老师也不是每天检查。

“但是你呢，是特意来找我给你……开后门吧。这样的情况就是你肯定没背，背了的话肯定会告诉我，就算没时间也可以给我约个时间。既然你没背的话，我肯定要给你打叉了嘛。

“等你到时候背了，我会给你改的。”

她虽然是在认真陈述，但她嗓子软，声音糯，再加上说话的时候习惯眨眼睛，就像团小仓鼠在冲他吐舌头。

她正儿八经的样子，有点儿可爱。

程迟仍是撑着门框，情不自禁轻笑了一声。

阮音书奇怪地看着他，手指紧张地在身侧卷了卷：“你笑什么啊……”

她说错了吗？

“没，觉得你说得很有道理。”他直起身，“有理有据，令人信服。”

阮音书虽然感觉这人一整天都莫名其妙，但应该是在夸她。

她点点头，嘴角勾了勾，温温柔柔：“嗯，我也觉得。”

她颇有成就感地挺了挺小胸脯，先前那股局促感淡了很多，居然还敢接程迟的话玩笑起来。

他敲敲门框，像警示，更像逗弄：“你不怕我了？”

先前楼梯间他不过是找她借个火她都吓得手乱颤，仿佛灵魂都要被吓出窍了。

刚刚他不过是抬个手不让她出去，她抬眼那个瞬间全是惊慌失措，好像他能把她吃了似的。

她长睫敛了敛，抬头说：“怕。”

他看向她，在等理由。

谁知她更加正经地抿抿唇:“怕给你打了钩,老师查出来之后罚我跑圈。”

“……”

他们这边在讲话，楼梯间后面也传来细小响动。

邓昊和一众狐朋狗友缩在墙角偷听他们聊天,恨不得这时候耳朵几米长。

本来邓昊准备走了的,但是程迟一贯是这群纨绔里的头儿,他一不在了,大家就不知道做什么好，他思来想去觉得程迟今天的举动也是挺破天荒的，就窝这里来听墙角。

听完之后，邓昊嘀咕：“程迟是不是吃错药了，平时管都不管的事今天这么较真？还跟人妹子聊了二十来分钟？”

有人踹他屁股：“你懂个屁！醉翁之意不在酒知道吗？”

邓昊直接被踢出去，一屁股坐地上：“邱天，我杀了你！”

整个楼梯间都回荡着这句脏话，邓昊感觉挺不对劲的，抬头一看，正准备下楼的程迟低眼冷冷地看他。

邓昊苦涩地磨了磨牙：“我要是说我带他们来这里赏月，你信吗，哥？”

程迟皮笑肉不笑：“你觉得呢？”

“……”

阮音书跟李初瓷约好一起在学校吃早餐。第二天一早,阮音书一进食堂,发现李初瓷果然在位置上等着了。

她顺着看过去，居然在最靠内的地方看到了程迟。

他今天穿了件黑衬衫，那黑衬衫衬得他一头黑发洗过似的亮。他正抄着手，搭着二郎腿闭目养神。

“书书，”李初瓷冲她招手，“你吃什么？”

阮音书早就想好了，美滋滋地说：“我要汤面。”

她早上喜欢吃这些汤汤水水的，比较舒服。

她刚买完，抽了双筷子端面去位置上的时候，一侧头，感到一阵很清淡的柑橘冷香迎面扑来，带着点烟草味儿。

程迟上前一步，懒洋洋站在窗口，不知什么时候站到她身后的。

里面的人问：“同学，要什么？”

他递上一张纸钞，一字一顿，意味深长：“也要汤面。”

后来她吃东西的时候，隐约听到程迟那边有人捏着嗓子说“我也要汤面——”。有人一掌拍到桌面上：“恶心死了，再阴阳怪气拖出去打死。多少年不吃早餐这玩意儿了。”

“那我们程少爷今天怎么忽然吃面啊？”

“你懂什么？”那人笑了声，语焉不详，“……饿了呗。”

阮音书吃完汤面去小卖部买牛奶的时候又碰上以前同学，笑着侧头：“好巧。”

然而同学答道：“不巧，我们来看程迟的。”

阮音书：“……”

“他很少早到的，也很少在食堂和球场，一般都在我们找不到的地方清净呢。”同学眼里闪着兴奋的光，“不打架的他也好帅啊。”

阮音书跟着看过去：“这么远能看到什么呀？”

“远远看也有朦胧美好不好？他又不可能靠很近给我们欣赏。”同学说。

她莫名其妙想到他不止一次凑近的脸颊，有些恍惚时被人扯了一下：“哎，阿音，你有没有听过曼乔一战？”

她愣了一下：“什么？”

“曼乔一战啊，程迟的成名战！”

这名词可真是太新鲜了。

“成名战？”她哭笑不得，“不知道的还以为是大将军呢。打仗还带起名字的？还有成名战役？”

“那当然了，当时隔壁实验高中来找碴儿，带了三十多个人，程迟这边只有十个。打得可凶了，各种棍棒椅子乱飞，满地都是血，警察都差点招来了。”

“程迟打架太厉害了，又狠又不怕死，生生把三十多个人打跑了，后来实验高中再没来惹过事，程迟也是因为这个才出名的。因为是在曼乔路打的，所以我们起名曼乔一战。”

“后来又打了几次吧，他一高首霸就这么坐稳了，混混听他名字都要敬上三分呢。”

那样的世界离阮音书太远，像是在看一场惊心动魄的电影，她知道它也许存在，可从没想过也不敢想。它会在自己身边发生，有种失真的奇妙感。

同学觉察出她的失神，戳戳她脸颊："怎么，被吓坏啦？能理解，毕竟你这么乖，肯定觉得群架可怕吧。"

她冷不丁问："那他会受伤吗？"

"当然会了，打架基本都是两败俱伤的，不然是去挠痒痒的吗？"

又聊了一阵，她们上楼去早读，这次程迟到得比昨天早，没一会儿也进来了。

休息的空当里，阮音书一摸桌面："糟了，忘记买牛奶了。"

"早上聊得太 high 了吧。"李初瓷笑她，又抬头看向去买东西的男生，"赵平，帮我带杯牛奶上来！"

赵平把牛奶买上来后，阮音书还没来得及戳开盖子，吸管就从中间裂开了。

"那你用我的吧。"赵平把自己的新吸管递过来。

"不用，我等下再去拿……"

他不由分说地用自己的吸管帮她戳开，阮音书想得很多："那你用什么啊？"

"没事，我可以撕开倒到杯子里喝。"赵平脸有点红，"我带了杯子的。"

再三确认他带了杯子之后，阮音书跟他说了谢谢："我明天帮你买。不好意思啊。"

"没事的。"

程迟靠在椅背上，看他们"你来我往"，眉间川字愈深，一身低气压。

邓昊搓着手臂喊："好冷啊……"

程迟输送了半个多小时冷气后，这才终于开口说话："人一天最多喝几杯牛奶？"

邓昊莫名其妙，但还是乖乖分析："三杯……吧？不能再喝了，再喝我都要吐了。"

于是翌日一大早，在网吧沙发上正睡得香的邓昊被人捉起来，以生平最早的时间到了学校。

然后程迟带他进了小卖部，买了五杯牛奶。

邓昊感觉自己精神都要错乱了："怎么，您今天是慈善发奶家吗？"

"闭嘴。"

程迟把牛奶全戳开放到她桌上，三杯给她，一杯给赵平，还有一杯以防万一。

他不想今天还为这破牛奶这么吵。

做完这些，从昨天不爽烦躁到今天的人，表情终于有了一丝缓和。

邓昊看乐了：“贴心阿迟，送奶上门？”

程迟看他一眼，他立刻不敢再多话，程迟真困了，趴在桌上没一会儿就睡熟了，自然是错过了阮音书看到一桌牛奶时的精彩表情。

李初瓷看到也直了眼：“这谁送的啊，讨好你吗？”

阮音书蒙中带了点惊讶：“谁示好送这么多牛奶呀。”

她抬头往班上看了一圈，不期然对上程迟的视线，又冷静地觉得应该不是他，转过了头。

她自欺欺人地想：可能是谁买多了喝不完吧。

可不知道是谁给的，她也不敢喝。

于是三杯牛奶就这么摆在桌沿，以回头率超高的姿势放了一天。

放学打球时邓昊发现程迟不在状态：“今天迟哥状态没有之前猛啊，怎么还没我进的球多？”

“你像头猪一样睡了一天，当然精神好了。”有人调侃他。

程迟没作声，从箱子里抽了瓶矿泉水，坐在球场的位子上。

这个位置刚好对准一班，他抬头就能清楚地看到班内的一切，这会儿人都走光了，空荡荡的教室只剩阮音书和……赵平。

赵平或许是在背书，就坐在阮音书旁边的位子上，偶尔跟她说两句话，然后把自己的书推过去。她倒也乐于助人，一个个耐心地回，偶尔还给他书上做标记。

他刚刚打球时不经意地一瞥，就看到她在笑，傍晚的光洒在她脸颊上，为她镀上一层温软光圈，衬得她整个人白皙又剔透，单纯无瑕。

空中飘浮的尘埃轻飘飘地落定。

她好像对谁都是那样，就连对不认识的人都笑眼盈盈，善良又大方。

可她对旁人那种自然礼貌的亲近感，对他却从未有过。

她只要见了他，那双眼里就总不自觉带着害怕。

他越发烦躁，自己站起身了都浑然不觉，有个球滚到他脚边，他顺着一脚踢开，篮球飞出去很远。

有人在身后喊他的名字："你踢足球还是打篮球呢啊？哎哎哎，干吗去？"

他回头，有汗顺着淌进衣领，声线低着。

"我过去一趟。"

程迟站到一班后门门口的时候，正听到阮音书在跟赵平分享自己的经验。

"问我背快一点的办法吗？嗯……其实我会把一段分成几个小段来背，这样的话记忆会有条理一些。

"还有，我习惯在这些生僻字上面加拼音，先多读几遍，读顺了再开始背，不会拿到手就开始背的。"

赵平不好意思地笑："谢谢你啊，其实我这几门里就数语文差一点了，如果像你一样语文这么好就好了。"

阮音书笑着收拾笔袋。

二人看样子是准备走了，但是赵平清书包的时候居然又开始闲聊。

"对了，之前听说那边的六高想高价挖你过去，开了好多奖学金，你怎么还是留在一高啊？一高和六高差不多的吧？"

"嗯，但是家里人都觉得一高比六高风气更好一些。"说到这里，她想到了程迟，又小心翼翼没什么恶意地补充了一句，"大体情况来看。"

每个学校无可避免地都有些混世魔王，一高还算少的，六高简直是群魔乱舞。

"不过六高确实是很乱的，混混太多。"赵平继续展开话题，"就这一个原因吗？"

程迟站在门口，冷淡地扣着肘窝。

很好，他们还闲聊起来了。

阮音书背好书包："还因为我爸妈也在这边工作。"

因为阮母对培养孩子非常上心，所以从小就将她留在自己身边，方便照顾。

赵平点点头，又想说什么，一转头就看到倚在门框边的程迟。

他是学校里鼎鼎有名的霸王，虽然没狠到令人闻风丧胆的地步，但至少威名在外，没人敢惹。

而此刻，这人正皱着眉看着自己，眉间的“川”字表达着他的不爽，一双眸子素来带着戾气，似乎随时会因为暴怒干上一架。

赵平整个人缩了一下，本来还想留下来跟阮音书说几句话，这会儿也打起了退堂鼓。

程迟抬了抬下巴，往旁边侧了侧，示意他最好别说什么屁话，赶紧走。

赵平也是好学生，好学生乖乖崽，面对这种不讲理的不良少年，自然㞞得不行。

他想戳戳阮音书告诉她自己先走了，手指才伸出去一半，门口的程迟眯了眯眼，吓得他立刻住了嘴。

赵平立刻收回手指，讷讷道：“那个……音书，我先走了啊，家里还有点事。”

“好的。”反正他在不在阮音书都无所谓的，“拜拜。”

赵平忽而间喜笑颜开：“好嘞，明天再见。”

赵平加快步伐从正门夺路而出，虽然有点舍不得，但想到明天可以再见，心里那点郁闷便被欣喜替代了。

阮音书还在整理自己和李初瓷桌上的书，整理完之后也从正门出去了，根本没看到后面的程迟。

直到她锁好正门准备把后面也锁上的时候，蓦然一抬头，就看到程迟抄手站在那儿看她。

夕阳洋洋洒洒地流淌一地，他随意又轻佻地伫在日光下，黑色上衣印着某知名奢侈品牌张牙舞爪的鲨鱼的标志，那鲨鱼凶猛又寂寥。

很奇怪地，她忽然想到了刺猬，又想到了离群的猛兽用獠牙来掩盖自己脆弱的孤独。

这想法很莫名其妙，于是她摇摇头，想让自己别在脑子里疯狂开小剧场了，手上的钥匙随着她的动作发出清脆响声。

她缓缓走过去。

他手里捏着瓶冰镇过后的矿泉水，凝聚的水滴一颗颗往地板上砸，也许再静谧一点还能听到声音。

她走到他面前的时候，程迟刚好开口，目光落在她手里的钥匙上：“怎么是你锁门？”

她没想到他会开口，眨着眼啊了一声。

“不是值日生或班长锁门？怎么每次都是你来？”

总不会是人太好所以被欺负，别人都把自己的工作交给她来？

“因为我走得晚嘛。”她小声说，“怕他们等我，就干脆我来锁门好了，反正我基本也是最后离开的。”

他眉头稍稍松了些，又觉有些热，提着衣服扇了扇。

阮音书看他站在这里不免奇怪，想要锁门的时候礼貌问了句：“你不是走了吗，为什么回来？有东西没有拿吗？”

程迟动作停住，修长手指抵在锁骨前。

这怎么说？他都不知道自己为什么要来。

看出他的停顿，她以为他是在思考，好脾气地把后门重新推开：“没事的，不用觉得不好意思，掉了什么就拿吧，你拿完我再锁门，等你一下不碍事的。”

话已至此，程迟便往内走了几步，心道，总有些东西会落在教室里，就算他没有，邓昊这狗东西总该有吧。

阮音书很贴心地给他打开灯，在灯光照射下，最后一排的桌面空空如也，光洁如新，连一根头发丝儿都没有。

程迟走过去往抽屉里看了看，里面没有东西，往周遭地上看一眼，仍是什么都没有。

“……”

怎么连个垃圾都没有？

阮音书也跟着他脚步进来，显然也什么都没看到，细软的声音带着迟疑：“你……有什么东西掉了吗？”

她声音提着，像是怕触到他伤心事，小心翼翼，像朵棉花糖云，糯糯地包住人的心脏，让人感觉甜丝丝的。

程迟垂着眸，心不在焉地胡思乱想着，没有答话。

后来阮音书锁了门，转身要下楼的时候却又被人叫住：“喂。”

她转过头看他，黑漆漆的眸像是琉璃珠：“怎么了？”

叫住她完全是他下意识行为，他也不清楚自己到底想叫住她做什么。

于是半晌后，他心烦意乱地揉了把头发，把自己手里的水递出去：“……喝水吗？”

冰凉的水珠顺着他骨节分明的指往下淌。

但出乎他意料的是，面对这一系列莫名其妙的事件，她却并没有用那种看神经病的眼光看他，只是笑了笑，白皙手指扯了扯书包带。

“不用的，我不渴——你喝呀，看你好像流了很多汗。”

她好像还是有点怕他，怯生生的，却怎么也无法让人感到冒犯。

阮音书走后，程迟拧开矿泉水灌了一大半，冰凉的液体滑进食道才让他清醒了点。

他把瓶子抛进垃圾桶，低低骂了声。

疯了吧，没头没脑的。

次日下午，老师们终于大发善心，开始讲分班考的卷子。

“本来不打算讲的，但是组里觉得这套卷子题目还是很经典的，基础题和拔高题都有，作文也很有代表性。”

两节课连堂刚好够讲一张卷子，下课铃响的时候殷婕开始发印好的优秀作文：“一共印了四篇优秀作文，阮音书这篇写得最好分也最高，一定要看。”

印优秀作文或试卷发给学生看，是一高的惯例。四篇作文一共印了两大张，全班同学人手一份。

第一排的人拿了然后往后传，最后阮音书从前排同学手里接过，刚好四个人的量。

她回了回头，似乎在犹豫要不要给程迟和邓昊，他们俩应该不看这些，而且自己和他们中间还隔着一个空排。

她正准备收手不往后递的时候，后面的程迟却忽然伸出了手。

阮音书眼睫颤了颤：“你要吗？”

男生闲散地扯了扯唇角：“要啊。”

她伸手递过去，奈何她手不够长，没办法隔着一排把卷子给他，人正要站起来的时候——

这人已经凭自己的身高优势，一倾身，恶劣又顺畅地拿走了她手里的纸。

他嘴角笑意越扩越大。

阮音书后知后觉：这人绝对是故意的。

他……故意……展示自己手长。

她愤愤地转过脸，留给他一个愤怒的后脑勺，但她天生的栗色发丝细软，一点也不凶，反而和她一样透着软软的温柔。

程迟没禁住笑出声。

邓昊被他百年难得一闻的笑声弄得抬起了头，看到他手里的东西，嘿嘿笑了：“哥，你拿这个干什么？我今天带了擤鼻涕的纸，不需要这个。”

“鬼给你用的。”程迟一把推开他的头，“不学无术的垃圾，滚。”

邓昊一脸无辜。

但是很快他又释怀了，因为他反正本来就是个垃圾混账，上次接班上的卷子还是为了擦桌子的……

过了会儿，有人在后门喊程迟出去玩：“迟哥！来啊，出来快活啊！”

叫了半天没人理，邓昊也奇怪了，侧头一看，程迟在看优秀作文。

邓昊乐了，强忍下内心似狂风海啸的震撼，对外头翘课的人骂了句：“叫魂呢？人看优秀作文呢！”

其实本来程迟不过是为了撩她顺手接下，只打算粗略扫一眼，但映入眼帘的“阮音书”三个字工整漂亮，连弧度都挑不出毛病来。

她的字和人一样，虽没有攻击性，却一笔一画有条有理，顺着读下去，感觉面前好像就出现了一个缩小版的她，满脸的正经可爱。

他不知不觉，竟然就看到了最后。

邓昊满脸的八卦：“程少爷，优秀作文好看吗？”

说完，他也乐滋滋地凑过去想看看，程迟重新把他踹回去：“你看得懂个屁。”

邓昊：“……”

接着，程迟一直坐到了放学，不知道是在等什么。

过了会儿，大家开始收拾书包，阮音书想到昨天门口的对话，感觉自己好像总是最后一个走的，便准备今天早点出去。

虽然阮母可能还没到，但她可以先去奶茶店买杯饮料看看书。

这么想着，阮音书很快收拾好，侧头跟李初瓷说：“今天我们一起出校门吧。”

“好啊，你今天好早。哈哈哈。”

而程迟看她前几天都是最后离开，满心以为今天也是一样，谁知一抬眼就看到她站起了身。

当阮音书准备走出座位的时候，后面的人终是坐不住了，潜意识先于大脑，发声：“不留下？”

她怔忪了一下：“为什么……留下？”

他似乎受到了什么不公平待遇，又有些不爽了：“那你昨天为什么留下了？”

阮音书想了想：“因为昨天有人找我背书呀。”

他琥珀色的眸沉了沉，道：“那我今天也找你背书。”

邓昊睁大眼，看着程迟，已经完全惊呆了。

程迟这说的什么玄幻离奇鸟语？

阮音书明显也有点不信，眉头拢了拢，小声问：“真的吗？”

他舌尖抵了抵口腔内的软肉，轻懒地笑了声：“真的啊。”

程迟要背书？

班上的空气似乎因此凝固了片刻。

阮音书接收着全班向此处投来的若有似无的窥探的目光，站在那里天人交战了一会儿。

如果是站在她本人的角度说的话，她是绝对不会信的。

她从前就听说程迟从不学习，学校发的课本不拿，作业也不会交，而且从这几天看来，他也确实是这样。

此刻他说要背书，简直不亚于白日见鬼。

但她作为语文课代表，不应该有什么私心，为大家服务是她的职责所在，有人说要背书，她当然得检查，否则就是不称职了。

于是她停住脚步，卸下书包，一双黑白分明的眼看向他：“嗯，那你背吧。”

邓昊看他们天真的课代表真的信了，并且还一副很认真地把程迟当普通学子的模样，禁不住爆笑：“他发疯说自己要背书就算了，你还真的信了啊？”

“行了，别闹了，快走吧。”邓昊压根就没见过程迟这样浪费时间，伸手去推他，“别浪费人家表情了，基地还有人在等咱们呢。”

程迟漫不经心地偏头，声音不大，却很有威慑力：“你以为我在和你开玩笑？”

站在门口的围观者倒吸一口凉气，来真的啊……

程迟的表情确实很认真，邓昊甚至觉得无理取闹的变成了自己，并且感觉自己要是再说话，很可能被他扔出去。

邓昊蒙了一会儿，然后才掐了自己一把：“行，那我先走了，你好好做梦……不是，好好背书。”

说完，邓昊马不停蹄地逃离了这个玄幻世界，心想：程迟最近是不是被人下蛊了？

阮音书目送邓昊离开，轻轻按了按太阳穴，深吸一口气后言辞得体地开口：“可以背啦，我在听。”

程迟倒是笑了：“再等等。”

阮音书：“……”

“现在人太多，我紧张。”

沉默了片刻，阮音书觉得自己是要为第一次背书的人考虑一下：“嗯，那等大家都走了你再背。”

李初瓷惊恐地缩着肩膀，以迅雷不及掩耳之势火速逃窜，像是受到了极大的刺激。

当大家陆续离开的时候，阮音书便坐在位置上写题目，压轴的物理大题有点难，她费了点工夫才写出来。

她解完之后抬眼一看，人已经走得差不多了。

她回头看程迟，后者正以手支颐，挑起眉笑看她。

她皱了皱眉，觉得奇怪，可还是照顾他“第一次”的情绪。

“好了吗？”

他却闲散地用手指叩了叩邓昊的桌面：“你怎么不坐过来？”

她有些莫名：“我为什么要坐过去？”

“你昨天……”他眯了眯眼，“不就是跟人坐一块儿的？”

“那不一样。”她抿抿唇，“他是有问题要请教我，近一点方便解答。”

“……”

行，他心道，老子明天也有问题请教你。

看程迟沉默，又扫了扫他空空如也的桌面，阮音书语调带了些不解：“你还不背吗？”

他说：“我不会背。”

“……”

饶是她脾气再好，被他这么理所应当又无赖地一弄，也有点儿恼了。

她拧起秀气的眉头，声音低了低：“你是不是在玩我啊？”可她的音调仍是绵软的，一点也不狠厉。

“不是。”程迟摇头，“我想背，但我不会。”

这是什么强盗逻辑啊？

她把书拿起来，正想发火，可看到课本上的“语文”二字，火气又消了。

万一程迟是真的很想背书，可是苦于没有书，又不好意思在大家面前表现，这才选了个迂回的方法求助于她，她身为课代表，应当给予理解和帮助。

她被骗了还好，万一因此扑灭了他好不容易生发出的学习火苗，那她真的是罪人了。

算了。

他的时间也是时间，而且他应当也没那么闲特意借此调戏她。

于是阮音书给自己做了八分钟的心理建设，然后和善地回过头：“那我把我的书借你好了。”

递过来的那本语文书平整干净，外面还包了一层书皮。她拿着书的手指如葱根，白皙瘦长。

程迟顿了那么几秒，旋即接过，嘴角的笑意味深长：“好啊。”

“书给我了，你用什么？”

“我平时不用的，书看过很多遍，已经很熟悉了，上课的时候你还给我就行。”

他翻开书看了几页，对着她详尽的笔记稍作停顿：“背哪儿来着？”

“……

“《劝学》，第48面。”

他点头，动作极其不熟练地翻动书页，就像几年没摸过书的人一样。

哦对，他的确很多年没摸过书了。

阮音书提醒："等你背完至少是七八点了，书你先拿去吧，背好了随时找我就行的。"

"嗯。"他并不意外似的，站起身垂眸看她，随口问了句，"送你回去？"

说完他皱了皱眉，没想到今天自己还挺有礼貌，挺稀奇。

"啊？"愣过一秒后她回过神，扯了扯书包带，"不用的，我妈妈接我。"

她觉得人家可能只是出于礼貌，或是觉得耽误她这么久有些愧疚，也没多想。

"你不用觉得愧疚想送我的。"她细声细气道，"我是课代表，为大家服务是我该做的，只要你想学，不要怕麻烦我。"

程迟："……"

老子没觉得愧疚啊。

二人走到花坛即将分开时，她忽然停住脚步回头看着他，犹犹豫豫扭扭捏捏了一下，似乎是想狠起来，声音带着压迫性地教育他："你要背啊——"

奈何她天生音调软趴趴，又带着一点也不霸道的霸道，叫人听来只觉得无奈。

他俯身看进她澄澈的眼睛里，唇角似弯非弯，学着她的语气拉长尾音，鼻息绵绵无力。

"放心，我会背的啊——"

当晚在基地，邓昊邱天一行人正在刺激战场奋力厮杀，不远处游戏机里拳皇打斗声清晰，桌上游戏如火如荼，茶几边有人在打扑克，可程迟只是坐在那里一动不动，仿佛入定。

基地是一个小型地下室，最开始是因为程迟跟他老子打架，他怒不归家，打算在外面住一阵子，看这地下室宽敞，便随手将这个在繁华地段的地下室买了下来。

他先在里面安置了沙发和床，后来邓昊他们嫌不够热闹，又搬了电视机和游戏机，再后来有人买了高清投影仪，这群纨绔偶尔就在一起看看电影，又加了天鹅绒地毯和茶几……

渐渐地，这里就成了他们频繁开展活动的一个场所，他们管它叫基地。有时候不想回家就住这儿，反正房间够，电脑足，网速也快得飞起，一应俱全，没什么不好的。

若一定要说有什么不好的，大概就是基地的主人脾气阴晴不定……

譬如此刻，结束一场鏖战的邓昊靠在沙发上放空，过了会儿，被人踹了脚。

程迟皱着眉，头顶仿佛有一团黑火跳动，整个人浑身散发着生人勿近的阴郁气场。

邓昊以为自己又做了什么惹怒了这位大爷，赶紧屁滚尿流地准备道歉，谁知这人眉头蹙得更深，硬邦邦问了句："我很凶？"

邓昊不好意思说他第一次见程迟还以为对方要砍他全家呢。

"怎么这么问？"

也没什么，程迟只是忽然想到她总是带着怯的眼神，奇怪于她对自己的怕而已。

他又问："我很可怕？"

邓昊神情复杂，仿佛他在问废话："包括我们在内，整个一高有谁不怕你？想死吗？"

然后邓昊拿了面镜子放他面前："来，迟哥，看看你这佛挡杀佛的砍人脸。说吧，明天去砍谁？"

"……"

给程迟"布置"了背书任务后，阮音书本以为自己可以清闲一阵子了，谁知当天下课，她正要收拾书包，一张纸忽然轻飘飘坠到她桌上。

她对这很熟悉，是印刷了她的作文的纸。

她抬眼，看见程迟那双琥珀色瞳仁里倒映出的无措的自己。

他仿佛很是诚恳，又好像在跟谁暗暗较着劲儿，笑带着点儿痞。

"我有问题想请教一下课代表。"

这下不是阮音书的错觉，整个一班真的都因为他这句话安静下来，甚至教室好似有了回音。

这场景好似不止是白日见鬼了，是白日见万鬼齐出拯救世界。

这实在超出了他们所能想象的范围。

大家互相交换了一个十分疑惑的表情，然后小心翼翼看过去，发现程迟的确站在那里没动，这才半信半疑，一步三回头地出了班门。

大家本来是准备走的，却冷不丁被程迟这句话惊住了，想看热闹吧，又觉得留下来显得太刻意，所以只好装作要走了，实则趴在外面的窗口往内看。

程迟抄着手，冷冷乜过去一眼，看热闹的同学身子一抖，立刻识趣地散了。

阮音书也是一头雾水，但想着昨天是大家都走了之后才开始进入正题，今天想必也一样，就边做作业边等待，写完两道大题，人也确实散了个干净。

她回头看他时，他正以手支颐怡然地看着她。

他们四目相对了很久。

她侧了侧头，眨了眨眼，继续暗示他可以问了。

但他也学着她侧了侧头，唇畔带笑。

她只好开门见山："你想问我什么的？"

程迟胡诌，表情却不露馅："作文的。"

"具体想问我什么呢？"

这人一天一个变，阮音书怀疑他只是整蛊自己的念头再度涌现。

可……她昨天已在心里说服自己接下这个棘手任务。他也并没有如何过分，这两天确实都是在做与学习有关的事。

不过是因为这个人的脾性为他带来的反差，让人一时间难以接受他真要学习罢了。

这么想着，她感觉自己不能这样狭隘，要用发展和包容的眼光看待同学。

程迟手指卷了卷黑发："就……想问问写作文有关的技巧。"

负罪感让她知无不言言无不尽，跑去黑板上给他列了份纲要，从大方面"是什么、为什么、怎么样"，列到小方面煽情总结技巧，从议论文讲到记叙文，应有尽有。

程迟看到小黑板满满的字迹，忽而内心一动："借景抒情？"

"嗯，就是靠着景物来抒发自己的感情。就比如我们经常看到的，心情不好的时候渲染阴雨天气，心情好的时候则是艳阳高照，是借托环境表达感情的手段。"

程迟忽然朝窗外看去。

阮音书以为外面有东西："怎么了？"

"没怎么。"他合了合眼睑，手指在桌上若有似无地敲击，随意又轻慢，"就是觉得……今天天气还不错。"

阮音书侧头跟着看出去，窗外阴云密布，狂风大作，是时劈下一道惊雷。

"……"

他学疯了吗？？

一道闷雷过后，浅灰色天幕裂开一道口，倾盆大雨顷刻间落了下来。

暴雨突如其来，雨水顺着风往教室里飘，溅在窗台上噼里啪啦响着。

阮音书惊呆在那里，好半晌才回过神，讶异于程迟这惊人的反向预言能力，赶紧走到窗边开始关窗户。

"你跑前边儿去干什么？"程迟也站起了身，"先把自己这边的窗户关了啊。"

她桌上书多，雨又都是斜着落，她倒好，不先管自己，而是从第一排顺着关。

"都是一个教室的，大家的桌子被淋了也不好的。"她抿抿唇，有些焦急地看向他，"你别站着不动，也帮忙关几个呀。"

他垂着眼睑，忽而笑了声："你还挺会使唤我。"

程迟破天荒地帮人关了两个窗子，一转身，就看到她站在自己身前，摊开白嫩手心："带手机了吧？"

他以为她是找自己借手机给家里人打电话，看她这副理所当然的模样，又极为新奇地勾勾唇，舌尖沿上齿内滑了圈儿。

他从口袋里摸出手机递过去，吊儿郎当地打趣她："喏，您请。"

她一言不发地接过，然后背过身。

他不悦地眯了眯眸，心想：她还真使唤他上瘾了是吧？

他倾身，侧在她耳边道："有没有人告诉你，借了别人的东西要说谢谢？"

可谁知道，她竟是帮他把黑板上的知识点拍了下来。

她把手机还回他掌心，点了点头："人是有遗忘曲线的，只有多温习才不会忘记，千万别以为今天学会了就搞定了。"

停了一下，她似是反应过来什么，不由得笑开："不用谢。"

程迟抬了抬眉。

没想到看着乖乖巧巧的人，也有这么伶牙俐齿的时候。

今日任务完毕，二人出了班门准备各回各家，站在门口，对着连绵不绝的雨，程迟不爽地揉了把头发。

"妈的，这垃圾天气真烦。"

她无辜地眨眨眼："是吗？可你刚刚才夸天气好欸。"

他被她说得竟是哽了一瞬，这才道："带伞了？"

"带了。"

最近天气热太阳大，她常备着太阳伞，下雨也能用。

"那你先走吧。"

"你呢？"

"我等会儿。"

她也没细问，哦了声，这才撑着自己那把格子伞走进雨幕。

她的板鞋踩在薄薄积水上，溅起层层水花，瘦小的身躯在大风雨中更显瘦弱。

程迟真怕风把她吹跑了。

雨下了整整一夜。

第二天到校时还天落着蒙蒙细雨，阮音书收了伞刚进班门，便迎来众人的询问。

"书书，黑板上是你写的吗？"

"嗯，不好意思啊，我忘记擦黑板了。"

"没事没事。就是你在黑板上写这个干什么啊？"

"程迟问我作文，我就随便讲了讲。"

"哦，程迟居然真的会问问题，我好震撼。"

"我忽然有了危机感。哈哈哈！"

"随便讲讲就这么多知识点，音书是真学神啊，我服了。"

大家七嘴八舌地讨论着，早读开始后便安静了下来。

今天早读英语，大家念了会儿单词，就开始背英语书上的课文。

第二节课的时候天气终于放晴，几缕日光冲破云层，气温逐步回暖。

雨停后过了一阵子，程迟才姗姗来迟。

这次他和邓昊是从后门进来的，要不是拉椅子的声音传入阮音书耳中，她还没有发现。

刚好背到“当地多雨湿润”的部分，她恍惚想着，程迟没有伞，也不知道昨天怎么回去的。

恰好邓昊也开了口：“你昨天还真是淋着雨回去的？感冒没？”

程迟嗤了声：“我没你那么弱。”

“你也不知道买把伞吗？”

“没必要。”

“不是我说，早点走不就没这些破事……”

“闭嘴，睡你的觉。”

“行吧。”邓昊耸肩，“为了等你回消息我三点才睡，困死了。除了吃东西别叫我啊，我睡会儿。”

后排归于安静，只剩下程迟打游戏时均匀的呼吸声和阮音书演算物理题的声响。

下午第一节课下课的时候，有男生搬着一摞习题册进来了。

“语文课代表是哪位？”

门口的人往阮音书的位置一指：“第三组倒数第三排外边。”

阮音书察觉到什么似的抬头，男生正好走过来：“课代表吗？”

“嗯，对。”她点头。

“这是你们班的作业，殷老师改完让我搬来了。”男生把习题册放到她桌上，“今天的作业她写好夹你本子里了。你叫什么来着？”

“阮音书。”她普通话很标准，咬字清晰。

男生却顿了顿，像是听到了熟悉的东西。

“音书？‘卧龙跃马终黄土，人事音书漫寂寥’的那个‘音书’？”

头一次瞬间被人猜中名字由来，她惊喜地笑了笑：“对的。”

“真巧。”男生指了指自己，“我名字也是从诗里起的，我叫郑平池，你能猜到是哪首诗吗？”

阮音书思考了一会儿：“《画堂春》吗？‘落红铺径水平池’，‘放花无语对斜晖’？”

郑平池打了个响指：“聪明！我们真是太有缘了！”

程迟在后面冷眼相看。

有缘个屁，“郑平池”这名儿起得跟脑筋急转弯似的。

程迟还没说话，邓昊忽然从半梦半醒间猛地抬头问：“什么漫鸡？焖鸡？花无鱼？新出了什么菜吗？！好吃吗？！”

郑平池把两句诗又念了一遍：“是诗，不是菜。”

邓昊：“哦，我还以为上菜了。”

程迟眄他一眼：“垃圾文盲。”

“你还说我呢？你会吗？”邓昊不满地抻长脖子，“不就是会吟几句诗吗？至于吗？了不起吗？”

说完邓昊又哼哼两句，继续趴着睡觉：“现在真是，会两句诗就可以撩妹，跟漂亮妹子聊天了哦。”

下课，邓昊被程迟拍醒。

邓昊迷迷糊糊地睁开眼，程迟面无表情阐述：“我要出去。”

免得邓昊又说自己独自行动不喊他。

“好啊，好啊。”邓昊以为他要走了，忙不迭应下，站起来的时候因为睡太久感到有点天旋地转，“我 × ！”

邓昊美滋滋地跟着程迟出了校门，大摇大摆，春风得意，甚至连等下要打几盘“吃鸡”都想好了。

程迟左拐，他也跟着左拐。

程迟走进了一家书店，他也走进了……

嗯？？？

书店？？？

邓昊惊悚地抬头，看着面前琳琅满目的精装书，感觉自己浑身上下写满了四个字——格格不入。

他五百年没来过这种地方了。

他为什么要来这种跟他垃圾富二代人设极度不匹配的地方？

邓昊凶神恶煞地扯了扯程迟的袖子：“我们来这里砍人吗？”

程迟没说话，老板走过来："要什么？"

"诗。"

"诗？"老板怔了怔，"诗集还是古诗词？还是高中必备古诗？"

"都行。"程迟揉了揉后脑，"都拿着吧。"

邓昊原本以为是什么暗号，或者只是程迟随口说着玩儿，直到程迟搬着那一摞小山似的书去收银台付账的时候，他才大梦初醒般地——

打了自己一巴掌。

这……程迟什么时候变得这么魔幻现实主义了？

程迟刚付完钱，有人路过，本来是神情正常地扫了一眼书店的宣传牌，结果看到程迟在里面，以为自己眼瞎了，又确认似的重新看了眼书店的牌匾。

"我 ×！"

"哟，少爷来买书呢？"

他们揶揄两句又散开，但无一例外地表达出对现下场景的震惊。

出了书店，邓昊还处在茫茫然的情绪中没出来，指了指程迟手里的东西："这些书和你有仇吗，哥？"

"……"

"那，人家摆在书架上好好的，你干什么要把人家买下来？花一百多买回去糊墙吗？"

程迟没理他，走到校门口，邓昊继续一惊一乍："哎哎哎，我们还进去啊？"

程迟抬眼："不然呢？"

"不是回基地打游戏吗？"

"谁跟你说的？"

邓昊如遭雷劈："合着我是出来陪你买这堆天书的？我刚刚睡醒，站都站不稳，脑子都没开始运转，整个人跟个傻子似的，义无反顾陪你出来，你告诉我你是出来买书的？我钥匙都掏出来了你给我看这个？"

程迟掀了掀唇角："别往自己脸上贴金，你睡醒了也是个脑子不转的傻子。"

邓昊："……"

程迟抱着书回了班，那会儿正要开始最后一节课，阮音书一抬头，看到他手里满满当当的书籍资料，愣了片刻。

程迟似乎颇有些满意她的反应，抱着书走到自己位置上，书放在桌上砰一声响，像是不满之前的事情，又像是故意放给她听。

她的神思不知不觉就被吸引了过去。

邓昊看程迟坐下了，神色为难，又忽而严肃：“程迟。”

他很少这么叫程迟，程迟也怔了半晌：“什么？”

邓昊循循善诱，紧张地咽咽口水，小声道：“被人绑架了就眨两下眼睛，我来救你。”

“……”

“闭嘴，草包。”

等了一会儿老师还没来，班长去找人，回来后在讲台上说：“语文老师还有一会儿才来，大家先读读书吧。”

此话一出，大家纷纷拿出语文书开始读，这次跟早读不同，读的内容比较自由，想读什么都可以。

程迟随手翻开一本刚买的诗集，映入眼帘的就是她那一句。

人事音书漫寂寥。

这一句诗出自杜甫的《阁夜》。

阮音书翻到后面的古诗，正准备挑一首背的时候，忽然听到后面传来程迟的声音。

少年声线低沉，像夏末一阵穿堂掠过的风，带着微微的青草和柑橘气息，穿过发梢，悠悠飘往远处。

他的语气带着几分漫不经心，几分撩拨，和几分痞里痞气的坏。

“山一程，水一程，身向榆关那畔行，夜深千帐灯。

“旧山松竹老，阻归程。”

他的重音在“程”。

“迟迟钟鼓初长夜，耿耿星河欲曙天。

“寻声暗问弹者谁，琵琶声停欲语迟。”

他的重音在“迟”。

他顿了顿，又笑意绵长地继续念——

“来雁带书迟，别燕归程早。”

这都不是这本课本里的内容啊，他在做什么？

阮音书带着满腹疑惑往后看，对上他微挑的眼。

“猜猜看。”他说。

阮音书：“什么？”

他握着书身子前倾，眼神牢牢锁住她：“猜猜我的名字——出自哪里。”

这位少爷的兴致来得莫名其妙，突如其来的问题竟叫阮音书怔了片刻。

他在她不知道的时候出去了一趟，结果回来就开始问她诗了。

她好像永远都搞不清楚这人在想什么、做什么、脑回路是怎么样的。

阮音书颊边微鼓，秀气的眉心略蹙，有些奇怪地看着他。

邓昊夸张又中气十足地哈了一声：“好好的社会渣滓，怎么说吟诗就吟诗呢？”

程迟把书卷起来，作势就要往邓昊头上拍。

李初瓷用手肘抵了抵阮音书：“老师来了。”

阮音书只当他们是在闹着玩，便也没说什么，转过头开始上课了。

后来一直到下课放学，阮音书都没有再回头看他，似乎当他那个问题不存在似的。

等她背书包走了之后，程迟烦躁地把书扔在桌上。

什么破书。

“呵。”邓昊发出令人恼火的笑声，“我就知道你买书肯定不是拿来读的，果然是为了发泄买来的减压玩具。”

“那你知道我压力最大的是什么吗？”

“是什么？”邓昊忙不迭问。

“是认识了你这个狗东西。”程迟冷静陈述。

“……”

说话就说话，干吗骂人呢？

终于得偿所愿迎来放学，邓昊满心欢喜，路过小吃街的时候还买了一大堆烧烤带去基地。

程迟冷眼睨他手上那一大串撒着孜然的东西：“我什么时候让你在里面吃烧烤了？”

“我知道你嫌弃它满屋子飘着味儿，但是——”邓昊试图讲道理，“到时候开窗透透气就好了嘛。买都买了，总不能扔了吧？”

程迟却道：“谁说不能扔了？”

邓昊的笑容霎时凝固。

话是这么说，但他还是死皮赖脸地把烧烤带进了基地——以打扫一周基地卫生作为代价。

除了他们俩，其余的人早就到了基地，现在正各玩各的，快活得很，一闻到烧烤的味道，惊诧于居然还有此等福利，赶忙跑来。

“一边打游戏一边吃烧烤，人生还有比这更惬意的事吗？”

一众人围在桌边满嘴跑火车，程迟一个人皱着眉坐沙发上，眉间那股子郁气跟他闹起床气时一样浓郁，生生冲淡了点房间里的欢欣雀跃。

有人问他：“不来吃吗？”

“吃不进。”

程迟撂下这三个字，抄着手持续输送冷气。

众人倒也习惯他这脾气和性格，没有表示太惊讶，但还是不免有人小声问邓昊：“地狱使者今天怎么了？没完成阎王给的任务吗？”

“程迟要知道你给他起了这个外号，非把你打死不可。”邓昊抽了串烤鱼，“我也不知道，他最近奇怪得很，动不动就高兴，动不动就生气，还爱上了吟诗和背书。”

那人等了会儿，急道：“说啊！”

邓昊：“说啥？”

“说吟诗和背书指的什么啊？我等半天了呢。”

“我说的这俩不带引号，没有指代，就是字面意思。”邓昊笑得让人毛骨悚然，“看吧，你们听到都觉得难以置信，更别说可怜的目击者昊昊了，简直像身临阿凡达拍摄现场。”

“昊昊？我呕。”有人咳了两声，“你能不能正常点？”

邓昊可怜兮兮地抽抽鼻子：“昊昊受伤了，昊昊现在就去找地狱使者带我走。”

他本以为程迟没听到，谁知在程迟身边一坐下，程迟便抬起一张冷脸：“需不需要地狱使者告诉你你的死期？”

邓昊差点被鱼刺卡住："……"

"我可以解释。"邓昊毫无灵魂地为自己开脱，"我们是形容你长得帅呢。《鬼怪》那韩剧看没有？我不少前女友为里头一身黑的地狱使者疯狂呢。"

说完，邓昊觉得自己是太有才了。

"你以为人跟你一样无聊啊，顶天立地的程少爷看什么韩剧呢？"有人在那边嚷嚷。

过了半晌，眉头能夹死一只蜻蜓的程少爷抬起头，语气中含着躁郁："我最近不是收敛很多了？"

邓昊心想：你收敛在哪儿呢？还问我这明明白白的事儿，究竟是让我说实话还是假话？

程迟咬了咬后槽牙，咬肌收紧得尤其明显。

过了会儿，似乎想到什么别的，他又声音干巴巴地问："我没吸引力？"

跟程迟认识了几年，邓昊第一次听他问出这种问题，有点奇怪，又有点害怕，以为是因为自己刚刚冷落了他，他才会这么问。

邓昊心情复杂地往旁边挪了挪："怎么了，迟哥？"

"……"

"老子没问你。"程迟一脚踹过去，没再搭理邓昊，盯着桌上一本杂志发呆。

他性格不怎么样，这点他自己一直都知道，但就算如此，他人缘也依旧不受任何影响。

他够义气，为人也大方豪爽，拎得清，跟他交朋友的男生从不吃亏，好处也多。

至于他的女生缘就更别谈了，无论去到哪里，他基本都是讨论度和回头率最高的。即使他不过情人节，情书和礼物也从不会缺席，想来只要他拍拍手掌，就会有许多女生前仆后继。

就连他在班上，上下课期间都不知有多少双眼睛瞟向他。

而她竟然能做到对他视若无睹，二人独处时她双目不离课本，连偷看他都不曾。

到二人之间有话题的时候，换别人早夸夸其谈了，可她仍乖顺温和地看他靠近，一步也不往前挪动。

邓昊看程迟兀自沉思，伸手拿走他面前的杂志，顺手撕了一页拿来垫烧烤签：“这物理杂志买什么送的吗？怎么隔一阵子就出现一本。”

程迟没搭理他，隔了会儿问：“我今天放学问的问题，她怎么不回我？”

“谁啊？”邓昊莫名其妙，反应了一会儿，“哦，阮音书啊。”

“你那问题没啥可回答的啊，答案不都说了吗？人家觉得没意义可能就忘了吧。”

“谁说没意义？”他看她跟别人说的时候还挺有意义的。

邓昊哈哈敷衍着笑了两声，心想：你想聊天就直说呗，整那么多虚的干啥玩意儿？

当然，出于对生命的热爱，他没敢冒着生命危险把这些话说出口。

第二天，阮音书先提早到了书店，买了本《探物》，这才进了班上。

《探物》是本物理杂志，两个月一期，里面有很多新鲜的和经典的物理题，以及一些小有成就的学者的专访，还有各种赛事通知和获奖名单。

李初瓷在班上等着她，抬眼看她带了新杂志进来，笑嘻嘻的：“我也看了这期！”

“啊？你在哪看的？我记得书店今天才到货的呀。”

“我网上订了整年的，所以快递来特别早，不需要等书店进货。”

阮音书点头：“怪不得。”

李初瓷继续问：“你看到最后一页那个通知了吗？‘逐物杯’马上要开赛了欸。”

“逐物杯”是一个还挺有知名度的物理比赛，面向高中，自由报名，奖金也不少，所以一般参加的人也不少。

“看到了啊。”阮音书点点头，“你要参加吗？”

“我物理虽然一般，但是试试嘛。万一拿到奖了呢？几千几万的奖金呢。”李初瓷仰着头做梦，“而且我们班上的人应该没资格选考不考，听说学校火箭班和快班都是要全班参加的。”

“行吧。”阮音书耸耸肩，“虽然我物理没有那么好，但也准备一试。”

“当然可以试试啦，你物理又不差的，差的话也考不了年级第一了，总分早就被拖到后面去了。”

果然，二人商量完没过一会儿，物理课代表就把比赛相关事项贴在了后面的黑板上。

一下课大家就去看，阮音书看人多，第二个课间才跟李初瓷一起过去，避免拥挤。

通知上增添了费用和交费时间，让大家尽快把钱交齐，其余的跟杂志上差不多。

因为阮音书过来了，程迟便也收了手里的手机往后看。邓昊自是也跟着看过去，看了半天，他奇道："好眼熟啊，这个。"

她们看完通知正准备走，一转身刚好对上程迟和邓昊，看他这么说也停了一下。

邓昊终于想出来了："我昨晚垫烧烤签的不就是这张纸吗？连比赛名字都一模一样呢！"

李初瓷愣了一下："你哪来的这个？"

"我不知道啊，桌上随便摸来的杂志撕了张纸。"邓昊说，"可能是买什么送的杂志吧，反正不可能是我们里面谁买的。"

李初瓷："怎么可能啊，谁买东西送这么贵的杂志？而且这杂志挺受欢迎的，不可能随便拿来送呀。"

阮音书的关注点却不一样："你拿这种杂志垫烧烤签吗？"

她的双眸微微睁大，仿佛这超出了她的认知。

"对啊，有啥问题吗？"邓昊一脸坦然，"烧烤签好油的，要是直接放桌上了，程迟不得揍死我？"

程迟："……"

"你们这种对知识有敬畏之心的学霸跟我们不一样的。"邓昊笑着摆手，"道不同不相为谋，你们快回位置上吧。"

阮音书按他的话快速回了位置后，程迟漫不经心地看向邓昊。

邓昊摸了摸脸颊，浑然不知自己做错了什么："怎么，我身上有什么多余的东西吗？"

"是。"

"啥啊？"

程迟合了合眼睑，言简意赅："头。"

邓昊急忙捂住脖子，缩在角落里打游戏了。

一班的同学都对自己有清醒的认知，每个人都做好了参加比赛的准备，钱很快就交齐了。

没过几天，比赛的位置就公布出来了。

物理课代表把位置表也贴在了后面："周一上午不上课，大家统一参加这个考试啊。"

"考试地点在庆生宫六楼，周一上午九点开考，大家最好吃了早餐再过去。座位是随机打乱分配的，我们班的被分到了好多个不同的考场，大家没看到本班的也不要急，稳住，进决赛就看我们班的了，绝对不能丢脸啊！"

下课的时候阮音书正卡在解一道数学题的部分，李初瓷便自己出去看位置了，回来的时候她正好把那题解完。

阮音书是做起题来就很忘我的人，这会儿才发现李初瓷出去了："你怎么自己出去了？"

"我看位置去咯。"李初瓷说，"你是605考场24号，我是607考场8号。"

阮音书把自己的位置记在纸条上，李初瓷又感慨："一个考场真没几个本班的啊。"

"考试要本班的干什么呀？"阮音书偏头，"又不抄。"

"有个照应，图份心安嘛。"李初瓷也振振有词。

因为李初瓷帮自己看了座位，所以阮音书便没有再去看了，一直在位置上坐到了放学。

放学之后程迟出去打球，她出来时，他正准备抛出一个漂亮的三分球——

谁知看到她面前出现了一个人。

男的。

对方手里拿着手机，春心萌动的样子很明显。

程迟闭着眼睛都猜得到他是要去干什么的。

三分球偏离轨道，堪堪擦过篮筐，邓昊一句"yes"还没说出口，站起来猛地遗憾一声："唉，我×——！"

球砸到地面上，砰砰两声，程迟没管。

邱天在喊："球在右手边呢，捡啊！"

程迟：“买水去。”

邱天说好，然后过了几秒才反应过来：“不对啊，这儿不是有水吗？”

程迟走到贩卖机边，手机扫了瓶芬达出来，刚好能听到阮音书那边的对话。

“你好，我是七班的吴欧，注意你很久了，就……可以加个微信吗？以后聊聊天问题目，听说你语文很好的。”

阮音书像是经历多了这种事，并没有很惊讶，只是天生带一点怯意。

“不好意思，我平时很少用手机的。有个 App 很好用，你有不会的题目可以在上面搜。”她说了个 App 的名字。

“那……听说你物理有些弱，我……我物理上次考试全校第三，也许有可以帮到你的地方。”他不放弃。

“也不需要啦，我善用搜索，一般没什么问题，而且我们班也有物理课代表的。”

眼见旁敲侧击没用，吴欧破釜沉舟：“别的不缺，那你……缺不缺个男朋友？”

“不缺的，大学之前我想我暂时不需要恋爱。”

阮音书说完，感觉接下来再说什么也都尴尬，便礼貌笑了笑，说了再见便离开了。

吴欧低声骂了句什么，围观的朋友纷纷上来安慰，他当场被拒绝，失了面子，表情有点难看，脸又红又黑。

“妈的，傲什么傲？跟我这儿装什么清高呢！”

那点征服欲和羞耻心被激发出来，他狠狠踢了一下脚边的易拉罐，撂下狠话：“等着吧，老子总有办法让她服软！”

阮音书走到贩卖机旁边的时候，发现程迟正靠在那儿喝芬达。

邱天还在那边喊他：“怎么还没回啊，是不是没买到自己喜欢的啊？这儿有我们给你准备的水，来啊，哥！”

看程迟直勾勾瞧着自己，阮音书提醒：“后面有人在叫你。”

“是吗？”他漫不经心地扯唇角，“叫我什么？”

“哥。”她也没多想，看到同学的亲近感让她又添了句，“你小弟还挺多的。”

他垂眸，眼底的意思不明：“知道为什么吗？”

“嗯？”

“因为我罩他们啊。”程迟倾身，棕色鼻尖痣离近，“就比如你刚刚那种时候，如果不想理，掉头就走也没关系。”

阮音书顿了片刻，小巧的鼻尖皱了皱，悄声道：“听起来还挺厉害的。”

“是啊——”他尾音拉长，“所以你要不要试试被人保护？不会受欺负；想发脾气就发；遇到不想理的人也可以掉头走，不用担心被找麻烦。”

她侧了侧头，黑白分明的眼清澈见底：“……什么？”

“认我做哥哥，我罩你，怎么样？”他勾了勾唇，一股子少年自在的风流。

她蒙了一秒。

他提着鼻音，窄窄的内双伏在眼皮上，清冷又勾人。

“叫一声，嗯？”

反应过来的当下，阮音书双目圆睁，当即往后退了两步，活像是见了强抢民女做压寨夫人的山大王。

程迟见她这副受惊小兔子的模样，虽是没被人当作好东西，但心里竟生出些愉悦来。

她皮肤白得透光，细腻得跟瓷器似的，眼睛瞪大，目光怯，神情无辜。

他啧了声，继续调笑：“别不信啊，我说真的，好处挺多的，真不试试？”

她防备又严肃地看了他好一会儿，正张嘴要说出一个“不”字，他却率先打断了。

“好了，先别急着回答，可以再想想，我暂时还不是很着急。”

阮音书：“……”

这人讲不讲道理的啊？

她低着头，抿唇的时候，颊边弯出一道微阔的弧线，脸颊弹弹软软，看上去很好捏。

过了一会儿，阮音书决定不跟他纠缠，帆布鞋底摩挲着脚底的石子，声音低低的：“我要走了。”

“这么快就回去了？”他似笑非笑，“我还没把好处给你列举完呢。”

“行吧。”他一副自己退让了很多的样子，“你先回去，等下周一来，我具体告诉你有多少优待和福利。”

“……”

程迟已经开始自说自话，完全不给她留余地了。

阮音书有点无奈：“你就这么想当我哥哥呀？”

他眼尾似有火苗轻跃，一闪即逝，饶有兴味地抬了抬眉：“什么？我没听清。”

“没什么。”

她摇摇头，没有再说，书包带在她身侧摇晃。

她也该回去了，迈了两步，看他仍目送自己，又道：“周一的考试你去吗？”

“不去啊。”少年握着易拉罐，一副漫不经心的姿态，却又倏而压下脸来瞧她，“你想让我去啊？”

收比赛费那时候他正好在，便也顺手交了，但他从来没打算去，连座位在哪都没看。

“没有，就是问问。”她摇头，“我真得走了，拜拜。”

她和他错肩，往校门的方向愈走愈远。

今天天气稍微有点热，而她又出人意料地爱扎丸子头，阳光下，她的头发呈现柔软栗色，那团头发和她的人一样乖顺，卷成个丸子盘在发顶。

她扎不上去的小碎发顺着垂下来，衬着脖颈上细细的绒毛，显得别样生动。

校服的衣领并不高，露出她颈后那截白得晃眼的肌肤，布丁似的软滑柔嫩。

他莫名想起山涧溪流和着空旷风声，水流时快时慢，波纹层层叠叠，涟漪交相荡漾。

溪流清澈见底，溪水冰凉无声，带着花色的鹅卵石静静躺在水底，形状清晰。

干净，美好，纤尘不染。

第二章

神秘纸飞机

当天正好是周五，阮音书跟程迟告别之后，有几天时间见不到他。

回家之后，阮音书先是写了会儿作业，然后松了丸子头去洗头洗澡，洗完之后还来不及吹，便披着湿答答的头发，趿着拖鞋快步走向书桌。

她刚刚洗澡的时候临时想到了解题思路，怕灵感稍纵即逝，只好抓紧时间把这题解出来。

她力气小，头发难拧干，这会儿有水珠断断续续顺着发梢滑落下来，滴滴答答地滚落在演算纸上。

啪嗒，啪嗒，像是给她认真地演算配上背景音。

她目光专注，浑然不觉，一边手算一边翕动着浅粉色的唇念着，直到滴下来的水晕成了一个拳头大的圈，她才长嘘一口气，放下了笔。

这道困扰了她三个小时的题目，终于被她算出来了。

她正准备把草稿纸上的内容誊抄到作业本上的时候，洗好葡萄路过的阮母催促："音书，来吃葡萄，妈妈这回买的葡萄又大又甜……哎——怎么又不吹头发就写题呀？赶快去把头发吹了，不然要着凉了。"

"不会着凉的。"她小声说。

"那也对身体不好！"阮母赶紧走过来摸了摸她背后，"你背后衣服湿了一大片，这样睡觉可不行，女孩子身体最怕湿气寒气了，赶紧吹干再来写。"

她说好，放了笔，从抽屉里取出吹风机，开始吹头发。

呜呜的风声中，她的注意力还在自己的作业上，一把头发和衣服吹得差不多了，就赶紧跑过去把过程详细又工整地写在自己的作业本上。

写完之后，她抱着自己的长草颜文字抱枕坐上床榻，看见床头放着阮母准备的葡萄。

微微冰镇后的大颗葡萄装在玻璃碗里，剔透漂亮，她默默在心里想着肯定很甜。

阮家对她一直这样，从小就像个保护伞把她遮起来，事无巨细地照顾好她，生怕她吃一点亏上一点当，把她养得特别好，宠溺却不骄纵。

所以这十七年来，每当别人夸她性格好的时候，她都知道最大功臣不是自己，是他们的培养。

他们是很好的栽培者，她像一棵幼苗，对着镜子能看出自己的成长轨迹，看到自己健康蓬勃并无不良，知道这样是好的、是对的、是人家推崇的，便也继续接受这样的生长环境，从没想过反抗。

她就这样按部就班地跟着他们的安排走，循规蹈矩，绝不行差踏错。

其实阮音书觉得这样也无不可，起码她现在过的生活被很多人羡慕，家庭和睦美满，成绩优良，身材长相也挑不出毛病。

她把掌控权交给了自己信任的父母，他们乐于安排，而她也悉听指挥。

只是阮音书偶尔也会想，她的未来，到底会是什么样子的呢?

那棵幼苗是在主人一买回来就决定好了品种，还是在自己的挣扎下，开出想要的形状?

她忽然觉得茫然，可又忽然开始期待。

周一，因为考试时间在九点，阮音书难得睡了个懒觉，七点的时候闹铃才响。

她本已经和阮母说过可以自己准备早餐，可阮母到底是放心不下，想给她更周全的照顾，还是起来给她准备早点，然后送她去考试地点。

八点多的时候她下了车，正好碰到坐公交来的李初瓷。

李初瓷父母都有工作，所以她都是单独行动比较多。

一看到阮音书，李初瓷立刻皱鼻子："跑到这里来我可差点累死了。学校又不组织大巴，让我们自己来，真是绝情。"

"组织大巴肯定太麻烦了，哪有这样省事。"阮音书问，"吃早餐了吗？"

"吃了。"

"那你怎么这么累，不是放了两天假吗？"

"你还说呢，我节假日过得比工作日还忙，又是培优班又是写作业的。"李初瓷无奈耸肩，"哪像你，直接上门家教，不想上还可以不上。"

不过阮音书除了实在抽不出空，一般都不会拒绝家教课的，也很少做一些和学习无关的事，为数不多的爱好是买抱枕娃娃还有做手账。

李初瓷道："你真是我有史以来见过最热爱学习的人了，还很主动。"

阮音书想了想：热爱好像也说不上，只是觉得正确，加上也没什么别的可做，所以便把心思都放在学习上头了。

她还没来得及开口，李初瓷推她："我们在六楼，走吧走吧。准考证拿出来，先进去找位置。"

阮音书在605考场，李初瓷在607，两个人的教室离得很近。

李初瓷送她到605门口："你先进去吧，我去607放包，放好我们再一起出来上个厕所啥的。"

"嗯。"

阮音书顺着号码找到自己的位置，她是24号，第四条第三个。

她来得早，别的人都还没到，阮音书把书包放在椅子上，然后把笔袋放在桌面，把准考证压在底下。

做完这些，她估摸着李初瓷也差不多了，便出去找李初瓷。

两个人碰了面，先是去楼底下上了个厕所，然后李初瓷拉着她去买了包纸，她们路上复习一下关键知识点，再到教室门口的时候，考试也快要开始了。

里头冷气开得足，阮音书瑟缩了一下，然后抬头看向自己的位置，意外发现自己身后坐的居然是……

是周五拦住她的那个男生，叫什么来着？哦，对，吴欧。

阮音书没想到居然和他分到一个考场了。

吴欧应当也感受到了她的靠近，但眼睛都没抬一下，一直低着头紧盯自己的准考证，不知是不是有些紧张。

她没多想，走过去坐好，因为有点冷，抱着手臂搓了搓。

没坐下多久，老师来检查准考证，阮音书把放在桌面中间的准考证推到右上角，又有点奇怪地想：之前不是把笔袋压在上面了吗，怎么准考证还滑到中间了？

在检查准考证的空当里，她发现自己斜后方有一个空位，大抵是缺考的。

准考证检查完，铃声打响，讲台上的监考老师开始发卷子。

这种竞赛的初赛一般都是初步筛选，是稍微有点难的程度。

阮音书拿到卷子先没急着动笔，而是先大概过了一遍卷子里涉及的题型，掂量了一下题目量，这才准备动笔。

毕竟不是所有题她都会做，这样子的初步审视，能让她计算好在一题上最多耗费多少时间，免得难的没做出来，会做的也没时间做了。

花了三分钟构想好，她打开笔袋准备抓紧时间开始做题，拉开拉链的那个瞬间，蒙掉了。

大部分笔断成几截，随意又惨烈地躺在笔袋里。

木质的铅笔也被人折成两段，自动的 2B 铅笔笔芯被人抽走了，留下一支空荡荡的笔壳子。

幸好还有一支黑色的笔幸免于难，她抽出来，发现里面的笔芯也不翼而飞了。

整个笔袋十多支笔，没有一支能用的。

"……"

她哪里遇见过这样的事情？脊椎发凉地呆坐在那里，整整出神了十分钟。

昨晚她亲手装的笔袋，里面的东西都是好好的，她还确认过了，怎么会……

有人在整她吗？谁做的？

就算要做……怎么能够做得这么过分？

意外猛地将她心神扰乱，她甚至都无法集中注意力了。

过了好半天，她说服自己冷静下来，看能不能找别的办法。

她抬起头，发现只有前面有个女生，正想着能不能找女生借支笔的时候，发现女生正在很认真地演算。

初赛题量很大，时间抓紧的话才能刚好写完，她不能耽误人家的时间。

况且她天生慢热，脸皮本就薄，也不好意思打扰正在认真写题的女生。

旁边是两个男生，她更抹不下面子了，后面是吴欧……

等等，吴欧。

阮音书蓦地回过神来，某些细枝末节、无关紧要的画面仿佛成为了线索。

怪不得回来之后她的准考证会挪了位置，笔袋也偏了许多，怪不得吴欧不敢看她……原来是他弄的……

阮音书整个人顿在那里，因为在思考这个问题，身子不自觉地朝后面偏转了一点。

监考老师敲敲桌子："不要左顾右盼啊，自己写自己的题。"

老师虽没特指她，但阮音书还是觉得是在暗指自己，急忙转身坐好，一张脸霎时红透，脑子里嗡嗡嗡，像是要爆炸。

在这之前，她的名字从老师嘴里说出来，从来只会是夸赞。

她双臂抱着缩在那里，心里又是焦急又是无奈，可她自尊心偏生太强，再没有张嘴说一句话动弹一下。

过了十多分钟，老师察觉到不对，下来巡视，走到她身边时看到她桌上一大堆断掉的笔，脚步停顿："怎么回事？"

她深吸一口气，抬起头："我的笔被人恶意掰断了，写不了题了。"

老师皱着眉巡视了一圈："什么时候？"

"我第一个到教室，放了笔袋出去，再回来就这样了。"

吴欧在后方咬了咬牙，握紧拳头，没想到看起来逆来顺受的她真的敢讲。

"那你先用我的吧。"老师去讲台上拿了一支笔下来，"其余的等会儿再说，快没时间了。"

一拿到笔，阮音书立刻开始写题，但物理题本就又多又难，她还晚了半个多小时，最后收卷时后面的大题都没写。

每排的人起身去交卷，阮音书还没来得及站起来，后面的吴欧路过，也不知道是恼羞成怒还是"无意"，钢笔的墨水滴在了她准考号条形码上。

她赶紧抽出纸巾擦拭了一下，但条形码上还是有一团污渍。

起身去交卷的时候，有认识她的人往这里扫了一眼，看她卷子背面是空白的，露出了不可思议的表情。

阮音书情绪复杂地抿抿唇，把卷子交上去："老师，我的考号……"

"怎么这么不小心滴上这个了？！条形码扫不出来没有成绩的啊。"

"我没有钢笔。"她说。

老师的目光挪到唯一带了钢笔的吴欧身上，吴欧看教室里没监控，面不改色："我带钢笔是打草稿的，可能不小心甩到她卷子上了吧，不好意思啊。"

"……"

阮音书考试结束回学校，跟李初瓷坐在公交车上，任凭李初瓷怎么问怎么说，她都抱着手臂一言不发，满脑子都回荡着监考老师那句——

"这肯定扫不出来了啊，白考了。"

窗外下起稀稀落落的小雨来，雨珠汇成线，顺着窗户向下滚。

天阴沉沉的。

她浑浑噩噩走进教室找位置坐好，教室里就刚刚的考试讨论得热烈，有人说自己运气好兴许能进复赛。

她又何尝不是呢？

以她的水平，假如发挥好，还是有可能靠半面题目进复赛的，但被吴欧又那么整了一下，唯一的希望也破灭了。

她做了两个小时无用功，还被人陷害，还第一次有半张卷子没做完……

阮音书想到日后孤立无援的场景，还有那些震惊又怀疑的目光，挫败感和无助感就排山倒海般席卷而来。

好丢人啊。

怎么会这样呢？

她缩着身子，左胸腔涩涩地抽着痛，有温热液体难以控制地从眼眶里涌出来，一颗颗砸在书本上，她咬住嘴唇，小声抽噎着。

程迟从外头走进来，路过蛋糕店的时候蓦然想起自己周五时跟她说有"好处"给她，便顺道买了个蛋糕带给她，心中颇为自足。

可他走过去一看，发现她低着头，背部一抽抽地颤抖，手指绞着书。

他立刻感觉到不对，走过去，蛋糕放她桌上，然后蹲下身看她："……怎么了？"

她眼泪跟不要钱似的往下掉，嘴唇都被咬得泛了白，眼眶里亮莹莹，眼尾红彤彤，委屈极了。

程迟怔住。

“到底怎么了？”他几乎有些无措地把手搭在她发顶，也不知道是不是这么安慰人的，轻轻揉了揉。

“谁欺负你了？我去揍他。”

她没说话，还是一个人坐在那儿沉默地掉眼泪。

感觉到班上渐渐安静下来，大家的目光好像都挪到了这里，她不愿成为大家目光的焦点，想让程迟早点走，便回了句：“没什么。”

阮音书的声音有点哑。

程迟盯了她一会儿，最终上课铃打响，他还是起身回了位置。

即将开始上课，阮音书收好情绪，拿餐巾纸拭掉泪痕，清咳两声，喝了口水润嗓子，这才坐直身子，准备听讲。

讲台上物理老师乔瑶开始讲课，程迟支着脑袋，目光飘忽不定。

阮音书打起精神来做笔记，找李初瓷要笔的时候才发现桌上多出来的蛋糕盒。

蛋糕盒子四四方方的，上面绘着生动的小人。

下课的时候她才问：“这是哪来的？”

李初瓷刚刚一直在看着她，所以很快就答：“程迟来的时候放你桌上的。”

她若有所思地点点头，看程迟还抄手坐在位置上，这才提起蛋糕盒还过去：“谢谢，但我吃不进。”

他眼帘抬了抬，顺势道：“那就想吃了再吃。”

“不用了。”她心情不太好，执意要还给他。

“那你托着还给我。”

她把蛋糕盒放在手心上，递过去。

他站起身朝她靠近，手指搭在蛋糕盒提手上，不知是在哪里拨了一下，提起来的时候蛋糕盒被完整地揭开了，但蛋糕还留在她手上。

他手里只有一个包装盒。

“……”

程迟从蛋糕盒侧抽了根叉子出来叉在蛋糕一侧,很不讲理的模样:“吃吧。”

“我真的不要。”她手又往前伸了伸。

他状似无奈地一耸肩，走到她身侧，左手把蛋糕拿了起来，却趁她不注意的时候换到右手，再悄悄把蛋糕放在她桌上。

她一转身，发现刚刚交出去的蛋糕又回到了原点。

就像是土耳其冰激凌，她是顾客，他是售卖者，她被他耍得团团转，怎么样都达不到自己的目的。

“吃一口啊——”他撑在她桌沿，“特意给你买的。”

“给我买这个做什么？”

“上个星期答应了你的啊。”他舔舔唇，唇角抬了抬，“我说好处很多，不止这一个。”

她怔了一下。

在上周五，他确实说过他可以保护她，让她不会被人欺负之类的话。

他话里有话，似乎说的是不止给她东西吃，还可以……帮她报仇。

可她又没有认他做哥哥。

她坐在那里，一时也没动作。

后面的邓昊喊：“哥，我也想吃蛋糕！”

阮音书想着既然她没吃，那程迟可以顺便把蛋糕给想吃的邓昊了。

程迟手撑着后排桌子边沿，面无表情地点了点头：“想想吧。”

邓昊想骂人，忍了忍到底没敢骂出口，一个人站那儿生闷气。

邓昊吃瘪的场景太惨太喜感，她没绷住，忽地笑出了声。

程迟掉头看她一眼，声调里隐隐透着放松：“……笑了？”

她轻轻点了点头，感觉心情也不像刚刚那么沉重了，忍不住小声说了句谢谢。

他要笑不笑地反问：“谢邓昊还是谢我？”

她没来得及回答，上课了。

下午一共三节课，上完一节物理和语文，剩下一节是自习课。

程迟被人喊出去做什么，班上大多数人在做作业，偶尔遇到不会写的题小声讨论着。

班上维持着偶尔有细小响动的安静。

一班气氛好，李初瓷遇到一道不会写的选择题，嘴巴挪到阮音书耳边：“哎，你这题选的什么？怎么做的？”

阮音书看了一眼：“选的C，A、B是缺少主语，D是句意重复。”

李初瓷点头，笔梢挪动在括号里填了个C，又举着笔杆小声问：“书书，你今天中午……到底怎么回事啊？”

阮音书已经恢复过来一些了，看到现在也没人关注着她，便小声开口道：“今天考试遇到一个人，把我笔都掰断了，害我没法考试还被监考老师看到。”

“啊？！这也太有病了吧！”

“不止，他最后还把墨水滴在我条形码上，我争分夺秒做的那半张卷子也没用了，我白考了。”

……

学校天台。

邓昊和邱天几个人叼着根烟，围在石桌边打牌。

“飞机！”

“我还火箭呢！”

天台上横着各种各样的庞大管道，为了保护管道，学校在上面绕了几层软垫，坐起来倒也舒服。

程迟就坐在门边，手拢着打火机点燃唇边的烟。

雨停后，头顶的天蓝得不带杂质，风捎着茉莉清香拂过，烟雾被袭得四散，散开后显出他那张没什么表情的脸。

程迟眯着眼抽了两口，他听到外面的楼梯间里有说话声传来。

他不是有意想听，因为天台门半掩着，楼梯间又空旷，稍微一点响动都被无限放大传来。

他揮了揮眼尾，正要起身，听到一些熟悉词儿。

“我哪知道她这么不经吓啊？一开始只是看不爽她假清高，所以想让她对我服个软，求我借支笔什么的，谁知道她心理素质这么差，一回去就开始哭。”

“人家年级第一呢，一直被当国宝似的珍惜着，肯定很少被人整吧，所以才那样。”

“哪样？教室里又没监控，我掰断她笔的时候也没人，根本没人知道是我干的，结果她倒好，没证据还一副想跟我理论的样子。再说了，我不就是把她条形码弄坏了她白考了吗，有必要这么大惊小怪？”

“她阮音书成绩这么好，这次考砸了老师随便给个内部晋级名额还不容易？”

“还有，就她那一个半小时写了半面的速度，就算真交上去批改，指不定还过不了呢！哭哭啼啼什么啊，搞得一副我杀她全家的样子。”

“她那种天塌了的感觉看着就烦，下次有机会……她吴哥再教她做人。”

程迟合了合眸，很快意识到了什么，把烟掐灭，上前几步踹开天台门。

门重重摔在墙上，荡出一声极响的回音。

楼梯间空旷，已经没有人。

刚才讨论的那几个人一说完就立刻走了，像是生怕被发现似的。

程迟顺着台阶下去找了一圈，也没看到人影。

下课铃响了，被踹门声吓到的邓昊捏着扑克牌跑来：“怎么了？怎么了？谁来找碴儿了吗？”

左右看了看，邓昊道：“这也没人啊？”

“邓昊。”程迟皱着眉忽然叫他。

“臣在，咋的了？”

“这里没有监控？”

“你说我们站的这儿吗？是没有啊，谁在这种没人来也没贵重物品的地方放监控。”

“那你去查一下。”程迟顿了顿，“姓吴的，周五跟阮音书告过白的，上午物理考试和她一个考场的那个人。”

一般只要是程迟吩咐的，邓昊下意识就应下：“好。”

过了会儿，邓昊又摸摸脖子：“不过，打听这个干什么啊？”

程迟把熄掉的半截烟扔出去，头也没回，冷声道：“到时候你就知道了。”

“等……等一下，等一下……”

阮音书吞了吞喉咙，伸手抓了抓校服衣摆，脑子里天人交战犹豫不决。

“等什么等！”李初瓷小小的身躯有巨大的能量，“我都快气死了我！”

阮音书伸手握住她手腕：“我……我现在还没缓过来，你想清楚了吗，初瓷？”

“我想得很清楚了。”李初瓷咬咬牙，“他都能在考试的时候掰你的笔，我们怎么不能报仇掰回去？而且他明天又没有考试，笔好借得很，这还算便宜他了！”

最后一节自习课的时候，李初瓷完完整整地听阮音书讲了一遍事发经过，感同身受地气个半死。

刚好七班班长是她朋友，于是等七班人走完之后，她气势汹汹地拉着阮音书来了七班，找到吴欧的位置，准备回敬他一场一样的破坏。

阮音书皱着小脸，这会儿纠结得要命，不知道这样是好还是不好，可心里又确实堵得慌。

可李初瓷才不管她的纠结，直接从吴欧抽屉里拿出笔就开始掰。

她用了两下力，发现自己好像掰不动。

李初瓷：“……”

她开始冒冷汗了，不会吧，她还没来得及坏一下，混账计划就要因为力气太小而夭折了吗？

李初瓷紧张地在衣服上蹭了蹭手心的汗，正准备再试一次的时候，笔忽然被人夺走了，她震惊地偏头去看——

程迟双手抵在笔中央，不过是轻轻一使力，笔咔嚓一声被折成两段。

他手背上的青筋隐隐显出，像伏在手背上的藤蔓，存在感不强，却显示出十足的力量。

紧接着，他十分帅气地把折断的笔扔出窗外，然后伸手：“还有吗？”

李初瓷赶紧把吴欧抽屉里的笔都递了过去，程迟一一毁坏，然后潇洒又轻松地把它们抛出窗外。

阮音书木木地看着眼前发生的这一切，还有点没反应过来。

程迟他……是怎么找过来的？

李初瓷拉拉阮音书袖子：“我要迟到了，现在得去培优班了，你弄完到家记得和我说声啊。”

而后李初瓷又嘱托一句：“吴欧真的好过分，你们尽情砸烂他的东西吧，我明天看他的惨况再和你们一起爽啊。”

阮音书回头目送李初瓷离开，手上东西却倏然被人一抽。

程迟拿过她手里那支吴欧的钢笔，因为钢笔外壳坚固，所以他直接扬手丢进了楼下的垃圾桶里。

雨又开始落了，这次不再是毛毛细雨，而是哗啦啦地在教学楼外作响的大雨。

钢笔划出一个抛物线，然后变成一个小点，再消失不见。

她喃喃："我们这样……可以吗？"

"有什么不可以的。"他皮笑肉不笑，"他做的不是比这过分多了？"

于是下一秒，她看到程迟抬起吴欧靠窗的桌子，然后掀了出去。

桌子从高处被扔下，砰一声巨响砸落在地，木质桌子零件四散，被砸得稀巴烂，零碎地躺在大雨里，俨然已成废木。

不知道为什么，郁积在她心里的气霎时散了不少，有种说不出的痛快。

程迟又单手拎起吴欧的椅子，正准备往外面扔的时候，忽而停了一下。

他垂着眸，似是有了什么想法，唇角抬了抬："你自己扔应该会更过瘾一点。"

他另一只手拉她到自己身前，让她两只手抓住椅子，自己也帮她抬着一个角。

"我数三二一，你就松手。"

阮音书忽然就紧张起来了："可、可、可……"

"可什么可？"少年声调里带着懒洋洋的笑意，动作间根本没给她犹豫的机会，"三——二——一——"

话音一落，程迟握着她手腕轻轻一抖，阮音书下意识地松开手指，椅子在大雨中直线下坠，她像扔掉了一个沉如铁块的包袱。

"别怕。"

他安抚似的捏捏她手腕，满不在乎地轻笑一声。

"出事了，算我的。"

那天到家之后，阮音书竭力平复着自己失序的心跳，从书包里翻出英语作业来做。

她练过的英语字体被老师夸过无数次，她做了几道翻译句子题，又写了篇阅读理解，可胸腔里的声音还是一声盖过一声。

她放下笔，做贼心虚似的往外面看了一眼，确认阮母没在看她，这才伸手覆盖住自己的心脏。

她还是有点紧张。

扔椅子的画面犹在眼前，木头摩过自己掌心的触感还很清晰，还有大雨混合着程迟的声音，一声一声地敲击她蒙了层水雾的耳膜。

虽然这一切都是吴欧罪有应得，可这是她第一次走出循规蹈矩的世界，没想到竟然是这种感觉。

中午的时候，她一直觉得有团棉花堵在喉咙口，心脏上也像拴了个铁块，像是被人摁着沉沉下坠，很不好受。

可现在她已经舒畅了很多，呼吸都变得容易起来，甚至连空气隐隐带着青草与柑橘的香气都感觉得到。

虽然她还是有一点怕怕的，也不知道自己做得对不对。

过了会儿，她把英语作业写完，然后拉开抽屉，从里面摸出自己的手机。

因为她很自觉，所以家里面不会收她手机，把使用权完全交给了她。

但她除了查题目和周末时，平时都很少用，也因为班主任说过不让带手机，所以她也没把手机带去学校过。虽然班上大多数同学会带。

拿出手机之后，她抿着唇，小心翼翼地给李初瓷发消息："我到家了。"

过了五分钟，李初瓷回："是吗？成果怎么样？"

阮音书缩了缩肩膀，继续说："我们把他的桌椅也给扔下去了……"

李初瓷："作业撕了吗？"

阮音书："……"

阮音书："没有。"

李初瓷又发来一个她"爱豆"的表情包，表情包里的人正笑到快头掉，头旁边一圈圈的全是"哈哈哈哈"："看把你吓的，发消息都分段了。"

阮音书："我现在情绪非常复杂。"后面跟了个"哭"的符号表情。

李初瓷："我懂，但你不用觉得自己做错事啦，我们这是替天行道。我估计程迟还是看在你的面子上才没撕他作业的，不然让这垃圾也体会一下前功尽弃是什么感觉。"

阮音书："那明天怎么办啊？"

李初瓷："没事儿的，明天的事明天再说，今天过瘾就足够了。"

阮音书把手机重新塞回抽屉里，拿起笔继续写作业。物理作业写到一半的时候，她想起程迟往外扔笔的动作，忽然忍不住地慢慢笑开。

她忽然觉得偶尔跳出自己瞻前顾后的胆小的世界，尝试以其人之道还治其人之身的感觉……

其实还不错。

第二天一切照常，阮音书刚进班就发现窗台那边围了一圈人。

李初瓷见她来了赶忙招手道：“快来！”

阮音书过去，才发现是吴欧在底下捡书。

程迟今天来得也是出人意料地早，这会儿正抄着手，淡淡看着底下的人狼狈得跳脚的模样。

昨天他让邓昊去找人，邓昊还没来得及找到，他下楼的时候便正好看到了李初瓷拉着阮音书进七班教室。

他在窗外停留了一会儿，看到了李初瓷开始掰笔但没能掰断，又一脸气愤的模样。

他意识到那人应当就是害阮音书白考的人，也是楼梯间那个言语低劣的“嘴炮王”，更是他在找的人。

于是他就进去帮着解决了一下。

刚好，他今天还能顺便看清这人到底是谁。

正在楼下捡书的吴欧差点气得闭过气去。

教学楼右边的窗户是靠近操场的，左边的窗户则靠近一条狭窄的排水通道，如果他的桌子被人从右边扔出去倒也好说，偏偏扔东西的人不叫他好过，从左边窗户把他的桌椅全砸了下来。

昨天落了那么大的雨，桌子被摔得七零八落也就算了，偏偏一地泥泞，他抽屉里的作业也被甩得随处可见，导致他每一步搜救都变得异常艰难。

“×！”他终于忍不住地大骂一声。

阮音书没有这么大的力气，应该是她找谁干的。

她平时看着乖乖软软，是个好欺负的主儿，没想到啊！

每个班窗户口都有探出来的一整排脑袋，全在无所事事地看着他出洋相。

吴欧又气又恼，咬牙看向一班，正好看到站在窗边的阮音书。他本想抖个狠吓唬她一下，顺便撒撒自己这一大早满肚子的火，谁知他刚瞪过去，便有人迈步上前，宽阔肩膀正好挡住了阮音书的脸。

吴欧抬了抬眼，看到了江湖传言里非常不好惹的冷面阎王——程迟，身子抖了一下。

吴欧识时务地低下头，一句脏话都没能出口，咬碎了一口牙。

再怎么说这位爷是一高绝对不能触怒的禁区，没有谁不怕的。

一大清早，围观群众多了个看吴欧捡书的消遣，早读铃声一响，又都乐呵呵地回了位置上。

热闹嘛，有谁不爱看的。

甚至他们回座位以后还在窃窃私语："这谁干的啊？干得好，我早看吴欧不顺眼了，超级做作、自大，还玻璃心，就差拿鼻孔看人了。"

……

早自习结束，又上了几节课，中午的时候她吃完饭早早到了教室，结果接到通知："教导主任让你们俩过去一下。"

阮音书指了指自己和李初瓷："我们俩吗？"

"嗯。"

她早有预料，这个瞬间到来的时候居然有种如释重负的感觉。

阮音书慢吞吞站起身，心里的焦虑感渐渐被不安代替。

她们走到教导主任办公室门口，门推开，里面站着主任时亮和吴欧。

两个平素乖乖巧巧不犯任何事的小女生在里头站定，带着一股清冷的陌生气，和这氛围格格不入，甚至让人觉得她们是来接受表扬的。

要不是看了监控，时亮也以为是自己错怪了她们，这两个一班的女孩儿听话又好成绩，无论什么时候拿出去都是值得炫耀的。

时亮长长地叹了一口气："知道我叫你们进来是因为什么吧？有没有什么要解释的？我还真没想到——"

他话还没说完，门便被人踹开。

程迟挂着一张低气压脸走进来，满身的愤怒气息。

阮音书知道他不好惹脾气大，但没想到他在主任面前脾气也能这么大。

但时亮早已习惯，没多说什么，让他站到阮音书旁边去。

他长得高，一站到她身边，霎时挡去了不少光，柑橘味道铺天盖地涌入她鼻腔。

这种情况去叫程迟，他多半不会来，但既然他来了就好说了。

时亮终于找到着力点："桌椅是你扔的吧？是你教唆她们俩和你一起的？原因是什么？"

他甚至都没有问，时亮笃定地认为是程迟先找碴儿。

阮音书良心过不去，上前一步正要说是自己做的："不是……"

可她话没说完，人就被程迟侧肩完全挡住。

他不让她说话，云淡风轻地回应："因为他欠揍。"

时亮："……"

很快，一班和七班的班主任也进来了。

"你这样在学校成天惹是生非是不行的。"时亮气得摘下眼镜，"人家吴欧怎么你了，你要把人家笔也摔了，桌子也摔了，你知不知道这样有多影响别人？"

"我知道啊。"他声音带着低低的懒，似乎还在笑，"那他知道影响别人吗？"

时亮被气得没话说了："你真是无法无天！"

阮音书忍不住探出头："不是这样的……"

她实在没法眼睁睁看程迟独自背黑锅。

但程迟仍是没给她机会，指尖将她往后推了推："不关你的事。"

他又抬头看时亮，替阮音书和李初瓷撇清："她们是我故意叫去看情况的，全程没参与。"

时亮没怀疑，继续逼问："发生了什么事，你要这样针对别人？"

"我不知道啊。"他轻飘飘抬了抬眸，"不如问问吴欧同学知不知道……我为什么要针对他。"

时亮已经被气得没话说了。

但阮音书却抬起脸，看着自己班主任："老师，我物理竞赛白考了。"

一班班主任愣了下："怎么白考了？！"

"考试的时候笔全断了，墨水还滴到条形码上，条形码扫不出来。"

"是吗？好好的笔怎么全断了？"

"对呀，"她目光转到吴欧身上，眨眨眼，细声细气地问，"好好的笔，怎么说断就断了呢？”

李初瓷也看着吴欧，疑惑问道：“是呢，好好的钢笔，怎么说漏墨就漏墨了呢？”

吴欧面上冷汗涔涔，头越发地低，目光躲闪。

办公室里空气就这么沉默了几分钟。

两个素来不惹是生非的三好少女盯着吴欧看，程迟散漫地勾着唇看过去，眸子里满满不屑意味。

时亮很快意识到了不对。

程迟这人虽然浑，但好事坏事一向做得光明磊落，干了什么也是绝不会来办公室挨训的。

但今天他不仅来了，还一副诘问吴欧的模样，应当不是推脱罪责；而阮音书和李初瓷也一反常态地说起考试失常的话题，指向性也颇为明显……

两位班主任也感觉到了什么。

“好了。”时亮说，“你们先在这里站会儿，我们出去去商量一下。”

三位老师从办公室离开，去了外面交谈，外面不时有叹息和说话声传来。

吴欧感觉有些站不稳，从身边拉了把椅子准备坐下。他刚把椅子扯到身后，还没来得及坐下，程迟抄着手，随便地踢了一下椅腿。

椅子挪动了几寸，吴欧喉头一哽，没敢再坐了。

过了会儿，三个人进来了，时亮皱着眉：“考试的事还没完，我们会再查。但是程迟扔同学桌椅造成了不好的影响，所以罚办一期学校的黑板报，下周末之前要办好。马上要两点了，你们先回去上课吧，考试的事查出来会再叫你们。”

这件事情就先这么告一段落，但其实并不算完全结束。

回去的路上李初瓷还在说：“我估计他们都意识到什么了，否则就扔椅子这种事，怎么说也得通告批评和口头警告，怎么可能就轻飘飘罚个黑板报？那黑板报不想办，随便写写就完事儿了。”

虽然学校一贯对程迟睁只眼闭只眼，但该走的流程都会走，不过程迟不在意罢了。

阮音书觉得有道理，但又忧虑：“可考场没有监控，什么都查不出来吧。”

“这你就不用担心了，我觉得总有办法的。”李初瓷用手在掌心敲了敲，

“再说了，滴墨能在卷子上看出来吧，就算是不小心的，他也得给你道歉吧。更何况那么大一团，谁信是不小心啊！他以为他机关枪扫射呢？”

“不过……”李初瓷又龇了龇牙，“我没想到学校监控那么清晰，不是说平时都不开的吗？”

阮音书也耸耸肩：“我也以为用不上。”

第一节课下后，阮音书破天荒地主动回头看程迟：“今天放学你留下吗？”

他在打游戏的空隙兴味地一挑眉：“留下干什么？”

她一双鹿眼澄明清澈：“不是要办黑板报吗？”

“……”

她不说他都忘了。

反正这种破惩罚，他不去，学校也照样能找到人去办。

程迟偏头：“你帮我办？”

“嗯，毕竟你帮了我那么大一个忙呢。”她缓缓道，“你要是想挑个时间办的话，我就跟你一起；你要是不想办，今天放学我就自己弄。”

他笑了：“这么任劳任怨啊？”

“本来我不想去的。”他慢吞吞，眼尾轻勾，“但刚刚忽然想了。”

放学后。

阮音书找好了粉笔盒和黑板擦带去，又从袖子里拿出一个迷你版册子。

这是板报精选本，里面记了很多种版式。

她从里面选了个款，然后踮着脚拿根白粉笔在那儿比画。

程迟看她小小一团跑来跑去，仰着脸似乎很认真，倚在一边问：“在干什么？”

她似乎这才想起他也在，赶快把手里的粉笔递过去：“我画的红色这一段，你帮我均分成五份，我要写字。”

他抬眉，刻意曲解：“我没带尺。”

“看起来差不多就行了，不需要很精细。”她又低头拿粉笔，“你先分着，我把这边画画。”

她校服外套拉到手肘，露出白白瘦瘦的一截手前臂，她微微侧着头，眼睛里像淬了星星。

用明黄色粉笔在右侧圈出一个框，阮音书又想起今天的事，小声跟他说："谢谢。"

"是吗？"他喉结滚了滚，颊边带出一个意味深长的笑，吊儿郎当地问她，"那你打算怎么谢我？"

"怎么谢你？"

她低眉重复一遍，然后眉头舒展开来，道："我这不是帮你办黑板报了吗？"

他略显无谓地牵牵嘴角："就这样？"

她还在认真勾边，指尖泛出用力后的青白色："那不然……你还想要什么？"

他没说话，周遭风声忽而停了下来，耳边只剩下她、自己粉笔落在黑板上的声音。

过了会儿，男声忽而沉沉道："没想出来。"

阮音书："……"

"先赊着吧。"他倒是很自觉，"等哪天我想要了再提。"

她愣了好一会儿，这才后知后觉地反应过来，他刚刚是在说如何谢他的问题。

他这么久没说话，就是在想这个？

她失语，嘟嘟囔囔道："我还没答应呢，你就先赊起来了。"

他垂眸："你一个人在那儿嘀咕什么呢？"

"没什么。"她皱了皱鼻子，"你分好了吗？"

"分好了。"他随意地把粉笔往粉笔槽里一扔，漫不经心道，"来写。"

粉笔摔到笔槽里，断成几截，阮音书鼓着嘴颇有微词，从里头拾起一截还能写字的粉笔。

这人还真是粗鲁又随意。

她手往上伸了伸，本意是让袖子往下滑一滑，谁知他竟误解成她想要往最高处写字。

黑板有点高，她踮脚也只能够到中间，画面想来有点滑稽。

程迟头一扬，唇角带着揶揄的弧度："够得着吗？"

她抬头，很快意识到他在说什么，耳尖一下子烧热绯红起来："少看不起人了！"

"没看不起你啊。"他手指轻敲，"我倒是看看你能怎么写。"

她应下他挑衅目光，走到一边。

刚刚她来的时候抱了个小凳子，椅子上放着粉笔盒和黑板擦，他只看到上头的东西，没看到凳子。

这会儿，她把粉笔盒挪到地上，然后抱着自己的小凳子，嗒嗒两步走到黑板前，俯身，把凳子放好。

她手撑着黑板，踩上凳子，轻轻松松就够到了黑板最上面，还示威似的拿着小粉笔在上面敲啊敲的。

"是我没想到。"他点点头，"毕竟我的身高并不需要我搬凳子，可能只有你这种情况才需要提前做准备吧。"

她瞪他一眼："这叫未雨绸缪，防患于未然，你懂什么呀？一点生活的智慧也没有。"

他失笑："是——我没有——"

阮音书不理他，转过头好好写字。

可她才写到一半，这人腿一抬踩到她椅子上，吓得她不轻，摇摇晃晃扶住黑板："你干吗啊？！"

凳子抖了两下，很快平衡，连颤也没颤一下。

阮音书这才意识到，他是怕凳子晃动导致她摔跤，这才高抬贵腿帮她平衡好。

程迟抱臂，浅浅淡淡嗤了一声，揉着鼻子："大惊小怪。"

"……"

傍晚柔和的风捎带着凉意，温度令人感到舒服。

阮音书站在那里，听着手里的纸张被风翻动出轻微的声响，粉笔当当地点在黑板上，放学后的校园带着安静的喧闹。

程迟正站在她旁边打游戏，她侧头就看到少年微垂的侧脸，刘海儿细碎地遮挡住眼睑和耳郭。

他不说话，而风还在吹，他像风把他吹到这里似的。

她就是那个时候忽然觉得，这个传闻里凶神恶煞的一高首霸，其实并没有别人说的那么可怕。

他其实也有一闪而过的、沉默的、面无表情的温柔。

只是很快，就被风带走了。

黑板报办完之后，阮音书火速收工回家，程迟百无聊赖不想回基地，索性去天台抽两根烟。

他不知道，就在他上楼的过程中，一班左边的窗户被人拉开。

吴欧拍拍手掌，利索地翻进一班教室，问身后的人："阮音书桌子哪张？"

"喏，倒数第三排靠外。"那人在外接应，"这边真的没监控吧？你可别像她们一样被时亮从监控里查到了。"

"放心吧，那是她们傻，从有监控那边的门进教室。"吴欧从阮音书桌上搬起一摞书，"我从没监控的地方翻窗进来的。"

拿了书，吴欧又制造了混乱现场后，二人朝天台走去。

朋友问："到时候万一她们又跟老师说，怎么办？"

"说就说咯，跟考场一样，没证据就不会定我罪的。"吴欧又咬咬牙，"这群疯子胆子还真大。敢在时亮面前指控我？还扔我书和桌子？？我再不给她们点颜色看看，她们不知道我的厉害！"

"你搬书是准备干吗啊？"

"烧了咯。"吴欧笑得阴恻恻的，"反正一团灰，谁能认得出来？"

"我就怕你们这样，冤冤相报何时了啊。"朋友站在天台门口，声音在空间里荡出很大的回声，"阮音书是不是有程迟撑腰啊？"

吴欧看这里也没人，整个人都放肆了起来："程迟算个毛？而且吸取这次教训，我做得没那么明显，刚刚把很多人的书都打乱了，还搞了几个猫脚印的印章上去……就当是猫跳进去翻乱了，顺便衔了几本书走呗，总不可能查指纹吧。"

朋友点头："有道理。不过我还真没想到，阮音书平时看起来柔柔弱弱一朵小白花，关键时刻居然不是任人宰割的主儿，还傍上程迟给她帮忙。"

"那当然，阮音书这人真恶心，平时装得清高得跟什么似的，谁知道她怎么搞上程迟的？指不定背地里浪——"

吴欧正扬扬得意地说着话，抬头时语调戛然而止。

天台大门被人从里面推开，程迟面色阴郁，伸手一把抓住他衣领。

……

阮音书本以为吴欧滴墨的事件会不了了之，可没想到第二天大课间的时候，广播里传来通知声——

“占用一下同学们课间时间，这边通报一个事情。

“高二（7）班吴欧同学，因私人恩怨报复同学，在前几日的物理竞赛中折断阮音书同学全部的笔，还特意将墨水滴到阮音书条形码上，导致阮音书成绩作废。

“不只如此，他还在昨天下午擅自闯入一班，偷走阮音书的课本，企图将其烧焚。以上行为恶劣至极，严重违反条例，也给校园风气带来极大不良影响。”

阮音书看了一眼自己桌上的书，怪不得她今早来的时候感觉书的顺序变了，有的上面还有点灰尘，原来是吴欧来过……

广播还在继续：“但考虑到吴欧此次是初犯，认错态度良好，也是主动向老师告知这一事项，所以学校决定给予万字检讨和记过处分，下周一的全校升旗时间交给吴欧反省认错，撤销比赛名额，视情况再决定后续处罚。

“同样，参考了阮音书同学往常的成绩，我们决定补偿给她一个复赛名额。学校也对监督不力深感抱歉。”

广播关闭后，立刻有前后桌的人围拢过来：“吴欧居然把你的笔都掰断了？还弄坏你条形码？这也太神经病了吧！”

“你跟他能有什么恩怨啊，我都没见你们说过话。”

“怪不得之前有人扔吴欧椅子呢，我看他活该！”

阮音书跟关心的朋友们聊了两句，下课时候她去打水，却冷不丁得到了吴欧的道歉。

吴欧站在她面前，头低着，腰微弯：“对不起，我不该因为告白失败就起了报复心，一而再再而三地给你造成困扰，还因为自己的狭隘用言语中伤你。以后我一定吸取教训坚决不再犯，昨天的书也帮你捡回来了，请你原谅我这一次。”

操场上人很多，没一会儿就全部跑到这边来围观，吴欧低着头说了很多，任人围观，整张脸都烧红了。

她隐约看到他有半张脸肿了起来，嘴角还有血迹。

后来回了教室，她正好碰上靠在位置上休息的程迟。

程迟以手支颐闭目养神，但手指骨节处有伤口，手臂上也有深深浅浅的擦伤。

她走回位置上，从书包里翻出几个阮母给她准备的创可贴。因为她做事谨慎小心，所以很少受伤，这创可贴便一直闲置着。

阮音书把创可贴轻飘飘地放在他桌上，小声地、用只有他们才能听到的声音问："你和吴欧打架了吗？"

他倒是没正面答，眼睑仍是合着："他跟你道歉了？"

昨天还没打一会儿，吴欧这垃圾就哭着求饶，一点嚣张跋扈都没了，为了求程迟放过自己，还主动提出自己给教务处打电话承认错误，再向阮音书道歉。

看吴欧打完电话之后，程迟才放过吴欧，让他滚蛋了。

"嗯。"她很执着，"所以是打了？"

"我不想打的。"他慢悠悠地掀开眼皮，"但是我的拳头不答应。"

"……"

程迟又自鼻腔中嗤一声，不屑道："两个垃圾，二打一都干不过我。"

次日班主任把阮音书叫去办公室，先是和她说她可以直接进下下个月的"逐物杯"复赛，又安慰了她几句，让她别和吴欧一般见识。

末了，班主任又道："你和李初瓷那件事老师也不会放在心上，我明白都是事出有因。你们也别有心结，继续专心搞学习，毕竟班上的分还要靠你们俩带呢。"

阮音书乖乖点头说好，这才被放回了班。

她刚回去就看到班上一阵骚动，似乎又有什么新的比赛要开始了。

李初瓷兴高采烈地给她科普："这回是你擅长的成语大赛，初赛就在我们学校阶梯教室，下周五下午考，唯一不好的就是和"逐物杯"那个初赛是一个位置顺序。"

阮音书想了一下："那就是，吴欧又要坐我后面了？"

"对……"

班上讨论得热烈，各种参考资料乱传。邓昊刚从外面买完零食进来，看见这样的场景，拿着烤肠顺便扫了一眼黑板边的座位表。

邓昊坐到程迟旁边才一边吃一边开口："最近比赛真够多的，物理竞赛才刚来，马上又要来一个成语比赛。你不去吧？"

"我去个屁。"

"不过我刚刚听说成语比赛和物理那个是一个位置顺序。"邓昊打了个寒战，"那不就代表吴欧又要坐我们课代表后面了啊？"

他虽然没参与这几天的事，但作为程迟的跟班，东拼西凑加问问旁边的地狱使者，他还是很清楚发生了什么的。

程迟停了一下，看向他。

邓昊还在吃："不过也还巧欸，我刚刚随便看了眼，我发现你居然坐在阮音书斜后方。这也太巧了吧。"

程迟皱了一下眉："真的？"

"当然是真的。我在想要是之前初赛你去了，吴欧怕你，会不会就没有这么多破事儿了。"

邓昊话没说完，程迟起身了。

"哎哎哎，去哪儿啊，你？"邓昊看程迟去看座位表了，无奈地耸肩，"这怎么还不信我呢？"

下周五下午如期而至，大多数人睡了一个中午，精神充沛地准备迎接成语大赛的笔试。

阮音书去阶梯教室找到了自己的位置，这次她提前上了厕所，打算在位置上一直坐到考试结束。

考生陆陆续续入座，就在开考前一分钟，一个熟悉人影走入教室，不慌不忙，有着令人无法忽视的气场，带着一贯的漫不经心的神态。

有生之年居然能看到程迟参加考试，考场里的大部分人呆了，细碎的讨论声不绝于耳。

而处在目光风暴中心的人却浑然不觉似的，两手空空走到位置上，扫了吴欧一眼，然后趴下——开始睡觉。

他什么都没带，好像只是来这里睡觉的。

上次物理考试也是这个顺序，不过那时候他没来。

但不一样的是，这一次，他来了——

就在阮音书一回头就能看到的位置。

整场考试风平浪静。

钟声敲响，示意考试结束。

阮音书提前了二十分钟写完，剩下的时间都在检查和转笔，等到该交卷的时候也没懈怠，把卷子在身前护好，直到监考老师收走卷子。

不过今天的吴欧确实没再搞什么小动作了，也不知道是真心悔过，还是有别的什么原因。

考完之后大家纷纷出了教室，阮音书动作慢吞吞，好一会儿才把笔袋和书包收拾好。

等她收拾完准备回家的时候，教室里已经没有人了。

哦，不对，还有一个程迟趴在桌上睡觉。

她站那儿思考了一会儿自己要不要去叫他，考虑到自己要顺手关灯关门，还是决定叫他，虽然也不一定能叫醒。

阮音书走到他身侧，轻轻叩了叩他的桌面，很随缘地进行叫醒服务。

"程迟，考完了。"

……

没回答。

她轻叹一声，坐到他面前的椅子上，打算进行最后一次提醒："程迟，考试结束了，你要起来吗？"

他的头侧枕在手臂上，眼睑动也没动一下，挺直的鼻子在灯光下显得雕塑一般精致。

大概是叫不醒了，阮音书在心里认了命，正起身朝门口走的时候，忽然听到椅子与地面摩擦的细小响动。

她回过头。

程迟刚睡醒，眼睑还半垂着，有一小块被压过的红色印记从眼尾蔓延开，薄唇紧抿。

他整个人坐在那儿，不说话，眉头还紧锁着，周身萦绕着一股低沉躁郁的气息，远远看过去非常不好惹。现在的他简直就是不爽和起床气交相杂糅后的共存体，满身的煞气。

她就没见过这么爱皱眉的人，说话时皱眉，睡觉时也皱，甚至是醒了，眉间都还紧紧拧着，就好像在梦里跟谁吵架了似的。

过了会儿，他站起身，抓了抓稍微凌乱的头发，周身那股生人勿近的极冷气息这才消散了不少。

阮音书等他从教室里走出来，站在门口关了灯，准备锁门的时候下意识确认道："东西都拿了吧？"

"嗯。"刚睡醒，他的声音还带着非常重的沙哑，却意外地好听，"我没带东西。"

她把门关好，这才问："那你跑来这儿干吗？"

他低声，漫不经心："椅子大，睡着舒服。"

"……"

程迟走出去两步，他的神思这才一点点归拢，侧头问她："吴欧干什么没？"

阮音书摇摇头："没有。"

他颔首，外套脱下来钩在肩后，用背影同她告别："先走了。"

他大概是还没完全睡醒，讲话和思考都带着长长的反射弧，抬腿机械性地朝篮球场走去，好像是习惯在控制大脑。

她看了他几秒，也转身朝校门口走去了。

吴欧的风波过去后，生活平稳了一阵子，"逐物杯"复赛的名单很快就出来了，李初瓷拉着她一起去看。

学校一共有三十多个人进入复赛，一班占了三分之一，十来个人轻轻松松霸榜，其中自然也包括她们。

复赛的时间不远，就在一周后。

"吴欧不在欸。"李初瓷仔细看了一圈之后才确定道，"我听说如果他过了初赛的话，学校也会给他撤下来，不过他压根儿就没上啊。没想到这次他考这么烂。"

"肯定是想着整人去了，哪有心思好好考？"李初瓷狠狠道，"活该！"

李初瓷总算是出了这口恶气。

没过多久，"逐物杯"的复赛就来了。

复赛换了个场地，在周六上午举行。周五的时候老师们还自发开了个动员会，把三十来个人叫到小教室里面去单独辅导，讲这个比赛的侧重点之类的。

末了，上头的老师道："这个比赛虽然难，但知名度还不错，而且奖金也丰厚。能拿奖肯定还是对自己有帮助的，学校也面上有光，大家一定要加油啊！"

阮音书身后立刻传来小声的讨论声。

"我想考L大欸，听说L大有个陆教授超级帅！"

"哧，恋爱脑。"

"哦，所以昨天拉我去篮球场看程迟的不是你是吗？"

"……"

老师们动员完毕，千叮万嘱后，总算放他们去考试了。

周六的考试进行得还算顺利，没有迟到，没有人搅局，也没有生理痛，阮音书很轻松地出了考场。

因为今天阮母有点忙，所以阮音书就说自己跟李初瓷一起回去，两个人走了一段路之后，李初瓷才长吸一口气："完了，我忘记把笔带出来了！"

"那怎么办？现在回去吗？"

"算了吧，去学校门口再买几支做作业，刚好我也要买本子了。"

学校离得近，她们抄近路过去，谁料半路上下起了小雨。李初瓷抱怨："回去又得洗头了。"

阮音书抿了抿唇，颊边漾开一抹笑："幸好我今天本来就要洗头。"

到了学校旁边的文具店，李初瓷去买笔和本子，阮音书看到进口区新增了一个剪刘海儿的梳子加剪刀，想起自己也该剪刘海儿了，便顺便买了一把。

结果阮音书回家剪完头发之后，看着镜子里的自己，沉默了。

周一，她给自己做了一路的心理建设，走到一班门口的时候，阮音书深吸一口气抬起头，尽量自然地走进了班里。

班上已经有一些早到的同学了，见她来了，纷纷抬头打招呼。

她也笑着和他们打招呼，目光对上，发现他们说完就很自然地继续做自己的事了，没有什么异常反应。

她自我说服似的摸了摸刘海儿，然后坐回了位置。

没过一会儿李初瓷也来了，两个人照例聊了几句天，李初瓷感觉她有点反常，但又说不上来反常在哪里。

“你怎么了？”

阮音书漆黑的眼珠转了转，咽了咽口水，小幅度摇头：“没什么。”

紧接着，李初瓷又看到阮音书看向教室门口，目送每一个人进班，甚至还和其中有些人进行了目光交流。

程迟今天一反常态，来得早，进门的时候大概是还困着，抬手揉了一下眼睛。

阮音书以为他发现了什么，赶紧把头低下去了，喃喃道：“不会吧，大家都没发现呢……”

李初瓷凑过来：“发现什么啊？你一大早这么一惊一乍鬼鬼祟祟，干啥呢？”

阮音书抿了抿唇，长睫带着眼睑颤了颤，小声：“那我说了。你不许笑我。”

李初瓷清了清嗓子：“嗯，我发誓我绝对不笑你。”

“我昨天晚上洗完头，用那个新买的剪刘海儿。”阮音书用两指把自己的刘海儿夹起来，拉到最末端，“结果不太熟练，不小心把刘海儿剪短了一点，还剪缺了两个口。”

“噗——”李初瓷还是没绷住，头探过去，“我看看……我就说你今天怎么有点怪怪的，原来是刘海儿剪缺了啊。”

“你小点儿声。”她急忙伸手在唇前比嘘声，“我今天一早特意跟好多人面对面讲话，感觉大家很正常，应该都还没发现呢。”

“像樱桃小丸——”

李初瓷话还没说完，阮音书忽然听到面前递来一道声音。

“谁说没人发现的？”程迟笑着倾身，目光落在她发帘上，语调悠闲地拖长，唤她，“樱桃小丸子。”

阮音书想到小丸子的招牌锯齿发：“……”

“哪有那么夸张啊。”她以手为梳，顺了顺刘海儿，不甚服气地抬头，“远远看着还是平的好不好？”

他直起身子，双手插兜，唇畔笑意半分不减：“不好。”

阮音书转念一想：“你肯定是刚刚偷听到我说话了吧？”又拿起镜子自顾自地照了照，“一点也不樱桃小丸子。”

“是啊。”他漫不经心回应，“你比她头发稍微长点。

“其他的……没什么差。”

程迟似乎是嫌“伤害”她伤害得还不过瘾，伸出一只手在自己额头中间比了比，状似恍然道：“哦，我说的是她剪完头发之后的那样子。”

“……”

等人施施然走了，阮音书这才慢慢摸了摸自己的头发，咕哝着：“哪有那么夸张。”

她的刘海儿就在眉毛上面一点，哪里有小丸子剪发失败后的那么短。

“安啦，安啦。”李初瓷笑，“不像的。”

后来两个人出去吃饭，又碰上几个关系较好的同学，同学也没发现阮音书有什么不对劲。

就这么又过了一下午，阮音书感觉到这件事似乎没怎么影响到自己，便也差不多把这事儿忘掉了，只是——

有个人却不肯放过她。

自从知道了她刘海儿剪缺这个秘密之后，程迟便不遗余力地、像个便利贴似的提醒着阮音书。

他进教室的时候，打个响指对她说：“早啊，丸子。”

他放学的时候又回头提醒她：“走了，丸子。”

她收作业的时候，他也不让她安生，支着脑袋满眼笑意：“收作业呢，丸子代表？”

就连隔了几天她心血来潮扎个丸子头，这人一看到便惊奇地抬眉，半点着头恍然道：“今天合体了啊。”

“……”

她懒得理他，那一整天都把他当空气，就连在文具店碰上了，都只是看他一眼，然后跑到一边看新上的喵喵机。

校门口的文具店不只是文具店，几乎可以说是百宝箱，什么都有，还很喜欢进新东西。

他不爽地走到那边，谁知道刚站定，阮音书伸手拿了一款喵喵机，头也没回地跑到柜台去付款了。

她连看都没看他一眼。

吃瘪的程少爷把死亡视线投落到左手边的柜子上，满是愤懑地拿了一个去结账。

他倒是要看看，这个破东西有什么好玩的。

把喵喵机带回基地，程迟没几分钟就玩上手了。

其实不是多么难的东西，一个小打印机罢了。

玩了一会儿，他施施然把东西扔到一边，嗤了一声。

它的确是没多好玩的一个东西。

见惯大世面的程少爷当然觉得这种东西无聊，但对于学校里其他人而言，平素大部分时间被学习占满，新奇的东西玩儿得少，这会儿见了小打印机，当然觉得新鲜，围在一块儿讨论着玩。

第二天大课间的时候他进班，发现班上好多人都买了这玩意儿，三三两两坐在一起有说有笑地打印各种稀奇古怪的东西。

程迟看到阮音书也把自己的“新宠”——喵喵机，带了过来，昨天被无视的事情涌上脑海，他面上不爽之意渐浓。

他走过，听到她居然还是在分享有关笔记的事情。

“这个截图和素材都可以打印，用配套 App 就可以了，我昨晚拿来做错题集，还挺有效的。”阮音书翻开手边一个很厚的本子，“省下了我很多抄题的时间。”

“看起来还蛮好用的欸，我也买一个弄错题集好了。”李初瓷点头，“不过你每天都坚持抄错题，这点我还是蛮佩服的。”

“有这个的话，复习效率还是挺高——”

阮音书话还没说完，物理老师乔瑶就风风火火地走进班上，脸上还带着惊喜的笑意。

“‘逐物杯’决赛的名单出来了。”

李初瓷惊了：“啊？这么快啊？”

“是啊，全校一共五个进入决赛的，我们班占三个，这个成绩非常好了！”乔瑶的笑几乎要咧到耳根，“恭喜阮音书、福贤、赵平！今天晚上八点记得去看决赛的题目。”

班上自发响起掌声，阮音书扯着耳根抬头，有点儿惊讶自己居然也进了。

物理一直不是她十分擅长的科目，她参加这个比赛也只是试一试手，没想到运气这么好。

相对于她的镇静，福贤和赵平就激动多了，他们俩直接从座位上站了起来，每根头发丝儿都能看出来狂喜。

“谢谢老师！”

李初瓷凑过来，小声跟阮音书道：“哇，你居然进决赛了！看来你最近的学习方法很奏效啊。”

“那天手感比较好啦。”阮音书抿了抿唇，长睫颤了颤。

竞赛这东西要讲手感，更要讲天赋，有的人基本功扎实，只适合应试；有的人思维活泛，做竞赛题就更得心应手。

天赋这东西，还真说不准。

晚八点的时候，阮音书用自己的账号登录比赛网站，终于刷出了决赛的题目，赶紧记录在本子上。

“逐物杯”的初赛和复赛都是常规的试卷笔试形式，而决赛只有一道高难大题，题目会在特定时间点放出，然后不限时给大家去解，第一个解出上传的是一等奖，第二个是二等奖，第三个是三等奖，只有三个名额，竞争非常激烈。

获奖者有奖金和奖状，还会有报社杂志采访之类的。

只是题目本身出得就新奇，过程繁杂并且高难，并不是一时片刻能够解出来的，老师给的建议是最好在两周内解出来，还可以搏一搏奖项。

当晚，阮音书解了两个小时，换了几种思路，也才堪堪起了个头。

她一个脑袋两个大，晕晕乎乎的，索性放了笔去洗澡睡觉。

她计划得很清楚，平时的空闲时间拿来解题，能解出来当然好，不能解出来也没关系，毕竟这个比赛里高手实在太多了，她很明白自己的分量。

只做自己最有把握的部分，不破釜沉舟去做自己没把握的事，这是她的学习准则。

第二天的时候，五个通过决赛的选手被老师叫去办公室，负责他们的是三班的班主任。

进了办公室阮音书才发现，五个人里四个都是男生，只有她一个女生。

看来男女生在这理科方面，还是带点天生的悬殊的。

“大家昨晚都解题了吗？是不是有点难啊？有人有头绪吗？”负责的老师问。

大家纷纷摇头。

“也别垂头丧气，这题目确实非常难，不然也不会给那么久的解题时间。大家应该知道除了奖状之外还有奖金吧，一等奖八万，二等奖五万，三等奖两万。

“去年除了一等奖是单人获得，二、三等奖都是小组拿的。小组每人都有奖状，奖金均摊。

“俗话说得好：‘众人拾柴火焰高。’我们去年就是吃了没有成组的亏，单人解题速度很慢，局限性也很大，如果大家愿意，我还是建议我们合并成小组解题。”

老师端坐在那里，给了他们一个合并成组的建议。

其实老师讲得有道理，成组之后的成功率会大大提升，大家也都不是傻的，没过多久纷纷都点头，说自己愿意。

毕竟个人解题确实太困难。

老师颔首微笑：“嗯，成组的优势确实比较多，只不过可能奖金少点，不过单人解题能得奖金的可能性小，成组的话倒还可以一试了。等会儿你们商量清楚就进教室吧，顺便在自己的账号上初步确认一下成组解题的选项。”

“魏晟，你到时候帮我监督一下。”

魏晟是唯一一个三班的学生，自然被三班老师委以重任。

魏晟：“好的。”

后来学校给他们五人单独开了一间教室，楼上楼下全是空的，只为给他们一个安静的环境。

下课铃一响，阮音书便赶紧收拾了东西往新教室跑，正准备去打篮球的程迟感到一头雾水，侧头问邓昊：“她往哪儿去？”

邓昊更莫名：“您问我干什么呢，我哪知道啊？”

程迟扔了球：“你先打。”

“哎——哎——”邓昊在后头叫魂儿似的喊，“怎么又说走就走啊，哥！”

阮音书到新教室的时候大家也差不多都到了，她是唯一一个女生，大家都照顾她，每次都把好的位置留给她。

放下了包，她开始继续解题，偶尔跟他们一起讨论哪个切入点比较好。

空荡的教室有电扇转动的声音，讨论声响了会儿，又安静了下去。

她眉头紧锁，一步步做得艰辛又认真，自然是没注意到窗外的程迟。

没一会儿，邓昊也偷偷摸摸地跟上来，匍匐前进的时候差点一头撞到程迟身上。

“应该是在做题吧，听说学校很重视这次的比赛，给他们开了教室。”

邓昊冷汗涔涔地对着程迟的死亡直视，企图转移话题来获得一线生机。

他皱了皱眉："四个男的？"

"对啊，毕竟理科都是男孩子更擅长。"

程迟看了看对面的老师办公室，没什么表情地低头："走吧。"

决赛题一出，阮音书自然把大部分时间花在了题目上。

上午第五节课是体育课，老师上了十分钟就放大家自由活动了，阮音书看大家都在底下玩儿，自己便先回班去想题了。

为了不被打扰，她坐在靠内的李初瓷的位置上，过了会儿，旁边忽然撂下一道人影。

她侧头，看到少年漫画线描般的侧脸轮廓，问道："怎么了？"

"来背书啊。"他托着她的书答得轻快，"有几个字忘了怎么念。"

"哪几个字，指给我看看。"

程迟指给她，阮音书以最快速度给他一一解答，然后又埋着头继续啃题目。

窗外有砰砰的篮球声混杂着操场上其他各种各样的声音传过来，她坐在那儿安静地写着题目，程迟手里立着一本语文书坐在她身侧。

他垂下眼睑，扫了她手中的计算过程一眼。

她似乎是思路卡住了，接下来的半个小时她换了各种算法，却始终没能顺利解下去。

看得出解不出题目她也有点焦灼，平时脾气一贯那么好的人，眉头也锁了起来，一副有些感到棘手的为难模样。

体育课结束后，阮音书出去吃个饭又回来继续解题，但一直到放学，她都没能攻破体育课时遇到的那个麻烦。

放学之后她依然打算提早去新教室，背起书包要离开时，对上了程迟欲言又止的目光。

"要背书吗？"她也是愣了一下，"最近可能不太有空。不好意思呀，忙完这阵子再检查你可以吗？"

他眼底意味不明的情愫一闪即逝，旋即笑开："行啊。"

今天不知怎么回事儿，阮音书在新教室写了半小时题目，其他的人一个也没出现，大概是全都有事。

因为阮音书提前说过自己要写题会晚点出门，所以阮母答应在七点左右再来接她。

阮音书坐在靠窗的地方，一个人坐在里面写了一会儿，忽然感觉到自己旁边有一个东西吊了下来，就在窗外飘啊飘。

她看过去，发现有个绳子从楼上坠了下来，长度正好悬在她窗口，绳子上绑了个纸飞机。

阮音书一开始本以为是不小心扔下来的东西，就没注意，但过了会儿，绳子似乎是被人操控着，一甩一甩地往她窗户里飘，像是在提醒她收走上面的纸飞机。

东西正好飘到她手边，她顺势抓住，决定先打开来看看，如果不是给她的就还上去。

她把纸飞机从绳子上扯下来，展开，发现里面印满了解答那个麻烦的物理公式。

“……”

她这才后知后觉地眨了眨眼，有些奇怪地想着：不对啊，楼上不是没有班级在的吗？

阮音书抬头，徒劳地往天花板上看了看，脚步不自觉地走向门口，停住，看着面前的楼梯。

好奇心驱使她拾阶而上，脚步带着混乱的镇定，和忐忑的探寻。

走到楼上门口时，她心跳倏然加快，脑袋一片空白。

阮音书吞了一下口水，抬手，缓缓推开门，新修葺的大门没有发出任何的声响，迎接她的是完全空旷的教室。

窗帘被风吹得四下飘摇，人似乎已经走了。

黑板正中央有个字母，不知道是谁在这里举办过活动后留下的，还是谁百无聊赖时落下的记号——

一个清晰的、庞大的“K”，映入她的眼帘。

那个纸飞机落的时机正好，却又莫名其妙。

在她被物理题卡住的时候，那人抛下来的正巧是物理公式。

东西的主人丢得随意却又肯定，仿佛不过是随手一写，顺便抛到她手里。

楼上的那个人……是知道她在参加比赛的吗？还是自己在忙自己的，结果不小心把东西扔了下来？

阮音书越想越觉得奇怪。

而且明明距离她拿走东西也没过多久，再上楼的时候，里面却已经没有人了。

她本不是个好奇心特别强的人，现在却被这难解之谜弄得更加心痒，可她在楼上找不到人，也只能无功而返。

后来恰好五个人都在新教室的时候，阮音书问他们："你们有没有去过楼上？"

"没啊，去干吗？我光解题时间都不够，还去楼上浪费时间？"

说话的人是三班的魏晟，也是对这个比赛最上心的人。他一直觉得自己身扛为三班争光的重任，所以不惜每晚只睡三个小时来解题。

单单是看他这势在必得的决心，阮音书还是挺佩服的。

赵平问阮音书："怎么了，楼上搬新班级了吗？很吵吗？"

"没有，只是我昨天写题的时候，楼上扔了个纸飞机下来。"

"纸飞机？！神经病吧！老师不是说楼上不准待人吗？不然吵到我们了怎么办。我最不喜欢吵吵闹闹的环境了。"魏晟意见很大，"更何况还在上面飘纸飞机！"

阮音书启了启唇："也不……"

魏晟没听她说完，自顾自地道："过会儿要是再有人扔纸飞机来影响我们做题，我上去抽他丫的。"

她想了会儿，看魏晟情绪激奋，知道这个比赛对他来说很重要，便也没再说什么，从书包里拿出自己的演算本，开始继续算题了。

她的演算过程仍旧卡在昨天中午的那个地方，不知道如何往下。题目太迂回复杂了。

她叹息一声。

"卡住了吗？"赵平看她叹息，头凑过来问道。

"嗯。"

"我看看。"

她把演算本推过去，赵平拿起笔就开始唰唰算，算了半天自己也不知道怎么解，又去问其他人，大家开始热烈讨论起来。

魏晟按照惯例没有加入讨论，因为他还在忙自己的演算。

大家算了一会儿，都没什么头绪，阮音书忽然想起了什么，匆匆忙忙伸手从书包侧边取出一张纸来，展开。

这是昨天下午楼上投递下来的纸飞机，她那时候只当是什么巧合，并没有仔细去想，但现在打开一看，居然发现……

这上面的思路，和她的思路，准确吻合了。

纸上面还有折过飞机的折痕，能看出来主人力气不小，随手一叠都按出很深的印子。

伏在折痕上的内容并不只是简简单单的公式，而是把她解不下去的部分，换了个方法顺利解开了。

天哪……

她看着纸上顺畅的解题思维，连连感慨自己怎么没想到这个办法。

可是，楼上的人又怎么知道她具体卡在了哪里呢？

他们这个比赛的决赛其实不算特别严格，有指导老师可以指导，小组赛大家也能互相帮助。

没有进入决赛的人其实也可以帮他们，不算作弊，但一般没进决赛的人水平都比不上他们，所以也帮不到什么。

只是没想到楼上这个人，竟然能够给出正确的思路。

赵平看她发呆，也看了一眼上面的东西，旋即惊叹：“哇——！这都行啊！好厉害，可不就是这么算的吗？！”

“什么东西啊？”有人把那张纸拿去，也震惊地眨了眨眼，“这谁算的啊？怎么想到的？音书，你想到的吗？”

“不是我。”阮音书处在难以置信中没回过神，“这就是昨天扔下来的那个纸飞机。”

大家惊愕地对视，目光之惊悚像是目睹了龙卷风卷着纸钞漫天狂飞。

这实在是奇幻烂漫的体验。

就连一边埋头苦算的魏晟也抬起头，接过那张纸看了一眼。

不知道这个思路是触到了他哪个神经，他忽然站起身来：“厉害啊！这就楼上那人解的吗？想上去拜个师了。”

一边的福贤咕哝着：“刚刚还说要上去弄死别人，发现人家有用就想抱大腿了啊……”

魏晟作势就想上去，阮音书摇摇头：“可能不在。”

魏晟一脸失望：“怎么讲？”

“我昨天上去找过了。”她轻轻合了合眼睑，“人早就走了。”

赵平：“魏晟，你坐下吧，指不定人家只是凑巧在，又不是二十四小时待机，哪能随叫随到？”

魏晟不情愿地坐下了：“希望不是巧合。”

一阵小骚乱之后，大家又继续算题。

这个教室没装空调，只有三个风扇缓缓运作着，阮音书感觉人凑在一块儿有点热，起身去了窗边坐好。

在窗边算了一会儿，她又卡壳了，这会儿心里也有点焦灼，仰起头小灌了几口水，正想让自己放松下来的时候，发现窗边又出现了一只纸飞机。

它在昨天一模一样的位置。

是一直在这边吗？还是刚刚才扔下来的？

她把纸飞机牵进来，发现上面一个字也没有。

此刻正为题目心烦意乱的阮音书抱着死马当活马医的心态，实在是没有办法了，尝试着在纸上写出了自己卡壳的步骤，然后跟了一行字——

“到这里……你知道怎么算了吗？”

她把东西重新绑在绳子上，然后扯了扯绳子。

扯完之后她暗叹这一切实在太荒谬了，难道楼上的人真的是扔空白纸给她求助的？

下一秒，绳子被人收起，纸飞机顺着被牵回了楼上。

阮音书对眼前发生的一切瞠目结舌……

她伸手掐了一把自己的脸颊，痛感提醒她这一切是真实存在的。

这说出去别人会觉得她在写小说吧？

过了十分钟，上面把东西扔下来。

阮音书颤抖着手去接，把纸飞机从绳子上扯下来，然后打开，里面真的又出现了解题步骤。

她难以置信地闭了闭眼，又睁开，眼前公式逐渐清晰起来。

她还没来得及仔细看，魏晟忽然发现了她手里新增的东西：“阮音书？！”

她茫然地抬头，魏晟火急火燎地冲过来夺走她手里的东西，看了几眼之后扔下纸就往外跑：“我×，这到底谁啊？！”

阮音书接住纸，仔细看了一遍步骤，思路被指点后又明晰了起来。

把纸压在自己笔袋底下，她这才跟着魏晟的脚步去了楼上。

很显然，魏晟在空荡荡的教室里走了一圈，没有找到人。他心烦意乱地往门上捶了一拳。

“为什么找不到啊？”

剩下几个人也跟着上来了，见魏晟这样，福贤说：“没找到人也没必要这样吧？”

“你懂什么啊？这人要真这么厉害，我们还解个屁题啊，都给这人就行了啊！”魏晟激动得面部涨红，“几万啊，钱你要不要的啊？！”

“可这毕竟是我们的比赛，”赵平说，“不能一味地求助于别人吧。而且也说不定只是凑巧会几个部分，如果真的有能力帮我们全部，这人岂不是帮他人做嫁——”

魏晟急忙捂住他嘴巴，像是怕被人听到似的：“嘘！”又压低声音，“被人家知道没好处之后，不帮我们了怎么办？你长脑子没啊？”

阮音书看了周围一眼，这才说：“走，下去吧。”

晚上入睡之前，她还躺在床上思索。

这一切真的超出了她的认知，这个帮她解题的人应该知道她在参加的比赛，也应该知道帮了她之后自己没有任何好处。

可这个人却还是藏在幕后，似阿拉丁神灯一般。

如果这个人真的擅长，为什么没有去参加比赛？

难道是那人比赛没有发挥好，借他们之手证明自己的能力？

思索中困意袭来，她闭上眼睛侧了侧身，就睡着了。

翌日去学校的时候，她把那两张解答的纸装在了书包里。

阮音书经过书店的时候发现有新的物理杂志上了，便又顺带着买了一本，还没开始上课的时候她就看看杂志，看了一会儿，又想起了那两张纸，拿了出来。

李初瓷看了她一眼：“这什么？”

“有人教我做题，从楼上扔下来的。”阮音书也是百思不得其解，“这人一开始怎么会知道我在解哪一部分呢？怎么这么巧？”

她给李初瓷大概讲了一下她在新教室发生的事，李初瓷也跟她一样瞪大了眼，还没来得及多讨论两句，就开始早自习。

早自习完了之后是数学连堂，老师直接发了卷子下来做，做完就是两节课之后了。

卷子交上去之后，阮音书疲惫地捏捏脖子，大家离开座位开始活动，没过一会儿，外面一阵起哄声。

“怎么了，外面？”

“不知道。”

阮音书心里还挂念着纸飞机的事，杂志摊开，里面夹着那两张纸。

“好啦，别一直看了，别人愿意帮你还不好？”李初瓷笑她，“你这么上心，不知道的还以为是喜欢的人给你写的情书呢。”

阮音书皱鼻子：“这看起来哪像情书啊……”

她话没说完，熟悉的声音加入讨论。

“情书？”

阮音书抬头，程迟修长手指间夹着一封淡粉色的信笺：“你也收到情书了？”

阮音书：“……”

“正巧我也收到了。”他勾了勾唇，把自己的情书递给她，笑眼含着三分风流七分薄情，“我们俩交换一下。”

看来大家刚刚起哄是因为他收到了情书。

阮音书奇怪：“谁还交换情书的？”

“这样一个人拿到两封，不是很划算？”

“……”

这是什么程迟式歪理？

说完话之后，他目光若有若无地落在她那两张纸上。

阮音书知道他在看，伸手把纸张轻轻盖住：“这不是情书，我没收到。”

“不是情书也不让人看啊？”程迟勾勾唇，啧了声，“真遗憾，换不了了。”

他状似失落地摇头离开，阮音书伏在桌上，看着那两张纸，脑袋放空。

等待上课的时候，她听到后面的人在闲聊，邓昊似乎在关心情书怎么处理：“这个也老规矩扔了吗？”

“不然？”程迟心不在焉，声音懒洋洋的，“或者你吃了也行。”

“别了吧，哥，我胃口没这么好……”邓昊推诿，换了个话题，“我昨天在基地桌上又看到一本——”

没等他说完，程迟道：“邱天买的。”

“哦，傻邱天。”

后面又传来什么声音，程迟似乎在摆弄什么，紧接着邓昊就笑了：“这啥？喵喵？”

然后邓昊又捏着嗓子，开始阴阳怪气地唱歌：“我们一起学猫叫，一起喵喵喵喵喵，在你面前撒个……”

歌儿还没唱完，阮音书看到后面抛出来一个什么东西，那东西准确无误地落入前面的垃圾桶。

那应该是邓昊刚买的游戏碟。

程迟声音很凉：“还唱吗？”

邓昊抱紧自己仅剩的唯一一张碟，摇头：“不、不、不唱了……”

阮音书抿抿唇，不禁莞尔。

李初瓷以为她还在看着那两张纸，也跟着看了过去，看了一会儿后皱了眉，说：“音音，你觉不觉得这张纸……很像喵喵机的纸啊？”

阮音书一怔，翻开自己的错题集对比纸张，发现确实一模一样。

纸飞机上的字并非手写，经李初瓷这么一提醒，她猜测，那人大约是把解题过程写在了备忘录里，然后直接用喵喵机打印的截图，倒也还方便。

后来放学的时候她忙着做题，硬是忙到最后一个才走，那时候班上只剩下她和程迟。

他正在位置上打游戏，似乎打得很忘我。

考虑到他打完游戏肯定直接走，阮音书索性回头道：“这局打完叫我，我锁门。”

“嗯。”男生漫不经心地发出一个鼻音。

约莫过了十分钟，他起身：“好了，走吧。”

她收拾好书本，准备从后门离开。

他抽屉里面一贯空空荡荡的，今天却装了个东西，阮音书走到黑板旁的时候不经意瞟了一眼，却是一滞。

灰黑色的暗影中，那个白色的喵喵机显得尤为突出。

有时候假设只是一瞬间的事，大脑死机也是一瞬间的事。

楼上那个人怎么会知道她解题具体到了哪一步？是不是就是她身边的人？

那一秒她似乎想了很多，却好像什么也没有想，只是本能地伸手拉住程迟的衣服：“等……等等！”

少年侧头，颊边挂着一如既往的揶揄笑意，目光灼灼：“课代表有何指示？”

阮音书抬眼对上他视线，感觉喉咙口发干，耳膜也像咚咚咚地被人敲击着。

“楼上的那个人……是你吗？”

程迟嚼着口香糖看了她几秒，仍是玩世不恭地笑着，偏头道：“什么楼上？”

他像是不知道她在说什么。

“就……扔纸飞机的那个。”

阮音书觉得自己真的是疯了，有朝一日居然会问程迟这种问题。

程大少爷是何其厌学的人物，连考试都懒得去，怎么可能还会帮她解题？

而且，以他那种不学无术的人，也不大可能解出大家都不会的难题。

更何况他素来张扬打眼，不像能一言不发在上头默默做事的人。

阮音书怎么想，都是谜团。

可说不清道不明的，冥冥中有种她自己都想不通的直觉，直觉让她问出口，让她直视程迟。

“什么纸飞机？

“你说清楚点儿啊，丸子。”程迟收起手机，那双勾着笑的眼睛平视她，“你不说清楚，我怎么知道你在问什么？”

“我去新教室解‘逐物杯’决赛题目的时候，有几个地方卡住了不知道怎么解，楼上有人给我扔了纸飞机下来教我。”阮音书在身侧捏了捏拳，“可每次上去找人都找不到，那人似乎不想让我发现。”

程迟皱了皱眉，啧了声：“扔纸飞机教做题，这人怎么这么奇葩？”

阮音书：“……”

“你该不会觉得……教你的人是我吧？”程迟好笑地挑了挑眉，“是什么给了你这种误解？”

她指了指他抽屉里的东西：“那个人是用这个打印的纸。”

程迟直起身，也垂头朝抽屉看去，垂落的刘海儿掩住他眼底的情绪。

半晌，她听到他笑音散开：“全校买这玩意儿的人多了去了，你偏偏来问我，我是该感谢你觉得我程迟学习好呢，还是该觉得你昨晚着凉发烧了，嗯？”

“……

“可是那个人是接着我卡住的思路教我的，应该是个认识我的人。”

她似乎不愿轻易认输。

“哦——”程迟恍然大悟般点头，“你的意思是全校只有我认识你。”

“我不是这个意思！”她急得脸都快涨红了，“买了喵喵机又离我很近的，不是只有你……”

他答得很快：“就不能是谁买通了你们班的某个人，让人时时给自己汇报你的进展？看到有能帮你的地方，当然想做这个英雄了。”

阮音书看着他，愣了一下。

程迟又伸手，大掌覆盖在她发顶，把她的头拧到左边：“不过，你要真的觉得是我的话，也行——”

他又把她的头拧回来，和自己面面相对：“你想怎么感谢我，小丸子？”

阮音书盯着他琥珀色的瞳仁，那瞳仁里面倒映出眨巴着一双鹿眼的自己。

她以前不知道男孩子的眼睛也能这么好看的。

他眼形不算长，看人的时候眼睛多了几分冷冽和不近人情，眼皮上的内双褶皱不宽也不深，却意外地和他的五官搭调，当他掀开眼睑的时候，眼尾好似轻轻散开。

他要这双眼冷，它就能冷，他要它轻佻它就轻佻，而他要它带几分散漫，它也悉数照做。

——就譬如此刻。

他看她的眼神里全是漫不经意，好像是他也成，不是他也成，世界上发生的绝大多数事和他没什么关系。

他无所谓。

阮音书叹息一声，败下阵来：“算了。”

可能真的不是他吧。

他说得对，学校那么多人，她不能仅靠两点就把他定义成那个人。

而且，除了那两点符合，其余的成绩好、有闲工夫、乐于助人……这些好像跟他都没什么关系。

“可能确实是我认错了。”阮音书深吸一口气，晃晃脑袋，“走吧。”

出教室锁门的时候，她听到他叹息了一声。

程迟很少叹气，阮音书木了两秒：“怎么了？”

“没什么，就是没敲诈你成功，有点遗憾。”

“……”

第三章

想抱我就直说

后来阮音书和李初瓷说起前一天这件事，彼时的李初瓷还在吃早餐，拿着手里的卷饼啃得津津有味：“你就这么想知道那个人是谁啊？”

“当然。”阮音书抱着书包小声说，“换你，你不好奇吗？”

“好奇啊！我能理解你的心情，但是你猜那个人是程迟，这是不是就过分了啊，我的音？”

“……”

她嘟囔：“我当时就是……不想放过任何一个可能呀。”

“道理我都懂。”李初瓷倒也不避讳，“但是程迟……程迟啊，我的崽崽，他那从不学习的吊车尾水准，你确定他能做出来你不会的题目？！”

“也许大隐隐于市呢？我看好多热血漫画里吊车尾的都是天才呢，后来逆袭什么的。”阮音书内心矛盾地说着，也有点没有底气了。

李初瓷咬了一口带皮鸡蛋：“你都说是漫画了，程迟又不是动漫男主角，难不成还有什么隐藏技能啊？你也真是太单纯天真了，居然问他……”

阮音书撑着脸颊：“我那时候潜意识也觉得他不是成绩好的人，可是现在转念一想，为什么会有这种下意识呢？他成绩是真的很烂吗？”

李初瓷投落给她一个你知我知的目光：“应该吧，他们那种不学习的人，成绩应该不会好到哪儿去吧。”

“可这也只是猜测吧。”阮音书眨了眨眼睛，“有什么比较实际的证据做证吗？例如考试成绩？”

有些人平时不怎么学习，一到考试却照样考得不错，因为有天赋。

李初瓷沉默了一会儿：“他们一般都不考试吧，好像也没有什么实际的分数出来，可他们成绩不好，似乎是公认的事了。”

不学无术的纨绔们，不听讲不上课，爱迟到爱早退，任谁都没想过他们会是学习的苗子。

阮音书顺着惯性思维点点头，撑着脑袋幽幽叹息了声：“你这么一说，我也没想法了。”

范围被拉得更广，她也不知道该从哪里下手才能找到扔纸飞机的那个人了。

李初瓷敲着笔看她：“在想什么？”

“我在想，怎么旁敲侧击获得线索呢。”阮音书舔了一下嘴唇，眼睫垂落的暗影在眼尾轻轻晃动，天马行空地想着，“指纹鉴定？”

“嗯。”李初瓷状似很赞同地点头，“先去提取纸飞机上的复杂的指纹，然后再把学校每个人的指纹都比对一遍，还不排除那个人戴手套扔纸飞机的情况。”

“音音，你这个想法简直太赞了，真不愧是年级第一想出来的办法！”

“……”

知道李初瓷在说反话，阮音书默默低下头，足尖踱着地面：“那怎么办，找也找不到别的办法了。不如找个什么机会，趁其不备，引诱这个人写字呢……”

她的好奇心其实并不严重，可偏偏有种想做的事一定要做到的拼劲，在学习方面是这样，在别的方面也是这样。

阮音书感觉到扔纸飞机的这个人刻意在隐藏自己，偏就更想一探究竟。

李初瓷：“我觉得吧……其实这个人就是不想告诉你们自己是谁，可能有什么隐情，或者只是单纯地想当个做好事不留名的雷锋呢？就算你要找也不一定找得到，就别浪费时间了。”

阮音书趴在桌上放空，兀自思索着。

她一开始想找到这个扔纸飞机的人，是想着不能总靠一个纸飞机联络吧，这样的沟通方式不够直白，远远没有面对面讨论问题来得更有效率。

可李初瓷这句话恰巧又提醒了她，万一那个人并不是一时兴起跟她玩捉迷藏的游戏，只是单纯不想告诉别人自己是谁，那她应该尊重的。

不管对方是因为什么理由。

“嗯，那就不找了吧。”阮音书坐直身子，拍了拍自己脸颊，“就随缘联络好了。”

很快早自习的铃声打响，阮音书投入到学习里去，只是在放学整理书包的时候，发现最后一排的座位是空的。

程迟和邓昊今天似乎并没有来。

不过他们俩上课一直随心所欲，所以阮音书也没有太过在意，背着书包去新教室写题了。

既然决赛只有一道大题，那这道题就注定不会简单，她已经做好长期战斗的准备了。

题目不算好解，她坐在窗台边，榨干脑细胞跟其斗智斗勇。

等阮音书算了半个多小时，准备休息一下的时候，她发现窗台旁边又落下了一个纸飞机。

这次她已经轻车熟路了，直接在上面写：“是我可以问题的意思吗？”

过了会儿，飞机升上去，又落下来：“是。”

阮音书又接着他那个字底下写：“可我今天思路挺通顺的，暂时没遇到什么问题。只是有个问题想问你，可以问吗？”

她扯了扯绳子，上面收回去，不过多时，一架崭新的纸飞机降落。

对方没有说好还是不好，只是问：“什么？”

“一开始，你是怎么知道我在解哪个部分的”被画掉，阮音书想了一会儿，感觉这么问不太好，只好换了个不痛不痒的。

“你会一直帮我到什么时候？”

她本以为这人会给一个具体的时间段，比如比赛结束后或一个月之后，谁知道回复居然是：“不清楚。”

阮音书又问：“那……为什么要帮我呢？”

她眼睁睁看着纸飞机被提上去，这一次，却没得到回答。

连续啃了那道题目几天之后，阮音书也有点吃不消，准备给自己松一松弦，暂且先不把自己逼得那么紧了。

中午吃过午饭后她和李初瓷在外头逛了逛，李初瓷跑了大半条街去新店买奶茶，问她："你想喝什么的？"

"这里居然有蓝莓牛奶沙冰吗？"阮音书有点惊喜，问老板，"你们的沙冰是打特别碎的，还是留一点冰碴的？"

"有一点冰碴的哦。"

她捏捏耳垂："好的，那我要这个。"

等单的时候，她跟李初瓷说："我好久没有喝到带冰的沙冰了。好多奶茶店都打得特别碎，带冰片的很少，但我喜欢这种。"

她话没说完，有声音不轻不缓地响在她身后，带着几分提不起神的慵懒："有多喜欢？"

她愣了一下，转头去看。

程迟手里拿着手机，正不偏不倚地看向她。

阮音书惊诧于在这里他们都能遇到，很显然，也有别的男生和她有一样的惊讶，她站外边儿招手问邓昊："你们怎么跑这儿来了？知道这奶茶店今天开张吗？"

邓昊："不是，我们基地在这附近，刚睡醒出来，准备上课去呢。"

"哟，还上课呢？"

邓昊摇头晃脑，一脸不可靠的纨绔模样："那当然……咱们可是好学生呢。"

"噗，你看清那边站的是谁了吗？在我们年级第一阮面前，还敢说自己是好学生呢啊？你们昨天连学校都没来，休想骗我了。"

邓昊皱了皱眉："昨天我们来了啊，只不过在外头打球没进班，打会儿球就走了。"

"为什么不进班？"

"没什么必要进去呗，而且程——"

邓昊音量渐大，程迟踢过去一脚。

邓昊一脸迷茫地看了他一眼，知道不管是不是自己的错都是自己的错，索性问："咋了？"

"不是要买奶茶？还聊上瘾了？"

邓昊：“谁说我要买奶茶的？”

程迟：“我。”

邓昊：“……”

行吧。

邓昊感觉他们是在这里站了有点久，不买点什么也过不去，就去收银台随手点了两杯，顺便跟阮音书打了个招呼。

阮音书跟门口隔得远，自然没听到他们的对话，也不知道他们去不去上课，走的时候就顺势挥手说了拜拜。

“拜什么拜？”程迟看她背影，漫不经心扯扯唇角，“过会儿就见了。”

她们进班没多久之后，程迟也进来了。

下午第一节是语文课，她还没来得及提醒身后的人，程迟便已经从后头把她的语文书抛了过来。

自从上次他说他要背书开始，阮音书就把自己的语文书借给了他，除了语文课和需要用到课本的时候他会把书给她，其余时候书都在程迟手上。

她翻开仍旧九成新的课本想：也不知道他到底背书了没有。

过了会儿老师来了，开始上课，课上到一半，有需要学生讨论的部分。

“好，现在前后桌四人小组讨论一下，我等下点人起来回答作者写第三段的用意。”

“第一次四人小组讨论欸。”李初瓷扬了扬脖子开始数自己属于哪一组，过了会儿挑挑眉，“我们和后面两位一组。”

阮音书看着课本，也沉默了一会儿。

李初瓷：“那我们要回头吗？”

阮音书看班上的其他人讨论得热火朝天的，就只有她们俩还坐在位置上没转身。

“回吧。”

两个女生商量好后回过头，这才发现自己和他们之间还隔了一个空排。

这个空排像是一道分界线，一边是无所事事的他们，一边是学风浓郁的一班。

而她坐在离分界线最近的地方，一探身就能越到他们那边。

程迟正在手机里看视频，放松眼睛的时候，一抬眼就看到正对自己的阮音书。

她书本立起来，正伏在他前面那排的桌上，只露出一双笑意盈盈的弯弯眼，也不知道是说到了什么好笑的。

邓昊也发现了她们俩转过身，惊讶地抬眼：“这是干吗呢？”

李初瓷隔排喊话：“讨论。”

阮音书补充：“但是你们没有书。”

程迟轻飘飘一笑：“我书不是在你那儿吗？”

她睁了睁眼，有点惊讶：“谁说的？明明是我的书借你。”

他好像不太愿意讲道理：“到我手上的东西，就是我的了。”

阮音书：“……”

“你是强盗吗？”她偏头，诚挚地发问。

邓昊也学着她侧头，问程迟：“你是强盗吗？”

几个人说了几句，老师喊讨论截止，点了个人起来回答问题。

下课之后，阮音书去问当天的语文作业，回来之后李初瓷便极有分享欲地凑近她：“话说，你知道为什么我们能坐到这个位置吗？”

阮音书一边在书本上勾作业一边回：“为什么？”

“我之前听班长说的。我们那时候不是最后来班上的吗？程迟刚好是在我们前面来的，他们顺便坐了最后一排，我们才能隔一排坐他们前面的。”

李初瓷又道：“不然以程迟的受欢迎程度，要是第一个来选位置，你觉得我们还有坐他周围的可能吗？早就被人抢光了。”

阮音书耸肩：“这么夸张吗？”

“当然了。不然咧，在你的认知里，学习成绩好的女孩子就不会喜欢痞痞坏坏的男生了吗？”李初瓷扯扯她袖子，“我告诉你，正好相反，很多女孩子都容易被坏男生吸引，尤其是那种天生听话的。”

她看李初瓷讲得头头是道，不禁哑然失笑：“你这么热衷于研究这些呀？”

“当然了，我们刚换位置那天有个女生拿着花从一班出来，你记不记得？那个就是二班第一名，其实要不是心理素质不好几次发挥失常，本来也该在一班的。”

“她那天来，花是要送给程迟的。”

说完之后，李初瓷啧啧嘴：“程迟就是那种虽然不说话，气场也冷，但天生招人好感的人。而且天不怕地不怕，很洒脱很特别，也许很多女生就是喜欢他这点。”

想了想，阮音书略略做了个猜想：“我觉得可能还有个原因。”

“什么？”

“可能单纯只是‘颜控’而已。”

“……”

第一节课下课，邓昊看到阮音书把自己的语文书递给了程迟，立刻起哄：“哎哟哟哟，干吗呢？！”

“滚远点。”程迟一把推开他，“别把口水喷上来了。”

邓昊：“……”

阮音书看他们打闹了一阵，把滑下来的书包带挂上椅子的时候才想起来，问程迟：“你真的有在背吗？”

程迟怔愣片刻：“什么？”

“《劝学》，你真的背了吗？”她持怀疑态度，“这都过去多久了，你怎么还没找我背呀？”

他点点头，竟是很自然地应下：“行，那今天放学找你背。”

“真的？背多少了？”她眨眨眼。

他也学她眨了眨眼：“放学你就知道了。”

他坐在那儿，不过是合了几下眼睛，眼尾轻开，便生出几分轻佻又凉薄的勾人的意味来。

她想，就当今天给自己放个假吧，回去再想“逐物杯”的那道大题，况且她很久没检查过背书了。

阮音书点点头。

放学之后，阮音书本来准备清书包去新教室的，忽然反应过来自己还要检查背书，便将放进笔袋的笔重新拿了出来，继续写作业。

她已经了解了程迟只有等人走光才会进入正题这个事实。

等人都走光了，阮音书这才回过头，看程迟果然在位置上看书。

第一次看他看书看得这么认真，她倒不好意思打扰了，小心翼翼走过去看了一眼。

一只纯黑色的手机被夹在书页中间，这个刚刚令她生出几分感动的人，正在令人感动地打游戏。

阮音书：“……”

等一局游戏终了，这才发现她来了，他略显兴味地抬眉：“课代表怎么过来了？”

“课代表来检查你背书了。”她倒是很乐观，“游戏打得那么快活，课文应该背得很熟了吧？”

说完，她已经做好他要背诵全篇的准备——在他前面一排坐了下来：“可以开始了。”

他神色倒也半分未变，很是悠闲从容的模样，抄着手，合上书。

阮音书等着。

很快，男生声线沾着磁性：“那我开始了？”

“嗯。”

“君子曰：学不可以已。青，取之于蓝，而青于蓝。”

他只背了这一句，便停住了。

阮音书等了一会儿，以为他是忽然卡住了，提示道：“冰……”

谁知这人很理所当然地点头：“嗯，我不会了。”

阮音书以为是自己听错了，一双鹿眼瞪得像两个小铃铛：“……什么？”

“后面字不认识，会背的只到这里。”

阮音书沉默了好一会儿，看他一脸坦然，讶异于他居然能够面不改色地说出这种话，也讶异于他居然连谎都懒得扯。

她本来觉得自己要生气，可情绪没酝酿上来，猛地想起他帮她教训吴欧的事情，想起他帮她揽罪的片段，火还没酝酿出来，生生就熄了。

她看过去，抿抿唇：“从哪开始不会？我教你。”

他舌尖在上齿关滑了圈儿，笑道：“好啊。”

她先是给他把文章念了一遍，然后道：“基本上生僻字我都有注音的，如果别的有不会的，我刚刚也给你念过了。还有问题吗？”

说完，没等他回答，她又说：“为了方便你理解，我帮你把文章大意也翻译一下吧。”

……

阮音书讲完大意，督促着程迟把整篇课文念了两遍，这才松了口气：“这下没有别的问题了吧？应该是可以顺利背了。”

他不置可否地挑眉，唇角扬了扬，不知道在说正话还是反话：“课代表还真是认真负责。”

“还不是因为你问题多。”她嘟嘟囔囔。

程迟忽然想起当初他让她给他打个钩，但她压根儿没同意的事。

她同意了不就没这么费劲了？看她累得跟道德模范似的。

“当初我说了给我打钩，你为什么没打？”少年似笑非笑，却隐隐有质问的味道。

“你说归说，我做不做又是一码事了呀。”她语气里带着轻飘飘的指责意味，“你提出了要求，别人不一定就必须做的。”

想了想，她给他举了个例子，有些婴儿肥的脸颊带着认真的弧度：“程迟，借我五百万。”

这种荒唐的请求提出来，她自己都忍不住发笑，结果这人的表情却严肃正经。

“好啊。”他的笑带着寡淡的轻佻，他玩世不恭地支着脑袋，“命都给你，要不要？”

“……”

她当然没当真：“你用开玩笑的工夫去背书，《史记》都被你背穿了。”

看了眼时间差不多了，阮音书回位置上收拾书包：“今天就到这里吧，下次背书你可别再耍花招了。”

他无辜地耸肩：“我没啊。”

出了校门，阮音书没看到阮母的车，猜测应该是有什么事来晚了，便准备去街对面买杯喝的，边喝边等。

过了马路，她发现程迟也在身后，回头看他：“你跟着我干吗？”

他长腿一迈，很快走到她前面，也跟她一样回头：“你跟着我干什么？”

“……”

“无聊。”

她撇撇嘴，走到奶茶店门口，满脑子都是程迟稀奇古怪的操作，奶茶单都没好好看。

店员探出身：“要什么？”

“鲜双响百香炮……不对，不对。”阮音书发现自己念错了，舌头打了结，这才重新抬头，“鲜百香双响炮。”

店员憋笑：“好的。”

看她耳郭通红地拼命摇头，程迟莞尔。

店员看向他："你好，点单吗？"

"嗯。"

他上前两步，定了定头，声音抑扬顿挫，意味悠长："我要，鲜双响——百香炮——"

店员愣了一下，阮音书也很快意识到他在照自己说错的念，一时间脸颊温度急剧升高，满面通红地伸手拧他的手臂。

少年手臂带着肌肉，紧绷着，捏得她手发痛。

"嘶……"程迟皱了皱眉，"你怎么打人啊？"

她匆匆拉提起取货处自己的水，瞪了他一眼，眼中潋着盈盈水色："……因为你欠打！"

说完，阮音书气鼓鼓地离开。

程迟看着她背影，捏了捏自己的耳垂，忽而又笑了。

逗她脸红这件事，似乎比自己想的——

还要有趣一点。

阮音书浑然不知自己已经被归纳入"有趣"的范围，只是感觉程迟这人……真是闲得可以。

休息了一天之后，阮音书又重新步入与题目相爱相杀的轨道，不定时往新教室跑。

第三天中午又看到了纸飞机，魏晟赶忙坐过来，小声问："这什么意思？"

"我可以问题目的意思。"阮音书长睫敛了敛，伸手把纸拿进来。

"你有什么要问的吗？"赵平也凑过来。

阮音书摇头："最近暂时没有，自己努力一点都能算出来。"

她又关切道："你们有什么想问的吗？我可以帮你们写上去。"

"那要不这样。"魏晟眼底翻动贪婪的光，"你问问这个人，能不能帮我们把整道题给解出来。"

赵平皱了皱眉："这样是不是不太好？"

"有什么不好的？"魏晟说，"要不给这人点好处也成。哎，你们猜这人……男的女的？"

"那怎么猜得出来。"福贤也接话了，"不过按照男女比例来说，是男生的可能性大点，毕竟女孩子精通理科的少一点。"

"是男的就更好说了……肯定是有什么目的才做的，不然谁闲着无聊玩这个。”魏晟站起身，“问问这人想要什么啊！”

“也不一定有目的的。”阮音书拿着笔小声搭话，“也许就是无聊，或者是之前比赛没发挥好，想要参与一下决赛。”

魏晟摇头，态度很是坚定：“我可不信有人不怀目的做事情，活雷锋那是扯淡，不存在于二十一世纪。”

大家对魏晟这个观点颇有微词，小声争议起来。

“那要不这样，我现在小声去楼上门口，阮音书写个东西让那个人拿，我们手机联络，那个人一扯绳子我就上，去看看到底是谁。”

魏晟作势就要上楼。

“算了吧，你这又是何必，就为了让那个人给我们做全部的题？”

“我也觉得，要不别上去了吧，比赛还是我们的，自己解出来比较好吧。”

“而且自己解的话有成就感啊。”

魏晟却丝毫没有被不赞同的声音说服：“但我就是想把那个人的作用发挥到最大啊！如果能很快解出来还不好吗？几万块钱，白花花的奖金啊，既然有厉害的人，我们为什么不找？！”

在座的几个面面相觑，说不出话来了。

能进一高的人大部分是成绩和家境都不错的，这五个人里除了魏晟，家庭条件都很好。

他们是准备以小组形式解题的，最后获奖了也要均分奖金，多的话一万，少的话几千，其实没谁觉得是个大数目，也不觉得要为了奖金无所不用其极。

大家都是怀抱着重在参与、享受解题过程的态度，能拿奖不过是锦上添花。

魏晟看破大家的沉默，笑一声：“我和你们不一样，几万对我来说是大数目，够我们家一年的开支。如果有机会拿到，我就算头破血流也会去抢的。”

每个人的沉默理由各不相同，有人是觉得尴尬，有人是不知道如何开口，有人是在思考什么……

而阮音书听了魏晟这么说，心里倒没有瞧不起他，只是顺着他的想法说：“我知道你的意思，你现在上去是为了比赛好，但是假如适得其反了呢，又该怎么办？”

魏晟猛地一怔，看她。

“一开始我们都去找过几次，而且都是卡着时间点去找的，找不到人的话，只能证明这人不想被我们找到，不然也不会几次都无功而返。”

她的声音柔和纯净，连带着所有人都安静了下来。

“假设这人是男生，他确实帮了我们，也不想被找到，可我们却违逆别人的想法两次三番地去打扰人家，他肯定觉得我们不尊重他，一气之下可能会再也不来了。”

赵平听完也点了点头：“现在还挺融洽的，我们偶尔问问题，他应该也是高兴的。万一他走了，我们也少一个同僚，大家都不高兴，得不偿失啊。”

福贤也说：“况且，我觉得能想出纸飞机这个办法，肯定也是一开始不想出面，不然怎么不直接来教室找咱们？又不是逃犯。”

魏晟站了好一会儿，这才叹息一声，回到位置上：“好吧，那就不去了。”

教室里重新安静下来，阮音书在纸上写字，笔落在纸张上，沙沙地响着。

未几，赵平小声跟她说：“对于魏晟这种利益至上的人，跟他讲道德伦理方面的似乎没啥用，还是给他分析利弊比较好使。他知道这么做可能会损害自己的利益，就不会动了。”

“你真的挺聪明的。”赵平叹一句，又看到她在写东西，凑过来问，“在写什么？”

因为一直称呼楼上的人为“那个人”，似乎不太尊重，毕竟人家帮了他们这么多，所以她在问：“一直不知道怎么叫你，很不方便交流，可以怎么称呼你呢？”

过了会儿，纸飞机载着答案摇摇晃晃地飘下来。

上面简简单单，就一个字母：“K。”

K 的出现时间不固定，常常在中午和下午，一周会出现两到三次，到了就会垂个纸飞机下来，表示自己在场，其余时间都是查无此人的状态。

阮音书每次看到那个纸飞机，都感觉自己回到了很久前的书信年代，联络随缘，佛系人生。

一开始阮音书本也想知道对方是谁，但时间一久，她也就默默接受了这种沟通方式，大家互不打扰。

K 出现的时间也不长，一般是她在教室时间的三分之一，并且不定时消失，神秘得像个地下组织。

那天K一整天都没有出现，值得庆幸的是阮音书也没什么题目要问，便也没去管了。

解了一会儿题目，她想起因为自己整理错题集的频率太高，六科全有错题本，所以喵喵机里已经没有纸了。

阮音书收拾了书包，准备去文具店买点纸。

文具店有一个柜子是摆喵喵机的，相邻的地方是个游戏专区，里面有很多键盘和游戏手柄。

她正从游戏专区穿过的时候，忽然听到有人毫无波澜的声音："装看不见我？"

她停住脚步，回身，居然看到了程迟。

灯光打在他的发梢，他一头黑发半湿着，手里拎了个杆子转着玩儿，他斜靠在柜子上垂眸看她，下颌往内收敛的弧度流畅自然。

他今天不像是从漫画里走出来的，倒像是来拍港片的。

他站在两个柜子中间，不知道是来买游戏设备的，还是和她一样的目的。

阮音书往自己的目的区走去，圆圆的鹿眼颇有点儿无辜韵味："是真没看见的。"

说完这句话，她感觉也是打完招呼了，拿了几份填充纸就去柜台结账了。

柜台旁站着刚刚跟她说话的人，这人脱掉外套，显出里面红黑色的背心，肌肉线条清晰好看。

他特意站在一个樱桃小丸子的背景板旁边，没什么情绪又很霸道地抄着手："现在看见了吗？"

阮音书看着背景板："……"

她本以为程迟这人就只会嘴上说说她小丸子的事儿，但谁料到他居然变本加厉……

次日上午的最后一节课是语文，殷婕先是把上次还剩一点没讲的课文讲掉，讲完之后发现还剩十分钟，索性道："今天作业有一张默写诗词的卷子，既然还有十分钟，咱们就课上做了吧，免得你们回去作业多。

"做完之后音书收起来改完，明天给我。"

"嗯。"

阮音书点头，站起来接过卷子，然后开始发。

诗词卷子是殷婕让她整理写的，主要是把这阵子背过的课文里的一些句子挑出来，然后只抄上句或下句，另一句留给大家填，不是很难，做巩固知识之用。

因为是自己出的，阮音书填得也很快，五分钟不到就写完了，难得地放空一会儿，想自己等下中午吃什么。

下课铃打响的时候大多数人也停笔了，她收自己那一组的卷子，因为有些人还没写完，便站在旁边等了一会儿。

她性子不急，所以等的时候也没什么怨念，也不催人，就只是拿着卷子站在那里。

这时候正是中午，大家赶着出去抢饭，交了卷子就走的有不少人。

阮音书收到倒数几排的时候，看到程迟手里拿支笔正低着头在纸上写着什么。

他一般没什么纸，手底下的东西看形状是刚刚发的卷子。

他在写卷子吗?

阮音书甫一冒出这个想法，立刻觉得有些惊奇，但想了想，程迟最近如果真的按她的要求有在背书的话，这些题应该也能写出来一些的。

她恰好刚收完第二组最后的卷子，顺着走到他身后，考虑了一下自己要不要收他的卷子。

既然他写了的话，那她还是收一下比较好吧。

阮音书探出足尖，轻轻踢了踢他的凳子，询问道："你要交吗？"

他背对着她，她看不到他在写哪里。

很快，他转过头，眉眼半挑，独属于少年的柑橘香味混合着轻微烟草味逸来："你踢我？"

"我没有。"她抿抿唇，觉得这个人讲话怎么老混淆重点呢。

"我看你就是在踢我。"

"我只是问问你要不要交卷子，看你好像写得很认真。"

她今天扎了个丸子头，碎发缓飘。

她的刘海儿长长了一些，但是能在细碎处看到若隐若现的、整齐干净的眉，那眉衬得一双眼更亮。

她看起来更像樱桃小丸子了，又懵懂又无辜，还添了些少女的青涩。

他以前一直觉得刘海儿这东西一到眉毛上面就很可怕，尤其是女生。

但他今天看了她，却觉得……好像也不能一概而论。

她伸出手，问他："要交吗？"

他颔首，浑不在意地答："交啊。"

他把卷子递过来，阮音书凑近一看，才诧异地发现——

他哪是在写卷子，他是在卷子背面的空白处，绘出了一个栩栩如生的……樱桃小丸子。

"……"

"只不过——"他这才懒洋洋地发声，"我画的你，能交吗？"

底下还有一行字，他写得太潦草，她仔细看才看清，是"阮阮小丸子"。

"……"

这人的无聊程度真的已经超出她认知了。

"因为你太喜欢扎丸子头，所以给你起了这个名字。"他笑得懒散，似乎知道她在看哪里。

她又把目光挪到那张画上去，人物圆圆的脸蛋，漫画式的大眼，额头上参差不齐的狗啃刘海儿令人瞩目。

阮音书继续不想承认："谁说你画的是我了？"

"谁说画的不是你？"他舌尖抵了抵上齿关，"不像？"

她竭力平复心情，咬牙："一点儿也不像。"

程迟觉得看她吃瘪真的很有意思，一副努力发火却根本发不出来的模样，像用羽毛给人挠痒痒似的。

他起身，若无其事地倾身凑近她，似乎在观察。

可这观察距离太近了，她甚至能瞧见他琥珀色瞳仁的边沿洇开一圈模糊的轮廓线，还有他的下睫毛。

程迟双手插兜，背脊微弯，和她面面相对，声音里带着一贯的懒散和半分抬不起调的兴味。

"我看看到底哪儿不像。"

程迟凑近，语调拉长。

看着他的鼻尖痣，阮音书倒是没感觉到什么别的，只是觉得脑内警铃大作，红灯一闪一闪。

程迟光是远看了她几次，就乐成这副模样。

万一近看了，他还不得笑晕在教室里啊？

不行，她才不给他更近距离取笑她的机会。

阮音书往后退了两步，没让他得逞："不行，不给看。"

程迟眯了眯眼，意犹未尽地舔舔唇角。

两个人距离的拉近不过是一瞬间的事，班上的人三三两两地离开，仅剩的几个也没把目光放到这儿来。

那不过片刻的、没人发现的片段，仿佛是他们从时光的罅隙里偷来的一星半点的赏赐，不存在于任何人的记忆里。

只有他们知道。

一种微妙的独占感似电流窜开，程迟直起身子。

阮音书后退了几步之后，下意识抖了抖脑袋，让刘海儿在额头上趴得更柔顺一些。

然后她眼珠往上瞟了瞟，向上看的视线无辜又温柔，像是在察看自己的刘海儿有没有乖一点。

看完之后，她把卷子放到他桌上，用倔强捍卫自己的底线。

"反正我一点都不像小丸子，卷子还你。"

她讲话的语气会带一点缱绻的味道，又裹着稍糯的鼻音，温软。语速一刻意拉慢，哪怕是生气，听起来都像嗔怒。

他仍是笑，感觉这会儿如果在漫画里，她头顶右上角肯定会出现一团黑线。

抱着卷子走出去几步，她又回过头，指指他桌上那张卷子，似乎还想做反击。

"画得更像你才对。"

他饶有兴趣地抱臂，挑眉："你憋了半天就憋出了这句话？"

"……"

"这样吵架不行的，一点也不狠。"程迟摇摇头，居然还教导起来了，"改天我教你怼人，小丸子。"

她转身："不需要。"又回头，认真澄清，"都说我不是小丸子了。"

"你跟他计较什么。"李初瓷揉着肚子，"我饿了，赶紧去吃饭吧，一会儿抢不上饭了。"

少女这才被朋友推出教室，看起来还颇有点不情愿，似乎还能跟他大战三百回合一样。

程迟觉得她不自量力地以卵击石太好笑，目送她头顶那几根翘起来的小头发晃荡着出教室。

他再转过头，对上邓昊探寻的目光，对方迟疑道："你……"

程迟不大想听："闭嘴。"

"哦。"

被程迟反复提起"丸子"这个外号之后，阮音书堂堂十七岁少女，居然想去买点育发液生头发。

不知道意念是不是有神奇功效，她朝思夜盼、日日对着镜子祈祷"刘海儿长长"出了效果，过了几天，她的刘海儿已经遮到眼帘了。

她情难自已，当即下楼去了理发店，千辛万苦地委托 Tony 老师给剪一个合她心意的完美刘海儿。

阮音书天真地以为，只要她修了刘海儿，程迟的外号就追不上她。

可第二天，这人见她的首句问候还是——

"我今天在文具店 A05 号柜看到你了。"

直到放了学，她直奔文具店而去，满腹疑惑地找到 A05 那一排，然后不出所料地……在旁边看到了樱桃小丸子的包书纸。

"……"

阮音书内心复杂，不知道是该骂这个人无聊，还是该夸他观察力超群。

她杵在那儿和小丸子的海报面面相对，忽而听到一声低低的笑，那笑带着鲜衣怒马的少年意气，也裹着少年嗓音特有的磁性。

她经常看到程迟笑，但平时他的笑里总是带一点寡冷凉薄的意味，好像并不如何发自肺腑，只是个应对的表情。

但此刻，这人眼尾稍敛，徐徐上勾，眼瞳里映着璀璨灯光，是确确实实在笑的。

她愣了两秒，然后反应过来自己又被嘲笑了，有红晕从脖子开始往上蔓延。脸颊也不能幸免，以肉眼可见的速度一点点红起来，像潮汐涌现，层层叠叠地荡开。

憋了好一会儿，阮音书抬起头，搜寻片刻之后终于发现了目标。

她缓缓抬起手，指了指程迟后面的东西："我也看到你了。"

程迟回身，发现不远处卖娃娃的柜子里摆满了各种动画人物，而阮音书直指的，正是那个绿色的大毛怪。

"……"

程迟抬了抬下巴，似有悦色，欣慰道：“不错，这次怼人比以前有进步。虽然好像还是没什么攻击性，但起码掌握了方法。”

阮音书气到简直消音。

“只不过……”他停了一会儿，“下次要记得找到相同点再开始打比方，这东西很明显跟我——”

阮音书倒是学会抢答了，偏着头问他：“一点也不像是吗？”

程少爷自鼻腔中溢出一声高处不胜寒的笑：“当然。”

“可我怎么觉得挺像的呀。”

“……”

“除了肤色，眼睛很像，嘴巴也像，鼻子更像了。”

程大少爷抬手摸了摸五官里自己最满意的高挺鼻梁，又看了一眼大毛怪糊成一团的大鼻头。

鼻子是五官之首，他鼻梁高，鼻骨挺直，侧面看简直能在上面玩儿滑滑梯，架副墨镜走在路上都能被邀请进娱乐公司。

程迟的最不该被人质疑的优越的面部被人质疑，按理来说，他这火山似的脾气早就该按捺不住地发作了。

但这一刻，他不仅不生气，反而还有点好笑。

大概是因为她讲话的时候也有股人畜无害的味道——偏着头眨巴着一双琉璃珠似的眼睛，不像在中伤人，倒像是在夸人。

她看着好真诚，连说胡话的时候都冒出一股“我很努力在编造你是个大傻子”的糊里糊涂的傻气。

啧，这样骂人怎么能赢？

他一时间也不知道该无奈还是该高兴的好。

程迟抄着手，看她：“小丸子，你是不是恼羞成怒了？”

“我没有。”她耳垂在灯光下泛出异样的红色，手指在衣角边轻卷，像是酝酿了很久就等着这一刻说出来，“我看这毛怪挺好的，免得放在这里让别人都知道是照着你做的——”

她比了个嘘的手势：“我悄悄、悄悄买回家啊……”

所以他刚刚为什么觉得她会词穷？

程迟失笑：“那你买回去做什么？”

“摆在柜子里吧。”她掰着手仔细算，“刚好我还有大眼怪和老唐还有阿拱，在怪兽大学的它们可以陪伴你。”

他今天似乎真的很高兴，眼尾漾出愉悦的情愫，虽然她也不知道是什么原因。

程迟勾勾唇，平视她：“那好吧，你买回家，我买个樱桃小丸子回去镇宅。”

“……”

“程迟，你幼不幼稚啊？”

他假意停下脚步，一脸不知所谓地看向她，舌尖抵了抵齿关，声音很淡：“是你先招惹我的。”

“我什么时候招惹你了？我就剪了个头发，我招——”

“那可不止。”程迟抬了抬眉，“你还给我打了个叉。”

“……”

哇，这人可真是太记仇了。

阮音书走到玩偶柜子前，拉开玻璃门，二话不说抱着那个大毛怪就要去结账。

那么大一个娃娃，她抱着还真有点吃力。

“需不需要我帮你？”他伸出修长手指拨弄了一下毛怪的蓝色头发，“我帮你把我自己搬回家，嗯？”

阮音书憋着气没理，哼哧哼哧往收银台去，一副没人能劝动的架势。

没过多久，在她身侧的程迟又很关切地道：“对了。”

她以为他真有什么事想问，说：“怎么了？”

程迟：“丸子，你到底喜欢花轮，还是大野？”

“……”

把大毛怪买回家，阮音书气呼呼又软绵绵地把玩偶塞进柜子里，奈何柜子里玩偶太多，根本塞不下，她只好把毛怪又抽出来，放在飘窗上。

飘窗上也放满了她的娃娃，最右边是几个透明的收纳盒，里面是她收集的手账胶带。

阮音书想起很久没有做手账，挑了几卷胶带粘贴了一会儿，写了几句话，便重新投入学习了。

“逐物杯”决赛那道题的解题已然要步入尾声，阮音书虽然并不知道还要绕几个弯，但她隐约觉得自己快要捕捉到结束的苗头了。

参赛的大家也都步入了冲刺阶段，每个人的解题思路都稍有不同，不过还是会经常围在一起讨论，魏晟视心情看要不要参加。

那天下午大家恰好都在，没有一个人偷懒，全部都抱着自己厚厚的演算本在那里算来算去。

魏晟像是卡在了哪里，烦躁地抓抓头发："解不出来啊……"

喊完之后他抬头看向窗外，空空如也，K没有来。

"K也没来。"魏晟更烦，"也不知道别的学校解出来上传了没有，我们要是靠后就完蛋了。"

比赛最后的提交方式是电子扫描后上传到后台，单人勾选单人参赛，小组勾选小组参赛，并写清楚学校和自己设置的组名，届时一起提交即可。

大赛官网每隔一周会宣布一次提交名单，以及是否有人成功解出，前几周都没人提交题目，但最近一周有六个人加四个小组提交，可都没有做对。

已经有人开始提交的意思就是，离题目解出来差不了多远了。

这情况好似一只警铃，给所有人都上了个发条。

"别这么着急。"赵平也不知道如何安慰，只是道，"大家应该都是差不多的速度，当务之急是一定要稳住，千万不能算错了，不然过程都对只是算错，就很倒霉了。"

"怎么能不着急？"魏晟烦得整个人都坐不安稳，"你知不知道好多人都找大学物理系的帮自己解题啊？还有老师幕后泄题，有的人比我们早一周就在算了！背后还有人！"

"冷静，还不知道是真是假呢。"福贤拍拍魏晟的背，"泄题那是下三滥手段，我们堂堂正正，不和邪门歪道比。"

魏晟拍掉福贤的手，叹息一声，小声道："下三滥手段又怎么样，起码人家的目的达到了啊。"

……

焦灼的下午很快过了一大半，魏晟消极又烦躁的气场也影响了大家，阮音书想换个环境，便率先回班了。

程迟手里换了个iPad，电容笔不知道在上面画着什么，少见的认真。

过了会儿，他把东西扔去一边，觉得困了，趴在桌上睡觉。

阮音书也算了会儿题目，下课的时候忽然看到福贤进来了，手里还拿着她的快递盒。

“你中午带过去的快递，我看你好像忘记拿了，给你送来。”

她有些懊恼：“啊，谢谢，这是我买的薄荷糖，本来打算分给大家的。”结果谁知道她被魏晟弄得忘掉了。

“没事，也怪我忘了提醒你。”

她拆开，将糖果递给福贤。

福贤接过，顺势道：“那快递盒和泡沫纸就给我吧，我出去的时候顺便帮你丢了。”

她想了想：“泡沫纸就不丢了吧，我自己留着。”

“怎么，你要包东西吗？”

阮音书手指贴上去，稍稍用力，一个个泡泡被她按瘪，发出咔咔的脆响，听得人紧绷的神经稍有放松。

她笑：“现在马上要交题目了，我压力有点儿大，按这个的话比较解压。你要试试吗？”

前面还在说话，程迟被扰得睡不着，满面低气压地抬头。

是时，在玩游戏的邓昊踢进一个球，手握拳往下，小声满意道：“Yes！”

程迟眼刀扫过去，声音饱含杀气：“你觉不觉得你很吵？”

刚刚刻意收敛音量的邓昊：“……”

他们又讲了一会儿，福贤终于带着一个快递盒和一张泡沫纸走了，临了还朝她敬礼：“我回去会试一下用这个解压的！”

程迟嗤了声，心道：你试个屁。

阮音书手上还剩一张泡沫纸，挥手跟福贤说再见，结果手一抬起来，泡沫纸就被人轻松夺走。

她的手在空中握了握，不解地看着横刀夺爱的程迟。

“怎么不给我？”

程迟头微定，没什么表情：“我最近压力也很大。”

压力大？

阮音书奇怪地看着他，声音软糯细腻：“你压力大在哪儿？”

程迟面不改色按压下一个气泡：“睡不好，压力大。”

阮音书看向他的眼睛。

她还记得自己最开始见他，那时候他也是连续熬夜几天，可一点儿黑眼圈都没有，彼时她还为此惊叹过。

现在他皮肤仍是别人眼里的好状态，下眼睑却带了稍许青色，能让人感觉到他疲惫。

程迟还能为什么事疲惫，这是阮音书没想到的。

阮音书虽然不知道这人话里有几分能信，但还是问："为什么晚上睡不好呢？"

"你搞错了。"

程迟没回答，邓昊在后面接茬儿道："他不是晚上睡不好，他是这几天根本没睡，就指望着来学校补觉呢。"

阮音书停了几秒。

睡觉对她来说是最重要的事之一，她亏待什么都不会亏待自己的睡眠，因为她一旦睡不好，状态也会跟着不好。

她搞不懂为什么程迟可以动不动说不睡就不睡。

"你是在忙国家机密吗？"

"不止，他忙的比机密还机密，在 iPad 里都上锁呢，谁知道他在干什么。"邓昊口无遮拦地说，"上一次他这么忙，还是为了通关一款游戏——历史上最快通关纪录了解一下。"

程迟耷着眼皮睨向邓昊："想知道我在忙什么？"

邓昊这会儿觉察到一点危机感，求生欲让他闭嘴，但好奇心又让他开口，只好连蒙带猜道："不就是打游戏嘛……我知道你最近下了很多美版新游戏，可能看不懂单词在查词，又不敢让我看到。没事儿，都哥们儿，哪能笑你——"

程迟云淡风轻地抬眼，眼尾的目光却似一把刀横切过来："脑袋还想要吗？"

邓昊缩了缩脖子，立刻识趣地住嘴："要、要、要……"

后面两个人还在聊，阮音书顿了会儿，折回身子重新开始写题了。

时间紧急，她得抓紧解题了。

阮音书解题虽然不是最快的，但框架却是做得最好的，算得也稳，前面基本没有小错误，做到后期优势就渐渐出来了。

魏晟做题比较粗心，一味求快，所以算到最后蓦然发现自己走进了一个死胡同，不知道是思路本身就错了，还是前面的细节算错导致满盘皆输。

他越慌越忙，越忙越慌，最后只得在教室里来回踱步，根本不知如何是好。

要他现在重新换思路解吧，显然不太靠谱；但要他回去对着公式，一个个核对自己有没有算错，工程量又太大。

他求胜心切，怎么可能还有工夫去做这么细致、这么需要静下心的活儿？

阮音书倒是渐入佳境，又碰上K刚好在，她在纸上写了几句扔上去，半小时之后，上面给了回答。

这次没叠纸飞机了，因为内容太多，打印了三张纸。

阮音书顺着看下来，惊诧地捂住嘴。

在她旁边的赵平很快也发现了什么："天啊！这什么？！"

"怎么了？"魏晟凑过去，那一刹那的狂喜让他差点遗忘了自己，"这么多过程？是解出来了吗？！"

"还差一点了。"阮音书心怦怦直跳，"里面有几个关键转折，还有大概步骤，到这里停住了……应该是K也还没想出来。"

前几次她有跟K说自己解到哪部分，K大抵是记住了，然后花了点心思就解到了这里。

虽然K扔东西下来只用了半个小时，但要做到这个程度，半小时肯定是远远不够的。

她借赵平的手机拍了照发给李初瓷，借此分享自己的喜悦。

拍完照后，魏晟把纸条拿到一边仔细看，非常认真地来回看了几遍之后，撑着桌子开口："那……后面呢？后面怎么解啊？"

"我也不知道，想想吧。"赵平笔敲着本子，"现在是真的感觉没差多少了，再有个两三天肯定能搞完。"

阮音书沉默着没说话，撑着头盯着一个点发呆，很快，她想到了什么，提笔就开始在演算纸上记。

现在教室里面只有三个人，有两个人有事走了。

赵平按自己的算法努力解着，魏晟不知道自己该干什么，只好把全部的希望都寄托在阮音书身上。

魏晟看着她，几乎连呼吸都提起来了。

过了会儿，阮音书撂笔："好了，应该差不多了。"

赵平："解出来了吗？！"

"我这边的思路是有了。"阮音书缓缓道，"等会儿等大家都来了，我们讨论一下。"

赵平："给我瞅瞅！"

赵平才拿过去没看多久，魏晟便一把夺过：“我看看，我看看。”

阮音书顺着 K 截止的地方，又想了新的法子开始解，后面没有细算，但是列了大概的思路和定理——

如果不出意外的话，确实是已经解出来了，就差细致地代入数据开始算了。

魏晟喜不自胜，简直激动到手都在颤抖，眼睛睁大，声音也高了几度，他握住阮音书的手臂。

“别等他们来了，你就用你的方法往下写吧！你都解出来了，难道还可能用别人的吗？！”

他力气太大，阮音书吃痛，把手抽出来：“万一我这个有什么问题呢？或者他们也有人解出来了呢？毕竟是团队合作，先等大家讨论一下再做决定比较好。”

她所能做的，就是在等待意见统一之前，尽快把自己这部分算好。

“那还要等多久啊……”

“等不了多久的，你别这么着急。”赵平隔在魏晟和阮音书中间劝魏晟，“你想啊，就算阮音书现在写好了，大家肯定都要从头到尾算一遍确认的。这东西也快不了，最早也是明天了……”

魏晟看着赵平的脸，忽然间，感觉透过赵平也看到了剩下的几个人，那些脸孔摞叠交加，仿佛是一个模样。

魏晟终于慢慢安静下来，笑一声。

“也是，你们都不着急。”

赵平：“我们不是不着急，但着急也要有个限度吧，我们不着急也不会每天在这里解题了啊。万一解快反而解错了，真的得不偿失，要先稳住。”

魏晟坐了下来：“他们什么时候来？”

“下午。我们肯定会尽最快速度弄好的，没人不想得奖。”

赵平在这边说着，那边的阮音书已经开始算了，魏晟坐了一会儿，说：“那我先回教室休息会儿。”

“好。”赵平说，“早点回来，我们还要讨论的。”

阮音书的公式虽然列好了，但是算还需要一阵子，下午六点半的时候，忙着的其余二人抽空来了。

“来得正好！”赵平打了个响指，“音书快解出来了，你们来看看，如果都同意的话，最后比赛我们就交这个版本的了！”

福贤放下包，眼睛迸出惊喜的光："这么厉害啊？"

"你们都有思路吗？"阮音书问。

"没有，我们都还没做出来呢。"

福贤和江异看了阮音书的解答之后纷纷点头，四人迅速达成共识，最后提交就用阮音书这一版本，并且每个人都重新从头至尾算一遍，以保证题目结果不会出错。

大家纷纷撸袖子开算，做好了今晚不睡觉的战斗准备。

"对了，魏晟呢？"

"回班上休息了，一会儿我给他打个电话。"

……

大家算到六点多魏晟还没来，江异从位置上起身，说："我去他班上找他。"

过了半晌，江异气喘吁吁地跑回来："他们班人说他今天不舒服，所以回家休息了。"

"那剩下的题目怎么办？他还算吗？"

"等会儿给他打个电话问问吧。"阮音书站起身，"我们今天肯定要熬夜，大家没吃东西会饿吗？"

"肯定会的，一群大老爷们儿能不饿吗？我现在都有点饿了。"

阮音书笑："那出去吃火锅吧，我请客。"

等会儿工程量浩大，他们饿着肚子肯定是不行的。

她已经提前跟阮母说过今天可能不回去，阮母斟酌再三，说她忙完要是还是半夜，就打个电话回家，他们来接她。

学校不远处有个火锅店，生意一直不错，尤其现在正是晚饭的点。

阮音书隔着窗子往里面看了一眼，发现只剩一个空桌了。

"我们快点，要不占不到位置了。"

四个人加快脚步上了台阶，阮音书再快也快不到哪儿去，等她站定的时候，火锅店的工作人员抬头："几位？"

她踮起脚确认似的数了一下，却发现了……四颗头。

"四位"二字卡在喉咙里，她站稳，迎面撞上了程迟不甚清明的目光。

阮音书垂了垂眼帘，问："你也来吃火锅吗？"

他答得轻巧："是啊。"

“一个人？”这种被誉为孤独指数第五级的“孤独火锅”，阮音书没想到程迟居然会来。

“怎么，一个人没有吃火锅的权利？”他笑，漫不经心地反问。

阮音书摇摇头，又听服务员问道：“二位不是一起的？”

“嗯，我们这边四个，他一个。”她回。

服务员也觉得有点棘手：“可我们只剩一桌了呢。”

程迟他一个人都能来吃火锅，想必肯定是很想吃的。

但他们四个，随便去哪里都可以。

她皱着眉思忖了一会儿，说：“要不我们四个换地方吧。”

还没等到其他几个人点头，程迟又道：“我一个人挤走你们四个，说出去不是太不讲道理了？”

阮音书皱鼻子，心想：你做的不讲道理的事还少吗？

“那……”

“我走好了。”他这下倒是说得干脆。

阮音书抬头看他，只见他目光落在店内某处，继续用云淡风轻的语气道：“不就是一个人打车去下一家火锅店，然后一个人开始吃，再一个人坐车回来嘛。”

她跟着他目光看过去，就看到角落里有个男生正一个人吃火锅，锅里升腾起袅袅热气，一大桌摆不下的菜更是衬得那人孤独。

“……”

程迟抬腿就要往店外走：“我走了。”

她脑内已经奏起悲怆的音乐，配合上程迟此刻的背影，再加上想象的艺术加工……阮音书一下变得非常于心不忍，感觉像是看到了想来躲雨又无奈离开的猫咪。

她又喊住他：“那不如……”

“嗯。”她还没说完程迟就转过了身子，他淡淡地道，“那我就勉为其难跟你们一起吃吧。”

阮音书：“……”

“我还没说完呢。”

他找了位置坐好，顺势轻飘飘勾唇：“你还没说完吗？那是我听岔了？”

“……”

她心想：听岔了你还坐得这么自然又流畅，跟排练过似的，厉害呀。

阮音书只是停了几秒，然后转身让他们几个也就座，其余几人落座的时候她小声问："程迟在这里，你们应该没关系吧？"

"我在这儿怎么了？"听到的某人有点不爽了，"我是会吃人还是怎么？"

正在听阮音书小声说话的赵平吓得抖了一下。

阮音书立刻回头："你别这么凶呀，我们等会儿还要做题呢，现在气氛尽量以柔和放松为主。"

他声名在外，她头几次见他也是怕得要死，这会儿就担心其他人因为害怕不能好好吃饭。

程迟百无聊赖地撑着脑袋听她说话，听完之后音调居然真的听话地放软几分："行，课代表的话我哪敢不听？"

说完，他站起身。

阮音书："干什么？"

程迟："柔和放松地去拿调料碟。"

"……"

程迟一走，剩下几个人同时松了口气。

"你们别害怕，他不会做什么的。放松点，等会儿还要写题呢。"

福贤嘿嘿笑："不是，我就是第一次见一高制霸，有点激动。"

阮音书思索了好一会儿："不行，我要把他这个压力化为你们的动力。"

"怎么化？"赵平问。

"要不……等下让他给你们涮羊肉？"

赵平一个哆嗦："……"

让程迟给他涮羊肉，是涮羊肉还是涮他呢？

阮音书觉得自己有必要去找程迟说说，于是起身去了调料区，准备找程迟的时候顺便弄盘调料。

她从消毒柜拿出一个碟子，正准备去弄点酱油的时候，却意外发现程迟旁边出现了一个女生。

女生手里一盘调好的酱料混着牛肉粒，一个不慎朝程迟衣服上抖去。

但程迟竟似早有准备般地向后退了两步，避开了这一"惨案"。

只是他的鞋子还是不能幸免地沾上了液体和几片绿莹莹的香菜。

"不好意思，不小心弄到你身上去了，要不你给我你的微信吧，我、我赔你一……”

“不用。”没等人说完他就率先打断，然后转身去拿纸。

阮音书没想到这女孩儿这么迂回就为了要个微信号，还沉浸在“高手对决”中没走出来，一转身，猛地撞上迎面走来的程迟。

为了让自己不成为搭讪二号，她竭力稳住自己手里的碟子，手臂在空中画了半个圈儿，人因为这高难度动作往前踉跄了两步，头顶不小心撞上他衣襟处纽扣，手臂还维持着张开的姿势。

突如其来的触感让她蒙了片刻，定在那里没动。

洞悉一切搭讪套路的程少爷并不意外，慢声道：“想抱我就直说，没必要这么委婉吧。”

少年不高不低的声音传入耳内的同时，阮音书终于找到了平衡点，支着背脊站稳了。

阮音书自然地后退两步，抬头，微微蹙眉，漆黑的眸子里装着奇怪的情绪：“你说什么呢？”

她没往那个方面想，倒成了他遐想过多了。

程迟不带情绪地挑了挑眉：“没什么，刚刚认错人了。”

他声音里带着一点都不真挚的澄清，可信度寥寥无几。

阮音书托着盘子点点头，是真的信了。反正他大概是被搭讪过多，留下了后遗症。

她黑白分明的眼瞳漾了点水汽，垂着的长睫眨了眨，这才忽然反应过来自己手里还拿着东西，赶紧查看碟子里的酱料有没有溅出来。

酱料洒出来了一点，幸好不太多，只沾在了她指尾的地方。

她抽了张纸擦手，程迟也紧随其后抽了张纸，鞋子弄干净后他洗过手，这才继续他刚刚没完成的酱料大业。

店里的歌声很悠扬，是带着点儿小伤感的情歌，阮音书按照记忆里的调子断断续续哼着，手上动作没停，拿着各种小汤匙往碟子里加料。

没有人说话，只有清脆的瓷器碰撞声，空调缓缓送风，喧闹隔得很远，此时的气氛倒也算得上惬意舒适。

加完最后一道料，阮音书放下勺子，这才问：“对了，你刚刚把我认成谁了？”

“……”

等了几秒没等到回答，阮音书跳过方才的话题："其实我来找你是有事想说的。"

"是吗？"想到刚刚酱料被泼到鞋子上的场景，程迟眉间夹带半分了然，眉梢一挑，风流潇洒地道，"18××××4785。"

"你说什么呢？"阮音书觉得今天的程迟怎么老说些奇怪的话，但没管，还是接着自己话的轨道说下去，"因为我感觉我小组的朋友都有点怕你，你要不要做点什么呢？"

不是找他要微信号是吧？

程迟不爽地舔了舔上牙床："什么？"

"比如……给他们涮涮羊肉，鼓舞一下士气什么的？"

程迟觉得现在吧，比亲眼见到一个人要不到他微信然后自杀了还要玄幻。

这姑娘说什么呢，要他给别人涮羊肉？是火锅店冷气开太大了还是怎么的？

阮音书特别认真地看向他："毕竟我第一次见你也挺怕你的。我们等会儿估计还要通宵解题，状态不好，不行的呀。"

程迟本来想让她清醒清醒，但看到少女明亮的眼睛，忽然发现她不藏情绪的眼底已经褪去一开始的惧意。

好像不知道是从哪一刻开始，她没有那么害怕他了，开始像普通同学一样敢和他正常交际，甚至偶尔还能提出要求。

程迟说不清是什么感觉一下子涌上来，本来要拒绝的话这会儿哽在喉咙口，打个旋儿，转了半天变成一句："下不为例。"

少女水盈盈的眼睛更亮了半分，她一下子就笑了，眉眼似拱桥，卧蚕像修过的小半弯月亮。

"成交。"

后来那一桌点了不少羊肉，阮音书坐在程迟旁边，维持着"给大佬递烟"的姿势，一道道地把手里的肉夹给他。

程迟接过，开始在麻辣汤底里涮。

他这人就是有股地狱使者的气场，他在涮火锅的时候别人一般都不敢乱动，尤其这一桌对面三个好学生还都不认识他。

于是他们只是正襟危坐地看他动作利落流畅地把肉放入锅里，等待几十秒的时间，然后把薄薄的羊肉片夹出来。

然后，地狱使者面无表情地、一言不发地把羊肉放进福贤碗里，像赏赐囚徒的最后一顿晚餐似的。

福贤：怎么回事？为什么给我？难道这肉有毒，他让我吃完快点闭嘴快点死吗？？可我根本就没说话啊？？？

第二片羊肉落进江异碗里。

江异：……我也要死吗？

第三片羊肉落进赵平碗里。

赵平：朝食大佬涮的羊肉，夕死足矣。

阮音书靠在一边笑着观察，看大家都不说话，拿着筷子夹起自己碗里的肉："怎么不吃？这是我特意为你们安排的鼓舞士气环节。你们知道吃了这个羊肉我们会怎么样吗？"

她自问自答的"'逐物杯'会得奖"的话还没来得及说出口，福贤颤巍巍道："吃了这个肉，我还能有以后吗？"

"……"

他们一顿火锅吃完，一个小时过去，大家也算是在做题中途稍微放松了一下紧绷的神经，这般调整过后，他们就准备回教室写题了。

在火锅店门口分别的时候，阮音书看着程迟往与他们相背的方向走："你去哪儿？"

做了半个多小时的涮肉大佬的人："困了，回去睡觉。"

四个人重新迈步回教室。

路上，江异作为唯一一个跟魏晟关系还不错的人，拿起手机给魏晟打电话。

阮音书小声提醒，有些紧张："要不我们进教室了再打？在学校里打电话被发现了，是不是会收手机呀？"

"不要紧的，现在老师都回去了，放学时间用没人会管的。"江异笑着看了她一眼。

电话响了很多声都没人接，到最后快要挂断时才被人仓促接起："喂？喂？喂？"

电话声开的外放，这几声催促把大家搞得都有点紧张起来了。

江异自报姓名："是我，江异。"

"什么事？"

“你怎么没来教室啊？听你班上的人说你不舒服，先回去了？”

那边咳了两声：“啊，是，不舒服，所以跟老师请假回来了。”

“那决赛题怎么办？你算不算啊？”

“你们现在进行到哪一步了？”魏晟问。

“就……确定下来用音书的办法，然后现在大家正在从头到尾算一次，最后核对结果，确保万无一失。”

“知道了。”魏晟那边沉默了一会儿，“你们大概算到什么时候？”

“不清楚，明早六七点的样子吧。”

阮音书上前，对着听筒：“你不舒服吗？不想算也可以，我们明早算完了给你打电话，大家再一起提交吧。”

其余人纷纷点头。

“好，那记得给我打。”

江昇：“放心吧，忘不了。”

晚上七点多的光景，天幕慢慢沉了下来，空气带着一丝湿热的闷。

挂断电话后，他们快速进了教室，继续完成离开前没有完成的活。

他们这投入地一算就是几个小时过去，阮音书揉揉肩颈，拿起笔袋里的手表看了一眼——零点三十七分。

“大家困了吗？”她问。

“没有，还能坚持。”

“嗯，那继续吧。”

“音书，你看外面，好像又有纸飞机了。”

不会吧？

阮音书转头，发现手边确确实实挂着一个空白的纸飞机。

“挂多久了？”她问。

“不清楚，我刚刚才看到的，但感觉上是挂了很久了。”

阮音书有点不信 K 这个时候还在，写了字递上去：“你是在的吗？”

她很快得到了回复：“在。”

比赛于他们而言已至尾声，她要考虑的当然很多，于是写给 K：“我们快解完了，真的很谢谢你这段时间的帮助，不知道可以怎么感谢你呢？”

可 K 说：“不需要。”

看 K 大概也是不想露面，她又道：“那最后小组参赛名单里加你一个？

有奖状，奖金均分。”

K：“不必，我顺手而已。”

她能做的都做完了，话说到这个地步，她也应该尊重K的想法：“好吧，如果以后有需要可以找我们，一班阮音书、赵平、福贤，二班江异，三班魏晟。已经很晚了，你怎么还不回去休息？”

K：“不困。”

居然有人这个点都不困？阮音书打了个泪眼蒙眬的呵欠，慢慢地想着：程迟这时候，肯定该睡着了吧？

清晨六点半的时候大功告成，大家纷纷算完，虽然有点困，但那点困意很快被激动给代替了。

这么难的题被他们解出来了，还是挺有成就感的。

四张纸摆在一起，结果都是一样的。

“没问题了。”赵平说，“应该就是这个结果了！”

“用软件扫描存图吧。”江异伸了个懒腰，“我给魏晟打个电话。”

阮音书一熬夜就很累，此刻趴在桌面上休息。福贤开始扫描存图，准备等下上传。

江异站起身，站在被熹微的天光照亮的区域给魏晟打电话：“喂，醒了吗？”

“你们解完了没有？”

“解完了。”

“什么时候？”

“就刚刚，现在在扫描，过会儿就可以一起上传了。”江异说，“你要不过来，我们一起？”

“我今天也不去学校。”魏晟在那边说，“我就在家搞吧。”

江异愣了一会儿，旋即说：“也行吧。我们等下把图传到群里，你登录官网后把图传到解题那一栏，然后选择‘小组参赛’，我们的号码是77567。我们过会儿就传了，你也早点。”

小组的号码是按照学校编号加人数，再加一个自定义二位数组成的，不会撞。只要组员分别上传时间间隔不超过半小时，就算分组成功。

“嗯。”那边接得很快，不知为什么磕巴了一下，“你们……抓紧时间，我挂了。”

电话挂断后，福贤不情不愿地把图往群里传：“魏晟也没出什么力吧，坐享其成还一点儿都不主动，等着我们把辛劳的成果放他面前啊。”

“那还能怎么办？人家天生这样。”赵平拉了椅子坐下，“行吧，我们现在一起用手机上传。”

之前确定了小组模式，大家就初步在后台确认了。

阮音书没带手机，所以是等别人弄完退出之后，再登录自己的账号确认的。

除了她，其余的人都是坐在位置上用自己手机弄的，应该都自觉地选好了。

“OK！我弄好了。”福贤把手机给阮音书，“你登录你的账号上传吧。”

阮音书抿着唇接过手机，眼睑垂着，其实她的欣喜期已经过去了，现在是真的有点困了。

她赶快摁完提交，如释重负地扔下手机。

她不甚清明地想：怎么办？等会儿还要上课。

她正在思索，弄完的几个人已经站起来了：“好饿，真的饿，我现在可以吃下一头牛。”

“走走走，吃早餐去吧！”

“音书，你是出去吃还是我们给你带回来？”

阮音书本来想着自己在里面睡觉不出去吃的，但良好的生活习惯导致她的胃在这个时候，十分不争气地饿了。

她站起身来，声音糯糯地道：“我去吧。”

几个人就近去了食堂，三个男生都还兴致高涨着，讨论有没有可能拿奖。

“我听说提交的人不多，我估计我们可以拿个奖的！”

“肯定的，我觉得我们解得算挺快的了。”

阮音书困困地耷着眼睑啃面包，牛奶拆开放在手边，下巴搁在牛奶盒上喝，这才不至于头重得掉下去。

她整个人像只困倦慵懒的折耳兔。

完成了填补胃部的工作，四个人起身去新教室整理一下东西，就准备去上课。

晨间的空气带着清新的酥软，阮音书怕自己上课困，特意买了杯咖啡细细啜着。

路过篮球场的时候她神思稍微回来了点，发现这么早，居然有人在这里打球。

她仔细一看，是程迟，还有他那帮朋友。

他穿了件条纹格子的短袖，短袖的黑色线条平直利落，显得人都挺拔了几分，但刘海儿处有点湿，不知道是汗，还是刚刚洗过了脸。

他边运球边跟她打招呼，她眼角眉梢呼啸而过的是夹带着少年意气风发的晨风，那晨风裹着晨间未消散的雾气掠过她身旁。

“早啊，丸子代表。”

“你们怎么这么早就来打球？”

篮球在地面上撞出砰砰的声响，程迟漫不经心地道：“昨晚睡太饱了。”

阮音书跟程迟作别，回新教室整理东西的时候，看着窗外悬着的空白纸条，幽幽叹息了一声。

她取下纸条，在上面再次写下了自己的感谢，然后系了上去。

不知道过了多久，纸飞机被人提了上去。

赵平、江昇和福贤清好东西陆陆续续离开，阮音书动作慢，她最后才弄好，拿着自己的咖啡，背着书包慢慢走到门口。

她动作一贯轻柔，桌椅都没碰到，教室里只有风拍打窗帘的声音。

走到门口的时候她抬眼，却蓦然瞥到楼梯拐角处有一个人影闪过。

人影速度太快，她什么都来不及看清，只看到那人出现的一片衣角带着黑白的格子条纹，在视线里拉拽出重重叠影。

这衣服她似乎在哪见过。

她猛地一怔。

黑白格子条纹，似乎是程迟今天的衣服。

反应过来的当下，阮音书顿在那里，目光茫然无措地落在楼梯口的扶手上。

那里已经没有人影，被刷了一层亮漆的扶手折射着日光，那日光明晃晃地淌在她眼底。

她慢吞吞地转身，喝了一口咖啡，然后把新教室的门锁好。

下楼的时候她还有点儿恍惚，不知道是咖啡里的咖啡因和困意对撞了，还是因为……脑子里一半对一半的宇宙大爆炸。

篮球场上还有人影和讨论声，她遥遥看过去，发现程迟手臂上虚夹了个球，正站在邓昊身前。

她走过去的时候，程迟正好转到不远处的座位上休息，胸膛上下起伏，还在喘息。

邓昊明显也是刚打完球的，整个人都在喘，鼻子上还有汗，他看阮音书来了，不由问道："课代表，你怎么来了？"

阮音书眼珠转了转，感觉身体和思维有点不受自己支配，目光落在邓昊身上："你们刚刚一直在这里打球吗？"

"对啊，怎么了？"

"程迟也在吗？"

邓昊回头看了程迟一眼："对哇，不然他还能去哪儿？"

是吗？

阮音书抬了抬眼皮，继续轻声道："一直一直……都在吗？没有离开过一下？"

"是，厕所儿都没怎么上的。"邓昊皱着眉，好像真的很不解，"到底怎么了？"

"没什么，可能是我眼花了。"她摇摇头，因为没睡好，声调有点弱。

"你小声告诉我……到底发生啥了？"

邓昊说着就要凑近她脸边。

猝不及防，一个篮球砸过来，伴随着程迟懒洋洋的声音："丸子代表，来我们这儿干吗啊？"

邓昊被砸中背部，冷不丁闷哼了声，捂着背，仿佛受了内伤一般退到一边。

阮音书看向程迟，后者坦然自若，面上是一贯的玩世不恭的神情。

她开口，也不管他是不是能听见："我好像也认错人了。"

程迟眯了眯眼："什么——听不到啊？"

她抿抿唇，笑了，刘海儿柔顺地搭在眼睑上，她没再做回答，只是跟他们说："早点去上课吧，我先走咯。"

今天也不知道是怎么，她没看清路，差点从二班的后门进去了，幸好看到班上的陈设不对，收回了脚步。

阮音书好不容易进了班，看着窗台口倾泻下来的明亮日光，迷蒙地想着：自己昨晚没睡好，可能确实是有点头晕眼花。

可能她刚刚在楼梯口看到的衣摆是幻觉，黑白格子也没出现。

既然邓昊说程迟一直都在打球，那么就算确实有那么一个人从楼梯口路过，也不一定就是K，更不一定就是程迟。

她晃晃脑袋，坐到位置上。

“你终于回来啦！”李初瓷莞尔一笑，看她在摇头，又问，“怎么了？”

“没什么，昨晚没睡觉，现在不太清醒。”

“解了一晚上没睡觉啊？”李初瓷吃惊道，“看你们去了这么久，还以为都休息好了呢。”

因为他们的解题进入尾声，所以学校给他们批了两天假去新教室解题，李初瓷没想到在这种情况下他们还熬夜了。

“因为当时感觉快解完了，就索性一口气弄完。”

阮音书揉了揉眼睛，长睫打着卷儿，声音软乎乎的：“初瓷，我真的好困啊。”

李初瓷拍拍她桌子：“你先睡会儿吧，老师来了我喊你。”

“嗯。”

没再多说几句，阮音书就伏在桌面上，困意袭来。

早自习一般没有老师检查，阮音书睡了快半个小时，第一节课铃没听到，是被李初瓷推醒的。

起身拿书本的时候她后悔地想：早知道应该上午请假回去睡一觉的。

但她好像天生有什么特殊技能似的，但凡老师开始讲题，她的神思便恢复到清醒状态，只在下课的时候见缝插针地睡一会儿。

一上午就这么浑浑噩噩地过去一大半，幸好最后一节是自习课，阮音书终于可以补个长一点儿的觉。

自习课开着灯，大家都各忙各的，阮音书觉得教室里面有点亮，就把纸巾叠了几层盖到眼睛上，这才沉沉睡了过去。

不知道睡了多久，她是被突如其来的抽离感弄醒的。

阮音书迷蒙地睁开眼睛，面前还是雾的，她又眨了两下，这才看到一张脸。

一张熟悉的、精致的、几乎找不到毛孔的、轮廓分明的脸。

程迟挑了挑眉，一只手臂撑在她桌侧，两指间还拿着她盖眼睛的纸巾，他漫不经心地晃动了一下：“好啊，课代表居然上课睡觉。”

她脑子钝钝的，花了几秒的工夫才后知后觉地开口：“……谁上课睡觉了？”

“你啊。”他一副看着罪犯的样子，把纸巾在她面前展开，活脱脱是州官询问犯人的样子，“证据都在，你还想狡辩？”

程迟弯着眼，笑看她。

阮音书伸手就想抢他手里的纸巾："你还我。"

"不仅知法犯法，还想销毁证据？"他把双手背到身后，"我以前怎么不知道课代表胆子这么大。"

"谁知法犯法了？你不要胡说好不好。"阮音书抬头看课表，"这是自习课。"

"自习课就不算上课了？只要心里有课，时时刻刻都应该约束自己，而不应该借这种名义给自己找借口。"

程迟摇摇头，意味不明地啧一声："上课睡觉居然还是年级第一，说出去真不知道别人怎么羡慕。"

"……"

这人不仅胡说的时候特别无赖，讲道理的时候怎么也这么无赖啊？

阮音书深吸一口气："你课上睡觉还不多吗？"

他好像是早有预料似的，挑眉道："你现在堕落到把自己和我归为一类人了？"

她哽了一下。

后面的李初瓷噗一下笑出声来，拉拉阮音书："好了，你别和他说了，你说不过的。"

阮音书终于找到自己的阵线，附和地点头："确实说不过，他一点儿也不讲道理。"

"讲道理没用。"程迟的声调散漫又轻飘，"能赢就行。"

阮音书直接不想理她，问李初瓷："下课了吗？"

"嗯，下了，出去吃饭吧。"李初瓷问，"今天中午想吃什么？"

"吃……"

"吃枕头酥吧。"这人倒率先给她提起了建议，"睡觉垫个枕头会比较舒服。"

"……"

阮音书跟李初瓷在外面吃了午饭，走在路上，她随口提起："中午再睡一会儿状态应该会好吧，就是班上一点半才熄灯，我睡觉又喜欢暗一点。好纠结。"

"买个眼罩不就行了吗？"李初瓷往文具店里一指，"好多'U'形枕跟眼罩一起卖，你买个枕头，刚好睡觉也能比较舒服。”

阮音书觉得她说得在理，于是两个人往文具店去了。

阮音书正在选枕头，顺带着选配套的眼罩，正踮着脚一个个选过去的时候，拨开枕头往一边推，居然在空隙里看到了程迟。

他正在选耳机，背影瞧起来挺宽阔，肩线平直，观赏性极强。

程迟选好耳机，一回头，看到了在选枕头的阮音书，倒是停了几秒，这才道：“这么听话，真的来买枕头了？”

阮音书扯扯一边的眼罩：“少自作多情了，我买旁边的眼罩的。”

“买哪个？”

她抬头，看向上面一格，随手指了指：“这个吧。”

程迟点点头，走过来，假意是在帮她，实际上却是抽出来放到她拿不到的更高的一格上。

阮音书抿抿唇，飞速从面前格子里抽出一个，鼻尖皱了皱，酝酿出一点古灵精怪的可爱：“我骗你的，我要的是这个。”

再然后，程迟就看到她抱着自己的小抱枕，得意扬扬地去结账了。

中午阮音书睡得不错，勉强撑过了下午，一放学就赶紧收拾了回家，打算做完作业就去睡觉。

吃饭的时候阮父问：“昨晚怎么一晚没回？”

她捏着筷子夹青菜：“我们算到早上六点半才算完，所以没回来。”

“晚上没睡觉啊？！”

“嗯。”

“那今晚赶紧早点睡吧。不是我说，你们这些年轻人就不爱惜自己的身体，身体可是革命的本钱，不要为了别的熬坏自己的身体，那是划不来的……”

阮母见他又开始叨叨叨，赶紧说：“她也偶尔才这样的，毕竟比赛重要，赶时间。”

“什么比赛值得这么拼啊？”阮父哼一声，“就算再好的比赛，熬坏我女儿的身体也是不好的。我花多少心血培养出来的呢。”

阮母笑眯眯：“听说他们完成得挺快，运气好应该能拿奖的。”

阮音书心里其实没有很大的波澜，也没有具体的值或不值，只是觉得大家付出了这么多，应该能得到等值的回报吧。

“什么时候出结果啊，音书？”

“应该快了，等前三名确定就会公布了，一周之内吧。”

那天晚上阮音书九点就睡了，一直睡到早晨六点半才开始洗漱准备去上课。

早自习的时候班主任乔瑶难得地来了，喊停了一下早读：“同学们停一下。学校今早发了个通知，说是最近一个月有检查，所以自习课也要有一个人来管纪律。就坐在讲台上，做作业什么的都行。

“大家看看自己想不想试试，或者有没有什么合适的人选推一下。想做的可以去找班长登记，我稍后会选。”

说完这句话乔瑶便离开了，第三节课下课的时候，班长四处“走访”询问：“有没有人想上去管自习课啊？”

走到程迟旁边的时候，班长笑了声，邓昊也闲得无聊，特别八婆地凑过去问程迟：“怎么样，迟哥，想不想管一管自习课？你那地狱使者一样的脸，我保证一上去，震慑全场……”

程迟抄着手，很淡地笑了声：“也行啊。”

忽然听到肯定回答的邓昊：“……”

“你说什么呢……玩儿我还是认真的？”

“认真的啊。”他手肘支在桌面上，身体若有似无地前倾，“自习课上睡觉这种事，我最爱管了。”

阮音书：“……”

下午的最后一节正好是自习课。

阮音书本来以为程迟上午说的话是好玩儿，但是没想到班长真的记了他的名字，而老师也真的从那么多人里面……选了他。

真是匪夷所思。

自习课开始之前，班长特意找到程迟，语调里有难掩的惊诧和乐不可支：“没想到老师真的选了你啊……她说第一次看你主动给班上做事，感觉不能打击你的激情，也希望你认真对待……哈哈哈哈！

“喏，给你本子和笔，如果有表现不乖的就记名字在本子上——但是我们班应该没有不听话的吧。”

说到最后：“说真的，突然吗，兄弟？”

程迟声音很低：“还好。”

“我觉得乔瑶是怕没有选程迟，程迟杀到办公室去揍她吧。”邓昊抬起头，一脸认真地分析。

程迟懒洋洋眄他一眼：“我不打女人。”

“你是不打女人，你只会揍我。”邓昊委屈巴巴。

“你是女人？”程迟懒得跟他多说，“一整天就喜欢说些屁话。”

上课铃打响，邓昊又准备说点什么，被程迟轻飘飘的一句话噎了回去。

程迟笔尖轻敲硬皮簿：“再说话记名字。”

“新官上任三把火，上手挺快啊，程少爷。”目送程迟拿着手机走上讲台，邓昊掀着嘴唇无声地说。

阮音书手伸到一边去拿橡皮，侧眸正好看到走上讲台的程迟，他手里还吊儿郎当地拎了个本子。

她拿起橡皮擦干净立体几何上多余的线条，忽然像反应过来似的，又往讲台上看了一眼。

一般去讲台上坐着管纪律的班委，都会顺便带着作业上去做，一方面是起一个好的表率作用，第二个方面……老师来检查了，也会觉得班风好一些。

阮音书确认了几秒才肯定他手上那个黑色的物体，确实是手机。

他跑上去监督自习课，自己却横着手机在上头明目张胆打游戏，纵观古今，这是她看到的第一例。

太嚣张了吧，制霸人设果然永不崩塌。

程迟手指修长，食指搭在手机侧边，无名指骨节托住手机下侧，他皱着眉低垂眼睑，戾气很重地认真游戏。

阮音书低叹一声，目光重新落回自己的本子上，开始思考这道立体几何的其他解法。

很显然李初瓷也在解今天数学作业里的那道题，一边画线一边嘟囔：“只要我画的辅助线够多，立几王者就会属于我。”

到最后，又听李初瓷哎呀一声：“糟了，辅助线太多了，我已经看不清了。”

阮音书哭笑不得地看过去：“你试着连 AF 和 DM 呢？”

“我试试。”

李初瓷拿起橡皮开始擦掉自己方才画的辅助线，橡皮的碎渣躺了小半个本子。

早已见怪不怪，李初瓷开始清理桌上的橡皮屑：“擦线一分钟，收拾三小时。”

阮音书手伸到自己书包里摸索：“你等等，我有个东西给你。”

摸了半天，她终于找到自己带来的那个迷你桌面洁尘器。

拳头大小的东西被她拿出来，是个小车子的模样，透明外壳，里面还有两把小刷子似的东西。

李初瓷小声问：“这是啥？”

“清理桌面的。”

阮音书给她做示范，小车子在满是橡皮屑的本子上来回推了两道，所过之处立刻干净了起来。

这洁尘器里有两个小刷子，车子前后推移的时候刷子跟着滚动清扫，然后把垃圾扫到后面的小储备盒里。

李初瓷接过，车轮在本面上行了几圈儿，本子上已经看不到什么灰屑了。

她滚着车轮问：“还挺好玩儿的。你在哪里买的啊？”

“网上买的，上次看到觉得还挺有用的，免得把灰屑弄得到处都是。”

这小东西清新漂亮，好看又新鲜的东西总能提升她日常学习的幸福指数，她向来无法抗拒，于是就直接下单了。

“链接发我，我到时候也买一个。”

“嗯。”

短暂的讨论很快平息，两个人又开始做题。

今天数学作业的几何题有点多，阮音书擦了几次线条，用洁尘器清理干净残余橡皮屑，便又继续算了。

立体几何大题算起来总是颇费时间的，阮音书没做几道下课铃就响了。

阮音书抬头看了眼时钟，正感慨时间过得快的时候，发现讲台上的程迟已经没有打游戏了。

他收起手机，站起来揉了揉后颈，然后把笔夹在本子上，从讲台上走了下来。

他背脊挺直，下颌角微抬的弧度很好看，他路过她身边的时候，带起了一阵柑橘味儿的风。

程迟随手把本子扔到桌上，本子哗啦啦地摊开，他没管，径直出了教室门，不知道是去干什么了。

阮音书俯身清理书包，余光一晃，看到了一个熟悉的名字。

她第一次觉得眼睛这么好是一种困扰。

可是，如果她没看错的话，程迟他本子上……是不是好像写了自己的名字？

阮音书拉好书包拉链，然后离开座位，走到本子旁边看了一眼。

她没有看错，一整张格子纸上只有一个名字，她是唯一一个被“记录在案”的——

“阮音书，上课玩玩具。”

“……”

她在那里没站几秒，那人已经毫不愧疚地过来了。

“看什么呢，课代表？”

阮音书回身，指了指本子上的字，唇角撇了撇：“这什么意思？”

他一脸坦然正气，目光晃都没晃：“通过观察后得出来的结论。”

很快，这人又状似体贴道：“你别怕，我没把这个交上去，只有我知道。”

“不准备交那你写它干吗呢？”她试图好脾气地和他沟通。

“我总得知道这节课谁做了什么。”他倒是讲得有条有理，“否则不称职。”

她唇线抿成一个小小的“一”：“可我上课没玩玩具，你为什么这么写？”

“还没玩儿？”他抬手指向她桌子边的那个洁尘器，“看你开车开得挺带劲的。”

“……”

她把东西放到他桌面上，手指推了推车尾：“这是清理桌面橡皮擦屑的。”

程迟点点头，俯下身看那个小东西，声调拉长：“你还想收买我。”

“你……”

他们话没说完，被外面的呼叫声打断：“阮音书！”

她回头，看到了站在门口的江昇——之前和她一起做竞赛题的男生。

“怎么了？”

江昇面色复杂：“你出来一下。”

程迟在后面抄手看着。

阮音书半信半疑地走到门口，江昇又往教室里看了看：“福贤和江平也一起出来一下吧。”

他们加上江昇，一共四个人，阮音书好像预料到了点什么。

果不其然，江昇把他们几个带到了做题的教室，然后拿出手机：“比赛结果出来了。”

“是吗?！怎么样，怎么样！”

江异把手机抛过来：“你们自己看吧。”

福贤接过手机扫了十几秒，这才有点失落地开口：“没有我们啊……”

“啊？真的吗？”赵平不信，把手机抢过来仔仔细细看了几遍，“真的没有我们，可我觉得我们解得挺快的啊！思路应该也没问题啊！”

一开始从江异的表情和语气里，阮音书就猜出了个大概，这会儿两个人一说，心里的猜想也被证实了——

他们没有拿奖。

“音书，要看一眼吗？”

她本来想说不用了，可话到嘴边，又觉得自己还是看看比较好：“嗯，给我看一眼吧。”

大赛唯一比较人性化的一点就是，获奖名单会在官网里放出来，与此同时，前三名的解题过程图也会放在他们的名字后面，以示公平。

阮音书粗略地扫一眼过去，一、二、三等奖后面都跟了一张解题图，并标明了是小组参赛还是个人参赛。具体人名要点展开图才能看得到。

一、二等奖都是个人参赛者拿到的，三等奖是团体参赛，其中详情已经被福贤打开，里面没有他们的名字。

阮音书想了想，滑到上面，点开了二等奖的详情，里面弹出了单人获奖者的名字。

一边的福贤看清名字之后跳了起来：“我×！二等奖是魏晟拿的?！”

江异叉着腰站那儿没说话，似乎是早就知道了。

赵平刚刚没看到，这下也震惊地瞪大眼：“真的吗？是不是重名？”

江异：“哪能是重名！你看看编号，开头是我们学校的编码。”

……

教室里陷入沉默。

过了好一会儿，赵平说：“那不能啊！他不是报了名和我们一组的吗，怎么还可以报单人的？”

江异神色很淡：“他没有报和我们一组的，我去官网看了，是你、我、福贤、阮音书，四个人的组。”

福贤：“这什么意思？他从一开始就没想和我们一起?！”

阮音书忽然记起来，一开始大家一起初步确认成组的时候，大家这边热热闹闹讨论怎么填，他就靠在一边自己弄自己的，也不说话。最后还来检查了他们的，却没有把自己的拿出来。

现在想来，大概在那个时候就有一点苗头了吧。

再到阮音书初步确定了思路，魏晟发疯似的让她快点解完之后被赵平劝阻，魏晟自己在那里沉默地坐了几分钟，然后说自己回去一趟，就再也没有回来。

后来他们给他打电话时他支支吾吾，让他提交时他又说自己一会儿来做……

他并非一时兴起，而是早有计划。

“等一下……我忽然想到——

“魏晟那天说自己不舒服是不是假的，就为了赶紧回家解题目？然后让我们给他打电话，是因为他做了两手准备：如果我们比他解得快，他就和我们一组提交；如果他自己解得快，他就瞒着我们自己先提交？！”

赵平点头：“应该是。”

“这样一想也太生气了吧？这白眼狼太自私了啊，凡事只为自己着想？他知不知道这是大家共同的成果？！”

江异被气笑了：“我再给你们讲个更生气的。

“我让我爸托人去问了，我们是第四个提交的。

“第四个提交是什么意思呢？就是魏晟如果没有提前行动，我们就可以拿奖。”

“……”

阮音书怔住，没想到会发生这种事，心中五味杂陈，说不上来是什么感觉。

而另一边的福贤脾气来得快，这会儿整张脸涨红着，他暴跳如雷地在那里跟江异确认。

赵平在一边附和地点头，一脸懊恼和沮丧，像是后悔自己怎么没有早点发现。

过了很久，大家也没有冷静下来，但阮音书已经要走了，阮母还在外面等她。

讨论了这么久也没讨论出个所以然来，江异暴躁地握了握拳：“魏晟今天没来，我们也找不了他。音书，你先回去吧，刚好，我们都回去想想办法，这件事也不能就这么算了吧。”

福贤：“当然不能！我们辛辛苦苦的成果，凭什么给他窃取了？！”

阮音书抿唇：“那我们明天再想想办法。”

她回班的时候，发现李初瓷居然还在：“怎么没走，不去培优班了吗？”

“刚临时得到通知，今天不上课了。”李初瓷笑笑，“你呢，干什么去了？”

阮音书叹了一口气，尽量长话短说：“我们‘逐物杯’那个小组比赛本来是能得奖的，但是有个组员自己算不出来，还拿我们的思路解出来快速提交，变成了他的单人奖项。我们白忙了。”

“我天？这都能偷？真有这么不要脸的人？”李初瓷睁大眼睛，“那你们怎么办啊？”

她眨着一双鹿眼，眼尾轻轻垂下：“目前还不清楚，也不知道怎么做是最有效的。”

她一贯生活在光亮下，压根儿就不知道怎么应对人性里最恶的那一面。

目前一切已成定局，似乎他们怎么做都没有用。

难道他们可以去找比赛的负责人说清楚吗？可那又怎么证明他们当时确实是一个组的呢？

“这还不简单。”

她的身后忽然有声音响起。

阮音书和李初瓷齐刷刷回头。

程迟轻合一下眼睑，琥珀色眼瞳压着辨不明的情绪。

“去证明这个解题思路最开始是你们想出来的。”

阮音书茫然地看他：“怎么做？”

他抵了抵口腔的软肉，沉沉道：“我教你。”

第四章
保护欲

“你教我吗？”

阮音书拉了拉耳垂，说：“可是我得走了欸。”

“那就明天来了再说。”

他倒也无所谓的样子，只是情绪看上去不怎么好。

阮音书希望他没有跟自己开玩笑，跟程迟做了约定之后就和李初瓷一起离开了。

当晚回家写完作业之后，她想了想，这时候才有点类似于生气的情绪涌了上来。

阮音书拉开抽屉拿出手机，重新登录进官网看了一遍。

没有错，前三名里面没有他们，而第二名确确实实就是魏晟。

她揉了揉眼睛，让自己从这近乎于梦游的体验中抽离出来，点开了详情。

一等奖比他们早一天上传，名副其实。

而魏晟则是在那天三点半连夜上传的，得了二等奖；三等奖没隔多久，是在快六点的时候传上去的。

他们组是在七点上传的，如果江异说得没错，他们是第四个上传的话，那么的确是魏晟把本该得奖的他们给挤了下来。

这种事真是超乎人的认知。

阮音书手指陷入发根，撑着脑袋在那儿发了一会儿呆，李初瓷忽然给她发消息过来："看看我找到了什么好东西！！！"

她打字慢，还没来得及回复，李初瓷就已经发来了几张图片："你还记不记得你之前跟我说那个K的事？就是K给你发了三页纸之后，你就把题目做出来了。你当时给我拍的照我这里还留着，或许能作为证据之一呢。"

阮音书是记得自己当时跟李初瓷说过这件事，李初瓷还惊叹了好一会儿。

"对哦，那先留着吧，万一能用得上呢。"

李初瓷还在那边自我陶醉："天啊，初瓷真是个天才。"

次日阮音书抵达学校，早读，收作业，做题，忙了两节课，江异又出现在了门口。

"音书！赵平！福贤！"

三个人很自觉地走了出去，这次只是个大课间，没办法跑太远，所以江异只是撑在栏杆上有一搭没一搭地道："我刚刚趁着送作业，悄悄跑去问了三班班主任。"

福贤惊讶："你说实话了？"

"那倒没有。我哪能那么笨？魏晟是她的学生，她又不怎么认识我们。我不可能一上去就说魏晟的不是啊，老师肯定会护着自己的学生的。魏晟估计也因为是这么想的，才敢为所欲为。"

"所以我就是旁敲侧击了一些东西出来，比如……她很少来看我们，因为她特别放心让魏晟来监管我们。那天音书算出来大概过程之后，魏晟一离开教室就去找她了，说这是自己算出来的，一算出来就来找她了。"

"然后呢？"

"然后老师就问别的组员是不是没参与啊，魏晟说是全程没参与，这是自己的成果。还说大家已经商量好了放他一个人单人参赛，然后我们四个还是一个小组。"

说完，江异无奈嘲笑一声："一个小组？我就没见过这么能睁眼说瞎话的！”

“他不仅单人参赛了，他还让老师也相信他合理地单人参赛了是吧？这老师怎么回事啊，都不核查吗？”

“毕竟是自己的学生啊。”赵平感叹，“就像乔老师信任我们一样。”

阮音书若有所思，过了一会儿才问：“魏晟是什么时候去找老师说自己解出来题目的？”

江昇倒是被问住了。

“不知道欸……不过魏晟说自己一解开就去找她了。魏晟为了提前宣誓主权，肯定能早则早，我估计就在他离开我们那个教室之后没多久，反正不超过一个小时，因为一个小时之后他就回家了。”

阮音书点头，正想说点什么，上课铃又闹响了。

江昇看了眼表：“感觉我还没说什么就上课了。你们先回教室吧，我就来通知一声，后面怎么搞我们也自己琢磨一下。”

“当然，也别太放在心上了，学习要紧。”

大家纷纷进了教室。

阮音书若有所思，想到当初是K扔下三页纸后没过多久，她就拍照分享给了李初瓷，魏晟也是在那之后看的。

如果说魏晟是离开之后才去告诉的老师，那她恰巧可以用记录证明魏晟并不是第一个发现的人。

但……就算向老师这样证明了又有什么用呢？就为了证明自己先做出的题目？

而且，万一魏晟死不认账，说是自己先跟他们讨论后他们倒打一耙，那又该怎么办？

阮音书思前想后，很是惆怅，决定去找程迟。

她还记得上一次遇到这么棘手的还是吴欧的事，那时候是程迟帮她解决的。这次程迟说要教她，那她去问问他的意见也好。

中午的时候，她跟程迟讲完了一整件事——从神秘人K到魏晟得奖，一个细节也没落下。

讲完之后，她偏着头问程迟：“那接下来怎么办呢？”

程迟顿了一下：“你们准备去找魏晟吗？”

“应该会吧。”她下巴蹭了蹭手臂，声音不太清楚地道，“他们之前说过要去找的，但不知道会不会真的去。”

“如果是他们的话，应该是会去的。”程迟眯了眯眼，指节缓缓在桌上叩着，“既然要找他，最好还是找个严肃点的地方。”

阮音书点头如捣蒜：“没错。”

“学校天台挺不错。”他给出建议。

“为什么不直接去那个新教室？”

“新教室对面是老师办公室，万一打起来影响不好。”

“……”

“而且新教室是你们之前待在一起的地方，魏晟难免出手打感情牌，占上风就不好了。”

这么一说，阮音书觉得很有道理：“那天台也挺好的，宽敞。”

程迟似笑非笑地瞥她一眼：“怎么，真做好了打架的准备？”

“哪有，我就那么随口一说。”

程少爷又慢悠悠道：“但是天台有时候会上锁，如果锁了，你们就可以去旁边那个教室，那教室也挺宽敞的，还隔音。”

“好的。”她默默在心里记下，“还有吗？”

“没有了，先去跟他谈谈，看他怎么说。”

阮音书点点头，目光盈盈地望向他：“谢谢啦。”

“这有什么可谢的。”他意有所指，声音压着，“整人我在行。”

“……”

后来中午的时候，江异果然又摸到他们教室后门给赵平发短信让他们出来，幸好阮音书没睡觉，和他们一起出去了。

走在走廊上，阮音书复述了程迟的话，总结道：“我觉得程迟说得有道理，我们就去天台吧。”

江异点点头，努努嘴：“魏晟在楼梯口等着呢，走吧。”

福贤：“已经约到了啊？这么容易？”

江异：“是啊，总不能不答应吧。大家都在一个学校里，躲得过初一躲不了十五。”

福贤嘀嘀咕咕：“我看他怎么狡辩。”

走到楼梯口，他们很快看到魏晟，他脸色有点苍白，嘴唇也白得不正常。

上楼的时候，福贤说："他怎么白得这么不正常，看着怪吓人的，我竟有一丝心软。"

阮音书在后面小声说："粉底液盖的。"

"你怎么知道？"

"我以前见过朋友往嘴上扑粉，然后去请病假，一请一个准。"阮音书又道，"而且他可能第一次用，不太熟练，粉没扑均匀。"

"……"福贤转心软为盛怒。

走到顶，天台门锁了，一堆人只好转向了旁边那个教室。

门关好，江异单刀直入："你有没有什么要说的？"

魏晟大概是做好了准备："我是有点对不起你们，但你们能不能也稍微理解一下我？"

"有点"二字让福贤忍不住了，他拧眉道："你现在还不觉得自己做错，反倒要我们理解你？题目是你解的吗？是阮音书解的！她费心费力忙了那么久，你倒好，说偷就偷，怎么，就你的付出是付出，我们的心血不算数吗？"

江异也说："如果不是你违背我们自己去拿个人奖，现在得奖的应该是五个人。"

赵平站在墙角："也没人付出得比你少。魏晟，大家都很努力，你不应该独占。"

阮音书看大家都说了，自己不说似乎不太好："如果结果是你自己解出来的，你就算瞒着所有人拿第一也没人怪你的。"

魏晟嘲讽地笑："你看，又是这样，你们站在一个战线，我一个人站在另一边。"

"'逐物杯'的三等奖是两万，五个人均分也才四千块，但我一个人拿二等奖的话，有五万块。是，对你们来说可能这点差别并不算什么，不过就是几个月的零花钱而已，但对我来说不是这样，几万块够我们全家一年的生活费。"

话已经说到了这个份上，魏晟也不打算隐瞒了，密闭的空间让他彻底将一切摊开，他情绪渐渐激动起来。

"你们一点都不着急，可我真的急死了，钱对我来说就是……就是命，有钱和没钱的差别就在于我到底能不能有尊严地活着！”魏晟眼睛都红了，“你们有吃有喝当然什么都不着急了，当然细水长流想确认有没有地方出错了，可我没时间等了，既然解出来了为什么不马上就确定？为什么不立刻就搏一搏能不能拿奖？”

说到最痛处，魏晟音调上下起伏：“你们上一高当然易如反掌了，但我家送我上学都是借的钱，说出去谁信啊？都这个年代了，还有人借钱上高中？如果能选，谁想这么活啊？你们不是不在乎这点钱吗，那给我又怎么样呢，对你们来说这不算什么啊！”

阮音书眨眼，缓缓地说：“如果你妈妈知道，她辛辛苦苦借钱送你读书，你却窃取同学的成果，她会不会感觉难过呢？”

“难过？有钱了她难过什么！”

“你说得对，这点钱对我们来说不算什么，不要其实也没什么关系，但这样的前提首先是我们答应，我们愿意，而不是你在这里绑架我们，说你穷你有理。”江异想了很久之后说，“你想要钱，想有尊严地活着，我问你，就这样偷别人的东西，耍这些小手段小计谋，你这样就是有尊严地活着了吗？”

他字字句句掷地有声。

魏晟退后两步，音调逐渐变低，像是说服他们不成，转而开始说服自己。

他目光失焦，迭声重复：“是你们逼我的，要不是你们一直半天不决定，我也不会连夜快速回去解题。我没想到我算出来会比你们早，但谁叫我算题快呢？这也有错吗？”

福贤听这些歪理简直听笑了：“想不到？你反复跟我们确认，要我们解完了打电话给你，不就是做两手准备，自己算不出来就蹭我们的吗？”

“如果不是当时在教室，我让阮音书快点确定下来，但你们一直犹豫不决，我至于走到这一步吗？”魏晟梗着脖子，又开始了狡辩。

“你可别瞎扯淡了吧，那只是询问大家意见而已，阮音书从头到尾都有在解好不好！谁参加这个不想拿奖啊？”福贤无语，“我们一开始是确定过一次小组模式的，如果那次你选择了小组点了确定，最后就只能和我们一组。你当时根本就没选，你把我们当备胎呢！”

“我总得给自己留后路吧。”魏晟指着他们，“你们什么都有啊，但我不给自己留后路我就什么都没了。”

“你给自己留后路的办法就是把别人的路都堵死？”江异难以置信。

阮音书软绵绵的声音落在空间内：“中午一点半的时候我把大概的思路想出来，四点半左右你去告诉你的班主任，那个思路是你最先想出来的，没有任何人参与，还和她说，我们都同意你单人参赛。”

“为什么要说谎呢？”她声音轻轻的，少了几分诘责，更多的是悲悯的拷问，干净得像飘浮的云雾，缥缈又清澈。

对比太强烈，她越干净，越显得魏晟肮脏阴暗。

魏晟还在笑，分辨不出具体表情：“是啊，自己偷偷去解就算了，为什么还要到老师那里把所有的功劳都揽到自己身上呢？”

他话锋陡然一转：“还不是因为我怕发现之后被人嘲笑、被老师鄙视、被退学！你们不知道对你们而言最简单的东西，对我而言有多难。”

“是啊。”福贤耸肩，“我们轻轻松松就有了脸，你是挺难有的。”

魏晟咬牙。

阮音书对着魏晟，声线还是一贯语调里的轻柔：“魏晟，因为你的家境，你做一些事是可以被理解的，但是打着悲惨的幌子去做过分的事，做完之后把自己所有的阴暗面归咎于家庭，这和前者是不一样的。”

若他无心自保，只要不过分，可以获得理解。

但魏晟一直觉得他没有错，错的只是他的家庭。因为他家庭贫苦，所以他做一切都是应该的，损害别人利益也是应该的。

他明知道这样做有多么恶劣，但他还是义无反顾地伤人利己，最后再把一切根源推到自己的悲惨身世上。推脱走所有沾染在身上的肮脏，以获得幻想中仍然高尚的自我。

他连担当都未曾有，连自己做错的事都不敢承认。

魏晟已经被逼到了退无可退的田地，开始无所畏惧了：“就算我做了这些事，那又怎么样呢？

“你们又找不到老师，你们又证明不了自己，比赛结果已经出来了，我就是比你们先交，你们又改不了。

“你们有本事去告我啊，我又没有犯法。”

他的声音尖细，语调里透着奸佞又滑腻的味道。

被彻底激怒之后，他已经放弃了伪装和辩驳，开始扬扬得意地炫耀着自己。

房间里的其他人都愣了几秒，没想到他能说出这么不要脸的话来。

而另一边，三栋教学楼里的教室，已经完全炸开了。

一高每天中午会有广播，有时候是通报近期重要事项，有时候是念一些英文或者诗句，有时候是介绍历史人物，反正总有那么二十分钟是广播站的人在说话，大家都习惯了。

每个班右手边都有个喇叭，声音听起来异常清楚。

而此刻，广播里在放的，是校园教室内的狡诈人的声音。

魏晟的声音通往班级的每一处：“那又怎么样呢？……有本事去告我啊！”

喇叭早就被人打开了，一开始的切入词就是“你有没有什么要说的”，搞得大家都以为今天中午是在放电影。

直到有人开始气息不稳地说自己家境，说到比赛，说到拿奖。大家还以为是广播站出故障了。

但听到了“阮音书”和“魏晟”这两个名字之后，大家便恍然明白过来，这是“逐物杯”拿了二等奖的魏晟在和其他人争执。

为什么争执？如他所言，就是他偷了阮音书他们的解题思路了呗。

大家听了十来分钟，事情的始末差不多都摸清楚了。

此刻终于有人坐不住，站起来骂了句：“太让人作呕了吧！魏晟是几班的啊？”

这话如一块石头落入湖面，击起密密的涟漪，很快，其他人也响应道：“三班的吧。”

“三班居然有这种败类？！”

“我看学校应该把这种人退学，这种人放学校里也太恶心了，万一以后又偷别人的怎么办？”

“连比赛都要偷，考试我不信没抄过。”

班上喧闹起来，响应的人越来越多，从一个班到另一个班，从一栋教学楼到另一栋教学楼。

声讨事态愈演愈烈，“魏晟”这名字从高一传遍高三，从头到尾被骂了个遍。

学校很快意识到不对劲，教导主任和执勤老师风风火火地赶去播音室，并紧急通知各个班老师回班稳定秩序。

时亮带着老师赶到播音室的时候，中午负责播音的两个学生正被锁在门外。

时亮："怎么回事？"

"刚……刚、刚我们准备播音，程迟忽然冲进来，说让我们俩先出去一下，他要调个东西。我、我们就出来了，过了一会儿他就把门反锁了，然后不让我们进去了。"

执勤老师："怎么不早告诉我们？"

"现在说这个有什么用。"时亮在外面捶门，"程迟！给我开门！！"

里面的人绷着背不动，头发丝儿都没颤一下。

时亮手下力道更猛："不准再胡闹了，赶紧开门，学校都乱套了你知道不知道？程迟！把门打开！！"

对方没理。

"程迟！你别以为有你爷爷就能为所欲为了，赶紧给我把门打开！你再不打开我就砸门了！"

对方还是没动，他用行为诠释了什么叫风雨不动安如山。

时亮气得要吐血了，直接跑到一边的教室里搬了个凳子出来，正准备抡起凳子砸门的时候，执勤老师掏出一把钥匙。

钥匙小小的，还闪着金光，头顶有一圈小开口，像是在微笑着对他进行嘲讽。

时亮就这么举着凳子愣住了："……"

两个人面面相觑几秒，时亮一鼓作气的气蓦然被打断，哗啦啦地泄了一地。

就在这时候，程迟把门打开了。

少年漫不经心地倚在门框上，抬眼，不咸不淡地问："什么事？"

程迟无论犯了什么事，情况有多么紧急，他开口，永远一副云淡风轻的模样，永远不落下风。

时亮做教导主任这么多年，唯一一个搞不定的，就是面前这位爷。

时亮哽了一下，但很快想起了自己要说什么："你们在里头闹什么闹呢？大中午的把学校搅得一团糟！看看广播站里放出去的是什么内容！"

说完，时亮作势就往广播室里去，却发现里头空无一人。

"怎么回事？其他的人呢？阮音书和魏晟他们呢？在哪里？！"

他一回头，程迟早已消失得无影无踪。

天台旁边的教室门锁响动了声，魏晟感觉没什么好说的，就率先拧了门离开。

他一出来，便有知道他在这里跑来告诉他的同学气喘吁吁地说："魏晟，你们在这里说的话被人录下来放广播了！全校都听到了！"

魏晟一愣："真的假的？"

"真的！整个教务处都惊动了，现在教学楼那边乱得不成样子，我们班人都沸腾了，我趁他们不注意跑出来的。"

在他后面出来的江昇他们也是一蒙，阮音书直接傻眼了。

魏晟停了一秒，转而咬牙切齿地指向江昇："你们故意的吧？谁干的？！"

阮音书震惊地看向天台的锁，又看向房间里。

见他们一行四人只有阮音书是女孩儿，魏晟只能挑最软的柿子捏。

他走到阮音书面前，恶狠狠地指着她的鼻尖："是你提议的吧？怪不得当时看天台上锁，你就立刻说这旁边有个教室啊……"

可他话没说完，楼梯口就上来一个人影。

下一秒，阮音书被人拉到身后。程迟偏头看向魏晟，眼尾有戾气灼烧。

"你手往哪儿指呢？"

魏晟看到突如其来的程迟，大脑死机了几秒，这才往程迟身后看去。

看到他后面并没有人跟来，魏晟这才长嘘一口气，但很快又提心吊胆起来。

程迟怎么忽然过来了？

魏晟将手背在身后，支支吾吾了几下："广播站的事……是你弄的？"

他明明是在问程迟，可却不敢怎么看对方。

程迟这会儿倒是玩心上来了，侧着脑袋轻松地笑："你猜。"

程迟说是让魏晟猜，可魏晟也不敢真的猜。

他只是恶狠狠瞪了一眼江异他们："好，你们给我等着！"

福贤倒是想看他能干出什么来："嗯，我们等着呢。"

说完最后一句话，魏晟扶着栏杆逃也似的飞奔下了楼梯，腿还有点软。

下到一楼，旁边的人又提醒道："你要回去吗？"

"不回班还能去哪？"魏晟皱眉。

"但是……现在群情激愤，你回去了，可能会被捶成肉饼。"

魏晟不信："怎么可能这么夸张？"

"你们整段对话全校都听到了，我出来的时候走廊上乱成一团，很多人都知道你是三班的了……不信的话，你去看看。"

魏晟对他说的话持怀疑态度，又往教学楼区靠近了两步，发现那边全是攒动的人头，高二区尤甚，一班和三班的人是最多的，他们似乎在寻找什么。

"不会吧？！"魏晟是这个时候才感觉到害怕的，冷汗开始冒出来，"这么恐怖？"

刚刚听到人说房间里的谈话内容被放了出去，他只是有点担忧，怕自己被身边的人歧视，毕竟他觉得这一切是事出有因，应该有人能理解他的啊。

可现在全校的人只不过是听了个广播，就义愤填膺地冲出教室，这种程度是他万万没想到的。

他做的就有这么过分吗？这些人凭什么都站起来了？

魏晟正站在那儿发呆，忽然有人指着底下的他大叫一声："快看，魏晟在那儿！"

魏晟一怔，抬头就看到好几个人从楼梯口冲出来，作势就要来抓他。

他当即开始拔足狂奔，踉跄着飞速跑出校门，门卫在后面喊："站住！你几班的？请假条呢？！"

有好事者回应："三班的！三班魏晟！"

魏晟咬牙闭眼，跑得更快，中途还不小心摔了一跤。

看着膝盖上血肉模糊的伤口，他吃痛地连连倒抽凉气，惊魂未定地回头看，身后已经没人了。

他喘着粗气挪到一边，腿上的伤口还在作痛，他一拳砸到树上，骂了声：

“妈的，一群疯子！”

但一高因魏晟而起的闹剧还没收场。

一开始，大家确实是因为魏晟无赖的语气而愤愤不平，自发起义，毕竟阮音书和赵平在学校口碑都挺好，大家自然选择站在正义那边。

所以有人气愤地去走廊寻找魏晟所在的方位，想看看到底是怎么回事儿。当然，也有挺多人是凑热闹的。

阮音书在一班和五班都待过，所以两个班上的人一看自己朋友受欺负了，当然就忍不了了，想要下来捉魏晟。

结果他们跑到一半，被从播音室出来的时亮吼回去：“你们——干什么呢！都给我回班！”

有一部分人被吼住了，但还有几位勇士穷追不舍，却被老当益壮的门卫大爷锁上铁门给拦截了。

大爷手一伸，一脸“我不会再上当”的表情：“请假条呢？”

“……”

他们没有请假条，勇士之旅被忽然喊停，大家不得已地回班了。

大部分班主任接到通知后已经回班上管纪律了，清点了一下学生，几个“走失”的也重新回位置坐好。

因为有班主任镇着场子，所以各个班慢慢地都安静了下来。

各班班主任都觉得是事出有因，年轻小孩儿做事是比较感性的，毕竟是为了正义那方出战，也没有搞出个什么事情来，所以也当这事情就揭过了，没有处罚谁。

当然，不处罚列表里，程迟除外。

回班的路上，阮音书想着，如果那个人说的是真的话，程迟把中午播音的内容换掉了，会不会被重罚呢?

她转头看向优哉游哉走在后头的程迟，欲言又止，低眉轻叹。

程迟发现她矛盾纠结的小模样，步伐还是缓慢的：“怎么了，课代表？”

阮音书开口：“你是真的把我们的话，都弄成广播播出去了吗？”

“对啊。”他坦然又镇定。

她又舔舔唇：“那……你让我们天台不行就去教室的时候，是不是就已经计划好了这些？”

因为他早有准备，所以他们上楼才会发现天台门锁了，看似是偶然，实则是必然。

这下，程迟倒没有立刻回答她。

等了一会儿，她看到他似乎在思索什么，就问：“是在想怎么样解释巧合？”

“不。”他摇摇头，沉声，“在想怎么说会显得我比较无辜。”

“……”

福贤倒是凑过来，跟程迟说：“你……你也别考虑那么多，对付魏晟那种人就得以暴制暴。我觉得这个办法挺好的，又不是我们陷害他，他会说什么谁都不知道，只是把谈话公开了而已。”

“如果他当时一口咬定不是自己，可能现在也不会这样。”

赵平也说：“我们不知道谈话被公开，其实也是承担了风险的，但是我们没做错嘛，所以别人根本就抓不到把柄啥的。我们行得正坐得直，可以接受任何检验。”

他们回班的时候，广播里又开始播报：“占用同学们午休的时间，在这里进行一则通告：关于中午广播里的对话所说的事，学校已经引起重视，会彻查到底，了解清楚事情始末之后，会对投机取巧的同学给予处罚。届时也会进行通知。请大家少安勿躁，好好午休和学习，不要分心。

“希望大家继续自律，认真上下午的课。”

广播关闭，李初瓷耸肩：“没劲，我还以为魏晟又要出场了呢。”

阮音书小声问她：“你知道魏晟去哪儿了吗？”

“听说跑校外避难去了。也是，他如果留在学校里，保不齐被揍死。”

“大家那么生气吗？”

“当然了！这种事谁遇上不生气？很多人肯定也是遇到过类似的事情，所以才想发泄吧。生活里，这种卖惨抢别人功劳的超级多欸，我暑假去汤包店打工还遇到过。”

过了会儿，有人来找阮音书，说是喊“逐物杯”参赛的那几个去一趟教导室，还有程迟。

离开之前，李初瓷把几张纸塞到阮音书手心。

阮音书睁着大眼茫茫然："这什么？"

李初瓷朝她挤眼睛："我们当时聊天记录的图片。我帮你打印了一份，到时候别人要是质疑什么，你就把这个给他们看。"

"你想得好周全呀。"阮音书咬下唇，"那我先去了？"

"嗯，去吧。"

因为魏晟不在，所以"逐物杯"的四个人连同一个程迟，下课后到了教导主任的办公室。

办公室里人挺多，教导主任和一班、二班、三班的班主任全都在，此刻他们在沙发上坐成一排，远远看去颇有些威严和仪式感。

几个人一进门，时亮倒是没直接开口，看到阮音书手里的纸还在哗哗轻响着，指过去问道："音书，你手里的是什么？"

阮音书滞了两秒，然后把东西递上去："之前和朋友聊天的截图。"

"打印这个做什么？"

阮音书还没来得及开口，福贤接茬儿："为了证明解题思路不是魏晟先想出来的。"

时亮接过纸张，翻看了一会儿，看到了对话产生的时间，问三班班主任："魏晟是什么时候来找你的？"

"下午最后一节课开始之前，五六点的样子吧。他说他是第一个解出来的。"班主任的表情也很复杂。

时亮沉默了一会儿，转而对着阮音书："你们是快两点的时候算出来的？"

"嗯。"

记录里日期和时间都非常清楚，虽然也有造假的可能，但既然这是阮音书和李初瓷的对话记录，她们俩有足够的可信度，没必要为了这种事胡说。

而且他刚刚也听起老师们说了说中午的广播内容，魏晟自己也压根没否认这事儿。

所以孰是孰非，他心里已经有了一杆秤。

"好了，我知道了，你们先回去吧，这件事我们会讨论一下的。"时亮抬头，"但是为什么当时被魏晟抢功劳，没有立刻告诉指导老师？"

"我们还在商量办法，结果……"

谁知道今天中午闹得这么大，魏晟还被追出校门了。

讲到这里，时亮也才反应过来其余几个人对这事儿不知情，是程迟一个人的策划。

他怒不可遏地拍了一下裤腿，看向程迟：“你和这件事又没关系，干什么参与进来？你以为校园秩序是拿来玩闹的吗？！”

“玩闹？”程迟重复一声，眼尾勾了勾，“我哪儿这么闲？”

时亮：“那你说说你想干什么？！”

程迟的声音还是缓缓淡淡的：“我在维护校园秩序。”

“……”

时亮被气得没话讲了。

“秩序？你所说的秩序就是搞得中午全校都沸腾？”

程迟仍旧很冷淡：“是他们自己打抱不平的，和我有什么关系。”

“那这整件事和你又有什么关系？”

“总得有一个人要站出来，乖乖崽们不敢，就换我啊。”

他眼睫轻卷，讲话仍是轻飘飘的，却带上了一点力量。

时亮气得直拍扶手：“你得庆幸这次没酿成大祸！万一魏晟被打骨折了怎么办？”

程迟抄手：“那不正好吗？”

时亮气急攻心，已经不知道该讲什么好了，半晌憋出一句：“你给我写一万字检讨，写不完不要来了！”

程迟准备继续跟他呛，还没开口，被旁边少女拉了一下衣摆。

阮音书朝他摇摇头，意思是让他别再跟时亮抬杠。

他抬了抬眉，想说的话没说出口，被打断了一下，倒也没有继续说的欲望了，于是缄口不言。

“好了，你们都先回去好好上课吧，这个事……我们老师会定夺一下。情况确实比较恶劣，影响也比较大，不出意外的话，给魏晟记大过或者退学处理吧。”

魏晟这次做的事已经造成不可逆的影响，几个孩子几周的心血和努力都付诸东流，时亮也很惋惜。

况且魏晟态度也很偏激，如果他再留在学校里，很可能会激起民愤，遭到歧视，倒不如让他换个学校。

大家从教导主任办公室出来，程迟看旁边的阮音书眉头紧锁，倒是真不清楚了，笑道："你皱什么眉？"

事情都快解决了，她怎么又一副思虑问题的模样？

阮音书有理有据地担忧："又害你受罚了。"

上次也是，明明不关他的事，他帮她出气，结果她眼睁睁地看着他受罚。

他一副十成十不在乎语气："没事啊。"

反正他又不会接罚。

阮音书忽然说："你还想吃火锅吗？还是一个人吗？"

听出她话里有话，他抬眉："怎么？"

她提议道："要不……我请你吃火锅吧？"

她这人最受不了欠人家人情，况且也是真的感谢他帮自己出头，所以才想回礼聊表心意。

阮音书看他很喜欢吃火锅，又好像习惯一个人去，她就想着请他吃一次火锅，算是感谢了。

他像是受宠若惊，笑："这么好？"

她抬眼瞧他，鹿眼水色盈盈的："行吗？"

"行啊。"程迟没什么情绪起伏地说，"正好我特别特别想吃火锅。"

"……"

"那我们几个什么时候……"

"几个？"他舔唇角，"哪来的几个？"

"就……"她指了周围一圈，"我们几个一起感谢你呀。"

"我不想接受他们的感谢。"

阮音书："……"

她正想问他什么意思，可想到最后解题那天他们在火锅店遇到，她让程迟给他们涮了半个小时羊肉的事，忽然就明白了。

可能那次的事对他造成的阴影有点儿大，所以程迟短时间内不想和他们一起吃火锅了。

好吧，她也可以理解的。

毕竟这次是由他决定，所以阮音书只是点头："好的。但是两个人会不会不热闹啊？"

"不会。"他垂眸，目光不知落到哪里，"会很热闹。"

铃声打响，她来不及说更多，快步小跑回班。

今天不知怎么的，时亮有点火大，那股子无名怒火也迁移去了别的地方。

就比如以前中午迟到一会儿就是被记个名字，今天一点钟之后进校门的，不仅被记了名字，还要写检讨，当天就得交。

班长下午要去帮忙改卷子，所以收检讨这件事就交给了阮音书。她负责收所有人的检讨。

放学之后，有几个学生到一班来把检讨交给她，还有几个没写完，颇有微词地坐在最后一排紧赶慢赶，因为阮音书一会儿就得走了。

有人纸不够，她还撕了纸给他们，末了还问一边打游戏的程迟："你要吗？"

他好像也有个万字检讨。

程迟虽然不知道她手里拿的是什么，但还是来者不拒地道："要啊。"

她把纸放他桌上，还给了支笔。

程迟一局游戏打完，瞥到自己桌上出现了不该出现的纸笔，正皱着眉思索时，阮音书回头了。

看他纸上空空如也，她问："你在写吗？"

他答得模棱两可："不知道。"

她站起身："不知道怎么写吗？"

虽然阮音书从没写过检讨这种东西，但她知道这就跟分析作文差不多，再加上她看过几张检讨，也明白了其中的套路。

于是她很快道："你就先讲一下事情经过，自己这么做的原因，然后说自己意识到了事情的严重性，会改正，具体的改正办法是什么样的……"

他佯装头痛地抚住太阳穴："还是不会啊。"

"还是不会？"

她走到他桌边，心想，这也是为了自己才受的罚，她施以援手也是应该的，于是道："具体哪儿不会？"

"哪都不会。"他施施然。

“这很简单的呀。”虽没经验，但她随便一想就把程迟这份检讨书想出了个大概。

忽而，程迟弯了弯唇：“课代表这么厉害，不如手把手教我写？”

阮音书还有点没反应过来。

“我教你写？”

“是啊。”程迟撑着脑袋慢悠悠地回。

她奇怪道：“这种东西……怎么教？”

语文数学这种科目能教，她理解，教人写检讨……她十几年来第一次听说。

程迟拾起桌上那支笔，打开笔盖：“你说，我照着写。”

阮音书微诧，眼睛睁大：“我念，你来写？”

“刚刚不是说得头头是道的吗？”他笑，用笔杆敲打桌面，“我还以为你已经想好我该怎么写了。”

“我是想好了，可……”她哽了哽，明显有点犹疑。

“可什么可？”他根本没给她犹豫的机会，已经作势要写了，“说吧。”

“……”

阮音书小声道：“你认真的？”

“真得不能再真了。”

她茫茫然的目光落在他手下的纸张上。

程迟还在催促:“你就忍心看着同学因为没写够万字检讨而不能上学？”

有人小声问朋友：“不会吧。不写检讨程迟真的会被劝退吗？”

朋友道：“也就你这个傻子信。程迟要是想进学校，谁能拦得住？”

“哦。”

阮音书听到程迟这点睛的一句，脸上终于有松动的神色：“那……那我，先随便说一段吧，你随便听听，然后自己改写一下。”

笔尖在程迟的指间乱晃：“行啊。”

“你先大致把整件事描述一遍。”阮音书按照自己的思路念着，“比如 × 月 × 日，‘逐物杯’比赛出了结果，但获奖的居然是……在同学向我求助的时候，我心里动了别的想法，于是让他们约魏晟……就在他们讨论的时候，我让广播站也……”

大致描述了一遍情形，阮音书又道：“再然后就是你这么做的动机，检讨检讨，是写出来求得原谅的东西，所以你最好还是从好的方面下手，比如为了同学打抱不平，加上看他们犹豫不决……”

这么粗略地一说，阮音书感觉也有一两千字了。

程迟低头慢悠悠地写着，她过去一看，眨眼：“我不是让你改写一下吗，你怎么什么都没改呀？”

“你说得挺好的，我没必要改。”他一副很讲道理的模样。

阮音书：“……”

“但是你这样……”

“怎样？”

如果程迟自己改了点还好说，他现在一点没改，此前阮音书又没有过教写检讨的先例，她老觉得自己在不对的边缘疯狂试探。

“这样不跟抄作业一样吗？一点自己的思考都没有。”

她又开始老神在在地说道了：“教只是传授给你方法，具体的还是要你自己分析自己来呀，不然这样的话，还有什么原则。”

阮音书太认真地跟没原则的人讲原则，后面一排几个人都竭力憋着笑。

“这不是巧了嘛，我想的和你想的一样。”程迟左耳进右耳出，扯了一下耳垂，“而且检讨又不是作业，所以算不上抄作业。”

“……”

她鼓着嘴，坐回位置上：“剩下的我不具体说了，你先写自己意识到了事情的严重性这部分吧。你觉得你错在哪儿呢？”

他仍然在转着笔，语调松散懒倦：“我没错啊。”

程迟片刻都不思索，可以说是脱口而出了。

阮音书：“……”

“就算你觉得你没错，也要编一点，写检讨就像写作文一样，要没话找话。”

程迟状似了然地点了点头，然后落笔，一边落笔一边把自己要写的念了出来：“我深刻认识到了问题的严重性，我错就错在……我有个屁的错。”

她听得简直要颅骨爆炸了，赶紧小跑过去握住他笔杆：“检讨这么写，你疯了吧！”

“那怎么办？”他好像还很委屈，“你又不教我。”

阮音书被他折腾得脾气也没了，原则也放宽了，她转头看了看窗外的绿植，饱满的叶簇拥在日光下。

她长长地深吸一口气，让自己冷静下来。

“好，我教你。但是我每教你写一段，你要自己写一句总结。”

阮音书似乎真的做了很大的让步，她又认真严肃地补充：“如果再这么瞎写，我就走了。”

程迟打了个响指：“成交。”

不远处花坛里走过一只小博美犬，它步履轻柔，脚印压在泥土上，按出一朵梅花。

阳光和煦，清风温柔，枝叶被拂动得沙沙作响，暖黄色的光哗啦啦地从窗外涌入，落在教室的地板砖上，被窗玻璃隔挡成一块一块的暖调色块。

少女坐在倒数第二排的椅子上，为了方便讲话回过身，手肘交叠压在椅背上头，下巴搁在手肘。

她讲话声音细软，难得有了短暂的放松状态，配上暖融融的光，舒服得让人昏昏欲睡。

慵懒的氛围充盈了整个空间。

看他把最后一句写完，阮音书这才如获大赦地站起身，走回位置上的时候不自觉地伸了个懒腰，像猫打了个盹。

少女抬手时衣服也跟着往上，飘荡的衣摆勾勒出纤细腰肢的轮廓。

程迟不自在地咳了一声，目光转开，笔随手扔在桌面上。

“你把检讨给我吧，我明天顺便帮你交。”阮音书抬头看了眼时间，“我现在也该走了。”

说完，她回头看几个检讨还没写完的：“你们明天中午之前给我吧。”

后面一片鬼哭狼嚎声传来：“写不出，写不出！还差一千字，死活凑不出来了……”

有人看程迟站起来了，抬头问：“迟哥写完了？”

“课代表这不是乐于助人地帮我写完了嘛。”

那人继续哀号：“那课代表可以教我写一下吗？”

程迟毫不留情：“不行。”

阮音书正想回头看看情况，被少年一把拽过，推着她出了教室：“走，去吃火锅。”

后面还传来此起彼伏的号叫声：“就不能把你的小王牌借我们用一下吗……”

他脚步加快，把声音甩在脑后。

被他带着走出长廊，阮音书这才骤然回过神来：“去吃火锅吗？”

“是啊，庆祝一下我把检讨写完了。”他低眉看她，“不行？”

“可以是可以……但是我没和我妈说，她现在在外面等着接我回家呢。”阮音书说，“明天或者后天吧。我总要先和她说一下。”

“也是。”他怎么忘了她可是什么都要跟家里人报备的小白兔。

程迟道：“那就明天吧。”

“可以的。”她弯着眼睛答应下来。

走到篮球场，她抱着检讨跟他道别：“我现在要送东西去老师办公室了，然后上车回家，你也赶紧回家吧。”

他点点头，没说什么。

阮音书到家之后，吃饭时阮父问起比赛的事：“你上次熬夜的那个比赛……怎么样了？听说结果出来了？”

“嗯。”阮音书夹了青菜，缓缓说，“本来应该拿奖，但是被组员抢先发表了。”

听闻了事情始末的阮母大骇：“这孩子怎么满脑袋歪心思。”

“所以我说啊，”阮父叹息，“家庭情况有问题的孩子，心理就不健康，容易走歪路。”

“这个也不一定，不过确实比常人更复杂一些。”阮母说。

阮父又道：“到时候看看学校给那人什么处罚，对于这种搞歪门邪道的人绝不能姑息，否则有一就有二。”

一顿饭就在讨论声中落幕，阮音书吃完饭，起身回房做作业了。

第二天的生活照例，阮音书早早到了教室，学习，检查，收作业。程迟第三节课下课才来。

他今天穿了件字母印花的衬衫，他穿这件衣服比穿鲨鱼印花的时候看起来要好接近很多。

这人穿衣风格也很随心所欲，虽然平时穿短袖比较多，但偶尔也会套个背心方便打球，外面再加件薄外套。

不知道是不是因为家里衣柜足够大，目前他穿衣服都很少重样，几乎每天见他都是新的装扮。

而她就不一样了，每天都是整齐干净的校服，校规让她往东她决不往西。

有时候因为空调开得比较冷，阮音书还会加件外套，这么一看，她仿佛不是和他活在一个空间里的人。

风平浪静地过了一天，下午快放学的时候，忽然有男生来找她："书书，我们今天放学之后准备去玩桌游，你要一起去吗？"

男生脸颊红红，壮着胆子邀请她，显然是很想让她去了。

后面的程迟开了罐可乐，此刻正端着喝，目光轻飘飘地扫向前方。

阮音书虽然不知他怎么就叫上了自己，但还是礼貌地道："不好意思呀，我今天有约了。"

男生有点失落："这样啊……好的，不过还是祝你玩得开心啊！"

虽然和程迟吃火锅似乎不能归入"玩得开心"那一类，但阮音书还是按惯例感谢了两句。

男生离开后，程迟还继续跷着腿坐那儿喝可乐。

邓昊看他似乎挺愉悦的，有点不解，又有点试探地把自己的可乐也开了，刺啦一声，气体迅速从开口挤出来，泡沫密密麻麻地叠起一层。

程迟瞟过去："你不是不准备喝？"

邓昊："是啊，但我看你好像喝得很爽的样子，就想看看这冰可乐是不是能让人心情变好。"

"……"

程迟一罐可乐喝完，差不多也到了放学的时候。可以去吃火锅了。

阮音书今天虽然跟阮母说了要在外面吃，但家里也给她规定了回家时间，所以还是速战速决比较好。

因此放学铃声一响，她就赶紧背好书包，跟起身的程迟一并往外走去。

两个人步伐相同，仿佛拥有同一个目的地。

还在清理书包的大家奇怪地看着两个平时最晚走的人……一起出了教室。

阮音书自然没有接收到那别有深意的目光，她的心思在火锅上，只是跟着程迟走出校门。

走出去之后，程迟伸手拦了一辆的士。

她坐上车才后知后觉："我们去哪儿？不在学校门口吗？"

"不在。去前面那个路口的，环境好一些。"

他似乎每次都安排好了一切，没给她什么反驳的权利。

不过听他安排也是个不错的选择。阮音书点了点头。

两个人到了火锅店，找位置坐好，点单完之后就开始等待了。

今天这个火锅店似乎推出了新饮品，好多人手上都捧着新鲜的椰子。

阮音书也想去买，程迟看她起身了，问道："去干什么？"

"买椰汁。"她往一侧指了指，"马上回。"

"我去吧。"程迟起身，"你坐着。"

他已经迈步走了过去，阮音书就重新坐到了位置上等待。

程迟挪到柜台旁，服务生问："您好，要什么？"

"椰子。"

"您要几个呢？这边只剩一个椰子了。"

……

买完东西，程迟往座位走去。

阮音书远远就看到他手上托着一个椰子，再更加仔细地看去，椰子上还插着……两根吸管。

她轻轻眨了眨眼，说："我要一根管子就可以了，你怎么插了两根？"

"只剩一个椰子了。"

他似乎有点遗憾，舔舔唇角："但是怎么办，我也有点想喝。"

阮音书木了几秒，旋即重复问一遍："你也想喝椰汁吗？"

他眼底情绪深浓，意味不明，长睫敛了敛，低声道："嗯。"

她似乎并没有怎么为难似的，伸手就要接过他手里的东西："那还不好办，给我吧。"

程迟手上一轻，椰子被她抱在怀里，他顿了一下："怎么？"

阮音书从一边取出两个玻璃杯，语调很轻快："把里面的椰汁倒进杯子里不就行啦？"

少女声音软绵绵的，还带着明显的欢欣感，仿佛做了件什么了不起的事儿。

她把吸管抽出来，托着椰子往杯子里缓缓倒入椰汁，两个杯子很快就盛满了。

阮音书把椰子放到一边，愉快地把一个杯子推过去，然后掀开眼睑望向他。

她眸中晶晶亮亮，淬了满天繁星似的，又明亮又动人，写满了“你快夸我呀”。

程迟：“……”还真是该夸。

杯子里的椰汁还在晃动，程迟垂眸看了一眼，辨不出情绪地笑了声。

“课代表还真是聪明。”

她美滋滋地抿了一口椰汁，然后捧着脸看着鸳鸯锅沸腾。

看汤底差不多了，程迟端起一盘牛肉，拿了筷子准备下进去。

阮音书偏了偏头，眨了眨眼睛：“你来下吗？”

他好笑地瞧她一眼：“不然？”

她努努嘴：“不是可以叫服务生来下的吗？”

“不喜欢。”他说。

有的服务生吵，吃饭的时候聒噪；有的服务生不吵吧，但也要问你先下什么再下什么，讲话也烦。就算服务生不说话，站在他旁边他也觉得不自在。

阮音书想了想，他这种爱自由不受约束的性格可能确实是不喜欢有侍应生，便也没说什么，足尖在地上轻点，脸上漾着笑问：“那你一般都是一个人吃火锅吗？”

“嗯。”他漫不经心地应着，“有时候会和邓昊他们一起。”

她继续问：“为什么不是大多数时候一起？我听说一个人吃火锅属于特别孤独的一件事欸，很恐怖的，我都没试过。”

“当然，你们连上厕所都要人陪。”程迟顺口答，“吃火锅有什么恐怖的，更狠的我又不是没经历过。”

“啊？”她没听清。

“没什么。”程迟把盘子搁到一边，“牛肉可以吃了。”

“噢。”

她伸手夹了一片牛肉，放进碗里的时候才想起来自己还没弄酱料，赶紧慌慌忙忙地起身朝料理台跑去。

程迟的脚也随着迈过来。

弄酱料的时候阮音书想起来自己刚刚还没问完，禁不住偏头：“为什么不和邓昊他们一起吃啊？”

“他们吃不了辣。”

“那就点番茄锅呀。”

“一群男的点什么番茄锅，就不能烈一点？”

“……”

她瘪瘪嘴，哼哼唧唧地说着微词：“你还真是霸道。”

过了会儿，她仿佛悟了：“我知道了，因为我是女孩子，而且今天是我付账，所以你才让我点番茄锅的，是不是？”

程迟和朋友出去应该都是他付钱，所以他不让点什么朋友就不能点什么，那些朋友最后被辣得不行，只好放弃吃火锅这项“运动”。

“嗯。”程迟先是点了头，发现她似乎有什么错误认知，继而蹙眉道，“谁说你付？”

“我请客呀。”

他却道：“没有你付的道理。”

“可……”

他转身，没打算和她过多纠缠，示意她赶紧回去：“你请客，我付钱，不是挺好？”

“……”

这人一确立什么观点，就十分固执地去执行。

跟他理论是行不通的，想逆转他的想法更是不可能的，阮音书明白，所以她放弃了。

后来吃火锅的时候，程迟也是负责下锅的主力选手。

阮音书看了一会儿他利落的动作，程迟以为她是有什么想吃的：“想吃什么？”

阮音书摇头：“不是，我只是第一次见去火锅店自己给自己下东西吃的。”

“不然？”

“我们出去一般都叫服务员下的，就算服务员在忙，也是我爸妈下，我就负责吃就好了。”

程迟端起虾滑：“那今天你也负责吃就好。”

“这样我心里会过意不去的。”阮音书接过他的盘子，“我来吧，分这个好像挺好玩儿的。”

他做了个请的手势：“行，您来吧。”

阮音书转头瞥了一眼那边的服务生，紧接着学着她的手法用勺子挖了一小块，然后在盘子上团成形，扔进锅里。

程迟手也没闲着，把青菜倒进番茄锅里。

阮音书看他：“你不要吗？”

程迟：“我不吃。”

“怎么能不吃青菜？那怎么补充必需的营养啊？”她又开启说教模式，“吃青菜对身体好。”

“我身体各方面已经很好了，体能也好。”

把虾滑下完，阮音书看青菜也差不多好了，不由分说地涮了一下，夹进他碗里：“不行，必须要吃的。”

她从来就没见过有人这么不健康，一点青菜都不吃。

程迟挑眉：“给我一个理由？”

“娃娃菜生津养胃、除烦解渴。”阮音书讲得头头是道，“你平时不总是烦吗？我合理怀疑是青菜没吃够。”

“……”

程迟用筷子拨了一下碗里的东西：“你就这么喜欢管别人？”

“其实不是。”她缩着肩膀抿抿唇，唇角漾出一抹不好意思的笑，“是因为我一个人吃不完。”

程迟点头：“行吧，我就是个废品回收啰。”

“也不能这么说的。”她眨了眨眼，少见地戗他，“虽然功能是挺类似的。”

不知是想到了什么，他笑了声：“你比以前胆子大多了。”

回想她第一次见他的时候，她还有点惮他，后来慢慢接触了，她当他是普通同学，能进行正常沟通，偶尔能提出要求。

现在她倒是更进一步，还敢跟他讲这种玩笑话了。

阮音书跟着点头。

她这个人是这样的，对不熟的人会比较拘谨胆小，但稍微熟悉了之后，就慢慢放开了。

“以前我太怕你了呀，感觉跟你多说一句你就会打我。”她说。

“现在呢？”

“现在相处下来，我觉得……”

她思考了一会儿，很真诚地抬起眼睛：“你是个好人。”

程迟：“……”

合着他给人下了半天菜，被发了张好人卡？

这还不如不说。

他伸筷子在锅里夹了两下，没找到肉，又重新把筷子放了回去。

阮音书像是看到了，把自己这边的肉拨了两片过去：“喏。”

程迟：“怎么？”

“你刚不是在找这个吗？我有，给你。”

他目光顺着飘过去，她正在低头专心地吃，灯光给她的眼睫铺上一层暗影，腮帮子一鼓一鼓，像只小仓鼠。

得要素养多高的家庭才能培育出她这样的女孩儿，因为获得了足够多的爱，所以向来不吝啬把自己的关爱分给别人，大方善良又单纯。

她给别人的关心不是讨好，而是骨子里带着的诚挚，那种诚挚并不会输送出撩拨的讯号，因为她的眼神向来干净、清澈明亮。

她能被那么多人喜欢，似乎并不是一件稀奇的事情。

吃完火锅，阮音书直接打了个的士回家，到家的时候七点多，没有超出规定时间。

阮母问她去哪了，她说请帮了自己的朋友吃了火锅，阮母没多想，便也没再多问，让她赶紧写了作业去休息。

次日早上第二节课后的大课间，福贤、赵平正来找阮音书说魏晟那码子事的时候，门口喇叭响了两声。

两声电流杂音之后，开始有人播报了。

“我校魏晟同学，因在比赛中窃取同学成果独自参赛，校方与其沟通未果，且考虑到情况无法挽回，遂决定给予退学处分，特此通报。”

广播关闭，班上涌起一阵欢呼。

福贤听到之后不由得狠狠感慨一声：“大快人心啊，终于退学了！”

阮音书思索：“那他后面怎么办啊，不上学了吗？”

“你还管他做什么。”福贤满不在乎，“我们爽就行了呗！”

反倒是赵平，过了一会儿才接话道：“他好像转去了另外一所学校，换了一个区。”

福贤：“这么快就找到‘接盘侠’了啊？！”

“毕竟魏晟成绩还不错，要过去了怎么也是个一本的苗子，应该不至于没学上。上不了省级高中，上个市级的总该没问题。”赵平猜测。

福贤又问：“那别的学校知道他这次拿奖是偷来的事吗？”

“这我就不清楚了。”赵平说，“但是这种事很难瞒住吧，一传十十传百，就算现在不知道，他们学校以后也会知道的。”

“知道之后，魏晟不就又要转学了？！”福贤感慨，“自作孽不可活了吧，放着好好的奖不要，非要来乱搞，现在把自己搞成过街老鼠的样子。”

“上次从教室出来，他不是直接被追到外头去了吗？”赵平回忆道，“听说后来又回来了一次，偷偷摸摸的，但是还是被他班上的人发现了。三班的人也挺烦他弄坏班上名声的，都让他别再回去了。还有人想跟他打呢。”

“我 ×，真有这么惨？”

“是啊，我朋友跟我说全校都从广播里听到我们那时候的对话了，说他真的很欠打，哈哈哈哈！”

虽然没拿到奖，大家都有点遗憾，但也不至于悲痛到什么地步，毕竟比赛这种东西一直都有，没了这个还有下一个，而且题目他们确实也做出来了。

所以过了那几天，大家的状态也都恢复了。

只有魏晟，好像是一瞬的狂喜后越来越糟，生活也因此被搅了个天翻地覆。

最终的最终，他自己酿的因，他自己承担所有恶果。

后来中午吃饭，阮音书还跟李初瓷说起这件事，吃完了两个人踱步往学校去，发现花坛那里蹲着一只白色的博美。

流浪博美警惕性很强，不亲人，两个人细声安抚，接触了好久它才肯从花坛里走出来。

她们俩给它接了点水，准备去买点什么喂给它吃，正走到小超市门口的时候，有个男生从里面走出来。

男生抱了满怀的薯片可乐，一不留神没站稳，跟李初瓷迎面相撞，怀里的东西哗啦啦散了一地。

“不好意思，不好意思……”男生忙不迭道歉。

“没事，我帮你捡吧。”李初瓷俯下身拾起脚边的袋子，然后抬头递过去，“给……”

看清男生脸的那一刹那，她骤然失声，倏地一滞，音节在喉咙里哽咽成碎片。

灵魂仿佛在那个瞬间出窍，她徒劳地张了张嘴，脑子里一片空白。

过了几秒，又似乎是很长时间，李初瓷意识到男生离开了，转过头去看，一直目送他背影消失在街角。

阮音书也跟着看过去，男生背影微驼，穿着一件红黑色的格子衫，瘦而高挑。

她侧头问李初瓷：“怎么了吗？”

“没什么，只是他长得好像我……”李初瓷眼神晃了晃，思考半晌后给了一个不会出错的回答，“一个同学。”

“一个同学你出神成这样吗？”阮音书走下楼梯，明显不信，“哪种同学呀？”

“暗恋的那种。”李初瓷慢慢回过神来，去一边的货架上拿东西，声音缥缈而不真切，“我差点就以为是他了。”

“有可能真的是他也说不准。”

“不会的，他不在这边念书，他的高中隔我很远。”

“你去找过他吗？”阮音书探出身子，“如果真的喜欢，就告诉他呀。”

李初瓷很少出神，况且这次不过是遇到一个相似的，她都愣成这样，那么想必……

她是很思念，很喜欢了吧。

“你怎么知道我没告诉他？”李初瓷笑，深吸一口气，“但是……”

阮音书全神贯注，动作停滞：“但是怎么样？”

李初瓷笑着摇摇头，不愿再提："去结账吧。"

阮音书看出她不想说，便也没有再问，两个人拿着东西去结账了。

她们俩买了火腿肠去喂那只博美，小奶狗过了好一会儿才被诱出来。它小心翼翼、提心吊胆地走出来，嗅了嗅火腿，这才叼着又进了花坛，开始在隐蔽的位置吃。

阮音书蹲在那儿看它，过了会儿到了回班时间，她还恋恋不舍地多留了两分钟。

那边传来人声，应该是邓昊和程迟在往这边靠近。

走到阮音书附近的时候，邓昊正在向程迟展示自己手上的手表："好看吧？我上周去买的。"

没得到什么回答，他又自己继续道："你手上一直没啥东西啊，不搞点什么戴戴吗？"

程迟还是没回答。

阮音书感觉时候差不多到了，站起身准备叫李初瓷一起走，还没站稳，忽然感觉扎着头发的皮绳一松。

因为她头发太顺，所以几乎没怎么用力，被人轻轻一拉，发绳就从头发上滑落了下去。

她茫然地侧过头去看，栗色发丝顺着散落在肩膀上，泼洒了一肩。

程迟面不改色地把顺来的发绳套上手腕，而后抬起手看了一圈，点点头，状似勉为其难地道："还行，那就这个吧。"

莫名其妙被顺走一个发圈的阮音书："……"

蝉鸣声声。

流云缓慢地在天幕里游走。

阮音书反应了一会儿，这才看向程迟："你拿我发圈干吗？"

"我没拿。"他耸肩，"是它自己掉的。"

恰巧有一朵桂花飘在他肩头，像是蓄谋已久。

阮音书已经明白了，那双圆溜溜的鹿眼瞧着他："发圈刚好就掉到你掌心里了，是吗？"

程迟抬了抬眉，眼尾轻开："聪明。"

"……"

她撇嘴，懒得理他，伸手要："还我。"

"它自己要掉我手里的，我哪有还回去的道理？"他甚至把手插进兜里了。

"不还就算了，我……"

她话没说完，午休的铃响了。

这是最后一道提示声，阮音书也来不及说更多，赶紧拉着李初瓷回班了。

她步子迈不大，最后只能小跑起来，一头顺软长发随着风扬起来，浮浮沉沉地在背后画着曲线，像海浪拍打礁石。

这样的画面有点青春电影开幕勾人回忆的味道。

程迟扯扯唇，竟是笑了声。

邓昊走在他旁边，试探："你……那个什么……"

"什么？"

邓昊状似无意地指指自己手腕："你就戴这个进班吗？"

"不行？"他眯眼，杀意迸现。

"可……可以，当然可以，我这不是怕这种小东西配不上您的气质嘛。"邓昊狗腿兮兮，"你要真想戴，我把我这个借你一下也成……"

"不要，"程迟这下回绝得很快，脚步也更快了，"掉档次。"

"……"

"哎，怎么说——"

"怎么说话呢"五个字邓昊还没来得及全部说出来，求生欲使他转了个音，他捂着自己的脖子："怎么说都是我大价钱买回来的呢……"

程迟没回头，邓昊亦步亦趋地跟着他走。

纪律委员已经在上头坐着了，除了他们全班都在，阮音书和李初瓷更是已经在位置上坐好了。

阮音书正坐在位置上顺头发，似乎是发现以手为梳的流畅度不是很够，便从抽屉里摸出一个圆形的、小饼干形状的东西来。

那状似奥利奥的东西被掀开外壳，程迟从后面看到那是一面镜子。

镜子是棕黑色的壳，上面还有奥利奥的花纹，而当作奥利奥夹心的那一圈白色是一把小梳子的边沿。

阮音书伸手把梳子拿出来，仔仔细细把头发梳理了一遍，然后才从自己的小包里拿出一个发绳，重新把头发扎好。

扎完之后，似乎为了测试一下牢不牢固，她还伸手自己扯了一下。

她扯过之后发现结实度还不错，这才高高兴兴地把梳子放回小饼干里，合上了盖子。

他这个角度，刚好能通过反射看到她的半张脸颊，映照在半面圆镜子里的是少女完整又明朗的笑。

程迟把目光又重新挪到她那个小镜子上。

她似乎很喜欢买这种带着小巧思的东西，像玩具车一样的桌面洁尘器，像饼干一样的镜子，笔袋是牙膏形状的，抱枕里面有毛毯……

她是个墨守成规的人，性格也是温和，但她喜欢的东西却并不单调枯燥，相反，她喜欢能给生活带来新意和乐趣的玩意儿。

这些东西像一个个小惊喜，又带着少女情怀，也让她整个人更加生动起来。

他其实是一个不太喜欢也不太习惯去记忆的人，所以在看到一些名字的时候，面前只会出现一个模糊的脸孔。

可兴许是因为她这些独特的巧思，又或是因为什么别的……

他唯独在想到她名字的时候，她的所有细节都立刻浮现在眼前，立体得好像下一秒就能从脑海里蹦出来。

阮音书扎完头发，准备写一会儿作业。

今天上午布置下来的只有物理作业，是一张卷子，她已经做了一小半。

其实一高的作业量还是不小的，但她经常会在学校做一点，所以回去作业量就不会太大。

做到最后一道物理大题，她来来回回算了二十多分钟，还是没算出来，撑着脑袋在那儿叹气。

李初瓷也被题目卡住了，所以也看了阮音书一眼，道："怎么，是不是想到了 K？"

"想到也没用，我已经不在那个教室了。"

"想也没用，但没用也想啊。"李初瓷说，"毕竟能有一个一起讨论题目的人，多好啊。"

"以后可能也遇不到了，毕竟我都不知道是谁。"阮音书在草稿纸上画着圈，“如果以后每次去那个教室都能找到K就好了，这样也可以一起讨论了。”

“说不定呢。如果有缘的话，你们肯定还能再见的。”李初瓷嘻嘻地笑，“到时候记得传递一下我的仰慕之情。”

李初瓷想了想，又继续畅想：“更有缘的话，说不定你还能不小心发现K真身到底是谁；再有缘一点，你们也许会发展一段罗曼史……”

“打住吧。”阮音书头疼地揉揉太阳穴，“学习本来已经很麻烦了，你现在还跟我谈感情……”

李初瓷笑得身子一抖一抖，不能自已。

后面的程迟不想打游戏，索性趴在桌上睡觉，趴了一会儿发现身下垫着一张纸——是今天的物理卷子。

邓昊无语道：“好笑吧？今天也不知道是谁发的卷子，居然给咱俩也发了一份，我看这人真是疯癫了。”

程迟半侧着身子，手腕支着脑袋，夹着卷子慢悠悠地翻看了一眼。

邓昊立刻跟见了瘟疫似的：“干吗？干吗？你干吗啊？！程迟你别告诉我你要写卷子了啊——”

程迟皱眉：“你吵不吵？”

邓昊音量放小：“我这不是担心你吗？”

程迟从头到尾扫视卷子：“担心我什么？”

“和罗欣霞那个老巫婆的恩怨情仇你忘了？你还敢拿物理卷子！干吗？你是嫌当时还不够烦……”

程迟烦躁地啧一声：“我没忘。”

“那就好。”邓昊松了一口气，“哎，那我合理怀疑，你是不是火苗未熄，当时那个杂……”

“困了。”程迟把卷子塞抽屉里，“睡觉了，别烦我。”

然后邓昊眼睁睁看到程迟在他面前拿出了iPad玩。

“你想让我闭嘴就直说呗，现在是什么意思？羞辱我邓昊吗？”

“嗯。”

“……”

阮音书也没怎么关注后排的动静，只知道过了一会儿后面也彻底安静下来，班上的人也睡了大半。

她抬头看了眼时间，也趴下午休了。

后来的几天中午，只要阮音书有空，都会出教室去花坛看看。

一开始程迟抬头看到了，还问她："怎么，课代表要逃学了？一个劲往外跑。"

"谁逃学了？我出去看看那只博美犬。"

小博美的日常活动区域就在花坛，十次去有八次都能在掩映的花木中看到它的身影。

小博美的花色很漂亮，如果好好洗个澡，肯定白皙又可爱，一双眼又大又圆，唯一美中不足的就是腿有点儿跛。

李初瓷蹲在花坛边上说："你说这是跟家里走丢了，还是被抛弃了啊？"

"我也不清楚欸，不过以前这只狗狗都没有出现过吧。"阮音书抱着腿，下巴搁在膝盖上，"我觉得被扔掉的可能性挺大的。"

毕竟之前有过一阵热潮。很多人一时兴起买了狗，但是却没有做好准备，养了之后又后悔，就随随便便把狗扔掉，流浪动物的数量就与日俱增起来。

不过幸好这只博美跑来了一高，遇到了她们，阮音书、李初瓷，还有几个同学都特别喜欢它，买了各种各样的水和食物喂给它。阮音书还给它买了磨牙骨和营养膏，估计不久之后就到了。

几个女生在下课之后经常来组队看它，过了一阵子，来看它的人也变多了，小家伙似乎是感受到了善意，没有之前那样拘谨，虽然胆子还是很小。

大概这只博美是真的被人抛弃过，又受过伤，这才对人产生了阴影。

她们给它起了个名字叫"白团子"，虽然此刻的白团子并不是很白，身上的毛有点打结，腿上也有点儿脏了，但依稀能看出白净的底子。

阮音书本来想着如果白团子生活得不太好，她自己就带回去养一养，虽然不知道妈妈会不会同意。

她正在那里思考如果家里人不同意自己该怎么劝的时候，忽然有人捅了捅她的胳膊："音书，我们之前成语大赛的初试你去了吧？"

她缓了几秒，这才点头："嗯，是的。"

"结果出来啦！你进复赛了，我刚刚看名单的时候看到你了。"

她点点头，不是很意外："复赛什么时候呀？"

"快了，好像就最近。我记得比赛结果蛮早就出了，但是学校一直没通知。"

果不其然，当天下午就有老师来通知，说复赛快到了，让进复赛的提早准备一下。

对他们来说，比赛并没有日常学习重要，所以避免让他们分心，学校一般都是提前一两周再通知他们。

得到消息之后，阮音书每天抽出半小时随便准备了一下，复赛的日期就到了。

很奇怪，去复赛那天她心情出奇地好，出来的时候也很轻松，就连李初瓷都看出她跟以前状态不一样。

"今天怎么心情这么好啊？"

阮音书耸肩："不清楚欸，就是莫名觉得很愉快。走，请你喝奶茶。"

两个人从考场往奶茶店走去，恰好碰上邓昊他们在对面咖啡厅玩桌游。

邱天一手的牌，往外扫了一眼："我 ×，我好像看到阮音书了。"

"是的吧。"邓昊说，"今天在这儿成语大会复赛。"

"你怎么了解这么清楚啊？"桌边的胡胜打趣，"不会看上别人了吧？"

邓昊还没开口，邱天立刻接茬儿："胡扯什么屁，邓昊就是爱八卦而已。"

邓昊笑笑，看着牌随便胡扯："不过有一说一……学校里喜欢阮音书的还真的挺多的。我们之前无聊，做了个调查，随便抓七个男生，七个里面就有一个喜欢阮音书的。你说这玄不玄，扯淡不扯淡？偏偏我又觉得还挺有点道理的……"

"那倒是，上次还有人问我是不是跟邓昊认识，问我能不能通过邓昊拿到阮音书的联系方式。"

"我上次还见过别人要帮阮音书付账呢，哈哈哈哈！"

胡胜甩着手里的牌："这种女孩子确实很受欢迎啊，要不是我恋爱谈厌了，现在只想玩乐无心恋爱，我估摸着也会去追一追吧……"

他这话一出，立刻遭到全方位哄笑。

"你开什么玩笑，说追就能追到？人家好好学习，志不在一高呢。"

"就是，学神可不好追！"

“她跟你以前谈的可不一样啊，胡胜，你可别想当然。”

“我知道啊，但是阮音书她作为女孩子，长得漂亮，又没什么复杂的心思，而且不像有的人又假又清高，她还挺和善可爱的……这样的女生难道不吸引男孩子吗？你们就没人动过那心思？”

胡胜顺着桌边的脸孔看了一圈儿，企图引起共鸣，推了推手边正在看牌的程迟：“迟哥，你说是不是？”

他们加上程迟，桌旁正正好好——

一共七个人。

程迟握着牌的手指轻微一滞，目光没怎么动，薄唇掀了掀。

“什么是不是？”

胡胜：“就我刚刚说的那个。”

“你刚说什么？没听到。”他神情淡然。

“是不是阮音书这种女孩儿比较吸引男生。”邓昊又不怕死地凑过去重复一遍，“是吗，程少爷？”

程迟没回答，竟然开始缓缓清理着自己手里的牌面，不慌不忙，却拉足了悬念。

大家看他没说话，都没敢说话了，交换了一个不知道该干吗的眼神，然后满座寂静，等待他发言。

可这人却浑然不理会，只是不耐烦地按按桌上的铃，好像在认真打牌：“出牌啊。”

邓昊依然奋战在战斗一线，背负着随时可能殒命的危险：“出啥牌啊，这话题就这么跳过了？”

程迟：“什么话题？”

“阮音书的话题啊。”邓昊感觉今天程迟要么是真没反应过来，要么就在装傻。

“她吸不吸引男生这个问题和我有什么关系？”程迟低眉睨牌，“我又不能代表所有人。”

“当然没要你代表所有人了，只是以小见大，从你发散开。”邓昊眼见有希望，拼命往深处挖，“我们的意思是——”

他贫瘠的语言库让他没办法选择委婉的方式表达，只能破罐子破摔，眼睛一闭，把整个话题都剖开了：“你就说阮音书她对你有没有吸引力吧！”

“……”

“……”

寂静。

程迟这时候本应该否决，顺便骂一骂邓昊，让邓昊知道自己在说些什么屁话。

但那些词语在他喉咙口打了个圈儿，他竟是没能说出来。

程迟面不改色地出了张牌，喉结随着说话滚了滚，语速很快，不知道是不是在敷衍。

“还行吧。”

桌上的灯似乎闪了一下。

不知道闪了没有，闪了一下还是两下，有没有电流的吱吱声。

桌边的那群人天马行空地想着，感觉脑内的宇宙在此时完成了一场爆炸。

程迟啊，那个让人感觉可能喜欢男的都不会喜欢女的的程迟——

刚刚说……一个女生……对他的吸引力……还行？

还行就是有咯？无论是多是少，起码有咯？

这跟万年铁树开了个花苞似的，搁谁谁能信？！

大家脑内胡思乱想，小剧场开得正猛。程迟等了半天没人出牌，终于又不悦地叩了叩桌面：“不打了？”

他哪知道自己那三个字掀起的，名为“新奇”的轩然大波？

该出牌的人终于后知后觉地回过神，随便抽了一张什么牌扔出来。

邓昊强装镇定，让自己尽量看起来是见惯大场面的人，尽管程迟的这个大场面他真的没见过。

他跟打出牌的那个人说：“兄弟，你这是上一轮的牌吧。”

“哦，哦，对不起，我换一张，换一张……”

那人手忙脚乱地换完牌，轮到第二个人的时候，牌又出错了。

程迟坐那儿没说话，只是周身的烦躁气息愈发浓厚。

邓昊以牌遮面：“你们怎么回事儿啊？一个个今天都这么不正常。”

“话是这么说没错，但邓昊你的手为什么也在抖啊？”

“……”我这不是激动嘛！

“别遮了。”程迟眼尾的眸光扫过去，“你嘴角要咧到耳根了。”

邓昊笑容凝固：“……”

跟这边玩游戏玩得乐不思蜀的公子哥不一样，阮音书一回去就开始写题，吃完饭之后才开始暗中试探自己能不能收养白团子的事儿。

“妈……你觉得我们家要不要养个宠物啊？”

“养宠物？什么宠物？”

“比如博美之类的。”

“别养了吧，无缘无故添一累赘。”

阮父倒是来了兴趣：“为什么忽然想养博美了？”

阮音书从实招来，抱着草莓抱枕说：“学校里跑进来一只流浪的博美，腿还有点跛，我觉得好可怜，而且一直让它待在学校里也不是办法。马上就到冬天了，我怕它无家可归冻死了，那多可怜啊。”

阮父乐呵呵的：“冬天还远着呢，年都没过你就幻想着冬天了啊？”

阮音书：“……那养不养吗？那狗狗可乖了，绝对不给家里添乱。”

“养着麻烦。”阮母持续拒绝。

阮音书牙一咬，抛出撒手锏：“可我从小都没要过什么东西……”

阮母倒是愣了一下。

阮音书从小就听话，给她的她就拿着，没主动提过什么过分要求，更不会在被拒绝一次之后还企图说服她。

就这一次……她拒绝了似乎不太人道。

阮父笑着推推眼镜：“是啊，你从小都没要过什么的，乖得很。”

“行了，行了！”阮母最受不了父女俩串通一气，站起来大手一挥，“养吧，养吧！但是啊，阮立诚，我可跟你说好了，回头家里卫生你做！养狗掉毛多着呢，还爱乱尿。”

“不会的。”阮音书都想好了，“我会教它爱卫生的，而且网上都说被抛弃过一次的狗狗都会特别听话。”

大概是这些小动物也会害怕被再次抛弃。

这么一想还有点儿可怜。

阮母：“不会携带病毒什么的吧？”

“不会的呀，我会带它去做检查打疫苗的，保证让它干干净净地来。”

“行吧，行吧。”阮母真没辙，“我去做饭了，你们俩就同仇敌忾吧啊。”

阮音书笑嘻嘻地看了阮父一眼：“那我回房做作业啦？”

“去吧，去吧。”

睡了一觉之后，阮音书高高兴兴去了学校，浑然不知昨晚有人桌游加游戏打了一通宵，在她起床的时候才睡下。

到学校的时候还早着，她拿着糯米团子跟白团子打招呼问好，白团子摇着尾巴朝她呵气，阮音书挤了一个糯米团的烤肠给它。

白团子嗅了嗅立马开吃，阮音书看它吃完，本来想告诉它自己要带它走，但想了想还是决定跟宠物店联系好再带它走。

而且她跟它再沟通几天感情，到时候带走相对来说简单点。

今天天气不是很好，十点钟之后就开始转阴，一副随时会下大雨的架势。

下午两点的时候，阮音书午觉刚睡醒，抬眼就看到程迟从外面进来，还裹着一道惊雷声。

李初瓷也迷迷糊糊地掀开眼帘子看：“要下雨了吗？”

“大概吧。我肚子有点儿痛。”

阮音书来姨妈之前会肚子痛，阴雨天会更痛一点，这大概算她的一个不为人知的小秘密。

所以李初瓷顿悟了：“那可能真要下雨了，你姨妈也要来了。”

阮音书过了会儿又添了新的疑问：“那下雨了的话，白团子躲哪儿呢？”

最后大家商量了一下，决定把白团子从花坛带到门口那栋楼去。花坛里容易淋雨，她们怕白团子因为怕人不敢出去躲，索性把它带去别的楼。

那个楼是放一些器械用的，人不多，应该不会吓到白团子。

课间的时候几个女生一起出教室，逗了一会儿白团子之后，白团子立刻上钩了，阮音书一跑它就跟着阮音书跑了过去。

只不过它腿跛，跑得有点慢。

剩下的人嬉笑地追上去，站在那栋楼门口逗白团子玩得正欢，白团子汪了一声。

穿一双高跟鞋的人被这声音吓得脚一崴，勉强站稳。

“吓我一跳！哪来的野狗？”

大家的笑声戛然而止，看着面前的不速之客。

女人颧骨很高，眼皮上带着紫粉色的眼影，颊边有雀斑，扑了很厚的一层粉也能看出来尖嘴猴腮，一副不好惹的样子。

她们认出来这是教七班物理的罗欣霞，以稀烂的脾气和不怎么好的素质闻名，学校里还经常有讨论，说她是不是一高唯一一个走后门进来的老师。

很显然白团子也蒙了，躲在阮音书背后，探出一双圆溜溜的眼睛看着，满是戒备和惊惶。

“这野狗你们放进来的？”罗欣霞手一叉，跟个圆规似的，“知不知道流浪狗身上多少细菌？到时候学校里面有人感染了怎么办？你们负责吗？”

罗欣霞说完，还不等回答，跺了跺脚上的高跟，对白团子下达驱逐指令：“去！出去！”

高跟鞋声音很响，白团子又是个天生胆子小的，被吓得一抖，然后顺着大门就跑了出去。

阮音书下意识就想要去追，感觉白团子这次被吓得不轻，再不追肯定要跑远了，万一找不到就更麻烦了。

可她还没来得及动作，就被罗欣霞喊停。

“干吗啊？还要去追啊？一只野狗有什么好追的，邋里邋遢。不许再放进来了，看着多硌硬。”

女人一副刻薄的清高相，仿佛自己是宇宙主宰似的。

跟她们一起的李漾终于忍不住了，看着罗欣霞说道：“那只狗很可怜的，你为什么要赶走呢？赶走之后它没吃的没喝的，饿死了怎么办？”

“饿不死的，贱狗命厚着呢。”罗欣霞满不在意。

李漾被气得不行，说话又直：“可是校领导都没出面，校规也没说不许流浪狗进来，老师也没资格赶走它吧？不就是因为它把你吓着了吗？”

罗欣霞见不得有人跟自己犯冲，小眼睛一眨，眉毛高抬，眼窝凹进去很深。

“怎么没资格？

“这点资格我都没有是吗？”罗欣霞翻了个白眼，“那你看看我有什么资格！”

说完，罗欣霞指指路过的学生：“范涛，过来！”

范涛小跑过来：“怎么了，老师？”

罗欣霞伸手指指面前一排的女生："你给我监督她们跑步去。绕着操场跑十圈，不跑完不许回去上课，谁不听话把名字告诉我，我跟她班主任说去。"

说完罗欣霞瞅她们一眼，对着李漾翻了个若有若无的白眼："我还不信治不了你们这群小姑娘了。"

李初瓷无名怒火也涌起来，握拳，睁大眼。

罗欣霞尖锐的声音响起："怎么，还有人想加圈吗？站出来，要多少我都给加。"

……

女人踩着高跟鞋扬扬得意地离开，为自己不容置喙的"整治"感到满足。

范涛也不知道该怎么办，挠着头率先自己跑起来了。

她们也没办法，感觉这个活不完成会连累其他人，也不想把事情闹大，只好跟着跑。

但没人心里不是既委屈又愤怒的。

她们跑了几步，小雨落下来了。

邓昊在班上恰巧通过窗子看到了，往外一指："我 ×！迟哥，快看，阮音书李初瓷在外头跑步呢。怎么着了这是，女孩子还排成一列，被谁罚了啊？可我刚刚还看到她们在喂狗啊？"

程迟往外看了一眼，阮音书果然捂着肚子在跑，脸上表情似乎很不好。

他出去的时候那边刚好跑完四圈，基本等于一千米，女孩子们都虚脱了，范涛小声说："你们去休息吧，我就说你们都跑满了。"

她们点点头，停下脚步站在棚子底下躲雨，可阮音书却没有停下来的意思，仍在继续跑。

"别跑了，书书！休息一下吧。"

"你肚子痛就别淋雨了，到时候会更严重的！"

"干吗呀？怎么还在跑！"

阮音书不听劝，咬着牙还在往前冲，雨水打湿她眼帘，脚边有水溅起的声响。

她这个人从来不叛逆，她以为自己不会有发脾气的时候。

但就在刚刚，想到女人独裁的脸，想到被吓走的白团子，不知道它会不会回来，到时候会不会饿着冻着，自己好不容易恳求妈妈那么久才能收养它，结果转眼之间，它就可能下落不明……

可她又什么办法都没有，情绪像一团东西哽在喉咙口，她需要发泄，她没办法停下脚步去躲雨。

因为她的情绪还在熊熊燃烧着。

她借着运动发泄自己委屈又愤懑的情绪，也想无声反抗罗欣霞的独裁，所以只是无休无止地，机械地跑着。

哪怕她的腿真的已经很重了。

未几，一件衣服被人撑着搭在自己头上，隔挡住雨丝。

是程迟在帮她遮雨。

程迟皱眉："雨这么大，你跑什么？"

阮音书咬着嘴唇不说话。

"再跑就感冒了，你朋友不是说你不舒服？"

她还是跑。

程迟劝不动她，只好就这么遮着陪她跑。

跑了好多圈，他感觉差不多了，这才再一次喊停："阮音书。"

这句话像给洪水开了闸，阮音书的所有情绪齐齐涌上来，所有崩溃的、委屈的、恼怒的都一并发酵，她蹲下身，脸埋进膝盖里无声地掉着眼泪。

她不是个习惯用语言发泄的人，所以唯一发泄情绪的途径，好像就只有这个。

程迟根本不知道发生了什么，问她她也不说，只能替她遮着雨，陪在她身边看着她。

他遮不到自己，刘海儿被淋湿，往下淌着雨水，后背也是湿漉漉的一片。

有路过的人早就看到阮音书跑了十几圈，震惊地走过来："这……这怎么回事？阮音书忽然跑步干吗啊？难不成被罚了？她干什么事了吗……"

她素来"三好"，此刻听到"被罚"二字，身子又是明显地一僵。

程迟隔她很近，能感觉到话题再继续下去可能会让她难堪。

他眉心一蹙，抖了抖手里的外套，没等那人说完便抢先揽罪。

"我惹哭的。"

第五章

无形撩人

雨还在持续落着，在地上溅出声响。

阮音书在学校里本身就有几分名气，程迟更是不必说，两个人光是站在一块儿就尤其打眼。

更何况现在两个人蹲在塑胶跑道上，天还落着小雨，程迟给她撑着外套，阮音书脸埋在膝盖里，背部轻轻耸动，看起来是情绪不佳。

大家很快就围了上来，议论着。

“刚刚是阮音书在这里跑圈吗？我远远就看到了。”

“好像跑了挺多圈的呢。音书，你怎么了？”

“难道是体罚吗？不会吧……”

程迟不悦地抬了抬下颌，示意他们赶紧闭嘴，眉蹙着：“我弄的。”

“啊……不是体罚吗？你干什么了，惹人生气成这样？”

他这下没回答，唇线抿直，眼睑抬了抬。

众人被他这无声怒火给慑退，纷纷识趣地住嘴，没想到就连雨都淋不灭这大佬身上熊熊燃烧的火势。

他们眼见站这儿也问不出什么，况且雨似乎要更大了，大家也不凑热闹了，赶忙回了班。

就这么过了几分钟，阮音书小声打了个哭嗝，然后抬起了脸。

她知道程迟一直在这里，虽然没说什么别的，但还是哑着声音说："谢谢。"

她这回哭得没有上回严重，没到满面泪痕的程度，但眼眶已经是憋得通红，眼底漾了一层薄薄的水色，睫毛根部被沾湿，睫毛三三两两地卷在一块儿。

这般强忍着泪意的样子更加楚楚动人。

程迟勾唇，轻佻又散漫地笑了笑，揶揄道："是该站起来了。再不起来，我衣服也撑不住了。"

阮音书这才后知后觉地抬头看，他给她挡雨的衣服快湿透了。

她没再跟他探讨有关跑步的问题，赶紧拽着他回班："真……真是不好意思，我们快回去吧。"

他们走到半途，拿了伞出来的李初瓷刚好跟他们碰上。

李初瓷递出阮音书那把伞："快，快，赶紧打着吧，再不打要感冒了。"

阮音书的伞小，勉勉强强才能撑着两个人。程迟抖了抖衣服，水顺着他流畅的侧颜线条滑下来，像在给艺术品上釉。

看他要从伞里出去，阮音书扯住他袖子："你去哪儿？"

程迟晃了晃头发："里头挤。"

"不行。"阮音书执意不让他出去，"你要是嫌挤我就和初瓷一把去。"

阮音书说完就把伞交到程迟手里，自己和李初瓷挤一块儿去了。

程迟接过伞，饶有兴味地抬了抬眉："怎么，课代表现在知恩图报了？"

"那肯定的。"她细声嗫嚅，"毕竟我不能让你淋雨呀。"

"有这个觉悟早干吗去了？"程迟道，"我可淋了十几分钟了啊。"

他的言下之意是她蹲了很久。

这人就是这样，你心情不好的时候他可以配合你一言不发，一旦你说了话，他就能吊儿郎当地翻起旧账，东扯一句西扯一句，好像有人逼着他干似的。

他好像永远没什么大的烦恼，说起话来都是一副优哉轻飘的公子哥语气，跟开了个躺椅躺在金字塔顶端一样。

他有种“万事浮云过，片叶身不留”的从容，说好听点是安之若素，说不好听点是麻木不仁。

似乎就算再大的事，放在程少爷面前都挺小的。

莫名地，阮音书也被这种情绪感染，心境稍微明阔了些。

三个人进了教室，之前被罚跑的几个女生也都围了上来，七七八八地讨论着。

“罗欣霞是不是疯了啊？谁给她权力罚我们的？”

“就是……我当时要不是懒得吵，才不会跟着跑呢。”

“可委屈死我了，我刚眼泪都上来了。气死了，垃圾罗欣霞。”

李初瓷眉眼垂着，齿关也用力地咬了咬。

“怪不得这个老巫婆在学校风评这么差，官没多大，滥用职权欺压学生倒是第一！”

“其实别的都还好……主要就是太憋屈了，我们又没做错什么。”阮音书用纸巾按压着额头上的头发，“而且我都做好准备把白团子领回家了，她又把白团子吓跑了，万一找不到了怎么办呀……”

李漾：“你家同意收养了吗？”

“嗯，我花了好久才做通我妈的思想工作。”

李漾气得直翻白眼：“那就更让人生气了，她凭什么赶狗啊？白团子看起来又不脏，不会有什么病的。”

李初瓷：“往好的方面想想吧，万一还能找到呢？左边好像有个小树林吧，我们放学可以去那里面找找看。”

李漾也说：“放点吃的在附近引它过来也可以。”

大家讨论了一会儿，纷纷觉得办法可行，又到了上课时间，只好意犹未尽地回位置上坐着了。

阮音书这时候才反应过来什么，回头，看到程迟正坐在位置上看游戏视频。

他头发还湿着，衣服更是湿淋淋地贴在身体上，还有水珠顺着往下落。

“程迟——”她小声叫他。

他戴着耳机，半天才听到，扯落耳机问：“怎么？”

“你就这样湿着上课吗？”她小声问。

“不然我现在还能去哪洗澡？”他扬眉，似笑非笑。

她摇头：“这样不行的，一定会生病的，你不能糟蹋自己的身体。”

程迟更是兴致盎然：“不是你糟蹋我身体的吗？”

他说完，邓昊似乎是感觉到什么歧义，舔舔唇凑过来：“这种糟蹋是哪……？”

“闭嘴。”

“哦。”

邓昊咬着牙住嘴，小声说：“反正你就知道欺负老子！老子是过分可爱还是过分帅气了？从一开始就要承受不属于自己的谩骂？！”

也不知道程迟听到了没有，反正程迟凑过来把他耳机线给拔了。

阮音书似乎是觉得程迟说的是有道理，点了点头，回身跟李初瓷讨论了两句，然后悄悄起身，跟讲台上的班长说了两句。

班长往底下看了一眼，然后点点头。

阮音书从讲台上走下来，缓缓走到程迟旁边，指指门口：“走，我们出去。”

“干吗？”程迟手搭在桌角，“跟我私会去？”

她着急地一皱眉：“你每天都在想什么啊？

“我先出去了，不管你了。”

说完也不管他，她径直往门外走去。

程迟摇摇头：“啧，这么不留情面啊？”

阮音书才走出教室，程迟就跟着出去了。

因为全校都在上课，所以走道外面尤其安静，只有雨拍打石柱的噼啪声。

程迟又问一遍：“课代表，说说带我来干吗。”

“你别说话了，跟着我走就行。”

她懒得回头，带他一路摸到了另一栋楼的教室。

程迟抬头看：“这是哪儿？”

“我们学校体育生的后勤教室，听说里面有很多日用品。”阮音书猫着腰搜寻，“我看看有没有吹风机，你起码也得吹干才行，今天回去再洗个热水澡。”

他懒洋洋地靠着门框，敷衍又认真地道："遵命。"

"……"

阮音书打开柜子，在医药箱旁边发现了一个吹风机。

"李初瓷没说错，这儿真的有吹风机欸。"阮音书抬手招呼程迟，"你快来，我们吹一下。"

"知道了。"

她伸手在面前比了个嘘："你小点声，别人都在上课呢，别把人引来了。"

他抱臂，漫不经心地问："引来了会怎么样？"

"别人会知道我们俩在逃课。"

"这算哪门子逃课。"程迟抬眼往外觑，"逃课是翻墙出去，你这顶多算关爱同学，上课干别——"

阮音书看他还站那儿悠然讲话，腮帮微鼓，敲了敲吹风机机身："你到底来不来吹？"

程迟挑眉："不是你求我来的？"

"……"

她不跟他一般见识，插好插座："是！是！是！那你赶紧的，生病了可别来敲诈我。"

吹风机一打开，呜呜声像是从风筒里冲出来一样大，阮音书拿着吹风吓了一跳，肩膀抖了抖。

程迟走过去，抬了抬下巴："它声音比我大多了，你怎么不骂它？"

"它是东西你是人，它能控制它自己吗？"

她也抬了抬头，一副要跟他讲道理的模样。

"能啊。"他一脸肯定。

"它哪儿有意识……"

她话没说完，程迟伸手把风速调弱了一格，声音随之减弱。

他勾勾唇："这不就行了。"

阮音书叹息一声，无奈地沉默几秒，然后指指面前的凳子，不打算再浪费时间了。

"你坐在这儿吧，我给你吹。"

程迟顿了几秒，上下扫视她一圈："你给我吹？"

“后面你自己吹，够不着呀，而且你又看不到。我先大致给你吹吹，你再自己弄。”

程迟揉了揉头发，出奇地沉默着坐上椅子，背对着她。

阮音书开了吹风机，提着他的衣领把风灌进去，吹了会儿里面又开始吹外面，这样干得比较快。

程少爷跷着腿，声音在吹风声中不太清晰：“你就打算把我的头置之事外？”

“你真难伺候。”

阮音书抬手，开始给他吹头发。

他为人虽然浑，但一头黑发却没染过，被雨淋得发亮，她伸手拨了拨。

程迟垂着眼睑：“你这像给宠物吹毛似的。”

“本来就是。”

“嗯？”

她没理，兀自说着：“如果她没有把白团子赶跑，也许我以后也可以这么给我家宠物吹毛……”

吹风声盖住了她微弱的声调，不知道程迟有没有听到。

阮音书顿在那儿出神了几秒，吹风筒对着程少爷的脖子没挪，很快，程迟皱眉咝了声。

他没回头，声音倒是懒洋洋的：“你的目的是把我脖子吹熟，然后方便下口吗？”

“啊，不好意思，不好意思。”她这才回过神，赶紧把吹风机挪开，下意识伸手摸了摸他的脖子，“我刚刚没看到。”

那是一种很本能的行为，像是抚慰，也像是查看伤势，更像是“降温”。

少女的手指弹软，带着一丝雨天的凉意，触及他皮肤的那一刹那，程迟感到冰火两重，有酥麻感一路传递上大脑皮层。

偏偏她手指还在动，一路贴着他的皮肤缓缓滑动，如蚁在噬。

程迟倏地站起身来，椅子被推出吱呀的响声。

阮音书抬脸茫然地看着他：“怎么了？”

他喉结一滚，不太自然地皱了皱眉，偏开头，第一次不知道手往哪里落。

过了半晌，他强硬地夺走她手里的吹风，语调喑哑。

“我自己吹。”

阮音书手上一轻。

她还有点没反应过来，眸子就那么瞧着他，瞳仁乌黑，一丝杂质也不掺。

程迟没说话，侧头去看吹风的按钮。

阮音书见他不是玩笑，是真的准备自己吹，她眼睛无措地眨了眨：“怎……怎么了吗？”

她的声音有点儿轻，带着软糯的试探，好像真的有点怕自己做错了什么。

很快，她反应过来自己刚刚的错误行为，指尖抓了抓拇指指腹：“我等会儿不会发呆了……我保证，不会再把你脖子吹烫了。”

少女神情真挚，好像就差对着国旗给他伸三根手指发誓了一样。

程迟单手握着电吹风，手指往上轻轻一拨，按键被轻松推开，有风顺着吹到她那边。

不知怎么的，程少爷忽而浅淡一笑，头却半低着，掀开眼睑往上瞧她，眸光潋滟，眼尾似是开成了扇形。

少年手指抓了抓发根，明明是在吹头发，却生生做出了几分抓造型的利落感，一头黑发被他揉得蓬松慵懒，万分合衬。

“怎么……不把我脖子吹烫，改把我头发吹焦？”他不轻不重地揶揄。

她眉心一皱，却又占不到什么理，只好垂着眼睑小声说：“我没那个意思……”

程迟吹头发的手法非常简单，来来回回几下就吹得差不多了。他又随手吹了吹衣服和裤子，水迹很快就被吹浅了。

她第一次看男生吹头发，就在这个小小的空间里，他站在那儿，身后还摆着很多生活用品，这让她第一次觉得，这个人好像没有那么遥远。

他也活在这个空间里，和普通人一样，淋湿了需要料理，头发随便抓抓就能吹半干。

不像之前她所了解的他，活在那种近似神话一样的漫画里。

这种场景给她一种恍惚错觉，好像两个人已经认识了很久，久到足够能分享这种有些亲密的片段。

吹风声骤停，程迟吹完之后拔掉了电源，也切断了她的遐思。

阮音书帮他把吹风放进原位，这才说：“我教室里有梳子可以借你梳，走吗？”

“走啊。”他沉声笑，“课代表的梳子，我想用很久了。”

两个人从后门溜进教室，不，似乎只有阮音书是提着脚进去的，程迟早就见怪不怪，泰然自若，不像她小心翼翼。

一个一看就是很少上课出去的，一个是经常逃课的。

程迟看阮音书猫着腰，唇紧张地抿着，脚步也是轻柔缓慢，不由得笑道：“你做贼呢？”

他看着她跟个小耗子似的。

后排有几个人转头看，阮音书还是抿着唇不说话，全神贯注地放轻步伐。

视翘课如家常便饭，偶尔还来点翻墙的程迟哪见过这种新鲜场面，快步走回位置上，然后抄手欣赏她。

阮音书小声走回位置上，然后从抽屉里拿出自己的小镜子回身递给他。

可临要放学时，程迟还没把梳子还给她。

好不容易等下课铃响，大家起身放学，阮音书走到程迟旁边，问他：“梳子还没用完吗？”

他抬抬手指：“我要是说还没，你能——”

她还没听他说完，但感觉似乎不是什么正经话，索性正儿八经地回绝：“不可以。”

“……”

放学之后，阮音书她们几个女生自发组织了一下，就踏上了“寻找白团子”之旅。

六七个人分成两组，一组出了校门往左找，另一边则往右。

阮音书、李初瓷还有李漾，去左边那个小树林里找。

树林是个公园的后半段，再往里还有假山和浅浅的水洼，路不好走，故而并不是一个很适合搜寻的地方。

她们都是女孩儿，身手没有那么灵活，很多窄窄的小路进不去。

白团子本身胆子就小，又是被吓跑的，阮音书也不确定它在不在这里，但它腿不好，应当没有跑很远。

她们去买了几个鸡腿分布在周围，一边埋下食物“陷阱”的同时，一边喊着白团子的名字。

很快，树林侧边响了一下。

阮音书赶紧去看，李初瓷的声音也跟了过来："怎么样，是白团子吗？"

然而她们面前空空如也，只有一个悠悠球。

她难掩失落："不是，是别人的悠悠球掉这儿了。"

阮音书把球捡起来还给人家，又低下头继续找，但这简直无异于大海捞针。

不只限于树林，她又去附近商铺转了圈，但始终一无所获。

李初瓷和李漾到底没有太多时间，她们不久一个得去培优班，一个得回家。

走之前，她们俩问阮音书："要么一起走吧，今天估计也找不到了。"

"你们先去吧。"她不愿放弃，"我再找一会儿。"

二人接连离开，阮音书在旁边坐着等了一会儿，然后又起身去巷子里搜寻了一圈，依然没有白团子的身影。

暮色四合，傍晚的落霞在楼房上空晕染开，她的影子被拉长。

实在是找了很久，她即使再无奈，这时候也得回去了。

那一整天她都心情不好，回去的时候阮母也发现了，问她怎么了，阮音书如实说来。阮母叹息："唉，这也是没办法，你这几天再找找吧。"

李初瓷也心系白团子，第二天一见到她就问："白团子找到了吗？"

"没有。"她垂着眼，下巴搁在手臂上，有气无力地答，"找了好久也没找到，我等会儿再去找找。"

第三节课的时候程迟进班，看到阮音书耷拉着脑袋在那儿写题，周身环绕低落分子，连那双眼都不似从前莹亮了，收作业的时候也是提不起精神来。

他有点奇怪，路过的时候听到阮音书还在跟李初瓷讨论，叹息的声调里藏着一个中心——白团子。

再联想到昨天给他吹头发的时候，她小声说如果狗没有被撵跑，她也应该这么给它吹毛。

看来她是没找到狗，所以才这么低落。

第五节课时，老师早了几分钟下课，让他们早点出门抢饭去。

大家赶紧起身，带上钱包就冲往学校外面的小吃街。

阮音书虽然也记挂着吃饭，但是她更挂念白团子。

要去买饭之前，趁着门口还没人，她和李初瓷去昨天的小树林看了一圈。

有几个鸡腿已经不翼而飞，而有一个摆在凳子旁边的鸡腿还在，却被啃了一半。

阮音书眼睛倏地就亮了，抬手招呼李初瓷过来看："初瓷，初瓷，你看这个鸡腿被吃了。"

这个发现让她们俩振奋起来，就连迈去小吃街的步伐都轻快了不少。

走到门口时两个人还在讨论，阮音书总算是有了点希望，目视前方，为自己假设最好的结果："如果鸡腿真的是白团子吃的就好了。"

李初瓷拍拍她手背："我觉得会在的，虽然不排除别的可能，但白团子不是最爱吃这个鸡腿吗？而且也不会跑很远，所以是它的可能性还是挺大的。"

阮音书也因这个念头振奋了几分："那等会儿我们吃完饭再来找找看吧。"

"行，等会儿再买俩大鸡腿。"

"我唯一担心的就是白团子藏在隐蔽的地方，我们根本找不过去。"阮音书抬头思索，"比如假山后面那一块儿，我们根本不可能……"

假山后面又窄又泥泞遍布，别说在里面转身了，就是勉强挤进去了，出来可能也一身泥巴。

阮音书正在跟李初瓷商讨，忽然听到后面有熟悉的人声。

"中午想吃什么？"

程迟的声音很好分辨，挂着懒洋洋的呼吸声，不轻不重地递入人的耳朵。

侧边有个镜子，阮音书瞥过去一眼就看到镜子里反出的少年的轮廓。

这种四分之三的侧面，把他的鼻尖描摹得愈发精致立体。

突如其来的惊喜让邓昊不胜荣幸："你请我啊？"

"嗯。"

"好的，我搜一下附近最贵的餐厅。"

"……"

新一轮人潮涌出，阮音书加快了步伐，和身后的人渐渐分开。

中午，她和李初瓷吃完之后火速去买了两个大鸡腿，然后赶往承载了无数希望的小树林。

她们还没过去，已经听到从那边传来的声音。

“哎哎哎，怎么又往这儿跑啊，进去，进去……”

“这边，程迟！狗在这边！”

“回头，蹲下，对、对……抱它啊，抓起来啊！”

她们俩加快速度走过去，邓昊手里一根火腿肠，头探到假山里，正在“隔空指挥”。

“马上抓住了！好好好！抓住了！”

阮音书目光茫然地看过去，感觉一颗心脏要跳出嗓子眼。仿佛知道了他们在做什么，所有的可能汇聚成两个不同的走向，真是……既期待又害怕受伤害。

“邓昊？”

邓昊长歇一口气，手背在额头上抹了一把汗，这才脱水一般地从树林里出来：“谁叫我？”

阮音书抓紧手里的食物，纸袋摩擦出咔咔声。

“你们在那边……干吗呢？”

“哦，阮音书啊……”邓昊走过来，一脸追悔莫及，“我陪爱心人士程少爷抓狗呢。”

“什么狗？”她声音颤抖。

“就我们学校那只，你们老叫什么白什么白的……”

邓昊还在念念叨叨：“我就说今天中午他咋这么好心请我吃大餐呢，原来是吃完要我来这里当苦力啊！你别看他是抓狗的，但是最难的是我这个赶狗的……”

他话没说完，里面传出两声狗叫。

阮音书惊喜地抬了抬眼，认出这就是白团子的叫声。

紧接着，程迟也走出来了，抱着的也的确是消失的白团子。

她脑子一阵发热，欣喜顺着大脑皮层直往上冲。

程迟今天穿的是白色衣服，这会儿袖口和手肘处都蹭上了泥巴，衣襟处也是弄得乱七八糟，根本看不出这原本是件白色衣服。

更何况他怀里还抱着一只脏兮兮的白团子。

白团子窝在他怀里还不安生，汪汪叫个不停，显然是受惊了。

程迟垂眸看了眼，手指在它下巴上挠了挠："不许叫。"

也不知道这话是有什么神奇魔力，还是男生身上的气味让它有了安全感，或者是他的手指挠得太舒服，白团子耸耸鼻子，却真的没有再叫了。

他抱着脏兮兮的白团子走出来，脚底踩在枯枝碎叶上，噼啪噼啪，声音却一点也不显得凌乱。

邓昊没管那边如何，把手上引狗的火腿肠吃完，又指指阮音书手上的："你们这鸡腿哪里买的啊？"

阮音书这才忽然回过神来，把鸡腿递给邓昊："你吃吧。"

鸡腿给了邓昊，她这才腾出手把自己昨天准备在附近的纸箱子给抱了过来，拿来装白团子。

她还没来得及跟程迟说什么，程迟却像是明白她心中所想似的，看她抱好箱子，人便很自觉地走了过来，把白团子放进了箱子。

阮音书怔了一下，要说什么也忘了，目光落在他为了抓狗弄脏的衣服上："你的衣服……"

没等她说完，程迟反手把白色外套脱掉，下一秒，外套被人毫不留恋地扔进垃圾桶。

阮音书没见过这么潇洒的人，鹿眼微微睁大。

这是家里有矿吧？

邓昊边啃鸡腿边解释："他有洁癖的，不然怎么老爱穿外套？这样的话就算衣服弄脏了还有一件，脏了的就能直接扔了。"

说话间，程迟走到门口的水池边，开始接水洗手。

阮音书这才回过神来，看了看怀里的白团子，失而复得的那个瞬间的情绪太过复杂，她只剩下感恩。

万幸它还在。

看了会儿白团子，阮音书抱着箱子去到程迟那边，看着水流冲过他指缝，小声问他："你这是把它交给我的意思吗？"

少年眼睫颤了颤："嗯。"

她一下子不知道该说什么，咬了咬下唇，感觉自己实在是欠他太多人情了。

她就连道谢的时候情感都特别丰沛："真的太感谢了，我找了很久，如果不是你，还不知道今天能不能找到……"

"不用，我顺便。"洗干净手，他关掉水龙头，"接下来打算怎么办？"

"我肯定不能直接带它回班，放外面也不放心，所以最好的还是把它放去宠物医院洗个澡然后看看腿。但是也不知道中午的时间够不够……"

说着说着，她更为难："但是白团子现在这样，出租车很多都不愿意载吧……"

"没事。"他勾勾唇，很快又有了新法子，"我有车。"

"什么车？你满十八了吗？"她立刻有模有样地担心起来，"不行的呀，未成年不能驾驶机动车，你不能以身试法，这样不对。"

这时候她还一板一眼地提醒他别违法，倒让人哭笑不得了。

"放心吧，不是轿车。"

少年转身朝外："跟我来。"

十分钟之后，看着面前张扬打眼的机车，阮音书陷入沉默。

"……"

这比开车还张扬吧。

他扣好头盔，又转身递给她一个："这个戴上。"半晌又偏头，淡笑，"课代表不是最讲求安全了吗？"

来都来了，眼见也没什么别的办法，她只能服从指令。

阮音书把纸箱放在地上，一边学着他刚刚的方式扣帽子，一边问："机车会开很快吧？"

"嗯。"

她继续礼貌："那等会儿太快的话，我可能要稍微扶一下你的腰。你介意吗？"

程迟顿了那么几秒。

旋即，他摇头，舔舔唇角："不行啊。"

阮音书："……"

他回身看她，眼底情绪不明："为了安全起见，课代表得抱住我的腰才行。"

听到这话，阮音书反应了几秒，也没往别的方面想。

她指尖调整了一下头盔的松紧度，把垂下的刘海儿往一边拨了拨，又确认一次："抱着你吗？"

"是啊。"他的声音带着玩世不恭的随意。

程迟目光一扫，刚好一辆车经过，上头坐的大抵是情侣，女生抱着男生的腰，头还紧紧贴在他的后背上。

也不知道是怎么的，这时候他玩闹的心思好像忽然起来了。

他随手一指，目光敛了敛："就那样，安全。"

阮音书想了想，好像看过的路上的机车，载的人无外乎都是这种姿势，便点了点头，说："知道了。"

她的声音低低绵绵，绝无反抗的意思。

到了该上车的时候，程迟扶了扶头盔，然后伸腿半跨上机车座，这个姿势显得腿长大概有一米八。

阮音书艳羡地瞧了一眼，然后低头看自己被松垮校服裤子裹住的腿，默默吞了吞嗓子。

她抱住那个小箱子，带着白团子就准备上车。

他用一只腿斜支着机车，动作潇洒又好看。

阮音书把箱子放在二人中间，然后就准备坐上车。

程迟感觉到背后增加了一个四四方方的、本不该待在他背后的东西，回头看了一眼。

他眉蹙了蹙，舌尖滑过上牙膛："你把箱子隔在我们中间，是怕我占你便宜？"

她鹿眼亮盈盈，太无辜了："我没有啊。"

程迟又点头："那你是想把我硌死。"

她低头，这才看到箱子的角抵在他腰后。

阮音书赶忙挪了挪箱子："可是不放这里放哪里呢？我不抱着吗？"

"车速那么快你怎么抱？"程迟无奈笑笑，"放我这前面。"

"再说，我们俩之间隔着这么大的纸箱子，你很容易摔下去的。"他又道。

阮音书因为是第一次坐，什么也不懂，就一切点头乖乖照做，他说什么是什么。

上车的时候她心里还很感动，觉得自己受了程迟不少照顾，两个人的关系也不像之前那么生分了。

他们既然能够坐一辆车了的话……怎么着也算是朋友了。

她默默地想着，潜意识很自然地就重新定义了一下这段关系。

好不容易把她和白团子安置好，程迟回头确认了一眼，然后拧钥匙，机车启动。

本来还平静无风的天气骤然带起了一大阵风，砰砰砰的，像一层层声浪往阮音书面前撞，她感觉身体已经跟着车走了，但心脏还留在原地痴痴守望。

她的心跳瞬间加速到最大值，连带着整个人都虚无缥缈起来，冯虚御风也不外如此了吧。

阮音书没坐过这么快的车，抓着程迟的衣服颤抖："真……真要开这么快吗？"

少年的声音带风，不真切却又过分真实："你不是赶时间？带你体验一把飙车的感觉。"

他勾唇，笑里带两分捉弄的邪气。

阮音书感觉周边景物全都在飞，看不清，楼房树木云朵全被拉成一个个横向的色条，细细密密，交相叠摞。

她当然怕了，声音提高，语调却放软了："别……别加速了！"

女孩儿的小声中的嗔意，带着不自知的撒娇味道，祈求他慢一点。

程迟感觉今天的风是不是加了酒，他怎么有点上头。

于是他又提了点速，企图让自己挣脱这眩晕的耳鸣。

阮音书感觉自己好像越说，程迟越变本加厉。

她怕被甩飞，两只手紧紧扣着他的腰，头也缩在他肩膀后头。

程迟低头，看见少女绵绵软软的手指在他腰际，指甲盖泛粉，手指细长莹白，因为用力，指尖漾了一丝青白。

这样的手攥着他的衣摆，把他衬衣抓出褶皱，看起来竟意外地顺眼。

素来不爱衣服上有褶的程少爷这么想着。

很快，阮音书认真的声音传过来，带着少女一腔的老成——

"程迟，开车不要分神，抬头看路。"

"……"

好不容易飙车到了宠物医院，短短十几分钟，阮音书跟坐了一趟过山车似的。

双脚能触到地面的时候，她几乎满足得想要流眼泪。

不过……程迟开得快也是为了时间着想，毕竟下午要上课，还不知道白团子在宠物医院要耽搁多久。

怕是怕，但她的感动和理解也是真的。

阮音书带着白团子去医院问了一圈，医生让她先去对面的宠物美容店给白团子洗好了再送过来，宠物医院太忙，暂时没时间给狗狗洗澡。

她抱着纸箱子去了对面美容店，一开始还害怕他们不接，但接待她的那个小姐姐很温柔："给宠物洗澡吗？"

"嗯。"阮音书低头，"它左腿瘸了，也有点怕人，不知道会不会不方便。"

"没事的，你先给我吧。"小姐姐和善地笑着，"第一次养狗吗？"

阮音书摇头："这是学校的流浪狗，我带回家自己养的。"

"啊，好有爱心呢。"小姐姐弯着眼睛笑，把白团子放进洗澡的水池里。

或许是美容院还有别的猫猫狗狗，阮音书还在这里看着，负责的小姐姐也是温柔动人，所以白团子没有怎么反抗，倒是乖顺得很，一下子就洗完了。

洗完澡的白团子果然如阮音书料想的那样，毛特别软特别白，乍一眼看去干净清秀，很漂亮。

小姐姐一边给它吹毛一边说："流浪狗带回家要记得打疫苗哦，不过看起来它除了腿还是比较健康的。你们家有笼子吗？如果需要的话，可以在我们这边买笼子哦。"

阮音书顺着她目光看过去，里头的房间放了很多笼子。

白团子的确是需要个笼子，所以她便过去看了看。

看了半天，她看上一个黑色的和一个粉色的，犹豫不定的时候转头问程迟："你说这两个哪个好点？"

少年眯着眼看了会儿，忽而侧头："这两个有区别？"

"当然有了，颜色不一样，花纹也不一样呢。"

程迟正按照她说的仔细看，一边的小姐姐笑着走来："原来你们俩是一起的啊！我就说这么帅的男生哪儿来的呢，站在门口也不说话，不知道多少人往这边瞟呢，我们店里的宠物居然也爱看他。”

阮音书想到白团子今天也很听他的话，很是奇怪地想：难道这人的魅力已经能影响到宠物界了？

果然，看脸的本能不分种族吧。

小姐姐又笑，语调逐渐变得暧昧起来：“是你男朋友吧？”

阮音书虽然在心里已经把他归在了“朋友”的范畴里，但朋友和男朋友差别还是挺大的。

阮音书急忙要澄清：“啊——”

她的否认还没说出口，看笼子的程迟蓦然打断道：“黑色的吧。”

阮音书看过去，不知道他在说什么：“啊？”

“我说笼子，选黑色的。”

她扯了扯耳垂，说：“嗯，那就黑色的吧。”

她把白团子放进黑色笼子。它似乎也比较喜欢，全程也不反抗，很听话。

离开美容店的时候阮音书老觉得自己有什么话没说完，但想来想去也想不起来是什么了，干脆没再管，重新回了宠物医院。

白团子做过检查，医生开了药，叮嘱阮音书要注意它的营养，过几天带它来打疫苗。

她做好了一切准备，问医生：“它这个病情……有好的可能吗？”

“放心吧，不严重，好好料理一阵子就会好了。”医生低头写病历说道。

这一句话让她放下胸口压的巨石。阮音书长嘘一口气，抱着白团子站起身直鞠躬，甚至还想送个锦旗：“好的，谢谢，谢谢。”

“不谢。”医生也看着她笑。

阮音书把白团子放进笼子里，然后带去了美容店。

她跟美容店的小姐姐商量了一下：“我可以先把我的宠物放在你们这边吗？因为我现在得回学校了，又不能把宠物带到学校里去，先放在你们这边，等我放学了再绕到这边来拿，可以吗？”

小姐姐笑：“当然可以啦，你和你小男友先回去吧，我会一直在这里的。”

“小男友”这三个字让阮音书终于记起来，不久之前自己被打断没来得及说出口的是什么。

她摇摇头，终于找到机会解释：“那个，不是……”

程迟低头看了眼表，提醒她：“一点四十八了。”

阮音书再次被打断，澄清的话没说出口，脑子忽然被搅了一下，又蒙蒙地问一句：“什么？”

“时间已经不多了。”他不疾不徐地提醒。

她霎时慌了：“你怎么不早说呀！”急忙转身，“那快走吧，迟到了就完了。”

迟到这种事对她来说有如天塌，就连澄清男女朋友的问题都顾不上了，脚底装了俩风火轮似的就往车子边跑。

但她什么也没说，单单开了个头，倒像是害羞地欲盖弥彰了。

门口的小姐姐笑眯眯看了程迟一眼，程迟也没多说什么，转头朝车子所在的方向去了。

钥匙在他手里晃出丁零当啷的响声，他抬腿缓步走着，本来还欲踱步过去，谁知阮音书已经在一边急得直拍椅背：“你别走这么慢呀！”

“行行行，我走快点。”程迟眼尾勾了勾，走到车前。

阮音书已经视死如归地戴上帽子，一双眼睁着看前方，一副即将英勇就义的模样。

程迟看了一眼：“你等会儿是要去炸碉堡还是怎么样？坐我的车就这么没有安全感？”

“挺有安全感的。”她长睫眨了眨，小声说，“起码肯定不会耽误时间。”

开飞车的程迟：“……”

“你对我意见有点儿大啊。”他抛了抛手里的钥匙，然后跨坐上车，“我还没见过你这样的乘客。”

她白皙的手指攀住帽沿往下拉了拉，也跟着坐上去：“你以前载人也都是开得跟航空母舰一样快吗？那些女孩儿没觉得吓人吗？”

她不信她是第一个害怕的。

机车启动，一声响动后咻一下冲了出去，程迟喉结滚了滚，漫不经心道：“没载过别的女生，不清楚。”

可耳边风声太大，她没有听清。

他们一路风驰电掣，到学校门口，快要上课了。

下午第一节是光头老何的生物课，他一贯晚到几分钟，只要阮音书把时机把握好，就不会迟到。

一下车，她赶紧卸了头盔，看向程迟："走吧，走吧，抓紧时间，我们还能在上课之前回教室。"

程迟头盔没卸："你回去吧，我去停——"

"还停什么啊？别停了，再停真的迟到了。"

她抬手腕给他看了一下时间，拽着他的袖子往里走："你先就把车停在这个棚子底下，等会儿再说。快点儿。"

她那时候都急晕了，哪里想得到身后这个人或许压根不需要上课。

阮音书就这样把程迟拽回了班上，邓昊坐在墙角投来惊诧的一瞥："嗬，居然还真在上课之前回来了？"

等阮音书回位置上坐下，邓昊这才神秘兮兮地凑到程迟旁边："怎么，你们俩打的还是坐公交？"

"打的能有这个速度，你活在梦里？"

"那不然咧，你们咋过去的啊……"邓昊抓抓后脑勺，"我就只看到你们俩一起走了，本来以为你给她指路的，结果等半天你也没回来，我等啊等，等啊等，等得望穿秋水，等得望眼欲穿，等得……"

程迟忍无可忍地打断："你怎么没等死？"

邓昊委屈："我当然是为了等你回来，然后问你，你们到底怎么过去的。"

阮音书看他们俩闹了半天，索性回头回复邓昊："我们坐机车过去的。"

邓昊点头："机车，哦，机车啊。"

她回复完老何就进来了，邓昊自己在后面回味，接受了这个答案，然后开始刷微博。

老何特别骄傲地站在上面讲题："我今天讲的这个，很多人昨天都做错了，但是参考答案太复杂了，我有一个很简单的方法，说出来保证让你们惊艳。"

"你们看着啊——"

老何穿一件中年人酷爱的宽松衬衣，衣服扎进裤子里，勒一条勒着肚子的皮带，头发很稀少，全部往后倒，看着就一副《夏洛特烦恼》里头那班主任的搞笑模样。

他转身开始写过程，有人在后面偷笑。

在下面刷微博的邓昊，刷着刷着感觉有什么不对，直到看到了一个机车的微博……

老何："你们看我这个方法是不是很妙，妙就妙在——"

邓昊所有血液上涌，猛然站起身来，难以置信地爆发。

"我 ×，放屁吧？！"

"……"

满室寂静。

大家一脸惊愕地回过头看着邓昊，老何眼镜都气歪了。

"邓昊，你说说看我哪个字是在放屁？！"

众目睽睽之下，邓昊叹息一声："抱歉，我出去冷静一下。"

这么说着，邓昊一脸凝重地走了出去。

老何看了一下自己的教案，没问题啊，邓昊这平时不学无术的崽子，今天怎么还质疑他起来了？

反复确认之后，他调整好心态："好，我们继续讲课，这个解法妙就妙在——"

外面的邓昊不知看到了什么，骤然传出一声土拨鼠式吼叫："啊啊啊啊——"

老何："……"

现在的年轻人，火气怎么这么旺？

后来下了课，邓昊终于进来了，门口的人看着他嘻嘻哈哈："你怎么了，邓昊？嗑药了吗？"

邓昊撑起一丝微笑："昊昊很好，昊昊没什么不好的。"为自己加油打气，"加油，邓昊！你可以，你能行！"

"行什么啊？你给人下蛊了？"

"被下蛊的人可能不是我……"邓昊语重心长地叹息。

阮音书看他坐回来，也问道："你怎么了？"

邓昊撸撸袖子："我这个发现……真的……课代表，如果我跟你说了，你可能比我还要惊讶。还有李初瓷，你也听好了，听完之后你们会比我更加惊讶……"

程迟在一边玩手机。

阮音书和李初瓷真的信了，屏住呼吸看邓昊在那里神秘地酝酿。

过了十秒，邓昊压低声音开口："今天是程迟第一次带女孩子坐自己的宝贝机车。"

"……"

她们本以为要等来山崩海啸，好不容易等来了惊雷阵阵，但惊雷过后，天上只掉了一滴雨。

不多不少，不偏不倚，一滴小小的，近乎于无的雨滴。

现在的阮音书就是这种感觉。

她不死心地确认了一下："就这个吗？"

邓昊站起身："什么叫就这个？！拜托，程迟从来不让我们碰他那个宝贝。上次我坐在上面自拍被他看到了，他让我用脸抹了一个星期地。"

沉默的程迟倒是压着声开口："你拍完发微博，发了还置顶，不是生怕我看不到吗？"

邓昊咳嗽："我那不是……不是第一次坐那么带劲的……炫耀一下吗……"

"我也没让你删，只让你爱护环境做卫生。"程迟以手支颐，目光扫过去，"这对你还不够好？"

邓昊察觉到自己理亏，及时刹车："我们现在说的不是这个吧？就是说……那个什么……你为什么今天一反常态让妹子坐车……"

阮音书抿抿唇，一双鹿眼澄明清澈，替程迟先回答了："他肯定是看情况紧急，为了帮助朋友才选择破例嘛，你不用那么惊讶。"

"朋友"两个字让程迟跟着点了头。

他轻扯嘴角，似乎心情不错，一身正气地回复邓昊。

"在你心里可能有各种龌龊的想法，但抱歉，我那个时候只是想着帮助朋友。"

邓昊："……"

我怎么不知道你以前是这么一个乐于助人的好朋友呢？

那天邓昊气得买了一大盒好丽友，准备把"好丽友·好朋友"的庞大外壳贴在基地大门上。

和邓昊不同的是，阮音书放学之后就赶紧收拾书包，心思全在白团子身上了。

李初瓷也在一边叨叨念：“你到时候有空也把白团子带过来吧，我们大家一起看看，好歹我也算是它的——”

沉默了一会儿，李初瓷扔出两个字：“干妈。”

阮音书笑：“怎么连干妈都出来了？”

“你想啊，你是收养它的主人，就算是它的再生父母了。我是你的朋友，也在这个过程中给予你支持和帮助，所以我是干妈，你是阿妈，这是很正常的辈分关系。”李初瓷一本正经地胡说八道，半晌，又感慨一句，“白团子，干妈爱你。”

“……”

说完之后，得补课的李初瓷抓紧时间走了，最后不忘嘱托她：“记得带白团子来和它的干妈团聚！”

阮音书笑她大惊小怪，点头说：“知道啦！”

邓昊出门去买好丽友了，教室里又只剩她和程迟。

“我到时候可能会带白团子来学校，你要看吗？”想了想她还是决定问问程迟，“毕竟你经常不在学校，我怕你想看又错过了。”

程迟侧着头笑：“这么好？”

“当然了，再怎么说你也是它的……”她只是顺口一说，说到这里卡了壳，也不知道该怎么接了。

程迟看她眨着眼很认真地在思索，玩心上来了，混杂着不知道是什么样的情绪，脑子里悠悠地冒出了一个答案。

他索性就撑着桌沿，轻笑着脱口而出：“阿爸？”

少年的尾音不轻不重地压在她耳畔，半分抬着的腔调，半分慵懒的松软，一贯的玩世不恭。

配上他挑眉的表情，阮音书当然知道他在开玩笑，便叹息一声，声音特别悠长。

“你别老没个正经呀。”

他笑着，手指指腹滑过桌侧，正要开口，邓昊抱着一大包好丽友派进来了。

阮音书奇怪地看过去，问邓昊："你怎么买了这么多？"

邓昊胸一挺，拆开盒子分别给阮音书和程迟递了一个，话中的意味非常悠长："好朋友之间就是要吃这个，吉利。"

"……"

程迟看了看手里的东西，一脸风平浪静："明早想用这个洗脸吗？"

邓昊赶紧把好丽友拿回手里，风一样跑出了教室。

"不，昊昊不想！"

邓昊自己在那里编排了一出好戏，阮音书没闲着，收拾好书包就准备去迎接自己的白团子了。

程迟先出教室，她紧随其后，她把班上的门和灯都关掉，然后把门锁好。

锁好之后她转头，发现程迟站在走廊里，抬头往上看着。

走廊花木扶疏，衬得他一半身形影影绰绰，远远看着像在拍画报。

她跟着抬头看了看，浅灰色的流云逐渐侵袭入境，压在楼房上空，显出朦胧的暗。

"我今早看天气预报，说是有阵雨。"她站在他身后开口，"你带伞了吗？"

程迟回头，还没来得及说话，阮音书看到他身上空空如也，连包都没有，更别说雨伞了。

果然，下一秒，他说："我不带那个。"

阮音书扯了扯书包带："那下雨了怎么办？"

"还能怎么办。"他轻笑一声，"就那么办啊。"

"淋雨回去吗？那要是感冒了呢？"

他浑然不在意："那就感冒了呗。"

"不吃药？"

"不吃。"反正他也不知道吃什么。

她真的没见过生活这么佛系的人，好像根本不在意自己的身体，禁不住接着问，想看看他还能做到什么地步。

"就等它自己好吗？万一好不了呢？"

他的黑色刘海儿半遮住眼帘，像是笑了："不会好不了。"

他像是有很多经验，知道自己身体最大承受能力在哪里。

过了会儿，他又不轻不重地说一声："高烧我都能自己退，小感冒没什么事，死不了。"

阮音书在家里一贯被宝贝着，别说雨基本没淋过了，就连熬夜都很少，打个喷嚏都要被嘘寒问暖五百遍，来姨妈痛一下，阮母各种红枣银耳红糖水鸡汤换着花样来一遍。

这导致她一直觉得爱护自己的身体是一件很正常也很必然的事情，不知道程迟这么不上心就算了，为什么他父母也由他去。

她很少发烧，记忆里偶尔有那么几次，都非常难受。

生病也是，她每次生病都很难受。

想到这儿，她不禁小声问了一句，带着很强的共情感："高烧很难受吧？"

他忽然一滞，放在口袋里的手无意识合拢，又松开。

这种问题似乎很久没被人问过了，他难受与否，痛苦与否，似乎一直是件无关紧要的事儿。

没人为他大惊小怪，他也不折腾，任由身体自己去胡闹。

这就好像吵架，胡闹够了就会自己好，好不了，就一拍两散走向终结。

似乎哪种结局都不算太坏，他想，反正最糟也就是那样了，还算得上是个解脱，没什么不好的。

阮音书当他的沉默是默认："这么难受你也不去看医生，大病怎么能等它自己好呢？万一好不了是有生命危险的，你知不知道？身体是要养的，不是赌气，养好身体才有好的精神状态。"

她絮絮叨叨，跟个小保姆似的，从书包里拿出自己一直备用的雨伞，交付到他手上："你要好好照顾自己呀，别再瞎对付了。先把伞拿着，万一等下下雨记得打，反正我要回家了。不能仗着年轻挥霍健康，不然老了多难受，跟家里人出去散个步都不行。"

他接过雨伞，一时间觉得手里沉甸甸的。

程迟琥珀色的眸子里情愫翻涌，到底没说一句话。

她不过是随口一说，显然觉得那是每个人必经的生活状态。

但于他而言……

家？

他才懒得去想，也根本不信他这人能拥有这种东西。

他这一生得过且过，被推到哪算哪，没什么构想的必要。那种完满的生活，似乎生来就不存在于他这种人的世界里。

“别发呆了！”她有点不满他的出神，颊边鼓了鼓，“我说的你听到了吗？”

“是。”他这才勾唇，眼睛跟着唇部动作配合出了一点弧度，笑得不怎么用心，“有听到。”

“那记得打伞啊。我走咯。”她回身跟他摆手，“拜拜。”

他点头，看她走远了好一阵，这才低头看自己的手心。

那把黑白格子的雨伞很小，也很轻便，他一只手就能握住。

其实基地离这里很近，就算淋雨也用不了多久，况且下雨的可能也不大。

但她还是执拗又不厌其烦地，一次次提醒他要打伞，因为淋雨对身体不好。

看着少女纤瘦的身影，他恍恍惚惚地想着，以前她只会问自己带伞没有，象征性关切一下，但现在却会不由分说地把伞塞到他手里。

他能看得出，她是真的拿自己当朋友了。

那么全心付出地为他着想，言语间全是能让人切实体会到的关切。

这种感觉多久没有过了？

他下台阶的时候回忆了半天也没回忆出来。

大概真的……很久没有过了。

少年走下台阶，往铺着乌云和晚霞的前路走去。

阮音书出了校门，仰头一看，阮母的车果然已经停在那里了。

她拉开车门，一双眼笑得似卧蚕般：“妈，我找到那只博美了。”

“是吗？”阮母扶着方向盘，“在哪里？”

阮音书把书包抱到身前，然后念出了那个美容店的地址：“我们已经把宠物送过去洗澡了。”

阮母点点头，在手机里输入了地址，照着导航掉了个头的时候忽然意识到：“送过去？怎么送过去的？我怎么记得昨天还没找到？”

“嗯，今天中午找到的。”阮音书和盘托出，“中午找到之后就立刻把它送去洗澡看病了。”

“没上课吗？”

“上了。我同学超级快，加上各种诊疗，一去一回刚好一个钟头。”

阮母皱了一下眉头：“同学送你去的？什么同学还能送你？”

察觉到阮母的敏感，她愣了一下，这才小声继续答：“就是……开机车。”

“机车？”阮母立时警惕起来，“这才多——”

阮音书急忙打断道：“当时是情况紧急，我不知道把狗狗放在哪里才想送到医院那边去的。同学也是为了我好才开的，不然的话就要迟到了。”

听到这里，是事出有因，阮母的眉头稍稍松了松：“那迟到了没有？”

“没迟到。”她忙不迭答道。

“妈妈也不是不支持你养狗，但现在时间没有那么宽松，你马上就要高三了，到时候根本不可能有时间忙这些乱七八糟的。如果真的能选，我当然希望你上了大学再养这些宠物……这太分心神了，目前对你来说，学习才是第一位的……”

“我知道。”阮音书做保证，“我不会每天都想着玩的，我知道自己现在最重要的是什么，学习成绩肯定不会掉的。”

她又说：“而且今天中午就忙了一会儿，回去之后我就开始听讲了，没有分心，放学之后才想着要去接它的。”

听到阮音书做了这样的保证，加上她从小也是听话乖巧，没有做逾矩的事，阮母半颗心这才放下来。阮母点了点头，掌控着方向盘说道：“妈妈相信你不会做不清楚的事。”

车内短暂沉默了一会儿，阮母思虑再三，到底还是开口道：“开机车这么危险的事……是哪个同学送你过去的？”

阮音书舔了舔嘴唇：“就……同班同学呀。”

阮母继续说：“一高也有很多混混，我看那些混混动不动就喜欢开个摩托到处逃学，你不要和他们为伍。”

“也不一定开机车就混啦。”她眨眼笑着，“不能以学习定义一个人的全部嘛。”

“妈妈是怕你学坏。”

“我知道。”阮音书抬头看窗外，长嘘一口气道，“到啦，到啦，下车吧。”

“程迟”这两个字在阮音书唇中打了个转，几次差点说出口。她想告诉母亲：不是的，程迟他和自己之前知道的那些纨绔少爷不一样，他帮过自己很多次，也从来没想过带坏自己。

虽然这人有时候真的很不讲道理，可为人却很仗义，而且懂分寸，一点也不招人讨厌。

可母亲这么多年的认知怎么会这么快就消失？况且那些事发生的时候母亲也不在场，无法感知她的情绪，兴许还会觉得她是被迷了心窍。

万一母亲真的动了怒，后面做出什么都是不可知的。

她不想让事情变得这么麻烦，索性不再继续这个话题。

下了车，她按照约定去取白团子，阮母就在外头候着。

美容店的小姐姐看了她，笑道："不是下午那个男生陪你一起啦？"

阮音书笑笑，小声比了一个"嘘"，拎着白团子离开了。

小姐姐立刻了然地朝她点点头，嘴边漾起一个暧昧的笑。

把白团子拎出来之后，阮母看着笼子里还在动的小东西，心思理所当然地被新鲜事物夺走了，她没再继续跟阮音书讲车上的话题。

除了笼子，还有狗粮什么的要买，她们一口气买完了，全部放在了后备厢。

上车前阮母同她确认："都买好了？没什么漏的吧？"

阮音书掰着手指自己算了会儿："没有了，都买完了。"就是她的小金库肉眼可见地消了点。

"行，那上车吧。"

阮音书带着白团子坐在后座，阮母开车的时候，她就逗弄它玩儿。

不断地转换环境，让白团子这时候的精神尤其警惕，但看到了阮音书，它又稍稍放松了戒备。

仿佛知道她不会伤害它，是在做对它好的事。

后来终于到了家，阮音书拎着笼子进门，阮父从沙发上起身，推了推自己的眼镜："狗带回来了？"

阮音书点头，蹲在沙发边把笼子打开，示意白团子可以出来转转。

小家伙一双眼瞪得特别大，探出爪子的每一步都是试探，被洗干净的白色的毛颤颤巍巍的。

阮音书摸摸它的脑袋："这是你的新家了。"

“我不会抛弃你的。”她又默默补充一句。

白团子走了几步，鼻子耸了耸，熟悉着家里的气味。

阮音书给它找出小碗倒狗粮，自动饮水机也打开方便它喝水，还有小窝什么的都一块儿弄好了。

收拾了半个多钟头，她站起身。

做饭的阮母喊道：“音书，差不多了就记得进去写作业！”

“我知道了，现在就去。”

阮音书站起身，瞅了一眼脚边的白团子，然后趿着拖鞋回房间。

谁知道白团子也跟着她进了房间。

她坐下写作业，绒绒的白团子就窝在她脚边，也不叫也不闹，就那么揣着手，不知道发呆还是在睡觉。

她写完英语的时候低头，发现它也睁着圆溜溜的眼睛看自己。

那双眼睛和以往的带着犹疑感的眼睛不同，这次，白团子的眼珠里带了一些光芒，以及期待。

它应该知道这是自己的新家了。

它做好准备在这里生活了。

阮音书又俯下身摸摸它的脑袋，它乖巧地呜了一声，她又转而挠了挠它的下巴，白团子舔了舔她的掌心。

她放松地轻笑。

白团子大约是喜欢这里的，连目光都带着从未有过的憧憬。

阮音书打算让白团子多适应一下家里的环境，然后再把它带回学校给李初瓷她们看看。

接下来的几天都风平浪静，那天自习课，老师进来发了一张卷子。

“这个是去年物理竞赛的题目，题目都有点难，全是竞赛题。我昨天看到了觉得题目内容很不错，就印了一下。想提高自己能力、想挑战的就自己做一下吧，遇到不会的可以互相讨论。”

乔瑶这么说着，把卷子发了下来。

那天作业不多，阮音书提前都写完了，心想闲着也是闲着，就拿起卷子写了写。

她和程迟之间有一个空排，这么久了也没换过位置，空排就一直在那里。

末了，乔瑶对着空排发声："四班有两个男生说想来体验一下我们班自习课的氛围，我说可以，所以这节课他们俩就坐阮音书后面那个空排。大家表现好点，起码也是对外面子问题。"

大家说好。

不过一会儿，两个男生就坐到了阮音书后头。

班上很安静，但后面两个人话却有点多，过了会儿，两个人小声聊到了阮音书。

"欸，听说这就是那个年级第一。"

"我看到了，好漂亮，腰也好细，长得挺带劲的。"

"我们俩艳福不浅啊，能坐到这个位置。"

"嘿嘿，可惜没正面看。"

"我看到过，妹子长得也特别通杀。感觉穿制服肯定很好看，那腿白白细细的，我能玩一年。"

两个人声音虽然小，但阮音书刚好能听到。

这种带着强烈冒犯感的词儿传入她耳中，配合上猥琐的音调，让她一阵阵地泛着恶心。

她捂住一边耳朵，但冒犯声继续传入另一边——

"你知道我们在班上都喜欢玩什么吗？夏季校服这么白这么透，每次坐在女生后头，我们有的能看到她们肩带的颜色呢。你猜猜，阮……"

她把笔砰一声搁在桌上，胃里一阵痉挛。

她正准备找件外套穿起来的时候，有人比她动作更快。

程迟站起身，叩了一下二人的桌子："四班的？出来一下。"

二人不明所以，但也不敢违背地跟着出去了。

阮音书穿好外套，忽然听到外面传来重重的一声闷哼，接着是什么倒地的声音。

接着又传来求饶声："别打了……别打了……"

谁打起来了吗？

窗口浮现出两个人影，是坐在她后面的两个人，一个被程迟左勾拳直接打倒，一个被程迟一脚踹上肚子，砰一下撞上玻璃。

动静不小。

“怎么了？”

班长赶紧起身出去看，有几个人也跟着一块出去劝了。

那两个人被打得无法还手，但还是有人拼尽全力挥过来一掌：“我知道你狠，但我怎么你了你要揍人？不能因为这是你的地盘你就不讲道理吧？！”

围过来的人越来越多，程迟却不惮，掀开眼睑看过去，语调轻松平常。

“我这个人也没什么别的。”

程迟勾起一撇没什么情绪的笑，屈起手指，蹭了蹭嘴角：“就是见不得我的课代表受委屈。”

此话一出，大家哗然。

“见不得我的课代表受委屈”这几个字分量不轻，再蠢的人都知道是什么意思。

不管这话是往哪方面偏，但听了这话的人都明白——阮音书背后站着的人是程迟，动她，也就等于动程迟。

程迟向来是重感情的人，十场群架里有七八场都是帮兄弟出头，所以这种话绝不是说说而已，他是真的会帮哥们儿出头的人。

想必这两个人是对阮音书做了什么，才惹得程迟如此动怒。

大家正在战战兢兢的时候，程迟却忽地笑了。

那笑里依然不掺杂什么情绪，像古堡里的贵胄优雅地面对奉上的晚餐。

他手掌撑在膝盖上，微微俯身，问道：“听清楚了没有？”

对面两个人被吓蒙了好久。

其实他们本来想打，但是打好像也打不过，而且面前这人生来气场不凡，让你看他一眼都觉得自己是在找死，更别说跟他对着干了。

“听……听清楚了。”

他缓缓站起身：“听清楚就好，把你们的东西收拾干净，好好管住自己的脑子和嘴。以后如果还有类似情况的话——”

他话锋转了转：“我不希望还有以后。”

他刚刚给出的几拳看似很重，其实并不伤及重要部位，除了痛感也没有骨折骨裂，不过只是做个样子罢了。

这个学校对她有想法的人太多太多，明里也好，暗里也罢，不知道多少双眼睛虎视眈眈地看着她，他们等待任何可以出手的时机，满足自己各种无聊的幻想。

这是经过人数最多的走廊，他知道今天这几拳很快就会传遍学校，也正好——他的目的达到，杀鸡吓猴，告诉所有图谋不轨的人，别动歪心思。

无论是告白不成功故意害她的，还是满脑黄色废料骚扰她的，又或者是以后更加过分的咸猪手之流……

只要他在，通通，一个不留，都会回敬。

反正他又不是什么好东西。

程迟松了松拳头，垂眸，语调冷然："还不走？"

两个人立刻屁滚尿流地上楼回班了。

气氛很是凝重了一会儿。

班长出来打圆场："好了，大家都进班写题吧，等会儿老师就来了。"

大家好半天才回过神来，像还活在梦里，听了这话才恍恍惚惚回过了点神来，大家看了阮音书一眼。

阮音书倒是最先回过神来，心里对程迟的仗义之举还是挺感动的，感恩地跟李初瓷一块儿进教室了。

身后还有人在小声讨论，但一看到班上的自习环境——看到有好些人都在认真写自己的题目，于是也就住了嘴，开始重新学习了。

有时候大环境的影响真的很重要，碰到身边的人都在努力向上，自己也没办法坐以待毙。

阮音书回到位置上，这才发现自己的题目才解了一半就被吸引出去了，稿纸上只留下了一点思路。

她正坐下准备继续想的时候，一边的李初瓷小声说："你觉不觉得……程迟对你很特殊啊？"

李初瓷进行着女生之间最爱的八卦："从吴欧到魏晟再到这两个男生，每次只要你一出现麻烦，都是程迟帮你解决的，不是吗？"

说完，李初瓷眼睛里闪过了一丝光。

阮音书的心思还在题目上，只是思维涣散地嗯啊哦地应着，换来李初瓷不满的小幅推搡："你别敷衍我！"

“噢，我没敷衍你，我算题呢。”

阮音书舔舔嘴唇，终于回答了李初瓷的提问：“啊，对啊，他是经常帮我的，怎么了吗？”

“你不觉得有什么不对吗？”初瓷·福尔摩斯·李推了推眼镜，“就是……”

阮音书看她支支吾吾了半天，看过去一眼：“你想说什么？感觉不正常吗？”

“也不是不正常，就是感觉程迟对别人不会这样，只有对你才这样。他一直保护你，对你很特别啊，你……没啥想法啊？”

“我应该有什么想法吗？”阮音书有一搭没一搭地应着，也没真的当个大话题放心上，瞳仁里映的满满都是题目，“我对你们也很特殊嘛，因为是朋友。”

只不过因为程迟的身份，所以大家才会觉得稀奇。

“朋友？可是你见过程迟有别的女性朋友吗？”李初瓷皱眉。

“对呀，就是因为他好像没什么关系很好的女性朋友，就我一个，你才会觉得他对我尤其特殊吧。”阮音书抽出铅笔开始演算，“就像我没有养过宠物，白团子是第一个，所以在动物界里，我对白团子也是最特殊的呀。”

李初瓷蒙了一下。

阮音书就在她出神的这个空当凑过去瞧了一眼，奇道：“你和我算的不一样欸。”

李初瓷嗤一声：“我每次跟你讲认真的，你都在忙你的这个题……”

说着说着李初瓷也瞅了一眼，而后吓了一跳：“差这么多啊！”

阮音书鼓嘴：“是的，我再验算一遍。”

“是我，是我这里算错了，一个特别愚蠢的错误。”李初瓷一眼就看出来，赶忙拿起笔修改，“我发现我最近特别喜欢出这种没有技术含量的错误。”

算完之后，李初瓷把自己的本子推过去：“我又重新算了一次，你看你和我的一样吗？”

“嗯，这回一样了。”

“那就好。”

这道题写完，李初瓷就很自然地去写下一题，方才所想全部都忘记了，只觉得话题已经结束。

好不容易酝酿出来的那一点什么别的，以及怀疑的苗头，就这么通通偃旗息鼓了。

……

下课的时候阮音书去打水，发现饮水机边照例藏着一堆热衷于八卦的课间少女。

蔚蓝天幕做着衬景，嬉笑声渐次传出，班门前站着偷偷摸摸的早恋情侣，表面上是朋友交际，可喜欢已经从眼睛里溢出来。

阮音书呼吸着新鲜空气，顺着长廊看过去，好像看到了漫长却又一眼能看到头的青春时代。

鲜活明亮得像在最佳时期结好的橙子，那橙子饱满又大只，泛着饱和度极高的色彩和盎然生机。

她摇了摇手里的水杯，然后走了过去。

大家本来正在讨论程迟中午的事情，可看阮音书来了，程迟又在她的事上变得那么不好惹，只得齐齐住嘴，换了个别的话题。

不知道该怎么去讲八卦的时候，一般选择不讲——这是八卦女孩的絮叨守则之一。

所以当阮音书打水的时候，她们讨论的重点变成了“老巫婆罗欣霞还是那副鬼样”。

“你不知道，今天上课的时候罗欣霞又收了一次我们练习册的钱，那本练习册的钱她已经收过五次了。”

阮音书怔了怔，不可思议地看过去：“一本练习册收了五次钱？”

一般除了必修书是交学费时一起交的，剩下的那些课外练习册都是每个班自己买好，然后任课老师收钱。她从没想过一个老师可以把一本书重复收钱。

“对呀，没见过吧。”那女生无奈地叹息，“一本书是三十五，我们班五十个人，一次就是快两千……赚翻了吧，她。”

李初瓷也问：“你们没人反映吗？”

“怎么反映？她说要收钱的时候底下也有人小声抗议了啊，但是不敢大声说，毕竟她是班主任啊。敢跟她作对，疯了吗？”

阮音书一想，好像确实是这个道理。

罗欣霞在学校也有好多年了，学生不敢随随便便和她作对，况且几十块钱也不是什么巨款，忍忍也就算了。

万一真的跟她产生了正面冲突，往后几年还要待在她班上，别说怎么被明里暗里针对了。

李初瓷："那你们跟教导主任反映一下呢？"

"她跟时亮关系可好了，谁敢去找死啊。"女生晃着杯子后怕地说，"而且，除了这个不说，就今天中午发的那个卷子她都要收钱，两块一张，我都不知道为什么……"

"就那个竞赛题的吗？"阮音书舔舔嘴唇，"那个复印不是从班费里扣吗？"

"我们的班费形同虚设，动不动就要交，也不知道去哪了。"

一说起自己的奇葩班主任，女生有说不完的话："而且她自己还开了一个补课班，超级贵，一节课两个小时，要六百。"

阮音书拧紧杯盖，鹿眼眨了眨："不是强制的就还好。"

"不是强制胜似强制，因为有很多老师该讲的她上课都不讲，只留到自己的培优班里讲。这怎么办，毕竟要考试吧，成绩是自己的吧，就只能去咯。"

"天哪，这也太可怕了……"

"对，我们都说她是想赚钱想疯了。"女生耸肩，"可是那又怎么办，我们不敢说呀。"

阮音书想了想："可是现在教育局不是不允许老师在外面补课吗？"

她记得之前还发下来一张单子，让她们填写有没有老师在外补课的。

女生叹息："偷偷补呗。就是那种偷偷又明目张胆的，有时候就下课了在我们教室里补，我总觉得她早晚要踩雷……"

李初瓷想到罗欣霞驱逐白团子的事件，道："这种老师就应该被早点揭发，太刻薄了，而且自私。"

"希望她快点踩雷吧，这样我们就解脱了。"末了，女生捧着手里的茶杯感慨道。

下课时间从来短暂，还没聊几句就该去上课了。

大家结束罗欣霞的话题，三三两两地回了班。

结果倒数第二节课的时候好像是电路故障了，教室里的灯忽然全熄灭了。

倒数第二节课下了之后，班长接了通知出去，再进来的时候带了个好消息。

“因为停电，学校担心大家放学的时候出事故，所以最后一节课不上了！”

“好！”

“行行行，早点回去休息。”

“走咯！”

最后一节是副课，在不在学校都差不多，所以大家对于能早点离开学校这个消息格外兴奋。

毕竟有很多人要打车回去，早点走就能避免堵车，免得在车上晃晃悠悠，动辄便心烦气躁地等前头不堵车。

班长发下通知书：“都慢点啊，记得把通知书带回去签字，明天要收的呢。跑快的那几个，给我回来把通知书带走——”

有几个动作快的书包早就整理好了，已经窜到门口准备“逃之夭夭”，被这句话逼得又重新走了回来，回到位置上拿“告家长书”。

教室里传来哄笑声。

没笑多久，大家收拾得差不多，也都准备走了。

班上的人渐渐少起来，阮音书跟李初瓷这回动作也挺快，一块儿出了校门，在门口告别。

她目送着去上培优班的往地铁方向走的李初瓷。

初瓷个子小小的，平时也比较积极乐观，逢人总是笑着的，但偶尔也会有爱文艺爱感慨的一面。就是走路总是习惯性低头，也不知道是怎么养成这个习惯的。

看了一会儿李初瓷的马尾辫，身边人流汇聚而过，熙熙攘攘，忽然，后面传来一道惊叫：“来电了！”

不过普普通通的三个字，此刻却仿佛一个炸弹砸下来，大家的表情就像是看到了惊悚片，一下子扭曲起来。

“快跑！再不跑要被捉回去上课了！”

“怎么说来电就来电啊？”

“救命！我好像看到时亮了！”

这句话像终极警报，阮音书感觉到身边的人突然都慌乱了起来，大家生怕被捉回去上课，立刻加快脚步往外跑。

好像只要自己跑得够快，就可以假装听不到那残忍的现实，心安理得地翘掉这堂课。

身边的人在夕阳下飞奔，阮音书被他们极快的速度挤来挤去，一时间也不知道该去哪里。

她今天虽然也想自己坐公交回家，但万一真的来电了，是不是最好还是回去上课呢?

万一大家都跑光了，只剩下她一个人孤零零站在这里，会被拎回去上课吗?

她现在感觉跑也不是，回去也不是，自己根本不知道往哪去，好像缺一个牵引力，让自己逃离这个尴尬的环境。

也好像缺个人坚定地替她做个选择，决定她到底该去哪。

就在她犹豫不决的时候，被人推搡了两下，她身子一侧，却忽然被人拉住了手腕。

“过来。”

她蒙了一下，继而抬头去看，直到被拉着跑出人群，她才看清拉她的人。

是程迟。

少年的黑色短发被风掀起弧度，唇边不知是不是带着笑的，衬衣被吹鼓出一道弧度。

恍然一瞬，夕阳沉沉欲坠，余晖落了他满身。

风穿堂而过，光影斑驳，天幕云絮被电线分割成块儿，她被他拉着跑，心像是快跳出喉咙口。

不知道跑了多久，程迟停下。手中少女的手指温软，像握了块儿软玉，指尖若有似无地搔着他掌心。

——空泛的痒意涌上。

他回头看她，轻笑：“刚刚站那儿那么久，是在等我？”

好不容易停下了脚步，阮音书还在喘着气儿，心跳声在空巷中愈发清晰，感觉耳边程迟说的话都朦胧了起来。

她抱着手臂歇息了好一会儿，似冬眠的动物这才慢慢展开身体。她回想起他刚刚的话——他问她站那儿是不是在等他。

她咕哝了两声，蕴着汗意的鼻尖轻皱，一副嫌弃他又无奈的样子：“谁在等你啊。”

程迟单手掐着腰，笑着凑近她：“那课代表是在欣赏什么？周边人肩膀的风景？”

“谁欣——”

她才说了两个字，蓦然反应过来他是在说自己身高只能看到别人的肩膀。

她不服气地比了比自己的身高：“我哪有那么矮？我只是不知道去哪。”

刚刚大家都逃荒似的往外跑，就阮音书一个人站在那里原地不动，又想走又不敢走的样子，他一眼就看到了。

他不只看到了，还觉得好笑。

又不是什么叛逆的大事，她却站在那儿惴惴不安，像偷鱼吃的小猫，抬高尾巴提着爪子，轻轻地沾一点味道，再静悄悄舔掉。

她现在还转头往后看了看，好像有点后怕，怀疑自己是不是逃课了，耳垂红得透明。

程迟耷着眼睑笑，有意夸大：“不就是逃个课嘛，紧张什么。”

阮音书白皙手指扯了扯耳垂，她咽了咽喉咙，方才那点关于身高方面的气势全消，小声问他。

“这真的算逃课啊？”

“算啊。”他漫不经心地敲手臂，“还是明知故犯。明明知道来电了，还是毅然决然地选择逃课。”

末了，他“夸奖”道：“厉害啊，课代表。”

他完全把自己撇干净，仿佛刚刚拉她的不是自己一样。

但她却好脾气地不怪他，背着自己的书包就转了个身：“那我还是回去上课吧。”

她往前没走几步，书包带被人扯住。

他的声音轻淡：“回去什么回去，逃课多好啊。”

“不能逃课。”她很坚持。这方面，她倒是有磐石难移般的信念感。

他觉得有意思：“逃一下试试？”

“我回去了。”她扯走自己的书包带。

程迟忍不住笑出声：“学校里都没人了，你回去干什么？”

阮音书脚步停了一下：“谁说没人了？真的吗？”

“是啊，人都跑光了。”他勾唇，掀了掀眼睑，“我骗你的——，没逃课。”

她还是不信，像是在深度观察他有没有说谎：“真的？”

他迎上她的目光：“真的啊，我骗你难道有糖吃吗？”

“那可说不准。”她眨眨眼，“我要是逃课了，就是你现在在骗我；我要是没逃课，就是你刚刚在骗我。”

“……”

“无论是哪一种，你没糖吃也都骗过我一次了。”她像煞有介事。

他被她绕得头晕，点点头，做出转身欲走的架势：“行吧，那就当我骗你吧。”

程迟走出去几步，发现身后的人还站在原地。

他回头，见她就站在绿荫中。她秀气的眉头蹙了蹙，有点纠结，又很为难的模样。

阮音书手指有点儿不安生地抓了抓书包带，问的却仍旧是：“我到底算不算逃课啊？”

看她这在意得要命的样子，他真是觉得无奈又好笑，弯唇，继而勾勾手指。

“真不算，过来吧。”

且不说来电这个消息的真假，就算是来了电，这都最后一节课了，有人早就离开了，学校不会强制喊人回去上课。

有一就有二，既然有的人早就走了，后面的人肯定也会效仿，人都走得差不多，就不会再上课了。

他也不知道她这满满的忧虑感哪儿来的。

阮音书半信半疑地往前走了两步：“那我就信了呀——”

“万一老师说我……”她给人无赖的感觉，“我就说是你拉着我跑的。”

“成，你说是我把刀架在你脖子上逼你的都成。”

她被逗笑，低了低头，刘海儿随着风晃。

程迟问她："你怎么回去？"

"坐公交吧。"她加快脚步，喃喃，"要快点回去，要在我妈出门之前到家，不然她就要白跑一趟了。"

程迟抬抬下颌："公交站在左边，走吧。"

"你也去啊？"

"嗯。"他垂着头，眼底情绪不甚分明，"我去转转。"

"也是。"她踩着自己的影子，像在玩儿游戏，"我也不知道这边路怎么走。"

程迟带着她穿过巷子，迈步往公交站走去，背影有那么一个瞬间，看起来居然还令人有点安心。

她想，大概是自己很少跟男生打交道，而大多数高挑肩宽的男生，天生给人一种踏实感吧。

走到车站，她要等的那班车很快就来了，远远看去车上人头攒动，看起来人挺多。

因为赶时间，她没空再等一班，只能先上去挤挤，反正过不了多久就要下车。

阮音书从书包侧边抽出自己的公交卡，刷卡上车，余光瞟到程迟也上来了。

并且……他手里似乎还拿着一张红色的一百块。

阮音书像看怪兽一样地看着他："你没带零钱吗？"

"没带。"

"电子公交卡呢？"

"没有。"

她放低声音："你这一张，别人怎么找零啊？"

"找不了？那算了。"

她以为他的意思是不坐公交了，但是看他把钱往投币机里扔的时候，忽然意识到他的意思是——

找不了就不用找了。

"……"

"别别别。"她伸手去拦，"我帮你刷一下吧。"

花一百块去坐两块的公交车，有钱人的想法果然匪夷所思。

说完，没等程迟说什么，她用自己的公交卡给他刷了一下。

程迟搭在栏杆上的手指动了动，似笑非笑道："课代表还真有爱心。"

"你上次帮我捉狗了嘛。你也挺有爱心的。"

她已经把他当时帮自己找白团子的事儿，主动归于"是他比较有爱心，不想看狗受委屈，所以帮它找到了主人"这一栏。

而且他当时为那件事那么辛苦，她今天只是给他刷了个卡而已。

车缓缓往前行驶。

也不知道今天是怎么回事儿，车上的人特别多，门一开，又拥进来一大批人。

阮音书被往中间挤，手逐渐脱离扶手，被卡在了一个不尴不尬的位置。

她周边已经没有可以拿来借力的扶手，但人又这么密集，卡得她动弹不得，如果没有大的刹车，她大概可以安全下车。

但是万一司机急刹了，她就很可能摔倒或者被甩得一个趔趄。

阮音书这么想着，抬头看了一眼上面的扶手，无奈上面的扶手也都有了主人，而且她似乎也没有身高优势去抢扶手。

于是她就只能这么缩着站着，祈祷这个司机师傅水平较高，不要来一个急转弯。

结果她还没祈祷完，立刻感觉到车子进了弯道，而且速度开始变化了。

她微微往后倾的时候，伸出手扯住了程迟的衣摆，目的是给自己留条后路，免得到时候被甩出去。

她只是做了个准备，没有真的站不稳，所以只是有一搭没一搭地抓着他的衣摆，整个人都摇摇晃晃，状态不稳。

程迟垂眸看了一眼她若即若离的手指，又发现自己抓着上方的手臂微微弯曲，大臂是平的，倒很适合当一个"人肉扶手"。

于是他伸手抓着她手腕，把她的手指放在了自己的手臂上。

"抓这里。"

她茫然地感受着手下肌肉的轻微起伏："啊？"

"抓衣服不牢固，抓这里就行。"

于是阮音书就这么扶着他的手臂摇晃了一路，同车没有扶手的人投来

“这也可以吗”的眼神，她权当是羡慕，默默消化掉。

幸好时间不长，没几站路她就下车了。

拨开人群下车前，她仰头跟他告别：“我得走咯，明天再见。”

少女瞳仁干净清澈，鹿眼微圆，仰起头的时候像个瓷娃娃。

他忽然很喜欢这个角度，唇角微抬：“行啊，明天见。”

他们说是“明天见”，第二天却未必真的能看到。

毕竟程迟来上课讲求的是心情，有时候心情不佳，就不会来上。

不过次日第四节课的时候，程迟倒是来了。

看着程迟的脚步，又看看他身后的邓昊，阮音书切切实实地发出疑问：“你为什么每次都是第三第四节课的时候来啊？”

程迟瞥一眼旁边的人：“你问邓昊。”

邓昊指自己：“我咋了？”

这俩人说话带他出场干吗？

程迟：“说说你今早吃了多少。”

邓昊：“不就一碗粥一碗豆皮一个面窝和一杯牛奶吗？”

阮音书：“……”

“这个人非常爱吃早餐，不管几点睡，第二天都会爬起来吃。”程迟对着阮音书的目光，不疾不徐地解释道，“他订的早餐一般比较多，吃完很撑，就顺便来学校散步消食。”

阮音书偏头问：“他吵醒你的话，你会打他吗？”

“打他有什么用。”程迟懒洋洋地掀眼皮，“他在这种事上尤其坚持，好像一顿不吃能饿死似的。”

“你懂什么！”邓昊直起身，第一次有了类似于底气的东西，“我们养生男孩也是有追求的！”

“是啊。”程迟嗤笑一声，“一边通宵一边养生，你们养生男孩还真有意思。”

“……”

后面热闹了这么一会儿，很快归于寂静，程迟和邓昊重新开始打游戏，阮音书开始写题。

现在还没有什么作业布置下来，阮音书手头上只有一张之前的物理竞赛试卷，她索性就开始写物理题了。

阮音书写了一会儿，乔瑶来班上收“告家长书”。等乔瑶经过自己身边的时候，阮音书小声问她：“乔老师，之前我们‘逐物杯’竞赛用的那个教室，我还可以去吗？”

乔瑶思索了一会儿：“如果没有班级在那边办活动就可以去，那边的门应该一直是开的。怎么，你想去那里写题吗？”

她小幅度点头：“嗯。”

乔瑶只当她是喜欢一个人的环境，没再多问什么，只是笑笑：“你想去就去吧，如果门打不开再来找我。”

阮音书点头：“好的，谢谢老师。”

其实环境对她来说没什么，只是……这次又碰到了一道题，似乎是K很擅长的题型，她想去碰碰运气看K还在不在。

虽然这个可能非常小。

而且不知道什么时候，K在她这边变得比搜索工具还值得信赖。

午休时段，阮音书自己带着卷子去了那个教室，路过篮球场的时候看到那边有一堆人在打球。

不知道程迟和邓昊在不在，不过他们好像很少中午出来打球。

她乱七八糟地想着。

走到教室门口，她推开门，里面空空如也，桌子上有一层薄薄的灰尘。

她拿纸擦干净，然后自己坐在靠窗的位置开始写题了。

但直到铃声打响，她得离开的时候，窗口还是没有出现纸飞机。

第二天第三天，K都没有出现，但是第四天，就在她不抱希望仰起头放松神经的时候，窗口处吊下来了一个熟悉的小东西。

她呵欠打了一半，没敢打完，怕眨眨眼这东西就消失了，把剩下半个呵欠吞回肚子里，然后取下了那个纸飞机。

阮音书这次单刀直入，为了确认是不是K，又生怕K消失了似的，赶紧把题目写了上去。

过了大概十分钟，上面传了答案下来。

是标准的K式解题法。

惊喜之余，她徒劳地抬头往天花板上看了看，又有些奇怪地问：“你今天怎么来了呢？”

对方回答得很快：“你好像在找我。”

她一边吃饭团一边写：“是的，因为最近的竞赛题有点难，我还有两题想问你。”

饭团是路过小卖部的时候捎的，原因是今天中午的盖浇饭不怎么好吃，她只是随便扒拉了两口，看到饭团就饿了，就顺手买了两个。

K 很快帮她解决了两题，纸飞机传了几个来回，一个中午也差不多过去了。

阮音书吃了一个饭团，感觉很饱了，就问 K：“中午买了两个饭团，但是我只吃得下一个，多的那个你要吃吗？”

“不用。”

好吧。

阮音书：“题目我弄完啦，现在就回班了，你也抓紧时间休息吧。”

K：“好。”

她把东西收好，带着自己多余的饭团和满满当当的思路回了班。

刚刚做题的时候不觉得，现在出来走了两步，推开班门，里头又睡倒一大半，她的困意也来了。

她打了个呵欠，睫毛上沾了水珠。

李初瓷还在本子上写着什么，看她来了，把本子合上，问：“你怎么多了个饭团？买了没吃吗？”

她头晕乎乎的，也没听清李初瓷说了什么，嗯嗯了几声，就砰的一下枕倒在自己的手臂中，睡熟了。

李初瓷笑着看她一眼，收了本子，也开始睡午觉了。

睡完午觉起来就是下午的第一节课，阮音书还有点困困的，打算吃颗薄荷糖醒神，结果打开铁盒才发现自己的薄荷糖吃完了。

她扯扯李初瓷的袖子，示意出门，走到门口的时候李初瓷问她：“去干吗啊？”

阮音书：“去小卖部——”

她下半句还没说完，一转角就迎面遇到刚打完篮球的男生们。

程迟走在最前面，她差点就跟他撞上，程迟也没料到她会从某个角落钻出来，也滞了那么半秒。

她抬眼看他那个瞬间，日光斑驳投落，衬得她眼神极亮，像是把人看穿了。

他眨了两下眼睛，有些莫名其妙地挪开目光，没有和她对视。

等他再开口的时候，声音稍抬，已经和平时无异："又去小卖部？怎么，课代表吃了个饭团还没吃饱？"

"我是去买糖——"

说到这里，阮音书打住，皱了皱眉心，有些犹疑地问："你怎么知道我中午吃的是饭团啊？"

程迟没说话。

后面的李初瓷倒是奇怪道："你中午吃了饭团吗？不是带回来了吗？"

阮音书点头："我买了两个，只吃了一个，另一个吃不下，所以没吃了。"

李初瓷："我都不知道欸，还以为你买了一个没吃。"

"是呀，你们看到我桌上有一个，是应该觉得我没吃的。"她又抬眸，"可是程迟怎么知道我吃了一个？"

她看向程迟，发现后者正在侧头跟身后的人说着话。

于是她伸手拉了一下他的衣摆，程迟滞了片刻，转过头："怎么了？"

他像是对刚刚的事选择性失忆了一样。

阮音书感觉血一齐往脑袋上涌，只重复道："你怎么知道我吃了一个呢？"

第六章

甜味醋

他像是稍稍明白过来了一些似的，抬眉道："饭团吗？"

"嗯。"

"中午你出来的时候我在打球，不小心看到了。"

程迟似乎是随意道："你出小卖部的时候手里有两个，后来从那边教室里出来，手里只剩下一个了。"

她牙齿咬了咬唇中软肉，似乎在思索他说的时间轴对不对。

"那你怎么这么肯定，不见的那个是我吃了？"

少年发带微湿，他内心毫无波澜，扯扯唇角："我瞎猜的，谁知道猜对了——而且学校最近又没什么猫猫狗狗。"

她舔舔唇，觉得他说的好像也成立。

后面的邓昊探出一个头，问阮音书："你今天咋问得这么详细啊，像探案一样。"

她摇了摇头，倒是看着邓昊："你当时也在吗？看到了吗？"

邓昊眼珠转了转，嘴唇动了一下，这才开口："嗯啊，就……就随便看看……”

阮音书不说话，垂着眼睛，脑子里自己跟自己打架，一个自己冒出一个念头，又被另一个自己浇熄。

“再站下去过会儿就上课了。”头顶有人提醒。

她下意识就转了身，欲言又止了半天，还是选择什么也没说，拉着李初瓷去小卖部了。

虽然她也很想继续打破砂锅问到底，但上次在拐角看到了一个格子衬衫，她去篮球场也是这么问了邓昊好几圈，邓昊给的答案很肯定。

同理，如果这次她也继续问，得到的结果大概也一样。

所以……她还是别再做无用功了。

李初瓷跟着她朝前走去，不忘问道：“你刚刚干吗一直问程迟饭团的事？是什么大事吗？”

阮音书耸耸肩：“很奇怪，我没记错的话，吃饭团这个事我好像只和K说过。”

“K？K今天去那个教室了吗？”

“嗯。”阮音书颔首，“就今天中午，蹲了四天，我总算蹲来了。”

李初瓷也沉默了一会儿：“虽然好像是有那么一点点奇怪，不过程迟说得也是，他就在外面打球，可能顺便看到就说了。他也不是第一次跟你讲这种话了嘛。”

“而且……”李初瓷犹犹豫豫，还是说，“程迟是K，这个假设也太离奇了，你还是别想了吧。”

这件事的确是很不可思议，但这么多凑巧，她很难不想到那方面。

“我知道……所以更纠结了……”

“别纠结了，不可能的。”李初瓷快刀斩乱麻，买了薄荷糖之后拉着她往回走，“篮球场看到你这个假设很成立嘛，你看，隔得又不远。”

李初瓷补充：“如果他说的没什么可信度你还能怀疑一下，我看他说得还挺有底气的。再说了，是K这件事又不丢人，如果真是他，以程迟的性格肯定早就告诉你了啊，干吗否认？”

阮音书玩着自己的袖口。

这也是她一直奇怪的点，程迟素来光明正大，神神秘秘不是他的风格，他就连做了坏事儿都不推脱，做了不认账也不是他的手法。

“可……这也太巧合了。”

“生活里本来就充满巧合嘛。”李初瓷倒真的没怎么在意，“我不是偶尔写点小短篇嘛，我跟一个一起写稿的朋友还是一个初中的呢，你能信吗？”

初瓷是个文艺少女，平时爱好就是写点小短篇四处发，偶尔“同人”，偶尔原创，也认识了一些一起写文的朋友。

阮音书鼓了鼓嘴唇：“是吗？那还真的挺巧的。”

“所以这种东西真的看情况，你也别太纠结了，只要是真相，最后都会来的。”李初瓷随意改写了一个名句，“还没来，就是还没到最后。

“你就等着吧啊。”

“行吧。”主要是目前也没什么头绪，阮音书就变得尤其好被说服，“赶紧回去上课吧。”

这件事就这么不了了之，阮音书也被李初瓷感染，把这件事儿揭过了，回去也没有再转头问程迟什么。

程迟后来坐了一节课，提前走了。大概是很少看到他们提前离开，阮音书放学的时候看着最后一排空荡荡的位置，脑袋莫名地空了一阵。

也许对于她来说，寻找K是一件还挺重要的事儿，但如果程迟真的不是K，那他也会一如既往地表示无所谓。

他会提前走，大概是觉得无聊吧。

放学的时候阮音书碰到了原来班上的同学，就索性一起走了，路过二班的时候，看到二班的人坐得整整齐齐，阮音书有些奇怪地看了一眼。

同学也跟着看过去，结果嗫嚅了两声：“罗欣霞真是越来越敢了……”

“敢什么？”阮音书惊讶，“她在加班加点讲课吗？”

“不啊，她在补课，就是自己开的那个补习班的课。”

“她的补习班……二班全班都上啊？”

“没有全班，但也差不多了，只有几个人没上。”同学说，“毕竟她有很多技法就是不在课上讲，大家也没办法，只能上她的课了。”

阮音书虽然听过这事儿，但还是不免惊讶：“现在教育局不是不让老师自己私下开班补课吗？她怎么还敢在学校上课呀？”

“平时是在外头公寓楼里的，但是有时候会提前或者出什么意外，就只能在班上补了。”同学啧啧两声，“做她的学生好惨，明明是该学到的知识，还要再花一次钱。而且这么快就要上课，只来得及随便吃点东西。”

“万一被人举报呢？”

“举报不了，她跟校领导熟。”

“我说的不是学校，是说被校外的检查发现……那到时候……”

“到时候就被处罚呗，还能怎么办？是她自己要铤而走险的，能怪谁？”

同学又道：“不过吧，她也不是一两年这么搞了，从学生手里肯定捞了不少钱，这几年没少赚呢，怕什么处罚！”

她摇摇头：“这种老师真没有师德。”

“有很多老师都没有师德的，上岗又不检查这个。”同学眯起眼回忆，“我记得之前她和程迟好像还出过一个什么事儿，两个人现在都还是死敌吧。”

阮音书惊讶地抬眼：“什么事儿啊？”

“我不清楚，因为当时看到的人不多，然后邓昊去给大家说别声张，所以这个事情虽然闹得大，但没有很多人知道具体的，只知道好像是啥考试之类的……”

阮音书虽然好奇，但同学唯一知道的那点儿都说了，也不知道更多细节部分，她也就没再追问，只是感慨了几句。

没想到第二天，罗欣霞的手就伸到了她们班。

因为有一个什么课后主题班会，一个班只需要抽十个人参加，罗欣霞太懒，索性直接一、二班合并，让大家去一班办板报，省得第二天她物理课难擦。

直接的结果就是当天教室里全是一、二班办板报的，又是提水又是贴画的，热闹得很。

阮音书又有点怕生，看到陌生的脸孔难以放松，写了几题没写下去，拎着书包出教室了。

本来她是想去图书馆或者咖啡店一边写题一边等阮母的，但是路过篮球场的时候发现程迟和邓昊在那打球。

少年打球的模样很是潇洒，今天不知道是为什么做准备，换上了她未曾见过的球衣，球衣后头一个干净利落的“8”。

他抬起手臂，手腕随意动了动球就被他从手里抛出去，球在篮筐边蹭了一下，最终还是落了进去。

这人干什么似乎都轻而易举，因为轻松，所以抬不起兴致。

阮音书想起自己以前上体育课也投过篮，怎么就没见像他这么轻松呢?

程迟捡了球回来的时候，发现阮音书正站在那儿愣愣地看着他。

女生天生白得透光，一双眼扑扑地眨着，纤细手指上提着一个大书包，书包的绳子垂到她脚边。

他再看一眼，是她白皙的细瘦的脚踝。

傍晚的光给她染上暖色调，她站在那，恬静又温柔。

邓昊站在程迟身后，看阮音书杵那儿不说话，把球在地上拍了两下，探出头：“怎么，没见过帅哥打球吗？”

阮音书失笑，眉眼弯弯，卧蚕在眼下压出深深投影。

“你们怎么换球衣了？”

“马上要打友谊赛了，我们换着适应下。”邓昊说。

阮音书轻轻吸气：“程迟还能打‘友谊’赛啊，好稀奇。”

邓昊小声说，边说边往前走，有收不住的架势：“我也觉得很可怕，主要他这张脸，一看就不……”

程迟向他投落了一个“友谊”的目光。

邓昊立刻转换话头：“是的吧，我们程迟迟最友善，最爱交朋友，最友谊万岁了。”

程迟没管邓昊的花式彩虹屁，眯眼看阮音书：“课代表停这儿干吗？”

阮音书看看身后的教室：“教室里好吵。”

邓昊：“那就坐篮球场上边儿呗，不吵，还能欣赏帅哥打球，赚死了。”

她看了看篮球场的位置。

邓昊：“我要是你，我就马上点头，这种福利真的人间罕见了吧。”

被说得没办法，阮音书笑笑：“行，那我上去坐一会儿。”

“好，接下来程迟就给你表演帅气运球108式。”邓昊笑嘻嘻。

程迟：“我是卖艺的吗？”

“不，你是一高制霸兼门面担当，风靡全球的十大校草，万千少女的初恋模板，山盟海誓的……”卡壳了。

程迟在等：“继续啊。”

就那么点文化还全用来夸人，再找不到别的词的邓昊："……"

过了会儿，程迟把球抛给他。

邓昊："你又干吗去啊？"

"慰问一下课代表，看她坐得爽不爽。"

阮音书很自觉地坐在程迟他们"放水"的那一块，已经效率很高地抽出本子开始写题了，无奈这道题居然要用计算器。

她随便一瞟，就看到了一个 iPad 的一角。

恰好程迟过来了，她指指 iPad："这是谁的啊？我可以用里面的计算器吗？"

"课代表倒是很会提要求。"

第一次被她看打球的程少爷心情不错，眼睛微眯，也没多想，随手就把自己的 iPad 抓出来："用吧。"

他的设备没有锁，因为基本上没人敢动。

阮音书看他随手一抛，惶恐地接住："你别这么扔，给别人弄坏了怎么办？"

"这我的。"

"噢。"她本以为是陌生人的，现在立刻松了口气，也没有那么紧张了，"那就好。"

看她瞬间就放松了，程迟问："怎么，是我的你就能随便敲了吗？"

"我不会敲的。"她糯着音，"你以为谁都跟你一样暴力……"

程迟笑一声，被邓昊喊去打球了。

阮音书看他进了几个球，然后记起自己是要用计算器，打开 iPad 算了起来。

结果不小心手一滑按到了 Home 键，没关闭的程序都排列了出来，她本着非礼勿视的态度准备直接关掉，照片里熟悉的东西却一闪而过。

她的手背不小心点了进去。

接下来，她看到的东西更加离奇。

里面的照片大多数拍的是题目，而这些题目，都被写在叠过纸飞机的纸上面。

更巧一点的话，这里面的字，都恰好……全是她的。

有的是用手机拍的，有的是 iPad 拍的，但不例外地都标注了地点和时间。

一高。

13:16。

12:54。

13:39。

全都是她传纸飞机的第一时间。

而他们熬夜提交的那天，拍摄照片的时间连起来，刚好是一个通宵。

她抿抿唇，悄悄点进备忘录，发现里面有很多演算草稿，而这些草稿被归类进一个分组，名字也很简单——

课代表。

程迟手机里的草稿是他的笔迹，每一步都和 K 的思路吻合。

阮音书看见这个分组的那一刻，仿佛一切都尘埃落定了。

K 就是程迟，程迟就是 K。

阮音书觉得脑袋里嗡嗡的，像有一千只蜜蜂在叫，皮肤下的血液在翻腾，像要冲破血管。

一切来得太过突然，说不清到底预料到没有，说不清到底是什么情绪，什么都说不清楚，她脑子里一团乱麻。

K 真的是他，他为什么不承认?

这根本不是他的作风。

她没有关 iPad，就那么抬起头机械地看向球场，程迟正从底下走上来，走到一半，对上她的目光，似乎也觉察到了什么。

但这人神色不过是绷了一瞬，继而恢复如常，好像刚刚那一刻是她的错觉。

她看着程迟走过来，他仿佛什么都没有发生一般地坐在她身侧，抽了瓶水出来喝。

他一边喝一边看着下面的邓昊运球，喉结滚动，侧脸线条被日光描绘得尤为好看。

他捏着瓶颈灌水，眨眼间已经灌下去大半，又抽了一瓶新的出来。

阮音书借着他侧身的时候看着他，极为认真地喊了一句：“程迟。”

他习惯性眯了眯眼，人往后靠，手肘半搭在椅背上。

“怎么？”

她掂了一下手里的平板，平板有点沉，她打算先开口：“你没什么要和我说的吗？”

少年放肆地笑，发丝悬在眼睑：“没有啊。”

“好。”她忽然说。

程迟：“好什么好？”

阮音书抿抿唇，好似有点儿紧张：“你没什么要和我说的，所以现在，该我问你了。”

他抬了抬眉：“你这也太不讲道理了吧？”

这句话，好像是很久之前她想跟他说的。

但现在管不了那么多了，阮音书一鼓作气，黑色瞳仁望向他的眼睛：“为什么不说实话？”

他还在装傻：“说什么？”

“你明明就是K，为什么我之前怎么问你，你都不说呢？”

她眼睫颤了颤，眼尾泄出一点不解和懊恼混杂的情绪，手指来回拨动静音键。

他好像还是不怎么上心，声音懒洋洋的：“我说——”

她蓦然抬起眼睛：“嗯？”

“我说，你别老是拨我那个静音键，按键有寿命，容易坏。”

“……”

“都这时候了，你还跟我开玩笑！”

她眉头一皱，有点生气地看向他，但声音还是一如既往地没有攻击性，又软又好听。

“我这不是缓和气氛吗？”程迟活动了一下身子，大长腿张开，“看你这么严肃。”

“我肯定要严肃了，事情这么大。”她一板一眼地说。

他倒是笑了：“有多大啊？比你拳头还大？”

“程……”

“好了。”他起身揉揉她的头发，收敛了几分轻佻的笑意，“多大点事？你不用放心上。”

他是默认了。

阮音书没想到他承认得这么快。

可事实摆在这里，被她发现了，他好像也没办法为自己辩解。

她越梳理觉得脑子越乱，只得嘟囔道："这还不算大事吗？要不是我无意间看到，你是不是打算永远不告诉我了？"

"告诉你干什么？"他倒是漫不经心地问。

没想到他问出这样的问题，阮音书怔了一下："为什么不该告诉我？"

他摇了摇头，勾唇道："麻烦。"

"哪里麻烦了？如果你说了，我们就可以把你的名字也报上去……"

"然后看着魏晟得奖？"

她也不是怪他，只是说："如果你来了，可能就不会出现这样的意外了呀。毕竟大家都怕你，而且……如果是面对面讨论，肯定比纸飞机打印来打印去好多了，再快一点儿的话，当时第一都是我们的。"

他看过去，阮音书像是很遗憾："你不应该不说的，就算没拿奖，我们去刷个脸也有很多好处，你就这样被人揽了功劳，自己什么都没有。"

明明是发现他隐瞒自己，可她这会儿却在真心实意地替他可惜。

程迟看她耷着眼睑沉默的样子，觉得她像只折耳兔，难过的时候就自己抱住毛茸茸的自己缩成一团。

程迟目光往远处飘，声音一如往常："我不需要好处。"

反正这种东西，对他来说也没什么用。

她又问："那你为什么要帮我们呢？"

除了遗憾，她也很疑惑。

这句话倒是问得他滞了那么片刻，他旋即耸肩："想帮就帮了。"

"我不信，换一个。"

"你玩摇奖机呢？还换一个？"程迟今天倒是好说话，"行吧，换个什么样儿的？你说吧，说完我照着说。"

阮音书很执拗："换一个你的真心话。"

他思索了半晌："真心话就是……啧，课代表老是忙着写题不教我背书，我就琢磨着帮她快点把题解决了，这样她就有时间教我背书了。"

"……"

"我最近爱上背书了，你不是知道吗？"

“程迟。”她很认真地鼓嘴，“我是不是看起来很像一个傻子？”

程迟看着她思索了一会儿，有些为难：“也没有那么像吧。”

她气呼呼地把平板扔他怀里：“你十句里没一句正经的。”

程迟看着手指，似乎在算什么。

阮音书：“你在算什么？”

“哦。

“十句到了，该说句真心的了。”

“……”

阮音书无奈地叹息：“你传纸飞机的时候也是这样吗？因为觉得好玩，所以才上楼去的？”

程迟站起身，塑料瓶被隔空投进垃圾桶：“不是啊。”

“那你为什么要隐藏自己的身份来帮我们？而且我那时候猜中了，你也一直说 K 不是你。”阮音书咬唇，怎么也想不明白，“你明明不是那种做了不敢认账的人。”

程迟挑眉：“你有这么了解我？”他的语调半是玩味半是认真，让人不知道他说的是真话还是假话。

“就算不了解你的人也该知道啊。”她怎么也想不通，“为什么？”

“那这可就太复杂了。”

他这会儿讲话的时候还是一如既往的慵懒腔调，带着几分不用心，几分随意。

可她还是察觉到了一些不一样的东西，就好像……封在饮料上的锡纸，牢固地阻挡住内里所有流出的可能。

阮音书张了张嘴，却没有发出音。

她虽然是真的好奇，但也没到为满足好奇心什么都不顾的程度。

刚发现的时候，她真的以为程迟是起了玩心，又或者以他们之间的关系，能够分享一些旁人分享不了的秘密。

可这一刻，她莫名就觉得现在不是时机，句子在脑袋里打了个旋儿，收了回去。

反正他留下的谜团太多了，她换一个问也不是不行。

阮音书也跟着他站起身来，非常体贴地换了另一个话题：“那为什么代号是‘K’？我以为是你的话，留下的字母最起码也是和‘C’有关的。”

Cheng——Chi——

这个名字怎么也没法让人想到“K”。

“末等——”他话没说完，邓昊一个球抛上来，程迟接住。

邓昊在下头喊：“这么久？你们开茶话会呢？”

程迟看了一眼表：“时候不早了，课代表今天回去吗？”

阮音书愣了一下，这才察觉到不妥，抱着自己的书包赶紧跟他们告别：“那我走了，有什么事明天再说啊。”

她脚步匆匆，程迟看了一眼，这才收回目光。

邓昊撞了一下他的肩膀：“说什么呢，你们？”

程迟抬手投篮，眼中没情绪：“没什么。”

那天回家之后，阮音书对着书桌上的作业发了好一会儿呆，然后慢慢地清醒过来。

她刚刚好像在做梦一样。

阮音书虽然曾经也产生过程迟就是K这样的猜测，但猜测却一而再再而三地被否决，搞得她自己都要放弃了。

结果现下忽然告诉她，她的猜想是对的，巨大的反差把她弄得有点儿神经衰弱。

程迟不是个可以低调的人，因为有一点什么他的消息，消息即刻不胫而走，风风火火传出个几大洲。传言里的他几乎无恶不作，是个十成十的纨绔魔王。

可他物理这么厉害，为什么没有人知道？

更何况，程迟是怎么做到的？平时他从来不考试不听讲不写题，是怎么做到对知识点的掌握那么透彻、思维那么活泛的？

想了一会儿，她发现时间不太来得及，就赶紧收了乱七八糟的思绪写作业。直到作业写完，她躺在小床上的时候，这事儿便反刍上来，占满她的脑袋。

阮音书虽然满脑子疑惑，可她却也很惊喜。

她这人素来能够分享朋友的情绪，朋友身陷低谷，她也跟着担忧；朋友变得优秀，她亦能对那份喜悦感同身受。

很多人都觉得程迟就是长得特好看特会打架，但不是的，她在相处中发现了他很多的闪光点，今天，再加了一个。

原来他……是这么厉害的一个人。

那天晚上她做了一个梦，梦里，她和朋友站在四下无人的荒漠里，她觉得脚下似乎有什么东西硌得慌，想要拨开沙子一探究竟。

所有人都跟她说不要挖了，不要找了，这么一个贫瘠之地，你能挖得出来什么。

可她不听，执拗地挖呀挖，最后居然真的挖出了一块宝藏。

宝藏星光熠熠，只是蒙尘了太久太久。

总需要有能看见星光的人，这块宝藏才有意义。

睡过一觉之后，阮音书醒来的时候感觉身体轻了一大截，大概是某件事情终于得到了答案。

她去班上的时候，看到班长在位置上清东西，桌面上满满当当的是装饰用品。

阮音书眨眼睛："怎么，又要分班了吗？"

"没啊。"班长说，"怎么这么问啊？"

"那你怎么买了这么多挂灯和气球呀？我以为又要弄分班晚会了呢。"

"不是。我昨天放学接到一个通知，说是学校最近要办一个书香文化节，要布置一下，今早我路过文具店，就直接买了一点，先弄着看看。"

"每个班都要参与？"

"那也不至于，出节目活动什么之类的自己自愿，但是班上都要布置，毕竟是要拍照存档的。"

阮音书点头，表示了解了。

她坐下来没多久，李初瓷带着一个小汉堡来了，但她忍了忍，没有和李初瓷说程迟是 K 的事。

今儿程迟来得很晚，下午第二节课的时候才来。

有人靠窗打趣邓昊："哟，昊昊今天怎么来这么早啊？是来准备放学的吗？"

虽然他们都不敢跟程迟聊天，但是和邓昊玩儿还是可以的。

邓昊龇牙咧嘴，一副超凶的模样："我吃多了，准备来这儿散个步就走，行吗！"

"行行行。"他们笑嘻嘻的。

一班这点氛围倒不错，虽说程迟和邓昊怎么看都跟这个班格格不入，但大家却并不排斥他们。

不用成绩作为衡量一个人的唯一标准，大概是一班学生所真正领先的地方。

程迟坐到位置上，却觉得哪里都不太对，抬头仔细一看，是阮音书不在位置上了。

她一贯把自己的位置当自己的家，很少有他来了，他看到她不在的情况。

他往角落里瞥了一眼，很快瞧见了角落里的三个人。

阮音书、赵平还有福贤，三个人正坐在一起讨论，仔细听，能听清是讨论物理。

物理？

程迟眯了眯眼。

很好，物理。

以前在那个教室也是这拨人马，虽然他不在现场，但总是能感觉到自己持续被需要着，只要是扔了纸飞机下去，底下立刻就有问题上来，好像一直在等他，而他是那个救世主。

就算是比赛结束了，阮音书有了大问题还是第一个想着要往新教室跑。今天怎么有这个闲情雅致跑去角落讨论了？

她前几天不还是新教室常驻来宾，还问他要不要吃饭团，一口一个感谢写得那叫一个甜？

昨天他才被这聪明的课代表扒了个精光，今天就第一次有了一种置身事外的感觉。

感觉自己被忽视的程少爷颇为不爽地点了点头。行吧。

邓昊看了他一眼，本来还想说话的，没敢说出口。

过了一会儿，几个人一起叹息一声，然后都摇摇头，各自回位置了，颇有点一拍两散的意味。

阮音书往回走的时候发现程迟在位置上，眼睛亮了一下。

这个题三个人讨论好久还是卡住，她有点想问问程迟的意见。

于是程迟就看到她把卷子和笔压在桌上，然后鬼鬼祟祟地往旁边看了一眼，就在他以为她要干什么见不得人勾当的时候——

她一转身，步履轻轻地……朝他走了过来。

阮音书虽然知道他是K，他自己也承认，可他似乎不愿让别人知道。

而且这事儿看起来并非玩笑和恶作剧，其中原因甚至连她都不告诉，那她就更应该替他保守秘密。

尊重别人的想法是件很重要的事儿，所以阮音书只是凑到他耳边小声说："今天放学留一下吗？或者明天中午？"

少女的气息轻而香甜，雾一样钻进他耳朵，又痒又麻。

他有些不自然地咳嗽两声，似乎想证明自己并不心虚，抬高了音量："怎么，今天检查我背书？"

她一愣："也行。"又悄悄比了个手势，"我可以教你你不会的，那你也……那个什么我……可以吗？"

程迟没绷住，笑开，随意又"听话"："行啊，都可以，都听课代表安排。"

阮音书点头，满意地回位置上了。

虽然知道了什么，但她却并没有走漏一点风声，问他的时候都是小心翼翼的，一点敏感词都不提，很细心，也很贴心。

他能感觉到她那种单纯到冒着傻的气质。

下课的时候程迟起身，邓昊以为他要走了："你怎么一声不吭？你要抛下我了？你去哪？迟尔康，不要丢下我！"

程迟额角一跳："老子去厕所，你也要一起？"

邓昊："一起吧。"

"……"

路上，走廊上没几个人，邓昊想起上节课的事，禁不住问道："我们等下去吃川菜吗？可是你刚刚是不是答应阮音书什么了？"

"吃什么吃？"程迟眼睑都不抬，"你们脑子里除了吃还有什么？"

邓昊："……"不是你自己想去的吗？！

邓昊挠挠脑袋："为啥课代表只是稀里糊涂给你比了一串乱七八糟的，我都不知道在说什么，然后你就答应留下来背书了？你是'抖M'吗哥？

“还有，你们俩最近神神秘秘干什么呢？上次篮球场你明明不在，要我帮你说谎，好，我说了，她一直问我你到底在不在，我说在啊，其实你在个屁！你跑哪去了？

“还有那次饭团，你全程就没多少时间在打球，动不动玩消失，还能看得到阮音书拿了几个饭团？你开天眼了啊？”

邓昊越说越激动：“今天也是！我总觉得你们俩是背着人在干什么，我还总得帮你圆话。

“等会儿我要是自己去吃川菜，肯定也这样。别人问我为啥你不来，我总不能说程迟背书去了吧？

“她的事也不紧急啊，我觉着。你怎么老为她放弃自己原来的计划呢？她就这么重要啊？”

一句话涌上脑海，邓昊不管了，不想了，不要不快乐，一鼓作气脱口而出——

“你……不会是喜欢上阮音书了吧？”

程迟定头，来回觑他一眼，全身上下立时迸出一种“你找死吗”的气场。

邓昊抖了一下，这才回过神来，明白自己刚刚脱口而出了什么。

完蛋了，死定了，他居然敢在这儿妄加揣测程迟的喜好了。

程迟看他低头认㞞，转身，手还是放在口袋里：“看来让你少吃点川菜是正确的决定。”

邓昊：“为啥？？？”

“脑子辣麻了，容易智商下降。”

“……”这是哪里来的破研究？

程迟又仿佛顿悟般，抬抬眼：“哦，智商这东西你本来也没有太多，误解你了。吃吧，没事儿，不就是零和负的区别？”

“……”

对于邓昊那个问题，他没有否认，也没有承认，似乎邓昊说的是个屁话，没有任何值得他回答的意义。

洗手的时候，邓昊看着哗哗的水流，又想起了自己那句话——

你……不会是喜欢上阮音书了吧？

一个字也不多，一个字也不少。

犀利的问题中加入恰到好处的缓和，看似轻松的语调里带着发人深省的提问，快速出口的同时又有强调重点的停顿。

简单粗暴中不失优雅，优雅中不乏情调，情调中又掺杂着些许艺术……

非常精妙了。

妙哉！强矣！邓昊巍巍然！！

其实邓昊这几天心里一直堵得慌，就好像一个事儿塞在胸口，怎么想都想不通。

可刚刚头脑发热随口飙出的那句话，却恰到好处地让他茅塞顿开——

他这段时间在想的，可不就是这个吗？！

作为哥们儿，他目睹过程迟非常多的生活细节，程迟第一次为女孩子浪费时间，第一次载女生上自己的宝贝机车，第一次过高的关注度……

他这么多庞大新奇的首次，女主角都是同一个人。

他潜意识里早就觉得不对，可又说不上来是哪里不对，后知后觉，终于把这事儿往围观群众最喜闻乐见的“喜欢”上靠拢了。

毕竟程迟喜欢一个人这种事，发生的概率就跟原子弹炸地球一样小，不到原子弹快被引爆的时候，谁也不知道是不是真的。

他想着，这么想就这么说了：“我跟你说，我最近老觉得有什么不得劲的，总想问你什么，但又不知道问你什么。”

程迟嗤出声：“你自己是个弱智还要怪我？”

“不是的，但我刚刚知道我最近在想什么了。”邓昊咬咬牙，正色道，“这次是认真的。我认真问你，你是对课代表有兴趣了吗？”

邓昊也不知道为什么自己就紧张起来了，屏住呼吸看向程迟。后者缓缓地淡淡地扫他一眼，而后悠然地掀开双唇。邓昊竖起耳朵——

“你认真个屁。”

“……”

邓昊有点想骂脏话：“我真的是认真的！！”

“管你认不认真。关我屁事？”

程迟说完，没理他，径自往前走去，靠自己的“四字箴言”化解了这一切。

邓昊没脸没皮：“别走啊！你到底是不想回答呢，还是不知道咋回答呢？毕竟我一开始也觉得可能你太久没见到过乖小孩了，发发玩心逗一下也正常，毕竟跟我们两个世界的嘛。”

程迟没理。

邓昊：“又或者你把她当朋友？我觉得其实这个也成立，毕竟你也没有女性朋友吧。不过也是，你脾气这么臭，不温柔一点妹子全被吓跑了。”

“……”

邓昊：“课代表这个人也很特殊的，我觉得她就是单纯讨人喜欢，属于站在那里，不和你说什么话就能让你觉得舒服的女孩子，你……”

程迟：“你今天是把脑子里的水都喝干了话才这么多？”

“……”

邓昊看他也是不会回答这个问题了，愈发放飞自我：“你以为我愿意啊？我还不是憋太久了嘛，寻思着如果你没什么头绪我就帮你梳理一下，看看你到底是咋想的……不过，我一开始那灵魂一问确实很好吧，我自己都有一种被惊艳的感觉。嗯，那你肯定也一样。”

他越品越觉得自己是不是太有才华了一点。邓昊啧啧嘴，完全陷入自我：“我自认为，那句话完全可以作为金句收录进兄弟情感商讨的范本，优秀得有些过分了。也不知道我一个这么有趣的男孩子，以后会便宜了谁，唉，谁能够知道太优秀的同时也是一种苦恼呢……”

程迟停下脚步，从钱夹里拿出三百块塞到他衣领里。

邓昊：“干吗？为什么？？啥意思？？？我不约。”

“五百闭嘴费。”程迟又补了两百，“请你立刻停止对我耳朵的侮辱。”

“……”

邓昊拿了闭嘴费之后果然安静了，攥紧自己手里的五百块钱，一直静默地坐到下课，等一下课，他就径直地走了出去。

他往外走了两步，又折回来，闭紧双唇，似忍辱负重般地在程迟耳边发出了一个单音节：“哼。”

程迟：“……”

班上的人陆陆续续离开，阮音书撑着脸颊坐在那儿，目送最后一个人离开。

看人走之后，她立刻从抽屉里拿出自己的卷子，然后像煞有介事地走到他旁边："今天的物理作业好难……"

程迟还在打游戏，眉都不抬："你们下午不是讨论了？"

"是啊，有点难，没讨论出什么来。"阮音书是求人的，此刻自然就坐到了邓昊的位置上——方便沟通，"你看看呢？"

第一次面对面，她还挺想知道他是怎么解题的。

阮音书希冀地望向他。

程迟偏过头看了一眼，她正以为他要拿起笔算的时候，他又把头转了回去，继续打游戏了。

阮音书："你好歹看看怎么解呀……"

她看到他操控的人放了几个招，然后闪进了草丛里，就在她以为程迟终于要开始思考的时候，程迟放松地揉了揉后颈，报出了一串公式。

阮音书蒙了："什么……意思？"

"你不是让我帮你看题？"程迟也皱了皱眉，视线从她的脸颊落到卷子上，"记啊，我在说。"

她看着他："你想出来了吗？"

"是啊，不然你觉得我是在跟你说什么？"他笑，"调情吗？"

"你刚刚不是在玩游戏吗？刚刚的刚刚不是才看了一会儿题目吗？？"她不信，从桌上捡起一根笔，"你说，我记一下。"

程迟一边说一边继续打游戏，手下的人物的身体里旋出各种技能。阮音书则笔耕不辍，在一边一笔一画地记着。

"等等，等等，慢一点儿，你说得太快了。"

他无奈地放慢语速："公——式——三——代——入——"

谁知道她又不满："你怎么老这样呀？该快的时候不快，不该快的时候瞎讲。"

程迟："不是你让我减速？"

"我让你调低，又没让你减成蜗牛速。"阮音书把笔尖愤愤地压在卷子上，皱鼻子，"会做题就是可以为所欲为吧。"

他耸肩："我这还叫为所欲为？我就差没被您绑在椅子上调教了。太快不行，慢了也不行，想题的时候打游戏不行，不打游戏也不行。"

"为什么不打游戏不行？"

“哦，因为我队友在等我救局，他们太菜了。”

“……”

中间临时插入的话题结束，程迟又开始接着自己刚刚报断的地方继续，阮音书也跟着记录。

记完之后，她看了一眼过程，本不抱这人一心二用解出来的东西的期望，但谁料想到过程居然出人意料地清晰明了，而且非常简单，一点弯路都没走。

他真的有在打游戏吗？

阮音书不信，头凑过去，发现他的确是很认真地在打游戏。

“不会吧？你真的是一边打游戏一边想出来的？”阮音书感觉自己的世界观被重塑了。

程迟腾空看她一眼：“我这可都是在你眼皮子底下完成的啊，你别用那种看作弊的眼神看我。”

“因为在我眼皮底下，我才觉得更难以置信。怎么会这样的呢……”她茫然地眨两下眼睛。

他们三个人讨论了十分钟都没讨论出来，程迟打个游戏几分钟的工夫就想出来了？

阮音书咬笔杆：“你能跟我说说你的思路吗？是怎么想到这一步的。有什么诀窍吗？”

“没有。”程迟答得干脆。

“那你是怎么解题的呢？”

“脑子自带的。”

“……”

人生就像一场戏，有人生来是奇迹。

阮音书不死心：“那你……会不会晚上回去之后经常刷题啊？”

就像那种在学校不学习，回去挑灯夜读的学霸一样，还能给人刷一个“他不学习都能考高分好厉害”的神格。

程迟顿了顿：“那倒是有。”

“我就知道！”她就觉得世界上根本没有什么天才，天才都不是天生，看来程迟也是付出了努力的。

他又接着道：“不过不多。”

“不多是什么频率？大概……”一天五题吗？

“一个月一次吧。”

“……”

看来世界上真的有天才。

阮音书闭嘴了，自己一个人在那里分析自己这短短几分钟获得的信息。

她有猜到程迟是个天赋型选手，但没想到他是个天赋技能开满的外挂选手。

她第一次遇到这样的人，还真是颠覆她的认知。

女孩儿耷着眼睫，目光中流露出对这个世界的怀疑，她轻飘飘地扔出一句：“程迟，你是魔鬼吗？”

“比起我这种，年级第一的课代表才是真魔鬼吧？”程迟懒散地跷着腿，“看起来就是各种技能都开了满格，一个缺陷都没有。”

“我和你才不一样。”

虽然她的确不笨，也有自己的学习方法，可大多数成绩还是来源于日复一日的积累，和从不懈怠的学习与自省。

程迟不一样，他这是天赋，根本不需要努力就存在于身体里的东西。

“我这几门里稍微弱一点的就是物理了，每天都要花很多时间恶补。”她摇头，“你不知道我有多羡慕你。”

他舔唇：“是吗？我也很羡慕你。”

“你羡慕我什么？”

“能坐在我旁边。”

阮音书：“……”

她又问：“那我以后找你都要这么偷偷摸摸的吗？”

“都行，去新教室光明正大地偷偷摸摸也行。”

“其实你这个……是好事呀，为什么要一直藏起来呢？又不是假的。”

她这次不是询问了，是在自言自语，表示叹息。

他漫不经心：“麻烦。”

“程迟，我现在想给你点首歌。”她惆怅地远望，“《不能说的秘密》。”

“那我也点一首，回礼吧。”他懒散地垂睫，“《我不配》。”

阮音书咬了咬嘴唇：“如果能公开是多么好的事，你以后就……”

“书书！”门口忽然闪现过来一个人，“幸好你还在，我有个事要拜托……”

话没说完，那个人看清楚阮音书旁边的程迟，又看到两个人中间的卷子，吓得打了个寒战，又打了个嗝儿。

程迟：“……”

阮音书放下笔走过去：“什么事？”

那个人这才慢慢回过神来：“啊，是这样。我们要办个书香文化节你知道吧？我刚刚收到我定的衣服了，觉得好适合你啊。你要不要试试？”

“我试这个干吗呢？”

“到时候开幕的时候你就站在那里就行了，哈哈哈。”

“主要负责什么呢？”

同学想了想：“貌美如花吧。美就完事儿了。”

……

程迟出去的时候发现阮音书正坐在树的枝丫上。汉服的纹理、颜色勾勒得她肤白胜雪，天幕中翻涌的大片云朵沦为衬景，顺着她手臂垂下的缎带在风中飘摇。

为了防止踩到脚下的道具，她脱了鞋，此刻正赤着足。脚踝轻摇，缎带在她腿间缠绕，不知从哪里传来了铃铛响。

似乎是听到动静，她转过头来，遮挡的长发翩飞，现出一张漂亮的脸来，鹅蛋脸，剪水瞳，灵动的长睫，还有笑着的唇尖。

水墨迤逦五百里，不施粉黛的美人从画卷里被摇落。

风好似忽而间大了起来，幡被吹得哗啦作响。

程迟站在那里出神了一个瞬间，伸手扶住一边的长杆。

阮音书抬眼，关切地问道：“你怎么了？”

“没怎么，就是觉得东西都在乱动，晃得我眼花。”

挂灯在动，树叶在动，日月星辰好像都在动。

尤其是他血管下压着的心跳，怎么好像也在猛烈地跃动。

挂灯薄影摇曳，她肩头洒落有大片星光。

阮音书往四周看了看，提了提裙摆，奇道：“没什么东西在动啊？地震了吗？”

除了挂灯稍微有点抖，其余的东西都好端端地立在那里，她刚刚看程迟认真的表情，还真的以为什么地震龙卷风要来了。

程迟捏了捏眉心，复又睁开眼。

面前的东西在短暂的摇晃过后暂时恢复了平衡，好像刚刚一切都是他的错觉。

但他血脉中的跳动仍然剧烈，仍然清晰，像是刚刚进行了一场生死逃亡。

什么鬼反应。

阮音书看了他一会儿，像是想起了什么，问道："你应该是刚刚从椅子上起来的吧？"

虽然不知道她想问什么，但他还是点了头："嗯。"

"那我知道了。"

说完这句话，阮音书撑着枝丫从树下跳下来了。

程迟："你下来干什么？"

"给你拿东西。"少女声音轻软，尾音向上，落得很急促，似乎很着急一样。

她的鞋不在脚边，地上又没铺什么东西，她的脚一碰到地上，就应激似的弓了弓。脚背画了个圆弧。

程迟把她的鞋往前踢，看她提着裙子，很复杂地绕过地上摆的道具，禁不住皱眉道："你要什么？我给你。"

她神秘地摇摇头，朝他笑："这个你可给不了我。"

他勾了勾唇，斜倚在竹竿旁："那你说说看你要什么。"

"我要什么？"她不轻不重地重复了一遍，声音里带着一点糯盈盈的鼻音，"你搞清楚，现在是我要给你东西欸。"

"给我？给我什么？"

阮音书手伸进自己外套口袋里，里头传来一阵窸窸窣窣的声响，然后她拢着满满一手的东西，仿佛捧着至宝般走到他面前。

程迟看着她。

女生走过来，风顺着捎来香草气息。

阮音书眨了眨眼："蹲坐太久后起身会头晕目眩，应该是低血糖的症状。像你这种晕得比较厉害的，一定要记得带糖或者巧克力在自己口袋里，不然到时候容易晕过去。”

“……”

程迟不愿意接，感觉自己正在遭受某种亵渎：“我身体很好，没有低血糖。”

“那你刚刚为什么晕？”阮老师小讲堂又开课了，“就算现在没有，在初期出现症状的时候也要好好预防，积极应对。”

程迟张了张嘴，又听她道：“再说了，这个糖真的很好吃，我准备买给自己吃的。要不是你晕，我还不给你呢……”

她越说声音越小，像是在小声控诉似的。

“行行行，我吃。”

程迟感觉自己旁边有个小唐僧似的，无奈退让，摊开手掌。

阮音书看了一会儿他的手心，状似刻板地抿抿唇：“你把手摊得这么平，是准备好让我打你手心吗？”

程迟眯了眯眼：“敢打我手心的人还没出生。”

她竟第一次在他面前露出跃跃欲试的表情，小心翼翼又略显期待地问：“那我要是打了，会怎么样吗？”

“不清楚。”程迟懒洋洋地垂眸，竟然勾了勾手掌，“你试试？”

她紧张地抬起手，程迟都做好准备迎接她的巴掌了，谁知道下一秒——

她撒了一把糖在他手里。

他顿了一下，继而挑眉，听到她不愿落入圈套的回答：“我才不试，万一你揍我呢？”

他失笑：“课代表就这点胆子，试都不敢试？”

“谁不知道你不好惹？”她摇摇头，“我还有一只手。你手呢？伸出来呀。”

他伸手照做，又有几颗糖掉入他掌心，陆陆续续，像下饺子。

阮音书把东西都给他之后，又有点舍不得，抽手的时候顺走了一颗糖。

她指尖软软地挠过他掌心，让他感到了细密的痒。

程迟：“怎么，还反悔？”

“我就吃一个而已。”她剥开密封袋，牙齿咬了糖吃进嘴，“你吃一个吧，真的很好吃。”

“回去再吃。”

他其实不爱吃糖，不当她的面拒绝，是怕惹她伤心。

看她腮帮子一鼓一鼓地嚼着，他问：“全是软糖？”

“当然了，谁叫我是阮音书嘛。”

程迟点头：“行，说得在理。”

末了，二人要分开的时候，阮音书把手背在身后：“我还有个东西要给你。”

“什么？”程迟不疑有他，伸出手。

她攥着拳头，神秘地把手放在他手掌上，她手背那块的皮肤白得晃眼。

阮音书松手，一个轻飘飘的东西落在他手里，他低头一看，是她刚刚吃完的糖的糖纸。

“我先走了啊。这么多糖你别一口气吃完，对牙齿不好。”

“……”

程迟还没来得及找她算账，她已经一溜烟地跑走了。

他抬头看着女生的背影，舌尖舔过齿列，从鼻尖漫出一丝轻笑。

她还真是……能耐了啊。

晚上回了基地，程迟早已经把这事忘了个干净，脱外套的时候，听到桌上噼里啪啦的声音才想起来自己口袋里还有很多糖。

他随手拆了一个，把薄薄一层牛奶糖衣咬开，里面是软糯 Q 弹的质地。微甜，水果味混着牛奶香，整颗软糖甜而不腻，味觉感受还挺丰富。

他又拆了一个，这回是西瓜味。

香芋、红豆、荔枝，这几种味道都被尝遍之后他才察觉到不对。看着桌上一堆糖纸，程迟陷入了沉思。

过了会儿，他的脑子里好像冒出了一道人声：“你别一口气吃完，对牙齿不好。”

他下意识停住了往嘴里送糖的动作，过了那么半晌，又重新把糖扔进嘴里。

见鬼，他有一刹那居然还挺听她的话。

软糖口感很不错，程迟手肘垫在脑后放松的时候，莫名又想到她那句话——

“谁叫我是阮音书嘛。”

他咀嚼的动作蓦地一滞。

程迟摇摇头，丢了手表去洗澡。

闭上眼之前，他在心里暗骂了一声：“今天怎么魔怔了一样？”

魔怔的一天终于随着长长的一觉过去，身体休息过后完成了一个简单的代谢，程迟是被眼前的光亮唤醒的。

睁开眼的时候下意识拿手格挡，他这才沉沉地反应过来昨晚忘记拉窗帘了。

日光透过玻璃窗折射进来，圆滚滚的火球凝成一个刺眼的光点，就盘踞在他窗角处耀武扬威。

程迟起身拉上窗帘，然后在黑暗里坐了一会儿。

他其实是个很喜欢黑的人，窗帘一定要买最遮光的，房门也是。

有时候他中午把门一关，窗帘一拉，不管外面再怎么阳光明媚，他这一块总是浓得化不开的黑。

昨晚门也没关，不知道他是怎么睡着的。

反正已经睡不着，他就干脆起了身，外面正有很小的窸窣响动，像有人在偷吃。

正在吃汤包的邓昊冷不丁和程迟撞上视线，吓得把汤汁哗一下吸进嘴里。滚烫的汤汁倏地钻入喉咙，邓昊连想死的心思都有了，上半身疯狂扭动。

程迟面不改色地目睹这一场“人间惨案”，什么都没说，去洗漱了。

其实除了他，基地没多少人真的住，大多是在这里通宵打了个游戏，又懒得回去，就在沙发或者哪儿凑合着睡会儿。

邓昊这人就比较独特了，他一般都回家睡会儿，睡到六七点跑基地来吃个早餐，然后继续睡回笼觉。

为此程迟没少骂过他，但他这屁习惯也是真的改不掉。

程迟洗漱之后换了衣服，看到邓昊躺沙发上睡着了。

他正走过去，邓昊忽然睁开眼：“你怎么起这么早？我还没有用我的精致早点叫醒你呢。”

程迟拆开外卖袋：“但是你用你的傻气叫醒了我。”

邓昊："……"这样的污蔑是真实存在的吗？？？

吃过之后几个人打了局游戏，打完之后感觉饿了，一看时间，快十二点。

他们去学校附近吃了饭，就顺便去学校里走了一圈。

程迟到一班的时候，阮音书在和李初瓷讨论等下什么时候去博物馆的事。

邓昊探听消息倒是快，立刻拍程迟肩膀："他们中午有些人要去博物馆。我也想去，一起去吧，听说那家门口的烤肠特别好吃！"

程迟："……"

后来他就被生拉硬拽地去了博物馆，虽然是这么多年头一次逛，但他发现里面没有自己想的那么无聊，勉强看一看也行。

博物馆很大，所以就分了很多个出口。

程迟从四号门出来的时候，发现外面下雨了。

Y 市别的不多，就是雨多。看样子应该是阵雨，只是不知道要落多久。

邓昊紧随其后，看清之后也是叹一声："这都要回去了，怎么又开始下雨了？哎，你看对面门那边是不是阮音书和李初瓷？"

程迟侧着头望去，发现远处的一号门门口的确是站着一群人。

他转身："走吧，去买伞。"

超市在外面，买了伞之后邓昊本来以为他们要走了，但抖了抖头上的水，他发现程迟又往博物馆走去。

"你又去干吗啊？"

程迟头也没回："你不是想去逛生态馆？"

"哦。"邓昊点头，感觉程迟今天对自己还是蛮好的。

但是他们去生态馆为啥不原路返回，而要出来买把伞？？

雨越来越大。

阮音书忧心忡忡地看着手表："再不走就要迟到了，但是这么大的雨，怎么走啊？"

李初瓷："要不跑回去？"

本来知道 Y 市雨多，她们包里都会装着备用伞，但谁想到只是中途出来逛个博物馆的工夫都能下暴雨。

阮音书正在纠结要不要跑回去，抬头就看到熟悉的身影。

等程迟走近，她才看着他的伞奇道："你哪来的伞呢？"

“外面买的。”

“外面？”她眨了下眼，明澈的眼瞳直直地看向他，“雨这么大，你买了伞还过来干吗呀？”

那眼神太明亮，一瞬间竟像能看得人无所遁形。

程迟转头看了看身后：“邓昊要来看生态园。”

“啊，可是现在雨这么大，也不知道生态园关了没有。还有，再参观就迟到了，你们不上课吗？”

他沉吟半晌，点头：“嗯，那就不去了。”

被安排得明明白白的邓昊：“……”

邓昊在后面石化。程迟看了看阮音书：“你们没伞？”

阮音书抱紧自己：“是啊，没有带。”

“那你们打我这个吧，我和程迟一把……”

邓昊把伞递给李初瓷，话还没说完，看到程迟也把自己的伞给阮音书。

李初瓷：“要不……”

“没事，没事。”邓昊摇头，“那我去蹭别人的。”

说完，他一溜烟跑开，在人群中找到认识的人：“王力，先别走！捎我一程！”

整个过程不超过一分钟，交际小王子邓昊就已经顺利地蹭到伞走远。

阮音书看李初瓷撑开伞，正准备和她打一把伞的时候，蓦然发现自己手里也有一把。

她抬起眼，发现程迟已经走出去了。

阮音书慌慌张张撑开伞跑到他旁边，又急又诧：“你打伞呀。”

程迟看她一眼：“麻烦。”

“麻烦？谁说的？一点都不麻烦。”她跟着他的脚步啪嗒啪嗒往前走，“你昨天才低血糖，今天不能淋雨。”

“我没有低血糖。”

阮音书：“但是我还是看到你口袋里的糖吃完了。”

“……”

“打着吧。”阮音书把伞柄往他那边晃了晃，“又不是缺伞。”

他怕自己再不接，她能像劝失足少年一样劝他五百年，只得伸手接过。

她满意地点点头：“那我去跟初瓷一个伞了。”

他顿了几秒，而后垂眸：“没必要。”

“什么没必要？”

“她落在我们后面很多。我不喜欢等人。”程少爷慢悠悠地往后看了眼，挑眉，“再说，有人找她共伞了。”

阮音书回头一看，发现很多人都没带伞，李初瓷成了热门候选人，她带着两个女生一块儿走了。

她为难地扯扯耳垂：“那怎么办呀？”

“什么怎么办？”他声音沉了沉，“跟我打一把伞委屈你了？”

“我怕挤着你。”

程迟垂眸扫她一眼：“你可能对自己有什么误解。放心吧，这么小一只，挤不到我的。”

她双手落在荷包里，抬头看一眼比她高出不少的他：“程迟，和我走在一起的时候，上面的空气是不是特别通畅？”

没有人跟他抢那高处的氧气了。

“嗯。”他要笑不笑，“比邓昊和我在一起的时候通多了。”

“……”

这人怎么还拉踩呢？

一场大雨来得快走得也快，不过多时就停了。

放学的时候，邓昊执意要把中午买的伞带回基地，导致程迟洗完澡出来擦头发的第一眼就看到放在洗手池里的雨伞。

程迟擦头发的手顿了一下，手腕中央那根凸起的长筋也定在那里。

她站在他身侧时的余温似还有存留，带着清甜的香草淡香。

他闭上眼，莫名就想到了她的眼神，还有她那句——“雨这么大，你买了伞还过来干吗呀？”

以前他无论做什么，她都会为他找到一个很合理的解释，导致他也会觉得事件是合理的。

揍吴欧是因为她被欺负了，载她坐机车是因为情况紧急，替她找狗是因为不想白团子四处流浪。

但今天，连她都找不到理由，问他为什么要冒着大雨举伞过来。

其实并没有为什么，下雨了，他只是想顺便看看她带伞了没有。

这个念头出现的这一秒他才觉得可怕，自己对一个人的关切竟不知不觉到了这个地步。

其实起先注意到她并不是借火的时候，而是背书那一次，她眼睛里明明全是害怕，手下却坚定地给他画了个叉。

后来他渐渐发现她很有意思，于是禁不住逗弄她。

因为他说要罩她，所以帮她还击欺负她的人。

因为他很久没有写过物理题了，那时候扔纸飞机是抱着一半帮她一半纯粹做题的念头。

一切似乎都很顺理成章。

可到了今天，或者是昨天的某个瞬间，他才发现好像不是这样，或者，不只是这样。

他对她的不同并不是对朋友的不同，那是一种本能的保护和关切，无关于她是否受到委屈。

更通俗一点来说，这种感觉应该是……

外面的邓昊不知道看到什么，忽然大叫一声："喜欢！太喜欢了！"

程迟手一抖，毛巾直接掉到了伞上。

外面的邓昊终于把话说完："我超级喜欢这个桌上游戏啊！！"

"……"

程迟吹干头发出来的时候，外面的人正在玩桌上足球，邓昊背对着他念念有词："刚刚是谁问我迟哥给妹子打伞，是不是要破戒，是不是要找到钥匙了？"

有人拼命给他使眼色。

"咋的？你脸抽筋了啊？"邓昊浑然不觉，"好，不理他，说回正题。既然大家都这么好奇，不如我们就来玩票大的——下注，怎么样？要玩当然就要玩点刺激的。

"程迟到底喜不喜欢阮音书呢？现在开始下注，左边的球门代表你支持'喜欢'，右边的代表支持'不喜欢'。一注一百块啊，毕业的时候开！"

撸了撸袖子，邓昊跃跃欲试："我先来啊！"

邓昊刚拿了个球，还没来得及下注，球却蓦地被人拿走。

邓昊心一空，吓得屁滚尿流，还没来得及开口，听见程迟声音低低地道：“下注？”

“不、不、不、不是的，哥。你听我解释，我闹着玩的。我立刻就把这些东西收起来，谁都不许给我猜……”

程迟垂着头，尚未全干的额发有水顺着淌下来，水悬在他鼻尖。

他没说话，把球扔进中间，漫不经心地操纵着球的走向。

球看似左右摇摆不定，最终的结果随机，但其实谁都知道，以程迟的技术，他想让球往哪去，球就得乖乖地往哪去。

毫无悬念——最后的结果由他掌控。

可又悬念四起——球会滚到哪一边呢？

下一秒，在十几双眼睛的注视下，砰通一声轻响，球准确无误地滚进了左边的球门。

整个基地静谧了五秒钟。

是挂钟秒针的转动，表明时间并没有凝固，面前的一切也不是静止画面。

所有人都傻了。

没人敢眨眼，不知道说什么，好像身上绑了个定时炸弹，动弹一下就会被炸得灰飞烟灭。

邓昊慢慢直起身，生锈的大脑齿轮吱呀吱呀地乱转，乌七八糟的什么想法都出来了。

要说点什么好呢？

恭喜，恭喜啊，祝你们早生贵子？哈哈哈啊，程迟，你也有今天？你就别乱想了吧，我感觉这事好悬？

思考了半晌，他也不知道说啥，索性沉默着抓了抓脸颊。

终于有人小声问，像是探寻和确认：“那个，刚刚邓昊是怎么说的来着？哪边是哪个？”

邓昊茫然地看着左边的球门：“左边是喜欢，右边是不喜欢。”

说完之后，他又不太确定了，小声问程迟：“是的不，哥？”

程迟撑在桌边，眉要抬不抬：“你自己定的规矩，现在来问我？”

邓昊看了一眼程迟，忽然又有了底气，大声道：“对！没错！左边是喜欢！！”

大家被他这猛的一吼给吓回了心神，有个喝牛奶的差点一口喷出去。

“注意行为啊，要得体。”邓昊抬手指挥，“行吧，既然我们大哥率先以身作则下注了，那我们也继续下注吧！”

程迟拿了条新毛巾，一边擦头发一边看着他。

邓昊蓦然转过头，有些犹疑地问：“……我们能下吗？”

程迟懒散地抬抬眼睑：“随便啊。”

既然程迟没有叫他滚，也没有持续输送冷气，那么证明这个下注活动还是可以继续的。

因为下注金额是一百，所以大家也都没有那种特别随意的态度，稍微用了点心在上面。

邓昊拍桌子：“我们下注是用对战模式啊，一人一个球，你想选哪边就要努力把球搞到那边去。”

有人问：“那为啥迟哥可以一个人玩？”

邓昊正色：“你敢反驳他吗？”

那人缩缩脖子：“不敢……”

“那不就得了。”邓昊摇摇头，“别废话了，赶紧来吧。”

对战模式下注很快启动，基地的气氛从凝滞慢慢开始闹腾起来，大家该“放水”的“放水”，该对抗的对抗，全程高能，尖叫连连。

因为程迟最先开始下注，而他最了解他自己，所以后面的人基本上都跟去左边下注。

虽然压左边的人很多,但不知道是意外还是什么……压右边的人也不少。

“我 ×，李星你咋回事啊？你故意自己杀自己是吗？”

“哎哎哎，谁……我看看是谁的小手让球滚到右边去了？”

“年可，你为什么要选右边，你是不是跟我对着干？”

大厅里还在吵,程迟去房间里吹头发,吹完之后邓昊带着一张纸进来了。

“我刚刚统计好名单了！押注左边的一共是十一个人，右边有三个。”

程迟面无表情：“所以？”

通知他这个干什么？

“我就……我就说说嘛。”邓昊自说自话，“不知道为啥有些人还挺叛逆的，就算看你押了左边，也还有人投右边呢。不知道是不是有意的。”

“对了。”邓昊又回过神来，问，“你刚刚为啥要去押那个啊？”

程少爷一贯地漫不经心：“想玩就玩了。”

邓昊舔唇：“你是故意的，还是随机的？”

程迟靠在床沿边，声音一如既往地带着薄凉：“你觉得呢？”

“你喜不喜欢她我怎么知道？你让我咋觉得啊？”邓昊脱口而出。

程迟没说话，站起身来。

邓昊当即后退捂住头顶：“我、我胡说的！别砍我！”

程迟走到桌边拿了颗糖开始吃。

邓昊：“……”

“我虽然不知道你是特意的还是也有那么点随机性，但是我觉得……”邓昊掰着手指开始算，“根据阮音书的七人定理，再加上有没往左边押注的情况，我们里面肯定有几个人喜欢她。”

程迟抄手，倒是出乎意料地问：“你觉得押右边的人在想什么？”

“刻意想押右边的，肯定是不想承认这个情况呗，搞不好有人自己想追阮音书。”邓昊耸耸肩，语调里全是幸灾乐祸，“谁乐意自己多一个强有力的竞争对手？下意识不想信咯。”

少年走到窗边，语调里的意思不明：“让他们别想了。”

“为啥？”

“想了也是白想。”他的声音很沉，带着斩钉截铁之势，气场全开。

邓昊品出这话是怎么个意思后，出房间门的时候都不禁倒吸几口凉气。

有些人已经走了，有几个还留在沙发上，状似非常镇静地在看电视。

好像谁也没发现电视里放的是《天线宝宝》。

——“宝宝奶昔！宝宝奶昔！”

邓昊当然也有一腔心事，也没发现电视里在放什么奇奇怪怪的东西。

于是几个不良纨绔公子哥在沙发上坐成一排，神态各异地凝视着天线宝宝，每个人都有自己的小九九。

邓昊觉得今天发生的事儿也是挺稀奇的，想看看自己是不是在做梦，伸出手掐了一下自己的大腿。

欸，怎么没感觉？

他继续用力，又用力，还用力，旋转用力加上下拉扯。

他不会真是做梦吧？

旁边人猛地给他一掌："别使劲儿了，你掐的是老子的腿！"

"哦。"邓昊看清楚之后收回了手。

"你怎么不掐自己了，试试看呗，刚刚不是掐得蛮到位的吗？"

邓昊摇头："忽然不想掐了，有个更重要的事想做。"

几个人目送他走到阳台，然后拉开窗帘，他的神色看起来十分严肃。

紧接着，邓昊的声音随着《天线宝宝》的背景音传过来。

"你们看，今天的太阳像不像从西边升起来的？"

"……"

第二日的太阳照例从东边升起，阮音书也在六点五十之前到了学校。

去了学校之后，她听说今天会出成语大赛的结果。

毋庸置疑，当初的复赛她和李初瓷都通过了，前阵子她们刚挑了个中午的时间去比了决赛，没想到决赛结果这么快就出来了。

中午快放学的时候通知就来了，殷婕带着好几个奖杯和奖品走进教室。

"宣布一个好消息，这回成语大赛，我们班表现得挺好，金奖一个，铜奖三个，优秀奖五个！掌声恭喜一下得奖的同学！"

殷婕先是说了五个优秀奖的，没有李初瓷和阮音书。

阮音书看向讲台，居然第一次觉得有些紧张。

"好啦。

"铜奖是李初瓷、班长，还有福贤！

"银奖没有，断层了，大家争取下一次补上这个遗憾啊。

"金奖阮音书！不愧是我课代表，这次答得很好！"

他们纷纷上台拿奖杯，还拿到了学习机之类的奖品。

落过一阵雨之后，天气变得愈发好，外头阳光明朗，光圈浮动，空气也并不闷热。

阮音书轻轻吸了一口气，窗外涌入的风还带着薄荷的味道。有轻微的喜悦传递上她的神经末梢，漾开一阵极为舒适的满足。

她的怀里沉甸甸的，却很值得。

这种满足感来得非常强烈，阮音书想，大概是今早没有堵车，她吃了一碗热的宽粉，加的鸡蛋刚好是她喜欢的八成熟。

天气很好，小确幸够多，所以连这一刻的时光都变得耀眼起来。

后来写作业的时候她哼着歌画辅助线，李初瓷拿尺子的时候笑着看她一眼：“心情这么好啊？”

阮音书瞳仁里缀着亮光：“是吧，虽然我也不知道为什么。”

李初瓷用尺子画着线：“得奖了呗，心情肯定不错呀。”

“我觉得也不全是。”阮音书撑着脑袋，“我以前也不是没得过奖。”

得奖这种事她从知事起就很频繁了，她胆子虽然小，但扛不住成绩好老是被点去发言，头几次还特别紧张，一颗心扑通扑通狂跳，过了几次，熟悉之后，在五年级时就练就了一身“国旗下讲话也丝毫不紧张”的本领。

初高中的任何发言，现在对她都是信手拈来的事了，只要不换场地，她一般不会觉得拘谨。

拿奖就更不用说了，家里有面墙给她贴奖状，有个柜子给她放奖杯，后来因为拿奖太多，更新换代了好几次。

所以这种稀松平常的事最多只能增加她当天的幸福指数，很难真的让她发自内心地快乐。

李初瓷看出她在思考，伸手打了个响指：“心情好还有为什么，反正好就行了！没必要非得知根知底，我看你脑袋都快想破了。”

“不过……”李初瓷又说，“上次你们物理竞赛名额被抢，我看你都没有特别难过。”

“是呀，那时候还是觉得自己辛苦工作的成果没有了，顶多是惋惜，说特别难过愤怒也没有，主要是他们比较愤怒。”

“你脾气好呗，所以遇到事情时的情绪状态都差不多。”李初瓷说，“还没见过什么能真的操控你的情绪呢。”

聊了一会儿，两个人达成共识，又开始默不作声地写起了作业。

她们出去吃完饭之后，阮音书提议去花店逛逛，然后带了一小束满天星回来。

她把干花放进玻璃瓶里装好，然后放在桌角，准备放学的时候带回家去。

路过的程迟瞥了一眼，笑道：“课代表喜欢干花？”

“也还好，其实我喜欢新鲜的花的。”她戳着桌上的干花花瓣，“但是从花店到这边太远了，我抱一捧花过来太麻烦了。”

程迟没说话，一边的李初瓷说：“有那种业务呀，就直接送花上门的那种。”

“这个我知道。时间可以自己定吗？”

“可以呀，地点也能定的。”

阮音书好奇，问了句：“学校不能送达吧？”

李初瓷摇摇手指：“不是哦，学校可以送的。我姐姐她大学那边，点了花点了外卖，都能从后门送进去，很方便的。”

“那是大学吧，我估计高中不行……门卫会放送花的进来吗？”

“你下次试试不就知道了嘛，哈哈哈。”

女生还在热火朝天地讨论，程迟回到位置上，拿出手机点了点，随便看着。

过了会儿，第一节课下课的时候邓昊恍然惊醒，喃喃道：“我 ×，我刚刚做梦，梦到你因为不会撩妹，杀我祭天了。”

“……”

邓昊揉揉眼睛，凑过来问他：“那个什么，你打算怎么办啊？”

程迟：“什么怎么办？”

邓昊意味不清地比画：“就是你……你和课代表……”

程迟勾唇，轻笑了声：“等啊。”

“等什么啊？”他说得模棱两可，邓昊一头雾水，“你能不能别这么抽象……”

话没说完，门口忽然出现一个穿着工作服的男人，那男人手里还抱着一捧花。

很显然，有几个人也发现了他，那几个人用视线问他在做什么，隐隐有些亢奋。

男人问：“请问，阮音书——在吗？”

阮音书错愕地抬头，环顾四周后指了指自己：“……我吗？”

“是的，在我这边签个字就好。”送花小哥弯了弯腰，把花往前递了递，“这是你的花。”

捧花里的红粉玫瑰竭力盛放，雏菊点缀，捧花锦簇而漂亮。

学校里的青春期小悸动大多是暗度陈仓，最张扬的无非也就是送点饮料什么的，这么张扬打眼地送捧花，似乎还是头一次见。

班上静默几秒，旋即发出高声尖叫。

一捧花就那么明艳地放在门口，吸引的目光自然不在少数。

阮音书站起身的时候，教室里的口哨声更清脆响亮，还有人一边叫好一边拍桌子。

她走到送花小哥的面前，在震耳欲聋的叫喊声中问道："可以知道是谁送的吗？"

小哥摇摇头："我单子上没写哦，只写了花店地址。"

"好吧。"

眼见再不把花抱走，教室可能就要被喊爆炸了，为了避免把更多人和老师吸引过来，阮音书伸手接过。

她手里的花沉甸甸的，里头品类多样，从盛放到含苞，从裹着露水的新鲜花瓣到干花应有尽有，颜色搭配得非常干净漂亮。

阮音书想了想，自己好像还是第一次收到这么大一捧花。

走回位置上的时候，她感受到各种各样的目光，有羡慕有震惊，有呆滞的，也有看热闹的。

那种感觉，就像是情人节的时候抱着一大堆礼物穿过"单身狗"中间。

更何况，这束捧花包装得也很好看，活生生就是个礼物的样子。

"好了好了，大家小点声啊，我怕影响到别的班。"班长稳定秩序，"不知道的还以为我们班中了五百万呢。"

说是这么说，但班长的视线也忍不住一直朝阮音书这边看。

等到大家稍微安静了一会儿之后，李初瓷这才问阮音书："这谁给你买的啊？"

"不清楚，送花的那个人不告诉我。"

"那你自己看看呗，里面搞不好有小卡片啥的。"李初瓷说。

阮音书将信将疑，在捧花里找了一圈，没发现卡片。

"那可能是下单没有备注？没备注的话，花店就不会写定制祝福了。"李初瓷更好奇，"这到底谁啊，胆子这么肥！"

不知道花是谁送的，为什么要送，阮音书也不知道怎么处理了。

再加上刚刚做题做到一半被打断，现在她正等不及要往后做，索性没管这花是谁送的，放在窗台后就继续和题目斗智斗勇去了。

一边的李初瓷直摇头："你啊你，每天关心的只有你的题目，这种事情都完全不上心的。"

"这种东西又不重要。"阮音书抿唇，"我来学校是学习的，又不是来收花的。"

李初瓷被她逗笑，伸手捏捏她的脸蛋："是是是，你好好学习吧。我看你的好奇心根本不在这一块儿，之前K的时候多有窥探欲啊，现在这种你压根连余光都不分多少。"

在她心里，好像和学习有关的一切才能得到重视。

想想，李初瓷又叹一声："我们音书，也是靠实力单身啊。"

阮音书轻轻皱了皱眉头："嘁，送个花而已，你怎么能扯这么远……而且现在，除了我们手下的卷子，我觉得谈什么都很浪费时间嘛。"

可能送花的人物太多，目的也分很多种，想也想不到正解，所以她干脆不去想了。

"看来这就是年级第一的觉悟。"李初瓷开始深刻检讨自己，故作深沉道，"我也要多多向你看齐。"

阮音书随口问道："怎么，你脑袋里除了学习，还有个别的人吗？"

话说到这里，李初瓷忽然沉默了几秒，然后笑着摇头："写题吧。"

……

放学的时候阮音书正要走，旁边的人离场的时候还在说："听说过两天我们要早点走，二班班主任要借我们班教室补课。"

"罗欣霞吗？她不在自己班补课，跑我们这里来干什么？"

"说是坐在自己位置上容易搞小动作，所以换个教室让他们紧张点。但我猜是因为不想打扫学生吃完的垃圾吧，还有不喜欢自己教室里都是食物的味道。"

"那就来我们班？凭什么啊？"

"没办法啦，谁让我们班主任脾气好。"

她半思索半放空地走离教室，还没走出去几步，身后程迟忽然喊住她。

“窗台上还有花。”

阮音书看过去一眼，拉了拉书包带子：“嗯……对呀。怎么了？”

“你不带回去？”

“不知道是谁的我怎么带回去呀？”阮音书耸耸肩，难得放松道，“万一里面有炸弹呢？”

少年抬抬刚睡醒的眼睑：“我送的。”

“你？”阮音书偏头问，“刚刚怎么不告诉我啊？”

程迟眯了眯眼：“我以为你知道。”顿了顿又道，“除了我还有给你送花的人？”

她轻轻摇头：“那你怎么连卡片都不写？我以为是有人故意保持神秘。”

“选花选得我头晕，不知道要写那个。”他说。

阮音书转念一想，想到第一节课下课聊天的时候，自己的确是说到了喜欢新鲜的花。

而程迟送来的花也都是带着水的，看起来非常新鲜，应该是选了一会儿才选中。

但是他为什么要给自己买花呢？是为了感谢自己给他糖然后监督他打伞吗？

或者，应该只是他单纯的钱多没地方花吧，听朋友说喜欢什么东西，自己刚好也有时间，就顺便买了。

嗯，这还挺符合他富二代人设的，而且她有时候也会准备这种小惊喜给朋友。

阮音书大脑飞快运作完毕，然后高兴地点了点头：“我知道了，那谢谢你呀！”

少女仰头，抿出一个笑来：“但是我不能带回去欸，因为我妈妈花粉过敏。”

他下意识跟答：“那怎么办？就让它可怜地在这里吹一整晚的风？”

他其实只是随口一讲，顺便逗一下她，谁知道她居然真的转过头，为难地开始思索起对策。

然后，他看到她走到自己桌子旁边，从抽屉里扯出了一个什么东西放在桌上。

他仔细一看，才发现那是个草莓小抱枕。小抱枕拆开，里面是毯子，她偶尔觉得空调风大会把毯子抽出来给自己盖上。

阮音书把花束抱进来放在那东西旁边，这才转头看着程迟："我把它抱进来了，不会再吹风了，你放心吧。"

行吧，现在连他瞎买的一捧花都有伴儿了。

程迟把目光挪回来，发现她看向自己的眼神里，满满都是对小朋友的那种安抚味道。

程迟："……"

这个发展走向好像不太对啊。

阮音书试探地看着他："还有什么不满意的吗？"

他看了她一会儿，没回答这个问题，倒是又问："花你喜欢吗？"

"挺喜欢的，很好看。"

他点点头："那就行了。"

他没有什么不满意的了。

阮音书虽然没有带花回家，但还记着自己还有花养在学校的事，后来去学校的时候她带上了自己的一个小喷壶，早上的时候给花瓣喷喷水，偶尔窗户打开，还能闻到花的一阵淡香。

李初瓷看着窗台感叹："我活这么大都还没收过花呢。"

"真的啊？那我下次买给你。"

"十七岁之前是收不到了，就指望十八这一年了。"李初瓷捧脸。

"你要对自己有信心嘛，为什么十七岁之前不做指望啦？"

"因为我生日马上就要到了啊！"李初瓷笑笑，"就过两天。"

阮音书反应了一会儿，才想起来初瓷的生日的确是快到了，要不是这么一提醒，她差点都忘记准备礼物了。

她征求意见："你想怎么过生日啊？"

李初瓷倒是很随便，脱口而出："就……大家一起吃吃饭唱唱歌呗。还能怎么过，又不可能张牧之陪我过。"

"张牧之？"

"那个暗恋的男生而已。"李初瓷耸耸肩，"反正他也不会来，没事儿。"

阮音书看了李初瓷一会儿，本来想问，可那个瞬间又不知道怎么开口，因为好像这时候的初瓷有一点儿脆弱。

一个人喜欢上另一个人的时候，就会变得很脆弱。

阮音书换了个话题，道："那我到时候帮你安排活动呀。"

两个人美滋滋地讨论了一会儿。周五那天，阮音书刻意跟阮母请了假，说自己要陪初瓷去做蛋糕，阮母也知道李初瓷，就放她去了。

但其实她并不打算告诉当事人，这个蛋糕她想偷偷做个花形，然后在生日的时候给寿星一个惊喜。

就算李初瓷收不到别人的花，起码也能收到她的"花"。

放学的时候阮音书很快就收拾好了东西，打算挨个蛋糕店去问问，谁知刚走到门口，发现程迟靠在那里打游戏，她折返了回去。

程迟看她靠近，鼻音微顿："怎么？"

阮音书小声问："总是打游戏很无聊吧，要不要做点有趣的事情？"

程少爷眉头一抬："什么事？"

"一起去给初瓷做生日蛋糕。"她捏捏耳垂，"我一个人总觉得人手不够。"

"就你一个人？"程迟偏头，"没叫别人？"

她的气音盘旋："这不是叫你了嘛。"

为什么叫程迟，她也有自己的思量。

程迟这个人比较懒，无论去哪了都喜欢窝着打游戏，这样她专心做蛋糕的时候他不会打扰自己，但她需要的时候又能叫他帮忙，算是一个非常好的助手了。

加上他力气也挺大，万一有什么突发状况，他也能帮忙。

程迟思忖了一会儿，点点头，扯下耳机："那行，走吧。"

她得逞地笑了笑，正要说什么，一道声音从门口传来："后面那两个谁，赶紧离开一下好吧，我们要上课了。真是——不是让班长提前通知了吗，怎么还有人不走！"

阮音书转头，看到门口站着颧骨凸显的罗欣霞，意识到罗欣霞是要占用一班补自己的课了。

罗欣霞看到阮音书和程迟，显然也是想起自己跟他们有点不愉快的经历，嘴角勾画起刻薄的弧度，不屑地笑了声，语调更尖。

“快走快走，你们闲，我们还要上课啊！”

程迟抬头觑了一眼，没说什么，只是东西收拾得更慢，让罗欣霞又多等了十几分钟。

罗巫婆的脸差点被气紫了。

但她可能是对程迟也有几分忌惮，没有再说话。

出校门的时候阮音书还在想，听阮父说，最近上头好像又开始严抓补课了，不知道罗欣霞怎么还敢在风口浪尖作案。

但她只是想了会儿，很快看到了蛋糕店，又重新投入给李初瓷做蛋糕的事情中去了。

逛了三家之后她选定了一家连锁蛋糕店，女老板看起来很和善，提供的模板也很漂亮，并且可以随时挑时间来做。

阮音书就把时间定在了当下，老板很快给她拿来模具，并且让她先开始打奶油。

为了方便施展，阮音书把头发扎起来了，但是还是有那么一小缕碎发频频滑到耳边。

程迟不出所料地窝在沙发上打游戏，她用手肘把头发往后拨了拨，继续低头专心致志地打奶油，结果头发又滑了下来。

她被扰得够呛，看了一眼桌上的发夹，又看了看自己满是奶油的手，第一次有种不知如何下手的感觉。

她正第二次尝试用手肘把碎发拨到耳后这种高难度动作时，桌上的发夹被人拿了起来。

是程迟走了过来。

少年手指瘦长，骨节明朗，他抬手覆到她额侧，显然是准备帮她。

他些微冰凉的指腹落在她发端，帮她顺了一下碎发，这触碰让她禁不住轻轻瑟缩了一下。

他垂头，气息似乎很近，像就在她耳畔，一路钻进她耳朵。

“别动。”

定做的蛋糕明明不是橘子味儿的，但她周身此刻都充盈着柑橘的味道。

她不清楚一个人身上的专属味道怎么会那么明晰，只要是他出现在周围，属于他的气息就立刻强势而霸道地占据她的世界。

不容置喙。

发夹是细细长长的款，程迟不太会用，小小的尖端似有若无地划过她耳朵，带起一阵密密麻麻的痒，像是有电流随着耳根往上炸开。

她知道他是在帮自己弄头发，真的低着头不敢动一下，眼睫一颤一颤，目光空洞地滞住。

她大概不太清楚这个距离意味着什么，就那么乖乖地不动，任他动作。

从他这个角度，能看到她白得几乎快要透明了的耳垂。

他有一搭没一搭地出着神，最后也不知道是怎么把那缕头发给收进发夹里的。

头发弄好之后，两个人恢复了正常距离。

恢复正常距离后终于没有人跟她抢氧气，她深呼吸了几下，然后继续有条不紊地开始自己的"工作"，像个小机器一样开始打奶油："你怎么忽然过来了？"

他状似镇定地戴好耳机，重新坐了回去，声音还是一贯的慵懒："我看课代表好像需要帮助。"

她低了头正想说话，唇还没来得及张开，那个红色的发夹荡了个弧度，就掉到她眼前。

发夹身残志坚地紧紧抓住她那点可怜的头发，在空中摇摇晃晃，跟玩秋千似的。

阮音书盯了发夹一会儿，这才问程迟："你刚刚是怎么给我夹的呀？是……"

程少爷架着腿，一只手嚣张地搭在扶手上："就把那点掉下来的头发夹进去。不对？"

"这样不行的。你得把多的头发夹进去之后再往前推，把它们固定在我后面扎起来的头发上，这样才不会掉。"阮老师讲堂开课了，"不然你看，就算夹了还是会掉，还是两个一起。"

她刚说完，女老板就推开房门看了一眼："啊，奶油差不多了，可以先去洗个手了。"

"好的，好的。"

她如获大赦，去了洗手池边把手洗干净，然后自己把发夹重新固定好了。

程迟眼见也没什么可玩儿的，也没被分配什么任务，索性就靠在沙发上闭目养神，躺了会儿才发现自己忘记把音乐打开了。

音乐的声音调得不高，耳边还能混进她转盘子捏形状的细小声音，有点像入睡前的 ASMR（Autonomous sensory meridian response，颅内高潮，多用作睡前舒缓）。

等阮音书看过去的时候，程迟已经靠在沙发上睡着了。

这人连睡觉都是一副戒备的模样——手抄在身前，感觉上很不好惹。但睡相还不错，那双眼色凛然的眼睛闭上了，连带着人也稍微柔和了几分。

程迟本来就没睡得太熟，感觉到眼睑上似乎有什么东西在来回晃，导致洒下来的光忽明忽暗。

似乎有人用手在他面前晃了几下，紧接着，他感觉到一边耳机被人轻柔地扯开。

伴随而来的是少女软软柔柔的气音：“真的睡着了啊……”

大致感应到自己正在被人观察，他本来准备睁眼，但又想知道自己不睁眼的话，她会对自己干什么。

于是他就保持着状态躺在那儿。

想了想，阮音书决定用循序渐进的方式唤醒他，悄悄伸手，在他耳机的音量键上加大了一格。

过了十秒，又加大一格。

再过十秒，成效初显——

“你以为我不知道你在偷偷调我音量键？”

“……

“我这是在叫你。”她一点都不心虚，非常有底气，“而且这种循序渐进的叫醒方式不会太让人抵触，会让你一点点清醒。”

阮音书还试图继续洗脑：“你看，你现在是不是一点都不生气？”

程迟捏捏眉心，好笑道：“那我要是生气呢？”

她一本正经：“那就证明你脾气不好。”

“……”

行。

阮音书走到一边开始背包："蛋糕我已经做完了，放这里明天再来拿吧，我们先走。"

他跟着她走到门口，阮音书忽然回过神来："今天是不是周五？"

程迟看了一眼手机，点头。

"我发现我红笔忘记拿了。"她检查之后开了口，"你先回去吧，我要回教室拿一下红笔。"

他双手插兜："一起，我顺路醒瞌睡。"

走到教室门口的时候她眨眨眼："那刚好，你手机可以借我用一下吗？"

"怎么，课代表要跟我自拍？"

"……"

这人怎么一套一套的。

阮音书无奈地往教室看了一眼："教室里还有人在上课，我给朋友发个消息，让她帮我把我的笔递出来。"

拿到了他的手机，她短信才打了三个字，忽然感觉到一班的前门被人推开了。

阮音书抬头去看，发现有几个穿着制服的人站在了门口。

为首的是一个戴着眼镜的中年男人，身后跟着几个拿笔记录的女子。

男人叩了叩门，倒也开门见山："不是都下课了吗，还在讲课啊？"

罗欣霞像是意识到了什么，面色在那一霎慌乱起来，尴尬和震惊从面上一闪而过。

她竭力掩饰，努力微笑着搪塞："上课还有点知识没讲完，所以就用下课时间讲一下。"

罗欣霞当然不会说自己在补课，她没有那么笨。

阮音书靠在后门门口，听到有人小声吐槽："鬼咧，你怎么可能是这么有品德的人，还无偿补课。"

那个男人也不说自己的身份，只是站在门口，颔首："那继续讲吧，不能耽误学生听课。"

他没有要走的打算，站在那儿的时候有种非常威严的气质。

二班的人小声猜测。

"应该是检查的吧。"

“不会吧，老罗踢到铁板了啊？我们会有事吗？”

“应该不会，再看看。”

底下的骚乱越来越明显，罗欣霞勉强维持镇定，随便讲了几句话，却已经没什么条理了。

而后她仓促收尾，还尽力让自己看起来很镇静：“好，我们就讲到这里，同学们下课。”

大家脸上的表情特别丰富多彩，一脸难以言喻地从座位上起身离开。

很快，罗欣霞就在门口跟男人说了几句，男人身后的人慢慢记录，而后罗欣霞跟着他们一块儿离开，不知是去了哪里。

看到罗欣霞离开之后，众人纷纷酸爽地哇了好几声。

“我 ×！这么刺激的吗？补课被捉了？”

“我第一次知道真的有检查的，看来不是假消息，刚刚快给我心脏吓停了。”

“我还有半个饭团没吃，赶紧吃了。”

……

讨论声此起彼伏，阮音书看了递给自己红笔的朋友一眼：“你看起来怎么还挺兴奋呢？”

“罗巫婆被查我当然兴奋了，我都要乐疯了好吗！”朋友连声感慨，“唉，她啥时候能被捉啊，就是那种再也不能当老师，然后把吞的钱全吐出来那种。”

又聊了一会儿，有人精辟总结：“被捉走之后学生都欢天喜地的，她这老师当得够失败的啊。”

大家虽然在一块儿讨论了很久，但也不能下定结论今天到底是什么个情况。

只有等周一再来学校的时候，才知道罗欣霞到底去了哪里，还能不能继续上课。

事情虽然不大，但也闹得不小，很多班群都在传这事。

一班那个没有班主任的群也不免俗地炸了锅，知情人士纷纷八卦，说不管具体情况是怎么样，罗欣霞这回都不会太好过。

阮音书看他们聊了一会儿，心思倒是没有太放在这上面，她还在思考明天怎么给李初瓷过生日。

两个人心有灵犀，李初瓷很快给她发消息：“明天要去的餐厅和 KTV

我都定好了，打算先吃个晚饭，然后去唱个歌，九点就结束。你OK吗？”

阮音书早已经跟阮母商量过这个事了：“行的，我OK。”

李初瓷跟她商量：“我还叫了几个关系不错的一起，你说……要叫邓昊和程迟吗？”

李初瓷犹豫不决，她和这两个人说关系不太好，但又是前后桌互相借过东西的情分；但要说关系好，平时好像也没一起出去玩过……

阮音书：“你觉得呢？要不我问问他们有没有时间？”

“行吧，反正我也没有加他们联系方式，你问问呗。”

李初瓷说完，阮音书发现自己也没有加他们。

但幸好她想起班群里大家都会改群名片，于是点进去搜寻他们俩的名字，搜了半天才把邓昊搜出来。

邓昊的头像是一个大笑菠萝，阮音书无奈地看了几秒，然后点了添加好友的申请。

正在基地对着游戏机打游戏的邓昊，忽然看到手机上闪了一条消息，点进去一看，整个人叫一声。

“阮音书加我干吗？！”

邱天靠过来：“这还没到晚上呢，昊昊又开始做梦了吗？”

“是真的好不好。”邓昊点了同意之后喃喃自语，“怎么，难道是要约我出去吗？”

“谁有过期的牛奶，赶紧拿来滋醒他——”

邓昊盯着手机，紧跟一句：“你们看，她问我明天有空吗，这还不是约我出去是啥？”

程迟转头看过来，然后一把把邓昊的手机抽走，屏幕上的确是“你明天有空吗”六个大字。

邓昊双手在空气中胡乱划拉着：“哎哎哎，怎么还上手抢了呢？是嫉妒昊昊……”

他把游戏手柄塞到邓昊手里：“打游戏就专心游戏，别分心。”

邓昊：“……”他感觉他说得也挺对的，但好像又有什么怪怪的地方。

于是邓昊就这么眼睁睁地看着程迟替自己回复着了。

等回复的时候，程迟也不跟什么人分享，时而臭脸时而脸色稍为缓和地继续游戏对战。

邓昊心想：刚刚不是你不让我一边打游戏一边玩手机的吗？？

就这么聊了几分钟，程迟把手机抛给他，然后开始拿着自己的手机玩了。

邓昊一脸茫然地接过手机，然后发现二人的聊天已经结束了。

对话内容如下：

阮音书："明天有时间吗？"

程迟替邓昊回："什么事？"

阮音书："明天李初瓷过生日，问你们要不要来呢。"

"我们？"

"是呀，你和程迟。"

程迟又道："那你怎么不去问程迟？"

邓昊看到这里，心里涌起一股非常微妙的嫌弃感："……"

程迟连这个都要算计得这么清楚吗？

记录里，后来阮音书回道："我不知道怎么联系到他，群里只有你。"

然后程迟就把自己的号码给她了，阮音书自然而然地就去添加程迟了，和邓昊的话题也就至此结束了。

不知道为什么，邓昊觉得自己仿佛沦为了一个爱情的牺牲品。

过了一会儿，邓昊暗中眯眼查看程迟那边的情况，发现这位爷心情不错，唇边正挑起了一抹弧度。

邓昊凑过去，问道："明天去吗？"

程迟点头："同学的生日，怎么能不去？"

"可是你好像还是第一次去这种同学的生日。"邓昊推了推并不存在的眼镜，发现事情并不简单，"不是这个原因吧，你是为了去见课代表的吧？"

程迟没回话，但也难得地没有骂邓昊。

他这个人比较闷，很少有情绪是直接说出来的，在喜欢阮音书这件事上也一样。

邓昊想起来程迟刚刚拿自己手机的情况，又想到程迟那句"那你怎么不去问程迟"，像是忽地明白了什么，嘿嘿一笑："我知道你刚刚在干什么了。"

"什么？"程迟蹙了蹙眉。

邓昊一脸高深莫测："你在吃醋哦。"

下册

想带你回家

鹿灵 著
Lu Ling
Works

青岛出版社
QINGDAO PUBLISHING HOUSE

第七章
以后我陪你

周六，李初瓷的生日如期而至，她将餐厅地址提前发给了每个人，房间号也写好了。

到了约定时间，人也差不多来齐了，他们正在等上餐的时候，门口又走进来两个人。

有人揉揉眼，又揉了揉眼，确定来者是程迟和邓昊。

于是当程迟正在找座位的时候，大家一致地往旁边挪了挪，把那份“危险”留到了阮音书的身侧。

程少爷也没说话，坐下就开始玩手机。他今天锋芒稍有收敛，不再一副随时随地要干架的模样。

阮音书承担起热场的重任，问他们：“菜都点好了，你们有什么不吃的或者想加的吗？”

程迟摇头，语调轻慢：“没有，邓昊什么都吃。”

邓昊：“……”

席上传来微小的笑声。

“对了对了。”邓昊从包里拿出两份包好的礼物，“初瓷生日快乐啊。给，生日礼物！”

李初瓷惊喜地搓手：“谢谢啦。”

大家起先本来都还有点拘谨，但是邓昊一直在说话，阮音书和李初瓷也自然地热场，慢慢大家也放松下来，

大家聊了几段之后，气氛又重新回来了。

吃过饭，大家休息了一会儿，赶赴下一个环节——K 歌。

歌唱到一半，李初瓷忽然拿着手机出了包间，过了段时间阮音书发现她还没回，站起身，出去找她了。

她在门口找到李初瓷，赶到的时候，李初瓷刚挂下电话。

阮音书小步走过去：“怎么打了这么久电话啊？”

李初瓷差点被吓一跳，握了握手里的手机：“刚刚……那个，张牧之给我打电话了，他祝我生日快乐来着。”

张牧之。

这并不是一个被初瓷提及频率很高的名字，可莫名其妙的，阮音书能感觉到，这个人在她心里非常重要。

因为只要提到这个名字，她的喜怒哀乐似乎就都被牵引。

很快，李初瓷居然真的自己开了口，回忆道：“我初中时候很喜欢他，但那时候的我真的很不好：自卑，既不瘦也不漂亮，总是戴着黑框眼镜，特别特别平凡。”

阮音书看过去，今天的她化了点淡妆，睫毛卷卷翘翘，五官小巧秀气，笑起来也很可爱。

于是阮音书禁不住道：“你别老胡说，上次我还听到有人夸你可爱呢。”

“现在比以前好很多了，你要是看到以前的我，肯定认不出来。”李初瓷笑笑，耸肩，“所以有很多事真的控制不了，譬如说人总是在最灰头土脸的时候，遇到最喜欢的人。”

阮音书看着她：“可是他今天祝你生日快乐了呀。”

李初瓷抱着手臂，语调第一次带着雀跃的满足：“我本来以为他早就不记得我了，可是他居然还记得我，还记得我的生日。

“音音，我好高兴。”

那短短的几分钟，李初瓷说了很多，像是整个人重新在这段感情里活了过来，带着不敢深究的希冀："他会不会只是无聊呢？"

阮音书拍拍她的后背："不会的，他肯定是看重你才会记得你的生日。"

"真的吗？"

"嗯，当然啦。"

后来她们又聊了一会儿，二人起身，准备回包间。

站在电梯里的时候，阮音书出神地想着：爱，好像很容易让人矛盾，让人踌躇满志，又让人患得患失。

就像初瓷这样。

李初瓷今天晚上心情格外好，自己点了不少歌，阮音书则自己默默坐在一边，话筒不递过来，她也不会跟着哼。

看了下时间，她喃喃计划道："是不是该把蛋糕推上来了？"

一边的程迟扫了她一眼，身子忽而往前倾了倾："嗯？"

阮音书也蒙了一下："嗯？"

她不是在自言自语吗？没有和他说话呀。

程迟也不知是无意还是刻意曲解，摇摇头："你这样说话我听不到。"

KTV里背景音实在是太大，她看到角落里有人在讲话，两个人紧紧贴合，几乎是一个人的嘴唇贴着另一人的耳垂，远远看上去很是亲密。

程迟往她视线方向投落一眼，也不知道看到没有，再转过头来的时候，他手指轻飘飘勾了勾，眉梢抬。

"你靠过来一点儿啊。"

阮音书想想，手撑在软垫上，慢慢靠了过去。

她虽然刚刚的确是在自言自语，但程迟都说这么久了，总不能大费周章，结果就和别人说一句"我没和你说话"吧。

她舔舔唇，说道："我说，我是不是可以把给初瓷准备的蛋糕拿上来了？"

程迟似乎还是没有听清，耳朵又靠过来一点："什么？"

她看着他近在咫尺的耳垂："我给初瓷不是做了生日蛋糕吗，感觉是时候推上来了。"

他顿了顿，旋即点头："嗯，可以。"

阮音书点点头，旋即站起了身，推开包间门走了出去。

程少爷也不疾不徐地起身，同她一道。

门关上，毫无灵魂的鬼哭狼嚎被锁在门内，走廊里不再吵闹。

程迟抄手问她：“怎么不让服务生推上来？”

阮音书摇摇头：“还是我自己来好了，这样比较惊喜。”

前台已经把东西都布置好了：蛋糕放在推车上，旁边摆好盘子和叉子，蜡烛也准备就绪，只差点火。

阮音书回头问程迟：“你带了打火机吗？”

程迟点点头，从口袋里摸出一个纯黑色的打火机，抛了过去。

她伸手接过，掀开盖子，目光逐渐变得迷茫。

这个好像和她平时见过的塑料打火机不太一样……是按哪里开呢？

“不会开？”程迟很快发现她的出神，往前走了两步，又从她手里把打火机拿出来，轻笑一声，“看来我真是高估课代表了。”

阮音书不服气：“我又没用过这种……”

少年修剪干净的指缘微微一划，火苗立时从旁侧蹿出，整个动作是描述不出的利落潇洒。

后来蜡烛点好，阮音书不知怎么就心跳加速起来了。

她站在门口的时候小声说：“明明我才是准备惊喜的人，怎么现在有点心跳加速？”

他倚在门口，语气云淡风轻，却又有点低沉的意味不明：“我也是。”

“你也是什么？”她奇怪地问。

他停了那么几秒，旋即垂眸，舌尖舔舔唇瓣：“……我和课代表一起准备的啊。”

“哦，你这么一说也是这样，蛋糕是你陪我做的，推蛋糕也是……”

阮音书调整了几下呼吸，抬手推开了门，边唱着生日歌边进去了。

大家纷纷响应，扔下手里的手机和水果，拍着手唱起了生日歌。

站在正中央的李初瓷双目圆睁，呆呆地站在那里，过了半晌才指指蛋糕：“你们什么时候买的啊？”

“我做的。”阮音书把推车转了一圈，用软糯的声调豪爽道，“送花给你呀。”

李初瓷这下真是完全愣住了，被感动得不行，握着话筒，情之所至唱了首《爱你一万年》。

包厢的气氛升至顶峰。

后来大家切蛋糕。阮音书做的蛋糕不小，刚好够吃。李初瓷一块块切好，阮音书默契地配合着往下发。

一边发，她也没忘记这是自己亲手做的，自己还没尝过味道，忽然回过头问第一个拿到的邓昊："味道怎么样？"

问完她又去李初瓷手里接蛋糕，颇有种先给邓昊提个问，等会儿来收答案的意味。

程迟看着邓昊："怎么样？"

邓昊挖了一小块，咂咂嘴："你也知道我不爱吃蛋糕，我尝不出来啊……"

话音刚落，阮音书便凑过来问："怎么样，好吃吗？"

程迟对着她殷切目光，道："还不错。"

阮音书又问邓昊："你觉得呢？"

邓昊："我……"

程迟率先替他回答："他觉得非常好吃。"

邓昊："……"

"他说他等会儿还想要一块。"

邓昊："……"

阮音书想了想，为难地抓了抓耳垂，看向邓昊："那我再去帮你要一块吧，就是蛋糕有点不够来着。"

邓昊："……"

有人倾听昊昊内心的声音吗？没有。

吃了两块蛋糕之后，邓昊已经撑得走不动路了，瘫软在最内侧的沙发上。

但就在只剩一首歌还能唱的时候，李初瓷举着话筒询问："还有谁想唱吗？赶紧啊，最后一首了啊。"

邓昊立刻一个鲤鱼打挺坐起来："我唱，我唱！"

拿到话筒之后，邓昊装模作样地拍了两下，然后肃穆道："接下来的这首歌，我要送给程迟。"

正在玩手机的程迟抬起脸。

“因为这就是他最真实的写照。”邓昊整张脸都写满了郁郁，咬牙道，“《来自天堂的魔鬼》，送给程迟。”

“……”

一首荒腔走板的魔鬼歌曲唱完，屏幕切换入不可操作界面，大家收拾了东西，然后准备各回各家。

李初瓷结完账之后道：“大家都有办法回去吧？现在才九点，地铁公交应该都 OK，实在不行两个人一起打的也行。”

说完，李初瓷又转向最需要关切的阮音书：“你等会儿呢？要不要我送你？”

“不用。”阮音书看一眼手机，“我妈刚给我发了消息，让我先坐地铁，然后她去地铁站接我。”

“噢，好好好。”

李初瓷早已见怪不怪。阮音书家里管得严，而且阮父阮母安全意识特别重，所以就连晚上八九点都会出来接她回家，生怕她出意外。

从小被放养的程迟当然觉得稀奇，在地铁站的时候问阮音书：“会怕吗？”

阮音书没懂他的意思，茫然地抬脸：“啊？”

程迟继续笑：“我说，课代表一个人坐地铁，会害怕吗？”

阮音书：“不怕啊，为什么这么问？”

“因为小朋友放学才要家长接送啊，譬如我八岁的小侄子，他自己坐地铁就会怕。”他揉揉她发顶，俯身和她对上视线，“课代表今年几岁了？”

她上嘴唇抬了抬，一副小野兽要露出獠牙的模样，过了半晌，又眨巴着那双剪水双瞳，头微微一侧。

“我今年十二岁半了，你呢？”

“那你好老啊。”程迟挑眉，“我只有八岁。”

阮音书要坐的地铁在对面，她看车来了，挥挥手不跟他闹了。

“车来了，我先走啦，你们也注意安全呀。”

晚上的地铁人并不多，大家上上下下，渐渐地，只有程迟和邓昊留到了最后。

地铁的急速行进声响在车外，邓昊摸了摸自己的小肚皮：“吃了两块蛋糕，我觉得我要撑得失眠了。这算工伤吗？我请求报销。”

程迟睨他一眼：“谁让你吃的？”

“你让我吃的啊。”邓昊简直一肚子苦水，“不是你说那个蛋糕我觉得很好吃，还要再吃一块吗？那我不吃不就崩人设了吗？那我不就肯定得吃了吗？”

程迟：“蛋糕是阮音书做的。”

“啊？”邓昊疑问了句，很快又了然地点头，“啊……”

“怪不得你让我吃那么多，还说好吃。”邓昊一脸难以言喻的表情，啧啧嘴，“难以想象，这么做的人居然是程迟。”

程迟没理他。

过了会儿，邓昊又十分八卦地凑过来：“你是真的喜欢上她了，对吧？”

程迟其实是一个挺闷的人，有什么想法什么情绪他不会直截了当地说出来，像是桌上足球那次赌注，还有那次送伞。邓昊之前其实一直摸不清头绪，感觉程迟的喜欢似真似假，虚虚实实。

所以他也没办法说什么，也不知道程迟怎么去处理。

但就在刚刚，在包间里，他看到阮音书凑近程迟耳边说话的那一瞬间，少年唇角挂着竭力压制却仍旧流淌的笑意。

他忽然明白，为什么别人说喜欢一个人是藏不住的。

就连程迟这么难以读懂的人，都藏不住喜欢的心情。

邓昊一个劲儿地自己在那说：“我记得开学的时候给你打电话，还说感觉你根本就不会喜欢上别人，没想到这么快就动了凡心啊。这种感觉我好像还真没切实体会过，你这搞得我也跃跃欲试了。不过，我想通了，也许像我这种无敌的人生来就寂……”

程迟：“滚。”

“……”

地铁到站，邓昊下车回家，程迟去了基地。

临别之前，邓昊问：“怎么，你还是回基地啊？”

“不然？”

“行吧，行吧，我就关心一下……你这真是，我本来觉得我自己够不着家了，你比我还行，三百六十天都住基地。”

今天的基地很安静，程迟洗过澡，索性没开灯，直接躺上了床。

邓昊在地铁上问的话就像被按了回放键，在程迟耳边循环播放。他点了台灯，发现桌边散落的几颗糖。

其实他发现自己喜欢她，也没比邓昊发现得早多少。

不知道动心是从什么时候开始的事，当他回过神来发现心迹的时候，也许已经持续很久了。

大概……他喜欢上她的时候，比自己感知的，还要早很多。

周一去上课的时候，在既生产八卦又是八卦搬运工的打水区，阮音书再次听到了罗欣霞的情况。

知情人士爆料："她今天没来上课，办公室都没看到她人，今天二班的物理课由乔瑶代上，其他的消息学校一点口风都不透，就是说罗老师有事去了。哈哈哈，我呕。"

"乔瑶总不能一直帮上吧。万一真出事的话，怎么办？"

"肯定得找别的老师，也有可能重新排课表，让乔瑶带。"

"不过目前我听说，罗欣霞是被带去调查了，如果调查出来她做的那些破事，肯定就要革职吐钱，她也别想当老师了。听说是被人举报的呢，谁能想到。"

"被举报？学生啊？"

"我估计学生不敢。谁知道呢？到时候我再打听一下。"

"罗欣霞也是真的该，不作死就不会死，她自己把自己作成那样，谁还喜欢她！"

阮音书全程充当听众，看大家慷慨激昂地吐槽罗欣霞。

可惜下课的时光总是非常短暂，上课铃响，每个人又得回去上课。

虽然没了一个罗欣霞，但地球照样转，一班只是被她占用了教室，并没有真正受到波及。

中午吃完饭阮音书和李初瓷回得早，坐在里头边聊天边写题。

程迟那时候才来，刚走到门口，发现有个人在那里踌躇不定。

他正要进班，那个人却忽然拦住了他。

"同……同学！"

程迟皱着眉看了他一眼，虽然不悦，但还是让他有话赶紧放。

那个人递上一个小盒子，里头的东西晃出声响：“可以帮我把这个给阮音书吗？”

程迟：“……”

那人以为他是不知道，还往里指了指，脸色微红，很是羞涩：“就、就是那个长头发的……”

羞涩的小男生正陷入自己羞涩的初告白中，抬头一看，面前的程迟，怎么脸黑得有点吓人？

给阮音书告白的羞涩男生脸红了又红，像是被人发现了什么隐秘心事一般。

程迟本就没什么表情的脸色更冷了几分，他非常不爽地舔了舔上牙膛，像是在瞄准猎物，上膛击毙。

羞涩男生现在不只是脸红了，还有点害怕。

他哪里知道对面这个人是学校大名鼎鼎的盖世魔王？只是觉得这位同学怎么来者不善的模样……

羞涩男生又小声问了句：“不、不可以吗？”

程迟眯了眯眼，这会儿倒是笑了：“你送这个——是什么意思？”

“啊。”羞涩男生愣了愣，“就是，想告诉她我的心意来着。”

“她学习很忙。”程迟言简意赅，把所有通道通通堵死。

“我知道的……但、但是，这个不会耽误她很久的。而且，如果那个什么……我们可以共同进步，一起努力学习啊。”男生说着，从脖子红到耳根。

程迟点头：行，还开始想象你和阮音书的美好未来了。

他掂了掂手里的盒子：“你们不适合。”

“还没开始呢，怎么就知道不适合？而且你都没有问过她的意见！”青春期的男生总是有超乎寻常的决心和羞耻心，“帮我送到她手里，拜托了！”

男生把另一张纸条塞进程迟手中：“这是我的联系方式，如果她想加……随时可以加！”

说完，羞涩男生低着头跑走。

程迟非常缓慢地合了一下眼睑，半耷着上眼皮，垂头看手里的纸条。

纸条被叠成一个爱心，里面是羞涩男生的联系方式。

她想加个屁。

程迟收回目光，眉无意识地蹙了起来，他抱着这一堆乱七八糟的“示爱礼物”走回了座位。

邓昊正坐在位置上舔冰棍，一脸看好戏的表情：“你怎么在外面站了那么久？去收保护费了吗，哥？”

程迟没搭理。

邓昊本来也打算继续看自己的综艺节目，结果余光瞟到了一个红乎乎的东西，像个椭圆似的。

“这啥啊？”他指了指程迟手里的东西，“你真的收到钱了吗？这么大个盒子是什么？”

程迟不耐烦：“不关你事。”

明显感觉到程迟进来之后有点走神的邓昊更好奇了：“我看你和门口那个好像说了很久呢，走的时候那男生脸还红了……”越说越觉得有问题，目光逐渐变得深奥而变态，“不会吧，程迟你干啥呢！”

阮音书听到后面的声音，禁不住回头看。

热爱作死的邓昊趁程迟不注意，做贼似的飞快伸出手去拿他抽屉里的盒子，谁知道被程迟发现，一个眼刀扫过来，邓昊手抖了一下。

盒子被从抽屉里扯出，盖子不经意间被掀开，露出里面粉色的信笺和折的千纸鹤，而盒子旁边的，是一个纸叠的红色的爱心。

时间静止了，邓昊就那么伸着手不敢动作，眼睛睁得挺大，满脸写着“活久见”。

阮音书看着那个爱心，也后知后觉意识到了什么，目光不知往哪里落的时候，正对上程迟的目光。

少年眸色沉沉，动作懒散而轻佻，眼底压着不悦。

她想了想，小声问道：“你现在的荷尔蒙……已经波及男孩子了吗？”

程迟：“……”

左右不过就是个路人甲的告白，其实无关紧要。

只不过……他喜欢的姑娘，怎么还有人敢抢。

那个盒子连带着告白也不知道后来跑到哪儿去了，等程迟想起来似乎还有这码子事的时候，盒子早就不翼而飞，不知去向。

他对着空荡荡的抽屉还没来得想点什么，就看到邓昊神秘地跑进来，小声地附耳道："罗欣霞回来了！被开除了！现在正在办公室收拾东西准备滚蛋呢！！去共赏人间美妙时刻吗？！"

程迟倒是挺意外："这么快就被开除了？"

"是啊，好像还罚了不少钱，补习班之前收的钱也都退给家长，还有以前多收的资料钱也都填到班费里头去了……"邓昊说，"之前二班的人就陆陆续续得到通知了，只不过罗欣霞今天回来我才知道的。"

邓昊又小声："赶紧去看呗，好多人都在凑热闹呢！"

说完，邓昊又按捺不住地慷慨激昂地抬头，对着全班喊："二班班主任被罚了，就在物理组办公室里头，大家去送行吗？"

"……"

所以，邓昊刚刚小声的原因是什么？

李初瓷听了这个消息，大仇得报似的立刻站起身："哇，上头的速度真够快的啊！走走走，音书我们去瞧瞧！"

阮音书被李初瓷拖去了物理组办公室，远远就看到大家围在了门口。

李初瓷杀出了一条血路，挤到了围观前排。

罗欣霞今天看起来很憔悴，不知道是不是因为放弃了自己粉紫色眼妆所导致的，黑眼圈特别浓地挂在眼下，脸上的雀斑遮都遮不住了。

因为消瘦，她颧骨更凸，脸颊陷进去很深，以往就刻薄的脸现在更加尖锐，无限度逼近于圆规。

"之前不是还挺张扬吗？又是赶狗又是罚人跑圈的，感觉给她一个支点她能撬起一个地球。"李漾挤过来说道，"这就是人品差的后果吧，没人喜欢她。"

有人道："更惨的是二班好像根本没人为她求情，之前好像也是有一次有个老师要走了，但是那个老师人挺好，全班就一起写联名书，后来老师就留下来了。但是罗圆规他们班，大家都没有要挽留争取的意思。"

"罗圆规？哈哈哈，这个形容怎么这么贴切。"

"对了，你们知道她为什么叫罗圆规不？"二班的人也在围观之列，"因为我们之前讲到初中的一个课文嘛，里面就形容一个反面角色的女人很刻薄，像个圆规一样，结果她知道了就问班上人：‘你们觉得我们班谁比较像圆规啊？’”

“不是吧——老师上课问这种问题，这对学生敌意也太大了。”

“是啊，我当时就觉得这个老师真的一点分寸都没有，这种话题已经有侮辱学生的意思了吧。”

外面人山人海，学生们讨论得热烈，里间的罗欣霞像个笑话一样被观看着，在众人围观中，一个个把自己的东西收拾到箱子里去。

别的老师都在工作，好像她那一块儿变成了黑白的，反差强烈。

罗欣霞也没有以前的趾高气扬了，也许是觉得丢脸又难堪，抱着箱子低头从走廊中穿过，偶有陌生的学生指指点点，议论声重重。

她能感觉到他们在聊她，能听到那音节一个个摞叠着，但却听不清这些人到底在说什么，声音只是嗡嗡嗡一样在她耳畔来回激荡。

她也很想把手里的东西就这么扔出去，大吼一声都给我住嘴回去上课，但她做不到了。

她被革职了，她没有权力了，被踩入泥土，似乎不过是一瞬间的事。

快走到校门口的时候，她看到人群里打眼的程迟。

少年很高，无论站在哪里都足够惹眼，无论是自身条件还是家庭条件，都并非“优越”二字能简单概括。

想到这里，罗欣霞忽然顿住脚步，有些歇斯底里地恶狠狠瞪过去：“是你举报我的吧？”

否则她怎么只知道自己被人举报了，却不知道举报的人是谁呢？能把保密工作做得这么好的，除了程迟还能有谁？

程迟皱眉，莫名其妙地看着她。

也不知道是触动了罗欣霞哪根神经，她骤然抬头，笃定地指着程迟：“肯定就是你！你对我怀恨在心，所以那天我在一班补课的时候，你去举报了对不对？”

她的满腔怒火无处发泄，只能在此刻全数倾倒出来，也不管自己对与不对。

“你也不用狡辩了，我知道你城府深得很，小小年纪一肚子坏水。我告诉你，你迟早要把这个学校带得一团糟，现在你还能站在这里，只是没有被……"

"罗欣霞！"忽然有人从拐角里快步走出，打断罗欣霞的话，"你怎么还没走，站在这里干什么？"

"校……校长？"罗欣霞心虚地咽了咽口水，"我跟学生说事。"

"我不是让你收拾了东西就尽快走吗？你是不知道自己惹出了多大的事？？"校长眉头紧锁，指指她身后，"你看看这里都围了多少人了，你还在这里磨磨蹭蹭，等会儿还要不要上课了？学生出事了又怎么办，你能负责吗？！"

"换而言之，你自己清楚这不是什么光荣的事。"男人咬咬牙，恨铁不成钢地叹息一声，"你给学校造成了非常大的名誉损失，所以别再逗留了。我希望一切都到此为止，你别再招摇，我也不想事情更坏。"

看到校长亲自出来赶人，围观群众又是一阵沸腾。

阮音书站在人群里，目光却放在程迟身上，有些奇怪罗欣霞刚刚为什么一直在指控程迟。

罗欣霞深吸一口气，强忍着心里的愤愤不平，憋屈道："我知道了。"

她最终也没能发泄完，连一个眼光都没敢再丢给程迟，揣着一肚子自找的气走出校门。

一高的大门在她身后吱呀着关上。

邓昊晦气地掸掸衣角，看着程迟："你们的事都多久之前了啊，难为这傻 × 现在还记你记这么清楚。你哪有那么多时间跟她闹，要整早就整了好不好？"

程迟勾了勾唇角："大概有臆想症吧。"

"当时她们指控你的场面我都还记得呢。"邓昊抬头，"风水轮流转啊，谁能想到我们亲爱的罗老师现在就下马了。"

两个人对着空荡荡的校门口看了一会儿，也回去了。

罗欣霞离职以后，乔瑶先代她上了一个星期课，一个星期之后，学校安排了新的老师教二班物理，班主任换成了数学老师。

大概是学校怕了，二班新的物理老师人不错，是口碑挺好的一个老师。

罗欣霞就此蒸发，听说换了手机也退了班群，换了个城市生活。

总之，没有了她的校园，比以往和谐了许多。

但是阮音书总是容易想起罗欣霞走之前指着程迟鼻子骂骂咧咧的场景。

程迟和罗欣霞之间到底发生过什么，她仍然无从得知。

会和程迟之前隐瞒身份解题有关吗？为什么罗欣霞那么针对程迟呢？

也不知道这个谜团，什么时候才能被解开。

周末的时候阮父买回来一个烤箱，阮音书和母亲一起研究了一会儿，打算做点小饼干。

东西都买回来之后，母女俩各种调和加料，在桌上忙得不亦乐乎，白团子就在底下吐着舌头看。

差不多弄好之后，阮音书把面压平，然后用模具把饼干的基本形状给定了出来。

值得一提的是，虽然阮母一开始对白团子进家门并不积极，但白团子实在可爱，没一会儿阮母就抵抗不住这攻势，缴械投降，变成了“白团子奴”。

现在，阮母比阮音书照顾白团子还要积极，甚至还给白团子做了小鞋子。

饼干送进烤箱之后，阮音书边听英语听力边等待，阮母则在逗白团子玩儿，白团子摇着尾巴，一双大眼眨啊眨。

她一套英语听力听完的时候，饼干刚好烤好了。

阮音书戴着手套把饼干端出来，烤箱的时间控制得刚刚好，饼干没有碎也没有炸更没有焦，表面金黄。

她这次选的模具有小熊的，哆啦A梦的，还有个笑脸和一箭穿心的。

凉了一会儿之后，她选了块饼干尝了一下，味道还不错，非常酥脆。

阮母问她：“要不要明天带一些去学校给同学？”

阮音书点头：“我刚刚正在这么想。”

她找了四个袋子，一个袋子装了一种模板的饼干，周一就顺便带去了学校。

早上李初瓷来得急，刚好没吃早餐，阮音书就顺便给了她一份饼干加一杯牛奶。李初瓷简直感激涕零了，边夸她心灵手巧边把饼干吃完了。

后来下午自习课两个人又一起吃了一袋，大概是袋子捏动的响声被邓昊听到了，他揉揉肚子，忽然说：“我好饿啊。”

阮音书停了一下，送了一块饼干进嘴巴里，然后从抽屉里拿出了一包自制饼干递过去：“喏，吃吗？”

邓昊受宠若惊："给我的吗？"

"嗯。"阮音书点头，"我昨天自己做的，今天带了几包来学校。"

"好啊。"邓昊来者不拒，伸手收下，"救命之恩，没齿难忘！"

一边百无聊赖的程迟看过来一眼，旋即懒懒散散道："课代表搞区别对待啊。"

"我们这就四个人，三个人都有的吃。"他继续"控诉"。

"你也有呀，我怕你不吃。"阮音书长睫颤了颤，"毕竟你那么挑剔的。"

"课代表给的，哪有不要的道理？"程迟摊开手，示意她赶紧把东西放上来。

桌子里还剩下一包小饼干，阮音书递了过去，程迟接过之后，掂了掂手里的分量。

很快，他打开袋子，一边玩游戏一边吃了起来。

虽然程迟没发表意见，但看他一直在吃的样子，应该对饼干也是满意的。

阮音书转过头继续写题了，写题的空当李初瓷说："我才发现这里面都是笑脸的欸。你做的都是这个样子的吗？"

阮音书慢慢咀嚼，像只仓鼠似的："不止，我做了四种样子。"

"还有呢？都是什么样的？"

"还有一套哆啦 A 梦的，一套熊的，还有一套一箭穿心的。"

李初瓷惊叹了声："我怎么没看到穿心的啊？你的心呢？"

"可能……在程迟那儿吧。"阮音书说，"我也不知道，刚刚随手给的。"

程迟听到这番对话，手指停了停，旋即低头，看向自己手指间夹着的那一块小小的心。

饼干的样子挺可爱，爱心上还有个箭头穿过，真的是一箭穿心的样子。

他无意识地抬了抬眉。

放学之后大家三三两两离开，程迟饼干还没吃完，便顺道准备带回去。

邓昊的手不安分，视线也定在他的饼干上："带回去干啥呀，多麻烦，不如现在……昊昊帮你……"

程迟目光非常不善地挪过去，眼睑下压着一半瞳仁，眼神冰冰凉凉的："好啊。"

"……"

邓昊很快发现情况不妙，摇摇头，吞吞口水，很违心地笑了笑：“奇怪，可是我现在又不想吃了呢，呵呵。”

两个人走到后门门口的时候，程迟发现了一个熟悉的人正向正门靠近——是之前给阮音书送告白礼盒的那个。

很快，阮音书也从正门方向出去，两个人打了个正着。

邓昊本来以为程迟要走，但是谁知道程迟居然站定了，一头差点撞上，幸好自己及时刹住了车，顺着程迟目光看去。

那边的羞涩男生说了几句话，说着说着脸以肉眼可见的速度红了，他说完就看着阮音书，像是在等什么。

阮音书不知道在想什么，想了一会儿之后开口了，重复说了几个字，然后鞠了个躬。

程迟看出她说的是“谢谢，谢谢”。

她还鞠了个躬，大概是没成。

果然，男生有点沮丧地点点头，但还是勉强微笑着说了句什么，这才离开。

很意料之中的结果。

程迟笑着看了看自己手里的饼干，满意地回了基地。

回基地之后，晚餐时邓昊免不了提起这个事，他敲敲碗沿：“我又目睹了一起大型告白被拒惨案，执行者又是我们语文课代表。”

桌上涌起断断续续的笑声。

“你懂啥，人家那是先下手。先下手为强，后下手遭殃——没听说过吗？”有人说，“这种就像抢购，你不够快，最后就只有眼馋别人的份儿。”

桌上的讨论逐渐多了起来。

“虽然抢手的女孩子是要讲究一个先下手，但是怎么讲，阮音书这种女孩子就属于特别难搞定的类型，太难追了。而且她也不跟人示好你知道吗？”

“对，就是追又追不到，但是你不追，又被别人追跑了。反正就是……这玩意儿是一种很玄的东西。”

“反正我觉得现阶段的阮音书是特别难追的类型，属于玩命追也追不上的那种。”

程大少爷高高挂起，听着四面八方涌入耳的讨论声。

她虽不爱示好，但对他也还算不错，起码今天的饼干挺好吃，形状也正合他意。

过了那么半晌，众人讲得更加激烈。

程迟散漫地扯了扯嘴角，目光落在柜子上的那袋手工饼干上。

他的声音淡淡的，又很有力量："很难追？"

"是啊，看起来就很难啊……"

"到底难不难追——试试不就知道了？"

程迟沉声，语调里带着一点跃跃的、极易被撩动的火星："试试？"

这两个字在基地楼顶爆炸开来，如同水波一样荡漾散开，回旋绕梁。

"谁敢试啊？我可不敢。"一头红毛的男生作为一号选手率先发言，"我撩妹可是百发百中的胜率，我不想因为一个阮音书，打破我这传奇一样的胜率。"

二号选手寸头男生也说："嗯……我也觉得被拒绝了挺丢人的。我不想冒着百分之九十九会被拒绝的风险，去搏那百分之一。"

三号红裤子选手紧接着道："如果我上了，她很可能成为我追求史上永无法弥补的一个黑洞。"

对于在座不少人来说，追求一个妹子并非是追求这么简单，还涉及面子问题，更包括自尊心受创的方面。

他们真的去猛烈展开攻势，要么是因为那个人很好追，要么是有十足的把握能成，其实究竟是不是真的喜欢，还有待商榷。

这些人随意惯了，对待感情也是这样，习惯就像交换商品一样去衡量利弊。

谈恋爱在他们眼里跟打游戏没什么区别，先上手，喜欢就继续，不适合就找下一款，潦草简单，好聚好散。

程迟皱眉，用手叩叩桌面："少用这种肤浅粗俗的方式讨论她，她是放在橱窗里等你们买的东西不成？"

本来还准备发言的四、五、六号选手全愣了一下，察觉到面前满身寒气的人还在持续发功，话都哽在喉咙里没敢再说出口。

"我没让你们追。"程迟站起身，往房间走的时候撂下一句话，"你们别打她主意。”

这两句话看似平平无奇，实则暗藏杀机。

邓昊趁诸位发呆的时候赶紧往碗里夹肉，才夹到第六块的时候就被发现了。

“邓昊，你偷偷摸摸干吗呢？牛肉都被你挑走了！”

“我这不是看大家不吃嘛。好心帮你们解决剩下的垃圾还要被骂，呜呜呜，昊昊委屈。”

“那你可真是委屈呢。是牛肉自己跑到你碗里的吗？”

“不是。”邓昊忽然正色，“是我的米，它有吸星大法，非要把东西都暴风吸入，唉，我也没办法啦。”

“……”

一边吃，邓昊还要批判：“你看看你们这些人，庸俗！肤浅！对爱情一点敬畏之心都没有。以为谈恋爱是打怪游戏吗？还要看看进溶洞之前自己死的概率有多少？”

“你先看看自己吧。”邱天戗他，“昊昊打怪打到几级了啊？快通关了吧？”

邓昊差点没呛死，发现话题对自己不利之后飞快扭转话锋：“你……咯咯，以为我是程迟吗？成天抻着脸，一点年轻人的躁动感都没有——他多少桃花是我拒绝的？你看他连拒绝别人都懒得亲口说……”

房门响了一声，程迟出来拿充电宝。

邓昊立刻缓出一个狗腿子般而不失礼貌的微笑：“不过我非常乐意为我的程迟王子服务，是我的荣幸。”

“嗯。”程迟点头，“吃完之后把桌子收拾了，再把地拖了，顺便做个大扫除。”

邓昊：“……”

过了几天，一大早，邓昊抱着一摞神秘书籍和早餐，打开了基地的门。

有通宵的小伙伴刚打完游戏，打着呵欠出门，准备找个地方睡觉。

邓昊在沙发上坐了一会儿，又睡了一会儿，就看到程迟起床了。

无论睡没睡饱，程迟起床的时候永远都是一个样：一头乱而不杂的发型，眉间褶皱很深，眼睛半眯着，一股下一秒就要找人揍一顿的样子。

慢慢醒了之后，他还是很不爽地坐到沙发上，也不知道干什么，随手翻着桌上的物理杂志。

邓昊把他的杂志拍到桌面上："别看傻 × 邱天买的东西了，看我买的，我给你准备了不少好东西。"

程迟手搭在扶手上，皱眉看过去："什么？"

他一脸"你要是大清早跟我胡闹有你好看"的表情。

邓昊从自己的手边移来那一摞书，放在程迟手边，用自己的手掌盖住书名："你不是想试试追人吗？我这里为你准备了一些书籍。"

前些天晚上，他左琢磨右琢磨饭桌上程迟的话到底是什么意思呢。程迟说要试试又不让别人打阮音书主意……琢磨了半晌，他琢磨出来程迟是想自己试试。

发现自己并没猜错，邓昊也愈发得意，献宝似的继续把书往旁边推了推："这是我特意针对你的情况，为你量身定制的极品好书。如果你喜欢，请为邓昊点赞。"

程迟直接拨开邓昊的手，把那堆书抱到了自己面前的桌上，然后一本本开始看书名。

《那些年，我是如何撩妹的》《屡试不爽的撩妹宝典》《学会这些，女朋友不请自来》《追妹技巧 108 式》《土味情话一千句》……

"……"

程迟咬了咬后槽牙。

邓昊本来还喜滋滋的呢，但看着程迟的脸色，觉着当下气氛怎么不太对呢，于是趁程迟拆塑封的时候，借着买水的名义溜之大吉。

程迟拆开了一本《如何追妹，百试百灵》，打开封面的时候，才发现侧边的书页纸张只是效果，整本书只有一页纸，翻不动，上面写着参悟人生的三个字——

长得帅。

"……"

程迟本来以为邓昊不知从哪搞来的这些书屁用没有，但是花点时间粗略扫了几眼之后，发现里面也勉勉强强有点内容在。

不过里面说的东西不是太宽泛就是太理想化，他也只是打发时间的时候随便看看。

看了一会儿之后，他总结出了这几本书的一个追人套路——送关怀。

无微不至地送关怀。

无处不在地送温暖。

中午他去学校，第二次出乎意料地没在座位上看到阮音书。

他往周围扫视了一圈，她依然不在。

“找人呢？”冷不丁蹿出的邓昊在程迟身后幽幽道，“我刚问了，阮音书排练去了。那个什么文化节马上就开始了，她也参加，所以在跟着一起彩排。”

坐下的时候，邓昊仍是道：“课代表啥时候参加的这个啊？我都不知道。”

程迟敛了敛眼睫，淡淡道：“我知道。”

“行行行，你知道就行。”

过了会儿，程迟觉得这么坐着也挺无聊的，问邓昊：“她在哪里排练？”

邓昊笑嘻嘻道：“练舞室吧，在那走流程。”

程迟起身，去买了瓶水，然后顺道去练舞室转转看。

果然。阮音书负责的东西不是特别多，这个时候正坐在椅子上看他们彩排。

大约是中午忙了一阵子，她现在才吃饭，一只手端着饭盒，一只手夹菜，慢慢地吃着。

主持人正在彩排报幕，阮音书吃了几块土豆，大概是有点被噎着了，端着饭盒到饮水机边上，准备拿个杯子打水。

她正在犹豫是把筷子咬着还是放到饭盒上的时候，程迟走过来，递了一瓶水。

阮音书怔了一下，手虽然是惯性接过，但头还是有些疑惑地仰起来。

“你怎么到这来了？”

程迟意识到她没有手拧水，又自己把水拿过来，拧开后塞到她手中。

阮音书喝了两口，终于没那么噎，听到他直接略过她那个问题，自顾自问道：“现在才吃？”

“嗯，刚刚大家商量布置去了，有些人还没吃呢。”

“下次吃了再来。”他说。

“啊？”她没懂他意思。

程迟言简意赅：“饿着排练不好。”

“经常通宵的人还说我呢？”阮音书粲然一笑，拍拍口袋，“放心吧，我带了零食饼干，不会饿的。”

“对了，你来这里干什么？有事吗？”她又问。

“没什么事。”他清清嗓子，“买水，听说你在这里，顺便看一眼。”

她看着他空荡荡的手心：“那你买的水呢？”

“刚刚被你喝了。”

“……”

阮音书噗地笑出来，从口袋里抓出几块小饼干：“呐，这个赔你。”

女生的零食包装袋都很可爱，上面一个圆滚滚的松鼠，正在笑着。

阮音书没有被残忍地“剥削”多久，很快，在强度极高的连续排练中，书香文化节如期来了。

当天下午，学校最后两节课不上，大家集体从教室离开，到大操场参加文化节。

经过相关人员一夜加一上午的布置，操场已经被装点得很漂亮了：有挂灯绕着树干枝丫来回缠绕，古色古香的牌匾也分布在各个关键点周围。

阮音书提前被人喊走化妆换衣服去了，过了几分钟，主持人和志愿者就位，她这才随着人群走了出来。

女生今天穿的衣服是那次他见过的，红色压边勾花，把她衬得愈加白皙动人，一头长发压了小卷，阳光下的发尾呈现微微栗色。

她的妆很淡，草莓粉的唇镀上一层浅浅淡淡的橘红色，眉心一朵莲花花钿，精致又合宜。

许是有点小拘谨，她轻轻抿了抿唇，饱满的唇瓣水漾动人。

程迟挪开目光，喉结不自然地滚动。

阮音书就位，手里抓着一卷卷轴，卷轴咕噜噜地顺着展开，一路迤逦到她脚腕处，女孩儿脚腕纤瘦，其间绑了个铃铛。

风吹过，铃铛散出清脆声响。

开场是她。

阮音书衣领边夹了个话筒，随着背景音乐幽然响起，她对着卷轴开始抑扬顿挫地念着：

“北方有佳人 / 绝世而独立

一顾倾人城 / 再顾倾人国

宁不知倾城与倾国 / 佳人再难得”

她声音真是好听，自身带着秀致的书卷气，衣裳和妆容添了些古色古香的韵味，在这种场景下念着诗，似工笔写意清淡隽雅，韵味倒是适宜，叫人品了又品。

诗句尾音落下之后，人群都被惊艳得安静了几秒，旋即爆发出阵阵掌声。

“好听欸。”

“而且好美，感觉有点像看电影。”

阮音书抿了抿唇，漾出一个浅浅的笑，然后树上的挂灯渐次熄灭，重心挪到了舞台中央。

男女主持开始轮番介绍：“欢迎大家参与我们这一届的书香文化……”

再后面的陈词就比较无聊了，阮音书的部分结束后她也离场了，只剩下两个主持人和一堆诗词歌舞节目。

程迟看了一分钟，打了个呵欠。

无聊的时光他甚至都没能坚持五分钟，就和邓昊双双撤离，去了室内球场打球。

大部分人在乖顺地参加文化节，所以室内篮球场没什么人。两个人酣畅淋漓地打了一会儿球，忽然有人咻的一下冲进来。

“我就说你们跑哪儿去了——这给我们好一顿找啊！那个什么，形式类节目搞完了，现在这个互动活动还蛮好玩儿的啊，要不要一起去玩？”

邱天兴致勃勃地赶来通知他们俩，一副特别期待的表情。

“干吗啊，以前学校的活动也没见你这么积极参与啊。”邓昊不太清楚地皱了皱眉，“现在怎么这么激动地喊我们过去玩游戏？你今年五岁半啊？！”

“不是，我们刚刚看这个环节还挺有意思的。就是一共四个小电话亭，其中每两个是相通的，然后相通的两个是可以配合解什么古诗词之谜什么的……”

邱天大手一挥："不过这个不重要，我们刚刚商量出一个更好玩儿的！我们刚刚试了一下，一号和三号是相连的，邓昊你可以就在一号亭等着，我们帮你把你感兴趣的妹子叫到三号亭，然后你们就可以……嘿嘿嘿……"

"可以干吗？"邓昊舔舔唇，"来一场永不过时的电话恋爱吗？"

"你爱干什么干什么，反正这么短的时间里能不能泡到妹子，就看你自个儿的本事了。"邱天扬扬下巴，"怎么，不敢玩儿啊？我昊哥这点胆量都没有？"

程迟在一边自己运着球，眼睫半垂，似乎忽然被点通了某个思路，自顾自思考着。

邓昊球一扔，看向邱天："嗬——激我？来来来，我现在就去，让你们看看昊哥的厉害好吧。"

大家哄笑着冲出篮球场，邓昊往人群里一指："昊昊马上进一号亭，五分钟之内，我要看到妹子出现在三号亭。"

"得嘞，我们先去瞅瞅，等会儿你要是有指定目标就把名字发给我，没有的话我们就随便帮你找了啊。"

"可以，赶紧的。"邓昊握了握拳，"不就是试试吗？不勇往直前奋力搏怎么能知道结果呢，对不？"

手插着兜的程迟像是被什么触了一瞬，眼睫颤了颤。

邓昊在人群中寻觅了一圈，正低着头在对话框内输入，另一只手准备去拉一号亭门的时候，被另一只手拦住了。

程迟定头，扫他一眼："你在外面站着。"

"啊？那谁去里面啊？"

程迟掀开眼睑："我。"

邓昊："……啊？？？"

程迟长腿一跨，正要踏入一号亭的时候，顿了顿，回身道："叫阮音书去三号。"

一腔热血无处泼洒的邓昊沉默了好几秒，这才认命般咬了咬牙："哦！！知道了！！"

反正他邓昊，不就是谁都可以肆意欺负的小可怜吗？

给那群损友发了"阮音书"三个字之后，邓昊又问程迟："你是准备干吗啊……”

他话没说完，眼见门在他面前缓缓合上了。

邓昊：“……”

行呗！你抢了我的位置还当我是空气！算你厉害！！！

另一边，正在参加活动的阮音书被喊到三号亭门口。

她要进去之前频频回头：“怎么了？”

“有事，有事。”被委托来通知的小干事含糊其词，“有人找你说事吧，应该是。”

邱天一行人看到有女生进了三号厅，像是预测到会发生什么好玩的事一般，躲在暗处爆笑出声，活像是小时候玩整蛊游戏的现场。

某个计划正在当事人不知情的情况下暗中进行着。

浑然不知的阮音书进到三号亭里面，隐约记起来这是个可以配合做游戏的环节，这个游戏不是她认识的人负责，所以她也不知道后台是怎么个安排。

她在电话旁边看到了一堆英文，念了几句，然后把电话拿了起来。

她将信将疑地出声：“喂？”

电话那边传来声音：“喂，是我。”

她听到对面传来的声音之后，皱着眉，奇怪地将电话从耳边拿开，然后看了一眼。

“你好，哪位？”

“是我。”

眼见话题也不能一直停在这里，阮音书换了个话题继续道：“是要一起解题吗？我这里有句诗的英文翻译，应该是《长恨歌》。看英文猜诗还是我第一次尝试，不知道对不对……”

“嗯。”那边像是停了一会儿，这才问，“那你觉得有意思吗？”

这问题的角度倒是很新奇，她笑笑：“猜对的话应该会觉得有意思吧。”

电话对面又传来什么东西轻叩的声音，伴随着电流涌入她耳朵。

“好巧，我这边也有个新尝试……你想不想试一下？”

阮音书偏了偏头：“什么？”

一号亭内直立的程迟看似平静如常，指尖却从话筒边沿顺着下滑。

他其实并没想到今天事情能行进到这一步，但一切似乎都水到渠成，像是上天都偏爱有加地给他安排好了一切。

他似乎是该实际做出点什么。

时机到了，就是现在了。

少年的指尖最终没什么实际意义地落在拨号键上，有一搭没一搭地缓缓敲击着。

“跟我交往吧。”

三号厅大门紧闭，里头的空气并不流通，于是听筒里的声音被无限放大，环绕在这个小小的空间内。

阮音书握着听筒，是真的呆滞了好几秒。

她甚至还没反应过来到底发生了什么。

她以前被告白，起码还是有那么点场景真实感在的，起码知道对方实打实，的确是在告白。

可现在……

她听着对面有点失调的声音，开始有点缥缈地回忆刚刚自己是怎么进来的。

好像是被一个干事从人群里叫出来，然后她进了三号厅。也不知道对面的人是不是在找自己，自己接起电话时礼貌地问了句“喂”，收到的回复也是“喂，是我”。

其实她这么回忆起来还是挺正常的，但是唯一不太正常的就是，那边的声音似乎是经过特殊处理的，和普通人说话的声音根本不一样。

像是安了个变声器，她听到的声音都是有些尖锐飘然的，就像是微博很多视频调整后的那种感觉。

更奇怪的是，那边的人根本不自报家门，她问是哪位，得到的回答却是“是我”？

阮音书越想越奇怪。

而且那边似乎也没有要调整过来的意思，就用这种奇怪的声音跟她对话，甚至还说要和她交往。

听筒对面陷入沉默，似乎是在等她回答。阮音书试探似的又问了句：“你是认真的吗？”

那边笑了声：“当然啊。”

不笑还不要紧，这一笑，她愈发觉得自己像是被整蛊了。

阮音书虽然听到的是变声器调过的声音，但她莫名就感觉这声音里带着非常散漫的轻佻。

既然是告白，也没道理躲在变声器后面吧，这样她怎么知道对面是谁，又是男是女呢?

更何况，如果是真的表白，用这样的方式，也太不用心了吧?

阮音书想了想，更觉得现在认认真真的自己有些可笑，被整蛊的捉弄感涌上心头，她把电话从耳边拿开，鼓着嘴，对着话筒认真道：“……你是觉得好玩的吗？”

这样的玩笑一点都不好笑。

她有点儿生气了。

虽然说出的话还是软绵绵的没有攻击性,但程迟听出来她情绪里的变化。

那边的程少爷千想万想,没想到最后得到的是这么个回复,当即皱眉道:“怎么了？”

“我希望以后不要再跟我玩这种无聊的游戏了，哪怕是开玩笑。”她到底是心太软，这时候强撑着硬气道，“谁的时间不是时间呢?希望你不要把时间浪费在这种事上，去做点儿有意义的事情吧。”

程迟手指松松垮垮地搭在按键上，方才胜券在握扬起的唇角一点点恢复平稳，半晌后他还是有点不死心：“所以……我之前交往的那句话……”

“那句话我就不回答了。”

阮音书手指绞了绞电话线，舌尖卷了卷唇瓣，语调愈发坚持：“我不会早恋的。”

说完，她觉得也应该适可而止了，再说下去似乎也没什么意思，而且还容易变得挺尴尬。

于是她伸手挂电话，话筒即将搭上去的瞬间顿了一下，最后还是一咬牙一狠心，将电话挂断。

对方做到这种程度，她这样的回应应该刚刚好，让对方认识到这件事的错误和严重性，免得以后再发生类似事件。

长长叹息一声，她推开三号亭的门，走了出去。

李初瓷正在写小卡片，看她来了，抬头问：“你怎么去了那么久啊?

在里头干啥？”

阮音书摇摇头：“我一进去，有个人用变声器给我打电话，要和我交往。”

“啊？开玩笑的吧？”李初瓷停笔站直，“哪有这么玩的？”

“是吧，我也觉得是在整我。”阮音书耸耸肩，“所以我就出来了。”

“我还第一次见这种操作呢，不过，现在的男生确实喜欢玩这种无聊的游戏。”李初瓷像是发现了什么，指着操场中间的一排人，“你看那里，好多人在爆笑，搞不好就是逗你玩的。”

阮音书一脸“我也没辙”的表情看过去，发现操场中央确实是走过了一排笑得歪七竖八的人。

此时此刻的邱天和一堆损友笑得肆意猖狂，连走路的力气都没了，互相搀扶着，像一群老年残障人士，向一号亭逼近。

邓昊正在帮程迟守门，听到熟悉的如雷般的笑声，跟看神经病似的看着邱天他们。

邱天笑得前仰后合，拍着邓昊的肩膀哼哧直笑：“哈哈哈哈哈哈哈哈哈哈，怎么样，刺激不刺激？！被人问候全家了吗？！”

邓昊不明所以：“啊？咋的了？”

刚说完，程迟一脸阴郁地推开门，从一号亭里走了出来。

邱天的笑声还没收住，冷不丁被吓到倒吸凉气，发出了一声猪叫声。

邓昊看看程迟，又看看邱天：“到底怎么了啊，笑成这样？”

邱天：“不是你在里面吗？”

“不是啊，我临时被替换了，换程迟进去了。”邓昊忽然很缓慢地转了一下眼珠子，意识到了什么，“等等……你们之前，不会是在整我吧？”

所有人鸦雀无声。

程迟舔了舔齿关，下颌咬紧：“谁出的主意，站出来。”

文化节结束，阮音书准时到了家。

虽然今天发生了一点不是很愉快的插曲，但是她这个人忘性比较大，加上也不是什么很困扰的事，渐渐也就忘记了，她高高兴兴地上了车。

晚上吃饭的时候，她想起书包里的通知书。

“对了，学校从明天开始上晚自习了，六点到八点半。”

阮母愣了一下：“明天就开始了啊？”

“嗯，这都高二了，以后也一直有。”阮音书说，“今天也是提前放学让我们准备一下，以后就是天没黑不准回家了。”

“妈妈明天有点事。”阮母吃完之后给白团子倒狗粮，继续道，“大概要晚二十分钟再来接你，你就在学校里等一会儿吧。”

她点头：“什么事啊？如果实在忙，我自己坐车回来也行。”

“工作上的事，马上要调职位了。”阮母态度很坚决，“不行，九点去坐车不安全，你又是个小女生，走夜路太让人担心了。反正来回路程就这么点，我不行就让你爸去接，你少自己搭公交。”

反正家里的教育法则一直是事无巨细地管束子女，阮音书觉得也无不可，反正他们都是站在自己的角度出发，于是也没多说什么。

“嗯嗯。反正再有事就跟我说，发短信给初瓷的手机号，实在不行我也可以坐地铁的。”

许是因为有晚自习，次日一整天，学校里弥漫着一股疲惫的气息。

但对阮音书来说反正都是学，只是在家或在学校学的问题，所以她没什么情绪变化，只是下午最后一节课的时候，她听到了隔壁的哀号声。

“如果没有晚自习，我现在应该是背着书包回家，而不是拿着钱去买晚餐。”

“曾经有一份真挚的傍晚摆在我面前，但是我没有好好珍惜，如果再给我一次重来的机会，我会爱没有晚自习的下午一万年。”

“快点，快点，再慢等会儿就迟到了。”

她莞尔，看向李初瓷：“对了，那你的培优班还去上吗？”

“工作日不去了，毕竟还是学校的老师更好一些。”李初瓷感慨，“但是周末还是要去一对一。造孽啊。”

两个人有说有笑地出去买了东西吃，回来的时候班上的人都差不多到齐了，李初瓷站在后门门口，感慨道：“你看，今天士气持续低迷，晚自习真是太可怕了。”

李初瓷一说，阮音书看着空荡荡的最后一排，这才想起来今天一天似乎都没怎么见过程迟和邓昊。

两个人好像下午来了一趟，但很快又出去了。

说曹操曹操到，阮音书正这么想着，邓昊忽然从外头快步走进班，在抽屉里摸索了一会儿，摸出了两包烟，揣在兜里就走了。

走了几步，他可能是觉得不太够，又加了两包烟，这才一路风驰电掣地向门口进发。

阮音书看他带了这么多烟，不禁问道："你去哪？"

邓昊目光放空了会儿，然后摸了摸自己胸前口袋里的打火机，道："天台。"

"去天台干什么？"

邓昊在唇前比了个抽烟的手势："不说了啊，到时候我去晚了又要被那位爷骂。我先溜了！"

他一路狂飙上天台。程迟还坐在原位抽烟，手指边全是零零散散长长短短的烟头。

要不是这地儿露天，估计早就被烟灌得雾气缭绕了。

邓昊把怀里的烟摊在桌上，程迟一根正好抽完，伸手开了一盒。

邓昊摸摸脖子："你这……是不是有点过了啊？昨天回基地之后到现在这都第几包了，就是输球你都没这么能抽。

"少抽点，猛地抽这么多你也受不了啊。"

程迟不说话，衔了根烟，很熟练地开火点着，火星乱迸。

邓昊感觉自己再不阻止程迟，他可能真的会抽到休克才收手。

"跟我唠唠？"邓昊坐到他旁边，"是怎么回事儿啊，你？搞这么狠？跟谁吵架了？游戏没通关？还是……课代表的事？"

这么一说，邓昊感觉好像是电话亭那事之后，程迟状态就变得特别颓了。

但他颓也不是丧气的颓，而是带着狠戾和赌气似的，一包接着一包抽。

昨天他从电话亭出来之后，也是意识到有人搞鬼，随便一盘问就问出了真相。

原来是邱天他们发现四个亭子里有一个会变声，就琢磨着整一下邓昊，所以殷勤地喊邓昊去约妹子，本想让邓昊受挫，谁知道进去的人是程迟。

这也真是阴错阳差。

邓昊挠挠脑袋："那你是跟课代表说了什么呢？我想不通你到底是干

啥了，变声这个事对你影响才这么大。应该是还比较正式的事，结果被误会了吧？课代表又是那么认真的人。”

邓昊仔细地观察着程迟的表情，想到自己进去原本的目的，忽而道：“那什么……你不会是去告白了吧？”

程迟拿烟的手指顿了一下：“……”

“阮音书不会以为你在搞笑，然后把你臭骂一顿，紧接着拒绝了你吧？”邓昊持续猜测。

一直沉默的人这才开口，一口浸着烟味儿的沙哑音调。

“那倒没有。”他又狠狠吸一口，“不过也差不多。”

“……”邓昊惊得嘴里简直能塞下一个拳头了，“兄弟，真不是我说，你这也太倒霉了。”

程迟抬了抬眼，听着邓昊的话，那股子意难平的气势愈发翻滚，直冲云霄。

他站起身：“不行，我得……”

“干吗？”邓昊拉住他，“你现在要去重新告白啊？”

“不然呢？之前她又不知道是我。”

邓昊：“她咋拒绝你的啊？”

“就说不早恋。”程迟弹弹烟尾。

邓昊这人有个习惯，一思考起关键的事来就也想抽烟，于是他也抽了根烟：“我想想啊……”

过了三分钟，他道：“行，我也不拦着你，只要你保证现在你当面给她告白，不会经历电话亭里一样的回复惨案，那我支持你去。”

程迟脚步顿了顿。

“我觉得课代表这个人吧，别看平时好像很乖巧，但是原则性真的特别强，她说不早恋或者不干啥，很少有人能掰动她。”邓昊用手画了个巨大的圆，“前面都有那么多被拒绝的例子了，你昨天也才被电话拒绝一次，我觉得吧，风险大。”

“而且她有问你是谁，才拒绝的吗？”邓昊又问。

“我以为她听得出我的声音，就没说。”

抽了烟的邓昊智商直线上升：“这样推导吧，如果她真的会答应你程迟，那么她在拒绝一个陌生人的时候，肯定首先会想这个人是不是程迟呢？

万一是，肯定就不拒绝了呗，但她都没确认你是谁就说不早恋，是不是也证明就算知道你是谁，得到的结果也差不了多少？”

“……”

虽然此刻他真的想劈头盖脸地骂邓昊胡扯，但是这混账说得好像也不是没道理。

程迟在那里站了几分钟，然后坐回原位，比之前更猛地抽着烟。

素来要风得风要雨得雨的少爷，哪里受过这种委屈？

邓昊后来出去了一趟，带回来俩望远镜，尽力帮程迟纾解难过：“我找人借的。要不别抽烟了，看看星星吧，哥。”

程迟拿起望远镜看了会儿，开始一边看一边抽烟。

“……”

他这一抽就到了晚上。

晚自习下了之后，阮音书看着后面空荡荡的两张桌子，心想反正阮母过会儿才来，于是打着小手电上了天台。

门推开，沉闷厚重的一声响，漆黑夜色里唯有两点火光忽明忽暗地微烁，像少年在用烟头呼吸。

阮音书的手电筒挪过去，照到雕像一程迟，又转了转，照到雕像二邓昊。

两个人夹着烟，就那么看着她。

阮音书咳嗽：“那个……今天发了个很重要的资料，物理的，不知道你们要不要，我放你们抽屉里了，所以上来说一声。”

两尊雕塑没说话，阮课代表的手电筒挪到桌上，吓了一跳：“天，这么多烟头，你们拿烟吃饭呢？”

程迟没说话，好像是低低嗯了声。

她哪知道发生了什么，虽然觉得奇怪，但以为他们大概是烟瘾发了，毕竟她在这事上也没什么经验。

阮音书走过去，手电筒晃了晃，照例问：“晚自习下了，不回去吗？”

程迟：“等会儿。”

“还留在这里干吗？抽烟吗？”她有点不适应这个味道，被呛到，咳了好几声，“别抽了，回去吧，到时候肺会坏掉的。”

这么多烟头，她不免感到触目惊心。

程迟看了她一眼，把烟掐了，没什么情绪道：“不抽了。”

他不像是承诺，倒像是为了早点让她回去而随口说的。

她才不信：“那留下来干吗？”

“看星星。”程迟胡诌，从一边顺手拿来望远镜。

阮音书举着手电靠过去，顺利被程迟带偏，声音里带了一丝憧憬：“今天可以看到吗？”

“嗯。”程迟道，“今晚有天蝎。”

“是吗？”她踮了踮脚，小声问，“在哪里啊？”

程迟起身，把望远镜递到她眼前，关掉她手里的手电筒，沉声道：“看到了吗？左上角一个丁钩形，就是那个。”

果不其然，她看到暗蓝色的天幕中隐隐浮亮的星子。

“真的欸，我看到了。”少女的声音里带着雀跃，“好漂亮。”

她像个好奇宝宝，举着望远镜看了好久，然后才坐在石凳上伸了个懒腰。

阮音书平时老是匆匆行走，居然忽视了头顶有一片这么璀璨绮丽的夜空。

她揉了揉眼睛，声线在茫茫夜色下显得尤为虚缈：“上次看星星好像还是因为做作业，真正放松地这么观赏，似乎是头一次。”

程迟望向她，她双手撑在背后凳子上，脸颊隐在温柔暗影中，闭着眼，声音透着惬意。

也不知道为什么，那一瞬间，他的心脏倏然柔软下来，像是陡然被治愈了几分。

如同冰冻了好一阵子的心脏，又重新被人焐着融化开。

方才他那些所有的坏情绪，不解也好，无奈也罢，在这一刻竟然显得无关紧要。

她好像永远有这样的魔力，能让他所有的糟糕心绪都一一消散。

反正是她，反正她在，反正他还有很多时间和耐心，为她准备。

就像猫咪只有对信任的人才会袒露出温软的小肚皮，至少这一刻她放松惬意地待在他身边，也是可以为他而笑的。

程迟喉结滚了滚，抬眸：“那以后每一次我都陪你看，好不好？”

阮音书愣了一下，转头看向说话的他。

少年眼底似旋涡，好像很轻易就能吸附着人，让人深陷其中。

繁星在天幕中摇曳，银河铺洒点闪，在阮音书头顶上空织出一幅锦绣画卷。

她看了程迟一会儿，感觉他今天的状态和以前不一样。

他像是有点疲惫，有点妥协，又有点委屈地迁就。

虽然不知道他为什么会这样，可阮音书有那么一个瞬间，往自己身上找了找原因。

不会是她做了什么吧？

很快，她这个想法被自己否决。

少年瞳仁中的旋涡仍在持续旋转，她思维出逃了一瞬，这才回过神来喃喃重复一遍："以后你陪我看星星吗？"又自己点点头，"好呀，反正我一个人也不知道怎么看。"

程迟满意地点点头，声音终于难得带上一丝悦色："一言为定。"

她还没来得及嗯一声，又听他说："以后不能找别人陪你看了。"

阮音书还没反应过来："啊？为什么？"

"我说每一次都是我陪你，你答应了。"他理所当然。

"……"

"我哪知道你是这个意思……"她嘟囔着，又低头，细声细气的，看着自己足尖，"好吧好吧，不会找别人了，以后只和你一起，行了吧？"

反正她好像也没什么朋友喜欢研究星空。

"对了。"她又道，"你无聊的时候喜欢看这个吗？对这个很有研究吗？"

"没有。"他说。

"那你刚刚怎么给我指出来星座的？"

"邓昊刚告诉我的。"

"邓昊这么厉害啊，看不出他……"

程迟淡淡："不是，他也是刚刚问的别人。"

阮音书："他问别人这个干什么？"

"为了让我分心，干点别的事情。"

说到这里，阮音书回头扫了一眼："邓昊呢？人怎么不见了？"

"可能刚刚走了。"程迟看一眼表，"现在不早了。"

阮音书冷不丁一惊："啊……那我也差不多该走了，我妈妈还在等我呢。上来本来想告诉你物理资料的事，结果没想到待了这么久。"

说完，她扯了扯衣角准备站起身，起身的一瞬却忽然被人拉住手腕。

就像是某个动作忽然刺激到了程迟，他想也没想就抬手握住她，似是挽留。

阮音书眨眨眼睛，问："……怎么了？"

其实也没怎么。

就是他忽然感觉自己要做点什么，可想说的那一瞬间，邓昊之前说的话又重新涌上脑海。

他似乎并没有足够的把握去证明他现在说出那番话，可以得到和在电话亭时不一样的回答。

于是他松了松手腕，合眸，道："没什么。"

阮音书狐疑地看了他一会儿，就在他以为自己要被看穿的时候，她才慢悠悠地几乎是审视一样地开口："你是不是又想抽烟了？"

"……"

"不行，"没等他开口，阮音书像个小管家婆似的在胸前比了个叉，"不可以抽，你看看桌上，你都抽了多少了？"

程迟没什么情绪地看过去，虽然没看到，但他能料到大概是怎样的一番景况。

"也没多少，才抽了一晚上加一个下午而已。"

阮音书："……"

她本来想接着教育他，但是话到嘴边又自己吃掉，想到这一切应该不是无缘无故，于是放轻了声音，问他："你是不是遇到什么不开心的事儿了？"

"嗯。"他眯了眯眼，舔舔唇角，又道，"其实好像也不算。"

"郁闷才会抽烟吧？"她耐心地当一个聆听者，"其实很多时候说出来就好了。不要觉得丢人，每个人都会有这种时候，最关键的是要懂得自己调节。自己调解不了也没事，可以跟家里人和朋友沟通的。"

程迟伸手去口袋里找烟，摸着空空荡荡的口袋，这才怅然若失地蹭了蹭鼻尖："那如果是误会呢？"

"哪种误会呢？"

"就比如……"程迟侧头，"比如我朋友有只猫，平时跟我关系都不错，但是我有天换了种气味戴上口罩，它没认出我，于是狠狠地挠了我。"

她半俯着身子，认认真真安慰道："那它也不是故意要针对你，只是一个应激反应而已。又不能证明它不想和你亲近了，只要你和以前一样，它也会和以前一样了呀。”

她其实说得挺对，就譬如虽然她昨天才以为自己被整了，怒气冲冲地挂了电话，可第二天看着他，还是会关切他。

其实她对他，跟对别人还是有些不同的。

不说其他，起码他在她心里还是有些分量的。

他虽然因为自己倒霉被整，确实有那么点郁结，可又因为这点小发现，而稍微欣慰了一些。

对着阮音书关切的目光，程迟低了低头，从椅子上拿起一件外套。

因为之前抽烟的时候还在分神，他不小心用烟头把衣服烫了个洞。

他声音略低，乍一听还有些委屈的模糊：“……猫还把我外套抓破了。”

她从来没听过程迟这么说话，就像是一贯高冷的猫主子忽然跑到你手底下，让你给它顺个毛。

阮音书这人又容易心软，共情能力也很强，凑近问：“是因为这个才不高兴的？”

“嗯。”

“那你给我吧。”女孩儿轻轻扯扯他衣角，“我帮你补好了带过来，你不要不开心呀。”

她的声音本来就软糯，这会儿带着安抚和嗔，简直近乎于哄了，就像抱个婴儿在怀里唱摇篮曲似的。

“奓毛迟”终于被这个声调给弄得脾气全无，身心都漂浮荡漾的瞬间，甚至还感觉自己是不是赚了。

……

拿到程迟“被猫抓破”的衣服之后，阮音书这才终于回了班，把程迟的衣服塞进自己书包之后出了校门，阮母也刚好来了。

她拉开副驾驶门坐了进去，刚关上车门的时候，阮母嗅了嗅：“怎么有股烟味？”

“是吗？”阮音书仰起头闻了闻，“我怎么没闻到？”

“你身上的吧。”阮母凑近了一些，旋即皱起眉头，“你身上怎么有烟味？”

阮音书努力回想了一会儿："我……不知道，可能是去天台喊同学的时候沾上的吧。"

"去天台干什么？"阮母事无巨细地盘问。

阮音书道："卷子发了，我去通知他们，卷子放抽屉了。"

"那天台上怎么有人抽烟？"

"这个没办法避免的嘛，可能有时候压力太大，需要缓解一下。"

阮母听了会儿，转动方向盘："你可别为了排解压力去抽烟，听到没？"

阮音书点头如捣蒜："知道了。"

阮母不放心，又再三叮嘱道："坏习惯别学，好好做自己的事，别被影响。"

"其、其实也不能用习惯定义一个人的全部吧。"阮音书小声道，"也不是抽烟的人就都一无是处。"

"话是这么说，但是你现在年纪小，容易被带歪。近朱者赤这话听过没？不好的东西沾上一点就很难改，你在好环境里妈妈就没有这样的担心了。"

她抱着书包没说话，车一路顺畅地驶回家。

阮音书本来准备当晚就把衣服补好给他的，但是因为晚自习太累，作业又有点多，所以她暂时决定周末有空了再补。

她去学校的时候听到消息，说是篮球赛马上就要在本周末开始，似乎程迟他们也会参加。

阮音书转念一想，之前好像是看过程迟他们在练球，应当就是为了准备这次的比赛。

下午的时候程迟和邓昊在上课时候来了，休息时间，阮音书转过头准备和程迟说衣服的事，谁知道一转头看到邓昊很惊讶的表情。

邓昊看着程迟抽屉里的物理卷子，忽然像是回了神："对了，我昨晚问了邱天物理杂志的事，他说物理杂志不是他买的啊。而且杂志每次都是送到基地，我们里面谁有胆子让你帮忙收快递啊……你是不是逗我玩呢？杂志是你买的吧？"

程迟正在弄耳机，闻言，手指竟是动也未动，云淡风轻地承认："嗯。"

邓昊居然被他这坦然弄得傻了好一会儿才瞪大自己的眼睛。

"我 ×，合着你骗我挺久的啊？"他像发射炮弹似的连续发问，"为啥你还在买物理的杂志？为啥买了又不告诉我？你不会是忘了悲惨的过去了吧？难道你还想重复一次罗……”

“我就知道你有这么多屁话要问。”程迟皱眉打断，“告诉你的话，是等着你烦死我吗？”

“……”

这么一说，邓昊居然觉得有几分道理。

程迟的确会为了省事，把一切他觉得没必要摊开的问题快速带过。

“主要是什么呢？当时罗欣霞跟你是闹得挺不愉快的，虽然现在她走了，你好像是可以不用像之前那样做那么绝了，”邓昊又压低声音，“但是，最近好像曲露升到了物理组长。当时曲露和罗欣霞关系挺好吧，我觉得也会针对你。”

程迟戴上耳机，无所谓道：“我没想那么多，东西顺手买的。”

“你别老无所谓。当时罗欣霞说你作弊抄人卷子，你可根本没解释就当场走人了，并且从此以后就没把这事搬上台面了。”邓昊还在持续挠头，“我还以为你以后就不跟这玩意儿打交道了呢，没想到你还没断呢。”

阮音书本来转过头只是为了说事，结果冷不丁就听到邓昊披露了那件事的细节。

她一直知道程迟和罗欣霞有恩怨，但没想到这个恩怨居然是被诬蔑作弊。

如果不是经过了纸飞机事件，她大约也不会相信，但经过这么久的相处，她很明白程迟是什么样的人。

阮音书看着邓昊，有些恍惚地问道：“之前程迟被人冤枉过吗？”

邓昊和盘托出：“对啊，还闹挺大的呢！当时他嫌麻烦就没有解释什么的，而且你也知道他背景比较特殊，以后可能也免不了遇上这种，就——”

程迟面无表情地扯下一只耳机：“你这么慷慨激昂地八卦我，是以为我听不到？”

“能、能听到是吗？”邓昊当即狗腿子般地笑，“不是，我这不是为你鸣不平嘛。好好的十分厉害的大佬，因为这种破原因说隐退就隐退……”

感受到了程迟不悦的目光，邓昊及时住嘴，哈哈笑了两声：“好好好，我不说这种烦人的事了，说点开心的——

“周末比赛我也要上场了！怎么样，开不开心？”

程迟想到邓昊那惨绝人寰的水平，眼睑半掀："这算个屁好消息。"

"别这么说嘛。"

邓昊自己还是挺满足的，说着说着就开始自我感动式地满嘴跑火车："可能你觉得悲伤的是那时候我就不能给你送水了吧？

"也是，试想一下，到时候你打完上半场累得半死，一转头就看到昊昊捧着橙汁朝你走——"

程迟看他自己编上瘾了，重新把耳机戴上，根本不想理："那我大概会想去死。"

"……"

阮音书看他们聊了一会儿，就又转了回去。

虽然她是挺想继续听下去，想知道当时事件的始末，但程迟看起来似乎并不愿提及这事，又或者是不愿在公共场合提及，所以她还是先不追问了。

等他想讲的时候，她再好好听。

李初瓷正跟人聊天结束，见阮音书转了回来，赶忙道："你这个星期六有空没啊？"

"周六？上午下午？"

"下午。"

"应该……有吧。怎么啦？"

"我朋友有事，临时喊我去帮她代班两小时，就在你家附近公园那个奶茶店。我想说你要不要过去一起烤烤华夫饼做做奶茶，完了之后我们再一起去看学校的篮球赛。"李初瓷计划得特别缜密，"比赛场地就在奶茶店附近呢。"

阮音书略加思索，点了点头："好啊，可以呀，但是你不用一对一吗？"

"那是晚上的，我下午没事。"李初瓷笑眯眯的。

于是周六下午，阮音书准时去奶茶店找李初瓷。两个人趁没什么客人的时候一起做华夫饼，做完之后又决定打点橙汁带给他们班打球的人。

李初瓷速度很快，阮音书才打完一杯，她就已经把剩下的全弄好了。

弄完之后两个人打包，准备带去球场，李初瓷书包里只能装下六杯，于是第七杯阮音书就自己拎着了。

她说："刚好我还要把外套给程迟，这一杯我就一起给他吧。"

两个人进场的时候，上半场篮球赛刚刚结束，程迟一抬头就发现门口走进来一道熟悉的身影。

阮音书似乎也看到了他，晃晃手里的袋子算是打过招呼了，笑着坐在了靠左侧的位置。

程迟走过去，还带着运动后的喘息："怎么过来了？"

"来还你衣服呀。"她拍拍袋子，"顺便……我们刚刚打了橙汁，我就说来给你送一份。"

"邓昊好像说你喜欢喝？"阮音书耸耸肩，有点忐忑地把杯子递给他，"这是我刚刚鲜榨的，也不知道好不好喝。"

程迟接过她手中的橙汁。

女生很细心，管子已经帮他插好了，程迟低头尝了一口。

其实他对橙汁没什么特殊感情，只是邓昊这人脑部构造有点奇特，老爱说他跟橙子同姓，理所应当地应该支持橙汁。

于是邓昊胡扯的时候，就总喜欢提他喜欢橙汁。

阮音书打的橙汁似乎和他以前喝过的不一样，但具体哪里不一样，他也说不上来。

喝到第三口的时候，他对着她期待的目光，忽然恍恍地回过神来。

不一样的地方大约是，这是她亲手为他打的。

只这一个条件，似乎已经足够了。

想到这里，他忽然勾了勾唇。

"嗯，很甜。"

比他以前喝过的所有，都还要甜。

程迟在她旁边坐了一会儿，修长手指拢着杯子，手肘搭在椅背上，就那么百无聊赖地往前看。

阮音书随口问道："下半场你还上吗？"

"上啊。"少年眯眯眼，轻笑道，"怎么，课代表想看我打球？"

"也不是，我就随便问问啦。"她摇摇头。

听了这句话，他有些威胁性地眯了眯眼，声调抬高："哦？"

她看出他是不爽，大概是因为没有感受到自己的存在感。

她想：怎么和小孩子一样？

阮音书好笑地轻叹一声，这才无奈地眨眨眼："想看想看，特别想看你打球。"

"啧。"程大少爷不满意，"一点都不真诚。"

"这还不真诚……"阮音书指向对面，"要像她们一样才算真诚吗？"

对面大概是自发组织的啦啦队，女孩儿们清一色短袖加短裙，手里拿着小灯牌或是小手幅，倒还挺与时俱进，像粉丝应援。

而那边小手幅里出现最多次名字的，自然就是她手边这位程少爷。

她们手边还摆着矿泉水毛巾等各式"应援物"，大概是想等小哥哥们打完球赛累了之后，再送出自己如潮水般的猛烈关心。

跟她们这种有组织有纪律有条理的支持相比，阮音书真是不知道弱到哪里去了。

程迟懒洋洋瞥过去一眼，懒散道："你觉得她们很真诚？"

阮音书还没来得及说话，程少爷摇了摇手里的果汁，用那种看破红尘的语气，悠悠道："我觉得还是课代表亲手打的橙汁真诚点。"

上厕所归来的李初瓷听到这句话后半段，擦擦手："橙汁？对了，橙汁发了吗？"

阮音书仰头看她："还没呢，我看你还没来。"

李初瓷看了正在休息的大家一眼，赶忙道："好，那走吧，我们现在过去发，等会儿就要开始下半场了。"

除了程迟，刚打完球的人都坐在专属的休息区小憩，阮音书正准备把装饮料的袋子提起来，结果下一秒，袋子被程迟轻飘飘拿去。

他什么话都没说，接过之后就步伐悠闲地下楼梯，只留下一个洒脱的背影，衣服上印着的不再是猛兽，而是清晰利落的8号数字。

看他下楼的时候，阮音书恍惚地想，自己那么费力才能拎起来的东西，在他手里居然像提个抱枕一样轻松。

程迟拎着东西到了中场休息区，邓昊远远就看到了，待他走近更是眼睛一亮："我×，这是什么好宝贝？"

李初瓷加快速度走过去，介绍道："不知道你们想喝什么，所以橙汁、柠乐、奶茶都有，你们可以随便选的。"

众人都站起来了。

“哇，好的！”

“没想到出了学校还能接收到这种福利啊。”

大家一哄而上，邓昊还没来得及近水楼台先得月，就已经被挤到了人群外围。

别人都在选水，独独邓昊一个人寂寞地站在那儿发呆。

过了会儿，邓昊有点渴了，但大家还是层层包围在水箱周围，密不透风。

于是，邓昊打算先解解馋，遂蹭到程迟旁边，挤眉弄眼疯狂暗示：“橙汁是什么味道啊？”

程迟眼睛也不抬：“你自己尝尝不就知道了？”

“好的。”

邓昊把头凑到程迟的橙汁前，还没来得及张嘴，程迟迅疾地把橙汁换了个手，挪远。

程迟蹙眉，眼尾往下压：“你自己去拿自己的啊。”

“他们都挤在那儿，我拿不了。”

“那就等。”

“可我不想等。”

程迟言简意赅：“那就忍着。”

“……”

邓昊凄凉地搓搓手臂，感觉下一秒来个《一剪梅》的 BGM，他立刻就能变身忧郁含泪小王子。

“你好绝情，连橙汁都不愿意给我喝。我们俩的交情，难道还比不上一杯普通无趣的橙汁吗？——”

邓昊还没来得及说完，程迟点头：“比不上。”

“……”

“你别想碰老子的橙汁，去箱子里拿你的。”程迟扬扬下颌，又补充道，“这杯，是我一个人的。”

最后，箱子里没有橙汁给邓昊选了，他只好选了杯珍珠奶茶，没喝几口就要上场。

程迟觑了他一眼，而后道：“还是这种‘肥宅快乐水’比较适合你。”

邓昊：“……”

下半场比赛，邓昊发现程迟比以往猛了不少。

虽然上半场程迟表现也不错，但他这人无论干什么基本都不会太用力，省着几分劲儿以免累着自己。

这时候却明显是开足了火力，在已经有优势的情况下，还是不肯放过对面，各种碾压。

就连教练都在对面喊停的时候赶紧说：“这是友谊赛，友谊第一，你们收着点，别让对面太难看。”

程迟才没打算听教练的，但阮音书挪到了附近坐着，听了教练这番话，她不住地点着头，小声跟李初瓷说：“现在比分已经拉得很大了，对面再输下去可能会崩吧。”

说完，她又看着程迟，小声道：“你别冲了，休息会儿吧。”

他要是继续这么大魔王下去，以后搞不好没有学校来打友谊赛了。

程迟撩起领口擦了擦汗，胸膛上下起伏。

邓昊看了一眼，忽然感怀诗人上身，道：“哥，看你这个样子我想到了一句话。”

程迟看过去，示意他讲。

邓昊：“打球的时候，如果一个一直都默默划水偷懒的男生，忽然拿起球就开始各种耍帅得分，不要怀疑，一定是他喜欢的女生在篮球场附近。”

程迟：“……”

邓昊笑眯眯：“哎呀，你看我这张嘴，老是忍不住瞎说大实话。”

哨声响起，程迟把球扔过去：“不止，还很欠打。”

而后程迟果然稍有收敛，不过他经常打到一半忘记自己的“放水”使命。

对面投了个篮，他本来已经要拦住了，蓦然扫到座位上阮音书紧张的目光，于是手上力道一松，把手臂放了下来。

就像乒乓球比赛里，“大魔王”故意把球扔到地上“放水”一样魔鬼。

对面进了球，伴随着场地几秒钟的沉默，哄笑和惊叹声传来。

“反向碰瓷，我笑到扁桃体发炎！”

阮音书有些无语，不知该摆出什么表情，可另一半大脑又发出信号，感慨程迟真是“放水”界绝无仅有的顶尖人才。

她最终没有忍住，也慢慢跟着大家一起笑出声来。

没想到“大魔王”也有严肃又反差的可爱瞬间。

友谊赛最终落下帷幕，对面没有输得太惨，来源于程迟几乎不作为的疯狂“放水”。

结束之后，大家惯例是要出去吃个庆功宴，结果酒店没找好，就说直接去程迟基地吃好了。

“阮音书和李初瓷要跟我们一起去基地吗？”有人问。

李初瓷倒是吓了一跳：“可以吗？”

“当然可以。”邓昊手一挥，“你们送了那么多饮料，吃个饭还不是应该的。晚上我们请客啊！”

“也可以。”李初瓷率先答应，“到七点我就得走了，因为还要回去上培优班。”

“培优班”对邓昊来说真的是一个遥远又陌生的词儿。

他抓抓下巴：“嗯，可以的，那我们就尽早开始准备呗。”

阮音书跟李初瓷一起，自然也就默认了去基地的事。

上次程迟来开机车的时候，她只是在外面看了一眼，这回是第一次进去，发现里面改造过，比她想象中的要大很多。

如果说基地里也能有景点的话，她想，程迟基地的景点大概是随处可见的懒人沙发、宽阔桌子上摆着的三台游戏本，还有靠近窗台处的琳琅桌游。

无处不散发着富二代阔绰萎靡、极度享乐又极度空虚的世界的气息。

她一时间不知道该羡慕还是该心疼。

阮音书正对着一个桌游发呆的时候，邓昊像个导游似的凑了过来，见她看的是那个桌上足球的桌子，忽而饱经沧桑地感慨。

“就是在这里。”

“什么？”她没懂。

邓昊意味深长：“上次就是在这里，程迟的爱情，进球了。”

客厅里很喧闹，邓昊这句话阮音书只听到了上半句，她只好又说：“我刚刚没听清，在这里怎么了？”

邓昊神秘地捂住嘴：“他赌——”

“大点儿声。”程迟不知什么时候过来了，唇边漾着一撇怎么看怎么不对劲的笑，“我也挺想听的。”

“你、你、你不是去洗澡了吗？”邓昊差点连话都说不利索了，“说好的洁癖人设呢？”

“要真去洗澡了多可惜。”程迟轻飘飘一抬眉，“岂不是就听不到你的激情播报了？”

邓昊抓抓耳朵，鬼鬼祟祟地逃离现场：“呃，我忽然感觉到他们谁在叫我，我先走了啊……”

讲程迟的八卦当场被程迟抓包，邓昊找不到比自己更倒霉的人了，于是只好装作无事发生一般，住了嘴，飞快地逃之夭夭。

“别站这儿了。”程迟看着阮音书，“我先去洗澡，你随便转转。”

阮音书有些疑问：“你就住这儿吗？”

“嗯，最左边那个是我的房间。”

她站在他房间门口，意思意思往里瞧了瞧，这才恍然道：“你房间好暗，怪不得每天早上起不来。”

“……”

后来程迟去洗澡，一行人围在桌边点了外卖，然后开始玩游戏，时不时有嬉闹声传来。

阮音书暗暗感慨男孩子真是有用不完的精力，不像她们，忙了大半天很容易就累得够呛，只能坐在沙发上恢复体力。

她环视基地，不知道这里算不算得上程迟的家。

这里说是家，好像又有点太随意；可说不是家，他又住在这里。

环视着，她忽然在茶几底下发现了一本《探物》，是最新的一刊。

原来他看物理杂志是真的，而且就摆在这么明显的位置。

李初瓷也看到了杂志，吸了口气：“天啊，这里怎么会有这种格格不入的学习杂志？”

阮音书翻开杂志，发现里面很新，没有任何写过题目的痕迹，有几页还离奇消失了。

果然，杂志和它的主人一样难以捉摸。

像是想到了什么，阮音书又转头，很自然熟稔地从沙发角落里抽出了一个 iPad，然后开了锁。

她其实是个很礼貌的人，但没有先问程迟自己能不能开，是因为她知道答案会是她可以。

就像是只有关系很铁的朋友才能随意翻动对方钱包，这是建立在关系足够好的情况下才会产生的默契举动。

但她自己还没意识到。

她打开 iPad，备忘录里果然有一个分组，里面写着一些物理题的演算过程，她看出就是这本杂志里的一些经典题型。

而茶几抽屉里，也摆着一摞从杂志里撕下来的纸张。

就在她一筹莫展地分析这些的时候，程迟洗完澡从浴室里出来了。

浴室里氤氲着水汽，他的眉眼像是被雾化过，带着蓬勃饱满的少年气息。

程迟用浴巾顺了两把头发，看见阮音书在用目光无声呼唤他，于是就搭着毛巾走了过去。

他是个很坦荡的人，没什么秘密，所以发现自己的 iPad 摆在她身前的时候也不意外，只是问她："怎么了？"

阮音书招手："你过来。"

他坐到她身侧，柑橘味道铺天盖地涌入她的肺部，还带着刚被泡足的清润感。

少年低头，一滴水珠落在她指尖。

阮音书缩了缩手指。怎么感觉有点儿冰？要问的问题先推后，换成了另一个："你用冷水洗头的吗？"

程迟顿了一会儿："不记得了。"

"没人跟你说不要用冷水洗头吗？对身体不好，容易感冒呀。"她老神在在，"以后不要用冷水了，对你自己好一点，程迟。"

不知道是不是刚洗完澡的原因，他现在是顺毛状态，看起来还有点帅气可怜又无助的乖顺味道。

他抿了抿唇，琥珀色眼瞳里带着洗过澡的湿意，声音也轻："……没人跟我说过。"

她木了有那么一秒，这才无措地眨了眨眼："那……那我现在告诉你了。"

他喉结滚了滚："我记住了。"

"还有些什么别的你不知道的吗？"她掰着手指算了算，"太多了，下次我给你列张清单，教你除了花钱以外的其他技能。”

程迟：“……”

“对了，说正事。”她指指 iPad，“你的解题过程为什么不写在杂志上，写在这里呢？”

是因为电子设备好携带，不会丢，方便随时温习吗？

程迟只说了八个字：“因为我没有水性笔。”

一个非常有可信度却又不落俗套的正确答案。

这回哽的变成了阮音书：“……”

“那……为什么这些题目你要撕下来放抽屉？”

她不信这是无聊的产物。

程迟略有沉吟，然后想了一个比较诗意的回答：“也许是这样显得我的学习很系统化吧。”

阮音书：“……”

看她的表情已经有点怀疑人生，程迟笑出来，没再继续撩她：“行了，这都我随便弄的，自己都不知道为什么。外卖到了，吃东西去吧。”

外卖点的是骨汤和各种小吃，时尚养生弄潮儿邓昊自信道：“这样健康的饮食，我感觉我能多活五十年。”

有人问：“那你每天疯狂地熬夜，折多少年的寿呢？骨汤够补吗？”

邓昊从碗里拎起一块大骨头就要打人：“闭嘴！”

桌上热闹地笑开。

吃完饭，李初瓷赶着去培优班，先走了，阮音书本来也准备走，但被挽留。

“阮音书走什么走？才吃完，不玩点游戏消消食吗？”

“是啊，李初瓷赶时间，你又不赶，等会儿我们送你回去呗。别这么着急。”

盛情难却，她就留下来，说好只玩一局。

她不是经常玩游戏的人，很多游戏都不怎么会，最后只剩下俗套无比的“真心话大冒险”。

邓昊：“算了，课代表第一次跟我们玩，就玩个入门游戏吧，免得她不适应。这种俗游戏就是常玩常新，万一这次好玩呢，对不对？”

阮音书运气好，第一局就掌握主导权——指针转到程迟的面前。

“这历史性的一幕！”邓昊起哄，开始录像，“阮音书，你给程迟真心话还是大冒险？”

阮音书咬了咬唇瓣，提出了一个非常具有哲理性的问题：“对程迟来说，有什么东西是冒险的吗？”

他根本什么都不在乎，什么都不怕，整个人从头到尾写满了超大胆。

邓昊嘿嘿笑：“万一有例外呢？你让他亲你一下试试？”

里头忽然开始起哄，阮音书当然知道这群人不正经惯了，力排众议，置身事外道：“所以我就选真心话吧。”

程迟似笑非笑地看着她：“行啊。课代表问。”

她脑子里闪过了萦绕很久的一个问题，但现在的场景太特殊，于是她灵机一动：“先留着吧，等会儿只有我们两个的时候我再问。”

大家交换了一个眼神，然后开始浑身发麻地发出各种怪异的叫声。

“搞什么啊，课代表玩情调？！”

“以为是个青铜，想不到是个游戏王者。”

“行行行——给你们创造二人世界——”

一堆人阴阳怪气地把他们俩拱出门外，然后关上门：“带着老子们的祝福，赶紧滚！”

阮音书莫名其妙地看着慷慨激昂的大家，但转念一想，起哄一向是围观群众必备技能，便也没太放心上。

今天热闹，他们心情好，热闹一点也是正常的。

跟程迟走到马路上，他难得没有开自己的光速机车，只是跟她一起顺着路灯，一盏盏地往前走。

“我要问咯。”她挺直背脊，忽然说。

他笑：“问吧。”

“如果你不想回答，也可以不回答。”她惴惴试探，“但你应该不会不回答的吧？”

程迟：“我不知道。”

说完，没等阮音书真正开始问，他惬意地眯了眯眼，“好了，课代表的真心话结束了。”

阮音书：“欸？？”

“刚刚你问了一个，我回答不知道。”他偏头，满脸写着真诚。

“……”

又走了几步，程迟挑眉看她：“这么听话？真不问了？”

阮音书就等他这句话：“那我问了……你之前给我们传纸飞机的时候，不告诉我们你是谁，是不是因为当时和罗欣霞有过争执，所以不想再跟学校的物理扯上关系？”

像是生怕他反悔，她憋了半天，然后一鼓作气、喘都不喘地说完这句话。

程迟惊叹：“啧，课代表肺活量挺大啊。”

她鼓着脸颊敲重点：“回答我呀。”

程迟耸肩：“你都说对了，我有什么好回答的？”

阮音书：“真是这样？”

“是啊，当时真的闹得不小，也很麻烦。”程迟往前方看，“我这人在学校混惯了，基本没有人相信我这脑子里还能装点别的东西。

“一旦要证明自己，就要不停地解释，向每个人解释——你也知道我懒，这又是个长期工程，所以干脆就不说不冒头，这样就不会有那么多破事儿。”

程迟之前没有跟她说，是因为事情太复杂，但既然邓昊之前都说了一大半，今天时机又刚好，那他顺便讲一讲也没什么。

况且罗欣霞也走了。

他说得云淡风轻，阮音书心里却不是滋味。

为什么呢？别人的功劳就是功劳，而他所做的一切建立在这个名字上，就引来了无数的怀疑和不相信？

她垂眼：“你就没想过用一个简单的方法，给所有不相信你的人看吗？”

“比如？”他还是笑，不甚在意。

阮音书停下脚步，看着他的眼睛。

“比如下个月的物理竞赛，你代表我们学校参加。”

她想他风风光光，站在自己该站的位置上。

第八章

惊喜冒险

程迟瞧了她一会儿，嘴角的弧度没有收敛半分，往上抬了抬。

“你要我去参加竞赛？”

他像是听到了什么好笑的事情。

“对呀。”阮音书特别认真，嵌在眼眶里的瞳仁像两颗琉璃珠，“这次不要用任何代号了，就用程迟的名字。”

程迟鼻尖内逸出浅浅淡淡的气音，好笑里掩着一丝嘲讽：“我疯了？之前考试用自己的名字已经被怀疑过一次，你现在还让我去参加比赛？”

他用这样的语气讲来，似乎他参加比赛是一件很离奇的事情。

“你参加比赛怎么了？”她一口气也上来了，“你这么厉害，参加比赛不是很正常的吗？”

阮音书皱了皱鼻尖：“你能不能别老不把自己当回事儿啊？你超厉害的。”

“好好好——我——超——厉害的。”他好笑地妥协。

她眼睛亮了亮：“所以你去吗？”

又绕回这个问题，程迟抖了抖肩膀：“我去什么？”

“去比赛呀。”

程迟俯下身，目光平视进她的眼睛里：“课代表怎么回事儿，怎么对我这件事这么上心？”

“因为你不去，真的很可惜。”她叹息声内全是屈才的不满，“你享受的不应该是这些，你被低估太多太多了。”

况且，他是她的朋友，希望朋友过得好是件很正常的事情。

就好像在岛屿中央被困住的人，他对于走或留没什么所谓，但她在岸上，她知道上岸之后会拥有的璀璨花路，所以，她想要拉他上岸。

也许，他仅仅只是缺一个拉他的人。

“再说了，如果一切都摊牌，所有人对你的印象都会变好，我问你题目的时候也不用躲躲藏藏，怎么算都是有百利而无一害的事啊。”

“课代表太单纯了啊。”程迟摇摇头，仍是漫不经心的，“固有印象很难被消除，我也不是一个善于做这种事的人，大概不仅费力，还会越来越糟。”

她从小就在鲜花和友善包围的世界，根本不知道多少人藏着恶意的目光。

那次考试，他本来就是闲着没事顺便去了，看了两道题觉得难度还行，刚好抽屉里有支别人落下的笔，他便顺便拿起来写了题。

他这人素来洒脱不羁，考试从来不把包和手机上交，手机也不关机，就随意地扔在抽屉里，写题的时候坐得也很随意，跟标准笔直扯不上关系。

他懒散地弯着腰侧着身，垂着眼睑，手指上的笔写题的速度很快，玩儿似的。

罗欣霞在讲台上打了个瞌睡，睁开眼下来走动的时候就发现他写到了大题部分，惊诧地翻过卷子一看，前面也写得满满当当，竟是没有一道空题。

再后面的事情就没什么悬念又转机四起：罗欣霞在他抽屉里看到了手机，一口咬定他是在作弊抄题，并且居然“恬不知耻”地抄了大半张卷子，一点都不清楚自己的水平。

他想辩解，又不知道该说什么，觉得无语又好笑，双手插着口袋看她一脸刻薄地数落和指控他。

考场里很多人都在看，满面都写着难以置信和不知所措。

他是那会儿才觉得，原来他能写题这件事，在众人眼里有多么的不可思议。

“自证清白”这四个字从来不存在于他的字典里，他既然做了就是堂堂正正，没必要浪费时间去反复证明自己的真实性。

况且别人怎么看他他也不在乎，写题本就是一时兴起，他懒得争论，因为下午还有游戏比赛要打，他得赶紧回去。

所以他一言不发，就那么离开考场，最后一道大题还有一半没写完。

这事儿对他来说不是很重要，或者说，对他而言没什么很重要的事，所以他没什么不能放弃的。

既然写题这件事变得复杂化，那他就放弃好了。

他会去帮阮音书，也是因为那时候跟她关系不错，加上她为题目整天愁眉不展，他又刚好会写，这才有时间便上楼看看。

程迟不愿意透露自己的身份，也是他不想让事情变得麻烦。

他不喜欢复杂化一切东西，写题就是写题，加上证明惊叹怀疑这些环节，就没意思了。

“如果你不知道怎么办，我可以帮你。”阮音书说，“起码我为你担保，还是有一定可信度的。”

“别了，我怕拉你下水。”他还是笑，“我一个人就好，怎么能拉课代表共沉沦呢？”

阮音书舔舔唇：“这怎么能叫沉沦呢？你本来就没做，没做的事情凭什么要承认呢？如果你现在不说，以后更没有机会了，越往后就越难了。”

“那就不说啊。”他佛得很，“我本来也没打算说。”

她被堵了一下：“可是……可是，那你以后呢？以后也这样吗？”

他倒是被她问蒙了：“什么以后？”

“你不去找到一个你的专业点，未来怎么办？怎么找工作，该做什么职业，怎么把兴趣和工作一起照顾到……”她很自然地分析，“如果你现在能够及时走回物理这条路上，到时候拿点奖，考一个好成绩，未来一片光明啊。”

他物理这么好，如果不打算走这条路，打算做什么呢？值得吗？

程迟抬头看了一眼，继而眯眼望向远处：“课代表想得挺远啊。”

“远吗？我爸妈从我高中就开始说这些了。不过他们很有想法，我的选择权不算大。”阮音书也莫名惆怅了一下，“看起来好像很简单，其实挺难的，你有一个这么擅长的技能，其实已经很幸运了。”

“我也经常想自己，不过一般很难想出什么，好像已经被规划好路线，只用照着走就行了。”她说，“没想到还有人想都不想呢。”

“我们哪能一样？”

她是承载着希望和一切美好的人，而他过的，是趋于被放弃的人生。

很多事对他来说都没必要，来世上走一遭，不祸害生活已经是莫大成就和终身骄傲。

程迟听着沿途放的歌，随口念了句：“听到了吗？要得过且过，才好过。”

“你别以为我没听过情歌。那是唱爱情的，我现在跟你谈的是爱情吗？”阮老师频频敲重点。

他扯耳垂：“你也可以和我谈爱情啊。”

“你连自己都照顾不好，还想谈照顾别人的事儿呢？”阮音书明显又想到他种种壮举，晃了晃脑袋，“那多累呀。”

程迟听着她的金句：“你很懂？”

“那倒没有，这个初瓷比较懂。”阮音书说，“我只懂你的物理究竟有多好。参加比赛的事你决定好了吗？”

“如果还没决定答应的话，”她一本正经地瞧他，“那我明天再来问一次。”

“……”

阮音书是真的对这事上了心，次日去学校的时候，特意挑了个时间去了趟物理办公室，问下个月比赛的事。

物理办公室的老师很多，组长也在里头。

乔瑶听了她的来意，点头：“这个比赛难，而且学校名额也有限，肯定只能让几个人去，其余想参加的就要自己报名筛选了。”

程迟肯定不会愿意被筛选。

阮音书又问：“直接给名额的条件是什么呢？”

“物理成绩好，表现好，之前拿过奖。”乔瑶笑，“你肯定没问题的。”

“我不是说我自己。”阮音书在思忖着怎么开口，“如果说，学校有一个物理特别好的人，但是他一直都没有表现出来过，可是之前有在一些重大奖项里帮助过同学——”

乔瑶：“还有这样的人？我们学校的天才遗珠？不至于吧。”

阮音书咬唇："应该是有的。如果我用我的名额担保的话，可以向学校申请一个名额吗？"

乔瑶倒是被她问住了："虽然我觉得风险是很大，但是能拉动你担保，老师有点意外啊。这个人物理很好吗？跟你比呢？"

"比我好多了。"

"你这说得我都好奇了。"乔瑶停下批改作业的手，"是谁？"

她有些踌躇："我说了怕您不信，因为他看起来真的有点不像。"

组长曲露本来一直在忙自己的，这会儿也忽然转过头来："你说的总该不会是程迟吧？"

阮音书张了张嘴，没来得及发声，乔瑶都笑了，回道："怎么可能？怎么想到程迟了？他平时都不上课的。"

曲露也笑："之前他有张卷子得分挺高的，有人说他是抄的，也有人说是他物理好，不过他也只写过一次卷子，我还是偏向于第一个可能。他太难控制，压根就不是好好学习的料。"

物理组的风向几乎是一边倒，根本没人觉得程迟会写物理题。

阮音书寡不敌众，也不知道该怎么辩驳，匆匆说了两句就离开了办公室，回到教室发呆。

她其实没有什么逆反心，但想到那些误解的标签贴在程迟身上，就觉得难受，特别难受。

阮音书大概是从小没有被这些东西伴随过，她往物理组走了一圈，到底意难平。

她甚至都想替他证明，替他做出成绩，撕下负面标签，让所有人眼前一亮，让有偏见的人都向他道歉。

中午的时候，程少爷特别没心没肺地来了，还衔了个橙子味儿棒棒糖，往她桌上丢了个荔枝味的。

阮音书忍都忍不住，噌一下站起身来。

程迟被她的气势汹汹吓了一跳："不是我说，你不喜欢这个味道也不用这样吧？我胆子小，很容易被课代表吓到的。"

她一言不发地拉着他去了教室外边。

程迟好像心情很好，捏着棍子笑看她："干什么啊，阮大哥这是要带我去砍人？"

阮音书一抿唇，严肃地握拳："我昨天说的事你考虑得怎么样了？去比赛吗？"

程迟没想到她在这事上这么坚持，撑着栏杆没什么情绪地说了句："后续麻烦。"

"后续我都想好了：比赛的时候如果有监控就看监控，没监控我们自己弄一个也行。而且到时候老师肯定会很敬业，不会无缘无故冤枉你。"她说得头头是道，"如果有人不信，我就把'逐物杯'那时候的纸飞机全部展出来，广播站念演讲稿的时候可以说……

"你只用负责写题就好了，剩下的事情，有我应该不会太难办。"

程迟合眸："万一最后还是失败了，你知道自己会被骂成什么样儿吗？"

"不会失败的。"她怀抱着常年浸淫在美好中的信心，"只要它是真的，谁也不能说成假的。"

看程迟不说话，她又小声补充："我看不惯他们那么说你，我想让你证明给他们看……"

连她都羡慕和仰视的人，怎么能被他们踩在足底？

"而且这个比赛参加的人不多，筛选也很难，能比赛就初步证明你的能力了。还有，那些题目都是新的，网上找不到答案。"她继续小声道，"有谁费尽周折去比赛只是为了作弊呢？"

其实昨晚他什么也没想，一如既往地无所谓，他甚至不知道她为什么怀有这么大的热忱，迫不及待地去洗刷他的所谓"污点"。

过程听起来就很麻烦，他仍旧懒得证明一件本就是对的事情，信他的人怎么都会信，这实在多此一举。

他觉得她也不过是正在气头上，气消了，也许这个念想就不再强烈。

可所有拒绝的话到了唇边，看见她等待期待又惴惴不安的眼神，他狠了一秒的心又被击溃，话转了个头。

"我……想想吧。"

"什么时候能想好呢？今天下午？"

"下午我还得打游戏啊。"程迟道，"课代表管我这么紧？"

阮音书鼓了鼓嘴，噢了一声。

下午放学之后，程迟回了基地，等电脑打开的时候，脑海里又浮现阮音书的脸。

有一批人在网吧跟他们一块儿“开黑”，这会儿在语音软件里开了个房间，大家纷纷加进去。

程迟看到一个有点陌生的名字，以为是谁的小号，又或者是他眼花，匆匆一瞥后没有放心上。

耳机戴好之后，成员纷纷进入房间连麦，方便等会儿打游戏实时沟通。

网吧那边的人忽然起了玩心，有人拿着话筒喂喂了两声，掐着嗓子嘻嘻哈哈道：“连麦吗？我，萝莉音。”

邓昊：“滚啊。”

很快有人效仿，声音偏女性化的低沉：“连麦吗？我，御姐音。”

程迟懒得搭理，开了瓶矿泉水，在选等下要用的人物。

耳机那边仍有人在说话，却已经换了风向：“连麦吗？老子……”

对边停了一下，似乎是下一个成员敲了敲耳机在调试，有点犹豫要不要跟队形，如果要跟的话该怎么说。

最终，那个人还是入乡随俗地跟着，却因为找不到词儿，随便胡扯了一个，小声道：“连麦吗？我……阮音音。”

女生的声音带着熟悉的甜糯，像混着夹心的糯米青团，试探无辜，又有点灵动。

程迟耳根一麻，手没什么意识地松了一下，瓶子应声歪倒，水洒了一桌。

程迟叩叩对面邓昊的电脑：“拿点纸给我。”

邓昊很显然也是听到了刚刚阮音书说的话，犹豫了几秒，这才探头过来，有些难以置信地、颤抖着声音问：“不是吧？这就把你刺激得流鼻血了吗？”

程迟：“……”

虽然话是邓昊对程迟说的，但是连麦的所有人都能听得见。

阮音书听到了这话，有点儿蒙地拉住话筒，往嘴边递了递：“程迟怎么了？流血了吗？”

“没有。”程迟冷冷瞪邓昊一眼，然后拿起纸巾把水渍擦干净，“水泼了。”

邓昊凑过来一看，发现自己确实猜错，程迟要纸不是拿来擦鼻血的，确实是水泼了。

“水不是放在那里好端端的吗，怎么忽然就洒了？”

邓昊还是保有自己的怀疑：“你手抖是不是因为被……”

“闭嘴。”

程迟及时抬眸喊停，把擦过桌子的纸巾扔进垃圾桶里："我没手抖。"

邓昊耸肩，妥协道："行呗，你说没有就没有，我哪敢反驳您呢？"

哪怕程迟这人平时从不手抖帕金森，今天听到人阮音书软着声儿说了两句话，立刻失手就把水瓶打翻了。

他邓昊也纯洁地决不认为二者有直接性关系。

嗯，就是这样，他决不想歪。

程迟仰头灌了两口水，喉结轻轻滚动，话是对阮音书说的："你怎么进来的？"

"我问邓昊你们在干什么，他找我连麦的，我就顺便进来了。"她答得很坦荡。

程迟目光晃了一瞬，手指叩叩桌面："进来干什么？想让我教你打游戏？"

那边立刻有人起哄："Wow，迟哥带妹哦？"

"我……没有。"阮音书小声说，"我就是来提醒你一下，我下午跟你说的事你别忘了。"

邓昊鼠标兴奋又聒噪地来回滚动："你们俩还有秘密呢？"

程迟松了松耳机，话是对她说的："知道了，没忘。"

"要好好想想啊，别再敷衍我了。"阮音书扯领口。

程迟失笑："是——课代表吩咐的我可不敢应付——"

连麦半天，程迟都在跟阮音书说话，并且居然难得地表现出……顺从的样子。

有人小幅度扯下耳机，问朋友："我们是不是被无视了？这算二人世界吗？"

"你觉得呢？"另一个人反问，"这皇家'狗粮'好吃吗？"

"……"

阮音书说了两句，也要挂了："我说完了，那我先下咯？"

"别介啊。"邓昊在里头撮合，"不留下来打盘游戏吗？顶尖王者程迟手把手教你，以前可没有人获此殊荣。"

"以后有机会再来吧。"阮音书晃着小腿，"我现在得做作业了。"

邓昊："就先——"

"好了。"程迟蹙了蹙眉，眼尾轻压，"你先下吧，别跟邓昊再胡扯了。"

邓昊："……"

"嗯，我走了，大家拜拜。"

告别完，阮音书扯下耳机退出了房间。

她退出夫之后过了一会儿，收到了一条消息。

来自程迟——

"以后有想问的，不用问别人，直接来问我。"

阮音书看到消息已经是五十分钟之后了，她垂着眼睫，慢慢地打着字："我想你可能在忙。"

而且她听说他很不爱回别人消息，大多是看过就完事儿了。

平时各大社交软件上，她也压根看不到他"冒泡"，点赞留言全是零，比她这个不爱上网的人还夸张。

所以看着他的头像，她感觉把这人戳活的概率极低，便没打算去尝试，都只好去问邓昊他们。

没过多久，程迟的消息又回过来："不忙，有空。"

所以，尽管来找我。

后来阮音书多给程迟留了几天时间，准备过几天再问他考虑得怎么样了。

其实和一开始的激动和愤愤相比，她现在也慢慢冷静了下来，无论他做什么选择她都理解并支持，只是于她而言，内心里还是希望朋友能够越来越好。

随时间推移，比赛的名单也慢慢出来了，除了学校配给一班的三个名额，其他想参加比赛的人，必须先通过筛选才能进入初赛。

因为这个比赛并不面向所有学生，所以这回是以大家自愿报名为主。

一班的三个名额给了阮音书、福贤还有许慕。

阮音书没有再去物理组给程迟申请那个名额，因为她觉得申请到的概率微乎其微，所以索性不再去尝试。

如果程迟愿意，首先要去报名海选。

比赛的相关证件在大课间的时候发放，有几个不明所以的人凑过来问了两句，得知比赛名称后这才啧啧嘴摇头："好可怕，听说这个比赛变态，巨无霸难。"

“你们加油吧，我就不报名了，报了应该也选不上。”

李初瓷也说：“我们学校参赛的人都这么少，别的学校应该也不多吧？”

“是的吧。”福贤说，“别的学校的名额现在基本上也出来了，我问了问其他学校的同学，打算报名的其实不多，有蛮多报名的也只是想去见见世面。”

说话的时候福贤顺道看了眼手机，旋即“嗯？”了一声，阮音书见他表情不对：“你看到什么了？”

“我朋友刚跟我说，他送作业的时候看到了一部分名单，魏晟也要参加这个比赛。”福贤紧皱着眉头，特别疑惑，“他自己水平都那样了，怎么还参加比赛呢？不嫌丢人吗？”

魏晟。

这是一个有点遥远，但是也令他们万分难忘的名字。

自从他那次抢了名次被退学、然后转到新学校之后，阮音书就没有再听过他的消息，仿佛这个人已经人间蒸发了一样。

没想到这次这个比赛，他又要参加。

“他几斤几两心里没点数吗？”李初瓷也不迭地摇头，“这时候就应该好好学习，怎么还在刷存在感？刷多了人是会爆的知不知道？”

福贤吐吐舌头，耸肩道：“算了，人家‘办法’多着呢。”

“这次学校不同，我们还会遇上吗？”阮音书咬唇。

“说不准，有可能遇到有可能遇不到。”福贤握拳，“不过遇到了也不要怕，我们这回防着他就是了。”

阮音书点头，又问李初瓷：“你这次参加比赛吗？去海选吗？”

“看有没有时间吧，要是没事的话就去试试，毕竟拿奖的可能性太小了，我就当玩儿吧。”

阮音书翻了翻手里的准考证，正发着呆的时候，程迟和邓昊从外面进来了。

少年今天穿了一身白，唯独从耳边垂下的耳机线是红色的，低调，却又惹眼。

程迟调了调耳机，从她身边经过的时候，看了一眼围在她桌边的那群人，旋即手插着袋回到自己的位置上。

人潮散了之后，阮音书撑着脸颊往窗外看，自顾自发着呆。

今天又下雨了，而且还有点儿大，雨冲刷着玻璃和枝叶，雾茫茫的一大片，把窗外渲染成能见度极低的雨帘模式。

她的足尖似有若无地点着地，听李初瓷感慨："今天这暴雨真是绝了，我虽然带了伞，但是穿的是帆布鞋啊。怎么办？回去肯定又全湿了。"

"说不定放学的时候就停了呢？"

"不会的，今天好像要下一整天。"李初瓷希冀，"也不知道学校门口的排水系统怎么样，会不会因此瘫痪。"

连绵阴雨催来了阮音书的例假，她和李初瓷中午去买了姨妈巾，雨淅淅沥沥地淋着脚踝，她整个下午腹部都若有似无地在痛。

因为肚子疼，阮音书只好趴在桌上休息，动都不动弹一下。

程迟路过的时候瞟了一眼："怎么，课代表今天这么困？"

"没有。"她抿抿有些泛白的唇，"我肚子痛。"

"怎么肚子痛？"他手机转了圈，落在口袋里，俯下身看她翕扇的睫毛。

"她那个来了。"李初瓷代为解释。

解释完毕之后，李初瓷站起身："刚好我要去打水，音音，我顺便帮你打杯热水来哈。"

程少爷没太懂："打热水干什么？"

"喝呀。"阮音书小声说，"热水治百病，有个成语叫'多喝热水'你不知道吗？"

"行了，肚子痛都挡不住你皮。"李初瓷拍拍她后背，"你快睡一会儿吧，可惜这里没有红糖水，不然冲一点也许会更有效。"

李初瓷出去打水，没过一会儿却又回来了，阮音书抬抬眼："怎么这么快？"

"没有，程迟和邓昊刚好要去打，就顺便帮我一起打了。"

她又跟李初瓷说了两句什么，在身体不适的影响下慢慢睡着了，模模糊糊只记得好像是有人回来了，紧接着是杯子放在桌上的声响。

然后李初瓷小幅度地把装着热水的杯子暖在她小腹处。

睡了一觉之后好了一些，阮音书在上课的时候醒来，用热水焐了焐手，又开始专心听课。

最后一节课结束，后面接着要上晚自习。

学校非常狠心，并没有因为残酷的天气而取消晚自习。

晚自习和最后一节课只隔半个小时，堪堪够填个肚子，阮音书和李初瓷去喝粥，程迟则被邓昊带去了奶茶店。

邓昊买奶茶的时候，程迟站在一边随便扫视着，蓦然看到不远处柜子里放了很多个保温杯。

“你们这里卖保温杯？”

收银员笑了一下：“是啊，是卖的，不过现在还没到大家买保温杯的时候，因为好看我们才摆出来的。”

“那我买一个吧。”程迟拿手机扫支付码，顺带道，“盒子不要，帮我洗干净装上热水。”

邓昊奇怪地看他：“干什么？你今天要保温杯里泡枸杞吗？”

服务员也有点迷惑：“确定吗？现在是夏天哦。”

程迟言简意赅：“有人肚子痛。”

服务员很快反应过来，像是感同身受：“有人肚子痛？是女孩子吗？”

程迟点头。

“那有可能是生理期到了哦。”服务员笑笑，“我们这里刚好有红糖，也可以帮你冲杯红糖水哦，活血的。”

程迟蹙眉思忖了几秒钟，虽然这些东西他不太懂，但都是女生，这人说的应当不会错，是对阮音书好的。

于是他道：“嗯，那冲一杯吧。”

女服务生朝他挤眉弄眼，满是暧昧：“马上好哦，你想要哪个杯子？不如这个吧？这个爱心的多可爱。”

……

于是阮音书喝完粥之后回到位置上，看见桌上摆着一个红白色的保温杯，杯子拧开，里面是温热的红糖水。

这应急措施很到位，喝过红糖水之后，阮音书的肚子痛也缓解了不少。

只是晚自习下了之后，站在班级门口，面对着直淹小腿的积水，她来不及思考红糖水，陷入了更为紧要的沉思。

这要怎么出去呢？

“这怎么办？你还有一段路才能出去呢。”李初瓷说，“而且你大姨妈来了，也不能蹚这么冰的雨水，不然明天可能会痛死。”

阮音书：“我再等等吧，实在不行等会儿叫我妈来。你家离得远，你先回去吧，别担心我。”

李初瓷走后，她看了一会儿雨，忽然，有温热的气息涌到她身侧。

程迟低头看她："还不走？"

阮音书轻轻叹息："水太深了，我在想该怎么办。"

雨夜里开了灯，但却不足够亮，程迟陪她等解决办法，雨声淅沥里，她忽然开口问他："对了，那个比赛你要去吗？"

少年沉吟了一会儿，道："算了吧。"

这几天他不是没有考虑过，但她说的那些对他来说都是不重要的东西，他觉得自己没必要证明或者是为比赛奋斗。

他的想法都是一阵一阵的，最近并没有这方面的欲望。

这种无关紧要的事，就不要浪费她的时间了吧。

她应该把精力都放在自己的学习上，为他分心奔波，不值得。

阮音书搓了搓手臂，对这个回答也不意外，眨了眨眼睛才说："嗯，那我尊重你的选择。"

雨还在落，没办法踩水的女生偶尔被女生或男生背走，背到学校门口再放下来。

程迟一边听她说话，一边有一搭没一搭地瞧着那边只有在这种窘迫情况下才会出现的限定场景。

阮音书笑笑，替他做新的美好构思："是金子总会发光的，也许你哪天突然就有新的机会了呢，路兴许会比现在更好走些。"

程迟应了声。

"不写物理题的话……那你最近背书了吗？"她忽然想起来，仰头问他，"一篇《劝学》你真的背很久了欸。"

"背书？"他似是品出了什么，轻笑了声，"可以啊。"

阮音书倒是被他的爽快慑住了："现在？"

"是啊，课代表不是想要？"他散漫道。

"那你来吧，刚好我现在也走不掉。你是要背第几段——"

她话还没说完，程迟已经背对着她蹲了下来，她还没来得及反应，手臂忽然被人轻轻一扯，抬到他肩膀上——

她轻松地双脚悬空，被他背了起来。

阮音书一时说不出话来。

似是觉察出她的震惊，他云淡风轻地扭转句意，语调里带着清浅的笑意，和挡不住的愉悦。

“我这不是在背书吗——

“背阮音书啊。”

树影婆娑，枝叶兜着雨水摇摇欲坠，雨滴在路面上溅起朵朵水花。

少年的鞋底踩过水面，伴随着风声，发出的声响安静又嘈杂。

阮音书就伏在他背上，她甚至能感受到他走路的起伏，和他近在咫尺的呼吸声。

以及他从喉咙底漾出的轻微的喘息声。

也不知道事情是怎么发展的，他怎么忽然就把自己背起来了……

她这才后知后觉意识到什么，从脖颈处开始升温，温度一路蔓延到脸颊，耳根也灼灼发烫，脑子里像熬了一锅沸粥，咕噜噜地开始叫嚣。

饶是她再迟钝，这会儿脸也红透了。

阮音书不由得绷直脊背，感觉每一处关节都僵硬了起来，耳边嘭嘭嘭地响，像雨冲了进来。

程迟感觉到她的拘谨，也感觉到身上的人正在一点点往下滑，于是手托过她的腿窝，将她往上面抬了抬。

把她往上颠的一瞬，他的手心蹭过自己的衣摆，将津津汗意擦掉，程迟这才带着不经心的玩味笑着问她。

“怎么，课代表是怕被我拐卖？

“背挺这么直累不累啊？放松点，很快就到了。”

她腿窝下是他的指腹，有力柔软，却又过分滚烫。

阮音书想开口，又不知道该说什么。

毕竟下了晚自习的学生这么多，乌泱泱一大片，有好些女生因为各种原因不能蹚水，也有男生代劳将她们背到门口没有积水的地方。

有些男生还来来回回跑了两三趟。

其实她原本是想问他在干什么的，但将要脱口而出的瞬间，她把话吞了回去。

他应该是看她在这里站了太久，为了让她早点回去，就顺便像那些男生一样背着她出校门。

又因为这人比较懒，所以懒得解释自己这么做的原因，说着说着便直接把她背起来，也顺带吓了她一大跳。

阮音书看着周围也有几个被背着的女生，渐渐放松下来，脑袋垂下的时候，感觉到他的发丝蹭过自己的鬓角。

她忽然问：“你累吗？”

这一问换来程少爷颇为不屑的一声嗤笑：“这样就累了？我在你心里得有多弱啊？”

阮音书：“毕、毕竟书包挺重的……”

“放心吧。”他语气轻松，“就你这种重量，我起码能两小时不停一下。”

她鼻尖耸了一下，小声说：“你好狂妄啊。”

程少爷不明地笑了声：“挑衅我？”

“不是。”

“有机会让你试试。”他合了合眼睑，“到时候课代表别哭着想下来了。”

“背人在市区走两个小时，你跑载人马拉松吗？”阮音书无奈地反驳，“我们会被人当神经病的呀。”

“被人当神经病你也不在乎吗？”她说。

“我只在乎我的能力是不是被课代表质疑了。”程迟语调松懒。

“……”

越说下去越收不住，阮音书只能妥协，轻软着调子叹息：“行，我相信你，特别相信你，不要说这个了。”

程迟喜欢这种她被自己闹得没办法的样子，又笑：“不说这个那说什么？”

看着他步伐渐快，阮音书真的有点担心他现在就开始证明自己，背着她竟走两个小时不歇息，于是她晃了晃腿。

“我觉得差不多了，要不你把我放下来吧，程迟。”

“哪儿差不多？”程迟看了一眼没过小腿三分之一的水，“你下来，这水位基本等于游泳了。”

阮音书：“……”

她小拳头握紧：“在你心里，我到底是怎么样的一个身高呢？”

“时有时无的身高吧。”没等她再反驳，他又补充了一条正经的，“这水很冰，你还是等出了校门再下来吧。”

阮音书“嗯？”了一声。

“嗯什么嗯？之前李初瓷不是说什么……”他仔细回想了一下，“踩水会肚子痛？”

他看挺多女生也都不能踩水，大概女孩子的体质真的很脆弱。

“是啊，有些女生是不要紧的，但是我在这方面还是注意点比较好。今天出去淋了一点雨，回来都半死不活的，幸好有红糖热水喝……”

说到这里，阮音书稍作停顿：“我也不知道我桌上怎么有红糖水，看起来是救命的，我就先喝了。”

察觉到程迟没说话，阮音书问：“不会是你给的吧？”

程迟不爽了：“怎么就不能是我了？”

“你还知道这个吗？”她对他的生活常识抱有极大的怀疑，“你连多喝热水都不知道。”

“……”

“我陪邓昊去买奶茶的时候，服务员顺便说的，我就买了。”程迟眯着眼嗞了一声，“课代表能不能用发展的眼光看问题，人是会进步的。”

“嗯。”阮音书思考了好一会儿，像煞有介事地表扬他，“吾心甚慰。”

路灯照明区域不大，他们这里已经是光圈最外围，落不到多少光，维持着浅调的暗。

因此他们的身影也不清晰，和中央的人似乎分隔在两个不同的世界。

时间缓慢又温柔地从他们身边掠过。

程迟就这样心安理得地和她腻在一块儿，听着她浅软气音，想着她倒是日渐一日地同他亲近起来，现在连玩笑都开得这么轻松自在。

这女孩子有点美好，压在他背上也并不是负担，所以他走到校门口把她放下来的时候，好像还有点舍不得。

终于落了地，阮音书跺了跺脚。门口的路灯很亮，把她鼻尖上的绒毛都照得一清二楚。

程迟刚走到灯光底下，眯了会儿眼才适应，蹭了蹭鼻尖，挑眉道：“课代表脸怎么这么红啊？”

阮音书蒙了一秒，然后目光转开，黑琉璃一样的眼珠朝旁边瞟了又瞟，吞了吞嗓子，不知道该说什么。

她看着有点茫然，有点无措，还有点心虚。

不知道她在虚什么。

程迟手揣在口袋里，指尖来回拨动着打火机最外层的盖子。

“你不会是……第一次被人背吧？”

这句话似乎切中要害，她本来已经恢复的体温又升起来，她霎时羞赧得连眼角都带着一点红。

阮音书攥着书包带子憋了半天，声音小得像朝海里丢了颗石子，涟漪都溅不起多少。

“不要你管……”

说完，她也许是自己都觉得自己太弱势，只好自己率先转移话题。

“你还是先管好你自己吧。好好背书，我明天要检查《劝学》。”

阮音书给他布置下一个任务，这才背着书包跑开，书包里的文具乒乓响着，十分生动。

程迟看着她背影，百无聊赖地扯了扯耳垂。

“我感觉我刚刚‘背书’背得够好了啊。”

后来回基地，程迟本来是想看看书做个意思的，结果发现自己根本就没有语文课本。

他也不知道网上有教材，想着如果阮音书问起，自己也算是有个好理由交差，便心安理得地继续打游戏了。

谁知道他去了学校，中午的时候，她居然递过来了一张纸条。

程迟细细一捻，纸条居然还有点厚。

难道是《劝学》的背诵任务？

程迟垂眸：“这什么？”

“生活清单。”阮音书说。

程少爷：“……”

“我之前不是答应过你，要给你写一些常识，让你对自己好一点吗？”她努努嘴，“喏，我写好了。”

写这个其实还挺简单的，她每天洗完澡之后抽五分钟就可以列好多条出来，感觉没什么可完善的了，就收工。

程迟怔了一下，隐约想起她是说过这么一句话，他当时只不过是随便一听，哪知道她居然真的上心去做了。

纸条展开，里面密密麻麻地列着她清隽的字体——

一、湿头发不要睡觉。

二、不要用冷水洗头。

三、剧烈运动完要缓缓停下，也不能立刻暴饮暴食。

四、被子要记得盖住小腹。

五、发烧体热要多出汗才好得快。

就这样，她写了整整一张纸，有的他知道，有的他不怎么了解。

久违又独特的感觉徐徐上涌，程迟的指腹摩挲着纸张上的纹路，心里有点儿涩。

他有很多缺失的东西，有在漫长岁月中被亏欠的部分，也有被忽视、被一笔带过的许多……

在这一瞬间，似乎得到了别种方式的弥补。

阮音书不好意思地补充："当然，因为我也才活了十七年，所以不一定能把所有的都列给你，但我知道的应该都在这里面了。"

他看着她，感觉她总是刷新自己对她的认知，她简单干净，好像还有点傻。

"知道了。"程迟收起眼底的情绪，合了合眸，"我会好好照做的。"

而后，少年的抽屉里渐渐多出了一把伞；偶尔打开花洒淋了一会儿又反应过来，把控制器往热的那边调；吹风机被转移到床头，有时睡前摸到自己发根还湿着，总是要吹干才能躺下。

大概没有人不希望被爱，只是没得到过的人，不知道被爱是怎样的一种感觉。

从一开始就行走在沙漠里的人，偶尔看见清泉，还真的以为自己并不需要。

只有他真的饮到了才知味道，才知原来有的东西，他是应该得到的。

阮音书发现了程迟随时间推移的变化，还是有一点小小的成就感的。

"诚致赛"在一个月之后开始了。

"诚致赛"就是最初她想帮程迟争取的比赛，但最后因为种种原因，他还是没有去，由她、福贤和许慕参加比赛。

这时候的海选也已经选完了，新的报名者很难加入进来，除非是有人临时退出，就可以获得补位资格。

初赛是小组赛制，每组要选出一个组长，比赛时间是周日一整天。他们早上提前到了，被告知每个小组都先去中间的办公室登记报名，顺便录入一下组长的名字。

好巧不巧，他们居然和魏晟是同一个时间到。

魏晟大概是没想到他们会来，眉头蹙起来：“你们怎么来了？”

“那么惊讶干什么啊，我们来这里很正常啊。”福贤抓抓脑袋，“我们不来难道你来吗？”

他们之间仍然是剑拔弩张的氛围，一秒都不停歇的目光碰撞。

福贤的火再度被点燃。

阮音书不愿多做停留，看了魏晟一眼，抬手准备拧开门锁进办公室。

但她手腕一下被人握住。

魏晟大步走上前，眼睛里装满了警惕和急躁：“我话还没说完，你走这么快干什么？”

“我告诉你，”他紧张又强硬地警告，“我是我们组的组长，如果你敢举报我之前的事，有你好果子吃！”

阮音书：“……”

她压根没往那方面想，没想到魏晟这人居然这么偏激，给每个人都安上了一个阴谋论。

“我们没那么无聊。”福贤一把打开他的手，“你以为谁都跟你一样，喜欢玩背后那一套吗？”

“真把自己当回事儿了！谁无聊举报你啊？就你做的那些龌龊事，我们提都不想提！有本事这次正面比啊！”福贤翻了个白眼。

他们的确没打算揭发之前魏晟做过的事，一是根本没往那边想，二是举报浪费时间，还没什么用。他们没这么无聊。

但或许是重逢的第一面就构筑起了针锋相对的氛围，魏晟重新吹起了战斗的号角。

中午在教室内再遇到的时候，魏晟眼里都带着锋芒，他似乎已经把他们当成了生死战的对手，当务之急就是尽早把他们干掉。

这次比赛一共分为十二个组，中午这个会议室要弄出一个初步分组，十二组中两两一组，合并成六个大组。

等会儿的比赛是由六个组来比，最后决出一个优胜组，那个组再分成原先样貌的两组，进行两组之间的比拼。

两组之间的那个优胜组，则是组员互为竞争对手，决出冠亚季军。

这有点类似于亦敌亦友的比赛方式。

因为魏晟之前拿过一个比较有含金量的奖项,所以他有优先选组的权力。

谁也没想到他站起来第一个指的是阮音书他们这个组。

理所应当的，大家以为他是在做队友的选择。

阮音书也不例外，因为她是组长，所以站起身，准备看魏晟怎么说。

但魏晟只是嘲讽一笑，摇摇手指：“这个组不行，太垃圾了。”

大家都知道得过一次奖的人总有点高高在上的心态，但谁也没想到他的第一句话是火药味这么浓的蔑视，好像给了迎面的一个巴掌。

他为什么要当众说这样的话？大概是想灭他们的威风，也给他们一个下马威。

魏晟太过心虚，太心虚的人，就总想要虚张声势，弄出一副自己很厉害的架势来。

阮音书作为组里唯一一个站起来的人，接受着四面八方各种含义的注视，到底脸皮薄，脸都难堪红了，抿紧唇瓣一言不发。

后来又说了什么她不太清楚了，她好像是被人拉着坐下。教室里仿佛又回到了正轨，但她的耳边一直有东西在持续嗡鸣，她难以集中注意力。

她真的没料到……魏晟居然能做出这种事来。

好歹也是曾经的同学，他们只想好好比赛，但不知怎么的，他却认定他们想要害他，于是先出手，披着曾得过奖的面具耀武扬威。

而那个奖，甚至根本不是他自己挣来的。

自由组合完毕后，有一群人围上了教师席，七嘴八舌在说着什么，气氛有点凝重。

阮音书浑浑噩噩地先退场，准备赶紧平复心神开始比赛，路上却接到了程迟的电话。

在外面比赛，为了方便联络，她一般都会带手机。

程迟的话言简意赅：“有一个选手退赛了，现在正在招补位的。你帮我领一份卷子，我马上到。”

电话那边把主题切入得太过直接，阮音书还是蒙的，眨着眼问了句：“啊？”

程迟把省略的部分重新补充起来：“是我，程迟。”

“你们现在参加的那个比赛，有一个选手退赛了，刚刚消息放出来，正在招替补的。”他的声音带着绝不拖泥带水的潇洒，“我去。”

阮音书看着走廊旁边的树，以为自己是幻听了：“什么？”

程迟怎么忽然又要来了？

“我说的不是中文？”程迟好笑地回她，“怎么课代表好像没听懂似的？”

阮音书把手机从耳边拿下来，看了一眼号码才记起来自己并没有存他的手机号，又确认似的问了一遍：“你没有被盗号吗？”

即使在这种情况下，少年的声音仍旧带着轻悠的闲散，似乎还夹杂一点不爽：“我知道了，阮音书连程迟的声音都听不出来。”

“我听出来了。”她两手一齐抓着手机说，“我只是没想到你忽然就跟我说这个……”

之前她费尽九牛二虎之力都没有劝动他，现在，等会儿就要比赛了，他冷不丁一个电话杀过来，说自己要替补？

今天这一天发生的所有事，也太魔幻了吧。

程迟还不忘给她敲重点：“你到报名点了没？”

“哦对。”她这才反应过来，“在哪边做替补报名啊？”

“A 栋 811。”

“好，我现在过去。”

说了之后，阮音书垂着眼睫，咬了咬嘴唇：“但是我要是报了名，你得来啊，不能说放鸽子就放鸽子的。”

“我没跟你开玩笑。”那边没绷住，笑出来，“你这话铺垫的……我什么时候放过你鸽子吗？”

“也不是，就是……”

就是这也太没有真实感了一点。

他突然的电话，突然的报名，让她有点害怕他的决定是冲动之举。可能他还没进考场，就要反悔了。

毕竟她现在连程迟决定来的动机都不知道。

程迟抬高尾音：“就是什么？感觉我在玩儿你？”

“你为什么忽然又要来了呢？还是这种紧要关头？”

“等会儿告诉你，这边风有点大，我单手举手机不方便。”

阮音书脚步停了一下，她想了好一会儿，才意识到他那边应该是怎样的场景：“你不会……在开机车吧？”

“是啊，不然赶不上考试了。”他十分淡然，好像现在正搭着腿，优哉地钓鱼。

阮音书声音提高几个八度，整个人都警戒起来了：“你开机车还跟我打电话？”

少年漫不经心：“我总得通知你吧。”

“……”

“你别打了，赶紧挂吧。头盔戴好啊。”阮音书紧张地咬了咬嘴唇，“我挂了啊，你一定一定要记得戴头盔！”

“知道——”

程迟这边还没回完，电话当即、迅疾地被挂掉，只剩下嘟嘟嘟的提示音。

他无奈叹息一声，不知怎么，嘴角却又扬起弧度来。

停了车，他把头盔戴好，这才继续一路风驰电掣地疾驰。

阮音书收起手机，往 A 栋楼走去。

到了报名点，她发现人还有点多。

阮音书：“大家消息这么灵通的吗？”

跟她一起的许慕回答说：“因为比赛的赛制一直在变，不到它公布，你是不知道赛制的。”

“每年在赛制公开之后都会有些人弃考的，可能觉得不适合自己，或者是临时出了点事什么的……渐渐地，这个比赛会招替补，好像就变成了一个默认的环节。”

“有人是守在这里等替补，有人是叫朋友帮忙报名，报上名之后自己赶过来，比如你这种。”

阮音书点了点头。

福贤也猜测道：“可能海选什么的有点难，替补赛会相对宽松一点吧，所以这么多人守在这里？”

“嗯，肯定的，毕竟海选预告那么久，替补说来就来。就这么几个小时，名额还有限，就是矮子里面拔将军呗。”许慕说。

“对了，”许慕问阮音书，“你朋友是男是女？”

“男生。”阮音书说，“他挺厉害的。”

福贤：“我还没来得及问。刚刚谁给你打电话啊？我们班的吧？”

“嗯。”她斟酌了一下，“但是等会儿看到他，你可能会有点惊讶。”

福贤脖子往前伸了伸：“为啥惊讶？谁啊？赵平？季森？刘麟霖？谁来我都不会惊讶吧，我们班当然卧虎藏龙。”

阮音书决定卖个关子，轻轻耸肩膀：“等会儿你就知道了。”

她进了办公室，替程迟拿了一张报名表，给他填好之后，面前的老师说：“替补选拔在一个小时之后开始，地点在 B 栋 506，不要迟到哦。”

“好的，谢谢老师。”

考试开始前十分钟，报名通道就要关闭。

阮音书把比赛时间和地点发给了程迟，等待的时候，就乖乖去休息室休息。

休息室很大，桌椅板凳随处可见，是给十二个小组来休息的，人都能装下。

比赛一共十二个小组，一个组三个人，有六个组都是优等高中筛选推荐出来的学生，另外六个组则是海选出来的佼佼者。

阮音书和六高的那个组结合成一个大组。

六高是不错的学校，阮母之前也替她打探过。

她抬头一看，发现左边正中间坐着她的队友，但仔细一数，怎么好像少了一个人。

福贤也发现了，走过去问道：“还有一个小兄弟呢？去上厕所了？”

“他奶奶生病了，现在得回去一趟，所以退赛了。”梳着中分的女孩子回答道，“你们刚刚没看到吗？我们和老师去说了的，还商量了一会儿。”

“我们那时候心情都不太好，可能都在想自己的事，所以就没看到吧。”福贤摇头。

阮音书抬了抬眼睛：“所以说……那个退赛的人是我们这边的吗？”

中分女孩遗憾地抓脑袋：“是的，是我们这边的。啊，好烦，他物理还挺好的，少一个他，我们要少多少优势啊。”

如果说退赛的是阮音书这个组的话，那么……假如程迟是替补的人，岂不是可以替补到她这边了？

阮音书有点惊喜，但是也有点压力。

“没事。”她安慰道，“替补赛应该会选出来一个厉害的，到时候我们还是有优势。”

“那可不一定，每年替补上来的水平参差不齐，这个不拖后腿我都谢天谢地了。”

以前是怎么样，阮音书不知道。

但是现在……

既然程迟能参加，那么加入的就算不是他，那个能打败他的，肯定也非常厉害。

阮音书可以肯定。

“可能以前是不稳定吧，但是这次肯定会很好的。”

考试前十分钟，程迟终于给她发了条消息：“到大门口了。”

阮音书直接点语音回给他：“嗯。我刚刚给你发的消息你看到了吗？知道怎么过去吗？”

因为她开的语音，旁边的许慕和福贤也在说话，所以这两个人的声音也被录了进去，并且声音还不小。

程迟自然听到了那两道碍耳的男声。

他把车停好后问：“跟你一起的选手有哪几个？”

阮音书：“你说我们学校的吗？福贤和许慕呀。”

果不其然，俩男的。

幸好他决定来，不然阮音书就要被这些男的包围了。

程迟：“你们现在在一块？”

阮音书：“嗯，等着过会儿开考，现在在商量和聊天。”

她发完这条消息后过了两分钟，程迟的电话准时打进来：“我找不到路。”

“那你等等。”阮音书当即起身，“你现在在哪？我带你过去。”

这都快要考试了，程迟怎么一点都不着急。

她急急忙忙地去跟程迟会合，在树下发现还有心情打数字游戏的程少爷时，急得都要冒火了。

“别打游戏了，要迟到啦。”

程迟眯眼看向她身后，确定没有男生跟来，这才在心里点了点头。

“还看什么？欣赏风景？”阮音书拽着他就往 B 栋跑去，“身份证件带了吧？”

程迟迈开占尽先天优势的大长腿，轻松地甩她一大截：“嗯，带了。”

程迟程迟，果然是迟，当程迟到替补赛考场的时候，考试已经开考三分钟了。

监考老师自然不让进：“这不行啊，提前五分钟我们就不让进了，更何况你还迟到。”

阮音书站在门口，霎时间傻眼，感觉所有美好想象刹那间碎成齑粉。

“更何况，你现在进去题目也写不完了，发卷子拿笔什么的也耽误时间。”老师还在说，满目遗憾，“你看，除了一个位置空着，其他人都没迟到。”

“那证明这个位置就是我的。”程迟把证件递过去，好像根本没听监考老师在说什么一样，伸出手，“卷子给我吧，我能写完。”

“……”

监考老师皱着眉看他，感觉哪儿是不是不对，但具体又说不出是哪里不对。

大概是因为面前的这个人看起来真的很跩，还有一股莫名的浑不在意，好像这个比赛对他来说真的不算什么，手到擒来之事，他没放心上。

老师抓了抓后脖子。

虽然说考试开始了，的确是不能让进，但是这个替补考试也不是特别正规的比赛，主要还是为晚上的初赛挑选一个优质人才……

位置正好还剩一个，这一脸冷淡的男生连比别人少几分钟都无所谓，现在还站在这里看她思索。

好像她不同意，他能在这儿等到她同意一样。

“好吧。”监考老师最后还是妥协，“进去吧，不要弄出声音，免得吵到其他同学。”

程迟连声都懒得发，点了点头接过卷子，然后从讲台笔筒里随便抽了支笔，坐上位置。

这场比赛并不算久，阮音书考虑到程迟可能会找不到路，自己等下还要带他去休息室，不想来回跑，所以直接坐在外面的椅子上等他。

她靠在椅背上刷题，一个多小时之后，旁边忽然撂下了一个人影。

程迟两手空空地坐在她旁边，眯着眼晒太阳。

嗯？晒太阳？？

阮音书转头看着他：“你怎么出来了？”

“写完了啊。”他抄着手淡淡地道，“而且旁边有蝉一直吵，我就加快了一点速度。

“要早知道课代表在这等我，我应该再快一点儿的。”

阮音书：“……”

这种东西还能控制的吗？

铂金满级玩家果然不一样，连控制技能都运用得如此清新脱俗、炉火纯青。

“看你这么快，大概完成得挺好吧？”阮音书也惬意地仰了仰头，“我是不是可以想象你拿奖的场面了？”

他挑了挑眉，没说话。

四十分钟之后比赛彻底结束，老师收了卷子后开始火速批改。又过了半个小时，成绩出来了。

大家都在改卷子的办公室外等待，阮音书和程迟也不例外。

有个老师清整了卷子之后起身：“程迟……程迟是哪一位？”

程迟抬手扬了扬，上前接过准考证，颔首算是应了。

阮音书跟他一起下楼的时候，听到身后传来讨论声。

“程迟？什么啊，是我知道的那个程迟吗？一高扛把子？”

“应该不是吧，一高那个程迟怎么可能在这里啊。”

“可他旁边那个不是阮音书吗？我在颁奖礼上见过阮音书，如果不是的话这也太像了。”

“不是吧？真的是程迟？？我输给程迟了？？？我警告你，我现在心脏很脆弱，你别随便吓我……”

讨论声渐渐消失，但阮音书好像还能听到他们难以置信的惊叹声。

她其实很想回头告诉他们是的，这个人是程迟，以前是他不说。

但现在，他要开始发力了。

带着程迟回了休息室。其他的人并不是很了解其中原委，福贤正在喝咖啡，转头看到程迟，吓得手往上一抬，咖啡被打翻。

“你怎么这么不小心。”许慕替他拿纸巾擦，看到程迟之后，手上动作停了下来。

阮音书带着他走到桌边，介绍道：“这是程迟，替补到我们这个大组的成员。”

“一个组？”程迟也是没料到，唇角勾了勾，“我和课代表还挺有缘。”

福贤还是难以置信，伸手用力揉了两把眼睛：“这是谁易容来了吗？！”

“不是啊，如假包换的程迟本人。”阮音书娓娓道来，“还记得K吗？就是他。”

福贤脖子往前杵了杵，非常像一个黑人问号的表情包。

他现在的表情非常惊悚，说是目睹宇宙陨灭也不为过，震惊、恐惧、难以置信，都写得满满当当。

过了会儿，他悄悄把阮音书扯到一边："我说音书啊，你是不是被骗了啊？"

"我在你心里这么傻吗？"阮音书似前辈一般拍拍他的肩膀，"程迟是 K 这件事，我花了很久才打探出来的。"

福贤："……"

看着此刻的福贤，阮音书就像看到了曾经的自己。

她颇为愉悦："而且做替补是要真枪实弹考试的。你以为程迟怎么来的？靠运气？"

福贤伸手，把自己张大的嘴人工合拢。

"好了，你别再说了，我现在感觉自己的三观全碎了。等会儿还要考试，照顾一下内心受到极大冲击的残障人士的心情好吗？"

阮音书笑笑："别害怕，程迟很厉害的，有他的话，我们正常发挥，赢不是问题。"

初赛在六点开始。

五点钟大家吃完饭，纷纷准备进入考场。

有时候缘分真的很奇妙，两组合并之后变成六个大组，而阮音书和程迟这两组，对应的正是魏晟和另一组。

要进去之前，大家互相加油打气，势要把魏晟这组 PK 下去。

就连程迟都在阮音书耳畔轻声道："给我支笔。"

"……"

气氛被破坏得一干二净，阮音书看着他："你来比赛都不带笔的吗？"

"忘了。"他非常淡定，"忘记写题还需要笔了。"

"……"

阮音书看着他："连笔都忘记带了，到底是什么支撑着你开飞车到这里来的呢？"

他把手中笔施施然一转，还是笑："为了给课代表报仇啊。"

阮音书："嗯？？"

"不要再闲聊了啊，赶紧到位置上坐上。今天比赛全程直播啊。"

忽然有老师在讲台上说了一句，底下开始骚乱。

"比赛直播？我的妈啊，我第一次玩这种。"

"之前完全都没通知啊，怎么说直播就直播？！"

二人话题被打断，没再继续下去，程迟坐在了最后一排的单人位。

没过多久魏晟也来了，魏晟来得有点晚，只剩下程迟边上的位置可以坐。

在看到程迟的那一秒，他睁大了眼睛，步子都忘记迈了。

直到被老师提醒，魏晟这才喉头发干地坐到了位置上，手还有点抖。

因为初赛是 PK 赛制，所以比赛位置的细分也是带着对抗意味的。

整个大教室一共被分成了六个区域，每个区域都摆着红色和蓝色的椅子，代表双方互为竞争关系，而每个椅子还有 A1、A2、A3，B1、B2、B3 的区分。

红色全是编号 A，蓝色则都是编号 B。

其实这样看起来，既像小组赛，又像个人赛。

铃声响起发了卷子之后，有人扛着摄影机就进来了。

教室里传来小幅度的慌乱声，程迟没受影响，眉都不抬一下。

此时此刻，远在一高的一班，大家也坐在教室里看直播。

今天原本没课，但乔瑶得到了直播通知，便在群里问大家想不想看，大家都同意一起来教室，于是就自发地全员到齐了。

投影仪播着直播。

整个大直播被切成四个画面，速度较慢，几乎每个组每个人都有镜头，也能看清脸。

当镜头切到程迟的那一刻，一班一片哗然，大家齐刷刷地转头去看程迟的位置。

没有人。

邓昊一个人寂寞地坐在旁边。

一班开始闹腾了。

“妈耶，我没有看错吧？！程迟？！”

“哇，这是什么神仙直播啊？我怀疑不是直播坏了就是我脑子坏了。”

“这是真的程迟吗？程迟参赛了吗？！”

乔瑶更是整个人都惊呆了，脑子里循环播放之前办公室里阮音书说过的话。

邓昊看清程迟的脸之后，更是吓了一跳。

他并不惊讶于程迟会做题，他惊讶的是——

“程迟真的出山了啊？我 ×！”

“什么啊，邓昊？你知道程迟这么行？？怎么不告诉我们啊？？”

“听这个语气，程迟不是去闹着玩的？”

乔瑶比了个嘘：“大家继续看。”

直播不只拍脸，也拍写题过程，当屏幕第二次切到程迟的时候，大家发现他……闭眼睡起了觉。

教室里爆发出大笑声。

“是了，这才符合我们迟哥的人设嘛！”

“以为是个青铜，结果像个王者，后面又变成青铜……太刺激了，太刺激了。”

过了一个小时，不仅屏幕里的人在认真算，教室里的大家也看着题目在算。

考场中做得快的，已经算到了第三题。

画面第六次切到程迟的时候，大家发现他睁眼了。

然后程迟拿起了笔，慢悠悠打开笔盖，开始行云流水地飞速行进。

大家心中尖叫：这个套路不对吧？？？

程迟不会在一题上思考很久，不到十分钟就能想出来解法，然后一下都不卡壳地写完过程。

很快，他已经做到了第四题。

一班陷入诡异的安静。

什么东西啊？

这是魔鬼吗？

到底是王者还是青铜？？

程迟是买到了答案吗？？？

大家题都不写了，就等画面安安静静地切到程迟。

他晚别人一个小时动笔，轻轻松松就开始领先。

一班所有人感到万分沮丧，甚至开始怀疑人生。

这合理吗？！

就连摄影师都察觉到程迟这人不一般，后来在他旁边，机位都不挪了。直播专门有一个画面是放他的。

因为他是 A6，魏晟是 B6，所以到最后，魏晟那边的摄影师也不动了，营造出了魏晟正在跟程迟比赛的紧张气氛。

二人是谁落于下风，已经很明显。

魏晟不停地抓脑袋，思路一卡一卡，根本没有程迟看起来舒服，简直像在几万个直播观众面前——

直播表演被吊打。

比赛结束。

程迟整张卷子全写完了，几乎是这么多人里的唯一一个。魏晟水平不上不下，写了很多题，但对了多少就不知道了。

外面居然还有记者，收卷之后，记者抬眼一看这男生挺帅啊，又反应过来这就是考场里最受瞩目的那个厉害人物，话筒立刻递过去。

“同学你好，你看起来好像很有把握，一开始考试居然先睡了一个小时。”

程迟本来不想参加这种傻 × 采访，但要离开的时候又想到了什么，对着话筒开了口。

“也没很有把握。”

“可是你睡了很久的呢，你旁边那个 B 组的男生一直在写，都没你写的多。你太有信心了吧。”

屏幕内少年意气风发，眉眼精致如工笔画。

他勾了勾唇，勾出一个轻蔑的笑。

“倒也不是有信心。”

他声音低低的，好似在酝酿一个大招。

程迟慢条斯理、不疾不徐地抬眼：“大概也因为……对手太垃圾了吧。”

仿佛之前的场景回放，魏晟嘲讽阮音书那组的“垃圾”二字还言犹在耳，此刻居然被程迟以这样的方式，在直播采访面前——

狠狠地回击了。

程迟的话透过话筒扩开，弥散到一班教室的每一处。

教室里所有的人都是一愣。

说是比完赛离场，其实大部分人的目光都胶在程迟这边。

大家虽然并没有实时看直播，但程迟是第一个交卷的，他们都看到他几乎写满了的卷子，也意识到这就是替补上来的那一个。

这次替补上来的，能力看起来真的挺出众。

大家其实都记得中午那件事，毕竟魏晟对阮音书那一组的嘲讽溢于言表，锋芒毕露，是个实打实的重磅炸弹，让人千万分难忘。

当时参赛者们明面上虽没表露出来，但一个个都是瞪大了眼珠子，心里讶得翻起了惊涛骇浪。

可还没等他们从中午的风波里回过神、弄清始末，转眼间，晚上的比赛里，一个天生自带吸睛气质的新人物——

就在这么多参赛者和直播观众面前，原封不动地把所有的攻击都还给了魏晟。

要知道这次直播，可是拥有近十万的观看人数。

新人物面不改色，漫不经心，声音磁性散缓，却句句有力地踩了回去。

他看起来虽然十分不好惹，乖张有戾气，但又奇怪地并不让人反感，让人不禁想着其中肯定有隐情。

短暂的沉默之后，交了卷的教室里涌起低低的惊叹声，还有窃窃私语声。

“这是……正面刚上了吗？”

“而且这个感觉好像中午第一组的那个情况啊。我猜是不是第一组找来的救兵，想出一口恶气？”

“有可能，说不定真是特意来还击的。但是如果这样想的话，能写完一张卷子的厉害人物，为什么之前不报名参加，而是这么冒险地去拿替补名额？万一替补没了岂不是很惨。”

“大概是没赶上报名？或者是，人家不屑于参加这个比赛，为了出气才来的。”

“我 ×，你说得还挺有道理。咱们身边真是高手如云啊。”

“而且这么一想，还挺仗义的！如果是往罗曼蒂克发展，也还挺浪漫。”

不过怎么讲都万分解气。

在大家的讨论声中，阮音书交了卷子，把笔袋收拾好，这才跟着组员一起出了教室。

刚刚说了一句话之后，程迟就对后面的采访兴致缺缺，随便答了两句，主持人就去采访别人了。

此刻，他正靠着栏杆往上看星星。

这人挺奇怪，平时看起来没个正形，可又不是以吵嚷的姿态出现，无论周遭如何变化不停，他始终云淡风轻地游离在外。

就算发生了天大的事情，他也能保持面不改色，大抵真的没什么东西可挂念。

星子闪烁。

阮音书加快脚步走过去，问他：“你看什么呢？”

“星座啊。”程迟眯眼，“看看今晚有没有好看的星座。”

阮音书：“那看到了吗？”

“不知道，没带望远镜。”

“……”

那你看得这么认真投入，是在看什么？

捉摸不透，阮音书干脆不琢磨了，说：“现在不早了，我们都要回去了，你呢？”

程迟手半搭在栏杆上：“你妈来接你？”

“嗯。”

“那走吧。”少年直起身，“我不回去还能干吗？”

暖黄色的路灯铺开一大片，给树叶边沿勾织出朦胧的边圈。

阮音书看天色也不亮，便道：“那你自己开机车要注意安全，现在天很黑。”

“还好。”他说，“凌晨一点我都在郊区开过，没问题。”

这个人过的到底是一种什么样的人生呢？她完全无法想象出来。

好像和她的，是完全背离、完全相反的世界。

张狂、恣意，随心所欲。

他们俩走在前面，几个组员跟在后面选择不打扰。

当然，他们主要也是怕打扰了被程迟打。

阮音书边走边胡乱想着，忽然想到刚刚他的话，又想到魏晟一瞬间变猪肝色的脸，再联合考试之前他的那句报仇，感觉自己好像是知道了什么。

“程迟。”她突然叫他。

程迟目光飘忽着：“嗯？”

阮音书没听到，以为他没回答，又叫了声：“程迟。”

他这下笑了：“你叫魂儿呢？”又道，“程迟在，就在你旁边，魂儿也在。你转头看看。”

阮音书抿抿唇：“你……之前是不是说你临时起意来参加这个比赛，是为了给我报仇？”

他也没什么好藏的：“是啊。”

“中午的事你知道了？”

“知道。”

“你怎么知道的？”她有点儿奇怪，“又没直播。”

“一传十十传百，要知道又不难。”他满不在乎地耸肩，又笑，“邓昊这人有个八卦组织，你也知道。”

阮音书自己又想了一会儿，还是没想通：“就只是因为这个，所以你就来了？”

“对啊，很奇怪？”

她点点头：“你……之前也说了，觉得要公开自己，会遭遇很多麻烦。”

少年毫不犹豫地颔首，转瞬却道：“可我不能就这样看你被蠢货欺负吧？”

更何况这件事又不是毫无转圜之力，他可以帮她回击。

她心里挺感动，觉得程迟这人真是重义气，真不愧是她帮着写清单写了那么久的人。

月光夹杂着夜风，有点凉，阮音书搓了搓手臂：“那……谢谢你呀。”

毕竟以魏晟的段位，他哪里能斗得过程迟。

程迟挑眉：“课代表这么客气，不如给我定制面锦旗？”

她好像认真思考了一下可行性，打了个喷嚏：“挂在基地门口吗？还挺气派。”

别的大佬门口都是挂一斧头，他门口挂一面歌颂人性光辉的锦旗，怎么看怎么独树一帜。

“……”

程迟见这小王八蛋又开始胡说八道，脱了外套扔她身上。

阮音书肩膀蓦然一重，下意识扯住：“怎么了？”

程迟抄手，面无表情地吐字：“我好热。”

阮音书：“……”

她姑且算是信了，手磨蹭到他袖子里，这才说：“你的衣服好大啊。”

女孩儿又晃了晃空荡荡的袖口，露出来的那截手腕白得扎眼。

程迟挪开目光，哑声道：“穿好。”

“我穿挺好的。你外套太大了，像个裙子……”

阮音书一路走，外套随着晃晃荡荡，像个小孩子一蹦一停。

大家沉默地快走到门口，福贤终于按捺不住，走到程迟旁边问道：“那个……不是，那些题你真的都会做啊？”

“会不会做不知道，要等结果出来。”

他的意思就是：做完了，但不知道对不对。

但他都写那么多过程了，还能有拿不准的可能？

不存在的。

福贤感觉程迟就差把“题目弱智”几个字写在手指上了。

“不过我真没想到欸，你居然这么深藏不露！”福贤搓了搓手，“你真的是K？为什么啊？是觉得起个代号很酷的吗？”

在福贤心里，程迟这种等级的人，没有必要在这种事上弄虚作假，既然能在他们面前做题，那么肯定是能做出来的。

而且他也跟K打过交道，感觉上这两人确实有相似之处。

不过他细细想来，反差还有点大。

福贤看程迟没回答，又小声问：“学好物理有什么诀窍吗？你平时是吃什么补脑的？日常生活呢？”

程迟对他的最后一个问题进行了回答：“熬夜，睡觉，打游戏。”

福贤：“……”

“有人生来就站在跑道终点的。”阮音书安慰福贤，“事情说来话长，有机会我再告诉你吧。”

她刚说完这句话，坐在车里的阮母摁了一下喇叭，阮音书告别后加快速度去了车上。

坐进去之后，阮母问：“考试怎么样？我看直播里你状态还行。”

“嗯，还可以吧。”阮音书说。

阮母又看到她身上披的外套，纯黑，很大，男款。

“你这外套哪来的？”

阮音书愣了一下，这才说：“有点冷，同学借我的。”

“男同学？”

“物理好的大部分是男生嘛。”阮音书吸吸鼻子，“再说了，女孩子也冷。”

“是哪个男同学？”阮母转弯的时候还在问。

“说了你也不知道。”阮音书开了瓶矿泉水喝，“安啦，好好开车吧，晚上车多。”

一个暗藏惊险的话题终于被带过，后来阮母果然没有再问到相关话题。一路无言，车行回了家。

阮音书累了一天，把程迟的外套脱下来挂在自己衣架上，然后就去洗澡了，想着周一正好把外套带给他。

周一的时候程迟果然来了，只不过来得比较晚，是踩着第五节课快下课的点进的班。

那节课正好是乔瑶的物理课。

由于周六的直播给一班的每个人都造成了不小的心灵冲击，所以大家看程迟进来了，看似是在听课，实则眼珠全都转向了他那边。

连乔瑶都不讲课了，就站在那里看着程迟回到位置上。

程迟接受这样隆重的注目礼，像是帝王登基，但他也毫不露怯，淡然地走到位置上坐好。

然后在众目睽睽之下，他拿出手机开始玩数字游戏，甚至还打了个呵欠，看起来在酝酿睡意。

很好，这很程迟。

与此同时，有人的心在滴血。

为什么同在一个班，有人听课听得脑子都要抠破了也写不出来，有的人上课打游戏都能这么厉害？

乔瑶看着程迟，心里真是百感交集，但旋即叩了叩黑板："看黑板啊。这道题有没有人能解出来？"

班上鸦雀无声，没人举手。

五分钟过去，能够站起来的英雄的数量仍然是个光荣的零蛋。

乔瑶思忖了一会儿，竟想搏一搏，抬头问："程迟呢？会不会？"

大家齐刷刷地把目光落过去，一是惊讶乔瑶居然主动问这种事，二却又感觉不那么意外。

他们也不知道程迟会不会解。

似乎是第一次上课被寄予厚望，程迟手指滞了那么片刻，旋即懒洋洋地抬眼，看了一眼讲台上的题目。

阮音书也在看他，过了会儿，他的视线跟她对上。

短暂的对视没过多久，阮音书像是知道了他的意思，撕了纸拿了笔递给他。

程迟按了按圆珠笔头，然后低头开始写过程。

班上一派寂静，像被塞了消音器。

我 × 我 × 我 ×……

这是奇迹的诞生现场吗？

程迟潇洒地在纸上列出大概步骤，然后收笔，纸捏成团，扔到阮音书桌上。

阮音书差点被吓死，用目光问他：“这么多人看着呢，你给我干吗啊？？”

他真的没有任何作为焦点人物的自觉，在班主任的课上跟她聊天似的你来我往。

“课代表上去写吧。”少年勾勾唇角，“我字不好看。”

偏偏这一段放肆的互动没人喊停。乔瑶早就习惯了，比起程迟到底有多随意，她还是想知道他能不能解出题。

毕竟在学校，天才就是能拥有天生的优待。

阮音书走到讲台上，把程迟的步骤写到对应的题目底下。

黑板上有三题，他全写出来了。

第一题写完，大家啧啧赞叹。

发现第二题他也写出来的时候，大家开始感觉有点窒息。

当第三题也被这个变态解出来的时候，大家陷入了不敢相信的沉默。

要知道，这三题的难度是逐步增加的，如果要分级的话，大概是：超难——巨难，还有变态难。

他们连第一个都没解出来，程迟三个都写完了？！

这就有点过分了吧？！

过了会儿，终于有人问——

“那个，我现在投胎到他妈妈肚子里，还来得及吗？”

“加我一个吧，我觉得也许大佬以后需要腿部挂件呢。”

“你们好庸俗，我只想复印程迟的笔记。”

哄堂大笑。

连乔瑶都少见地点了头，正想表扬他的时候，发现最后一排的程迟已经睡着了。

“……”

可能有人真的被老天爷垂怜。这种时刻，下课铃又响了。

乔瑶抚着额头笑，摇头：“行了，大家下课吧，题目我中午来讲。”

大概是周六的直播太直观，自证之旅似乎比程迟想象之中要轻松自然很多，起码一个直播加现场解题下来，班上的很多人都默认了程迟的能力。

这大概能算得上是个开门红。

程迟下午才醒，阮音书把衣服还他，他摸了两把，这才道："我口袋里的烟呢？

"课代表偷偷抽我烟了？"

"我才没那么无聊。"阮音书说，"你记错了吧，衣服拿回去我都没动过，你可能把自己的烟放到别处了。"

他耸肩："大概吧。"

程迟物理好带来的影响不小，好处也不少，起码阮音书能公然跟他讨论题目了。当然，阮音书也发现了程迟的软肋。

他虽然有天赋，但是基础不扎实，还很容易算错。

不过这也很正常，满级玩家也有收不到的装备嘛。

某个周末，班上自发的自习完后，阮音书想起自己家里有专门训练基础的习题册，于是道："对了，我家里有一个参考书，我之前做过一些，但因为我的弱项不是这个，所以用不上了。但我感觉还挺适合你的，你要不要今天跟我去拿一下？"

程迟正要说自己才不做什么屁基础题，忽而又想到什么，问她："去你家拿？"

"嗯，也不远。或者我带来给你也成，不过要等下周了，还怕我忘。"

"你家有人吗？"他问的角度倒是很奇。

"没人啊，今天我爸妈都不在。"

少年沉吟半晌，旋即道："好，那我去吧，刚好最近有点想做题了。"

得到了肯定回答之后，阮音书满意道："可以的，那今天下课去吧。"

"不过。"像是又怕他随口一说似的，阮音书又道，"拿了之后你得写啊……不要放到家里积灰了。"

程迟抬眉："知道了。"

阮音书转过头之后，邓昊有点儿神经兮兮地打开手机："我看看皇历……"

程迟目光瞥过去："你看什么？"

"看看今天是什么日子，能让程迟想做题。"

"……"

忽而，邓昊扬起一个高深莫测的笑："程迟是因为想做题才去的课代表家，不管别人信不信——反正我是不信的。"

程迟面无表情地敛着眼睫，从嗓底淡淡带出一句："老子管你信不信。"

邓昊点点头，收起手机。

"行吧，能进家门的人就是不一样，连讲个话都这么膨胀。"

当天的课程结束之后，阮音书收拾了书包，跟程迟一起出了校门，往公交站走去。

今天阮父阮母都在忙，晚上十点才回来，所以她是自己回家。

要上车之前，她好像忽然反应过来，问他："你还是没有公交卡吗？"

他哪用得上这种东西："没啊。"

"那手机给我，我帮你申请一个电子版的。"女孩儿摊开白软的掌心。

程迟看了一会儿她手心上的纹路，竟是没动作。

阮音书握了握拳："你干吗呢？手机给我呀。"

他垂眼，沉声道："帮你看看你的爱情线。"

"……"她觉得简直莫名其妙。

不用想他也是瞎看吧。

阮音书没再跟他说什么，扬手从他口袋外侧拿出手机，摁开 Home 键，然后递给他："喏，解锁。"

她没想到他手机倒是设了锁。

程迟指腹压上去，指纹很快解锁开，他眼尾勾了勾："课代表还挺自觉的。"

点开他的软件，阮音书给他申请了一个电子公交卡，把二维码放在他眼下："就这个，到时候放在车上扫一下就会自动扣了。"

"我知道，"程迟抬手接过，目光幽然，"课代表只是不想帮我刷卡而已。"

阮音书知道他又在胡掰了："一次才两块。我是怕你以后不方便。"

"你连两块都不帮我刷。"

她干脆也不跟他好好说话了，仰着头，问道："那你帮我刷吗？"

"好啊。"少年的声音轻飘飘地回荡着，"以后我的卡，都给你刷。"

"公交卡吗？那确实是一笔巨资呢。"

"……"

车顺利停站，阮音书抬眼示意程迟跟上，这才先迈出步子。

好像他是什么需要被人照顾的小鸡崽似的。

程迟摇摇头，也笑着跟上去。

今天车上人并不多，后排有两个空位，阮音书坐进最靠里的那个，然后程迟也跟着坐到了她身侧。

窗户开着，有风顺着窗户飘进来，带着一点点不知名的花香，轻柔地卷过人鼻尖。

阮音书手抓在前排靠背上，惬意地翘了翘脚尖，闭着眼仰头放松。

她觉得写过一天题目之后，坐一辆很空很安静的公交，其实是一种享受。

少年的指尖忽而点了点手臂，道："原来坐课代表旁边是这样一种感觉。"

阮音书没有睁眼，脸却朝他那边侧了侧，闭着眼，感觉他的声音在脑海里画出了形状。

"什么感觉？"

少女的大半张脸颊沁在阳光下，甚至能看清鼻尖的绒毛，那脸像仿真的娃娃的脸，立体又细致。

程迟舔了舔唇角，目光深了一瞬。

这种感觉他也形容不了，但像是每个细胞都被打开，很满足，甚至还有点幸福。

虽然后者的形容听起来很俗。

他看着她的手指，心里居然冒起不合时宜的念头。

程迟闭起眼睛，索性不再看。

只看背影他都会觉得可爱的人，现在就活生生在他身边乖巧地坐着。

原来心动，只有零次和无数次的区别。

太久没等到程迟的回复，阮音书睁眼看他。但他靠在椅背上，抄着手，耳朵上还挂着耳机，看起来是睡着了。

阮音书耸耸肩，自己也闭上了眼睛。

过了会儿，她右边的耳朵忽然痒了一下，她挣扎了一下，换来少年的低声回应，似哄似安抚。

"别动，给你戴耳机。"

阮音书真的没有再动了，但因为痒，还是缩着脖子："为什么忽然给我戴耳机？"

他好像在笑，仔细听，又好像没有。

"这边耳机一直空着，也该找个主人。"

她轻轻咬了咬嘴唇，注意力都在自己耳朵上，根本没听清他在说什么。

他指尖温温热热，划过她耳郭，像呼吸声若即若离。

若即若离的痒真要人命。

阮音书难耐地拱了拱肩膀："好了吗……你弄得我好痒呀。"

程迟喉结滚了滚："很快就好了。"

他又帮她戴了一会儿，就在阮音书怀疑这人是不是刻意消磨时间的时候，他终于松了手。

"好了。"

"真快。"阮音书夸奖道，"我感觉这首歌儿已经快唱完了。"

"……"

程迟为自己辩驳："是你耳朵太小，不好戴。"

她嗯哼了一声，似信非信的样子："不过，这首歌调子还不错。你自己的歌单吗？"

"随手切的。"程迟把手机扔回兜里，双手压在脑后，心情尚可，道，"我没有歌单。"

阮音书伸手捏了一下耳垂，笑了："也是，你才懒得加歌单。"

车上渐渐没有人说话，歌手陌生熟悉的音调弥漫这方小空间，曲调婉转迎迁。

用我领地/讨好你

心跳不整齐/内脏有偏离

这和爱有何关系

大不了当你离开我森林

把皮毛送你

这首歌唱的是狐狸想证明爱意却无计可施，一无所有，只能双手捧上自己一般的献祭式爱情。

听起来有点悲怆，却又很美。

程迟眼神定在那儿，他不出声，像在出神。

一整首歌听完，阮音书蓦然惊醒，一双眼睁得很大："我们是不是坐过站了？"

程少爷慢慢悠悠地抬眼："不知道。这条路不是该你管？"

阮音书看着窗外的陌生景色，按了按太阳穴："真的坐过站了……赶紧下车吧。"

下了车之后，少女气鼓鼓的：“非要我听歌，你看吧，听着听着就错过站了。”

程迟点头：“挺好。”

“好什么？”

程迟意识到什么，赶紧收敛神色：“它好就好在好个屁。都怪我，非要给课代表听歌。”

他的语调真诚又随意，一时间阮音书也不能分辨出是哪个更多一点。

她抓抓耳朵：“也、也没有怪你的意思啦，我就随便说说。”

“哦，课代表怕伤我自尊心。”程迟了然。

阮音书被戳中心事，抿了抿唇：“幸好今天天气还不错，走吧，去对面坐回去。”

她真的怕自己说的话让他不高兴，没有再提一句，虽然真的是他胡闹导致的这一切，但她还是包容下来。

阮音书先行一步，他在后头滞了两秒。

少女背影纤瘦，发尾随风摇荡。她走在光里，是比光更耀目的所在。

他忽然想起之前聊天的时候，谁说了一句“阮音书这么好，我觉得谁也配不上”。

那时候他还不知道自己的心意，不以为然。

这时候却不为何，忽然想到了。

方才那首歌的歌词钻进耳朵里，他跟上她背影。

其实如果要他献祭，要他给她自己的所有东西，倒也不是不可以。

只要她高兴。

反正他一无所有，能给的只剩自己。

后来他们总算是顺利到了阮音书家。一到家门口，她鞋子也没换，嗒嗒嗒地跑进去给他找参考资料，好像十万火急一样。

程迟站在门口，看到房间里摇着尾巴的白团子，蹲下身，拍了拍自己的腿。

大概是知道他抱过自己，白团子对他很热情，立刻笑着跑过来，在他腿上来回蹭。

她真的很会养宠物，把白团子肉眼可见地养肥了一大圈，毛茸茸的，看起来更好揉了。

程迟把狗抱起来，抬眼就看到她拿着一堆资料跑了过来。她把资料递到他手上。

“喏，这些。”

程迟把白团子放下来，接过她手里的卷子，忽而又抬眼：“来都来了，课代表不请我去家里坐坐？”

他旋即又道：“我不赶时间的。”

“你想坐坐吗？”阮音书眨眨眼，“也是，进来喝点水吧。”

她从冰箱里拿出冰镇的矿泉水，倒进玻璃杯之后，又切了一片柠檬扔进去。

但是她出来的时候，程迟已经不在客厅了。

此刻的程迟正站在阮音书的房间门口，目光被她那一大排娃娃所吸引。

很多娃娃在柜子里，而她和他在文具店斗智斗勇时买的那个毛怪玩偶，被摆在她枕边。

程少爷浑然不知毛怪玩偶是因为放不下才得到如此待遇，心里还挺美滋滋，倚在门框边完成了自我人生升华。

阮音书在外面喊：“程迟？你人呢？”

“我在这。”

阮音书循声过来。程少爷的目光落在毛怪身上，难得地自己提及了自己。

“这不是吗？我在你枕头旁边儿。”

阮音书端着水：“……”

给程迟资料正好是周末的事儿，一晃又是新的一周开启。

第四节课下课的时候阮音书要搬作业，作业太厚，一摞，程迟就顺道帮她搬了。

说是帮，其实她手上只有几本，其他的都在程迟那里。

到语文办公室的时候，恰巧发现物理组组长曲露也在那边。

程迟放下课本，站在那里等阮音书清点。

阮音书数到一半，曲露忽然开口了，问题是对程迟问的。

“听说‘诚致赛’你去初赛了？题目还都会做？”

少年漫不经意地勾唇，讲出来的话却不掩嘲讽：“您看错了，那不是我。我这种人，怎么能上这么高级的比赛呢？”

阮音书一怔，忽然想起自己好像听邓昊说过曲露和罗欣霞关系很好。

想必当年的事情，曲露也有参与。

曲露被这么回应，面子上挂不住，当即道："你也别玩什么花招，最好不是提前背好答案去参赛的，否则……"

"要不要给您一份答案？"程迟忽而道。

曲露一愣："什么？"

"高考答案啊。反正在你眼里我这么厉害，什么答案都能抄到，区区高考算什么。"

曲露咬了咬牙，竟是笑了："你这还没得奖就这么狂了？那这次……不拿个奖回来说不过去吧？"

但对方语调里却满是他拿不上的笃定。

"谢谢曲老师指点。"程迟欠身，"我会努力的。"

他们来来回回几句话，硝烟弥漫。程迟丝毫不落于下风，却也并不算胜利。

阮音书本想问他，但他在教师楼门口和她分开："课代表先回去吧，我还有点事要做。"

她只好暂且把这件事放一放，点头："嗯，你去吧，送作业辛苦了。"

"不辛苦。"

程迟说完这句，很快走出了校门。

再看到他是午休之后了，那天中午阮音书睡得浑浑噩噩，刘海儿都睡塌了，只好用刘海儿夹重新把刘海儿卷了一卷。

正当她额头上挂着一个小蛋卷器的时候，程迟从外头回来了。

看到她顶了个东西，他轻轻一笑，伸手一拉就取了下来。

"这个归我了。"

阮音书："……"

"你是废品回收站吗？"

后面的邓昊探出头，回道："不是，是音书小屋。"

"好了，好了，大家赶紧回位置上啊，马上要开始讲课了。"

殷婕抱着讲义走到讲台上，喊还在位置以外游荡的学生赶紧回位。

阮音书目光示意了一下，示意邓昊和程迟快回去。

后排在一阵拖拽椅子的声响之后，两位大爷归位。

后来的一整节语文课，程迟也是睡过去的，完全没有要听的欲望。

虽然他之前为了帮阮音书，以一场"直播战役"打响逆转的第一枪，也把自己不学无术的标签淡化了不少，有些人已经在心中默认他就是深藏不露的物理高手。

但程迟似乎并没有打算就此走上正轨，这之后的课他依然该睡睡，该迟决不早到，就像之前比赛中表现出的自己，并不是计划中的一环，而是一个意外。

他真是神秘得像一个难解之谜。

后来放学的时候，程迟刚好跟她一块儿出教室门，聊了两句，阮音书便顺带问道：“上午从语文组出来之后，你去哪了？”

程迟抬了抬眉，似是欲言又止：“课代表真的要听？”

阮音书偏了偏头：“是什么我不能听的吗？”

“倒也不是。”程迟转了转手腕，“我这不是怕你吓着吗。”

怕她吓着?

阮音书想了一下会吓到自己的具体事件,列举了几个:“你去打架斗殴了？”

程迟啧一声：“说打架就行，斗殴多掉面子啊。”

“怎么说打架就去打架了……”她嘟囔着。

他半是玩味半是认真：“收到线报，前线缺人。”

上午的时候，他刚到教室预备坐下来睡觉，结果转瞬之间就接到了夺命追魂的一通电话，说是邱天在外面因为篮球场的事儿跟人发生了争执，已经有点要打起来的趋势。

多大点屁事，这都要他去支援。

于是在去支援的路上，他还顺便帮阮音书抱了个作业，又意想不到地遇到了曲露。

阮音书完全想不到打架的理由：“是因为什么事打起来了呢？”

“邱天把球投对面去了，砸到了那边人的脑袋。”

她难以置信：“就因为这个打起来？道个歉不就行了吗？”

“道歉？”程迟低声笑，“这个不太现实。还是打一架比较现实。”

阮音书：“所以你也去帮着打了？”

“也没怎么打，我去的时候已经打得差不多了，我帮着收了个尾。”

“我第一次见把打架说得这么优雅的。”她问，“没受伤吧？”

“当然没。我技术不至于那么烂。”

她忽然对那个未知的领域有点好奇：“那什么能伤到你？”

“带刀子棍子吧。”不知是想到什么，程迟忽而笑了，“这种扛不住。”

阮音书也不知道他过的是什么样的生活，连这种事都讲得云淡风轻，还能笑出来的。

“要是流血什么的，会做应急包扎吗？”

“不会。一般随便绑一下，晚上实在痛得不行就去医院，没事就让它自己好。”程迟不想给她听这么残暴的话题，问她，“怎么，课代表想给我做应急包扎？”

“我不会呀，我只会贴创可贴。”她弯弯手指，“我手指破个口子我妈都恨不得给我带去医院缝针。”

程迟漫不经意：“医院去得少是好事。”

哪像他，隔一阵子就在里面住，邓昊都说是不是他把那个床位买下来了。

阮音书：“对了，那去打架之前，你在办公室里……是怎么回事？”

“你说和曲露的？”

“嗯。”

“她之前和罗欣霞一拨的，怀疑我作弊，那时候关系就很差了。”程迟说，“现在只不过不想我占着那么好的资源罢了。”

曲露也不是什么好东西，表面上和罗欣霞关系好，但其实罗欣霞被举报补课的那一次，就是曲露干的。

普通学生哪有那么大胆子，也做不到那个地步。

把罗欣霞说扳倒就扳倒，不用点小手段小关系怎么做得到？

其实阮音书有猜到一些，因为毕竟程迟的情况特殊，不是每个老师都能消除成见去看待他。

他这种性格和一贯目中无人的姿态，学生大多是怕他，不会很讨厌。

但老师不一样，他们喜欢永远乖巧听话的学生。

阮音书抬了抬脸：“不过你……还是没打算？”

“什么打算？”程迟不知道她在问什么。

“就……还是走一步算一步？不打算改变一下？”

“改什么？好好学习努力向上？”程迟浑不在意，“无所谓啊，以后的事以后说吧。”

他不喜欢看得太远，及时行乐已经足够，后面的每一步未知，既当惊喜，也作冒险。

第九章
程迟到

“诚致赛”的结果在下月出，不同于其他比赛——在网络公布结果，“诚致赛”的结果是在小讲堂公布，每个学生都要到场，当场享受提心吊胆的等待，刺激又令人心潮澎湃。

程迟本来是真的不打算去，从阮音书那里顺走了一个本子在桌上睡觉，正睡得沉沉昏昏的时候，被女生的手指戳醒。

“程迟，该起床了，我们要走了。”

恍惚中就像清晨时刻，他从酣眠中被人叫醒，睁眼就能看到晨曦熹微，还有她的脸颊，为他迎接新的一天。

程迟直起身，难得没有皱眉。

“今天初赛出结果了。”阮音书说，“走吧，我们赶紧去，不然真的迟到了。”

于是，抱有着美好幻想的程少爷被叫醒，然后踏上了前往冷酷的比赛播报场的道路。

他顶着蓬松的头发走到门口的时候才意识到什么不对劲。

但已经迟了。

他跟他们一起走进教室，找了个位置坐。

初赛是大组与大组之间的比拼，最后是以每个组的平均分来决定胜出组。每个人的分数被顺着报，整个教室安静得空气几近黏稠。大家都屏住呼吸，唯独程迟还在打游戏。

“阮音书，77。”

“许慕，80。”

“福贤，75。”

这是竞赛题，满分一百，能到这个分数都算是很不错。

念着念着，到了程迟。

“程迟，”念成绩单的人似乎也是第一次看到这份成绩，报到这个名字，看清后面分数的时候，愣了那么几秒，这才有点犹豫地开口，“97？”

对方可能因为太惊讶，还带上了疑问语气。

底下嘁嘁喳喳的讨论声都带着惊叹。

“从来没公布的卷子，都是新题型，做到这个分数真是厉害。”

“扣了三分，那肯定不是题目没写出来，粗心算错了吧。”

“我当时就看到他全写了，是个狠人。”

后来对方报到了魏晟的成绩，他只有 55 分。

本来大家也不会在乎这些，但想到魏晟之前对阮音书这组的挑衅，这会儿又被成绩真实地打脸了，这么一对比，禁不住笑出声来。

底下传来笑声，魏晟面子上也挂不住，一张脸不住地变色，悄悄摸摸地进了厕所。

魏晟大概是没脸再出来，程迟和福贤进厕所的时候，看到魏晟还站在洗手台前。

程迟洗完手准备走，正一转身，忽然被魏晟拦住。

魏晟咬了咬牙，满眼的不甘心：“……你怎么回事？”

程迟没说话，垂着眼睑看着他，满满的鄙视。

“你怎么会做这些题？是从哪里弄到的？”魏晟当然还是不信程迟是会做这些题的，即便害怕，也想打破砂锅问到底。

他之前做了前几届比赛的题目，手感都不错，后来也搞到了据说是内部题型，也对了不少，所以才觉得自己这次胜券在握。

在这种先决条件下，他才给了阮音书那个组一个下马威。

结果没想到，他这次居然翻了车。

福贤也站了过来，看着魏晟：“怎么，你是靠这些手段赢的，就觉得别人也要靠这种？这什么逻辑啊？”

魏晟绝不退让：“我承认你们的厉害，但程迟……程迟他怎么可能会做这些题？他明明从来都不上课的！他不弄到内部资料，是怎么解出来的？”

福贤耸耸肩：“如果像你一样走捷径有用的话，还要天才出马干什么？”

后来的结果显而易见，程迟和阮音书这一组，顺利地PK掉了魏晟这一组。

其实魏晟这一组大家实力都不错，本不会输得太惨，但谁料魏晟的分数太低，硬生生拖了后腿，把整个组拉到了倒数第一名。

初赛完了就是复赛，剩下的还有三个大组，重新回归到六个小组的模式。

复赛则是六个组之间的比赛了，时间在两周之后。

没过多久，阮音书又听福贤说魏晟之前比赛选组的事被人翻出来，后来又被人扒出“诚致赛”的分数，大家顺藤摸瓜，发现他果然鸡栖凤巢——最开始能获奖是抄来的。

魏晟陷入二次风波，再度转校，这次远离了这个城市，回了老家念书。

他为了逃离命运似乎做了很多，但没有一件事情正确，还是被打回了原形。

阮音书他们的生活并没有因为魏晟离开而变得不同。

Y市的气温仍然走高。这个奇妙的城市，春夏秋以及初冬，全都很热。

十月、十一月还穿短袖，这在别的城市是不可能的事。

但在Y市可以。

阮音书因为热，就去买了个手持风扇。

风扇很可爱，中间是个猪鼻子形状，最上面还折着两个猪耳朵。

那段时间，风扇成为她的新宠，她去哪都要随身带着。

这个小细节自然也被程迟发现了。

他在某个中午，顺手拿起她的风扇，放在鼻尖下缓缓吹着，语调一如既往地散漫。

“课代表这么好啊，知道我热，还特意给我买了个风扇？”

阮音书很警觉：“你又想独占我的小风扇啊？”

“不行，”女孩儿抿唇，默默收回所有权，“风扇我用两个星期了，我跟它有感情了。”

程迟手指勾了勾，似笑非笑地俯身。

“那我跟课代表都一两个月了——课代表怎么不说对我也有点儿感情？”

少女软软地啊了声，抬眸，视线撞进他眼睛里，有一瞬愣怔。

程迟还举着阮音书的新宠小风扇，自己的刘海儿被吹得摆动，过了会儿，看她那双琉璃珠似的眸子定住，还在看着自己发呆，他把风扇移到了她的面前。

有风重新吹过来，阮音书颊边碎发飘飘然，这么定定地被吹着，她后知后觉又有点冷，轻轻抖了一下，这才倏然回神。

她伸手把风扇拿回来，然后把开关关上，这才接上了他之前那个问题。

程迟有时候说话真是一套一套的，差点把她也给绕进去了。

她乍一听觉得不太对，仔细想想，在不正常中又裹着一丝正常。

女孩儿吸了吸鼻子：“什么叫不说对你也有点儿感情？我又不是一个没有感情的杀手。”

一边的李初瓷想到了某个表情包，噗一下笑出声来。

程迟没被影响，依然目不转睛地望着阮音书，唇角漾着的笑一如既往，修长手指拨动着袖扣：“那课代表的意思是——对我有那么点感情？”

“人非草木，孰能无情嘛。”她想到昨天做的习题里有这句话，又道，“你想要什么情呢？人情？友情？”

老子想要爱情。

程迟眼中有光一闪而过，就像什么情绪跟着一纵即逝，快得仿佛不曾出现过。

他继续是那股子吊儿郎当的声音，松散地抓抓头发：“那要看课代表想给我分配什么了。”

无形之中，他又把问题推给她。

不过对阮音书来说并不是难题，她一板一眼道：“我什么都能分配给你，小风扇不行。”

“……”

程少爷鼻腔中逸出一声气音，胸腔微振，仿佛无声地说了句不过如此。

虽然她也不知道程迟这莫名其妙引出的“风扇论”是怎么回事儿，但也没觉得他是认真在问她对他有没有感情。

毕竟这个年纪的少年都有点坏坏痞痞的感觉，唇角一扬，凉薄又勾人，讲话也总爱用这种不知真心假意的方式，她见多了，也没放心上。

“这风扇我才买没多久嘛，你要是喜欢你就自己去买一个呀。”阮音书说，“我肯定偏爱自己买的东西嘛。”

那你什么时候能偏爱我？

程迟差点将这句话脱口而出，但在悬崖边缘他还是及时打住，没有试探。

其实他会说出这些话，是因为仍有不甘。

之前的电话亭告白事件，他到底是不甘心莫名被搅了个乌龙，更不甘心她连自己是谁都不知道，就坚定地拒绝掉。

所以这阵子，在程迟自己觉得合适的时机里，他都会暗暗地试探她。

有时候是有意识的试探，会想要记住她的反应和回应；但有时候却是真的控制不住自己，想把他的心情交代给她听。

他这人素来直来直往，为一个人肯迂回，肯试探，真可以称得上是奇闻逸事。

但可能是他说的话还不够直击重点，她又从来不会主动把事情往“喜欢”这件事上靠，所以他每每袭击，总是无奈落空。

看程迟没说话，阮音书伸手在他面前晃了晃，语气掺着一丝犹豫和无可奈何：“不是吧……你真的这么喜欢我的小风扇？”

程迟回过味来，舔了舔唇角：“是啊，怎么办呢？”

“那我到时候帮你重新买一个吧。”小姑娘当机立断，高高兴兴计划道。

“为了保住旧的，课代表居然不惜给我买新的。”他偏头，“你就这么喜欢这玩意儿？”

“也不是，只是有种恋旧情结。有时候东西丢了，虽然能买到新的，但是那种心境和感觉都不一样了，你明白吧？”

程迟：“不是很明白。”

他这人总是掉东西，一样常用品怎么说也得买个三四次吧。

阮音书哼哼唧唧：“不明白也正常，毕竟女孩子的感情是比较丰富的。”

程迟笑：“课代表感情丰富？我可没看出来。”

李初瓷帮着回答道：“音书感情可丰富了，她可是写记叙文的一把好手，经常把改卷老师感动得稀里哗啦。”

阮音书也跟着感慨：“不过现在记叙文还是太少了，应试主要以议论文为主，比赛写记叙文比较多。”

“遗憾吗？”李初瓷说，“其实我感觉议论文太无聊了，都一个套路，没有记叙文那么多样。”

“对啊，其实我也更喜欢写记叙文的，每次只有在作文比赛的时候才能过过瘾……”

两个女孩子就这么歪了题，讨论得热火朝天，完全进入作文题副本中。

程迟看了会儿，笑着摇摇头，回了位置上。

刚坐下，邓昊便凑过来道：“我感觉有句歌词很符合你现在的情况。”

“什么？”

邓昊露出一个看热闹专用笑容：“你排着队，拿着爱的号码牌。”

“……”

阮音书是真的歪了题，他自然也不会强硬地扭回来，只是在等下一个合适的时候。

说来也真是凑巧，阮音书和李初瓷刚讨论完作文比赛，作文比赛也快来了。

“楚茗杯”一年一届，是 Y 市作文殿堂里比较有含金量的一个奖，包容性很高，不管什么体裁，写得好看就是王道。

这也是阮音书想参加的一个重要原因，不用再像以前一样那么束缚自己，可以真正写一些自己喜欢的东西了。

在语文办公室得到可以报名的通知之后，阮音书赶紧去班上通知同学。

像这种比赛，每个班都有一两个名额，其他的名额就要靠大家各显神通：该拼爹的拼爹，该从培训机构里拿从机构里拿，该花钱的花钱。拿不到报名表，也就参加不了初赛了。

阮音书通知一下，大家开始记录报名截止时间，并讨论从哪里可以搞到报名表。

有人问阮音书：“那班上的两个名额是谁的啊？你和李初瓷的吗？”

阮音书点点头。

她和李初瓷语文成绩一贯好，作文都是两个人的强项，所以拿走这两个名额倒也不稀奇，大家也没什么反对意见。

她把注意事项表贴在后排黑板边：“东西我贴在这里了，想看的可以过来看，如果没什么问题的话就可以放学回家了。”

班上涌起欢呼声，众人晃晃手，零零散散从教室离开。

Y 市在一段升温期后，气温开始跌落。凉意终于逐步逼近，阮音书在晚上下课之后需要准备上一件外套。

她穿好外套也准备走的时候，发现程迟和邓昊起身，正在看后面贴的表。

邓昊抬手招呼阮音书：“课代表，这个名额我去哪弄啊？上面也没说报名方式啊。”

“你家里人如果弄不到的话，就花三百买一张就行。”阮音书有些稀奇地看着邓昊，“怎么，你想参加作文比赛吗？”

邓昊嘿嘿一笑：“是啊，我最近忽然觉得自己有文学天赋，所以想去一试。”

阮音书：“……怎么突然觉得自己有文学天赋了？”

邓昊看了程迟一眼：“这个……就是，最近在思考风花雪月的爱情，感觉自己经常说出一些金句。迟哥，你说是不？”

程迟抬眸，看向阮音书，一点面子都不给邓昊：“他自封的，别信。”

邓昊：“你这也太打击人的积极性了吧？”

阮音书正在笑，忽然被喊了一声：“书书。”

她转头，愣了一下：“妈妈？你怎么进来了？”

阮母拿着外套款步而入：“天气冷，我怕你穿少了。”

阮音书：“我带了外套呀，早上不是还和你说了吗？”

阮母笑，拢了拢手上衣服：“是我忘记了。”

她看向程迟和邓昊：“是你的同学？”

阮音书扯扯耳垂，“啊……是的，我的后桌。”

阮母目光清明：“你们好。”

她看了一眼程迟身上熟悉的外套，问阮音书：“这是借过你外套的那个朋友吗？”

阮音书抿唇，点头：“他……人比较好心。”

阮母仍是得体地微笑：“道过谢了吧？”

待母女二人离开后，邓昊这才绷不住笑出声来。

“哈哈哈哈哈哈哈哈哈哈哈，程迟有一天居然被人夸好心人！我笑到头掉捡起来继续笑！！！”

程迟睨了他一眼：“要不别捡了也行。”

阮音书没料到母亲在看到程迟之后没有太大的反应，只是回去的路上同她了解了几句，便没再有下文。

她好像猜到了，又好像并没有预料到。

“楚茗杯”的初赛在一场降温之后到来，阮音书终于有了点夏季过完的感觉，穿了两三件衣服去参加考试。

等到她需要再多加一件衣服的时候，作文比赛的结果出来了，程迟和她“诚致赛”的复赛也快开始了。

阮音书作文比赛结果当然非常好，顺利拿到了一等奖。

“楚茗杯”针对不同的年级有不同的题目，每个年级有五个题目可选，有半命题和全命题两种。

她选的是半命题，题目是：______城池。

她填的是“我的”——我的城池。

城池泛指城市，是个很好发挥的题目。她从时代变迁佐以怀旧开始娓娓道来，讲述了爷爷、父辈，以及她这一代的生活改变，感情真挚，主题清晰，结尾点题并且升华。

后来，老师让她在中午的时候给全班念一念得奖作文。

阮音书站上台，声音里带着降温之后的冷糯：“我的城池。”

她当时写的时候没感觉，现在一念，感觉里面好像是不是有个人的名字……

某人恰好这时候到了门口，听到这四个字后也是一滞，过了那么几秒，这才沉沉开口。

“嗯，我在——”

正值中午，聒噪的蝉鸣声止息，班上人安安静静听阮音书念作文，刚听了个开头，猝不及防被人打断。

——我的 Cheng chi。

——嗯，我在。

所有人把目光挪去门口，程迟半垂着脑袋，又松松垮垮地靠在门边，抄着手，神情漫不经心，眼尾又压着一点儿笑。

光从他身后投落进来，明晃晃地照在地砖上。

后知后觉地，班内大幅度爆发的笑声传开。

“是鉴赏优秀作文，还是鉴赏优秀程迟呢？”

“此程迟非彼城池，啧啧啧。”

一看班上又闹起来了，班长赶紧起来维持纪律。骚动平息之后，阮音书也没念了，偏头看程迟，一双眼闪着：“你在干什么呢？”

少年眉尾抬了抬：“你刚才不是在叫我？”

“没……没叫你啊。”阮音书看了一眼自己手上的东西，“我在念我的作文。”

再说了，她要是喊他，又怎么可能这么肉麻。

程迟笑了笑，也不知是什么情绪荡了一下，旋即无辜道：“哦，那是我听错了。”

底下又传来笑声。

他舔了舔唇角，这才以一种“原来刚才是闹了个乌龙啊”的表情走回了位置上。

他仿佛根本不知道她是在念作文，真的只是听错了，继而答应了声。

阮音书目送他走回位置上，这才继续低头看着自己的作文。

中午的时间只有这么短，她得赶紧念完。

因为刚才被打断过，所以阮音书只好又重新开了个头，清清嗓子之后，女生纯冽的声音重新启航：“……我的城池。”

不知道角落里哪里传出一声低笑，紧接着，细细密密的笑声从各处涌出来，像是为了应和最开始的那一道。

阮音书却丝毫没被影响似的，完全投入进去，开始缓声念了起来，底下的躁动也渐渐平息了。

除了开头带点歧义，作文内容确实和程迟没有丝毫关系，程迟在底下百无聊赖地听着，带着一种消极又随意的兴致。

一段抒情之后，作文将至尾声，程迟生来最不喜欢这种文绉绉的东西，坚持到此刻已经是奇迹，打了个呵欠，有点困了。

“这样的城池，在别人眼里破败腐朽又萎靡，似乎一无是处，但我知道，它在别人看不到的地方，绽的是最耀眼的光芒。”

她还在念，音调是浅软的温柔，平静温和，却带着一种力量。

她写的不是他，只是重音，但冥冥中又好像有什么对上号来。

记忆灯盏走马而过，他忽然想起很久之前，她是怎么百般肯定自己，怎么说服他直起身子大步前行。

这世界上漂亮的眼睛很多，但没有人能像她的一样，盛的全是清澈的心思，最擅于发现美好。

本来一开始，他对自己阴错阳差参加的“诚致赛”并不上心，就连跟曲露争执的时候内心都没什么波澜，可这时候，他蓦然感受到一种重量，好像他在被人期待着。

似乎怎么想，他都不该辜负她。

程迟直了直身子，打算好好比一场了。

这个决定做出来之后，阮音书也念完了自己的作文。

本来大家一开始都为她和程迟的事儿荡漾出神，听着听着就入了进去，现在听完更是百感交集，只觉震撼，都鼓掌迎接她下台。

邓昊看程迟的目光掠过她手中纸张，反应了一会儿，忽然道：“不对啊，进教室的时候你应该就知道阮音书在念作文了啊，为什么明知道她没有叫你，还要回答？”

程迟嗤笑一声：“你这反射弧真够大胆的。”

邓昊才没管这人身攻击，挠了挠下巴：“你肯定是故意答应人家的，就为了满足自己的私欲，啧啧啧。”

“是。”出乎意料，程迟这次直接承认，眼睑都没掀，“怎么，你有意见？”

“被别人叫‘我的程迟’感觉很爽吧。”邓昊嘿嘿嘿地补刀，“但是嘛……这个……有句话你听过没，叫幻境再美终究是梦，她毕竟又没说你是她的……”

程迟忽而靠过来，指了指门口，冷声道：“我等会儿打你一顿，你就知道这不是梦了。”

“……”

“楚茗杯”除了一等奖比较难拿，二、三等奖都挺好得，所以学校的获奖学生虽然不多，但也不算少。

一班拿奖拿得不多，就三个人得奖，因为班上的学生大部分是物理数学好。

作文水准普遍比较高的班级得奖多，最多的一个班，有五个得奖的。

阮音书去殷婕那里拿获奖证书的时候，顺带把作业一起搬回班上。

今天是一高的月考日，她基础知识牢固，不需要怎么复习，所以时间比较充裕。

殷婕笑着拍拍她脑袋：“这次作文写得很好啊，别的老师都说，没想到我们班也有作文写这么好的孩子。”

后来她又跟殷婕聊了几句，殷婕还感慨，说她各科都很平衡。

阮音书抱了厚厚一摞作业，把奖状放在作业上面，然后准备下楼回班。

可能是因为阿姨刚刚拖过地了，现在地面有点滑，阮音书没站稳，踉跄了一下。

她肩膀被拍了一下，一双手伸了过来：“我帮你搬吧。”

阮音书回过头，映入眼帘的是一张熟悉又陌生的脸，她回忆了一会儿，想起来这个男生好像叫何盛，是五班的语文课代表。

因为都是课代表，所以两个人经常碰上，何盛也经常热情地帮她搬作业，两个人是说过几句话的交情。

因为何盛手里没东西，所以自然就接过了阮音书的习题册。

路上，何盛问她：“你这次作文题目选的是城池那个对吧？”

“嗯。你怎么知道的？”

“优秀作文我们班都传遍了啊，而且这两年得奖作文也快集结成册了。”何盛跟她搭话，“我选的是梦那个题目。”

“你也拿奖了吧？”阮音书说，“那个不是特别好写。”

“嗯，二等奖，我这个题目还是比你的好写多了。你那个不好写啊，容易抓不到重点。”

两个人就作文讨论了一路，何盛没有在班级门口跟阮音书分开，而是帮阮音书把作业送到了她位置上。

到位置上之后，作文这个话题也结束了，但何盛并没有急着离开，而是看着阮音书桌上的包装袋问：“这是小卖部新出的面包吧？好吃吗？”

“还可以吧。”阮音书说，“就是有点甜。”

“我有时候吃甜的受不了就会配一杯牛奶，你下次可以试试。”

阮音书点头：“我一般会买牛奶。”

他们后来又说了一些日常琐碎的事情，直到铃响之后何盛才离开。

李初瓷在旁边，像个鉴定专家兼神婆一样掐手指：“何盛是不是总帮你搬作业来着？”

阮音书说是，然后瞟了一眼李初瓷的抽屉：“好像有人给你发消息了。”

“我总觉得何盛是不是在刻意接近——”一边说着，李初瓷一边打开手机看消息，话没说完，先愣住了。

阮音书：“怎么了？”

“张牧之……给我发消息了？”

李初瓷的声音里掺杂着难以置信。

“说什么了？”

但这时候的李初瓷好像已经听不到外界的声音了，全部的注意力都在自己的手机上。她有一搭没一搭地敲着键盘，字斟句酌，一句话要反反复复删除好多次之后，才能按下发送键。

后来考试开始，阮音书顾着写题，也没再继续问。

上午考试结束时，李初瓷连笔都没顾上收拾就跑到阮音书身边来，语调里也夹杂着不可思议：“刚刚张牧之跟我说，他今天要来我们学校……？”

阮音书也停了一下：“他怎么这么突然啊？”

“说是来看其他同学，顺便看看我。”

李初瓷是高兴的，但又在竭力压制着，虽然难以相信，可是又抱有一丝希望。

“那挺好的呀。”阮音书语焉不详地道，“你要加油。”

李初瓷看了一眼自己身上的衣服：“可是我今天一身校服也太难看了吧……要不我回去换一套衣服？毕竟这么久没见了，我不想他再看我的时候，我还是初中那种样子。”

她想让自己看起来更美好，阮音书知道。

中午的休息时间并不多，但李初瓷为了见张牧之，还是抽空回了一趟家，换了一套自己喜欢的衣服和鞋，打扮了一小下。

她再回来的时候下午考试已经开始了，因为下午的科目她擅长，又因为和张牧之约的时间很早，所以她提前交卷了。

阮音书在她之后没过多久也交了卷，慢吞吞地收拾着东西准备自己搭车回去，余光瞥到程迟的座位。

他没来。

在教室停了二十分钟之后，阮音书背着书包出去了，她本以为李初瓷这会儿都走了，可李初瓷仍然站在约定的地方。

今天的温度并不高，但李初瓷为了好看，还是穿了单件。灯笼袖空空荡荡，一阵风吹过来，冷得人鸡皮疙瘩乱起。

阮音书走过去："他人呢？"

"还没到约定的时间啦。"李初瓷笑笑，"没事，我再等等。"

这一等就是五个小时过去。

阮音书打死也没想到她会陪李初瓷徒劳地等待这么久，张牧之是迟到还是不想来了，她们不得而知。

李初瓷给他发消息他没有回，平时联络都是社交软件，他的电话李初瓷不知道。

女孩儿站在初冬刺人的风里，穿着单薄的漂亮衣服，像个笑话一样看着天色渐渐黑下来。

所有的绮丽幻想在这个时候全部破碎，从期待到迷茫再到失望崩溃，饶是李初瓷再能自我安慰，这时候也不能自欺欺人了。

"音书，"她再开口的时候声音有点发颤，她憋了很久，可还是把那句话犹豫地问出口，"如果是他喜欢的人，他不舍得让她等这么久的吧？"

阮音书心一紧，安慰她："你别想太多，也许他只是没看到消息……"

李初瓷一直摇头，眼眶里的东西断了线似的往下掉："我就是想太多了……"

她还以为他在和她示好，还以为他们有可能，还以为……他会喜欢这个新的她。

阮音书怎么也没猜到这原本应该高兴的一件事，最后竟让李初瓷大哭一场。

她如履薄冰，她拿出自己最好的状态，她时时刻刻等待他的爱情降临，可他潦草许诺，根本就不在乎。

八点多的时候，就在她们以为他不会来，正准备离开的时候，张牧之终于姗姗来迟。

那时候李初瓷旁边围了不少人，阮音书扶着她走过去，甚至都能听到她的心跳声，可张牧之问："你们谁是李初瓷？"

阮音书轻推了推她，李初瓷抬起一直低着的头。

为了不打扰他们，阮音书看李初瓷向前走了几步，自己这才离开，转身往车站走去。

她没想到一转头，看到在旁边买关东煮的程迟。

陪李初瓷站了太久，她现在也是浑身冰冷。阮音书走过去正要说话，程迟付了钱，把手里的东西递给她。

阮音书一愣："给我的吗？"

程迟没回答她的问题，只是碰了碰她的指尖："手怎么这么冰？"

"陪朋友等太久了。"阮音书叹息一声，摇摇头，不知道初瓷今晚会怎么样。

会好吗？还是更坏？

阮音书沉默地思考，因为被事情影响，兴致不高，一路上没有说话。程迟倒也配合她，另半边耳朵塞着耳机打数独游戏。

平时阮音书不觉得什么，但或许是今天张牧之的事，让她觉得程迟的出现居然有些暖心。

起码，每次她要找他都能找到，而他也没有放过自己鸽子。

其实程迟今天是不打算来的，但是听说阮音书在这变过天的天气里站了几个小时，还是过来看了看，才知道她是陪朋友。

但他也不好解释自己为什么要来，只好在这买了杯关东煮。

阮音书恍惚，连程迟陪她上下车都没发现，走到家门口的时候才恍然回过神，看着他："你怎么跟我一起到这里来了？"

程迟后退着同她道别："天冷了，我夜跑。"

看着“夜跑小王子”逐渐消失，阮音书朝他挥了挥手，低眸，然后进了家门。

阮母从阳台走来：“今天没有晚自习？我正准备去接你。”

“今天考试。”阮音书吸了吸鼻子，“但是我陪朋友等了个人，就回来得晚了点。”

阮母看了她一会儿，掩盖住了眼里的情绪，这才拍手走进厨房：“饿了吧？下碗面给你。”

阮音书吃面的时候，阮母跟阮父在沙发上聊天，声音有一阵没一阵地传来：“对，就是耀华高中附近……”

阮音书：“耀华？怎么说到这个？”

这个高中是近两年的一匹黑马，频出高考状元，但军事化管理非常严格，说是地狱模式也不为过。

阮母：“我最近调职，还不知道去哪，有可能去耀华附近的那个公司上班吧。”

“噢。”她点点头，也没细问，只是想到耀华，暗自感慨果然高考状元都不容易。

第二天一早，阮母把她送到了米粉店，看她进了米粉店后才开车离开。

阮音书刚进去就在里头看到了初瓷。

两个人买好东西，坐在靠门口的位置，阮音书问她：“昨晚怎么样了？”

“太长了，等下中午说。”李初瓷挑了根面，“不过，后来你怎么回去的？我还担心晚上你的安全问题来着。”

“碰到程迟了，他夜跑顺道送了送我。”

李初瓷的脸埋在汤的热气里：“夜跑顺便送你回家？”

想到比赛，又想到这些天的各种情况，李初瓷思虑再三，还是问阮音书：“说真的，书书，你难道从来没觉得……程迟可能喜欢你吗？”

程迟和邓昊本来只是路过，邓昊这人还在说着话。

但程迟冷不丁听到熟悉声音，又听到“喜欢”这个关键词，遂停下脚步，抬手拦住邓昊，手指在唇前比了个嘘。

他屏息，站在门口拐角，等她回答。

米粉店内的空气安静了好一会儿。

阮音书挑了一点米粉，垂下头，牙齿咬断，然后慢慢地咀嚼着，腮帮子一鼓一鼓，像个小仓鼠。

慢条斯理地吃完，她拿勺子舀了一瓢汤。

一边的李初瓷看得很着急：“欸，你说话啊。”

抬手抽了张纸，阮音书木了一下，这才反应过来李初瓷是在等自己的回答。

“你真在问我啊，我以为你自己说着玩儿的。”

“我当然真的在问你啊！”

李初瓷细细数来：“从不知道什么时候开始，我觉得程迟对你好像就有点不同了。无论是你被罗欣霞搞的那一次，还是后面转男生来说那种话，程迟都是第一个站出来的吧？”

阮音书想都没想：“那是因为他想当我大哥。总不能眼看着我受欺负吧？”

“……”

李初瓷：“那……我平时看他挺少跟别的女生讲话，但他又老是来找你，什么都爱跟你说。”

阮音书还在忙自己手里的米粉：“大概是一开始我给他打了个叉，他还没碰到我这样较真的课代表，起了玩心吧。”

李初瓷眉头一皱，居然觉得有点道理。

“男生的心思还是别猜了。”她轻轻在汤面上吹着气，“猜来猜去也猜不明白。”

她并不觉得程迟喜欢自己，而且想都没往这边想过。

说完，阮音书就继续吃粉了，李初瓷在旁边看了她一会儿，不知道想了什么，最后还是小声地叹息，说：“也是，你这样挺好，想太多……也不是一件好事。”

阮音书耸耸肩膀，抿唇道：“好啦，得赶紧吃了，我还得回去收作业呢。你看我忙的，根本没时间想那么多。”

她精力有限，大部分心思放在学习上了，没空去思考感情这方面。

也因为从来不想这些风花雪月，面对别人的告白时，她多少都会有那么点迟钝。

有许多旁人看起来预料之中的告白，对她来说只能称得上猝不及防。

而且……昨天初瓷在寒风中的等待还记忆犹新，她想得越多，就越有可能失望。

有这个前车之鉴，她更不愿耗费更多的心力去猜测。与其猜，还不如顺其自然，何必为没有到来的一切耗尽神思?

对她来说，目前最重要的事是学习，她不想浪费时间在无意义的事上。

回教室下课之后，阮音书终于想起问李初瓷："昨晚，你们后来怎么样了?"

李初瓷的目光晃到窗外，昨晚淅淅沥沥的雨过后，Y 市降温得更明显。

"就那样了。"

张牧之残忍到近乎完美的裁断，在她意料之外，却好像又在情理之中。

他们并没有和她想象的一样畅聊，也没有因为她变好看了，他就能重新爱上她，取而代之的是沉默和难以跨越的距离。他走在前面，她跟在后面，就像是完美还原她的暗恋过往——他留给她的一直是背影。

他一早就拒绝过她的告白，可她还傻傻等待下一个有可能。

她为他打扮了这么久，到头来他甚至都懒得去辨认她，一句"抱歉，我来迟了"都没有解释。那样地被忽视到底意难平，她没忍住地抽抽搭搭掉着眼泪，被他送到车站，然后自己回了家。

雨在窗外模糊视线，川流不息的车的车灯像光圈一样黏上玻璃，她收到了张牧之的短信。

他说让她删掉自己的联系方式，等她找到自己之后两个人再联络。

她终于明白自己在这段感情里，卑微得像是为他而活。

手起刀落间，名叫"张牧之"的联系人消失在对话框里。

听完之后，阮音书有点叹息："他也太绝情了吧。"

初瓷大概也是难过的，可她的性格又从不使她的情绪外露，也不想让她们担心，所以她只是握拳道："也许错过这一个，以后会有更好的呢?"

"肯定会有的。"阮音书轻晃着身体，"放弃这棵树，会有一片森林。"

"别了吧，那太绿了。"

说着说着，两个人笑了起来。

而另一边，程迟直接打道回了基地，连学校门都没进。

一回基地，他自顾自开始打游戏，整个人全身上下的气场说差也不是，但说好也说不上。

邓昊一头雾水地端着炒粉走过来："刚刚不是还在听人家说话吗？怎么说完也不上去打声招呼，直接就带我回基地了？"

程迟没说话，邓昊又哗一声："哇，你又换新游戏了？这个好玩不？

"之前天天打那个，我还以为你要跟那游戏洞房花烛了，还纳闷你怎么一个游戏打了这么久，果然还是换了。"

他一直没说话，盯着屏幕界面，一把打完之后这才揉了揉脑袋，眉间褶皱压着的情绪不分明："我很不明显？"

邓昊吓了一跳："啥啊？"

又想了一会儿邓昊才回过神来程迟在说什么，挠挠下巴："这也不好说，说明显也明显，不明显也不明显，毕竟您这么不按套路出牌，谁敢揣测您呢。"

之前程迟对阮音书也很特殊，但邓昊这一种狐朋狗友除了开玩笑，都是真的觉得他起了玩心，毕竟血气方刚的少年嘛，玩玩也正常。

但大家不敢相信他是真的喜欢人家，毕竟程迟在他们眼里，那是个十足十靠实力单身的主儿。要他心动？除非天先崩了。

没想到是程迟自己率先自曝，先在阮音书身上盖上了自己的一个戳儿。

看程迟又开始玩起了手机，邓昊撺掇："我说，要是你真觉得使不上劲儿，就把话挑明了也行。管他什么，先干下去！"

"之前不是你劝我别轻举妄动？"程迟道。

"是啊，那时候是你刚被那啥……刚被拒绝嘛。现在的话……我也觉得悬就是了，毕竟阮音书心思明显不在这上面，你忽然上去，就跟扔个炸弹似的，人家从没往这方面想过，所以一下子抗拒也很有可能……"

谈过不少次恋爱的邓昊终于觉得自己有点恋爱专家的样子了："但我看你现在这个情况，你说万一以后你俩有什么变数，你……"

"不会有变数的。"程迟打断，掀开眼睑，"我不会让这种事发生。"

邓昊耸肩："行吧，那你就去试试。大不了就重头再来，也好过你每天像个钟情少男一样……"

话没说完，程迟又敛敛眉，向后靠进沙发里："算了，再等等吧。"

对于她，他不能太心急，否则狼尾巴晃出来，可能会吓到她。

邓昊以为自己幻听了。

等等看？程迟他丫脾气之躁，就连一直打的游戏后台修复太久影响体验，都能说不打就卸载。

现在追一个女生，他说等等看？！

这耐心真实吗？

邓昊说："等等吗？那我打赌你忍不住。"

程迟："……"

当天阮音书收作业的时候发现程迟一整天都没到场，还有点奇怪，但没太放心上。

毕竟他干什么都看心情，谁能猜得到。

放学之后是阮音书值日，她把班上清扫了一通，而后去提水来拖地。

值日生只有她和李初瓷两个人，两个女生的力气自然不如何大。

就在阮音书攒足气力提着一桶水晃晃悠悠的时候，忽然看到了从楼上下来的何盛。

何盛帮她把水提到了班上，并说："以后这种重活可以喊我，我就在楼上，你一叫就下来了。"

阮音书笑笑："没事。我不好意思麻烦你，到时候叫班上男生帮我也可以。"

李初瓷正在擦黑板，看到这一幕，感慨何盛还真是做好事不留名，明明喜欢却只懂默默奉献。这种幕后护花的，阮音书果然是怎么都不会觉察出来。

阮音书呀，不到对方说出喜欢她的那一刻，她是不会提前感知到的。

打扫完卫生，阮音书搬了个椅子顺便把第二天课表抄了，让李初瓷先走。

结果她抄完一回头，发现程迟坐在最后一排。

阮音书吓了一跳："你怎么来了？"

程迟语调波澜不惊："不来岂不是就看不到别人帮课代表提水了？多可惜。"

"你到底来干吗的呀？"她把指尖的粉笔灰拍掉。

“我 iPad 掉这儿了，今天还得写题，没这玩意儿没手感。”程迟手上抛着自己银灰色的“坐骑”。

阮音书：“你今天？主动写题吗？”

她伸出手，试探之意隐隐：“没有发烧吧？”

程迟直接握住人家手腕往自己额头上贴：“试试看？说不定还能煎鸡蛋。”

阮音书赶紧把手抽出来，猛地摇头：“不、不、不了。”

他笑，看她受惊一样地窜逃。

到家之后，阮音书径自去写作业，因为吃过晚餐，但没有吃很饱，所以阮母会给她备一份牛奶和小面包，在大约十点的时候送进来。

阮音书吃完东西之后端着餐盘走出房间，阮母和阮父正在屋子里看电视。

阮母道：“我今天去分公司看了一眼，一个是 Y 城最靠边的那家，一个是 B 区那家。其实都差不多，不过第一家旁边是个学校，交通还挺方便。”

阮父：“就是那个耀华？”

“对。”说到这里，阮母抬头看阮音书，“音书，我今天顺道去耀华看了眼，发现他们学校升学率好高，比一高还高。”

“嗯，这个学校很厉害的。只是说没有一高出名，因为比较偏，而且是近两年才起来的。”阮音书说。

阮母：“怎么做到的？怎么这么厉害？”

“管理很严，大家都是往死里学的架势，互相影响吧。”阮音书说，“现在那边也在挖一些好老师，备考严谨，还有个复读班。”

“意思是说他们学校针对高三高考有经验？”

“算吧，毕竟出过几个高考状元。”

阮音书洗完杯子出来之后，阮母在沙发上看手机：“音书，你们高二上学期是不是快把考点都学完了？”

一般的高中都是高三复习，好一点的学校上课快，有很多在高二上就把所有的课都上完，多了半年时间备考。

很显然，一高属于后者。

阮音书点点头，说：“嗯。”

“知道了，你去写作业吧。写完早点睡，好好休息。”

一阵雨一阵寒，Y 市似乎只有夏冬之分，一过渡之后，气温直线下降，阮音书已经开始穿起了毛衣。

“诚致赛”的复赛和决赛也踏着冬天的轨迹到来了。

复赛是小组和小组之间的比拼，其实没什么很大的悬念，程迟那一组拿了第一，阮音书那组拿了第二。分数差得很小，但总要分个一二。

其实阮音书早就预料到了，在初赛里程迟是有力的伙伴，但在后续竞争的时候，他则是个强大的对手。

到了决赛，第一组和第二组总共六人，开始进行冠亚季军的角逐。

程迟竟一反常态，没有吊儿郎当地来，虽然在决赛前一晚他还是打了游戏，但第二天居然难得带了支笔。

要进考场之前，他弹了弹她的脑袋：“课代表说我这次，是好好考呢，还是随便考？”

阮音书很快意识到他是在想要不要给自己“放水”，赶紧说：“比赛就是要公平公正的。你别想那么多了，用尽全力，一定要好好考。”

他万一真的“放水”，只写一点题，她的名次或许会前进一名，但是没什么意义。

但他要是认真发挥,这个奖就是他面对谣言,证明自己的最强有力的武器。

他们考完之后，颁奖典礼也是同步直播举行。

优秀奖颁给第四名，是阮音书。

第二名和第三名全是程迟组里的。

到了公布冠军的时候，阮音书感觉比自己得奖还要激动，仿佛她等这一刻已经等了很久。

“程迟”两个字从话筒里扩出来的时候，她举着奖杯的手有些颤抖，她看着镜头，想：应该很多人都在看吧？应该很多人都没想到，这个不被看好的、看似和这个奖项毫无关系的人，能真正站在这里吧？

程迟还是一贯没什么所谓，拿了奖杯，还要站在她身侧，结果被人推到第二名旁边，他还跟她抱怨：“形式主义就是麻烦。”

话筒把他的话扩出来，底下开始笑，阮音书也在笑。

阮音书说不出来自己的感觉，她似乎头一次明白“与有荣焉”这四个字的味道。

她就像一个寻宝者，终于能骄傲地举起手中曾蒙尘的遗珠，告诉所有人，自己站过的地方，是真的有宝藏。

一个比赛忙得人不知东南西北，阮音书回去之后看了日历，才发现高二上学期的余额即将告罄。

时间越往前推一点，他们离高考就越近一点。

这时候所有人都忙了起来，程迟也不例外，甚至有一天上午，邓昊是自己一个人来的学校。

李初瓷还奇怪地问他："平时你不都是和程迟一起的吗？今天怎么一个人？"

邓昊答："他忙去了，家里人好像找他有事儿呢。真是的，一得奖就跟个香饽饽似的，这还没过多久呢，就跟开巡演一样。"

程迟是在下午的时候才来的，这是他得奖之后第一次回班，班上忽然涌起掌声和欢呼声，物理课代表甚至站起身来："来来来，冠军你来，这课代表我不当了！"

"传授一下怎么在打架中学习的呗。让我们这些人见识一下？"

"狗屁，要能传授给你还叫天赋吗？"

班上闹得很，程迟回位置上，邓昊赶紧凑过来："你去干吗了？"

"没什么，见了个学校校长。很无聊，饭快吃完我就走了。"

"谁喊你去的？你爸还是你爷爷？"

"当然是老头子。"程迟闭上眼摇了摇头，"你觉得程河喊我我会去吗？"

"也是，就你跟你爸那宿仇……"邓昊又说，"欸，那学校校长找你干吗？找你去做扛把子吗？"

"想挖我去。这还不懂？你脑子里装的是山路十八弯？"

邓昊嘴贫："啥学校啊，这么想不开，还怕自己学校不够天翻地覆哇？"

程迟拿出手机："什么华……记不清了，反正不会去。"

阮音书在前头恍惚听着，想：总不会是耀华吧？

但他们俩话题没再继续下去，到底是什么学校，阮音书不得而知。

Y 市这座城比较奇妙，秋天基本没有，夏与冬之间只有一两周的时间过渡，然后冬季立马生效，比充值话费还要快。

今年的雪落得有点早。

阮音书走在路上，还觉得自己踩秋天的碎叶好像才是不久之前的事，结果转眼就看到落了小雪。

学校里的人都疯了，都在为提前到来的雪狂欢，还有人在打雪仗。

第三节课的时候她出去打水，碰到程迟进班。

有关系好的人喊他："迟哥早啊。"

邓昊说反话："可不是早吗？压根就不带迟到的，我们。"

阮音书站在门口，想起昨天学校刻意叮嘱了冬天起床难，让大家不要迟到，结果这人都不为所动。

她可是提前了十分钟起床的。

于是她嘟嘟囔囔，小声说了句："程迟到。"

少女声音低低轻轻，在冬天，像羽毛一样冰冰凉凉地搔了一下。

她明明是给他起外号，这都能起出一种撩拨他，让他心动的味道。

程迟正要进班，很显然是听到了："嗯？"

她意识到自己说出口了什么，红脸抿着唇摇头，显然不打算说第二遍。

外面不知道谁在玩雪球，雪球偏离路线砸过来，程迟忽而帮她挡了一下。

他顺势倾身，唇就擦在她耳郭，明明雪球砸得应该不痛，但他还是闷哼了声。

少年一声富有磁性的低喘钻进她耳朵。

"来，再叫一次我听听。"

阮音书的耳根开始密密麻麻地烧灼开，耳边像放了个水壶，壶内的水还哔哔地沸腾着。

她猫着腰从他手臂底下钻出去，跑得跟个勘测雷达似的，须臾间就躲开了他的靠近。

"我去打水了。"

很显然，对于给程迟起了"程迟到"这个外号的事，她也明白自己不占什么理儿，所以聪明地岔开了话题，没再叫第二次。

但程迟对这个空降外号显然还挺满意，看着她的背影抬了抬眉，直起身子走进了教室。

他眼前还能浮现女生叫出这个名字时的表情，声音细细讷讷，轻飘飘的，像缎带。

好像有很多话，经她口说出来，就无端变得可爱。

邓昊那一上午都在盯着他看，看了很久后终于忍不住地侧头过去："被人起了外号还这么高兴，你缺心眼吗？"

"……"

阮音书握着自己手里的热水回班，发现乔瑶拿着讲义进班了。

明明还有几分钟才上课。

乔瑶把讲义放在台上，弯了弯唇："这次提前进班，是有些事要讲。"

大家自发地回到位置上坐好。

"一个就是'诚致赛'里，我们班上有两位同学取得了不错的成绩。

"先说说音书。音书的状态一直比较稳，所以老师也是不担心的。这也告诉大家，基础功扎实是非常重要的。"

底下传来掌声。

"第二个要讲的就是……"乔瑶自己都笑了一下，"我是真没想到我们班有人能拿金奖啊，刚告诉我的时候我都蒙了。"

一班的学生自发转头去看程迟，后者在最后一排进行自己的日常——埋头苦睡，头顶翘起的那几缕发丝都在竭力演绎着置身之外。

他是真的一点也不在乎自己拿了什么，既不是想给人证明，也不是想自此改过自新，"大魔王"还是"大魔王"，和以前相比丁点都不差。

除了他多了个课间教人写题的日常。

不过除了阮音书也没几个人敢找他就是了。

乔瑶似乎对面前的场景有所预料，她翻动了两下教案："好了，对于程迟，表扬还是要表扬的，毕竟争了这么大的光。但大家不要学哦，模仿不好的话容易翻车。"

乔瑶刚从直播里看到程迟写题的时候，她几乎是惊喜又难以置信的。

谁能想到在校不学习不考试的学生，有朝一日捏起笔来竟如有神助？谁看了都相信不了。

甚至有那么一瞬间，她也在想，他是不是从哪里弄到了答案，他家既有钱又有权，也许有这方面的关系，想让他拿个奖上个好点的大学也很正常。

可她很快否定了这个想法，她和程迟虽然接触不深，但自己却从高一就开始带他了。

一年多的相处让她发现，少年傲气无谓，极难驯服，但所作所为光明正大，并不是会做这种事的人。

更何况，有时候她上课，偶尔看到他在看黑板，对方的眼神里蕴着一种超乎众人的聪慧和锐气。

那时候乔瑶以为他是在放松眼睛，现在想来也可能是别的。

那些怀疑程迟真的会作弊的，都是没有接触过他，且只听过他无恶不作传言的人。

谁要是真正和他接触过了，就不会怀疑他。

他像盘旋的孤鹰，卓乎不群，无法管束。

学期将要落到尾声，程迟的事情开了个头，且看起来并没有阮音书想象中的那么难。

她一方面是他的朋友，另一方面是偶尔向他讨经验的小徒弟，无论从哪个角度来讲，她都会为这事儿高兴。

况且她没有看错人，他真的有那样的能力。

阮音书当初劝他出马，也是不服输和骄傲心在作祟。

她不是一个喜欢看到宝藏蒙尘的人，在她宽阔明亮的世界里，她希望每个人都能找到自己的发光面。

更何况，她不是一个物理天才，更明白“天赋”这两个字有多么难得，她认为他不该浪费。

好在一切似乎也并不晚，还来得及挽回。

阮音书回家的时候照例是晚上了。第二天是周末，她九点半放下课本，准备洗个澡睡觉。

她撕下一张日历，发现还有几周就要放假了。

外头的阮母好似听到了她的撕纸声，阮音书出门的时候和她迎面碰上，阮母顿了顿，问她：“去洗澡？”

“嗯。明天周末，今天早点休息。”

阮母颔首：“你先去洗，洗完妈妈有话跟你说。”

阮音书有点奇怪地眨了眨眼，拿衣服的时候回了个头，但还是道：“那等等噢，我洗个头。”

她想：也不知道是什么事，非要等到洗完澡再说。是什么重要大事吗？

洗完澡之后，阮音书扯过自己的小怪兽毛巾，边擦着头发边从浴室里走出来。

少女肌肤弹润，身体匀称，每一处都生养得极好，不用搽任何护肤品，肌肤都嫩得像是剥了壳的熟鸡蛋。

阮母审视着这一件自己精心保养出来的“艺术品”。这是她的女儿，她耗费近二十年的心血去栽培的苗子，她比任何人都觉得阮音书应该得到最好。

她的吃喝用度要是最好，学校要是最好，衣服要是最合衬舒适，朋友和其他的一切也都要是最好。

阮母不可能眼睁睁看着有东西想来打破她，沾染她，影响她。

阮母尽量让自己情绪稳定：“我最近一段时间都在了解耀华，你肯定也很了解吧？”

阮音书擦着头发，水珠顺着发梢滴落：“嗯，我知道。”

“你觉得这个学校怎么样？”

“我……没想过。感觉还行吧，氛围、师资什么的都不错，就是有点严格。”她对耀华的关注度并不高，这时候的评价显得有些苍白。

阮母深吸一口气：“如果说……妈妈想把你送去耀华呢？”

她手上动作停了，漆黑眸子一转不转：“啊？”

“是这样，妈妈可能要到耀华附近的分公司上班了，你爸平时上班离这边家也远，如果家搬到那里去，会方便很多。”阮母抬着头，“搬过去之后也不可能放你一个人在这里，到时候高三也很重要。刚好有认识的人，我们可以把你送去耀华。”

阮音书用手指无措地抓了抓发根，她想说什么，但又觉得这一切仿佛早有预兆。母亲的调职、分公司的位置、母亲的询问和讨论……可能她最近就是在计划这件事吧。

她有个瞬间也想说“那就把我留在这里吧”，可转念一想，从小家里把她无微不至地照顾大，大学之前肯定不会放她离开身边，而她也没习惯过独居的日子。

阮母：“我们再一个也是想到耀华最擅长总复习。这学期过完，你课本上的都学完，要进入复习了，转到耀华也是个好事。”

阮音书低着头想了想，感觉有点乱。

这选择来得太突然，她甚至不知道如何衡量。

“我这两天想想吧，到时候再跟你们说，现在先吹头发。我有点冷。”

阮母似是没想到她会说出这个回答，愣了一下，这才点头：“好，你先去吧。”

阮音书拿了吹风机吹头发。

阮母回房，关门，门关上之后这才长长叹息：“你看你女儿，平时都是我说什么她听什么，我刚刚跟她说转学的事，她居然说她要想想。我看她要是再跟那个程迟待下去，指不定会怎么样，所以说近墨者黑，不是没道理的。”

阮父还在看报纸：“你也别太紧张，她都多大的人了，知道分寸。”

“她能知道什么？温室里的花可是最脆弱的！”阮母数落起来，“前阵子我就觉得她好像多了个没名字的朋友，然后在家里发现男生的外套，里面装着一包烟，都抽了一半！后来我去学校接她，果然看到她在和后桌的人说话。上次我还看到俩人一起回家呢，你说悬不悬？！”

阮母随便了解了一下就知道程迟的名字，当然，这个名字背后附赠的斑斑劣迹，她自然全都了解，也清楚程迟就是自己最怕的、无事不干的不良少年。

“这种人太容易带坏我家音书了。成天打架抽烟的能是个什么好东西？音书可能觉得这人对她好，分辨能力弱点也正常，但我还没有吗？？”

阮母虽然恼怒，但她没有选择把这事跟阮音书摊牌。

毕竟阮音书马上要开始复习了，这是个关键时期，她不能影响女儿的情绪，毕竟音书虽然听话，但是却维护朋友。

万一家里为此吵架，这份不愉快会直接影响很多，得不偿失。

但只要程迟还在学校，就是最大的威胁。

所以现在最好的办法，是不动声色地把女儿拉开。

她让阮音书转到耀华，一方面是因为工作变动，另一方面，则是要帮阮音书筛选一个更纯粹的环境。

阮音书辗转反侧了两晚，才终于把事情琢磨了个大概。

她上网去查了一下耀华这几年的资料，升学率和一本率都比一高好，更是有过高考状元，阮母动心也很正常。

其实在哪边念书她都无所谓，就是一高这边有自己的朋友，可是马上就是高三复习期了，或许更为重要的应该是高考。

朋友过了一年还能联络，高考却是她这十八年来筹备的第一次。

而且，如果她执意要留在一高，父母大概会为此繁忙很多，毕竟高三时期关键，他们肯定会接她上下学，搞不好还要餐餐送饭。实在给他们增添太多麻烦了，可能他们都没法好好休息。

选择留下的话太自私了，她应该懂得体恤辛苦的他们。况且转学也是为她好，她刚好能去看看近几年崛起的黑马耀华是什么模样。

所以最后，阮音书说了好。

阮母欣慰地笑了："那你专心准备期末考，到时候考完了我就去办手续。高二下学期就在耀华上吧。"

阮音书因为知道自己下学期就要走了，所以决定挑时间办个小 party，算是为自己饯别，也与大家说一下自己将要离开的事情。

聚会的时间定在下周六。

她想保存一个尚算美好的记忆，所以买了贺卡，给关系不错的朋友都写了一张。

一切看似有条不紊又平静地进行着。

第四节课下课，程迟出去买水，忽然被人拍了一下手臂："嘿。"

来人是个小胖子。

邓昊倒是吓了一跳："你的桃花现在也开始招男人了吗？"

程迟寡淡冷冽的目光扫过去，邓昊耸肩闭嘴，结果下一秒，喊程迟的男生就递上来了一张纸和一支笔："听说你物理挺好的啊，这题……帮我写一下吗？"

阮音书也看到了这一幕，说不清是什么感觉。

毕竟"程迟"这个名字，学校里没几个人不怕，但怕归怕，也总有人想要挑衅一下。

这小胖子表现出一种逆鳞式的尊敬：一面留着几分忌惮，一面又觉得程迟这种本该是学渣的人会写物理题，这也太搞笑了点。

对方不知道真假，所以想来试试，大概还撺掇了不少人围观。围观者神色都很复杂，说不上信还是不信，就像看猴子一样。

程迟有点渴，懒得浪费时间，下颌角抬也没抬，径直路过那人。

“不会。”

小胖子大概没想到会得到这种回答，追上去几步：“你不是厉害吗？教教我呗。”

他脚步没停，大跨步离开。

在这么多人面前表演，结果连个像样的回应都没得到，小胖子愤怒得无法忍耐，一跺脚：“不就是家里头厉害记性好吗？你跩什么跩啊！”

已经是再明白不过的，小胖子说程迟靠家里给答案，自己记答案才能赢了。

程迟折身，朝他走来。

小胖子脸上的肉开始有点抖：“既、既然你自己是厉害，你怎么就不敢当场做题给我看了？你还不就是心虚？”

程迟脚步加快，垂眼，手肘侧抬，砰一下砸上胖子的肩膀。

胖子痛得肥肉乱颤：“痛痛痛——”

程迟勾唇，抬手拧住胖子手臂，胖子痛得五官皱成一团。

“你爷爷不仅心虚，脾气还不好。”少年眉眼淡淡，无端迸出一股狠劲儿，“记住了，可不能忘。”

程少爷干净利落地给对方来了两下，继续往买水的路上走去，这种程度的小场面，连他的开胃菜都算不上。

围观群众害怕被揍，纷纷散了。小胖子在地上坐了好一会儿，这才被八个人连抬带蹭地搬了回去，委屈得都快要哭了。

“这三班的吧。明明自己来逞能找打，还一副别人欺负他的样子。”邓昊感慨，“只有曲露才能教出这样的傻 × 来。”

果不其然，中午的时候，三班班主任兼物理组长曲露来了。

她像是给学生报仇，又像是借报仇的名义来满足自己的私心。

她手上拿着一张纸，风风火火走进一班。全班都安静了，盯着曲露。

很快，曲露站在程迟面前。

程迟忙着打游戏，耳朵上塞俩耳机，一副心无旁骛看不到人的模样。

围观群众感觉挺不解的，都不知道程迟到底是怎么个意思：他似乎厉害着吧，但以前又从不亲自出马；好不容易他一声不吭地参赛了，在直播被大家看到，他仍旧满不在乎。

程迟这回连金奖都拿了，可他现在的所作所为，仿佛拿奖的那个根本不是他。他连掌声和赞叹都懒得接，更别说传授经验什么的，对老师也是一如既往地毫无敬畏之心。

大抵他参赛的目的也不是接受赞叹和逆风翻盘，所以后续才什么都没有做，还是维持着原来的随意生活。

曲露等了一会儿——错误地低估了程迟的战斗力——见没等出什么来，主动把卷子拍到程迟桌上，扯下他的耳机。

“这是我花了一节课出的三道题，全是我自己出的新题，网上找不到任何资料。”

言语之中，倨傲无比。

但程迟向来是能比对方更居高临下的，他抬了抬眉，声音凛凛的：“关我毛事？”

“我自己的得意门生做完大概半小时吧，你的话……我给你四十五分钟，只要你能在四十五分钟之内做完，我就承认你是有能力的。”曲露说。

程迟用看智障的表情看她。

曲露：“这就是你证明自己的时候。来吧，只要你把题写出来，就能向大家证明你程迟得冠军是理所应当。”

曲露还是不信他的能力，现在正面和他较量上了，要他做出自己的原创题。

可她言语里已经表现得很清楚，她认为程迟写不出来，甚至还多加了十五分钟。

一班的人其实跟程迟多少打过交道，都是信他的，可也不知道程迟会怎么做。

他想要向曲露证明自己吗？他会写这些题吗？

可曲露都这么轻蔑了，他还能怎么做呢？

忽而间，程迟站起身来。

他长得高，压了一片阴影下来，穿高跟鞋的曲露都被比矮了不少，往后退了两步。

程迟眼尾敛着戾，伸出手掌：“有效证件拿来。”

曲露摸不准他要做什么：“干、干什么？”

少年垂着眸笑了，声音里满满的轻慢——

“证明你是个人啊。”

霎时间，鸦雀无声，大家都惊住了。不知道过了多久，有憋不住的笑声传出来。

“按照推导好像也没错，刚刚曲露老师也是这个道理。”邓昊双手摊开，“老师不是很喜欢证明吗？那你打算什么时候给我们展示呀？我们好把你定论成人。”

“你们……”

曲露瞪着眼，最终没说出一句话，蹬着高跟鞋落荒而逃。

中午的战局胜负已定，从来懒得为自己解释的程迟依然没有为了证明自己多做一道物理题。

周六下午，是阮音书给自己办的告别派对的时间。

她第一个到，没想到程迟是第二个。

两个人在包间里坐了一会儿，阮音书想到自己要走了，两个人不知不觉就聊到了昨天中午他和曲露的事情。

她感慨：“事情好像已经变麻烦了……”

她知道他最讨厌麻烦。

程迟无所谓：“那就这样咯，反正我也不会干那种傻 × 事证明自己。”

他深知，多此一举的证明如对牛弹琴，还浪费时间。何必向不相信自己的人一遍一遍地展现自己？他可没那个闲心。

他从帮她的那一步起就预料到了，可是还愿意帮她，是因为她比这些重要。

阮音书知道他懒，但还是说：“可是……假如不证明的话，可能很多人都会那样看你。”

“那就看。我又阻止不了别人的想法。”

他虽然厌恶被泼脏水，可证明自己对他来说更麻烦。

“就真没什么别的办法了吗，让你不被这些坏东西包围？”

“有啊。”少年漫不经心地笑了一下，“退学。”

阮音书：“你真是……”

程迟：“再不济转学也成。”

“但你又不可能转。”

程迟眯了眯眼：“还是课代表懂我。”

转学麻烦得要死，他转个屁。

哪怕那个什么华的校长，已经第五次联络程家老头子了。

“课代表怎么捂得这么严实。到底为什么办聚会？庆祝找到男朋友了？”程迟看着门口，漫无目的地问她。

阮音书：“等会儿我会说的。”

后来大家陆陆续续进来，两个人没有再聊，一顿饭要吃完的时候，阮音书说了自己转学的事。

大家反应不一，有震惊，但震惊完了，更多的是祝福。

“啊？？怎么这么突然啊？！”

“我就说我之前怎么看到你妈妈去办手续。天哪，怎么说走就走？”

“你这也太不给我们留心理准备了吧！”

“那以后一定要常联系，不然都说不上话了。”

“希望你在那边也好好学习，考上一个超级厉害的大学！”

“耀华挺好的，就是管得严。书书你去了，说不定就是下一个状元！”

只有坐在沙发内侧的程迟始终垂着眼，一言不发，像是在夜色里沉思了很久。

期末考很快结束，阮音书的转学手续也办好了。

耀华不愧是魔鬼学校，放假都没多久——期末考之后不过休息了两周——阮音书就被送了过去。

不仅如此，耀华还是寄宿学校，一个月才能回一次家。

她的高二下半学期，就这样全新地开始了。

阮母把她送到宿舍大门口，也不能往内了，招招手让她到宿舍之后发条短信。

阮音书点点头，拖着自己的箱子找到了三栋，正准备使出吃奶的力气扛箱子上楼时，沉甸甸的东西忽然被另一双手轻松提起。

她抬头一看，被吓得霎时失语，以为是自己眼花了。

“程迟？你怎么来了？？”

少年低眉，倏然一笑，眉眼在几缕日光下渐渐舒展开来。

“我不仅来了，我还住你对面。

“巧啊，课代表。”

阮音书还是不信，往门口的廊道看了一眼，一双鹿眼眨都不带眨的：“你……住我对面？对面男寝吗？”

程迟垂眸瞧她一眼，声音很是自然：“对啊。”

“什么意思？你也来耀华上学了？”她感觉自己思维有点混乱。

“是。”程迟答得言简意赅，单手轻轻松松拎着她的箱子转身，“走吧，先送上楼。”

阮音书踏上台阶走了几步，脑子里一片空白，忽然连自己住哪都给忘了个干净。

她刚刚真是被他吓到了。

她低头看了一眼自己手上的纸条才仿佛灵魂归位，记起自己住在三楼六号房。

楼梯走到一半，她转头问他：“那你的行李呢？”

“早放上去了。”

“你到得很早？”

程迟停了两秒，东西换了只手拎：“也没很早，比你早点。”

阮音书还陷在难以置信的情绪里：“你真的来耀华啊？你知道耀华管得多严吗？”

耀华的学生完全军事化作息，五点半起床，跑步二十分钟，五点五十早餐时间，六点二十进班，早读之后开始上课。

别的学校都有大课间，耀华没有，下课时间就五分钟，午休就一个小时，午餐时间半小时，是真的把时间挤着过。

阮音书觉得以程迟那个作息，他迟早得和老师干上一架。

程迟果然答："听过，不过忘了。"

"五点半起床，九点回寝，一点之后熄灯，不许迟到逃课早退带零食。"

这些对程迟而言，简直可以称得上是生命中不能承受之重了。

但程少爷只是轻松地扬了一下眉尾："一高校规还有一百条，我也没全照着做。"

阮音书："……"

"但你家不是给一高有投资的？"她说，"和这里总不一样吧。"

程少爷沉吟了一会儿，这才恍然般开口："但这里也是校长请我来的。"

两个人已经走到了她寝室门口，现在是站在走廊里聊天。

听了他的话，她是真有点不可思议："请你吗？"

"这校长和程向民认识。"程迟把她的箱子放在门口，"因为看我得过奖，每次吃饭都要和程老头子说我的事，我都快听烦了。"

程向民？老头子？

阮音书："老头子？你爷爷吗？"

他颔首："不然是你爷爷也行。"

"就因为校长请你来，你就来了？"她刚问出这个问题，可转念一想，好像又想到了什么，"不过也是，你留在一高，也没什么意义了。"

程迟得奖的那件事闹得那么大，谣言四起，偏生这位爷又是个懒得辟谣解释自己的人，如果他再在一高这浑水里搅，只会越来越乱。

他觉得那些无聊的人和事烦了，一走了之也正常。

程迟替她敲了敲门，道："进去吧。"

走动声响传出，门很快被拉开："我就说有人在外面说话吧，你们还不信！"问："新同学吗？"

"嗯。我是阮音书，你们新室友，也是一班的。"阮音书站在门口，小声自我介绍。

她这次来也是凑巧，进校考试成绩不错，自然又进了耀华的一班。加上阮母特意为她安排过，一班有个寝室是四缺一，她恰好能填进去，寝室里都是一班的同学。

大门彻底被拉开，几个女生没想到新来的转校生这么好看，声音也清清糯糯，都不自觉放低了声调："你好，你好……"

"快进来吧，我最喜欢美少女了。"

站在一侧的程迟听到她的话，却停了一下："你在一班？"

"是啊。"阮音书看他，"你呢？"

"二班。"他颇为不爽地舔了舔上牙膛。

他居然没想到这一点。当时他只是说了好，然后随意让他们给自己安排班级，只是说了寝室的问题。

他们俩所在的班级都不一样，这搞什么呢？

阮音书也眨眨眼，没想到这次两个人不在一个班。

里面的女生也探出头来，道："没关系的啦，我们学校一班二班隔很近的，前后门的关系。"

程迟蹙着眉兀自烦躁，手掌在后脑漫无目的地揉了一把。

他抬头："你先进去吧。"

阮音书用余光小心翼翼地看了他一眼，感觉他今天有点不爽："噢。好。"

"我在你对面，开窗就能喊我。有事打我电话。"

少年扔下这句话，转身往楼下走去。

她提着行李箱进了寝室，听到其他几个女生在讨论："这是哪来的男生？听语气像是我们学校的，可我没在二班看过他啊。"

"就是。"有个磨指甲的女生接话，"二班哪有这么帅的，一个个读书都快读痴呆了哦。"

阮音书说："他和我一样，是新转来的。"

"刚在楼梯口说话的是你们吧？你们认识吗？"

"认识。"

"好朋友？"继续询问。

她开箱，把箱子里的几个公仔扔上床："算是吧。"

"既然是新同学的话，那我有必要科普一下。在我们学校男女生不能走太近的，不然会被抓起来哦。"开门的女生夸张地说。

"这么严重？"阮音书当真了。

"吓你的啦，你这么好骗啊。"女生自来熟地掐了掐她的脸颊，"正常交际可以，疑似早恋就会被上报哦。"

阮音书早就听说过这里的魔鬼一切，倒也没太惊讶："那我就不会被抓了。"

寝室暖和，阮音书脱掉外套，竟然发现口袋里被装了两包 QQ 糖，拿出来的时候自己又受到了惊吓。

毕竟耀华可是不准自己带零食的地方，万一被发现可是得写检讨的。

这里头家长进不来，就是为了防止有的家长来送吃的送温暖，毕竟耀华主打的就是严格，当然不会在这种小细节上放松管束。

除非真是有什么重要的事，家长要跟门口门卫报备说明情况，才能被酌情放入。

室友们看到她口袋里的东西，喜形于色，就差顶礼膜拜了："我的妈，糖欸！有生之年居然有人把糖带进……"

"你小声点！想被查吗？？"

阮音书听着她们低声讨论，失笑，把两袋糖拆开递过去，分给她们吃。

"你也太厉害了吧，小阮，居然能把这东西带进来。我太久没在寝室吃过零食了。"

阮音书："不是我带的。"

她那点兔胆子，怎么敢明知故犯？能暗中把糖塞到她口袋里的，除了程迟，她想不到第二个人了。

程迟进校第一天就公然与校规抗衡，不错，校霸人设诚不欺我。

而另一边的校霸现在在做什么呢？

校规这种东西对他来说简直跟玩儿似的，程迟先是装了糖，然后翻院墙去上网，坐在包房软椅上的时候想起了什么，给程向民打了个电话。

程老头子身体不好，常年咳嗽等一堆怪病缠身，故而一般都在山里修养，所以电话有时候会转接。

很显然，今天的电话是老头子身边的管家接的。

"喂，少爷，有什么事吗？"

程迟："你帮我安排一下，我要去一班。"

管家有些踌躇，但还是答应："那我去问一下。不过，这会儿不该是在学校吗？耀华不是不让用手机？"

"我翘课了。"

这边的人说得干脆又爽快，就像是刚刚见义勇为了一样有底气。

管家：“……”

“行吧，那您好好玩儿，手别玩累了。”

“嗯。”

“……”

程迟打了局游戏，收到了管家的电话。

“讲。”

“是这样的，少爷，校长说一班实在没位置可以加了，不过好在，下个月就有月考了，会按照月考的成绩重新分一次班。”

“校长说，相信你的成绩，到时候肯定可以去心仪的班级。”

管家也有点心虚：“少爷最近……有成绩了吗？”

“……”

他有成绩？他成个屁绩。

按他的成绩，他大概就要去耀华的吊车尾晃荡了吧。

这耀华的校长估摸着也是不怎么了解情况，看他程迟在一高火箭班念书，又是在商圈叱咤风云的程家的孩子，加上拿了个倍有面儿的金奖，都没深入了解，还真以为他是怎样的一块优质璞玉。

他要真考了，估摸着得把这校长吓得底裤都没了。

他除了物理和数学好点之外，失去了天赋的加持，其余的科目的成绩说是一摊烂泥也不为过。

但眼下，他又不可能凭空去一班加个位置。

程迟感到棘手地捏捏眉心。只能先就这么凑合着，看考试完能不能在一班安一个自己的铁座椅，就跟之前似的。

他估计问题也不大。

程少爷这么自我说服完毕，电话挂了，又继续打游戏了。

报到的一天过去，阮音书早早歇下，准备迎接第二天的军事化管理。

五点半准时有大铃响起，她一贯收拾慢，换好衣服之后发现大家还睡着，打算刷个牙再叫她们。

结果她牙刚刷完，三个人齐刷刷醒了，并且光速穿好衣服下床，速度简直可称一绝。

“你们穿衣服好快。”她咕噜噜吐了两口水。

“为了多睡几分钟，这是我们练出来的绝活。”老大拍拍她后背，“再过几个月你也能学会了。”

耀华的时间真的非常满，一分钟像掰成两分钟用，一上午过去，初来乍到的阮音书感觉自己已经有点适应不了了。

她趴在桌上休息，偶尔路过的几个学生用看新鲜的眼光看着她。

学校里的女孩儿大多为了学习不怎么在意外表，她是别的学校转来的，是难得的又能收拾自己又会学习的类型，自然被大家多看了几眼。

她慢热，不能很快融入新环境，这时候忽然想念起初瓷，还有坐在她后面的程迟、邓昊来。

起码一班的氛围一直都很好，她要睡觉也不会有人在她旁边转来转去，她抽屉里放着镜子别人不会觉得惊奇，还有那些稀奇古怪的小玩意儿，她也能摆在桌上。

在陌生的环境里，熟人似乎成为她唯一的慰藉。

她起身去上厕所，路过二班的时候往里面看了一眼。

陌生的班级里全是陌生的脸孔，她不知道程迟坐在哪里，目光在里面毫无头绪地晃了一圈，便听到有女生在聊天。

耀华的女生虽然没有一高那么爱八卦，但多少也有些会闲聊。

“我们班那个，据说很帅的转校生呢？都一上午了，我怎么没看到？”

“不知道。消息错误？”

“也可能是过几天再来吧。”

就聊了三句话，两个女生就继续背课文了。

看来程迟没来。

阮音书打道回班，午休之后，迎来下午的地狱模式。

除了时间紧张，其余的倒都还好，老师讲课的速度和那边差不多，她能接收的也差不多。

一天过后，三个室友直接回寝室，打算晚上吃泡面写题，阮音书不想吃泡面，就一个人来了食堂。

她买了一碗煎蛋挂面，找了个位置开始吃。

耀华的大食堂人只坐了一半，大家匆匆忙忙低头快步行走，像是一秒也不能停下来。

阮音书看着这极致快的生活，想到了程迟。

程迟慢得像是时时刻刻在伦敦街头散步，而这些人像是忙着街拍，一秒钟要摆很多个 pose。

她刚想到程迟，这人就拿了杯喝的坐到她对面。

他今天穿了白色高领毛衣配纯黑色裤子，外面一件棕色大衣搭到小腿，显得整个人过分高挑清隽。

程迟双手插进口袋里："室友都回去了？"

"嗯。"阮音书也问他，"你今天没来上学吗？"

他很自然："没啊。"

"那现在来干吗？"

"可能是感受到了课代表的召唤。"

"……"她挑了点面，吸吸鼻子，"我才没召唤你。"

她带了点鼻音，也不知道是冷了还是哭了。

程迟把手里的水往她那儿推了推，有点无措地扯了扯耳垂："别这样啊，我明天来上课还不成吗？"

阮音书清了清嗓子，没说话。

其实她没哭，就是有点鼻酸，可能是长这么大第一次被送到寄宿学校。跟外面隔绝开，学校里面也没有朋友，每个人都走得太快了，食堂都装不满人，拢不住热气，让人感觉冷冰冰的。

这里的人不像一班班长会关心大家的情绪，不像初瓷会陪她吃面，连唯一爱跟她唠的程迟都不见了，一整天都找不到人。

她第一次在想，自己答应妈妈转过来，是不是错了。

她要是再考虑久一点，再周全一点就好了。

程迟似乎也意识到了什么，说："我问过校长了，他说一班不能加人，到时候月考完之后我再看看吧。"

她点点头。

这个以前老喜欢逗弄她，偶尔还有点招人厌的少年，在现在竟然变成她在这里最熟悉亲近的人。这场景，颇有点两个小雏鸟相依为命的感觉。

脑补着脑补着，阮音书又被自己这个想法给弄笑了。

程迟看她："笑什么？"

她埋头不愿意说："可是你不来上课的话，校长不会说吗？"

"这个我之前当然考虑过。"程迟道，"只要学校安排给我的比赛我都去参加，每个学期能拿到奖，哪怕不来上课也没关系。"

阮音书这才反应过来程迟现在可是有能力傍身的人，耀华大概也是看中他的物理水平。

毕竟耀华是应试教育学校，很难培养出思维极度灵活宽泛的竞赛选手，只好把希望寄托于程迟身上，让他多拿点奖。

这学校除了高考成绩之外，拿到的那些奖状基本都无关痛痒，没有拿得出手的。

一顿饭吃完，阮音书虽没抱有程迟明天真的会来上课的想法，但次日去上厕所的时候，发现他真的坐在楼梯间玩手机。

一如初见一样：少年的腿横跨几个台阶，拉得笔直，上半身懒散地靠在墙上，手里的手机闪着光。

他是学校的特例，没人管他玩手机打游戏逃学是特例，在一众眼镜男里……长相也是特例。

程迟五官精致，身材比例又好，简直是大家从没见过的稀世奇珍。

虽然没有人围在这里看他，但来来往往的人都把视线往他这里投，还有人为看他上了几次厕所。

阮音书想，在哪都能活得这么轻松自在，还真是他的本事。

可能有的人，生来就不该被拘束。

似乎是发现她站在对面，程迟抬手跟她打了个招呼："课代表早啊。"

阮音书揉揉眼睛："不早了，快中午了。"

慢慢适应了耀华的节奏，跟寝室里几个女生也相处了一周以后，阮音书的负担和陌生感终于没那么重，排斥感也不那么明显了。

只是每次出门能看到程迟在楼梯间或坐或站地打游戏，她还是会莫名其妙地感到安心。

耀华每周日不上课，周日下午两点到七点门禁打开，他们可以去外面好好吃一顿或者玩点什么，但七点之前一定要回去。

这也算是魔鬼仅剩的一寸温柔了吧。

周日上午，阮音书在图书室外面的桌子上看书，反正也回不去，她今天也没打算出去了。

她坐了一会儿，旁边位置也被一个陌生男孩儿占了。男生借了好几本书，一副要在这里鏖战的样子，有一本还跟她的重了。

两个人一起学习，那男生看阮音书写出了一个他不会的题，正想问问她怎么做的时候，就被另一个人截住。

十一点的光景，程迟大概是刚睡醒，目光还无神着。

他想着周日这种时候，阮音书不是在宿舍就是在图书馆，就跑来图书馆碰碰运气，没想到人还真在。

更没想到就几个小时的工夫，旁边还能坐一男的。

“你坐错了，这是我的位置。”程迟面无表情。

男生：“你的位置？可我两个小时之前来，这里没人啊。”

“因为我现在才来，所以她才会让你坐下。”程迟看阮音书，“我让她今天帮我占了位置的。”

接收到程迟的目光，阮音书蒙了一下。

你让我占了个鬼。

但她没办法，还是只能和那个男生说：“是的，我刚刚不小心忘记了，不好意思呀。”

男生表示理解，看她态度也挺好，便换了个位置。

程迟坐下之后，阮音书问他：“你怎么来了？”

“我来学习啊。”某人面不红心不跳。

“我信你才有鬼，”阮音书翻了一页书，“《劝学》你到现在都没背完。”

“……”

好像是这么一回事。

“那我现在背完的话，课代表下午的时间能不能借我？”他忽而道。

“借你？干吗？”

虽然她下午的打算是回去睡觉，没什么别的事，但也得问清他的意图。

“下午我生日。”他手指转着她的红笔，“课代表陪我过个生日呗。”

“啊，那你不早说？我连礼物都没准备……”

“你陪我就是礼物了。”

“那好吧。那你要先把《劝学》背完。”阮音书一脸凛然，“这次是真的要背完全部的。”

程迟打开手机：“没问题。”过了会儿，靠过来，“我发现……”

阮音书指他鼻子：“你别又想耍花招啊。”

“我没有。我是想说，都换学校了，课代表都不是课代表了，不如我们换个名字叫，怎么样？”

她想起来他好像是最常叫自己课代表的：“换成什么？”

少年把她伸出来的那根手指握住，勾唇笑了一下，眼尾有暗影投落：“阮阮，好不好？”

叠字素来容易被喊得缠绵，他声音又低又沉，一把满富磁性的嗓子念着软声，怎么听都撩人得很。

阮阮。软软。

她颤了一下，但看着他的眼睛，又觉得一个名字而已，自己总不能说不好。

阮音书抽出自己被他攥住的手指，咽了咽喉咙，手指无意识地在衣摆边磨蹭了一下。

“随、随便吧。”

得逞的人垂了垂眼睫，得意之色几乎要浸出来。

他又喊了一声：“阮阮。”

阮音书觉得这怎么像在偷情呢，急忙瞥开目光握笔写题：“我在这里，你别喊了。”

幸好这是在图书馆开辟出的能讨论的露天阳台，要是在里头，他们俩不被请出来才怪。

不过俗话说得好，人都是逼出来的。

半年只背了一句《劝学》的程迟，就在今天，耗时仨钟头，终于把全文给背完了。

可歌可泣，实属不易。

虽然程迟背得有点磕磕巴巴，但阮音书念在这人理科好的分儿上，原谅了他文科瑕疵。

至少还是背完了。

于是下午两点，程少爷终于顺利地把阮音书从耀华给带了出来。

出来的人不太多，一男一女更是少之又少。

阮音书说要给他做个蛋糕，问他要什么味道，少爷说橘子味儿的吧，结果橘子蛋糕的原材料没有了，只得做了一个蓝莓味的。

他们做了个蛋糕，就是三个小时过去。

程迟拎着蛋糕走在前面，她也没想别的，跟上，直到他打开门把外套挂在椅子上，阮音书这才大梦初醒——

"你带我来你家啊？"

"是啊。也没别的位置可去了。"

少爷佯装失意地叹息。

"可以去基地啊？把大家都叫上，我好久没见过他们了呢。"

程迟："太远了，到时候赶不回学校。"

好吧，好像也有道理。

虽然她觉得程迟以前可不是个这么在乎回校时间的人。

"那行吧。确实不早了，我们赶紧吹个蜡烛吃个蛋糕。我给你下一碗长寿面，我们就得走了。"

"长寿面？"程迟啧了声，"果然讲究。"

"你家有面吗？"

"没有。"

后来程迟下去买面，阮音书把蛋糕拿出来摆好，蜡烛插上点燃。

等他买回来面和她指定的食材之后，阮音书进厨房给他下面条，她听到外面少爷的声音：

"这是我过的最有仪式感的一个生——"

程迟话没说完，声音戛然而止。

阮音书把面下好，端着碗走到客厅桌上搁下，发现门口站了个男人。

对方眉眼和程迟有几分相似，但不如程迟端正。应当是他父亲，好像叫程河。

程河看了阮音书一眼，嘴角挑起嘲讽的弧度："还知道回来了？我以为你一辈子都不打算回来。"

"我确实是这个打算。"程迟站起身，"但这好像是我的家。"

程河还是笑："跟爸爸还分什么你的我的啊。"

男人又看了阮音书一眼："当时从家里出走的时候表现得对我有多不屑啊，那你看看你自己呢？程迟，你又算得上什么好东西？动不动带人姑娘回家？"

程迟咬了咬牙，把阮音书关进厨房："门锁好，别出来。"

隔着一道玻璃门，她能看清外面。

程迟指着门说："你给我滚，我不想在这时候看到你。"

程河反倒上前两步："那可不行，现在走，那我今天不是白来这里给你庆生了？"

"生日快乐啊，我的宝贝儿子。真棒，现在就学会泡妞了。"程河笑意不减，"恭喜你啊，终于还是成为了你最讨厌的人，变成了你所谓的我这类……"

程迟握拳："你别跟我相提并论，老子才不是会家暴会找小三的人渣！"

"你又比我好到哪去？"程河余光瞟了一眼阮音书，"这姑娘也才十七吧？比起你眼中乱搞男女关系的爸爸，你乱搞……"

"最后给你一次机会，闭嘴，"程迟咬紧牙关，"不准提她一个字。"

"如果我说不呢？"程河看向桌上的蜡烛，"这是她摆的吧？真漂亮。她知不知道几年之前，程迟又说过什么？

"你觉得我不是个好东西，那你又好得到哪去？"

程河反手将蛋糕拂去桌子底下，末了挑衅一笑："哎呀，打滑了。"

下一秒，程迟的拳头砸上他脸颊，两个人开始厮打。

阮音书颤抖着手捂住嘴唇，她第一次见这样的打架。

明明是父子，动作却是恨不得将对方置之死地的狠烈。没有人收敛，哪怕一点点。

面碗被摔碎，桌上桌下一片狼藉，奶油蛋糕混着脚印印满整间屋子，沙发坐垫被扯烂，吊灯似乎都在颤。

不知道打了多久，程迟拎着程河的衣领，将其扔进电梯。

他声音嘶哑，疲惫地抬眼，发声时的动作似猛兽最后的嘶吼，带着粗钝的笨重。

"滚。"

阮音书后知后觉地开门，看到程迟已经挂了彩，脸上身上全是伤痕。

“你流血了。”她慌慌张张扯过自己的包，“我去给你买药。”

程迟扯住她手腕，稳了半天才没栽倒：“我陪你。”

两个人去了不远处的药店，他坐在长椅上等她，她买了酒精碘酒创可贴，还有纱布。

她没有经验，能想起来的全都买，不管重不重复，慌得连动作都是颤的。

结账出来之后她让自己冷静下来，余光瞟到旁边的蛋糕店要打烊了，赶紧跑过去：“你好，你们这里有橘子味的小蛋糕吗？”

程迟休息了一会儿，看到她从不远处跑过来。

少女目光里带着强作镇定的慌乱，似乎为了安抚他，她像是献上惊喜一般地捧出手中的蛋糕。

“你看，我买到橘子味的蛋糕了。

“虽然之前的掉了，但是我买到你更喜欢的了。也不算太糟糕，是不是？”

他敛着眸看她，方才没感觉，这会儿心中却百感交集。

遇到她之前，他怎么会想到自己这辈子居然有资格碰得到这样的美好？

她明明自己都怕得要死了，还在这里用尽办法想让他高兴一点。

阮音书从口袋里拿出一个像小猪一样的东西，像是怕他在生日这天留下糟糕的印象，她竭力地给他制造惊喜。

她按下开关，有火从小猪的鼻子里蹿出来。

少女漂亮的脸颊被火光描摹，染上暖光。

她替他拢着火，小声说：“好了，现在……我们先许个愿吧。”

他喉结滚了滚。

老实说，他现在不想许愿。

他想吻她。

“赶紧许愿吧。”

阮音书举着打火机，长睫的暗影在下眼睑投落，像根根分明的鸦羽。

火光摇曳，显得她五官愈发柔和。

天气正冷，一阵风呜呜吹来，火苗被吹熄。

程迟仍垂眸看着她。

阮音书松了松手指，又按下去，随着火蹿出，催促他："你快吹呀，吹了许愿。"

他所有的想法被摁回去，带出一股空泛的心痒难耐。

程迟竭力压制着自己，过了半晌才靠过去，吹了一下。

阻挡在二人之中的火苗熄灭掉，他发现他们靠得很近，他感受到她扑面而来的，带着一点濡湿的呼吸。

少女伸出舌尖舔了舔唇瓣，嘴唇湿润。吐息似浅吟。

阮音书向前探了探，程迟忽而间屏住呼吸，心跳漏了一拍，眼睛无意识睁大。

她伸手把放在一边的蛋糕摸了过来，因为手不够长，所以往前倾了倾，很快，她回到原位，把蛋糕递到了他面前。

"吃蛋糕吧。"

"……"

看来是他想多了。

程迟喉咙口发干，欲言又止，闭上眼冷静了一会儿，这才把乌七八糟的杂念通通摒开。

他的生日素来不是什么好日子，大概也不适宜因为冲动去做一些事。

阮音书看他似乎在忍耐着什么，这才回过神来："伤口痛吗？不好意思……我忘记帮你上药了。"

看她匆匆忙忙挪到自己旁边，程迟轻笑了声："没有。不痛。"

"胡说的吧？这怎么可能不痛呢？"

女孩儿又心有余悸地吞了吞嗓子，伸出食指指尖，轻轻碰了一下他脸颊伤口的旁边。

阮音书不敢碰他已经结出暗红色血痂的伤口，只敢轻轻地蹭一下旁边的皮肤，蹭完之后她悻悻收回指尖，有点怕怕地缩了缩脖子。

刚刚好像是，他爸爸用地上的瓷碎片，在他脸上划开的。

怎么会有这样的父亲呢？用那样的话说自己的儿子，用那么轻薄讽刺的态度面对他。

程迟拿叉子叉了一块蛋糕尝了一下，其实不是很好吃，香精味有点重，奶油也不太纯，蛋糕坯也不是很软。

但是好像，又挺好吃。

“你带手机了吧？借我一下。”阮音书一边翻着自己买的药品一边说。

程迟递过去：“干什么？报警啊？”

“我搜搜怎么包扎。”她很严肃。

阮音书坐在那里搜应急包扎之类，程迟就坐在那儿吃蛋糕，时不时看她一眼。

过了会儿，他感到有凉凉的东西贴上他手臂的伤口。

她用酒精给他消毒，动作很轻很柔，目光专注。

他早已经对这些东西习以为常了，手臂递过去给她打理。

棉签很快被血打湿，她很小心地换了一根，然后给他打预防针：“可能会有点痛，你忍一下。”

程迟本来什么感觉都没有，一听她这话立刻皱了眉，嗞一声：“好痛。”

阮音书下意识给他吹了两下，柔柔绵绵的风滚过肌肤一圈，她蓦然回过神来：“痛什么啊？你又在给我演。”

要痛他早就该叫了，才不会这时候才说。

“我这是配合你。”

酒精碘酒这种东西他用多了，久而久之确实不会怎么痛了。记得有一次，从拇指到手腕被刀划得血肉模糊，他只好紧急去缝线。那地方很偏，大医院离得远，就近就只剩诊所。

诊所麻药用光了，那次缝线他全程没用麻药，咬着牙生扛。

那次实在是太痛，他的汗淌满了整件背心。似乎人生中所有的痛都在那一刻受完了，所以之后再碰上的伤，同那次比起来，都算是小打小闹，也感觉不到多疼了。

阮音书帮他上着药。有的伤口浅，只是浅浅血珠渗出，但有的伤口触目惊心，让人难以置信这会是出自一位父亲的手笔。

终于，在处理到不知道第多少个伤口的时候，阮音书终于禁不住问道：“你爸和你有仇吗？这下手也太狠了。”

程迟答得很快：“有啊。”

“有什么仇？”她抬起头，“你不是亲生的？可看起来又不像啊……”

"是亲生的。"程迟说，"不是亲生的他可下不了这么狠的手。"

她拧起眉头，心想：这是什么逻辑?

程迟笑着揉揉她发顶："他就是那种在外面应酬受尽了气，又称不了英雄，就只能在家里发泄的那种男人。

"我爷爷一共五个孩子，程河是大哥。成年之后五子分程氏产业，他分到的最多，但争议也最大。只要他做得不好，股权随时面临被分走的风险。"

阮音书似懂非懂地点头："那他压力应该很大吧。"

他语气仍旧淡淡，像是在讲一件和自己不相干的事情："以前经营得虽然算不上特别好，但也还不错。直到几年之前，家里产业越来越差，资金难周转，一度快要倒闭，我们才知道他在外面养了几个小三，精力都被小三分走了，公司也被小三盘得一团糟。

"他也是从那个时候开始家暴的，打我，打我妈，怎么狠怎么打，打完又声嘶力竭地道歉——"

她听得汗毛倒竖，当即改口道："但是无论压力有多大，都不是做这些的理由。"

程迟还是笑："我妈终于忍不住一走了之，离婚协议书一签，她解脱了。"

阮音书："那你呢？"

他没什么情绪地抬了抬眉，看她："是啊，那我呢?

"我妈一走他也不用装了，原形毕露——每天回家第一件事就是先跟我切磋一下。一开始我也忍，后来就不忍了，打完之后一般一周内我是没办法去学校上学的，除非推轮椅送我去。"

他们每次打完家里都一地狼藉，比刚刚她看到的还要恐怖很多。

他家连家政阿姨都用的同一个，因此阿姨早见怪不怪，每次都念叨着"和气生财，好好的一家子干什么老打架"，然后把玻璃碴儿收拾好，再采购新的来。

阮音书好半天才反应过来，然后问："那你就没想过要走吗？这太可怕了。"

"所以我后来不是搬基地去了嘛。"他眯眼，"老打架也没意思。"

一开始是因为母亲在，后来连母亲都走了。他好像还怀着一点愚蠢的想法，以为打完这次程河就会收手，后来一次接一次，他终于明白，对这个男人就不该有什么狗屁怜悯，于是一走了之。

自此，他和程河的联络就断了。

母亲后来重新组建家庭，生了一男一女，他和母亲的关系也淡了。

“所以后面……都是你爷爷在照顾你吗？”

“差不多，不过也不算照顾。他身体差，每天都是靠药和调理续命，就窝在深山宅子里不出来，有什么都是管家和我说。”

程迟侧了侧脑袋：“不过老头子对我不算差，有什么好的都会给我。”

毕竟老头子剩下的都是孙女，况且其他几个家庭都还挺幸福，只有程河一个人把家事弄得一团糟。

所以这么算来，他大抵是老头子唯一牵肠挂肚的人，而他在这浩浩浮尘中，唯一在身边的亲人，也只有老头子了。

他虽然和老头子见面的时间很少，感情也算不到多深，但好歹血浓于水。

阮音书就在这一晚忽然明白，原来程迟对一切感情那么淡薄，不是没有原因的。

破碎的家庭，随波逐流的人生，不被约束，也没有被呵护。

连亲人都离他那么远。

“你也别摆出那么惆怅的样子。”程迟在她面前打了个响指，“其实也不算什么好处都没有。”

“有什么好处？”

自由？有钱？

“起码我打架打得挺好。”

“……”她怀疑他脑子被打傻了。

“不然你以为我怎么打架这么狠？”程迟道，“还不是从小程河培养出来的。”

弯月隐在若即若离的云层后，今日的夜空没有星星。

阮音书抬起头，长长地吸了一口气：“不过你现在已经离开他了，以后会越来越好的。”

程迟笑着瞥她一眼：“是吗？”

“会的。”她嘟囔着，像自己给自己打气，“会越来越好的。”

明明他们感觉没出来多久，可转眼就入了夜，到了八点。

阮音书早就不抱着能顺利回寝的念头了，毕竟今天事发突然，又是第一次出来，她自己都忘了学校还规定了门禁。

两个人启程回去，坐在出租上，程迟还差一点报了一高的地址，幸好阮音书“悬崖勒马”，让司机掉头往耀华开。

在车上，程迟还心情颇好地奚落她的包扎技术：“你看你这胶布，贴了这么多道，不知道的以为你在缠木乃伊。”

他看起来并没有为之前的事困扰，阮音书也不甘地小声还嘴：“我第一次包，当然没有经验。”

“以后大概也好不到哪去。”这人贫兮兮的，“你说就你这样的，没人要怎么办？”

“你别老扯这些乱七八糟的。你觉得不好，说不定有人觉得好呢。”她看着窗外景色。

程迟：“我觉得……还行吧，勉强能接受。”

他那语气，仿佛是赐恩般的：要是以后你没人要的话，我勉强也能接受。

阮音书一眼洞悉他的想法，回头说：“你放心，我不会没人喜欢的。”

“……”

好不容易到了学校，阮音书先下了车。程迟在钱包里拿零钱的时候，听到司机笑问：“怎么，跟女朋友吵架了啊？”

他递上一张红的，钱包塞进口袋里，不知是听到了什么词，心情不错地用手蹭了蹭鼻尖，勾唇道：“没有，好着呢。”

程迟转身要走，司机在后面喊：“还有二十块没找你！”

“不用了，小费。”

现在的司机，还挺会说话。

阮音书往校门口走去，被程迟一把拉住：“你往哪走？”

“回宿舍啊，不然呢？”

程迟摇头：“跟我来。”

几分钟之后，站在宿舍旁边的围墙前面，阮音书陷入了沉默：“……”

“你才是……这带我来的哪儿啊？”

“翻进去啊。”他讲得干脆，“我教你。”

她摇头摇得跟拨浪鼓似的：“我不要，我回去走大门了。”

最糟也不就是被扣学分，总比翻墙要好。

程迟耸肩："那你要想好，说不定你的三好学生就这么没了。"

犹豫再三，阮音书停住脚步："可是墙这么高，我怎么过得去？"

"这还高啊。"程迟笑了，"要不是看这个又低又平，我还不敢带你来，怕你受伤。"

她眨眨眼："我俩要是被发现了呢？"

程少爷笑得春意摇漾："浸猪笼吧。"

"……"

她走到墙底下抬头往上看，正在踟蹰的时候，忽然感觉他往后退了几步，然后开始加速，一阵风掠过似的，她身边——

他还顺便把她也给拦腰抱了起来。

她还没反应过来，已经坐在了墙上。

程迟先跳下去，然后从一边抓了个椅子来，踩着椅子示意她下来。

"赶紧的。"

阮音书也怕被发现，一颗心跳得砰通砰通，一咬牙一闭眼就往下栽。投进一个……怀抱里？

程迟双手张开，以示自己的无辜："你这主动投怀送抱，我可消受不起。"

她嗤一声捶他肩膀，然后跳下了椅子。

偏偏这人还在她身后看热闹似的问："好学生，第一次翻墙，感觉怎么样？"

她当然想说不怎么样，可回到宿舍临睡前，想到这一幕，忽然觉得有一点的刺激和新鲜。

好像是他在，她才敢那样。

相信他不会让自己被发现，自己也不会一脚踩空。

第十章

阮阮

模式化的日子总是走得特别快，很快，耀华的月考就到来并且结束了。

考完之后程迟照例给老头子电话，照例是管家接：“怎么了，少爷？”

程迟的话非常简明扼要：“这次月考我没去，但是想在一班的分班名单里看到我。有什么办法吗？”

管家：“……我问问。”

过了会儿，管家电话打来：“不好意思，校长说耀华的分班一直是流动的，没有铁座椅这个规矩。少爷如果想去一班的话，可能还是得自己考。”

程迟：“那……楼？”

管家：“耀华不缺楼，去年才翻新过一次。”

管家的意思是：我们家捐楼也没用，铁座椅这套行不通。

“行，我知道了。”

眼见着铁座椅估摸着也不行了，程迟心道要不算了也成，至少自己平时在楼梯间也能碰着她，偶尔路过也能瞧她一眼。

直到——

程迟看到耀华几周一次的体育课，一班进行的课程是男女混合乒乓。

阮音书或许是乒乓打得不错，身边围着一堆男生，偶尔也实战，碰上打得好笑的球，大家都笑得很开心。

"……"

不行，不能算了，他还是要去一班。

他就在二班这么混的话，岂不是跟她脱节了？

到时候他们连话题都没有，那才是真完蛋。

两个人达成了某种默契，一天结束后会在食堂见面，于是当天下午，程迟问她："这次月考，你们班最后一名多少分？"

阮音书从卷夹里翻出成绩单来找，这才道："六百二十二。"

"……"

程迟又道："如果我想到这个分数，每科要考多少？"

"你等等啊，我回去帮你算算，明天告诉你。"

第二天是周日，下午两个人去了学校门口的咖啡馆。今天邓昊和李初瓷他们也会来，说是要来"探监"。

阮音书和程迟先到，没过一会儿，邓昊也来了。

阮音书在一边戴着耳机写题，程迟手里拿着一本书，邓昊猜应该是漫画吧，毕竟程迟怎么会在咖啡厅看书呢。

当邓昊看清楚程迟手里捏着的《英语》封皮时，还有点不可置信："现在的漫画书，封面都开始走这种风格了吗？"

程迟不堪忍受质疑，把手里的英语书一摔，扬头：

"老子为爱学习——怎么，没见过？"

老子为爱学习。

邓昊没想到有一天这种话能从程迟的嘴里说出来。

于是他就握着自己手里的那个平板跟程迟对视，眨了眨眼，觉得有点尴尬。

怎么说呢？他本意是来找程迟打游戏的。

现在是什么意思？他要干扰人家为爱做学霸吗？

阮音书扯下耳机，从被轻音乐充斥的世界里出来，看着邓昊："邓昊来了？坐吧。"

“欸，好的，好的。”

邓昊赶紧答应着，扯了把椅子坐下，坐下之后又拍了拍腿。

他怎么有种参观新人新房的感觉呢?

邓昊来了之后，李初瓷和李漾也一起来了。

当时阮音书要走，李初瓷是最舍不得的，聚会上还差点泪洒当场。

毕竟是好友离开，她感觉自己一下变得特别孤独。不过好在这阵子也适应了。

太久没见，几个女生当然是忙着叙旧聊天。

李初瓷抓着阮音书的手扯东扯西：

“哇，你简直不知道，八班的 ×× 和 ×× 早恋被发现，差点全校通报。

“上次时亮国旗下讲话，嘴瓢，把‘沟通交流’说成‘交通沟流’，有人当场笑出猪叫声，被罚了五千字检讨。好惨。

“程迟走了之后学校安静得像个假的，连邓昊都不来上课了。你说邓昊是不是那个啊……”

邓昊咳嗽一声，敲敲桌面：“我可听得到啊，李初瓷，你别随便混淆我的性取向。”

李初瓷吓得肩膀一抖：“我只是说你是不是生病了，你在想什么？”

后来阮音书也说了自己在耀华这边的事，不过在耀华的日子乏善可陈，寥寥几句话就能概括。

她们都是新时代好青年，聊了一两个小时就开始聊学习了，阮音书把自己的笔记本拿出来：“听说耀华三轮复习都挺好的。你们看看我的笔记有没有一高老师没讲到的地方，可以拿去复印一下。”

女生这边在交流笔记相关的，邓昊一个人寂寞地打了几局游戏，感觉没意思，转头去瞟程迟。

纨绔小少爷哪会这么快就改过自新，正在一边出神一边记英文，笔在他指间来回乱转，几乎要翻出花来。

邓昊：“学没学多少，笔倒是转得挺好嘛，小伙子。”

程迟敛了眸光瞪他一眼，又把自己手下的英语书摆了摆。

“别摆了。”邓昊还在教育，“你就是摆成十八叠罗汉，还不是不想看。”

程迟眼尾凛光一闪而过，启唇。邓昊止以为他要骂自己了——

谁知道他点点阮音书，却是道："邓昊打扰我学习。"

邓昊："……"

阮音书看了一眼情况，把桌上的糕点递给邓昊："给，吃点零食吧。让程迟抓紧学，他可是立志要进一班的人。"

邓昊："……"

"一班要多少分啊？"他拿了块华夫饼，蘸了点巧克力酱。

"六百二十二吧。"

噗——

邓昊差点直接喷了。

六百二？程迟？这什么惊天珠穆朗玛峰啊？？

程迟指了指邓昊背后："外面有喷泉，要不你去跟它一起对喷？"

"等等。"邓昊扶住程迟肩膀，"六百二，你是认真的吗？"

程迟："我看起来很像在讲笑话？"

邓昊有点为难："真挺像的。"

"你赶紧给我滚。"程迟目光落在门边，"打扰老子兴致。"

邓昊抬手酝酿着："我也不是打击你积极性啊，但是……第一个目标要不还是订少一点？学习讲究的肯定是循序渐进，我觉得要不我们先订个小目标？三百七吧。"

程迟盯着他，像盯着火锅旁边刚上来的一盘猪脑，就差把"老子的目标是学习吗"几个字刻在眉心了。

邓昊一想：是哦，你是为了去一班泡妹子。

可是他转念再一想，忍不住说出口："但难道换一个目标，分数就会自己变高吗？"

阮音书代为回答："不会。"

程迟从不考试，所以成绩怎么样她也未可知，刚刚本来随便带了几本书，想看看他知识点掌握得怎么样，但后来她发现自己真的错得离谱——

不是说假的，他真的没学过，物理这个技能，大概是老天爷给他开的天窗。

每本书都可以扔给他看，因为什么对他来说都是全新的。

还要等考过一次，阮音书才知道他到底是个什么水平。

邓昊嫌自己一个人玩太无聊，程迟偶尔放空也不理他，他就只好搬了个板凳到女生这边来蹭吃的。

看着程迟有一搭没一搭地看着书，勉勉强强小打小闹，邓昊回忆道："其实我觉得他也不会考得特惨烈吧，毕竟他初一初二那会儿成绩还可以。"

"还可以的定义是什么样的？"

"中等偏上吧。"邓昊咬着夹心饼干，"那时候他虽然也在外面玩，但成绩方面过得去，偶尔发挥好了还能出现在红榜上。"

李初瓷没想到："还有这种往事？"

阮音书："后来呢？为什么……"

为什么就不学了？

邓昊："家里的原因，跟他爸闹得很不愉快。不过也是，我要是在他那个家里，哪还有心思学，每天练武都够我受的了。"

邓昊讲得模棱两可，但因为前段时间在程迟家看见的事，阮音书自己差不多摸清了个大概。

程迟家里真正闹崩应该就是他初一初二的时候，母亲改嫁，父亲终日家暴，少年心理防线节节崩溃，终于完全走上了另一条路。

这样多年之后，他也能笑着说一句"我爸啊，教会我最多的就是怎么打架了"。

那是一种属于少年的、正面而无声的对抗。

她咬了咬下唇，目光顺着看过去，他正在看课本，难得收起那份骨子里涌出的乖戾和消极。

她心里忽然有点不是滋味。

她刚遇到他的时候，觉得世界对这个人未免也太好，天生尊贵，一张好看的脸，模特一样的身材，不怎么念书也能是个物理天才。

但她现在才感觉到，这世界欠他的，似乎更多。

要真正吊儿郎当的人忽然开始玩命学，似乎也是真的不科学。

在第二次月考之前，程迟的学习状态较以往大有改善，但依然是比较散漫的状态，没有真的铆足劲儿去攻克难关。

她不催他，他也不学。

后来阮音书发现学校的图书室里有很多好书，就爱上了去那边淘书，每天下课之后去那里学到十一点，然后再回寝室洗澡睡觉。

而且在外面学习比较有紧张感，她的学习效率也得到了提高。

程迟大约是没什么玩的，有时候也会陪她一起在外面看书。

但程少爷为人比较随心所欲，还喜欢给自己放个假，所以一般周一、周四是不在的，其他时候，来了点意思就会看看书，不想看也会在旁边玩几局游戏。

阮音书偶尔看到了，会拿笔尾敲敲他，示意，过一会儿，他才会重新拿出书来。

对程迟来说，能买一套全书，已经算是给足了这场考试面子。

毕竟能让少爷赏脸的人和物已经不多。

但那场月考并没有很识趣地给他一个爆炸成绩。

第二场月考的分数出来，阮音书第一个看的就是程迟。

语文五十，数学七十二，英语七十，物理九十五，化学六十，生物三十六。

总分三百八十三。

不出所料，成绩虽然比阮音书想象中的好很多，却有很大的偏科倾向，需要背诵的科目都考得一团糟。

但阮音书转念一想，他都这么久没学习了，这场考前突击也是玩玩闹闹地看了会儿书，这样似乎……考得也还不错?

但程少爷自然完全不这么想。

很显然，他对这个成绩不满意，很不满意，非常不满意，那一整天眉间都高悬一个深深的“川”字。

后来在图书室外头，阮音书宽慰他：“你看，你物理这次分数好高，全校第二十名。”

这次的物理题真的出得很难，小基础陷阱少了不少，算是对他还比较友好，虽然程迟还是在基础上扣了五分。

“物理第二十名有个屁用，我又不是总分第二十。”

妈的，照这么算的话……他死之前能考进一班吗?

他还不如硬给耀华捐一栋楼，逼着校长给他安排个铁座椅。

“起码这是一个好的开头嘛。要是你认真学，肯定比现在更好。”

程迟：“不瞒你说，学的这一个月，我觉得我离突发脑梗只剩几步了。”

她被他气笑：“哪有这么夸张啊。”

少年双手垫在脑后：“阮阮老师不懂我们这些差生的苦恼啊。”

“没什么差生优等生之分，只有认真和不认真之分。”她弹弹他脑袋，“如果你还想上一班，我就给你分析一下你哪里还能进步。”

觉得自己哪都能进步的程迟：“那你说。”

“语文太低了，才五十。这可是你的母语欸，再怎么讲及格肯定没问题吧。”她掰着手指，“及格是九十，这样的话就可以提四十分了。”

程迟好整以暇地瞧着她：“突然就提了四十？”

她翻着他的卷子：“你看你作文才写多少啊，就这么几排，老师给你二十分还是给面子了。”

程迟：“我哪那么多屁话要说？”

阮音书：“我看你平时话挺多的呀。”

“那是对你。”

两个人对视了一眼，阮音书一脸古板：“那你写作文的时候，就当对我说话好了。”

程迟没说话。

那怎么可能?

考试可是写作文，又不是喊我写情话大全。

有了第二场月考，很自然的，就有了第三场第四场。

阮音书给他排了个学习计划，程迟差不多也能完成一些，偶尔提醒一下，就能再多做一些。

他基础不好，所以她给他的资料全都是恶补基础的。后来程迟的分数在缓缓往上升，但距离六百多这种神级数字，还是差得太远。

毕竟耀华“魔鬼”那么多，多的是又努力底子又好的人，一个人没发挥好，还有千千万万个人站起来。

程迟感觉就是顶尖的游戏也没这么难打的模式，那点热情在月复一月中被消磨得几乎不复存在了。

又是一次月考临近。

考试之前她自己整合了一套考点，也给他打印了一份，给他几天时间去背公式。

结果第二天抽查，这人还是只答对了一半，这些还都是她怕他理解不了，特意给他讲过的。

阮音书想这样不行啊，就准备用老师最爱用的那句话敲一下重点："程迟，你看看你对了几个？你学习是为我学的吗？你是为你——"

这人答得倒是挺笃定："对啊。"

"……"

那次月考也不知道是不对他胃口还是怎样，他考得不大好，跟第二次月考分数差不多。

程少爷看着自己的成绩单，也不太想继续了，准备去找阮音书说一下，自己这几天就不陪她了，因为游戏开了新的赛区。

结果程迟刚走到她们班门口，隔着窗户看到几个男生在问她题目。

他仔细一数，还挺多，一二三四五六七八，八个，乌泱泱围了一圈。

他很好。

他还能学。

他喜欢学习。

他下个月一定得进一班。

程迟从来没觉得自己这么爱学习过。

他冷着脸把阮音书从班上拉出来，倚着栏杆给邓昊发消息，说自己这几天不陪他们玩了，剩阮音书在旁边愕然地看着他。

"怎么了吗？"

程迟舔了舔后槽牙，道："没怎么，就是问问你中午想吃什么。"

"噢。"她点点头，"但是现在已经下午了。"

阮音书也不知道他是受了什么刺激，忽然就开始啃书了，虽然也没到通宵达旦披星戴月的地步——

但程迟能对自己的成绩上心成这样，她真是始料未及。

那场月考真的没辜负他，题目出得挺难，程迟的物理考了全校第一，总分也不错。

虽然还是没够到一班的分数线。

但或许是管家跟校长说的话起了作用，一班的物理老师是副校长，看他这次物理成绩亮眼，又听说他对一班有一股非常强笃的向往，再一看成绩，一直在上升，心里很感慨。

副校长又翻出他前几次的物理试卷，惊觉这就是挖过来的那个物理天才，心中惜才之意渐盛，说什么也要把他调去一班。

之前校长只和他说来了个物理好的，却没告诉他这个物理好的居然流落在外。

程迟在游戏厅里接到管家的电话，说他被副校长强保去了一班。末了，管家小声叹："副校长也不容易，少爷你去了一班记得稍微收敛点，别把班炸了。"

他当即挂了游戏去学校，准备去一班找个位置。那时候阮音书正在搬桌子，看他来了，有些惊讶。

"你……到一班了吗？"

程迟滞了一下，还是道："对。你现在搬桌子，是什么意思？"

她有点遗憾地笑了笑，双手揣进兜里："可是我到二班去了欸。"

"……"

什么可以称得上晴天霹雳？这就是了。

管家的担心不无道理。

阮音书看着他的表情，憋了半天，忍不住笑出来："我骗你的。没有啦，我在帮别人搬桌子。"

程迟挑了挑眉，掐她脸颊："我看你想让我当场表演一个跳楼。"

少女笑容浅媚，她抬了抬头。

"我们好像还是同桌。"

这回的月考礼包让程少爷万分满意，不仅顺利进了一班不说，还附赠了一个同桌福利。

他心情好，故而转去一班的第一天，难得起了个早床，踩着点进班上课，没有迟到。

虽说忘了带书。

他刚进学校其实被分去了二班，后来随着月考成绩，也辗转了不少班级，每次搬书搬板凳他嫌麻烦，就索性没有把书放在抽屉里。

反正他课上得也少，每次只有和阮音书一起在图书室外搞学习才能用得上，所以他书都是随手拿，偶尔她也会提前说好第二天要用的书。

阮音书看他两手空空地来，拿着牛奶盒惊诧："你怎么没带书？"

程迟："忘了。"

她缩了缩脖子，然后把自己的书往中间扯了扯，说："那你看我的吧。"

女孩儿的课本笔迹工整，荧光笔勾的知识点简洁明了，根据不同的重点内容，笔还换了不同的颜色。

程迟看了一眼，感觉两个人的差距好像确实有点大。

他是不会做什么笔记的，要在书上动笔那肯定也是涂鸦，比如给只有头的苏轼画个头盔，给半个身子的李白画双鞋，给牛顿用红笔加个腮红什么的。

除了书刚发下来的时候他是个有书的人之外，平时上课也用不……

哦，他本身也不上课。

阮音书的书的书脊卡在两张桌子的缝隙中间，为了看清书上的字，她往他这边挪了一下。

程迟也挪过去了一点。

闻到她身上近有似无的香草味儿的时候，程少爷做了一个决定——

挺好，以后就不带书了吧。

早读完了之后，数学老师兼班主任风风火火地站上讲台。

他先是巡视一圈，然后满意地点点头。

"新分班完了，很多又都是熟面孔啊。我也很高兴原来的同学大多数留在了一班，这是我们奋斗的一个证明。

"马上第一轮复习就要结束了，第二轮复习和高三也要到了。"男人清清嗓子，"为了稳定大家的学习状况，明年我们就不实行月考分教室了啊。也就是说，直到毕业，你们都一直在一班。"

庆幸和惊喜的欢呼声渐次涌出。

"从现在开始，大家就是一个班的了，在仅剩的一年中，希望大家相互扶持，风雨同舟，共同进步，一起打一场漂亮的仗！"

满座掌声中，程迟简直有种一年的彩票全让自己兑完了的感觉。

他这次月考超常发挥，被副校长保进一班，跟阮音书同桌，并且……从今天开始，以后就不分班了？

程迟琢磨着，这样为时一年的撞大运礼包，他怎么着也得庆祝一下。

他眼见一切都稳了，形势挺好，下午就翘课出去打了几局游戏。

就连阮音书都发现程迟这阵子玩心又起，但想着前段时间他为了准备月考，的确绷得有些紧，现在想放松一会儿倒也正常。

程少爷就这么少年游了两周，以“及时行乐”为人生目标的他玩儿得挺爽，以致在外头逛的时候还买了一个电话手表。

他又恢复了以前的作息，中午的时候进了班。

那时候阮音书正在低头翻译文言文，满脑子文绉绉“之乎者也”，刚落下一个句号，有个东西就掉在了她桌上。

程迟嚼着口香糖，青橘混着柠檬香气乱滚。

“给你的。”

阮音书皱着眉，拎起手表一看，有点眼熟。

她再仔细一想，这应该是自己在电视上看过广告的，儿童电话手表。

“……”

什么啊。

“给我这个干什么？这不是小朋友用的吗？”她鹿眼水亮，缀着细细的光。

程迟抬眉：“你不就是小朋友吗？”

阮音书：“……”

他坐下，终于开始好好说话：“这个方便你跟我联络，可以发消息打电话之类，不然的话太难沟通了。”

阮音书心有惴惴：“可学校不是不让用电子设备吗？”

“这就是个手表的样子，谁还真的去查？你平时放抽屉里就行了，不会有问题的。”程迟非常有经验，“我又不是时时刻刻跟你聊天，只是偶尔找你的时候会用到。”

他以前在学校里找她纯粹就是看缘分和运气，她的行踪在稳定中透露着不确定，他偶尔也会落空。

但是给她买了手表之后，他要找她时就能提前确认一下她现在在哪，也不会白跑一趟了。

都怪这个垃圾学校，搞得人都快回归原始了。

阮音书想了会儿，也觉得自己和他是需要一个媒介来沟通，所以点了头。

她答应之后，程迟就把手表拿到一边去调试了。

下午第一节课铃响，又到了班主任的数学课。

程迟仍在专心致志调自己手里的表，班上的诸位刚睡醒午觉，这会儿还是睁不开眼昏昏欲睡的状态。

一轮复习结束，很显然，就算是铁人也快吃不消，到了倦怠期。

男人扶了扶自己的眼镜，又敲了两下讲台，示意灌点冷风让大家清醒些。

"靠窗的同学把窗户开一下啊，通通气。把上节课没讲完的卷子拿出来，我要讲卷子了。"

好些人动作缓慢地拿出卷子，虽然没睡，但耷拉着的眼皮昭示出深深的疲惫。

男人咳嗽一声，觉得是时候整顿一下了。

"算了，先不讲卷子了，大家拿张纸出来吧。"

底下一阵嘁嘁喳喳。阮音书撕了两张纸，也没明白班主任想干什么。

"知道大家学习辛苦，最近作业也很多，但是苦也就苦这一年了，再坚持一下。

"我们为了激发大家的学习积极性，也商量了一下，决定实行分小组制。

"大家先在纸上写你最想和谁相互督促。只能写一个名字啊。"

班主任话没说全，大家还是一头雾水，但知道要在纸上写一个名字。

全体写完之后，纸条收了上去，课代表在一边记录票。

班主任则继续道："我确实感觉到，大家在没有分班的压力之后，要放松了一些。

"所以我决定重新分一次座位，并且每两个月考一次试，根据成绩开始流动换座位。"

这下阮音书明白了，既然学校不做大班级的调整，那老师施加压力，就只能在一班内部做调整了。

"但是这次并不是纯按成绩分啊，大家也不要太紧张。我们这次这样，举个例子啊。”班主任随手一指，“比如阮音书和程迟相互写了对方，那么就把他们分成同桌，同桌必须相互督促，但假如，假如程迟他成绩掉得比较厉害——

“那么对不起，我就会把程迟调给别人，然后把想和阮音书同桌的人，调到阮音书旁边。”

这么通俗地一解释，大家都明白了。

这不就是采取调换同桌的奖惩模式吗？

他们能写在纸条上的，要么是和自己关系好的，要么是自己有好感想借此接近的人，所以念完票之后，不少人都和想要在一起的成为同桌。

也有那种人气比较高的，被好几个异性一起选中，譬如……阮音书。

她成绩好，长得又漂亮，还有耐心，会教别人做题。

哪个少年不钟情？哪个钟情少年不想让这种小可爱辅导自己？

班主任：“嗬，这么多人选小书啊！来，这几个男生站起来一下……哟，怎么都是男生啊？”

底下传来笑声。

程迟懒懒倚着墙壁，看着站起来的那些人，有不少人被班主任调侃了一下后脸都红了，像是被发现了心思。

程迟这下算是明白了。

假如他不努力，成绩掉下去，这些人就会跟阮音书做同桌。

这狗屁班主任还是人吗？？

“备选这么多，我们看看小书选了谁啊。”班主任拿起一张纸条。

大家的那点无精打采全被一扫而空，全都兴奋起来了。

“小书选了程迟，哈哈哈。”班主任高深莫测地笑了一下，“那你们俩的位置就不换了吧。小程要加油啊，万一下次成绩不理想，这位置可就要被别人霸占了。这么多人虎视眈眈呢。”

程迟磨了磨牙。

座位分配完，互选的都到了一起，没被选上的自由组合，下课之前挪好了位置。

其实阮音书选程迟也很正常，她班上就和程迟最熟，加上关系也不错。

但在耀华，男女关系永远是个令人提心吊胆的话题，所以末了，班主任看着班上几对自发的男女同桌，为难地啧了啧嘴。

“互相进步我支持，但别被我抓到早恋啊，否则很难搞的。”

这场“翻新运动”效果显著，大家本来有些疲惫倦怠的心重新被翻动，分配满意的，开始为了保全同桌而奋斗；不满意的，开始更加努力，以期望下次逆袭到自己满意的同桌。

就连程迟第二天都没迟到，阮音书还真是始料未及。

毕竟他已经连续两周在教室“查无此人”了。

她抬头，感到始料未及：“你来这么早干什么？”

“来学习。”少爷的眉间翻涌着郁气。

“那为什么没带书？”

“书找不到了。”

他之前还以为一切都稳了，这阵子玩儿得昏天黑地，书都不知道飞去了哪个角落。

他找又找不到，只好再重新买一份，不过过两天才能到。

“书找不到你还学，你学什么呀？”她哭笑不得。

程迟面无表情。

“必须学。”

过了会儿，程迟坐下，竭力勾起唇角，以示自己很好，声音却是咬着牙从喉咙里挤出来的——

“我永远喜欢学习。”

他，程迟，绝对不能给这些喜欢阮音书的人创造机会。

虽然这些人成功的可能性绝对是零，但只要一想到那些人有那样的心思坐到她身边，没带书的时候跟她合看一本书，还可能拍她肩膀问她题目……

不行，想不下去了，他有点想找找自己五十米的刀。

阮音书翻开一页语文书。

一开始她也以为他是受了什么刺激或是心血来潮，又或是被班上的气氛影响，但接下来的两个月，程迟都没有反弹的迹象。

他始终维持着普通人的学习状态：上课他偶尔也会走神，但听课的时候占多数；玩手机的时间变少；就算做题的时候再不爽，也憋着一身气先把题目做完。

两个月后的第一次班级考，他的成绩居然真的没有浮动太大，这次和上次超常发挥时，是一样的成绩。

程迟的成绩其实本就和一班不搭，但胜在老师觉得他能稳定也挺不错，所以没有调动他们俩的位置。

有一些成绩浮动比较大的同桌被“无情拆散”。

迟·普通人·程当然也想歇歇，毕竟正常学习对他来说也不容易，但他每次课间打完一局游戏还想再来一局的时候，抬头看到那几个男生还在埋头写题，又只能把手机收进抽屉里。

这些人是不是学习机器，怎么做到能一直转一直转的?

第二次班级考程迟还是维持原样，但有些人开始进步。

老师自然开始顺着提要求：“从这次开始，要想保住自己的同桌，大家的成绩必须得有所提升了啊。除了前五名可以不动之外，我觉得大家都可以动起来。”

听完这个坏消息，少爷靠在椅背上缓了好一会儿。

维持现状已经快要了他程迟的命，OK，现在还要求提升。

要不他还是问问耀华最近还要不要楼了吧?

他烦躁地揉了揉头发，动作被阮音书看到，她愣了一下：“你怎么了？”

她又看了看讲台上的班主任，很快明白，他可能在为成绩提升困难而烦恼。

阮音书拿过他的卷子翻了翻，说：“其实你现在基础已经还可以了，如果能再做一些有针对性的拔高题，成绩肯定能顺着涨。”

程迟眉间松了一点：“但我去哪里找针对性题目？”

这里又不能找家教，更何况他又不喜欢家教。

他好像只有在她身边才能学得进去，看到她才能感觉到动力和压力，家教并不能带来这些。

“我可以帮你勾啊，反正我每次做归类也是顺手。”她给他打预防针，“不过这大概要占用一些你的课外时间，你不一定有这么轻松了。”

普通人的学习只能带来普通成绩，想要更好，就要付出更多才行。

程迟抄着手思索了一会儿：“课外时间？比如？”

“比如图书室外面，我在写作业，而你写到一半忽然跑去打游戏的时候。”她说，“题目不做完之前不玩手机，至少要有这样的决心。”

程迟：“我做不到。”

“……”

但他又合了合眸：“但可以试试。”

她难得扬了扬眉，点头：“好啊，那我帮你把今天的勾出来吧。”

“有不会的呢？”他得寸进尺，“你教我吗？”

她已经开始忙活了，眼睫眨动，飞速浏览着题目：“是啊。”

其实她也不想换同桌，万一真换到不安分的男生，下课时候打扰她也是不行的。

而且以她和程迟的关系，他想要恶补她擅长的事，她帮忙也是理所应当的，毕竟他之前帮了自己那么多次。

再者，其实教别人写题比自己写题要更难，因为自己做还可以凑巧，但是教别人，需要把每个知识点都掌握清楚。

她在教他的时候自己也可以复习一次，把知识掌握得更加牢固。

第一天她布置得并不多，所以程迟要做完也很容易。

随着时间推移，她慢慢地开始加题目。也不知道他是没发现还是适应了，就算偶尔拖一拖抱怨一下，也还是撑着写完了。

要他主动学习几乎是不可能的事，布置给他的任务能完成就已经感动了。

后来的那次考试，他成绩果然提了十几分。

程少爷当然觉得少，但阮音书觉得已经很不错。接下来的几次考试，他的成绩也都在往上升。

程迟分不高，所以进步空间比较大，加上后来她也给他采用了题海战术，布置的题非常多。

虽然他写得差一点就离开这陌生的人世间，但好在是有所成效的。

学习嘛，死过去，活过来，来几次就差不多能成佛了。

其实这么枯燥的生活，一生放纵不羁爱自由的程少爷当然也厌倦过。

邓昊后来给他想办法，寄来了几个大便利贴，便利贴写上那些男生的名字贴在程迟桌前。

程迟每天打完游戏一抬头，发现情敌。

他每次想休息，一揉脖子，发现情敌。

他每天起床第一句——

“×，又是邓昊贴的这群糟心玩意儿。”

情敌无时不在，无处不在，刺激得他是想忘太难忘，休息也休息不了了，只好继续写题。

后来程迟好不容易换到阳台打游戏，邓昊一个电话切进来：“你有没有发现我那些便利贴都是可以撕的？你尽情发泄吧，每天撕一张，撕完就到高考了！惊不惊喜，意不意外？？”

程迟把电话挂了：“蠢东西。”

然后他转头就去撕便利贴。

他越撕越薄，越看越少。

离高考，转眼就还剩十五天。

耀华在考前留一周给他们自由复习，阮音书跟李初瓷说了之后，李初瓷也发来线报。

“一高这边也快了，但是走之前有一个小毕业典礼，就在明天。你明天没事吧？刚好能赶上啊。和程迟一起回来一趟吧，大家都挺想你们的。”

次日下午，阮音书和程迟回了一高。

他们俩一进班就迎来一阵欢呼声，彩带泡泡满天飞，邓昊披着仙子飘带，张开双臂：“太久没见了！来，迟哥，咱们哥俩好抱一个！”

程迟皱眉：“滚啊——”

大家笑得更开心。

班长一个劲说阮音书和程迟：“你说你们啊，要走还都一起走，回来也一起回来，是不是瞒着我们，嗯嗯嗯？”

阮音书：“‘嗯嗯嗯？’是什么？”

“没什么。”邓昊搂着班长肩膀，感觉跟喝大了一样，“班长可能是便秘了吧。”

班长：“……”

即将高考，这是大家最后一次相聚，也不知道以后还能不能再坐在一间教室里谈笑风生，这天自然玩得很尽兴。

有人剪了催泪视频在后面的投影里放，放着放着有人开始吸鼻子，阮音书也红了眼眶。

他们要走了，其实是解脱，但大家都有点惆怅。

可惆怅以外，他们也知道——人生崭新的另一篇章，也要揭开了。

最后一个环节是合照，班长拉来一个大箱子："本来想租一个系列的，但是我要得太急了，没有那么多存货，所以我干脆把各种系列的都拿来了。"

有人翻着翻着就开始笑："蜘蛛侠？玛丽莲·梦露？美国队长？雷神？我都忍了吧，这套喜羊羊村长和小猪佩奇是什么鬼啊？？？"

后来的换装秀就是大杂烩，阮音书运气比较好，拿到了为数不多的好看的唐装。

她换好了还有很多人在换，坐在那里百无聊赖，李漾就说顺便帮她化个妆。

阮音书本来觉得麻烦，但李漾摇头："我们班女生都化了，就今早我给她们化的。你不化多亏啊，小李技术好着呢。"

阮音书想着也是最后一次了，终于收手让李漾来。

李漾："化大美人就是方便，也不用怎么搞就很好看了。"

李漾用口红给她画眉心装饰的时候，阮音书看到程迟从正门走进了教室。

他穿着一套灰色的西服式校服，自然又亮眼。

这人是衣架子，无论穿什么都很合身，肩线平直笔挺，领带斜斜飘着，外套扣子没扣，里头的白衬衫干净平整。

他有着风流纨绔的少年感，却又有几分潇洒天真。

程迟走近，发现阮音书已经在涂口红了。

李漾去忙别人了，口红是阮音书自己弄的。

她用棉棒在唇上轻轻擦拭，棉棒拉扯着她的唇瓣，唇瓣像果冻一样柔软晃动。

他从没见过她涂口红，停下脚步，就站在她对面，目光直直盯着她，眉眼带笑。

他不说一句话，却无端让暧昧因子升温。

她被看得耳根红通通的，胡乱擦了两下，然后抿了抿唇背对他。

“你看这个干什么啊？”

程迟双手插着兜，笑了声：“好看啊。”笑声中十成十的春风得意，轻飘荡漾。

后来大家闲聊，问阮音书想考什么大学，她仰了仰头，说：“A 大或者 S 大吧。”

邓昊拍程迟胳膊，小声问：“那你呢，什么学校？”

他问完觉得有点玄幻，没想到程迟有朝一日能和大学扯上关系。

程迟思考了一会儿，道：“A 大或者 S 大附近吧。”

“附近学校要的分都不低啊，万一考不上呢？”

少年嗤一声：“那我就去附近卖煎饼。”

“……”

要大合照之前，大家先开始了自拍环节，抓到一个人就开始跟自己一起自拍，阮音书跟李初瓷拍了几张，又跑去跟别的女生拍。

被拉来拉去合照了不少张，她站在原地休息，程迟看了她一眼，心中微动，也拿出了手机，准备跟她一起拍一张。

程迟少爷的人生初体验——第一张自拍，跟她。

他正怀着愉悦心情准备拍，结果相机打开，发现她已经不在身边了。

她被别的男生拉去拍照了。

程迟当即拉着她手腕把人给拽回来，手也不知道在哪按了一下，屏幕闪了一下，拍摄成功。

于是后面邓昊看程迟相册的时候，发现有张合照。

合照里，左边的人很不爽，眉皱着，眼神却透着温柔；右边的女生有点惊讶，有点愣，唇半张着，鹿眼瞪大，眉心三瓣莲花花钿红得惊艳。

“欸欸欸，你看这张。你跟阮音书干什么呢，怎么这副表情……”

“要你管。”

“别走啊，我们还要拍合照呢！”

最后合照，她站在第二排左边，他站在最后一排靠右。

拍完之后大家各自离场回家，隔着重重人潮，她看到他好像在跟自己说话。

“你今天……”

少年停了一下，有点儿不自然地比出一个嘴型。

“很漂亮。”

高考结束那天没有风，蜜糖色的阳光洒了一地，交完卷之后，她窝在位置上伸了个懒腰。

出考场的时候碰到程迟，他两手空空，他问她：“题目难吗？”

阮音书说：“物理和数学难了点，其他都还好。”

总体来说，她应该是正常发挥。

两个人又走了几步，他忽然说：“毕业了。”

她有点莫名其妙，眯着眼迎着光看他：“对啊。”

程迟如释重负地叹一声，把笔扔进垃圾箱。

毕业了。

他可以光明正大谈恋爱了。

毕业了。

阮音书也是在这时候才终于有了真实感，走出考场，人跟着轻松了一截。

虽然之前有个小毕业礼，后面也有更加正式的毕业典礼，但好像在这一刻，她才感觉到高中时代，是真的可以结束了。

她想：程迟会发出这样的感叹，大概是和她有一样的感觉吧。

程迟问她：“后面打算做什么？”

“还没想好。”她展望了一会儿，“先把懒觉睡够吧。”

经受过耀华高强度少睡眠的摧残，她现在对睡觉的渴望尤其强烈。

程少爷眯了眯眼：“不想谈恋爱吗？”

阮音书指了指自己，有些茫然：“恋爱？我吗？”

“是啊。”

“一下说到谈恋爱，这也太突然了。”

“很多人毕业的第一件事，就是想抓着校园尾巴来场恋爱。”他似是而非地灌输，“你没有？”

阮音书无语了一会儿，然后抬头看他：“我看应该是你自己想吧。”

程迟沉吟片刻，这才抬了抬头："我还真有点想。"

两个人在门口又聊了两句，阮音书问他："你这次应该考得还可以吧？我觉得理科还挺对你胃口的。"

少年顶着一头被日光染上碎金的黑发，说："还是阮老师教得好。"

没说几句，阮音书听到有摁喇叭的声音，猜测大概是阮母太久没看到自己上车，所以有点催促的意思。

她告别之后往车上走去，程迟抖了抖自己的刘海儿，目送车往车流中汇入走远。

高考成绩出来得挺快，本来官方公布的说是上午十点出，但根据历年来学长学姐的经验，应该凌晨的时候就会蹦成绩出来。

要出成绩的前一天晚上，很多人琢磨着自己也睡不着，或者是本来那时候就在熬夜，于是大家齐聚一堂，准备来一场通宵狂欢，等成绩出来之后，大家再一起看。

阮音书本来是平常心，结果被李初瓷来来回回的消息刷得自己也有点紧张了，到后来她直接被李初瓷拽去了聚会，说大家一起紧张。

聚会上有原一班一大半的人，房间很大，有人在唱歌，有人在玩手机，还有人在玩游戏，分工还挺明确。

"这阵子你都忙什么了啊？"李初瓷问她。

"主要就是休息和做手账。"阮音书一个接一个地回忆着，"不过最主要的还是看学校啊专业啊什么的。"

"你觉得你上 A 大稳吗？"李初瓷知道她想上 A 大。

"应该……还好。"

"专业呢？想上什么专业？"

"目前还在各种选，我爸妈是觉得我学金融比较好。"

之前她也没太考虑志愿这事，毕竟心思全在学习上了。家里人的意思也是先看她成绩怎么样，再挑一个选择范围内最好的专业。

李初瓷："金融好啊，A 大金融系那么有名，你到时候读个研，出来就是年薪几十万。"

"你呢？"

"我？我随便吧，看看分数能读哪个热门专业。"李初瓷说，"我还是有挺多备选的，如果读不了自己最喜欢的，读什么也都一样。”

两个人在各种各样的魔音中持续聊天，阮音书吃着水果，发现包间门开了。

程迟过来了。

班长抬手打正在切歌自娱自乐的邓昊：“你不是说程迟不来吗？”

邓昊迷惑又狡猾地抬头：“是啊，怎么就来了呢？”

班长朝程迟挥手：“不知道你要来，板凳可能不够。”

“没事。”程迟目光落在阮音书身侧的沙发上，“我挤一挤就好。”

阮音书咬了一口西瓜的时候，程迟就在她旁边坐下来了。

沙发位置小，阮音书往旁边挪了挪，但没挪动，于是就只好跟他那样贴着腿坐着。

程迟本来是在家打游戏，懒得来，反正早看晚看的分数都一样，且邓昊看过了之后肯定也会通知他。

但邓昊一小时前给他发了一条消息，很简单：“阮音书来了。”

所以他也来了。

高考完之后，阮音书的手机就可以随身带着了。

她百无聊赖地玩了一会儿，感觉也没什么好玩的，就听大家唱歌和聊天。

十点多的时候有人说饿了，买了个自热火锅上来煮。

“你这能煮好吗？”有人没煮过。

“可以啊，我都煮了好多次了。”

“那原理是啥？”

“我忘了。这才考完没多久，我真的啥都不记得了。”

“你这还一高高才生呢，连原理都不记得？”

“你厉害你倒是说个看看！这题目我们还做过。”

阮音书看了会儿，笑道：“是火锅的自热包，里面的材料在遇到水之后会升温。”

“都有哪些材料啊？”

后来大家越猜越离谱，越说越起哄，起哄着，就让阮音书最终揭晓谜底，去写化学公式。

“纸纸纸！谁把纸给阮音书按着，然后让她来写？”

唯一一张白纸不知道被传到哪儿去了，程迟站起身，贴着墙面帮阮音书扶纸。

“我的天，有生之年看程迟扶纸。”班长说着，拿起手边的可乐就开始喝。

阮音书不知道被谁塞了支笔，站起身来。

今天大家都有点亢奋，也不知道是不是高考后遗症，这阵子都玩飘了书都没碰一下，却在要出成绩的前一天，非要她在这讲课。

她哭笑不得，感觉他们其实并不是想听公式，可能只是想再度感受一下学习的滋味。

她走到程迟旁边，正要写，忽然想起什么，转身即将开口的时候——

站在程迟另一侧的邓昊手一抬，不小心推到程迟，邓昊急匆匆冲往房间中央：“你喝的是老子的可乐啊！！”

这阵怒吼完，房间安静了。

邓昊琢磨着也不该啊，刚刚大家都这么兴奋，就被自己吼一嗓子就萎了？

直到有纸张轻飘飘坠地的声音响起，邓昊回头去看。

程迟被他推得转了身，整个人背对他们压在墙面上。

其实这倒还好，大家沉默的原因就是，程迟的手臂里，墙和程迟的胸膛中央，还有个阮音书。

这该死的莫名其妙的巧合。

阮音书本来只是转头要讲话，谁知道一转头就看到一张脸压了下来。

她吓得连呼吸都忘了，感受到自己被他以一种猝不及防的姿势圈在怀里，偶尔有那么一秒分神，心想他皮肤还真挺好的，这么近都看不到什么瑕疵。

程迟也蒙了，手掌压在墙面上，蹙着眉反应了好一会儿。

班长猛吸了一口饮料，空瓶声响起，松口，吸管和瓶底亲密接触，清脆的一阵声响。

“我 ×，壁咚啊。”

邓昊更心痛：“我 ×，我的饮料。”

阮音书倏然回过神，手背抹了一下脸颊。

众人刚刚看呆，这下反应过来了，全在起哄。

“在一起！在一起！在一起！”

“我早就觉得你们俩不对劲了啊！真的，老实说，程迟追去耀华是不是在追阮音书啊？”

“我也觉得，要不当时程迟怎么走得一声不吭呢？太神秘了。”

“说真的，你们俩还挺般配呢。”

之前他们就觉得程迟对阮音书不同，这几乎是人长眼睛都能看出来的事。

但大家多少都有点怕程迟，不敢随便起哄，加上之前是在学校，一班也算是个树立榜样的模范班级，他们不能制造出一种这班总爱八卦的感觉。而且程迟这人也很浑，混账总容易被乖乖女吸引，大家觉得他也可能是一时起意逗逗人玩，毕竟新鲜。

可现在不一样，大家都毕业了，气氛也到了，没什么不能说的。

再说了，起哄又不要钱，不管程迟是不是玩心突起，是不是真的在追——不重要。

“你们别胡扯了。”她赶紧把纸捡起来，给一切喊停，“都是邓昊非要推他，我也准备跟你们说这个题之前写过，这才……”

“是，怪我，都怪我！”邓昊装模作样地给了自己一巴掌，“都是我被爱情撞了一下腰。去他的！”

阮音书：“……”

毕竟这个意外挺旖旎，她脸皮又薄，各种因素作祟下，不想再参与大家关于壁咚这事的讨论，跑到一边去玩游戏了。

邓昊不知什么时候又抢到了麦，正站在大屏幕前唱，唱着唱着觉得不尽兴，又开始对着程迟唱，听着像质问。

“我是不是你最疼爱的人——”

他刚唱完这句，音响好像是坏了，整个包间的背景音乐忽然消失了。

邓昊也是戏多，指着程迟清唱下一句：“你为什么不说话？”

“就是啊，怎么不说话呢？”

“说一句呗，迟哥。”

程迟一个人独占沙发，被闹得没法了，扔过去一句：“不是。”

“那谁是？？”邓昊歌都不唱了。

今天的大家也格外爱起哄："那你最疼爱的人是谁啊？！"

程迟虚着眼把目光晃了一圈，在正在玩你画我猜的人身上停了几秒，旋即收回。

他懒洋洋道："你猜啊。"

转钟之后没多久，阮音书本来还在忙着画画，忽然，包间里传来一声撕心裂肺的狂吼。

"成绩出来了！！朋友们！！！"

包间里立刻乱成一团，众人都跑去摸自己的手机，然后进入官网开始查。

"我的妈，我这里好卡，什么都没有。"

"我还是一片空白，你们呢？！"

"有了有了，我的出来了！"

阮音书多刷新了几次，分数弹出来，六百七十。

大家互相问了一圈，才发现分数都有点偏低。

"今年卷子难啊，估计改卷也是严格了很多。"李漾盘着腿，"估计今年的一本线就五百多分，不然这太难搞了。"

"那书书这分很高了，好学校都能选了。"

程迟可能是嫌里面网慢，到外面去看，过了会儿，邓昊的尖叫透过门缝传来。

"四百八？！"

四百八。

阮音书想了一下，假如今年分数线真的是五百分的话，有的本省大学对省内学生有优待，分数线可以减少二十分。

假如他运气好，说不定真能上个一本。

随着一阵嬉笑声，程迟像个将军一样被推了进来。

"程迟多少啊？真四百八？"

"那还有假？！"邓昊把手机晃了一圈，"我邓昊今天真的开了眼了。"

"运气好说不定可以上一本。"阮音书说。

邓昊还觉得很不真实："哇，我从来没想过程迟能上一本……不对，我根本没想到程迟还能上得了大学！哈哈哈哈哈哈哈哈哈哈！！"

程迟："……"

"不止。"阮音书又说，"他之前拿了'诚致赛'的冠军，在耀华也拿了不少物理比赛的奖，如果有学校看上他，说不定会破格优录他。"

邓昊："真的？！"

"真的啊。"李初瓷也说了，"大比赛里得奖的学生都会被关注的。只要你有一门特别突出，好得人神共愤的那种，说不定差那学校几十分也能被要进去。程迟拿的好多奖都挺有含金量的，你别小看。"

邓昊猛地干了一口啤酒。

"哇，真的，程迟，说好一起学渣狗，你却悄悄学破头。"

一高毕业典礼那天，阮音书和程迟也去了。

没别的什么原因，阮音书考得好，作为优秀代表发言。

她虽然后来去了耀华，但有荣耀一起分，一高当然也要沾光。

程迟的分数虽然不是很高，但有之前的成绩对比，加上拿了那么多奖，时亮当然把他当作一个逆袭的例子津津乐道，让他回来鼓舞一下新高三的士气。

他要程迟告诉他们，不管以前成绩如何，只要努力，一切都有希望。

挺"鸡汤"的演讲内容，不知道程迟为什么会答应。

典礼上，前几个人讲完，终于轮到程迟。

所有人都穿正装打领带，只有他不听，就套一件棕红色的衬衫，慵懒地晒在日光下。

他一开始还挺正常："我以前挺浑的，属于别人拿桌子学习，我拿桌子打架……"

他中间似乎也像是欲扬先抑："然后，我跟着我的课代表阮音书一起转到了……"

再然后他的讲话内容好像有点不对劲："总有人误会，说我是不是喜欢阮音书啊。"

"……"

"……"

"……"

底下的莘莘学子想了会儿，觉得这个演讲应该是正能量路线，那应该是告诉大家不要早恋吧。

或者，他纯粹分享经验嘛，可能也是告诉大家要正确地掌握和异性的相处关系。

大家洗耳恭听。

“我想了想，觉得还是得解释一下。”

程迟似乎是觉得有点热，解开了一颗前襟的扣子：“我喜欢阮音书这个事儿吧，它不是个误会。”

“……”

阮音书：“……”

阮音书惊愕地抬起头，完全不知道程迟在说什么了，耳边只剩下无法停歇的嗡鸣声。

他在讲什么啊？这是毕业演讲吗？？

“课代表。”

台上的人似乎发现她在走神，唤她一声，似乎是在拉她回来。

他蹙了一下眉，轻啧一声。

他很久没叫过她课代表了，用那种吊儿郎当又冷淡的音调。

但这时隔一年多的第一次，好像有什么不一样了。

他话筒没挪开，声音直直钻入她耳朵里，扩在校园的每一处，带着少年独有的低沉和磁感，也带着些微的冷感和温柔。

程迟看着她的眼睛，笑了一下。

“我真挺喜欢你的。”

谁也没料到，正儿八经分享经验的毕业典礼，能变成程迟告白的个人舞台。

台下安静了片刻，旋即爆发出鼓掌声和尖叫声。

“我就说传说中的程迟不该是这样的啊，果然有大招，哈哈哈！”

“太刺激了！谁能想到他敢当着时亮的面儿告白呢？”

阮音书也傻眼了，手里还攥着自己的演讲稿，感觉程迟说的每个字都是中文，但她怎么好像听不懂。

她的大脑一片空白，甚至以为他在开玩笑。

时亮最先反应过来，看程迟又举了举话筒，似乎还准备继续说，赶紧呵斥道："程迟，你干什么呢？！"

这声雄浑的怒吼，没有话筒也能回荡在学校里，足可见声音之大。

程迟倒没被吓着，仍旧很镇定，轻笑了声："我告白呢。"

时亮差点没气得闭过气去："不准告！你给我下来！"

时亮真是做梦都没想到，让程迟上去分享交流一下高考经验，程迟能给自己搞出这么一个事情来。

他这次是作为优秀代表来分享的，谁让他在台上干这种事了！

大家是要从毕业典礼里获得自信和努力奋斗的源泉的，又不是来学校谈恋爱的，真是……胡闹！

时亮赶紧朝升旗台边的老师扬手："发什么呆啊，赶紧把程迟给我弄下来！！"

老师还没来得及上台，邓昊、邱天一行人早就守在一边，把程迟给拦起一个包围圈。

时亮真觉得自己要心肌梗塞了。

"我就再说一句。"

程迟掂了掂手里的话筒，垂眸思索了一会儿，又摇头。

"算了，差不多就这样吧。"

时亮目送程迟下了台。

就这样吧？！

什么叫就这样？合着程迟还觉得自己妥协了？？

得亏程迟今年是毕业了，要没毕业，VIP 级惩罚套餐真少不了。

底下传来大笑声和骚乱声，大家全都在交头接耳，兴致勃勃地讨论。

目前情况特殊，时亮也不能把这事点得太透，耐着性子从主持人手里接过话筒。

"都不要再吵了啊，好好听优秀代表发言，不要分心啊。早恋更是绝对绝对不允许的！"

他真怕程迟这么一撺掇，搞得一众少男少女春心萌动，那可就难收场。

毕竟他们学校今年高考成绩喜人，他可不想下一年就崩掉。

"下一个是谁啊？赶紧上来接着讲！"时亮被弄出阴影，还有点不放心地补充一句，"好好讲啊。"

下一个却刚好是阮音书。

她被后面的女生轻轻推了一下，这才反应过来自己该上台了，三步并作两步跑上主席台。

她看着自己的稿子，是准备把一切带上正轨的，结果刚清了清嗓子，把杂念摒除，就听到底下蓦然传来一声——

“答应他啊！”

“……”

一石激起千层浪，好不容易稳定下来的场面又热闹起来，穿着校服的吃瓜群众大笑着取闹。

阮音书稳了稳心神，还是镇定地照着演讲稿开口。

“同学们好，我是一班的阮音书。其实在三年之前，我也和你们一样，带着很多不确定……”

她嗓音温柔，莫名地让人镇定下来，大家也没有再起哄了，好好地听她念完。

但阮音书狂飙的肾上腺素并没有因此平息下来。

阮音书念完，长嘘一口气，把话筒交给后面的人，然后才仓促地跑到李初瓷的旁边。

李初瓷正在人群外围游荡，看她来了，一脸逗趣地掐着她手腕。

“什么感觉？”

阮音书：“什么什么感觉……”

“千人告白啊！不是我讲，程迟还真猛，这种情况下都敢讲，”李初瓷絮絮叨叨，像个老妈子，“我之前就说他喜欢你，你还不信。”

“别再说了。”

阮音书现在脑子里乱得跟一锅糨糊似的，赶紧喊停李初瓷这根“加速搅拌棒”：“先听上面的人发言吧。”

“你看看你全校第几，还用得着听别人分享经验吗？？”

“……”

一个多小时之后，毕业典礼散场。

大家早就拿过了自己的成绩单，现在纷纷散场回家。

如果一高能有热搜榜，那么此刻占据榜首的应该是#程迟告白阮音书#，后面还应该跟一个“爆”字。

理所当然地，他们准备来八卦一下阮音书。

奈何阮音书一早就跟李初瓷走了。

现在的阮音书连自己都想不清楚，更遑论去应对别人的八卦。

李初瓷先行一步去往地铁站，她一个人站在公交站台等车。

这个车站离学校比较远，人也少，她看着碧蓝如洗的天幕发呆，思考自己今天究竟经历了什么。

她不知道站了多久，身后有熟悉声音响起。

“你在这站半个小时了，错过了五辆781。”

她蓦然回头，看见程迟就闲散地双手插着兜站在她身后。

云絮四下游走，刺目的光透过云层筛落。

她咽了咽嗓子：“你怎么来了？”

“来找你啊。”他像是笑了，“不然来这儿荧光夜跑？”须臾，他唇角弧度扩开，“这种蹩脚理由也就只有你才会信。”

阮音书：“……”

“所以……”她尝试着推翻一切自己之前成立的假设，“其实不是这样？”

“当然不是。我就是想送你啊，你一个人回去我不放心。”他说。

阮音书咬嘴唇：“我以为你只是顺便。”

“是啊。”他答得理所当然，“反正你去哪我也得去，可不是顺便嘛。”

他喜欢她。

这个颠覆性认知冲击力不小，她一下一下地咬着下唇软肉，陷入沉默。

程迟一步步朝她走近：“你看起来好像很怕我说刚刚的事。”

——那我就不说了。

正常人应该都会这么接一句吧。

阮音书稍微松了口气。

但这人当然不是正常人，他气定神闲地继续：“但是我要说。”

阮音书被他猝不及防地杀个回马枪，立时抬头不满：“……欸！”

逗她一直是件很有成就感的事，程迟眯着眼笑出声。

她踢了踢脚下的小石头：“你……是认真的吗？”

“不是。”

她愣了一下，还没反应过来，他又道：“是假的，你觉得可能吗？”

“……”

“上学我陪你，放学我陪你，比赛我陪你，转学我也陪你。”程迟俯下身，手掌将她肩膀转了转，和她面对面，“如果这些都是胡闹，那我也太闲得慌了。

“阮阮，我真的忍了很久。”

有很多话冲到喉咙口，但她只是眨了眨眼，黑得透亮的眸看向他：“为什么是我？你喜欢我哪一点呢？”

“为什么不是你？”程迟敛了敛眼睫，“你给我个我不喜欢你的理由。”

她被他问住了，茫然地转了转眼珠。

“你都找不出理由，我更不知道了。”少年喉结滚了滚，“我没有理由不喜欢你。”

这个推导好像有问题，但又好像很正确。

她声音带着软调的为难：“可我从来没想过这件事。”

“现在想也不迟。

“我会等你回答。”

阮音书那天晚上很难得地失眠了。

程迟这个问题有点棘手，她以前没碰到过，以前和她告白的男孩子大多和她不是特别熟，或者只是普通朋友。

如果是别的男生，她大可以直接拒绝，毕竟她对他们没感觉，而且高中也并不是可以谈情说爱的阶段。

可是她现在已经毕业了，而且，她也说不清自己对程迟是什么感觉。

没有一个人像程迟这样，以一种非常固执又刻骨的方式，参与到她的生活里。

她现在回想起来，之前的很多事都能找得到苗头。

电话亭的那通变声电话后，程迟一反常态的糟糕；她和别的男生讲话，他会皱着眉拉她离开；有人欺负她，他永远都是第一个站出来的……

好像不知不觉间，他们之间很多事都逾越了友情的界线，可她那时候沉迷学习，竟然一点都没发现。

“喜欢一个人的话……”

阮音书被突如其来的声音吓了一跳，定睛一看才发现是自己不小心按下了笔记本的播放键，电脑里之前没有关掉的动漫，又重新开始播了——

“喜欢是心跳，是幻想，是永无休止的上扬的唇角。

“我喜欢一个人，会一直想象和他在一起的未来哦。”

阮音书抱着自己的抱枕，像个小鹌鹑一样看着画面，并试图把程迟和自己代入进去。

想象着他牵自己的手，想象他把她的脑袋摁在胸膛里，想象他们俩和动漫男女主一样看电影吃一桶爆米花……

然后，动漫男女主接吻了。

“……”

阮音书飞快把笔记本关牢，像扔烫手山芋一样把东西扔到枕头底下。

不行不行，她不能再想了。

这东西想得她翻来覆去，说不上来的奇怪感觉密密麻麻覆盖了整个背部和舌尖。

她想：这大概是身体也觉得别扭了吧？

飞快下了这个定论，她不敢再继续想接吻的画面，盖上被子，强迫自己睡觉。

过了两天，她感觉自己再不做个了断会一直失眠，于是尽量委婉地给程迟发消息：

“你在吗？”

过了会儿，程迟回道：“要说好消息我就在，说不好的就不在。”

“……”

阮音书也考虑了很多，比如怎么讲才能不伤害程少爷那颗坚固又易碎的少男心。

“我还是觉得，我只把你当朋友。”

过了那么五分钟，那边的消息递过来。

“你好，我现在有事不在，一会儿再和你联系。”

“……”

阮音书：“你这个有点假，一般离线提示会在我发完就传过来，你过了五分钟了。”

程迟：“我复制去了，有点麻烦，网页老崩。”

她也有点不知道怎么开口了：“那我发的消息你看到了吧？”

“没有，我不在。”

她无奈，这人是不是也太无赖了一点？

她没发消息过去，程迟却发了过来。

“这才几天，你能想清楚什么？我不着急，你好好想想，等你想答应了再回复我也不迟。”

阮音书愣了一下。

等她想答应了……再回复他？

她本来以为是自己理解错了，但程迟很快发送了一个网站过来。

她点进去，里面弹出一个对话框。

“程迟想要和你交往。”

左边的红色按钮写着：“现在答应。”

右边的蓝色按钮写着：“晚点再答应。”

阮音书：“……”

她本想退出，结果根本退不出来。

过了一分钟，网站自动关掉，程迟的头像也灰了。

行吧。

阮音书觉得就不要继续跟他说了，反正自己讲得也够清楚了。

她再说下去，倒像是不给他台阶下了。

很快到了填志愿的时候，阮音书把这件事抛到了脑后，开始纠结自己是选A大的中文系还是金融系。

阮母鼎力支持金融系：“A大最出名的就是金融了，你进A大这么稳妥，为什么不上一个最好的专业？辛辛苦苦学这么久，就是为了一个最好的专业啊，音书。

“女孩子学理科倾向真的好就业，妈妈不骗你。多少女孩子文科好竞争大。你学金融以后绝对生活好。”

其实阮母一早就支持金融系，只有阮音书自己还在摇摆不定。

又或者说，其实阮母从小都在着重培养她的理科。她素来不偏科，在哪一方面下功夫就是哪一门好。

唯独好像只有语文，是一次家教课都没上过，也依然可以很出色的。

阮母在她旁边说了几天："你明明可以上 A 大最好的专业，你跑去上别的，不是把机会让给别人了吗？多不划算啊！你想想，你高考辛苦那么久，不就是为了做最好的吗？"

她斟酌了一会儿，也觉得有道理，后来便优先选了金融系。

那时候也是觉得要选一个最好的专业，可她没有想过，怎么样才是她最喜欢的。

那年的一本分数线就五百分，阮音书没有猜错，程迟四百八，是可以踩线进本省的某个一本的。

但他居然没有去。

他去了 S 大。

即使分数远远没有到 S 大的高门槛，但 S 大主攻物理，校方看重他的物理才能，竟然真的破格将他招入麾下。

她那时候的随口预言，竟然成了真。

S 大和 A 大隔得近，坐车不过就十分钟车程，后来军训又是在一个场地，程迟在哪都是风云人物，一眼就能看到。

二人经常是抬头不见低头见。

但侧面拒绝他过后，阮音书也摸不准他们两个人到底是什么状态，觉得有点不好衡量相处的模式，又不打算给他无谓希望，便一直躲着他。

程迟当然也找她，但后来被邓昊控制住，邓昊说得头头是道："这刚好是个机遇，你要先离开她一阵子，让她发现你不在的时候，她有多么想念你思念你，回忆你在身边的日子。这样，也许她就会认清自己喜欢你了。"

程迟觉得有道理。

邓昊又说："但是，那万一你离开她了一阵子，她还是没有想念你思念你，回忆你在身边，怎么办呢？"

程迟抬眼："不可能。"

两所大学一直关系好，后来还联合在一起办了一场晚会。

阮音书当时迷迷糊糊被室友拉去加了话剧社，话剧社在晚会里要出个节目，阮音书也有角色。

第一次排练的时候，她才知道这个话剧是和 S 大话剧社一起练的。

结果第三次排练之前，临时被通知改剧本，阮音书打开剧本一看，别的没改，空降了一个吸血鬼人物。

然后第二天，她在排练厅就看到了空降吸血鬼的扮演者，传说中带资进组的牛掰人物——

程迟。

她在话剧里本来是有个原定的 CP，两个人经历了磨难，但是最后还是在一起了。

这个吸血鬼一空降，就是她的一个爱慕者，心甘情愿为她去死。

阮音书感觉有没有这个人物都一样啊，问编剧为什么要加，编剧支支吾吾了一会儿，才说："为了升华主题，丰满故事内核啊！不要怀疑，这个人就是很重要，之前没写，是我的疏忽。"

说完，编剧还点了点头，感觉自己说得有道理。

虽然真的是她随口编的。

大家先提前录好了每一个人的台词，方便到时候直接播放。阮音书刚从录音厅里走出来，就和程迟迎面相遇。

邓昊也来了，站在一边，像个凑热闹的。

两个人对视了一会儿，阮音书不知道说什么，拉了拉衣角，徒劳地张嘴："……"

程迟却忽而问她："有没有听到背景音在放什么？"

背景音是隔壁在练的歌，调子很熟悉，但她一下想不起来了。

"啊？"他怎么忽然问这个？

程迟看了一眼阮音书在话剧里的丈夫，面无表情地掀了掀唇瓣，像一个没有感情的杀手。

"我听见雨滴落在青青草地。"

邓昊止不住笑："啊哈哈哈哈哈哈哈哈哈哈哈哈哈哈。讲得好，我就说哥你今天怎么看起来有点绿呢！"

程迟转头看他："好笑吗？"

"……"邓昊敛了神色，"不好笑。"

排练紧锣密鼓地开始，阮音书提前看了剧本，准备对戏。

她演着演着，到了程迟要出现的那一场。

不知道为什么，她有点紧张，心也开始怦怦跳。

他步步紧逼。

她无奈地后退，讲自己的台词："你知道我们之间的宿仇，你再跟着我，我可能会忍不住杀了你。"

灯光幽暗，他轻缓地俯身下来，手掌搭在她颈侧，手指若有若无地摩挲她面颊。

很快，他声音落在她耳边，像呓语，又像压抑的引诱。

吸血鬼高雅地舔过自己唇角，神态迷蒙又妖冶。

"死在你手里，我心甘情愿。"

舞台一角似乎是发生故障，扮演者全部聚到音响旁边查看状况，阮音书忘记自己还在搭戏，往前一倾身，鼻尖撞到他下巴。

程迟吃痛地嗯了一声："你真跟我玩谋杀……"

话没说完，他似乎是发现两个人靠得太近，而黑暗，又容易引诱人犯罪。

他偏了偏头，连自己都不能掌控自己，不自知地，嘴唇似有若无往下压。

阮音书像是发现他想做什么，睁大了眼睛往后仰头，脚下却一下失去重心，整个人后背就要跟地面来个亲密接触。

程迟眼明手快地扶住她的腰，但已经来不及。

阮音书手上乱抓，似乎扯到了幕布，伴随着刺啦一声，两个人以极其暧昧的姿势向下倒，幕布轻飘飘地盖了下来——

大家本来一窝蜂在音响旁边研究，猛然听到一阵乒铃乓啷，像是舞台一角垮了。

"怎么回事儿啊？！"

大家循声看去，一团红布遮罩下，似乎是两个摞叠的人影在下面拱了起来。

远远看去，真不知道里面的人在做什么，是什么状态。

阮音书揉了揉自己发痛的牙齿，撑着地板坐了起来。

程迟不知道怎么跑到了她身下，帮她减少了好些跌倒的疼痛，只是两个人在纠缠着倒下来的时候撞上了，她牙齿撞到一个硬邦邦的东西，不知道是什么。

她持续揉着自己的牙关："你还好吗？"

"没事啊。"程迟把红丝绒的幕布掀到一边，但还是下意识地屈起手腕在下颌角处压了压。

大概她牙齿撞上的是他的下颌骨吧。

想到那个场景，阮音书感觉有一股火顺着脑袋往上蹿，在发顶蔓延出熊熊之势。

她抿了抿唇。

"都还好吧？没事吧？"排练的小姐姐过来查看情况，朝阮音书伸出一只手。

阮音书在她的搀扶下站了起来，摇头："没事，没事。"

"你说你们也是，怎么这么不小心啊。摔得那么响，我以为是什么砸了。"

"我是看你们都围过去，也想去看看，结果没站稳……"

"哦。"小姐姐一拍脑袋，"音响插头松了，刚刚没播出来，所以我们才围过去看。你们俩在这边排戏，可能是没看到。"

阮音书噢了声，点点头。

提到刚刚的事儿，少年五指攀附在脖子上的触感好像还存在于皮肤上，她指腹情不自禁摩挲了一下脖子。

程迟也站起来了。阮音书看了看地上的红布，正要捡，就听闻讯而来的另一个妹子声音里带着犹疑说："……改剧本了？演到阮音书这个角色要跟吸血鬼结婚了？？"

阮音书："……"

"什么啊？剧本没有改，是他们不小心弄下来的幕布啦。"小姐姐代为回答。

阮音书赶紧说："我等会儿就去买一块重新弄上去，不会影响后面表演的。"

"嗯嗯，没问题。"

整个话剧的场景构架比较大，严谨一点来说，阮音书演的是一个女五号，是一个从小遗落在外，在森林中长大的巫族之女。她前半生都以普通人的方式生活，直到被人发现，才重新拥有了自己的家庭和家庭从小许配给她的丈夫，也就是她的 CP。

程迟扮演的吸血鬼和她的家族有宿仇，而她又在一个雨夜救过他的性命，他由此深深爱慕上她，而她却不能够给予回应，她的家族甚至还要将他的族群赶尽杀绝。

她没办法杀掉他，却又不能让他再跟着自己，因为再跟下去，他将面临更大的危险，她只能以死相逼。

总体来说，吸血鬼和她之间的纠葛可以说是剪不断理还乱，这么一个加进来的角色，比她和原本CP的戏份多多了。

而且吸血鬼这个人物从出场起就是浓墨重彩的，让人印象很深刻。

后来二次排练的时候，阮音书为了不耽误接下来的节目，立刻搭车去买幕布，来来回回用了两个小时。幕布买回来，让一边的大叔帮忙装好之后，她这才回了后台。

话剧的第二次彩排也结束了。

她接到了一个消息，说是刚刚大家商量了一下，决定再把剧本改一次，晚上发最终版。

晚上她收到消息，发现剧本别的改动不大，改动最大的……仍然是她那条线。

这次的感情线做了大的修整，她原本的CP，也就是家庭许配给她的那个男五号，这次彻底沦为了炮灰。

新剧本里，她爱上了不该爱上的吸血鬼，置家族的亲事于不顾，男五号留不住她的心，自愿退出，而她和吸血鬼也在逃亡中被家族狠心刺杀，双双殉情。

程迟这是传说中的带资进组吗？剧本都可以为他修改的？

阮音书问他们："剧本怎么忽然又改成了这样呀？和之前的感情完全不同了。"

"是啊，因为我们觉得加入了一个吸血鬼元素的话，原来的方案就显得太淡了。这样的话能加一个剧情冲突呢！而且这种悲剧，特别富有话剧色彩，我觉得是个点睛之笔。"

虽然这样改过之后，剧情的确跌宕起伏也更有记忆点了一些，但她怎么也想不通，程迟怎么就能空降一个角色来，还能让大家都同意为他改剧本。

后来她跟另一个小姐姐聊天，谈到今天改剧本的事，小姐姐随口说：

“之前我本来也是想参与编剧的，但是编剧太麻烦了，说剧本一直在改，因为S大总和我们意见不合。S大那边说，如果能加个吸血鬼肯定特别合适，但是找不到适合的演员。”

“那后来怎么找到了？”

“他们是说有一个特别合适的，但是人家不答应，本来都打算把新角色改成预言师加进去，之前那个人忽然又答应了。就是跟你对戏那个吸血鬼，程迟。你知道他吧？”

阮音书还没来得及回答，小姐姐又发来一个表情：“我听说他原来高中的时候超级狠，是个纨绔校霸二世祖，整天就知道打架。不过他好厉害啊，每天忙着打架还能被学校特招进来。听说他物理巨好，好到我们院长都带他做实验，好像还要带他出去调研学习。”

小姐姐又说：“你别看大家表面上没什么，其实私下都传遍了，他看起来也不是蛮好惹，我们都觉得他凶凶的，有点怕他。”

阮音书：“因为怕他，所以为他改剧本吗？”

“那倒也不是，你后来去买幕布的时候我们就在讨论这事。程迟说，你跟原CP不适合在一起，我们一商量，感觉确实是。而且原CP那个男演员跟你也不是很有CP感，编剧就说改成你和程迟殉情，大家立刻觉得妙极了。

“你想啊，瓢泼大雨，乌云密布，巫师和吸血鬼踉跄着被箭射穿，这个场景不比和原CP男耕女织有冲击力多了吗？

“而且，程迟那朋友还给我们发了蛋糕。蛋糕挺好吃的，嘿嘿。”

阮音书立刻了然。

果然，一切都在某人的掌控中，他先发现剧本的弱点，再买通大家的味蕾，紧接着提出自己的修改意见。

就这样，他自己逆风翻盘，她和原CP一拍两散。

可不知道为什么，她居然并没觉得反感，想到这里，反而被他的举动给逗笑了。

他做这种事，倒是比学习积极多了。

节日晚会逐步逼近，留给话剧社排练的时间也不多，彩排几次之后，就到了正式公演时间。

程迟干什么其实都不会特别投入，但胜在大家都是一群业余选手。而且舞台跟台下隔得远，人物表情并不会被看到，大家多数是看肢体动作和听声音。

他表演虽不投入，但胜在声音好听，这角色也不需要大幅动作，温柔的帅已经足够。

况且吸血鬼本身就给人冷淡又多情的感觉，和他还挺像，所以在台下看来，他的表演并不违和。

大家总是偏爱命运悲情的人设，所以当程迟手指搭上阮音书脖子，两个人相爱相杀的那一刻，底下传来一阵唏嘘的哀叹声。

他们的最后一场是双双中箭，他躺倒在血泊中。但因为姿势没有调整好——阮音书站位往前了一点，所以他倒在了她的怀里。

场景里的灯光全部暗下，只剩一束追光投落在他们发顶。

周遭一片阒寂，好像这一刻世界只剩下他们，她垂下眼睑，和他的目光直直对上。

少年的黑眸被灯光照得发亮，瞳仁里面倒映着她的脸。

黑眸沉沉如潭，深不见底。

他们以前排练从来没有过对视戏份，可能是他的目光太专注，除了她好像再装不下别人，她的心跳无端快了起来。

她像是被什么射穿心脏，好像是刚刚那支箭，又好像不是。

台下传来掌声，阮音书终于意识到自己的戏结束了，在灯光转换时匆匆退了场。

她手心汗津津的，摊开手，里面是那支箭。

负责排练的小姐姐走过来，问她："丘比特之箭感觉如何？"

阮音书："啊？"

"呸，说错了，之前他们拍微电影用过这个丘比特箭来着，我给搞混了。"小姐姐看她，"第一次公演，感觉怎么样？紧张吗？"

她反应了一会儿，头一次有种不知要做什么的感觉，转头看到了自动咖啡机，抽了个杯子，按下了冲泡按钮。

看着机器运转，阮音书点了点头："紧张。"

"真紧张啊？"小姐姐捏了捏她手臂，"你平时可都是最淡定的，就连全校演讲都很镇定，现在怎么……哗，你手怎么这么冷？"

“可能是台上空调开太大了吧。”

“是哦，最近有点降温，你多穿点。”

咖啡冲泡完毕，液体裹着醇香落入杯中。

不知道是不是表演后遗症，她现在感觉自己有点大脑充血，行为也变得不由自己。

程迟站在一边提醒她：“咖啡烫，等会儿再喝。”

结果她稀里糊涂地跟着小姐姐聊天，目光看着台上，脑子里却在开party，手在一旁摸到了咖啡，想也没想就端起来喝了一口。

入口的时候她才觉得不对，唇尖蓦地被烫了一下，她赶忙把杯子挪开，热咖啡溅到手指上，她缩瑟了一下。

“怎么了？烫到了？？忘了跟你说咖啡机出来的咖啡很烫。要凉一会儿才能喝的呀！”

小姐姐赶紧给她拿纸来，目光很惋惜：“你看，都烫红了。”

阮音书抿了一下唇：“我没注意……”

“痛吗？要不你回去处理一下吧？敷点牙膏或者去药店买药来涂下，不然我怕起水泡。”

桌上的咖啡被人端起来，整个被扔进垃圾桶，阮音书诧了片刻，和程迟的目光对上。

他蹙了蹙眉，声音很沉：“我不是说了很烫？”

她没听到。

程迟也没说什么，看了她唇尖一会儿，目光暗了暗，然后转身出去了。

阮音书找到洗手间，用凉水洗了洗伤口，这才后知后觉感受到烧灼的辣意。

但是还有两个节目晚会就结束了，最后一个节目是室友的，她答应了要看完的。

她想：算了，忍一忍吧，晚会结束就去买药。

晚会即将结束的时候，有人在门口发纪念品，大家一窝蜂拥在门口。

程迟回来后，发现自己根本进不去主会场。

一高有很多学生在A大，于是他在人群中找到一个一高的熟面孔，低声道：“你叫阮音书来天台一趟。”

阮音书刚看完表演，正在跟室友会合，忽然被人拍了一下肩膀。

这是原来一高二班的学委，胆子小，她记得。

“怎么了？”

学委还有点忌惮程迟，跑得又快，这会儿的声音有点打结：“程、程、程迟喊你去天台一趟……”

“去天台干什么？”

“他没说。”

阮音书觉得奇怪，而且现在潜意识有点怵，好像一想到要见他，就又紧张起来，心率也跟着上升。

但室友的舞蹈排练是在天台，室友好像把外套掉在了上面。

“书书，我现在要去还舞蹈服，你能帮我去天台拿一下外套吗？”

她顿了一会儿，说好。

也不知道是为什么，她现在不大有勇气跟他对视，所以一上天台，阮音书拿了衣服就准备走。

她的手腕却蓦地被人握住，程迟将她强硬地扯到一边。

她心一颤，还没来得及心惊胆战，他从一边拿起药膏挤了一团，抬手抹在她嘴尖。

药膏冰冰凉凉，像是特意针对这种烫伤的。

程迟怕弄疼她，动作轻，但眉头却紧紧皱着。

随着药膏一点点被吸收，她原本红通通的伤口又明显起来，看她受伤，他更心烦意乱，表情越来越阴郁。

阮音书很少见他这个表情，心想着该不是自己之前没听他的话，他生气了吧。

药膏抹完，程迟目光从伤处轻轻晃开，眼神蔓延到她小巧粉嫩的唇珠上。

他喉结不自知滚了滚，想到之前那个未完成的吻，眼底情绪翻腾。

阮音书攥着衣角，感觉大事不妙，甚至在心里计划着：他如果生气打我，我就跑。

下一秒，程迟理智掌控身体，却没有掌控住思维。

他别开脸，声音沙哑，压抑又克制：“涂了药，不能亲了。”

阮音书：“……”

她蓦然后退两步，耳根一下子烧得通红：“你又在想什么啊！”

“没想什么啊。”程迟笑了声，忽而又道，“阮阮，我要走了。”

她木了一下。

“马上要跟院长去一个什么研讨会，过几个星期才能回来。”也不知道是什么垃圾研讨会，能开那么久。

阮音书失语，听他说得这么沉重，她以为他要走十年呢。

程迟把药装进盒子里，想说的话在喉咙口滚了很久，还是没讲出来。

最终，他只是摇了摇头，把药留给她。

“一天两次，搽到红肿消了为止。”他抬了抬眉，“回来我要验收的。”

一语双关，他这话说得堂堂正正又暧昧。

她还没来得及骂醒他，他就已经招手先走了。

“行了，我得抓紧时间了，院长在机场等我一个钟头了。”

“……”

所以这么重要的时间，他拿去买药了？？

程迟去往学术研讨后，没读大学而改去给家里做生意的邓昊，也没有活跃在A大和S大之间了。

阮音书的生活变得难得地清净起来，却好像少了点什么。

文体周来临，大家为了各种讲座跑断腿攒学分，阮音书当然也不例外，选了自己感兴趣的一些讲座报名。

室友乔亦溪看到了，笑着开始数：“音书，你看你报的这些，几乎都是中文系的文学讲座啊，你这么喜欢搞语文？”

被这么一提醒，她才意识过来：“我报了很多语文有关的吗？”

“是啊，什么古典文学、成语妙意、古诗词赏析……你看看，你哪有点金融系接班人的样子？”乔亦溪玩笑道。

阮音书拿过自己的手机数了一下，自己只报了一个金融系主办的讲座，还是因为觉得这个是自己的专业，听一下比较好。

而她报的语文那些，纯属自己的兴趣爱好。

另一个室友也说：“我第一眼见音书也觉得不像学金融的呢。那种气质，比较像主攻文学的气质小姐姐，不像我们沾满商人的铜臭味的。哈哈哈哈。”

乔亦溪：“说真的啊，我也觉得。音书，你为什么报金融系？”

她几乎想也没想就回答："金融系是A大最好的专业呀。"

"那肯定了。"乔亦溪过了会儿又问，"就这吗？"

"嗯。"

"我还以为是你喜欢金融呢，毕竟就你这个成绩，学什么都很好。我认识一个男生，高考成绩很高，但他没有报金融，报了个自己喜欢的建筑。"

另一个室友也接话："那还是明智的，学一个自己不喜欢的专业多痛苦啊！喜欢的就不一样，又轻松又容易做出成绩来。"

"书书没有喜欢的专业吗？"

乔亦溪替她接口："你说她不喜欢语文我都不信，我之前去她家玩，发现她自己房间的展示柜里只有语文奖杯，剩下的奖杯奖状都在抽屉里。"

乔亦溪的说是无心，阮音书听着，却后知后觉意识到了什么。

她已经学了几个月的金融了，说起来也就那样，和以前学习差不多，毕竟她一贯自律，干什么都认真。

可是好像真的，只有在学语文的时候，她是整个人发自内心会觉得高兴。

"逐物杯"那一次错失冠军，她也没有像福贤他们那样崩溃，只是觉得无奈，因为这在她心里并不是特别重要。

而那次成语大赛，从初赛到决赛再到拿奖，她被认可，心情无比愉悦，占据了她生活很重要的一部分。

那时候不知道为什么，现在……她好像明白了。

从网上买了一些中文系的书来读，阮音书果然感受到了和学习金融全然不同的感觉，那种敏锐的愉悦与生俱来，好像此刻脚下的，才是她真正要走的路。

所幸路还没走太远，她现在换航线，似乎还来得及。

她忙着啃自己新买来的文学专业书的时候，时间也一点点溜走，圣诞如期而至。

阮音书下楼准备买晚餐的时候，看着门口的圣诞树，她才意识到圣诞节来了。

这次的圣诞节来得好快，仿佛上个圣诞还是昨天。

上个圣诞……对了，她上个圣诞是怎么过的来着？

好像是在耀华，她和程迟在一起。

那时候距离高考还有六个月，说紧张也紧张，说不紧张也有时间忙里偷闲，程迟带着她跑去校外玩。

他给她买了个手工糖，软糖捏成兔子的形状，她咬下一口，软绵绵的，还很甜。

除了糖，他好像还给她买了一个史迪仔的帽子，可以当围巾，因为那时候有点冷。

周遭全是挽着手的情侣，阮音书看着这些拉着的手陷入回忆，恍惚地想着：要是程迟在就好了，肯定早就有想法有计划地拽着她去哪玩儿，不会放她一个人乱游荡。

要是他在就好了，有他走在她身边，也不会显得她太孤单。

阮音书拿起手机，发现程迟很久没给自己发消息了，不知道是那边管得严还是他不想发了。可是……管得再严，也不至于连手机都拿不到吧？

突如其来的被遗弃感让她心跳漏了半拍，阮音书搓了搓手，随便走进了一家店铺。

圣诞节的店铺装饰都很漂亮，她看着圣诞树上的小挂件，觉得挺可爱，购物欲被激发出来。

老板娘随口说了句："这个好，都是一对对卖的，你看，两个放在一起还能吸住。可以买来送给喜欢的人嘛。"

阮音书点点头，从树上取下一对小兔子，顺势想着：嗯，那她就送这个给程迟吧，他应该会喜……

等一下。

等一下。

她感觉心跳骤停，为自己潜意识的想法愣在原地。

老板说，买给喜欢的人，而她在那个瞬间，点了头，脑海里浮现程迟的脸。

并且当时，她还并没觉得有什么不对的地方……

她喜欢程迟吗？

阮音书舔了舔唇瓣，手掌搭在胸口，漫无目的地出神，脑子里炸起烟花。

她好像真的……喜欢程迟。

她喜欢程迟。

什么时候开始的事？

话剧表演吗？还是毕业典礼？或者更早？

她恍惚想到他告白之后自己失眠，窝在被子里回想自己对他的感情，却怎么理都理不出头绪。

她以前从来不会那样，不喜欢的人就确定是不喜欢，从来不会觉得复杂。

她又想到自己拒绝他之后他各种装不在场的回答，换别人她早就觉得排斥了，可对他却没有。

她以为自己不会喜欢上别人的，可她其实……早就喜欢上他了吗？

她正在发呆，门口风铃响了声，声音清脆。

这风铃跟心动很接近，随着风铃声的，是程迟推开门的动作。

很久没出现的人终于找到她，靠在门边，胸膛还在起伏。

“好好的圣诞节，你一个人不在寝室待着，跑出来看别人秀恩爱？”

阮音书看着他，张了张嘴，说不出话：

“……”

程迟蹙了蹙眉，走过来：“里面很热吗？”

“没。”她不知道他想说什么。

“那是我今天好看得有点过分？”

阮音书：“……

“什么？”

程迟奇道：“那你的脸一个劲儿红什么？”

“没什么，里面太热了！”

阮音书说着就往门外跑。

过了会儿程迟才追出来，声音带着笑意：“你没付钱啊，小朋友。”

阮音书又低头要往店里钻：“我忘了。”

他拦住她肩膀：“哎哎哎，我替你付过了。”

“我说你今天怎么回事儿啊，怎么不在状态？”程迟道，“是太久没见到我了？”

阮音书：“你少往自己脸上贴金！”

少年舔了舔唇，又笑了，正要说话，街上传来一声兴奋的喊叫声。

“下雪了！初雪！！”

阮音书抬起头，真有一片雪花掉在了自己鼻尖。

圣诞节，初雪，程迟。

程迟侧眸瞧了她一眼，意味不明道："圣诞节初雪，还是我陪你迎接的。怎么，是不是觉得挺浪漫？"

程少爷又是张口就来："你知道这种浪漫时刻适合干什么吗？"

"干什么？"

"适合让我做你男朋友。"程迟眯了眯眼，惯例地来了那么一句，"交往吗，小朋友？"

阮音书抿了抿唇，感觉好像吃进了一片雪花，微凉的雪花片在唇间融化。

她用鼻音小声嗯了句："可以。"

程迟本来也没以为她会回答，悠闲地往前走了两步，这才感觉到不对了。

他吊儿郎当的神色一收，停下脚步看着她。

"你说什么？再说一遍？？"

雪片是冷的，脸颊是热的，手心是滚烫的。

阮音书提起自己的高领毛衣挡住嘴唇，长睫垂下去，扇一般的阴影下是绯红双颊。

她咕哝："没听到算了。"

他怎么可能没听到："我听到了。"

"我说要交往，你说可以。"像是怕她反悔，他加快语速，"我都听到了，你别抵赖啊。"

这句话说出口，程迟也不知道她会怎么回答，在口袋里的手指疯狂玩弄那几枚硬币。

阮音书轻轻吸了一口带着棉花糖味的空气，发顶的软毛随着点头动作晃了两下。

"嗯。"

程迟凑近了一点，琥珀色的眼瞳发亮："'嗯'是个什么回答？"

她本身脸皮薄，刚刚承接他话的那一刻已经是鼓足了很大勇气，毕竟她知道他只是开玩笑，没想让她回答。

她都说到这份上了，这人听到了答案还刨根问底。

他还一直问，一直问。

她把高领扯下来，眨了眨眼睛，用力踩了一下他脚尖，与此同时再度鼓足勇气——

“我说好。交往交往交往，你听不到吗……！”

小姑娘连着说了这么长一句都不带喘气的，憋得耳根涨红，鼓着嘴，像个河豚。

程迟十分有成就感，偏偏又侧着头问：“好什么？”

阮音书不想搭理这个烦人精了，转头就往前走，气呼呼的，又没有真的生气：“好一朵美丽的茉莉花。”

程少爷腿长，三两步就追上来，笑眯眯地扯扯她脸颊。

“疼不疼？”

不知道这人又在神神叨叨什么，她停下脚步：“你又干什么呀？”

“我怕是在做梦。”他的笑虚晃了一下。

“那你掐你自己不就知道了吗？干吗还问我？”

程迟：“我怕不疼。”

他怕是梦，又怕这个梦不够久。

阮音书抬手拧了他手臂一下子，让他自己体会：“现在疼了吗？”

“程迟好惨。”这人忽而语重心长道。

阮音书：“……”

“程迟明天就要登报了，登报标题就写——”他缓缓阐述，“圣诞节初雪日，确立交往的第一天，女友将其拧成断臂残废。”

她张了张嘴，真是没办法，被他气笑了。

这人到底拥有什么奇怪构造啊。

圣诞的夜晚很热闹，两个人一起无言走了会儿，程迟酝酿了一番。

“阮阮。”

“嗯？”

“你看今天飘下来的雪——”

她跟着他抬头往天幕中看，细小的雪花翩翩翻飞。

程少爷继续：“像不像你要放进我口袋里的手？”

阮音书：“……”

她佯装无奈地长长呼出一口气，说：“知道了。”

她握了握手，把右手塞进他口袋里。

程迟的手指很快感应到，把她的小手在掌中包成一团。

奇怪，他的手有点冰。

“你的手有点热啊。”他似是云淡风轻道，“看来刚刚挺悸动。”

她用小糯音回敬：“你的手也挺冰的。”

“是啊，我也没比你好到哪去。”

说完，两个人一齐笑了。

程迟啧了一声：“要知道回来能有这待遇，我早五百年就快马加鞭赶回来了。”

好像没跟她说起过那边的话题，阮音书问：“你在那边都干什么？”

“科研项目研讨会，人工智能应用什么的。”程迟说，“讲起来挺枯燥，你大概不想听。”

“你不是可以玩手机吗？”

“那地儿可不能玩手机，你想我被负责人用话筒砸死啊？”程迟笑了笑，“而且挺忙的，忙得我手机都丢了。”

“丢手机了？”她抬头，“怪不得都没见你给我发消息。”

“半夜下楼买消夜的时候被人顺走的。那时候太困，没注意。”

“你不是狠吗？可以跟小偷搏斗什么的。”反正只要他想，似乎也没什么做不到。

程迟眯了眯眼：“你还真了解我——我也想过看监控，但太累了，懒得弄，就算了。”

末了，他又补了句：“反正又没有女朋友茶饭不思给我发消息，要手机也没什么用。”

“你现在不是有了吗？”她抿抿唇，“还不抓紧买一个吗？”

“买，现在就去买。”程迟说走就走，“刚好我也打算有了女朋友再买手机。”

“……”

膨胀的程迟带着自己的女朋友走往专卖店，为了庆祝圣诞，店铺都没有歇业，并且还推出了圣诞活动。

程迟买了手机，顺便办了个新卡，阮音书在存他的电话，他在一边刷卡。

刷着刷着程迟想起来，指着柜台问她：“喜欢哪个？”

阮音书：“你不是买了吗？”

“给你买一个。”

“我不用，我的手机还很新，刚换的。”她转了转自己的手机，“而且里面存了好多东西，换手机转存不方便。”

况且她也恋旧。

程迟点了点头：“那行，那我也不逼你换了。”

东西差不多都弄好了，程迟嫌麻烦，盒子什么的全没有要，拿着手机就要走。

阮音书尽职尽责：“等下，发票要拿好。”

“这东西拿了我也会丢，不如不拿。”

“那我帮你保管。”她从盒子里拿出发票，叠好放进包里，“手机出问题了你找我要就行。”

店员乐呵呵地看着他们俩：“也行，小票什么的还是给女朋友保管比较好。女孩子细心。”

程迟纳了闷：“怎么看出是我女朋友的？”

店员笑容收了一下：“难道不是吗？看起来……”

“是啊。”程迟揽着她肩膀，唇角挂着迷之笑容介绍道，“女朋友。”

他声音好像加大了点音量，像强调，有不少人把目光投过来。

阮音书扯着他走：“你干什么呢？都听到你刚刚说的话了。”

“就是要他们听到，”程少爷春风得意马蹄疾，眉梢都浸着愉悦，“我有女朋友还不能说了？”

她现在明白了。

他刚刚根本就不好奇人家怎么知道他们是情侣，他就是想显摆一下。

学校要证件照，后来阮音书在自助证件照的小厅内拍完之后，等待照片出来的时候，程迟从外面钻进来了。

程少爷站在那儿，对着镜头看了两眼，眼神仿佛都在说——

“你们看见了吗？旁边。这里。

“女朋友。我的。

“我一个人的。”

后来在宿舍楼下，程迟亲手在阮音书的社交软件里，把自己所有的对话框都调了置顶。

阮音书觉得自己好像一个霸道总裁，看着对面的人仗着自己的宠爱为所欲为。

终于调好了，她收好手机确认："那我上楼了？"

程迟双手插着兜："嗯。"

"你也早点回去吧。"

她转身上楼，回身的时候发现他还在原地看着自己，说："你回去呀，难不成要跟我一起上去？"

程迟立马就有了靠近的动势："好啊。"

"好什么好？我室友都在上面呢。"

她本来也没想别的，但程迟一听，眼眸暗了暗："我原本也是说上去让你介绍一下我啊……你想到哪儿去了？"

阮音书："……"

反应过来的当下，她往后退了两步，像看一个流氓："你才是……你想到哪儿去了？？"

程迟用手蹭了蹭鼻尖："我没想什么啊。"

她下巴在高领毛衣里掩了一半："我不跟你说了。"

他笑："快上楼吧，底下风大。"

宿舍楼下总不乏情侣，尤其是圣诞节这种日子。

门口的几对站着亲坐着亲踮脚亲，像能凹出一套世界名画造型来。

程迟看了一眼啃得正带劲的几对，拇指指腹蹭了蹭嘴唇，转身走了。

回寝室之后，室友们全齐刷刷看向阮音书。

"不该啊，音书，你看看现在都十点半了，你怎么现在才回来？"

要知道她平时最晚都是九点半回寝。

"我们给你带的蛋糕都没人吃。"乔亦溪看过去，"你干什么去了？过圣诞了？"

阮音书取下围巾，啊了一声："我不知道你们还给我买了蛋糕。等会儿就吃。"

"我们音音就是用功，圣诞节还在看书。"舍长默认，如此说道。

阮音书有点心虚："我今天没看书来着……"

"那怎么这么晚回，难道在雪里捡了个男朋友？"乔亦溪随口问。

她眨了眨眼："算、算是吧。"

这下，大家都吓得不轻。

"真谈恋爱了？"

"平时不出手，一出手就这么大手笔呢？！"

"也不是突然，就是……是我以前高中同学。"

"吃窝边草吗？哈哈哈。"乔亦溪又一顿，"欸，是不是你话剧里那个吸血鬼小哥哥？"

她点头。

"怪不得。我S大朋友说她们学校有个帅哥，平时神龙见首不见尾，一副世界跟自己无关的样子，没想到他还去演话剧了。嗯，看来是早有预谋。"

"书书你艳福不浅啊，S大多少人撩他都撩不到呢。"

"我那个朋友还骂他性冷淡，哈哈哈，说哪有帅哥上了大学还这么冷静的。"

"他才不冷静。"阮音书说。

这人压根无拘无束，想干什么干什么。

"什么意思啊？"老二停下涂指甲油的手，眼里闪着对八卦的兴奋和诡异的光，"他今天对你狂野了吗？"

阮音书："……"

"不是，他这人就是性格很……"阮音书想不到形容词，"只有他不想做，没有他做不到的。毕业典礼教导主任喊他上去致辞，他都敢在上面告白，这像是冷静的人做出来的事吗？"

"跟你告白啊？"乔亦溪想了会儿，又说，"那他可能对别人都很冷静，唯独你是意外。你是他的不冷静吧。"

后来，她们聊了不少，爬上床睡觉的时候，阮音书满脑袋都是那句"你是他的不冷静吧"。

好像是。

程迟虽一直随心所欲，但又一贯什么都无所谓，没有特别抢风头的时候。

唯独对她时，他好像没了章法，理智尚存不多，完全凭内心行事。

那天晚上她想了很多,对着黑黢黢的夜伸出手指,茫然又漫无边际地思考。

她想到了自己的未来，也想到了他的。

她的未来会往哪走呢？能去到自己喜欢的专业吗？

他呢？他以后又会怎么样呢？

一切都充满不确定性，可她又好像忽然有了勇气。

第二天一早，阮音书起来上课，九点的时候接到了程迟的消息。

“程氏叫醒服务。阮阮同学醒了吗？”

阮音书：“叫醒服务吗？可我第一节课都已经上完了欸。”

“……”

“那我还是比较适合晚安服务。”

过了会儿，他又传消息过来。

“新的一天开始了，今天的阮音书也是程迟的女朋友吗？”

也不知道他是真的没有真实感，还是在和她闹着玩。

阮音书在下课期间耐着性子回：“是，放心吧。今天是，明天是，后天也是。”

过了会儿，她又学着他的语气问：“新的一天开始了，今天的程迟想退货女朋友吗？”

程迟一口气从床上坐起身。

他喜欢都来不及，退个屁。

程少爷盯着手机屏幕里自己慵懒的造型，无比笃定地敲下三个字：

“我不想。”

看他回消息这么快，她顺带问道：“你下午有课吗？”

“有，专业课。”

“你去上吗？”

“你让我上吗？让我上我就上。”

“嗯，吃个早餐赶紧起来吧。我中午在盛世等你，一起吃饭。”她发了个表情包之后到了上课时间，于是放下手机，继续听课了。

中午跟程迟吃完饭后，她下午没课，回到寝室，给阮母拨了个电话。

她最近一直在考虑换专业的事情，大一结束有一次换专业的机会，她不想凭白错过了。

电话过了会儿才接起来，阮母问："怎么了音书？"

"没什么。中午吃了吗？"

"吃过了，正在午休。"

两个人聊了几句后，阮音书看着本子上自己整理的句子，深吸一口气，对着电话那边说道："就是……我最近买了一些中文系的书，觉得自己还挺喜欢这个专业的。明年六月可以分一次专业，我有点想转专业了。"

阮母愣了好久。

"真的假的？你在跟妈妈开玩笑？"

"我没有。"她很严肃地说，"我以前从来没想过这些，可是进大学之后，我发现很多人都有自己明确的目标。我们老师也说要选到自己喜欢的专业，以后才会有拼劲，不然日复一日枯燥的生活，煎熬而且没有意义。"

"别胡说，生活哪有煎熬的，你拿百万年薪我看你煎不煎熬。"阮母道，"你别人云亦云的，金融这个专业多好啊。干吗忽然要换？"

阮音书说："可我觉得我并不是很喜欢……"

"干什么工作都一样，只不过前景不同罢了。中文系读出来以后哪有金融好混啊！别傻了啊，音书。"阮母思索半晌后道，"这样吧……

"你先想想吧，好吗？认真想想，反正还有半年才到分专业的时候。

"等你回来了，我们好好商量一次。"

她有很多想说的，但阮母不过安抚几句，电话挂断。

阮音书听着嘟嘟忙音叹息一声，拿开手机，盯着漆黑的屏幕。

看来她要找个时间回去一趟了。

这件事，还是要尽快确定下来比较好。

不过一会儿，室友都回来了。

"干什么这么严肃地发呆啊？"乔亦溪把一个东西扔她桌上，"给，买给你的。"

阮音书拿起来，盒子上没有英文："这是什么？"

"糖，温水送服之后能让你呼出的气息都是香的，大概能持续几个小时呢。"乔亦溪挑眉，"我们刚刚精心为你挑选的。"

老二接口："俗名……接吻糖。"

阮音书一下把东西抛回桌上，刚刚在愁的事儿全被打断了，现在满脑子都是惊叹号和问号胡乱翻滚，最后变成支支吾吾的一句——

“你们……你……都在乱买什么啊……”

“哎哟哟哟，我们怎么啦？”舍长笑眯眯的，“我们是为你着想啊，音音。真的，恋爱的时候，这种东西很重要，你到时候就知道感谢我们了。”

“别胡说，我才不要。”

“你先备着，我们又不要你现在吃。”

看起来很有经验的舍长说得信誓旦旦。

周六的时候，程迟挑了个时间给邓昊打电话，让他召集齐人，明天去基地一趟。

邓昊问：“什么事啊？这么紧急，这么大阵仗？”

“重要的事。”程迟云淡风轻道，“人都要叫齐。”

他又叩叩桌子强调：“尤其是那群‘单身狗’。”

邓昊虽然莫名其妙，但还是照办：“知道了。明天中午是吧？ OK！”

除了那群可怜的“单身狗”，阮音书作为重要人员之一，自然也要到场。

周日的时候她和程迟一起出发去基地，他们毋庸置疑是最早到的，里面空空荡荡。

大家都还没来。

程迟抬手：“包给我，帮你挂着。”

阮音书侧身脱包，结果拉链似乎没拉拢，一个粉色的小盒子从里面晃出来，掉在地上滚了两圈。

——透明的，粉色的，是前两天被室友们疯狂安利的气息糖。

也就是俗称的……接吻糖。

程迟低头看了一眼，又抬头看她。

“……”

第十一章
那我可舍不得

空气似乎安静了几秒钟。

阮音书看着脚边的粉色盒子，陷入了沉默的呆滞，脑子却又在呆滞的状态中开始运转。

这是她自己把糖装进来的吗？为什么她不记得了？

她记得自己要走之前收拾了钱包手机和钥匙，还有一支小口红，唯独不记得自己装过这么个东西。

是她无意识的时候顺手装的，还是室友给自己塞进来的？

——但事已至此，再搞明白这些已经没有意义了。

程迟把她的包放在卧室衣橱里挂好，出来的时候捡起地上粉色的盒子，还晃了晃，问她："这什么？"

阮音书眨眨眼，又眨眨眼，最终支支吾吾地说："糖……吧。"

"还有长这样的糖？我怎么没见过？"

她闭着眼瞎掰："我也不知道，室友她们送的。可能是什么牌子的新品，试吃吧。"

阮音书从程迟手上拿过糖盒，眼神晃了晃，道："看样子也不太好吃，别、别吃了吧。"

说完，她垫着脚将糖转移到冰箱上头。

程迟看她的行为像脱了线似的，挑了挑眉，倒也没再说什么。

"你家这冰箱挺好看的。"阮音书心虚地倚在冰箱侧边转移话题，"什么时候买的？"

程迟："这是空调。"

"……"

她移到正面一看，发现这的确是个空调。

为什么这个空调长得这么像冰箱?

"我知道了。"这人又突然说。

"你知道什么？"

"可能是第一次以女主人的身份到基地来，你有点紧张吧。"程迟顺手从柜子上拿起一瓶橙汁，拧开，然后就那么递给她，"别紧张，就像在自己家一样。"

她伸手接过，抿了一口："你又在乱说什么……"

程迟低头看了眼手上的盖子，眉头蹙了一下："过期了？"

阮音书："……"

"没，骗你的。"这混蛋展颜一笑，靠坐在沙发上，"怎么样，被吓过之后，紧张感是不是缓解了很多？"

"都说没紧张了。"她的目光落在自己手中瓶上，"你不是很久没回来了吗，家里怎么没灰？"

"有家政定时清扫、换饮料什么的。"

阮音书坐在他身侧："不过……这就算是你的家了吗？那之前那个呢？"

"之前那个是老头子给我的，说是不混出点名堂来不能去住，但也就那么一说。"程迟道，"钥匙在我手里，我还不是想去就去？"

"归在我名下的房产算是家，但也算不上，一个空房子而已。严谨点来说，以前我是没有家的。"

在他看来，一个人冷冷清清凑合着过日子，并不能算作是家。

她顺着问："那现在呢？"

“现在？”他轻声笑了句，“现在不是有你了？”

她一怔，舌尖不知是什么样的滋味弥漫开来。

两人才交往短短几天，他却已经把她划分进自己的领地。

门口传来几下敲门声，邓昊的声音顺着门缝钻进来：“程迟程少爷，在吗？”

程迟起身去开门，阮音书跟在后头。

邓昊跟一行人拥了进来，看到阮音书愣了一下：“唷，阮音书也在呢？稀客啊。”

程迟“友善”地划分：“你才是客。”

邓昊也没多虑：“得得得，我是客。大家赶紧进来吧。”他手又在裤子上搓了搓，“第一次来到‘大魔王’家里做客，还有点紧张。请问是直接开始磕头吗？”

“……”

十几二十个人拥入之后，房间立马热闹了起来。

邓昊边走边感慨：“我真感觉自己五百年没摸到这些游戏机了，来来，老邱，咱们来打两局拳皇。”

“打你妈，不打，滚.”

一次性被三句话连续拒绝，邓昊感觉自己有点受伤，边摸着球桌边说：“当年就是在这个桌上，程迟敞开大炮往自己的身上打去……唉，回忆杀啊。自从他为了追妹子跑到耀华去之后，我们就很少在基地玩了，更别说上了大学。”

邓昊连自己说漏嘴了都没发现，仍然沉浸在自己的世界里：“他不是要排话剧就是老师找，每天忙得满地找头，就更没时间聚一聚了。就我说，那个弱智话剧，一开始找他他也没答应，要不是看在那什么的分上，我看他才不去呢。”

“太久了，真的太久了，久到我觉得自己大专都要毕业了。”

这行人里，除了程迟在阮音书以及各种方面的加持下上了一本，邓昊家里花钱送他读了大专，准备以后让他继承家里的衣钵做生意，其余的人都没有念大学。

剩下的该玩还是玩，该混继续混，偶尔被家里抓回去骂一顿安个工作，不过几天又兴意阑珊，出逃不干。

当年带领他们的头子，这群纨绔垃圾中最狠的那一位，没想到竟成了知名院校的重点培养对象。

人生真是捉摸不定，永远预测不到下一秒会发生什么。

多少人怀念这个基地，一来都找到自己以前最爱玩的，怀旧似的猛地玩起来，完全忘记这次好像是被程迟叫来的。

阮音书在沙发上跟程迟商量吃什么，最后定下来海底捞的上门服务。

十二点多锅底送达。怕不够吃，程迟点了六个锅。

大家兴致高涨，围在一起开始边聊边吃，吃到一半饮料没有了，阮音书开冰箱，问他们："可乐还是美年达？"

"你定。"程迟抬眸，"客随主便。"

邓昊接茬儿："就是就是，客随主便，你定就……"

"哎？谁是客谁是主？"

"我们是客的话……"邓昊那装满了虾滑鱼丸牛丸雪花肥牛黑糖糍粑的脑子开始缓缓运转，"拿水的人是主？什么主啊？！"

程迟言简意赅："女主。"

邓昊没懂："什么女主？"

他那瞬间又反应过来什么似的，抬高音量："女主人？？"

饭也不吃了，邓昊立马撂筷子，都破音了："你追上了？！"

"是啊。"迟·拥有女友·程慢悠悠地下了一盘肉，嘴角的弧度看似不经意扬起，实则早已按压不住。

"不然呢？你以为我是闲得没事干，才把你们叫过来吃肉的？"

众人面面相觑一眼，然后开始大笑。

"我就说嘛，怎么忽然待遇这么好，又是吃东西又是打游戏的。"

"原来是今天有大事要宣布，我们都是沾光的啊。"

"恭喜恭喜，百年好合。"

邓昊本来吃得还挺带劲的，现在瞬间觉得嘴里的东西跟这劲爆消息一比，立刻索然无味了起来。

"怪不得呢。"邓昊哼哼两声，"今天你这阵仗搞得跟总统要上任似的。"

阮音书关了冰箱，提着橘子味美年达走到桌边，准备给他们加水。

“别，您歇着吧，我来。”

邓昊接过水开始给大家添：“累谁也不能累着我们阮音书课代表。”

程迟：“叫错了。”

邓昊脑子里冒出了一个问号，很快，作为程迟肚子里的蛔虫，他了然地笑了。

“对不起，嫂子，为我的鲁莽自罚一杯。”

忽然被升级的阮音书：“……”

气氛正好，大家边吃边笑。阮音书正夹了块肉，还没来得及吃，听见邓昊自己在那感叹。

“感慨程迟这把锁找不到钥匙似乎还在昨天，今天瞬间就给我找了个小嫂子来，真瞬息万变。”

阮音书觉得这个形容有点奇怪：“锁？”

“对啊，就之前去看项链的时候，那个导购形容爱情是说，每个人都是一把锁，就看能不能找到开启自己的钥匙。”

邓昊又真的很不解地看向阮音书：“你是怎么做到打开程迟的？怎么可能呢？？你这把钥匙到底有什么神奇魔力呢？？？能这么厉害。”

过了会儿，邓昊又神神秘秘地问她：“你是不是干小偷的？不然怎么连开这么难开的锁都易如反掌？？”

阮音书：“……”

一顿火锅吃完已经是两个多小时过去，邓昊剔着牙意犹未尽：“我怎么感觉我没吃饱呢？”

程迟双手交叠，缓缓道：“可能是因为你没有女朋友吧。”

在座多少“单身狗”，又有几个是之前多少喜欢过阮音书的，程迟讲这句话什么意思已经很明显。

他是赤裸裸地宣誓主权啊。

邓昊想了想，打了个嗝之后起身往门口走：“人身攻击，举报了。”

邓昊走出去之后，程迟靠在门边问：“不是没吃饱？”

邱天代为回答：“可能是在等你刚刚的那份‘狗粮’吧。”

“老子才不是狗——！不是——！”挣扎的邓昊被塞进电梯里。

“滚啊，这年头单个身连人权都没有了吗！！”

虐完狗……不是，宣布完正事之后，因为刚好到了基地，离家也近，阮音书下午就顺道回了家一趟。

她还记得自己要做的事。

回去之后，阮母先是对她进行了全方位的嘘寒问暖。下午三个人一齐坐在沙发里，新闻正播着辩论赛，辩论的主题是：人应不应该把爱好发展为工作。

最后正方赢了，大家都觉得工作应该是自己喜爱的职业，否则人很难获得幸福感，连不加班都觉得加倍疲倦。

连这个辩论都像是在帮她，广告时段，阮音书抱着抱枕开口："我还是想转专业。"

阮母拿着遥控器换了个台，换到了新闻类节目，这才缓缓开口：

"不是妈妈不同意，但是你为一个金融系努力了这么久，现在换，不是相当于以前的努力白费吗？"

"不会有白费的努力的，起码我上了A大，也是在学过了金融之后才知道我对它不'感冒'，我喜欢的是另一个专业。"

阮母："好，那你说说，进了文学系之后你学什么专业？以后能找什么好工作？和别人相比你的优势在哪里？这个专业的发展前景又有多好？"

蓦然下来的四个问题，阮音书听到愣了一下。

"我总得先转进去了才能再细化吧？路不都是一步步探出来的吗，妈妈？"

"是，你可以探——但是，现在明明有一条这么好的康庄大道你不走，你为什么一定要去走一条自己不熟悉的路呢？你会走多少弯路你知不知道？万一你学了这个专业发现自己又不喜欢了怎么办？继续换吗？你没有那么多时间啊！社会它不等人的啊！"

她眨了眨眼，愈发坚定："不会换了，我就想选文学系。"

阮母把遥控器放在一边，长长叹息一声。

"我觉得你还是不够冷静！是因为以前没有过叛逆期，现在想要和我们对着来吗？"

阮音书无奈："我没有，我说的是真心话，我也不想拿自己的以后开玩笑的。"

“你现在还是没有准备好，你连怎么往喜欢的专业深造都不知道，这样是不行的。”阮母起身，“等你写一份前景报告给我，我看看再说吧。

“写完这个东西，我想你自己也知道孰是孰非，也会明白什么才是最适合你的。”

那天下午的讨论最终还是不欢而散，阮母坚信只要阮音书再往深处勘测，就能发现转专业的无数弊端和不利，而那时，她也会放弃这个想法。

但阮音书第一次有了那样的念头——

她想，当她更深刻了解这个专业之后，一定能找到它与自己更契合的地方。

她要证明给母亲看，她喜欢的这一份专业，她将要选择的这个专业，一定适合她。

晚上逛完街的时候，她跟程迟说起这个事儿，程迟回答得很斩钉截铁：

“喜欢就去做，不要在乎他们怎么看怎么说。你自己的人生，掌握权在你自己手里。”

她又问他：“那你呢？你以后念什么？”

“我？”他笑了笑，“我肯定不转专业，到时候读研就往光学的方向吧。”

现在光学的范围也很广。

“然后呢？”

“然后再看，随便弄弄吧。”

她被他随意的态度惊到：“你不是导师重点培养的对象吗？”

“是啊，那按照他的来我可得死——读研还得出国。他说帮我安排了一个研究室的进修，我推了。”

“为什么推了？这么好的机会啊。”

程迟拍拍她脑袋：“出国啊，又不是一天两天，大半年的时间都在异国他乡。我不想。”

以前的话倒也无所谓，但现在她在身边，他不想跑太远。

“还远着呢，你别这么着急下结论。”阮音书说，“大半年而已，很快就过去了。反正又不是让你现在走，到时候的事到时候再决定吧，万一之后的你改了想法呢？”

程迟哑然失笑，不知道是配合还是在哄她：“好——那我先不下定论，到时候再说。”

阮音书满意地点点头。

今天逛街逛得有点晚，她想坐地铁，程迟就同意了。

最后一班地铁还有一会儿才来，夜间地铁站空无一人，安安静静的。

阮音书今天买了个兔子发箍，兔子的耳朵能折叠，她靠在角落跟程迟讲话。

过了会儿，她又百无聊赖地把发箍往下推，兔子耳朵折下来刚好挡住眼睛。遮光度还不错。

程迟看她自己一个人在那玩儿，兔子耳朵遮住眼睛，像个眼罩，而她一只手半抬着放头顶，像是还没来得及拿下来。

她抿了抿唇，唇小弧度地弯，笑了：“我看不到你了。”

程迟看过去，只看到她浅红唇瓣一张一合，别的什么都看不到了。

她嘴唇还在动。她在说什么？他好像听不到了。

阮音书还没来得及说完，忽然另一只手的手腕被人抓住，程迟把她手腕高举过头顶，压在她身后的墙面上。

“……？！”

她吓傻了，张嘴正要惊呼，嘴唇忽然被人堵住。

耳朵遮挡住视线，她面前昏昏暗暗，手被人挟制住按在墙面上，她仿佛失去一切知觉，只是唇上辗转的温度尤为突出，以及他那句低低的、像是浅吟的沙哑嗓音——

“你别搞我了。”

他舔吮着她的下唇，像是在咬软糖，声音变得朦胧：

“明知道我忍不住。”

少年的嗓音很沉，又带一点低靡的欲。

他在克制，喉咙里还发出隐忍的吞咽声，可动作却一点都不像是在忍，舌尖开始攻城略地，宣誓占有。

有接吻的声音在空荡的环境内缭绕。

有时候爆炸只需要一秒，阮音书被他高举握着的手腕开始发烫，面前的黑暗像是霎时浸入的黑夜。

她眼睛被蒙住，手被他按着，所有的触觉变得明显起来，整个人无可抑制地变软。

程迟齿关咬着她嘴唇，或轻或重地吮，她看不到动不了，嘤嘤呜呜地开始挣扎，但没用，反而换来他更凶猛的索求。

他扫荡走她口腔内所有的空气，舌尖顺着她唇线描摹，生涩又像是一气呵成。

他知不知道这是在哪啊？他知不知道她现在什么姿势啊？

她后背爆炸开电流，喉咙里的声音断断续续，被亲得浑身发颤，感觉又羞又赧，伸出脚尖去踢他。

“你别……闹，有人……万一……嗯，程……”

他的吻混乱又温柔，毫无章法，她被亲得一句话都说不出来，唇被人咬着用力。

她往后缩，又被他捞起来。

程迟靠在她耳边，声音嘶哑：“没有人。

“你今天吃糖了？”

他问完，没等她回答，又说：“要抓紧时间，不然糖就白吃了。

“不能浪费。”

说完，他又俯身含住了她的嘴唇。

阮音书总算是明白了。

千万不能跟程迟讲道理，因为他完全不讲道理。

而且你也讲不赢他。

最后一班地铁终于在阮音书快缺氧的时候行驶而来，在空荡的轨道荡出猎猎风声。

程迟近乎于失控的理智终于回拢稍许，手上力道松了点，阮音书终于把手从他手心里抽出来。

男女力量悬殊，她两只手腕被他一只手握着，居然一点动弹的余地都没有。

这时候抽出来，她的手腕还在酸酸胀胀地疼。

她把兔子发箍抬上去，终于又能看清面前的光亮，和程迟那近在咫尺的脸颊。

他胸膛仍在起伏，喘息声从喉咙中逸出，有光逆着从他发顶梢落，勾勒出他颈后流畅的线条。

面前这一幕像老旧的香港电影，带着禁敛的惊艳。

阮音书愣了几秒后抿抿唇，感觉到了点什么湿漉漉的东西，这才终于从刚刚近乎于宏大场面的战斗中找回自己的意识。

天啊，怎么能在深夜的地铁站……和程迟干这种事情？！

她用手背抹了一把嘴唇，从他的禁锢中逃了出来，难以置信地瞪大眼睛看着他，跺了跺脚，语调里全是不知所措的紧张和着急：

“程迟！”

他知不知道这里有监控的啊，被人看到了怎么办？

偏偏这个人面对她的指控，还一点都不为所动。

程迟低回迂婉地笑了声，眼角眉梢染上淡淡的悦色，竟还恬不知耻地应道：“嗯，我在。”

“……”

“好了，别傻站着了。”程迟牵着她的手腕往前走，“再不上地铁，就没车了。之前不是你说想坐地铁的？”

阮音书气鼓鼓的，不想认：“不是我！”

她有点晕出租，坐地铁会舒服很多，谁知道等地铁的时候被这个混蛋摁在墙上，眼睛和手全部失去掌控权，逃都逃不掉……

她从小循规蹈矩，可自从认识这个人以来，各种危险刺激的事就没少参与。

地铁门响了两声后关上，最后一班地铁，人不多，车厢有点空，有几对情侣，散散地分布在远处。

阮音书找了个位置坐下，满脑子都是刚刚一片漆黑中被人压住辗转地吻，现在心还在尚有余悸地胡乱瞎跳。

程迟坐在她身侧，声音带了些鼻音：“生什么气？你不喜欢我亲你？”

阮音书：“……”

阮音书没想到他能问出这种问题，耳垂在灯光下红得透明泛粉。

她支支吾吾了好一会儿，这才低着头用力以小奶音强调：“这不是重点！”

“哦。”某人象征性地扬了扬首，关注点在另一件事上，“那也就是说……你没有不喜欢我亲你？”

她哽了几秒，嘴唇鼓了鼓：“我不想跟你说话了。”

这个人的思维跟自己的，完全不在一个频道上。

程迟看着她还有点泛红的眼角，挑眉，笑吟吟问道：“那你说说……重点是什么？”

“我们这又不是在家，那是地铁站啊！万一……万一有人来了呢？或者车来了你也没注意，那车上的人不就全看见了吗？”她秀气的眉头蹙起，“而且地铁站还有监控，你总是什么都不想就胡闹。”

“监控没拍到。”他说，“你以为我脑子有问题，那种状态下的女朋友能让别人看到？”

他答得好像她在质疑他的专业性一样。

面对着越讲越有道理的程迟，阮音书沉默了。

“可是，”她又吞吞嗓子，“哪有人会这样……”

用一个那么狼狈又羞耻的姿势……

“那样？”程迟皱了皱眉，旋即反应过来，“我本来没想的啊，是你非要搞我。”

阮音书感觉自己简直含冤背锅：“我什么时候搞你了？”

“你搞我了啊，你把眼睛一遮，我就只能看到你嘴唇了。”

过了会儿，程迟又兀自道：“算了，你遮不遮都一样。”

反正她只要站在他旁边，随便说什么都像是在撩拨他。

“再说了。”这人又道，“吃了接吻糖不接吻，你这是在浪费资源。”又正襟危坐正色曰，“我只是帮你物尽其用。”

“我没有吃那个糖呀……”她太委屈了吧，“等等，你怎么知道那个是气息糖？”

“你可能不知道世界上有一个程序叫拍照识图。我看你当时表情不太对劲，后来就拍了个照搜了一下，很快就搜出来了。还附赠了食用说明。”

阮音书觉得自己本来就没多少的脸已经是要丢尽了……

“那个真不是我买的，我室友非给我的，我也不知道为什么在我包里。”

她轻轻叹息，“而且我真的没吃。”

“没事。”程少爷镇定道，“我吃了，所以也不算浪费，你不用太纠结。”

好在今天珍惜得还不错，程心甚慰。

阮音书：“……”

回寝室之后，阮音书还没遗忘这一茬儿，回忆起来自己走的时候只有乔亦溪在寝室，于是问她：“亦溪，你有往我包里装什么吗？”

乔亦溪正躺在床上敷面膜：“没有哇。怎么了？”

“没什么……就是你们之前给我的那盒糖，无缘无故出现在我包里了，也不知道怎么回事。”

“可能是你自己装的呢。”乔亦溪说，“你潜意识觉得用得上，所以就装起来了。”

“应该不会吧……”

“装都装进去了，讨论这个也没意义啦。怎么，难道你用上了吗？”

她手心滚烫，欲盖弥彰：“没、没有。”

“行，那赶紧去洗澡吧，都挺晚的了。”

“嗯，好。”

阮音书拿了衣服，进了洗漱间。

等她进去之后，安静的寝室传来响动，老二掀开帘子，问乔亦溪：“亦溪，糖是你给装的吧？”

乔亦溪取下面膜，一副用心良苦的样子：“那不然咧？”

而且音书今天回来得这么晚，又对这个事这么上心，还有点反常……

寝室里的三个人，对视一眼，同时露出了你知我知的笑容。

洗完澡之后阮音书上床休息，拿起手机，发现收到了程迟的消息，消息问她准备睡了没有。

阮音书：“刚洗完，还没准备睡呢。”

程迟：“那打个电话。”

然后一个电话就拨了过来。

阮音书戴上耳机，怕影响室友睡觉，特别小声地问他：“打电话干什么啊？”

“没什么，睡前听听你的声音，助眠。”

“……”

她声音小，软飘飘的，程迟越听心越痒，可人又看不到摸不着，只好烦躁地直起身，抓抓头发。

他怎么好像在给自己找罪受?

后来电话挂断，程迟有点辗转反侧，阮音书也没好到哪去，闭上眼就是空荡荡的地铁站……

她又想起他问的那句，是不喜欢他亲她吗。

她的手指搭上嘴唇，想到当时的触感，心脏还在隐隐跳动。

只是事发突然，惊惶和无措盖过了大半。

好像，她也没有不喜欢。

新的一周开始，阮音书继续自己有条有理的生活。

金融系的课业不能落下，她还要自学文学系的课程，偶尔会去旁听一两节文学系的课，还要兼顾恋爱。

说忙也忙，说充实也充实。

既然都在一起了，她当然也会监督一下程迟，让他不要太过放纵，偶尔他早上有课，她还会叫他一起出来吃早餐。

程迟之前不健康的生物钟，硬是被她给扭了过来。

当然，程迟自己也乐在其中。

周四中午的时候，两个人本来在吃东西，结果程迟忽然接到了一个电话，来电显示是邓昊。

他按掉，邓昊又打来，又按掉，又打来。

对方好像是有什么急事。

“你接吧，我觉得应该是要紧的事。”阮音书说。

程迟接起来，那边说了好大一串，然后程迟皱了皱眉：“在哪？”

邓昊说了个地址。

结束之后，阮音书问程迟：“怎么了，什么事？”

程迟摇摇头：“没什么，他们那边出了点问题，要我去帮个忙。”

两个人刚好已经吃完了，付过账之后程迟道：“那我先去一趟，你注意安全。”

“嗯。”

她那时候也没注意，只以为是什么普通的帮忙，所以并没有多问。

直到三个小时后，她上完课从教室里出来，发现静音的手机收到了几个未接来电。

又是邓昊的。

她还没来得及回拨过去，邓昊就又打过来了一个。

阮音书：“喂？邓昊？”

邓昊：“是我。”

“怎么给我打了这么多个电话？”她也不知道是感应到什么，忽然心跳漏了一拍。

邓昊说：“一时片刻说不清。你现在有时间吗？赶紧来一医院一趟吧。”

阮音书手抖了一下，加快脚步：“医院？去医院干什么？……程迟怎么了？”

“你先别着急，来了再说。”邓昊现在不愿意讲，“现在不要慌。”

二十分钟后，阮音书到了一医院，一眼就看到门口等待她的邓昊。

她只看了一眼邓昊，不安和害怕就排山倒海地席卷上来，她有些发冷。

邓昊应该是和程迟待在一起的，可邓昊的手上都是血，脸颊也受伤了。

她第一意识，感觉并没有好事发生。

阮音书第一次感觉有点找不到自己的声音：“……程迟呢？”

邓昊咳嗽一声，说：“我先说，但你别紧张。不是特别特别严重。”

“你说呀。”

“你做好心理准备吧，我不知道你极限在哪，怕你吓晕了。”邓昊深吸一口气，“程迟在手术室缝针。”

阮音书愣了一秒，好像大脑也因此休止运转。

“缝针？他伤到哪儿了？”她脑子里嗡一声喧嚷开，伴随着深深浅浅的耳鸣，声音不自知地有些发颤，“怎么受伤的？严重吗？？”

“就是……我们今天下午去一高附近的操场打球，结果有人来跟我们争场子，说他们一直在这边打，叫我们滚远点……我们脾气也不好，说着说着就打起来了，他们人多，我就又叫了一些人去。

“程迟毕竟能打，一般也不会出什么问题。

“但谁知道对面的那么狠，看打不过就扔石头。我 ×，那么大一块石头，搬起来就朝我们这边砸……程迟直接被砸到后脑勺，血一下就往外冒。”

阮音书不敢再听了，吞了吞嗓子，抓住邓昊的袖子：“……他现在在哪手术？”

“我带你去。”

邓昊带路，领她到了三楼。

站在手术室门外，阮音书手脚冰凉，感觉脑子也转不动了，只是直勾勾盯着亮起的“手术中”三个字。

她好像做梦一样。

她平时来医院都是小感冒发烧，家里人也没有受过要紧的伤。

这样的手术牌，这种安静的充斥着消毒水的空气，这样的场景，好像只在她看过的电视里才会发生。

她从没想过，也不想去想，她有一天会这样地等待着程迟。

她愈发惴惴难安起来。

邓昊在一边皱着眉说话：“也不止他受伤了，这场打得太狠，很多人都有伤，还有人骨折了。”

椅子上有人接话：“但程哥受的伤最狠啊！别人都没晕厥过去吧？起码还能说话。”

阮音书难以置信地回头看：“他晕过去了吗？”

“是啊！毕竟那阴的一石头太狠了，又尖，他伤口都快翻出来了，血流了我一衣服。”

阮音书看着这人身上触目惊心的一片红，不敢想象这是来自程迟的血。

这让她怎么去相信？

中午还好好的程迟，转眼间就被推进了手术室。

等待的每一秒都万分难熬，她在心里求遍了能祈求的每一个神，希望手术顺利，他能够平安。

她祈求他平安地朝她散漫地笑，又或者漫不经心地说些稀奇古怪的话。

什么都行，什么都好，她只要他健康平安。

不到这一刻，她不知道他的安危对于自己来说，竟然这么重要。

她最后一丝气力终于熬到手术结束，医生摘下口罩走了出来，她焦急地询问："醒了吗？"

医生道："还没有，过几个小时应该会醒了。伤口有点深，后期一定要好好休养，这次真是万幸没伤到脑子。"

幸好不算糟，阮音书松了一口气，但整个人还是有些眩晕。

程迟进病房之后，她几乎是第一个冲了进去。

他闭着眼躺在床上，面色苍白，嘴唇也是白的。或许是天生五官气场使然，他这一刻并不算脆弱，只是多少有些疲累。

她的心脏几乎搅成一团。

看了他一会儿，她找了把椅子坐在病床旁边，就握着他的手掌，慢慢等候他醒来。

等待的时间难熬又煎熬。

两个小时之后，程迟终于醒了。

他艰难地动了一下手指，然后看到了阮音书紧张的表情。

"你醒了？"

程迟声音沙哑，眉头紧蹙："你怎么来了？"

"邓昊叫我来的。"

程迟心想：傻 × 邓昊，尽爱帮倒忙。

他都这样了，邓昊把她叫来，除了吓到她，还能有什么屁用？

"没什么事儿，其实不用叫你来，我对医院比你对课本还熟。"

程迟看她一脸担忧，只好尽量让气氛轻松："……好久没睡医院的枕头了，比寝室的舒服不少，改天问问他们枕芯在哪买的。"

"……"

"是真的，你要不也来试一下？不过我现在动不了就是了，你可以考虑躺在我……"

他话没说完，发现她吸了吸鼻子，正低着头掉眼泪。

程迟一下子就不知道该说什么了，徒劳地抬手："你别哭啊……哭什么……"

她的眼泪顺着往下滴，一颗颗砸在她手背上。

她刚刚还很坚强，告诉自己他一点事都不会有，可是他真正睁眼的那一刻，听到他的声音，她却忽然就坚持不住了。

他应该很痛吧？可这时候还要装作没事。

他以前受过多少伤呢？缝过多少针呢？

"我本来不疼的，你都把我哭疼了……"程迟手指拂过她手背，头一道气势占了下风，"别哭了，阮阮。我错了，我真的错了，你骂我也成。真的。"

可她不回答，哭得他心都快融化。

程迟没办法，皱着眉一句又一句地安抚她。

或许这对于他来说是家常便饭，但她哪见过这种场面，看到手术这么大的阵仗，还有自己衣服上的血，肯定很无措。

"你以后不要打架了好不好……"

女孩儿抽抽噎噎，呜咽出声，脊背微微颤抖："我不想再看到你那么多的血滴在地板上了，也不想再接到来医院说你昏迷的电话了，我好害怕……"

她怕他真的出事，怕看到他被伤口折磨的痛苦的样子。

她以前不知道，真正到这一刻的时候才觉得害怕。

原来不知不觉间，他于她而言，已经很重要。她害怕失去他。

"好、好。"他连声答应，语调温柔，"我不知道会让你这么害怕，对不起，我不打了。以后我都不打了，好不好？"

他其实从没想过为谁改变什么，也不认为有人会让自己改变哪里，更从不后悔。

但在这一刻，这个瞬间，程迟看着她红红的鼻尖和接连不断的眼泪，他第一次感觉到后悔和后怕。

他甚至想也没想，就立刻点头答应她。

早知道会让她这么担心，他从一开始就不应该来。

阮音书抽抽搭搭，抬眼看他，泛红的眼眶还在往外滚着泪珠："真的？"

女孩哭得楚楚。

"真的。"程迟眼里是从未有过的严肃认真，他眉敛了敛，"我什么时候骗过你？"

他缓声道："既然你不喜欢，我就改掉。再也不让你担心，好不好？"

他的痛倒是次要，只是真的不想也不能看到她哭。

哪怕是因为自己，也不可以。

程迟答应之后，阮音书还录了录音，说是要定时放给他听。

他说好。

都什么时候了，他哪敢说不好？

后来的几天住院期，都是阮音书在照顾他。

她给他熬汤，做一些清淡的食品，还有定时帮他换药。

那天下午程迟说想擦擦脖子，阮音书拧了毛巾来："你别动，就躺着吧，我来帮你。"

结果她一靠近，忽然就被人拉到了身上。

两人的距离无限凑近。她整个人趴在他身上，下巴甚至可以蹭到他下颌线。

她正要动，程迟嗞一声："别动，我疼。"

就这一句，她真的不敢动了。

程迟得逞，勾唇笑了笑，鼻尖贴近她鼻尖，计划正要通的时候——

门被人推开了。

程老头子拄着拐杖："阿迟，听说你……"

刚进来就看到这么劲爆的一幕，程老头连自己要说什么都忘了，就拄着拐杖愣在了那里，像一帧虚假的JPG照片。

老头子："……"

阮音书刚被男朋友拉到身上不敢动，下一秒门就被打开，一个看似非常有风度的白发老者月朗风清地站在门口——

看着他们。

阮音书急急忙忙撑着床沿站好，憋了一会儿，连说出的话都有点滚烫。

"你……你好，有什么事吗？"

程老头子默然片刻，看看阮音书，又看了看程迟，感觉自己是来干什么的都忘了。

过了会儿，程向民转身往外走，很自然地道："没什么，你们先忙着。"

阮音书杵在那儿，程迟皱了皱眉，继而伸手将她拉到身边，问她道："那是我爷爷。”

她抬眼，惊愕地咬了咬下唇：“真的假的？爷爷怎么突然来了？”

而且他见她的第一面，居然是在这种情况下。

阮音书懊恼地低下头，每次跟他在一块，遇到的事就没一个正常的……

“不清楚。”程迟坐起了一点身子，“可能是听说我快死了，来看看我吧。”

门被老头子带上之后，阮音书还在犹豫要不要追上去。可是追上去了又能说点什么呢？

但很快，老头子似乎是又想起了自己此行目的，又重新折了回来。

这次，为了给他们一点准备时间，程向民特意敲了敲房门。

叩叩叩。

明明什么都没说，但阮音书就是有股说不上来的不好意思，她后背上的暗火仍在徐徐燃烧，她却尽量稳定着步伐，装作无事发生一般地打开了门。

见到程向民的第一眼，阮音书礼貌地笑了笑：“爷爷好。”

程向民看小姑娘笑得甜，长得也精致漂亮，挺讨人喜欢的，便也和善地笑了笑：“你好啊，小同学。”

程迟拿了个枕头垫在自己腰后，说：“不是同学。”

程向民：“嗯？”

程迟：“我女朋友。”

老头子推了推眼镜，笑眯眯地看向阮音书：“猜到了。”

阮音书绯红着脸应了下，然后把椅子推过来：“您坐吧，我去添点热水来。”

坐下之后，程向民看着程迟，两手搭在拐杖上：“听说你又打架了？”

老头子给人的感觉和程迟给人的感觉不一样，程向民更加和蔼亲切一些，是个非常标准的摸爬滚打许久的成熟商人形象。

只是他坐下来看着程迟的那一瞬，二人那股清贵的孤傲，还是有些相似。

程迟仍不是很在意：“也不是第一次打了，怎么这次来看我？”

“老何说这次挺严重，都推手术室了。”程老头子咳嗽两声，“况且我以为，上了大学，你就不会再干这种事了。”

程迟微褐色的眸子看向老头子，没什么情绪，但又像是无声的询问。

程向民接着道：“大学了，成年了，也该成熟些，不要整天再想着十六七岁时候的东西。你马上就要踏入社会，也不能整天弄这些没用的。不是吗？”

程迟容色淡淡：“没想过，兄弟要我帮忙就去了。”

老头子问：“以后呢？等你二十来岁了还这样？”

“哪样？”

“小孩子心性、打架斗殴不干正事。十八岁以前你做这些我理解，但现在这时候了，你又撞大运上了个好大学，应该懂得珍惜这最美好的几年。”

阮音书看他们还在聊，轻轻地拿起水壶出去了。

老头子看一眼关好的门，又问：“从小没见过你和哪个异性关系特好。你是真心对这姑娘？”

程迟这会儿有点无语：“不然呢？你不知道她有多难追，我活着的时候能追到她已经是人间奇迹了。”

“那你更应该好好想想未来了。”老头子点点拐杖，“难不成以后让她跟着你吃苦？或者每天提心吊胆在手术室外等着？你是男人，应该尽自己所能给她最好的。”

程迟：“我就差给她摘天上的星星了。”

“你要真喜欢她，应该想想自己要怎么努力奋斗。你不是没有能力，程迟，你只是不想干。你就知道成天打架混日子，听过《伤仲永》没有？天赋搁置太久是会生锈的。人家有你这么好的天赋，早就到处求学进修跟项目了，未来一片锦绣，没什么拿不到的。”

程少爷眉眼淡淡的，盯着某处不挪动：“但他们没有。”

“……”

老头子重重叹了声，忽而又咳嗽了起来：“我是真不知道我还能撑多久，还在的时候总归是能尽力帮帮你的，你也自己想想清楚。”

阮音书接好水回来的时候，病房里只剩程迟了。

“爷爷呢？”

“咳太厉害，又继续回山里养病看医生去了。”程迟道，“而且该说的话也说完了。”

阮音书小幅度颔首，试探道：“没有说我什么吧？”

“嗯。”程迟思索了一会儿，“说你要加油。”

“加油干什么？”

程少爷悠悠道：“加油喜欢我。”

晚上给他用毛巾擦脸的时候他似乎正在思索什么，阮音书碰到了几下他的伤口他都毫无反应，她很快意识到，这人之前说伤口痛不让她起来，可能是在诓她。

阮音书轻声道：“程迟？”

他回过神：“嗯？”

少女软软的手指戳在他脑后：“不疼了吗？”

程迟立刻反应过来，当下就皱了眉头，呲了声，倒向一边：“痛痛痛。”

她信他才有鬼！

“你不去上表演学校真是可惜了。”阮音书气鼓鼓地把毛巾扔给他，“既然好了就自己擦。”

“我没好。”程迟抚着后脑勺睁眼说瞎话，目光中难得带了点无辜，声音也放轻了，“阮阮，我好痛。”

女生剪水双瞳轻轻眨：“是良心痛吗？”

“……”

虽是这么说，她还是拗不过他，给他把脸和脖子擦了一下，剩下的留给他自己。

阮音书大概是天生适合照顾人的人，在她的照料下，程迟已经好得差不多，快要出院了。

她第二天还有课，所以九点多就离开回了学校。程迟让邓昊送她。

她走之后，程迟一个人坐在房间，想到阮音书刚刚坐在月光下问他——

“你刚刚在想什么？连我按你伤口都没有发现。”

他在想什么？还不就是老头子的那些话。

他一直是个及时行乐的人，人生也不过是随心所欲地过着，反正走到哪就看多少风景。

这次打架虽说没想到自己会受这么重的伤，可这个结果好像又并不出乎他的意料，他要是再这么随随便便下去，以后人生简直铺满了变数，确实不行。

她最近已经在找一条自己喜欢的路，使尽浑身解数想从金融跳去文学。

他作为她的男朋友，不该坐以待毙，更何况，他已经站在自己这条路上，只差往前走了。

他架是不能再打了，无所事事的散漫也该收一收。

从没想过未来，为了她，他也该去拼一拼。

程迟出院那天天气尚算不错，秋天的银杏叶铺了一地，阮音书呼吸了一下，觉得心情不错。

阮音书也不太清楚是什么打通了程迟的任督二脉，总之出院以后，程迟似乎真的和之前不太一样。

虽然他偶尔也会赖床，但不会再一觉睡到十二点多，然后吃个饭就继续回去躺着。

有时候也能变成他喊她起来，周末的时候她在图书馆，他也会在她旁边，跟她一起看两页书。

程少爷虽然也漫不经心，但已经从懒散与散漫中挣脱出来，偶尔也会有认真钻研东西的时刻。

那天，阮音书看完英语，随便瞥了他一眼，发现他半垂着眼在转笔，却是认认真真盯着一份报告在看。

他视力好，没戴眼镜，手上动作轻松，脑中却好似在进行头脑风暴。

有光从窗外打进来，在他眼底铺出一片蜜色。

都说认真的男人最迷人，阮音书从一边捞起手机，抿着唇，缓缓，缓缓地给他拍了一张照片。

照片是个侧面，光影恰到好处，她对着照片有点出神地想着，如果把这个给一高的同学看，他们大概怎么也想不到这个人是程迟。

很快，旁边的人凑了过来："这不合理吧？"

她急忙收起手机："什么不合理？"

程迟意有所指地指自己："明明真人就在旁边，还对着照片出神，有点像精神出轨啊。"

阮音书奇道："我拍的不就是你吗？"

"但是在你旁边的真实程迟受到了伤害，他甚至还不如一张照片。"

在一起这么久，她也算是明白他的套路："那你想怎么办呢？照片我拍都拍了。"

"存我的照片，怎么着也得购买我的肖像权吧，但你又没有钱……"

"我有啊……"阮音书低头就要从包里拿钱夹。

她头还没低下去，他迅速靠过来，指尖滑过她脸颊，侧身在她嘴角吻了一下。

他好像根本没听到她的话："鉴于你根本没钱，程迟本人又比较开明，就这么抵消好了。"

先是地铁站，然后是医院，现在是图书馆。

阮音书小声问他："你是不是很喜欢在这种地方找刺激……万一图书管理员来了怎么办？"

"不怎么办啊。"程迟很无所谓，"我亲自己的女朋友，犯法吗？"

"……"

他似乎一定要问出一个结果。

"犯法吗？

"犯吗？？

"嗯？"

阮音书本来以为这人是来好好学习的，没想到一对着她这人就像失控了一样，没辙，只好叹息："不犯不犯，你做得很对，行了吧？"

"很对？真的？"他偏头，"那再来一次？"

"……"

大一快结束那阵子，大家都忙了起来。

程迟也是，想偷懒也不行，被导师逼着去取资料。

取完资料，阮音书寝室也没其他人，他便去寝室找她，顺便给她带点东西。

这人在她寝室就不安分，先是坐在一边，后来又趁她洗手的时候霸占她的位置。

阮音书回来一看位置没了："……你在这，我坐哪呢？"

程迟拍拍自己大腿："我刚刚琢磨着有什么不太对劲呢，仔细一想，可能是腿上缺个人，不安心。"

阮音书："……"

她坐下了他也不安生，下巴就埋在她颈间，他还呵气。她又痒又好笑，推他，但他也不收敛。

阮音书很怕他再待下去，自己这份作业就不能按时交了。

幸好导师电话又来，程迟被电话支走。

走前，阮音书让他把自己一个不要的包顺便带走。

这是阮母之前买给她的，现在用不上了。

程迟下楼后没过多久，她手机嗡嗡两声。

隔了几秒，阮音书打开看。

程迟："我在寝室楼下碰到你妈了。"

阮音书看到这条消息的时候，还模模糊糊地在想，之前母亲好像没和自己说过会儿过来……

她怎么忽然来了？程迟没有看错吗？

楼道里似乎传来脚步声，阮音书屏息听着，唇瓣无意识抿起，目光汇聚在一点。

程迟似乎是怕她没看到消息，又拨了一个电话过来。

手机铃音响起的时候，门口传来敲门声。

咚咚。

"音书，在寝室吗？"

阮音书一时间不知道自己要先挂电话还是先去开门，匆匆忙忙站起来，手指在屏幕上划过一道。

她以为自己是把电话挂了，于是就把手机反扣在桌面上，奔向门口。

"来了！"

门打开，阮父阮母一同出现在门外，阮母手里还拎着一袋蛋黄酥。

阮音书茫茫道："你们怎么来了？"

"来看看你。你都好久没回去了。"阮母迈步走入寝室，环视一圈，"室友都不在？"

"嗯，她们去逛街了。"

"你怎么没一起去？"

"我前天才逛过，买了不少衣服。"她说。

阮母点点头，视线若有似无地落在她衣柜中，又道："你们学校的那个王老师给我打电话了。”

阮音书还以为是自己犯了什么事儿：“王老师？打电话说什么？”

“说你转专业的事情。”阮母似是有些意外，“没想到你还发动老师做说客。”

她这才想起来，之前文学史是有个王老师，她经常去听课，老师也认识她了，而且还挺喜欢她。

那天课后，她去问转专业需要准备的东西和流程，也说了自己的情况，家里人不怎么同意只是顺道一提，没想到王老师居然记下了。

王老师还真的照着联系方式给阮母打了电话。

阮音书想了会儿才道：“我当时只是去问转专业的注意事项，还留了自己和家里的联系方式，但我以为只是备份，没想到老师真的会给你打电话。她都说了什么？”

“无非就是说觉得你是真心喜欢这专业，她也觉得你适合，虽然往后就业不如金融好赚钱，但对女孩子来说也算个好专业，日后不会太累，公务员或者教师这种工作也是很稳妥的，适合女孩子。”

“你呢？”阮母问她，“马上就到专业分流的时候了，你怎么想？”

“我……当然还是想转，最近一直都在看书准备考试。”阮音书说，“因为到了这个关键的节点，也有挺多人迷茫的，老师给的建议就是照着自己的兴趣爱好走。

“就算我真的学了金融，假如我不喜欢，以后也不一定就会特别好呀。

“但是我学到我喜欢的话，认真努力，也不一定就会比金融混得差。”

“倒不是你说的这些问题，只是你在家里这么生养惯了，不知道外面社会压力多大，到时候工资太少，是没办法立足的。”阮母道，“我也是希望你好。”

我也是为你好。

这短短六个字简直是万金油，因为是为你好，所以当事人好像就没有置喙反驳的权利，再说下去，反而显得自己寡冷无情。

空气安静了下来，阮音书不知道自己该说什么。

阮母还是想最后劝她一下，所以才在关键时刻跑到A大来找她，但每每谈话到这里，话就戛然而止。

她想不通，为什么昔日乖巧的阮音书竟然变得这么难劝服，推了几次也不后退妥协。

阮母在衣柜中看了一圈，却忽然想起了什么似的："对了，我刚刚在楼下好像看到你一高的同学了，手里好像提着你高中背的挎包。是他吗？"

该来的还是要来，阮音书握了握手心有些湿润的手："嗯，我让他顺便把我不要的包带下楼去。"

"顺便？"阮母很快找到自己的疑点，"他来找你干什么？你们还有联络？？"

"不是，他在S大念物理系。"阮音书攥紧手指，"我们交往了，他来给我送午饭。"

她不想说谎，就只能选择不再隐瞒。

"交往？"阮母果然对这两个字表现出很大的排斥情绪，像是听到什么好笑的事，"男女朋友？阮音书你认真的？！"

"我认真的，妈。"

就连阮父都开口了："这么大的事怎么也不和家里说？"

"一直没找到机会，而且……"

阮母打断："在一起多久了？"

"圣诞节开始。"

"快半年了？"阮母连要说什么都忘了，一股子气往天灵盖上钻，"我以为就是普通同学碰上了，还准备告诉你离他远点。你告诉我你们在一起了？阮音书，你什么意思？我以前跟你说的话你当耳边风？"

"程迟和你听到的不一样，他……"阮音书试图解释。

"他怎么样？是没抽烟喝酒打架还是没被记过？是三好青年还是书香门第？我不过就是大学一年没管你，我真没想到啊，你跑去跟一个二流子谈恋爱！你把不把自己当回事啊！"阮母似乎真气得不行。

阮音书努力辩解，试图把阮母的偏见掰回来："他虽然也有坏习惯，可本质并不恶，而且对我一直很好。现在他都上S大了，还是导师重点培养的……"

"想追你当然要对你好了，你这就被骗了，笨不笨啊！看人不能只看表面，我比你多活几十年，他是个什么样的人，我不比你清楚？"

"可你只是听过他的事，并不了解他。我和他已经认识三年了。"

阮母骤然哽住，下一秒气愤地看向阮父："你看你闺女现在厉害啊，为一个男生这么跟我犟嘴。”

她又看向阮音书：“你知不知道我为什么要把你转去耀华？我就是当时看到你们走得近，不想让你们来往。谁知道他这么阴魂不散，还缠着你跑到S大！”

阮音书蒙了一秒。

怪不得当时程迟说自己口袋里烟不见了，怪不得转学这件事总有说不上来的不对劲——原来是阮母有意要她摆脱他。

“可能他以前是不学无术了一点，可他转到耀华之后已经好很多了，物理奖也拿了不少，被S大破格录取。为什么你还是这么排斥他呢？”

“耀华？他居然也去耀华了？！”阮母立刻摇头，“音书，听我的，这种人不能要，太不择手段，品行太差了，你到时候会后悔一辈子的！”

可程迟是什么样的人，她再清楚不过了。

他从不遮掩，连缺点都毫不避讳地摊开让她看全部，更何况那些真实的好。

她在不知不觉中喜欢上他，那些感情早已经一点一滴渗透，比她所想到的还要浓稠。

“我不会后悔的。”阮音书后退两步，再抬起头时很坚定，“我喜欢他，我想和他在一起。”

阮母气得在寝室里走来走去，大口大口地呼吸。

“我明白了，我算是明白了——你以前从来不会反抗，我们说什么就是什么，结果高三转学那时候你就变了，遇到事情你想自己定夺，现在更好，无论哪方面都跟我们对着来——

“你敢说这还不是受那个混小子的影响？他都把你变成什么样了啊！”

阮音书垂着眼睑：“我没有变。”

如果一定要说她变了，她想，那应该是程迟在楼梯间时，某个瞬间，她一眼看过去，他正在自由又随心所欲地做自己的事情，于是她想，为什么她不能那样呢？

为什么她一直是被安排的那个，而不是决定自己要走的路的那种人呢？

其实也可以说，是程迟教会她要听清自己内心的声音。

阮母重重叹息一声。

“不管怎么样，爸爸妈妈把你养育到这么大，什么都给你最好的，是想让你以后也都得到最好的，而不是随便找个歪瓜裂枣，随便挑个平庸的专业！你应该得到最好的啊！”

阮音书眨了眨眼，偏头问：“为什么是希望我得到你们认为最好的，而不是希望我真正快乐呢？

“我不喜欢，我挣再多的钱过再好的生活有什么意义呢？我连自己喜欢的自由都不能拥有，活着和做傀儡的区别在哪里呢？

“我已经被安排这么多年了，我不想再过被安排的人生了。”

阮母沉默了许久，这才合上眼，但语调中仍然难掩愤怒。

“好，那从这一刻起你就去做你自己想做的吧。

“等做好了再来找我。”

门被关上，寝室重新变得空空荡荡。

阮母似乎不相信她能过好她自己的人生。

其实她对未来也很迷茫，可至少这一刻的主动权在她自己手上了。

她想要做出点成绩给母亲看，证明她脱离了家庭，也可以过得很精彩。

第二天中午吃东西的时候，阮音书还有点不在状态，连面对着自己挚爱的海底捞都有点无动于衷。

程迟给她夹了一块虾滑，问她：“怎么，还在愁昨天跟你妈吵架的事儿？”

阮音书抖了一下：“你怎么知道我们吵架了？”

程迟笑：“我还知道某人跟我告白了。”

他掐着声子，学她的那句话：“我喜欢他，我想和他在一起。”

阮音书惊讶道：“你怎么听到的？你躲门外偷听了？”

“没啊。”程迟挑眉，“我以为是你特意把电话通着，让我听你的真情告白的。”

“不是吧……电话接通了啊？”

她居然不小心把电话接了。

程迟点头，啧一声：“不过你从头到尾那么维护我，我还真有点感动。”

他起先也没想到她那么坚定，毕竟在他自己心里，他也没好到哪去，阮母的担心他完全理解。

但他没想到，阮音书居然毫无动摇。

“在阮阮小朋友心里，我居然有这么多优点。我自己都不知道，可能是情人眼里出西施吧。”

“你又开始了。”阮音书抿抿唇，“你都不着急一下。”

“着急什么？”程迟拍拍她的脑袋，“不要急，该有的都会有的，你总得让你男朋友一步步来吧。”

看样子，他好像已经有办法向阮母证明了。

阮音书手托着脸颊：“那我呢，我现在好多都是未知的。”

她虽然想要证明，可不被所有人支持，她内心免不了要摇摆，她现在甚至都在茫然中生出一点犹豫，怕自己这个选择是错的。

程迟却道：“我觉得你换专业没问题，也没什么好未知的，赶上进度之后你会学得很好的。”

阮音书：“你这么相信我啊？”

“当然！我不信我女朋友我信谁？”程迟勾唇，“况且，课代表高中教我学习讲课文的时候，我可是觉得她比任何时候都要迷人的。”

“……”

“我支持你转到文科专业，还有一个原因。”

“什么？”

某人笑笑，眼尾漾开似笑非笑的情态。

“一个家里，有一个人研究理科就够了。”

大一末梢，阮音书终于顺利地转了专业，并且分数不错，转进了一个不错的班。

从大二正式开始，她就是个文学系的学生了。

她是真的喜欢这个专业，转走的那一刻一身轻松，哪怕去了新教室要重新认识新同学，可骨子里还是有扑不灭的雀跃。

大概每个人都有一个绝对热爱的事物，只看自己能不能找到。

大二上学期，因为要忙着适应新的内容和节奏，阮音书的生活充实忙碌。

就这样，她和程迟维持着热恋期情侣的频率常常见面，但学业也没有耽误。

大二下半年的时候，阮音书在新专业里已经完成得不错了，所有考试都排前列，作业也总是被赞不绝口。

她终于找到坚持下去的动力，还有希望。

程迟在S大也越做越好，倒不是他自己说的，而是阮音书某次组织活动，居然听到A大的老师在讨论他。

老师说他长得帅，业务能力好，唯一有一点就是不怎么爱搭理人。

而他偏科严重这个问题，在他物理光芒的掩盖下，竟也不值一提。

很快就到了新一年的跨年夜，跨年前不久，程迟又被程老头召唤回去了一次。

那次程迟去了很久，回来说要不是老头子最后咳得没法说话，估计要说上几天几夜才会被放回来。

阮音书问起爷爷的近况，程迟仍保持一种消极的乐观。

“他说自己活不久了，但毕竟每天都在治疗，又在深山里养着，觉得还能撑到他孙子结婚吧。”

阮音书停了一下：“他孙子什么时候结婚呢？”

“看他孙媳妇儿吧。”这人四两拨千斤。

她很快意识到自己又钻进他的套中，撇撇嘴：“那他有跟你说什么吗？”

“还不就是之前那些，学校里有几个去国外知名光学研究室的名额，他想让我去。”

“你觉得呢？”

程少爷把手放在阮音书脖子后头给她枕：“不太想去。又不是考察，去几天就回，一待待那么久，懒得适应新环境。”

她说：“国外很多吃的，可能是不合你胃口。”

“再说了，也怕女朋友过度思念我，以至于无心学习……”

阮音书犹豫了一下：“我应该不会吧……”

程迟皱着眉看了她一眼，好像有点受伤。

阮音书缴械投降：“好吧，我可能会，你的猜想不无道理。”

程少爷满意地颔首。

枕在他臂弯里太舒服，基地的投影仪又在放着电影，阮音书看着看着，不自禁就睡着了。

她也不知道自己睡了多久，忽然感觉被人慢慢放倒在沙发上，然后程迟给她扯了个枕头，又给她盖上自己的外套。

阮音书正想说自己醒了，忽然感觉到有一个轻柔的吻，落在自己唇瓣上。

这个吻太轻太小心，少了这人一贯的霸道作风，像风吹落一支羽毛，悠悠荡着，被她含住。

他的吻随意又多情地辗转在她唇角，然后是鼻尖、眼皮、脸颊，再顺着落在耳边。

耳边肌肤敏感，他只是浅淡掠过，但很快，又不知为什么，温热气息复又洒在她耳后，激起她一阵战栗和痒。

他吻了吻她的耳垂，轻轻地抿住，像要停留，又像要抽走。

她听到他的声音，混着丝丝缕缕的笑，勾得她心尖都提起来——

“好假。”

“你在装睡，我看出来了。”

阮音书闭着眼，仍是不答，长睫搭在下眼睑上，似是真的熟睡了一般。

程迟只是轻笑，伸出手指拨了一下她红透的耳垂。

“还装？嗯？”

他手下耳垂不仅透红，而且还很烫，像个小火球，嫩嫩软软。

阮音书终于绷不下去，侧了个身，朝着沙发背那边拱啊拱。

“还不是你把我弄醒的。”

某人攀在边沿，冰凉指尖触在她耳背，像在捻，声音也靠得很近：“是吗，我怎么弄醒你的？”

流氓。

她抱着外套默默想。

要不是他在她耳朵边上弄来弄去，她也不会被痒得直眨眼睛。

她很小一只，又靠内，留出来那宽敞的一条刚好够躺一个人。

程迟这么看加这么想着，便一翻身，躺在了她旁边。

阮音书一滞，霎时屏住呼吸。

他手穿过她颈后，很自然地去捏她的下巴。

“刚刚为什么装睡？”

她不理，埋着头装死。

这人怎么逮着这个话题说个没完啊？

她不说话，程迟又似笑非笑地替她想了个回答：“你是怕……醒了，打扰我？”

“谁怕打扰你啊，我只是……”说到这里，阮音书哽住了，突然不知道自己该说什么了。

程迟追着尾音问：“只是什么？说说看。”

她目光闪了一下，似是为了给自己鼓劲一般挺了挺腰：“我只是还没来得及睁眼。”

“是吗？”

“当、当然……”

程迟手臂动了动，似乎是想把她扳成和自己面对面的状态。

人为刀俎她为鱼肉，阮音书像块牛排似的被翻了个面，整个人倒进他怀里。

外套披在她身上，他只穿了一件薄薄的卫衣，她能感受到他胸膛处散发出的阵阵热意。仅隔一片衣料，连阻挡都减少。

程迟喉结滚了滚，下巴抵在她额头上，正要开口说话，桌上有东西响了。

阮音书推推他的腰：“你手机响了。”

“没事，不管它。”

手机震完了一阵，程迟的唇转移到她的额头，但没消停几秒，手机又开始用力地、决绝地、坚定地——

嗡、嗡、嗡。

它仿佛带着一种不接电话绝不罢休的使命感。

程迟低声骂了句，猛地翻身下了沙发，接起手机。

“喂？”他的声音裹着浓浓的不悦与烦躁。

起先，程迟的呼吸声还重着，但不知道对面说了什么，他的呼吸渐渐平复，基地偌大的场地，空气陷入让人不安的安静。

最后，他落下四个字：“我知道了。”

电话挂断。

阮音书只觉不对，问道：“怎么了？”

“老爷子不太乐观，让我过去一趟。”

阮音书赶紧站起身，紧张道：“那你快过去吧。过去要多久，来得及吗？”

“半个多小时。”程迟揉了揉头发，目光竟难得有一丝散漫和迷离，回答她最后一个问题，“大概吧。”

大概还来得及。

程迟走到门口，又回头看阮音书一眼：“和我一起？”

阮音书微怔：“可以吗？”

“可以，走。”他拉着她手腕，不由分说地载她上了车。

车一路狂飙，开得很快。入夜下了小雨，雨水啪啪地溅在车窗上，雨刷机械又笨拙地清理，雨水顺着方向，朝两边流动。

这是跨年夜，他们身侧楼房灯火通明，彩灯闪烁不定，不时有欢呼声和笑声传开，回荡在夜色中。

窗户关得这么紧，他们似乎并不能听到外面的声音。

阮音书只能听到迅疾的风声，和雨刮器蹭出的嘎吱声响。

二十多分钟后，她随程迟一起进了程向民住的宅子。

雨夜的山路并不好走，但因为老爷子住在这里，所以周遭的路都修过，车可以直接开到门口。

山里的空气很好，弥漫着绿叶和泥土的天然味道。阮音书发现宅子门口停了很多辆车。

“他们都到了。”程迟收回目光，“大概只差我了。”

管家领着他们到了老头子床前，彼时老头子正紧紧握着小孙女的手，脸上带着和煦的笑。

“要好好学习，日后要像哥哥那样上个好大学，学个好专业，多受老师表扬和重视。”

在座没有人能相信程迟有朝一日也能成为弟弟妹妹的正面教材，连程迟自己都不曾想过。

可老头子说完笑起来的那一刹那，似乎真的是满足的。

阮音书霎时眼睛一酸。

小孙女说：“哥哥很厉害吧？他以前好像不是这样的，以前哥哥很无聊。”

程向民还是笑，悠悠道：“是啊，哥哥以前很混账，但是遇到姐姐之后，就变好了很多。现在哥哥也是我们骄傲的存在了呢。学校只有几个出国学习的名额，非想给他，他还不要，多少人研一研二才有资格，他大三就有了。”

小孙女惊叹：“姐姐好厉害。”

阮音书摇摇头：“哥哥才厉害。”

屋子静寂片刻，程向民拍拍孙女的手，抬头却是对所有人道：“你们先出去吧，我有些话要和阿迟说。”

众人点头，纷纷离场，阮音书最后一个走，却被叫住。

“你就留下吧。”

她抿唇，掩上门，乖乖点头。

老头子呵呵地笑起来：“小姑娘挺可爱，你从哪儿找来的？”

程迟头垂着，站在床边，声音是难得地沉：“我运气好。”

这句话触动老头子的心思，他嘴角笑意敛尽，合了合眸，重重叹息了声：“程家这些小辈，运气最不好的就是你，我知道。

“我经常在想，为什么世界上这么多渣滓，偏偏就生在程家。我倒好，眼不见心不烦，可你能怎么办，你就生在那个家啊。”

“你躲不了吧？”老头子在半空中比了比，“才这么大的小孩儿，应该是青春中最快乐的时候，但每次我见你，都能看见衣领下、袖子里，全都是青紫色的伤。我问你疼不疼，你也不说话，就是人啊，越来越孤傲，越来越疏离。”

“别人都说你是长了刺。”老头子声音混沌不明，“但我知道……你是被逼得不得不长啊。”

阮音书倚在门口，心中酸涩不明。

人这一生好像一个指针，落定的那一瞬，就注定了不能什么都得到。

他被给予了多人一等的天赋和外部条件，也被夺走了应该得到的爱和拥抱。

更残酷的是，命运早就替他决定好，根本不问他想不想要。

“如果你长歪，大概是我程向民这一生最大的遗憾。”老头子又长长吐出一口气，“可你争气，你没有歪，你很了不起，爷爷知道。”

程迟摇头，背脊有些弯曲：“……她帮我很多。”

“是啊。”老爷子又勾出淡淡的笑，“接下来这一程，有她陪着你，我也算是放心了。”

程向民抬手招呼阮音书过来。

“我一直都在山里，和你见面少，也没什么了解，但看你第一眼，就觉得你适合他。程迟他不照别人，别人每走一步有家里人指点和倚靠，所以接下来，一些重担，就交到你身上了。你不会觉得累吧？”

“不会。”阮音书似是感觉到什么，掐着自己手背，“他对我也很好。”

“挺好，那你们就这样多多相互扶持。程迟你也是，要做好男朋友的本分，多多照顾保护人家。”他又笑呵呵的，声音有点高，“不过也不用我说了，一看你就是对人家保护欲爆棚。”

“好了，差不多了。把他们都叫进来吧。”老头子捂住嘴，“咳咳……我还……还差一段话……”

但他那一段话终归是留白了。

老头子咳得厉害，面部渐渐涨红，手心中隐隐约约挂着血丝。

今天老头子的私人医生恰巧有事出了国，新请的医生被跨年的夸张车流堵在半路上，等待医生的途中程向民越来越虚，像已经喘不上气来。

老头子并不是大惊小怪的人，只是每况愈下，大家也多少能感受到。

这场紧急全员召回原因是什么，大家心里都隐有预感，但到这一刻预感才有了预兆——他知道自己快不行了，临走之前，还想再见见孩子们，说上两句话。

来不及再等医生，程迟立刻送老头子去了就近的大医院。

一番手忙脚乱的交接初判之后，程向民被推进抢救室。

一抢救就是整整一夜。

走廊的挂钟机械行走，没有因为怜悯而停滞哪怕一分钟。阮音书茫然地盯着自己的手机，眼睁睁看着日历上的年岁跳了一下，新的一年来临。

窗外黑夜像是被哪一方的欢呼庆祝照亮了，可抢救室外一片沉默焦灼，宛如处在另一个国度。

天渐渐亮起，这是阮音书第一次看到天亮的过程，光一点点洒进长廊。

五点的时候，医生从抢救室内走出，轻轻扯下口罩。

“我们尽力了。”

护士安抚着大家：“这个病能坚持这么久已经是奇迹了，这也算是提早结束了痛苦。节哀。”

老头子年近八十，这一生没多少忧愁和挂念，走到这一步，上天待他不薄。

大家应该知足。

最小的小朋友问妈妈：“爷爷呢？”

妈妈拍拍她的头：“爷爷去了天堂。”

有人在哭，有人在安慰。阮音书眼眶通红，后知后觉地去拉程迟的手，他在这么冷的天只穿了一件单卫衣，手已是冰冰凉。

起先众人情绪都很差，但抒发过后，也渐渐认了命，想起老头子比医生预测的还多活了五年。他一生爱笑，大抵走了也不希望他们如此悲伤。

于是他们只能说服自己从悲伤的情绪中走出来，尽量以好的方式去接纳，而后为他准备后事。

程迟只是坐在椅子上，不说话，也不吃东西。

阮音书焐着他的手，却好像怎么都温热不起来。

晚上八点，他们都发现程迟状态不佳，嘱托程迟先回去休息，到时候会同他打电话。

阮音书陪程迟走出医院，已经是九点多的光景了。

他坐在主驾驶，却没有点火。

阮音书牢牢抓着他的手，轻声说："是不舒服吗？也许哭出来就好了。"

程迟摇头，不发一语。

"你不要不说话，我很担心你。"她轻皱眉头，"你有什么想说的不想说的都可以告诉我，不要压在心里。"

"我没什么要说的。"

半晌后，少年声音沙哑：

"我知道这不过是早晚的事，但私心还是想让他坚持得再久一些，起码等到我做到他想要的样子……我不想他走了，最放心不下的还是我。"

"他只是最爱你。"阮音书说，"他没什么不放心的，你已经做得足够好了。"

她试着把他抱进怀里，把自己的体温传递给他："我知道你会很难接受，但逝者已逝，我们也不能老往悲观的方面想。"

阮音书又接着缓缓道："你不需要现在就振作起来，你可以发泄，可以难受，但抒发完了之后，要记得爷爷告诉你的那些，做一个更好的人。"

他声音很低："我只是没办法接受，他只陪我到这里就走了。"

窗外有低低鸟鸣，像婉转的歌。

她想了很久，最后抚摸过他的后颈。

"我之前看过一句话，说是人这一生，所爱之人只能陪你半程。"

"如果可以的话，上半程他陪你，下半程……"阮音书抱住他，声音放轻，"我陪你——好不好？"

他埋在她颈窝，一直没有动静。

他知道她虽然也难过，但却更加坚强温柔地抱住他，告诉他，她还在。

过了不知道多久，阮音书感觉到有一滴温热的泪水落在皮肤上。

只有一滴，淌进衣领，浸入心脏。

程迟只消极了五天，五天后，他的程序重新开始运转，并且似乎比以前要更加高效和快速一些。

挫折和伤能带给人成长，虽然残忍了一些，可现实就是这样。

中午的时候阮音书看到程迟在翻资料，稍微看了两眼，说："这不就是国外那个光学研究所的东西吗？"

"嗯。"他颔首，"今天导师给我，我就顺便看看。"

"仔细看看嘛，毕竟我记得，爷爷好像也是挺支持你去的。"

学者去国外知名研究所镀金这种事，在当下这个时代，还是非常被需要的。

更何况程迟学了这个专业，出去看看更广阔更先进的一切，对他来说有百利而无一害。

"但我如果要去，我们有大半年都……"

阮音书："完全见不了面，电话也不能打吗？"

程迟偏了偏头："那倒也不至于，只是没有现在这么频繁。假如想抽空来看你的话，一个月一次应该是没问题的，因为我看他们每个月底休息两天。"

"那我觉得可以。"她当即点头，"你也考虑一下吧，毕竟我明年也忙起来了。"

他陷在椅子里，漫无表情地垂着眼睑："那我想想。"

一周后是老头子的头七，程迟一身黑衣，抿紧双唇站在一旁。

阮音书抬眼看过去，觉得不过短短七天，他是真的成长了不少，眼睛里那种可以独当一面的坚定和光华，是以前从未有过的。

他大抵是真的感觉到自己身后再没有依靠了。

老头子的朋友们也到了不少，结束时有人拍拍程迟肩膀，同他说："你是程迟吧？"

"老程真是喜欢你，你不知道，他生前跟我说得最多的就是你。之前他身体不好，但还特意在我在 Y 市出差的时候请我吃饭，说到时候如果你去了美国，要我多照顾你一下。

"怎么样，最近有没有去美国的想法？我给你说，S 大名额抢得激烈，你这次要错过了，以后可能就没机会了啊。”

大概是那句话中的程老头触动了程迟，回去之后，他想了很久。

他以前是图安逸，想要快活，就留在自己熟悉的环境谈谈恋爱搞搞学业，轻松自在。

可现在已经不是能够让他随心所欲的时候了，他应该知道阮家还在等他做出点成绩，S大能给出的资源有限，去了研究室，他会有更多更好的机会。

而且，去深造，也是老头子对他的愿望。

阮音书也支持他去。

他再不去，倒显得自己是个什么了。

跟阮音书商量过之后，他答应了导师，随同几位学长，一起赶赴美国。

走时正是十月，Y市又重新热了起来。

阮音书躲在他撑的伞下：“为什么是他们几个一起走，你一个人和我一起来机场？我又不走。”

“你懂什么？”程迟眯眼，“那是一群没女朋友的人。”

“……”

自信桀骜的少年已经从上一场打击中走了出来，并且已经准备好开启一段全新的旅程。

他们先到，在等剩下人的途中，阮音书去买了杯咖啡，回来就被人拉到墙角，来了一个长长的告别吻。

程迟长腿把她压在墙角，又是让她动弹不得的姿势和距离，但她没有动，手臂挂在他肩上。

他舌尖抵开她唇齿，长驱直入，钩住她的舌，含住，舔吮。

他的齿流连在她的唇珠上，他像品尝一道丰盛的小点心，翻来覆去地抿，如同要把她融化在唇中。

他又缓缓下挪，吻她的下巴，再顺着颈……

阮音书感觉他作恶地咬住脖子上的某一块，然后不怀好意地用了力吸吮。

一阵胀痛后，阮音书轻声抗议：“……你为什么总是在这种地方胡来呢？？”

程迟笑：“哪种地方？”又说，“我这人天生就喜欢在不该搞的地方乱搞。”

阮音书：“……”

一语双关后，他伸手，让她的衣领盖住小小的暧昧吻痕。

“这是个印记。

“我走之后，你不准在这边找野男人。”程少爷威胁地眯眯眼，“要是你跟别的野男人跑了……”

阮音书还挺好奇的，眨眼看向他：“你就怎样？”

“我就再把你追回来。”某人没什么骨气地说道。

她轻嗤一声：“我还以为你就不要我了呢？”

程迟挑挑眉尾，指腹落在她耳后，摩挲：“那我可舍不得。”

提示音响起，他捏捏她的耳垂，低声道：

“等我回来。”

在机场送走程迟之后，阮音书很快投身进自己繁忙的学业中。

美国和中国的时差近十三个小时，美国那边新的一天开始，中国这一天已经到了晚上。

她本来已经做好准备，这段“限定期异国恋”会比较难熬一点，但分隔两地之后，她才发现其实并没有她想象中那么困难。

或许是因为两个人都有各自的事情要做，又或许是他改掉了生物钟，她睡前往往能和他通一段电话，他睡前也可以和她聊聊天。

平时他们也没什么要紧的事需要联络，消息发过去了，对方看到就会回复。

阮音书后来也对这件事表示过惊讶，她睡前盘腿而坐，书摊开放在腿间，一边复习笔记一边问他说：

“你那边管理很严吗？”

“还好。”大概是刚睡醒，他的声音带着熟悉的嘶哑，“怎么了？”

“那到底是什么神仙地方，能让你十二点就睡七点就醒呢？”阮音书翻了一页书，发出内心深处的疑问。

程少爷沉吟了一会儿：“不是什么神仙地方，你应该想是哪位神仙把我变成这样。”

阮音书提着呼吸立刻开始思索了，很是严谨地设想道：“起得早老板给什么奖励吗？或者是宿管大叔很严吗？不起床的话会打人……用皮鞭抽人？”

程迟本来在刷牙，听着听着都笑了，泡沫在电动牙刷的嗡嗡声中咕噜咕噜。

“这种情况下……你不觉得我会和他对打吗？”

“那是什么？我想不出来了。”她长发散在肩头，黑眸盯着床沿一眨不眨。

他漱过一声，这才慢悠悠回道：“我为了和女朋友聊天，当然就只能配合好她的作息时间啊。

“你在想什么，除了你，我还能有什么别的早起理由？”

——除了你，谁都不能成为改变我的理由。

电话那头传来清晨专属的气息，阮音书坐在黑夜的这头，忽然觉得这种感觉太奇妙。

她像在夜里，又好像在他的身边。

两个人好像已经过了热恋期，但想聊的时候似乎永远都有聊不完的话题，更难得的默契是，他们也知道什么时候停。

譬如此刻，两个人说了点乱七八糟的东西，阮音书看着墙面，飘飘漾漾地笑了两声，就又收了心思看剩下来的复习内容。

程迟也没再说话，忙起了自己的研究课题。

电话没挂，她能听到他那边传来的交谈声以及器材运作声，他呼吸的时候，也能感受到她翻动书页的声响。

他们都走上了自己的路，朝着更好的未来奋战前行。

他们不会觉得辛苦，因为对方就是动力。

不能每秒对视着眼睛，却能听到彼此同频共振的声音。

除去时差带来的不可抗力，其余能够沟通的时间，两个人基本都是挂着电话的。

但是除了要分享手边的什么东西，两个人很少视频，屏幕对着脸的瞬间更是少之又少。

就这么打了两周电话，阮音书终于反应过来：“为什么我们打电话都不开摄像头呢？”

程迟：“我以为你不想开。”

“没啊，我以为是你不想看我呢。”她说。

“那打开吧。”程迟很快就开了自己那边的摄像头。

阮音书：“……

“你这也太快……”

程迟催促：“快开，我想看看你。”

他说这句话的时候阮音书还没来得及插耳机，这句话就这么外放出来，寝室里几个人都听到了。

“哇——”三个人异口同声地搓着手臂起哄，还有人拿腔作调地学。

“赶紧戴耳机，书书。”寝室长痛苦地抓头发，“考研头发本来就快掉光了，现在你还给我听这个，我受不了。我怕我的头发看到你这个情况更以为我出家了……于是更疯狂脱落，那我真的找你算账。”

老二说：“你别听她的，老大就是嫉妒你。”

阮音书小心翼翼地拿耳机：“我知道了，不会让你的头发出家的。”

程迟在那边撑着脑袋看她，鼻音缠绕着笑：“你还挺善良。”

“那当然。”

她把手机在一边架好，角度调整完毕之后，发现程迟就随手把手机扔在一个盒子上，拍摄他的角度很清奇。

“你这什么直男拍摄角度啊，”她咬唇，“是在向我展示你的俯视图吗？”

男生的拍摄手法永远千奇百怪又五花八门，要不是因为他五官底子好，早就被照成妖魔鬼怪。

程迟一边毫无头绪地转角度，一边叹息：“程迟真惨，只是一个月没有见女朋友，女朋友就已经开始嫌弃他了。”

“我没有嫌弃你，我是嫌弃你的拍照技术。”

人家是照骗，他呢，他是照妖镜。

阮音书在这边笑成一团，寝室长看了一眼她，又看了一眼自己手上密集的考研资料。

“幸福的人都一样，而悲惨的人总是各有各的痛苦。”

老二回头说：“别痛苦了，真的。周末请你看电影吧，老大。”

老大：“是吗？看什么？”

老二报了个电影名：“都说挺好看的，我们也去快乐一下吧，总不能天天让音书在线虐我们。”

“好。”

阮音书听到对话，侧头说：“我哪天天虐你们了？我连电影都没的看欸。”

“你想看吗？”老大问。

“还可以，到时候我没事的话就和你们一起去看吧。”她说，“毕竟不知道到时候有没有别的事。”

“好嘞。”

真正到了看电影那天，没什么大事，阮音书自然就和室友一起约好出发。

取了票之后，她们却说三个人要上厕所，让阮音书先去影院等着。

阮音书捏着票根，看着她们比逃荒还快的背影，徒劳地喊了句：“我可以等你们，或者和你们一起呀。”

“不用了，你先去等着吧！！”

她莫名其妙，但等了一会儿她们都还没回来。她一个人站在电梯口有点像个傻子，所以就检了票进了票上写的影厅。

电影是对的，所以她也没多想。

直到找到自己的位置之后，她坐下来等了好一会儿三个人都没来。

她给她们发消息：“你们到哪去了，怎么还没回？对了，这个影厅确认是对的吗，为什么看起来像情侣座……”

她消息还没发完，耳边忽然涌入一道低低的声音。

“一个人？”那人的唇擦过她耳郭，“不如我们……”

阮音书吓了一跳，手机都差点扔了，尖叫从喉咙口逸出。

电影还没开始，前前左左右右纷纷转头看她。

程迟把她的脑袋摁进自己怀里，抱歉笑笑：“没事，女朋友胆子比较小。”

阮音书心跳都快吓停了，熟悉气息和声音安抚后，她这才抬头确认。

是程迟。

“你怎么来了？”她扯住他袖子，“你吓死我了……”

“你才吓死我了。”程迟把身后的爆米花递过来，“你看，你把我爆米花都吓开了。”

阮音书：“……”

程迟把被她“爆开”的爆米花放进她怀里，这才坐在她身侧的沙发上，笑笑：“怎么这么大反应。”

“换谁不被吓死？”她心有余悸，“你太突然了，我还以为是……”

“以为是什么？”

她看着他的眼睛，认真道：“流氓。”

虽然他本质和流氓好像也没有很大的区别。

“……”

电影缓缓开场，她把事情重新顺了一遍，这才问：“你和她们说好了吗？”

“当然。”程迟玩着她的手指，“不然你的票怎么会买到这里？”

她缩缩脖子：“你记得我说过想看这个啊？”

“不敢忘。”

她说的时候无意，但没想到他记下来，还专程跑来陪她看电影。

“那美国那边怎么办？放假了吗？”

“前几个月放，后几个月就不一定了。”他说，“所以空下来的时候，我尽量都回来。”

“今天几点的飞机回去？”

“很晚。”程迟道，“等你睡着了我再走。”

电影看了一会儿，她又问：“美国好玩儿吗？”

“不好玩。没你好玩。”

阮音书：“……”

程迟看她一直找自己说话，要笑不笑道：“你不是来看电影的？”

“你来了，当然要先以你为重。毕竟电影想看就能看，你走了可就见不着了。”她小声嘟囔。

程迟点点头：“那我们现在出去开个房？”

阮音书：“……”

“不是，我的意思是，彻夜长谈，沟通学习……”

她摇头：“我不可能信你的。”

程迟被她说笑，又看到她脖子上带了个音符小项链，伸出手拨了拨，想看看具体形状。

阮音书的反应却很大。

她一把捂住胸口，眼睛睁得跟俩杏仁似的：“你知不知道电影院里是有监控的？”

“我知道啊。”程迟较为冷静，“但我就打算看看你的项链，没打算干别的。”

“哦。”

程迟抬眉：“怎么，你以为我要干什么？”

跟他在一起待久了，她也练就了一身胡扯不打草稿的技能。

“我以为是你想把我的项链拿走，卖给天桥底下收银饰的。”

“是吗？”程少爷长腿一伸，惬意地靠在椅背上，“我怎么不太信呢？”

“……”

那天程迟留到了很晚才走，第二天一回去，他没怎么休息，又立刻开始连轴转。

他后来几次挤时间来看她也是这样，月底的时候挑一天出现，来陪她做点情侣间无聊又有意思的小事，然后迅速赶飞机回去。

美国那边课题赶得紧，就算是铁打的人都会累，更何况是头一次经受这么高强度的程迟。

阮音书第五次看他的时候，已经能感受到他眉眼泄出的疲惫了。

但他一句都没有抱怨，她也没说一句煞风景的话，两个人玩得高高兴兴，然后他把她送回寝室。

第二天她才认认真真地跟他说，觉得他最近太累，想让他用往返陪她的时间好好休息一阵子。

起先程迟当然说自己没事，还是想回来。

她晓之以情动之以理了好久：“你那么累，我看着也心疼啊。你要是用那个时间休息睡觉的话，哪怕不在我身边，我也觉得是高兴的。而且你也快回来了，我们以后还有那么久，你现在透支身体，多划不来呀。”

她虽然也想见他，可更希望他能有好好休息的时间。

程迟为了不让她心理压力太大，只好答应自己下个月先休息一天。

但是调研课题临近后几个月，一日赛一日地繁忙，到后面，他已经根本抽不出时间睡觉。他要买票回国的时候，阮音书都听出他熬夜的嗓音，说什么也不让他回来。

时间叠月叠月地过去，连程迟自己都没想到每天的时间过得这么快，他用都不够用。

他们住的宿舍还串了一个在别的地儿工作的青年，青年是个本地人，长得也不错，爱好是泡吧和泡妹子。

那天对门的青年实在开不到房间了，只好把妹子带回家，好巧不巧，程迟正在宿舍写东西，三个人打了个照面。

那时候阮音书正在跟程迟语音，问：“你在寝室吗？”

"在啊。"

她抿抿唇："那我怎么听到了女孩儿的声音？"

"有个人带女朋友回来了。"程迟正在整理东西，"我现在得滚蛋，留给他们二人世界。"

这俩人一看就天雷勾地火，估摸着躁动因子早已按捺不住，立刻就能大干一场。

"他们在做什么啊，要你留二人……"

阮音书还没说完，听到那边传来模糊的、隐隐约约的……女孩子的细小呻吟声。

"这也太快了。"

程迟骂了一句，加速把电脑和资料装进包，立刻开门离开。

重重带上门之后，程迟笑着问她："怎么，还要我给你解释他们在做什么吗？"

阮音书霎时红了脸："不、不用了……"

他又问："刚刚是在担心我背着你偷吃？"

"我没，就是问问。"她抓着衣襟，轻声道，"我相信你。"

他位于几千公里外的另一个地方，她什么也了解不到，留给他最冒险的托付就是信任。

她因为了解，所以相信他，但万一他走错一步，她的信任全盘皆输，只会变得可笑。

"相信我就对了。"他低声，"我对别人没兴趣。"

程迟又道："再说了，该怕的人是我吧？我还怕你被野男人拐跑。这几个月你都不让我回去，我做梦梦到邓昊跑美国来给我扣一绿帽子。"

她又好气又好笑："你神经病吗，程迟？"

程迟笑，又道："我都没问你近况。最近那边没什么问题吧？"

"没问题，就是……"

寝室长在一旁瞎叫唤："书书，电话挂了没？我看到一个巨帅的！九月庆祝典礼一起去看帅哥吧！"

程迟："……"

新一年九月，大四伊始。

A 大有一个表彰会，表彰给得了奖学金的各位成绩优异的学生，毋庸置疑，校级一等奖学金，有阮音书的位置。

她是主持，也是参与者，她在追光灯下毫不怯场，不疾不徐地说着自己和专业，言语里带着一种专属的雀跃和喜爱。

她是真的喜欢这份专业，也是真心为自己努力的丰硕成果而骄傲。

她不知道的是，表彰会阮母也到场了，就站在老师席中，听着大家对她的夸耀。

最高等的奖学金，一个系里只有一个人能得，而阮音书是文学系中脱颖而出的宠儿，却让人心服口服。

金融系的一等奖学金花落年级第一。其实阮音书以前学金融成绩也不错，每次也都在学校的上游，但没拿过前五，毕竟厉害的人物太多太多。

阮母本以为她换了个专业也是差不多的名次和情况，这才一直不同意她转，谁知道她转到了自己喜欢的专业，竟然真正能做到站上塔尖。

这是阮母远远没有预料到的。

看着台上的女儿，她第一次发现，原来人在做自己热爱事情的时候，是真的在发光的。

她真的做得很好，比在金融系里要好上太多。

阮母想到不久之前朋友和自己的谈话，说 ×× 家某个年入百万的女儿最后一跳了之，大概是觉得越赚钱越感受到生活的乏味，不知道生存的意义，于是结束了自己的生命。

阮母后怕，却又庆幸。

幸好女儿，比自己开窍得要早。

表彰会结束之后，阮音书跟大家一起去吃饭，免不了被灌了几口酒，虽然没醉，但也有点微醺。

醺着醺着，她就忽然看到了门口出现的程迟。

他像是赶得很急，手边还拉着两个行李箱，阮音书也不知道是不是自己出现幻觉了，走过去，结果没站稳，一头栽到他怀里。

是她熟悉的胸膛，熟悉的安全感。

她迷迷糊糊问：“你回来啦？”

程迟揽住她：“是啊，终于回来了。”

“不走了吗？”

“不走了。”

他们有快半年没见面，没见面的日子里她各种说服自己一切还好，到这一刻才发现自己有多想他。

之前她假想的全都不成立，她其实早就习惯这个人在身边，这个人早已经陪伴她的一呼一吸，浸入她身体。

她好想他。

程迟朝房间内道：“你们先吃，人我就带走了。”

后面传出一阵欢呼声，阮音书好像听不清了。

后来阮音书被他带回基地，她才关好门，就被人抵在门上。

他手还搭在门把手上：“今天看帅哥了？嗯？”

阮音书也不记得，思考了一会儿，然后手掌并起来遮住他脸颊：“……好像是。”

他竭力压制着自己的不悦：“在哪？”

阮音书一点点挪开手指，奶声奶气地笑了声，直视他。

“这儿呢。”

程少爷抬眉：“表彰会上呢？你室友不是说带你看？”

“没有，她胡说的。”

少爷满意地嗤一声：“还算你有点良心。”

程迟带她坐到沙发上，给她冲了杯蜂蜜水：“喝醉了？”

“没有。”她说，“就是缺氧，有点晕。”

再加上程迟回来这个惊喜太猛，她被满足冲昏了头脑，以至于现在还飘飘然。

阮音书小口抿着蜂蜜水，忽然说：“大晚上的，你都把我带这儿来了。等会儿送我回家吗？”

程迟的手搭在她额前，轻轻晃了晃。

旋即，他指节落在她眼尾。

“别回家了。回什么家。”

第十二章
紧握最后一颗糖

阮音书正在吹手里的蜂蜜水，吹着吹着，好像反应过来程迟刚刚说了什么，整个人动作停顿了一下。

杯子里的水纹层层漾开。

她手指在杯边轻轻刮了一下：“不回家的话……我去哪？”

程迟靠在身后沙发上，启了启唇，却好像有什么话咽了回去。

他眨了眨眼睛，玩着手里的钥匙扣。

“你和家里不是还在冷战？怎么回去？”

自从那次不欢而散之后，除了节日简单的问候，她和家里再没有过多的联络。

她垂着眸：“那你还把我带过来？我都没地方可睡了。”

“就睡这儿啊。”某人状似云淡风轻，很是冷静。

程迟抵了抵齿关，很有底气地为自己的行为做解释：“我刚下飞机，行李什么的都没弄，又带着一个你，总不能回去四人寝吧。

“我又以为你喝醉了，想着带你到这边也安全一点。”

“安全？”她眼眸转了转，像是不可思议，“你觉得带我到这里过夜，对我来说是安全的吗？”

先不说别的，就一男一女两个人深夜独处在一间屋子里……这怎么想也不是个安全的事吧？

更何况，程迟这人一贯不安分……

程迟轻笑了声，仅用两个字回应：

“是啊。”

他好像很确定，又好像带着点意味深长。

“……”

“你先想想，我去洗个澡，出来再说。”

撂下这句话，这人进了浴室。

水声很快响起，阮音书握着杯子思索，想了一会儿，又抬杯把蜂蜜水喝光。

蜂蜜水的温度正好，蜂蜜给得也正好，不偏不倚不甜不腻，倒不像是经程迟之手做出来的东西。

难以想象十指不沾阳春水，平日里只会差使人的少爷，有朝一日也能做出这么生活化的小饮品。

以前他虽然也是一个人住，但地方起码热闹，朋友多。遇到她之后，她也尽自己所能地让他好好生活。

但美国不一样，那里没有他的好哥们儿热闹陪伴，也没人照顾他，他只有迅速地成长起来，才能抵御生活里接踵而至的各种意外。

阮音书把杯子放到桌面上的时候，程迟洗完澡出来了。

他穿一件宽松的白色浴袍，头发湿漉漉的，有水珠从发梢接连滚落，新鲜又滚烫。

他好像是真的长大了，肩膀看起来也宽阔而踏实了些，眉眼中青涩的少年气沉淀，意气风发饱满鲜活中，又多了几分沉稳。

程迟抽毛巾擦头发，掌骨根根分明凸起，看起来很有力。

察觉到她在看自己，程迟挑眉：“怎么，沉迷于年轻男友的肉体？”

阮音书：“……”

好吧，无论这人变了多少，但他在她面前，永远是最初最舒服的模样：有点贫，有点儿欠，莫名其妙的话很多，眼睛亮得像是要勾人。

而且他还很不要脸。

“想好了没有？”程迟问她，“就留在这儿还是让我送你去哪？”

她却忽然问：“你累吗？”

“当然累啊。”他勾勾唇，“换你坐长途飞机倒时差试试？”

说完，他又好似很可怜地补一句：“下了飞机根本来不及休息，还要赶紧去找女朋友。”

话都说到这份上，阮音书不动容好像都不是个人了。

“那我就在这儿吧，免得你开车太累。”

程迟偏偏头，还没来得及说话，阮音书又问：“那我睡哪呢？”

“我房间，别地儿也没位置了。”

“你呢？”

程迟哽了一下，似乎没想到她还问出了这个问题，思索片刻后道：“沙发？”

阮音书想了想：“可以。”

程迟：“……”

程少爷虽然好像是挖了个坑把自己埋了，但他的心情仍是不错，一边收衣服一边和颜悦色地听着歌儿。

阮音书在附近买过贴身衣物后，闪进房间洗了个澡。

今天上午才带妆参加了表彰会，又在外面跑了一天，她这个澡洗得久了一点，再出来的时候，就看到程迟坐在床边等她。

她看着床单褶皱走向他：“不是我睡这里吗？”

程迟沉默半晌，拿手试了试空调温度：“我来帮你试试床软不软。”

“……”

那你把手放在空调底下是为什么呢？

入夜，基地终于安静下来。

阮音书看了会儿手机，然后把手机调成飞行模式，这才闭上眼，拢了拢空调被准备睡觉。

她正处在要入梦边缘的时候，忽然感觉门边传来了脚步声，不久，身边的床垫突然塌陷下去一截，紧接着，程迟的声音传来。

“沙发好硬，我有点冷。”

这两者有什么必然联系吗？

她问：“空调不是可以调高吗？”

“我找不到遥控器了。”

“那……”

“我睡着了。”

只要他不想，她跟这个无赖好像也没什么道理可讲。

阮音书绷直着背，混混沌沌的脑子开始思考。

她也不是傻子，很明白男女友躺在一张床上意味着什么，或是可能意味着什么。

但两个人已经在一起这么久了，她答应留下来，肯定也对要发生的事做好了准备。

她好像让他等了太久，也忍了太久。

想到这里的时候，程迟忽然翻身凑近了些，呼吸就喷在她颈间，手臂也搭在了她的腰上，像一种无声的暗示和邀约。

阮音书心脏怦怦直跳，像要冲出胸腔，连听到的夜色呼吸都带着紊乱的节奏音。

她缓缓转过身，也算是默许了——

结果阮音书闭着眼等了半天什么都没有，她悄悄掀开一只眼皮。

程迟已经睡着了。

是真实的熟睡，他胸膛缓缓起伏，呼吸声规律。

她也说不清心里是什么感觉，替他抬了抬被子，转了身，稀里糊涂想了半个多小时，也睡着了。

阮音书的生物钟比较规律，一般七点半到八点半就会自然醒。

醒来时她发现自己躺在程迟手臂上，整个人半埋在他怀里，也不知道这个动作是怎么完成的。

程迟房间的窗帘太遮光，房间现在还是昏昏暗暗的，她睁了一会儿眼，勉强能视物之后，侧身就看到酣眠的他的侧脸。

他这次睡着没有皱眉，她的手不自禁搭在他鼻尖痣上碰了碰，忽然又看到他喉结旁似乎也有个褐色的小痣，指尖又缓缓下挪，触摸了一下。

她正要收回手的时候，手腕被人一把钳住。

程迟喉结滚了一下，笑道：“继续啊。”

阮音书手抖了一下：“你醒了吗？”

“没有。”他睫毛颤了颤，“所以你继续，我会当作什么都没发生过。”

她沉默片刻，说：“懒得理你。”

阮音书翻了个身，伸手去摸自己的手机。

结果男女力量悬殊在这个时候展现出来，程迟轻轻松松压上来拿她手机，她躲闪不及，又痒又好笑，手指在屏幕上乱点一通。

手机亮着，被扔在床头柜，程迟作势要来钳住她手臂，结果阮音书有些慌："等等，我拨电话给我妈了！"

结果她还没来得及挂掉，阮母就已经接起了电话。

"喂？"

"喂……那个……妈……"阮音书轻咳一声，不知道该说什么了。

短暂沉默了一阵之后，阮母主动开口："中午回来吃饭吗？"

对于长辈来说，示好和缓和冷战最常见的一句话就是——出来吃饭。

阮母也没能免俗。

阮音书自然也明白这句话背后无声的妥协，所以她说好，收拾一番就朝家里出发。

是程迟送她过去的，但他考虑到之前种种，没有上楼。

阮音书到家之后，熟稔地换了双鞋，阮母站在门口往外看，半晌道一句："程迟……没跟你一起来？"

阮音书没想到阮母会主动提起程迟，愣了一下，这才说："他先回去了。"

阮母点了点头："我听说他刚从美国回来？"

"嗯，去美国进修研究了一阵。"

"后期呢？"

"读硕读博……然后做研究吧。听他说回来以后，好像要参与一个大公司的人工智能项目研发。"

阮母其实有些意外，毕竟程迟在她眼里是个不折不扣的二世祖，但她没想到昨天的表彰会，竟能听到 A 大的老师讨论他。

他们说他年少有为，脑子聪明，虽然气场有股攻击性，但能感觉到是个不错的学生。

也有人说到他之前打架的"风光往事"，但被院长一句"谁青春期没叛逆过几回呀，现在改了不就好多了？人家对女朋友又好又听话，据说进修都是女朋友说服的"简略带过。

阮音书看阮母排斥情绪没有以往那么严重，试探着问了句："你们现在对他……"

"看他表现吧。"阮母心道反正这么多年也没拆散，不如就试着接受，"毕竟总是要做出点真家伙，我才能放心他。"

况且那么多老师都说他不错，那她不如也相信他真的有变化，先摈弃自己的成见，去看看这个风光少年能交出的答卷。

阮母擦擦手："好了，坐会儿吧，准备吃饭了。"

饭桌上清一色都是她爱吃的菜。还是熟悉的味道，阮音书吃着吃着，听到母亲问："考研呢，你怎么打算的？"

"我们院长提前约我，问我要不要跟她一起读研，我答应了。"她吐掉鱼刺，"院长对我很好，专业知识也很棒。"

假如还在读金融，她大抵不会拥有这般的优待。

"嗯，可以。院长那边机会多，到时候留校当老师也不错。"

亲人间的争吵拉锯似乎要一年或更多，但妥协或许只需要一秒钟。

阮母走了太远，到头来才发现自己原本只是想让女儿过得好，而意识到的时候，自己已经背离了初衷太远。

现在，看到阮音书将自己的人生经营得比之前还要好，她便没什么执念了，决定放手让步。

最后，阮母又夹了几块糖醋排骨放进阮音书碗里。

"好好学，到时候找个自己喜欢的工作，过自己想过的生活。自己觉得幸福，妈妈也就够了。"

阮音书心里酸了一阵，如释重负，点头说好。

亲情好像就是这样，尽管这么久没有联络，可骨血里却并不曾有过陌生。

只要他们解开心结，一切都将渐渐重归于好。

阮音书在家里一直待到了晚上十点，后来程迟来接她，阮母站在门口问："他接你回学校吗？"

阮音书点点头。

"希望下次他能带着自己的成绩和诚意来，我才能放心把女儿交给他啊。"阮父嘱托道。

阮音书说："知道，我会转告他的。"

结果当晚不知道沿途在举行什么活动，堵车了，阮音书无法在门禁之前赶回寝室，只能又被程迟带回了基地。

这一次，像是羊入虎口。

两个人同步占用两个不同的浴室，她用他房间的，他用客厅的。

她开门找吹风机吹头发的时候，程迟也洗完出来了。

他连浴袍都没穿，上身半裸着，只围了条浴巾在腰间。

“你上衣呢？”

程迟说：“找不到了。”

阮音书：“……”

她没跟他过多纠结，拍拍他柜子：“吹风机呢？在屉子里吗？”

“浴室里。”程迟从浴室柜子里拿出吹风，走到她身后，“我帮你吹。”

她坐在柜子上，乖顺地低头，让他帮自己。

事实证明，这个决定错得有多么离谱。

她的头发还没吹干，他俩就莫名其妙接起了吻。

房间内热气弥漫，蒸得人体温上升，躁动难安的因子四处扩散。

程迟手指陷入她发间，呼吸逐步压下来，千回百转的吻落在她唇间，像在享用一道美味的点心，拉扯反复，轻柔摩挲。

他钩住她濡湿温软的舌尖，柑橘味的气息缠绕她每一寸呼吸，带着清晰完满的甜味儿。

她渐渐喘不上气来，身子也开始绵软下坠，被程迟一把捞住。

他俩唇瓣分开的时候牵扯出一点点东西，程迟抵着她额头，呼吸声渐沉，却还是不忘叫她：“阮阮？”

她有点迷离，却知道他是在叫自己，眸定定着失焦，双颊漫着酡红，嘴唇被衬得一抹刺眼的红。

“嗯？”

她根本不知道自己此刻对他而言，带着致命的吸引。

程迟读懂她的默许，将她抱起，转了个身。

下一秒，他坐上床，阮音书被放在他身上，膝盖陷进柔软的床垫里。

她脸红透了，万万没想到居然是这么个情况，又更不敢说什么，只是把脸埋在他的颈窝里。

她的头发还没吹干，有水珠顺着往下滚落。

他的指腹代替水珠福泽每 处，替她放松，也有节奏地点动。

窗外云月缠绕交叠，流云反复游荡，满怀恶意地蹭过月尾，又像落吻一般轻柔抚慰。

她睡衣被卸到肩头，程迟俯首轻噬。

她轻轻颤动。

后来他没控制住，阮音书趴在他肩头呜呜呜直哭，抽抽搭搭的："我知道了……你就是想弄死我……"

程迟声音很沉，哄着扶住她的腰来回，咬紧牙关，一个字一个字地说出。

"是你想要我死。"

不知道翻来覆去地死过几次，阮音书简直对这个房间的桌椅板凳都产生了一种"不忍直视"的情绪。

她累得眼睛都睁不开，一切终于宣告结束，清理干净之后她被程迟放在床边。

她刚顺便买回来的诗集还摆在床头，翻到她刚看过的那页，有句话重复多次，很是惹眼——我如果爱你。

"我如果爱你？"

他皱了皱眉，重复一遍。

顿了片刻，程迟又勾了勾唇。

"没有如果。"

他声音带着尽欢后的嘶哑和认真，一个珍而重之的吻落在她湿透的鬓角。

"我爱你。"

次日，吃饱喝足的某人难得起了个大早，把手从她肩膀底下抽出来，惬意地来了个懒腰，便心情愉悦地下床了。

阮音书其实醒得比他早多了，但也不知道自己应该做什么，只好一直窝成一团装死。

明明昨天最累的应该是他，忙活到了大半夜不说，大部分的时候还托着她……

但他今天怎么还能这么精力充沛？

想着想着，她觉得有点热，以为是空调温度变高了，转过头一看，程迟站在门口笑看着她。

这人眉眼里蕴藏的全是春风得意，眼尾上扬，眸色生光。

这眼神莫名就带着一股侵占性，阮音书后知后觉地想起昨晚种种，又贝壳似的缩回被窝里，连头都一并盖进去了。

程迟一身清爽运动装，少年戴个发带，就能立刻去演青春校园剧。

他走到床边，扯扯她头顶的被子："阮阮，起来吃东西了。"

阮音书瓮声瓮气答："我不饿。"

"怎么可能不饿？"程少爷悠悠分析道，"昨晚那么消耗体力……"

话没说完，她脑袋钻出被窝，睁着一双水葡萄似的大眼睛猛地盯住他，像威慑他闭嘴。

但因为她昨晚哭过，下眼睑还有点泛红，那双鹿眼，泛着无辜的动人。

她的头顶还有乱糟糟的小头发鼓出来，像漫画里会出现少女表情旁边的黑线。

程迟好笑地把她的碎发梳到后头，换来她卷着被子往里滚，哼哼唧唧的，像个容易奓毛的小怪兽。

"你裹这么紧干什么？"程迟挑眉，顺着她脖颈往下瞟了一眼，"我昨晚是没看过？"

阮音书："……"

最后，她还是成功把这位"不速之客"赶出卧室，起身找衣服换。

她的衣服皱皱巴巴躺在地上，已经不能穿了，只好从衣柜里拿出了他的白衬衣穿。

阮音书出卧室的时候程迟正在煎鸡蛋，他听到声音回头看了她一眼，眼里似乎有什么光一闪而过，但他很快又装作无事发生一般转过头。

"现在可以先这么穿着，出去还是换掉比较好。太短了。"

阮音书看着快垂到膝盖的衣摆："这还短吗？"

直到要出门的时候被他塞了条裤子，换好后，阮音书对着把脚踝都遮得严严实实的裤脚，陷入了真实的沉默。

这占有欲真实吗？

后来两个人出去买东西，阮音书去买条合身的新裤子，程迟说着去帮她付款，但过了一会儿才回来。

阮音书发现他手上不仅有单据，还多出来了一个莫名其妙的购物袋。

"你又买什么了？"

“没什么。”程迟掂了掂手里的袋子，“顺便买的。”

回基地整理的时候，阮音书终于看到袋子里他新买的东西，是两个运动哑铃。

她莫名其妙：“你买这个干什么？”

程迟回得很肯定：“锻炼臂力啊。”

直到后来的很多个夜晚，得到教训的阮音书终于明白这个人锻炼臂力的原因——

原来只是为了托着她几个小时不换姿势而已。

他们迈步进入大四，大四课慢慢少了起来，但自己安排的时间变得更多。

他们好像都已经准备好迎接一段新的旅程。

阮音书主要忙着和院长一起准备考研的事，也经常能接到安排下来的任务，做完任务的空闲时间，就自己看看老师推荐的书籍。

当然，她主要的闲暇时间，都是和程迟一起过的。

两个人几乎逛完了周边所有的地方，看过的电影的票根攒了一大堆，还共同解锁了做蛋黄酥等技能。

程迟已经提前被一家知名的公司约走，从大四就已经开始抽时间陆陆续续参加新款机器人的研制。

那个项目，公司投入了很多人力物力财力，因为这并不是一款普通的机器人，而是要辅助和代替医生进行手术的机器人。

机器人要在手术中通过计算和精确的图像匹配，来完成精准的关节置换，难度不小，国内普及度也并不高。

这是个挑战，也并不简单，但程迟素来热爱挑战，也不信世上真有什么难事儿。

大四毕业那年，机器人的研制也才进行了三分之一，他一边忙毕业，一边抽时间往公司跑。

他在的公司是“国民男友”裴寒舟旗下的“在舟”公司，选人条件很严苛，知名度自然也非常高。

公司知名度高，一是因为市值巨大，二则是总裁裴寒舟有一张过分好看的脸，吸引过无数八卦头条，也经常被刷上热搜。

程迟待在这样一个受人关注的公司，自己本身又惹眼，一来二去，居然被一些守在门口的女孩子拍了照，投稿进“帅哥挖掘 pot”微博。

“今天本来准备去看裴寒舟会不会出现，谁知道居然拍到了另一个像模特一样的小哥哥，从照片就能看出真的帅，关键是气场也很强，我都不敢上去搭讪。现在好看的小哥哥，业务能力也这么强了吗？”

阮音书一开始被朋友提醒的时候还不以为意，直到这条微博不经意间被转了一万多次。

留言也是各种各样：

“果然，好看的老板吸引好看的人……”

“是研究机器人的吗？别研究机器人了，研究一下我吧！”

“我的要求就没楼上那么无理了，希望他能照着自己的样子做个男友机器人吧，我倾家荡产也会买！”

结果转了一万多次被人喊停，一句“别幻想了，人家有女朋友了”击碎不少少女心，底下一片哀号。

道出真相的人是邓昊，后来他似乎是发现了新的乐趣，总是偶尔在微博里以“知情人”的身份分享程迟的各种事迹，甚至还写了一篇耗尽毕生才学的小论文，讲述程迟是如何从混账垃圾后进生成为新生代优秀青年。

那篇微博也被转了不少次，阮父阮母不知道是从哪里看到，还在家品评了一番。

后来二人抽时间去“在舟”参观，刚好有次碰上了程迟在打印资料，还看到了不算机密的一点工作过程。

阮父阮母看到他和以前自己想的真的不一样，又看到他在“在舟”颇好的前景，也算是在心里慢慢点了头。

大四毕业典礼那天，他们也去了现场。

后来拍毕业照，A 大 S 大在一个地方。操场的树枝繁叶茂，阳光盛烈。

阮音书拍完，正跟阮父阮母招手的时候，听到旁边人群一阵骚乱声，还有人喊了声“程迟来了”。

之前那微博一转，搞得他倒成了学校的小半个名人，还有人组团来看他。

旁边 S 大的人正在跟 A 大不知情的介绍：“程迟，之前在‘在舟’工作被拍照投稿，结果被转了好多次。之前还有自媒体来采访呢！”

“还没毕业就去‘在舟’了啊？我的梦想啊！”

“是啊！厉害吧？我们学校的。”

声音里隐隐带了些骄傲。

阮母也不知道为什么，听了这段对话，心里也感觉舒坦又自豪。

周遭人潮涌动，目光焦点都在程迟身上。

但他谁都没有看，在人群中一眼找到她，然后笑着靠近。

他心无旁骛，眼睛里满满都是她。

她心一轻，觉得很满足。

后来阮音书和阮母在一边讨论，阮父和程迟在树荫下聊天。

“听音书说你在研究手术机器人？都一年了吧？”

“嗯，不过还要两年才能上市，现在才进行了一半不到。在骨科里运用比较多。”

阮父拍着手臂感慨：“现在人工智能是个热点，科技改变生活啊。”

程迟道是。

他们后来又聊了几句其他的，阮父又幽深顿挫道：“你跟音书在一起快四年了吧？她从小不爱和男孩子接触，我都怕她以后连恋爱都不谈。”

程迟笑了笑，点头附和：“她真挺难追的，我追了好多年。”

“既然在一起了这么久，你也为她改变了很多，我相信你是真的喜欢她。”阮父道，“之前我们本来也不同意，但渐渐看到年轻人已经把自己的生活经营得这么好，也还是决定放手你们自己来。

“音书她从小被家里管得严，也被宠得很，幸好是这姑娘没落下什么坏毛病，只是人太没心思了点，往后生活变数还很多，希望你能好好护着她。”

“您放心，我会的。”

过了会儿，阮父又说：“家里从小什么都给她最好的，我希望她往后生活质量也不要打折扣，你能尽自己所能，把一切好的给她。”

程迟停顿了一会儿，而后开口道：“别的我不能保证，但只要她想要，我会尽我所能做到最好。”

他会把所有最好的都拱手给她，送她——

包括他自己。

当晚，两个人去超市购物，准备回家做一顿丰盛晚餐庆祝。

正买好新鲜食材，阮音书进后座把菜放进后备厢的时候，程迟也凑过来了。

“今天你爸跟我聊了不少。”程少爷挑眉，“我感觉他还挺满意。”

她笑着看他一眼："看你得意的。"

说完，她又停了一下，看着后座并不算宽敞的区域："你不是要开车吗？到这来干什么？"

程迟手肘搭在前座椅背上，行云流水地解开一颗前襟的扣子。

"因为我觉得，应该有一点奖励。"

阮音书本来以为他指的奖励只是一个拥抱，又或者一个吻，结果事态愈发不受人控制。密闭车间内盈满他的低喘，还有衣料的窸窸窣窣声响。

她的衣物轻飘飘坠地，背后夹杂着喷出的丝丝冷气，身前是他炙热滚烫的体温。

她不知道该往哪逃，身体遵从本能向他靠拢。他喉结轻滚，低笑声传到她耳边，还带着轻微的胸腔震动。

很好笑吗？

察觉到自己被人取笑，她意难平，红着脸，也想给他点颜色瞧瞧。

但这混蛋除了一开始，居然只是松了几颗纽扣，她倒是没剩多少。

她极度不平衡，在起伏间还不忘腾出手去扯他衣服肩线，然后埋头，一口啊呜咬在他脖子上。

程迟闷哼一声，不知是痛还是极端舒适，喉咙间逸出断续性感的音节，带着缕缕绕开的磁感，浸得她每寸神经都在发颤。

她后背在皮质坐垫上来回摩擦，蹭起密密麻麻的火星，顺着脊椎骨一路向上弥漫。

后座空间小，她哪都去不了，屈着腿像被他禁锢住，无条件被索取。

但好在这人也不是没良心，敛着力道或快或慢地照顾着她的感受，尽管汗已经顺着他下颌线往下淌。

毋庸置疑，这次停车，是他们缴停车费缴得最多的一次。

但有钱难买程少爷乐意，路上，少爷惬意地摇下车窗，看窗外的风景，都觉顺眼了很多。

阮音书："……"

没过多久是阮音书生日，她提前收到了李初瓷寄来的礼物，是某一块牌子挺有名的腮红，红中偏粉，带细闪。

收到之后，李初瓷让她赶紧试试，看看她喜不喜欢。

阮音书在脸颊上试过之后，觉得颜色挺漂亮，又翻过背面习惯性地看了看色号，一串英文印出：orgasm（高潮）。

她以为自己眼花了，定睛仔细看了一眼，感觉受到了某种震撼。

“这个牌子……色号名称是这样的吗？”她问李初瓷。

李初瓷发来一串大笑的表情包：“是啊，你不知道吗？NARS（美妆品牌）的名字一直很露骨。”

阮音书：“这也太……”

李初瓷又发过来一张图：“你看它别的腮红名，也是一样惹人遐想。”

她靠在沙发上跟李初瓷就这个名字展开了讨论，因为太过震撼，完全陷入讨论的世界中。

程迟本来在看资料，但见她看得太过投入，就靠过去看了一眼聊天对话，还有腮红的背面。

这一看，程迟轻轻蹙了蹙眉，以为自己记错单词了，还特意重搜了一次。

没看错，orgasm——

高潮的意思。

程迟手撑在她身侧：“你买这种东西干什么？”

阮音书吓了一跳，赶紧把腮红背面握在手里：“不、不是我买的，初瓷送我的。”

她赧得手心滚烫，话都不好意思说了。

她居然让程迟发现她用这种名字的腮红……

程迟似乎也挺大开眼界：“怎么起这种名字？”

阮音书皱皱鼻尖：“我哪知道……”

这个问题她也才刚问过李初瓷，李初瓷此刻正好回复：“可能他们设计师眼里，orgasm 就是这种颜色吧。”

程迟瞟了一眼，施施然坐上沙发：“谁说的？”

不久前的场景弥漫脑海：女孩儿氲着水雾的眼睫、沾着泪的眼尾，以及颊边晕开的酡红，似水墨画点染开的海棠，贴着鬓角一路绽开。

阮音书没懂他在说什么：“啊？”

“谁说你……”程迟顿了一下，“是这种颜色的？”

她怔了一下，忽然意识到他在说什么，霎时间像个刚从沸水中捞出的红虾子，弯着身子一下跳开：“你在想什么啊？！”

程少爷似乎还有言要发："你……嗯……"

阮音书急忙俯身捂住他嘴唇，热得像刚从桑拿房里蒸出来："够了！可以了！别说了！"

捂了半天，以为把他要说的话捂了回去，阮音书缓缓地松开手，还没来得及歇一口气——

某人枕着手臂眯了眯眼。

"你比这个好看多了。"

过了会儿，他似是回味一番，又舔舔唇角补充一句，神色认真："是真的。"

"……"

时间说快倒也过得真是快，余下的两年时间，保研的阮音书忙的无外乎就是那些：读些文学书、写点品鉴，以及各种论文。

导师定时会开一次读书会，也经常录用阮音书写的那些东西，发在学校官网或是微信微博里。

学校公众号的阅读量大，加上她写的又精练，所以她的文章经常被转载，还有的转上了报纸杂志。

后来跟着导师，她慢慢也接到了一些采访，还有中小型的讲座。

如果不出意外，硕博连读之后，她应该会留在A大当老师。

其实这是很适合她的一个职业，轻松，薪资不错，更重要的是有意义，她也喜欢。

她经常在想，要是当时身边没有随心又自由的程迟，她大概也不会走得这么坚定。

程迟的手术机器人研发也近了尾声，听他说成品还不错，也算是对得起他的心血了。

要知道，他最忙的时候，在研究室连轴转了整整三天，三天加起来只睡了六个小时。

所有的研究部分结束，他负责的光学传感器也完美适配，余下的任务就交给市场部去完成，程少爷也能给自己放个小假了。

程老头子离世前有遗嘱，也联系了律师，亲系分到的资产差不多。

但老头到底还是给自己最放心不下的孙子留了三套房子，包括一套别墅，还有一定的遗产。

程迟和程河达成协议，程迟把之前那套房子转给程河后，还给了足额的赡养费，只要程河不整出什么大事，足以平稳安享晚年。

所有的义务程迟都尽了，做完这些之后，程迟解除了自己和程河法律上的父子关系。

他终于获得了完整的自由，也逃离了令自己满身疮痍的原生家庭。

至此，他旧的人生结束，新的人生，才刚刚开始。

这两件大事一出，热衷于探寻各个渠道八卦的邓昊也很快得到了消息。

邓昊自然是喜不自胜地说要庆祝一下，找来了原来班上关系好的各位，一起去度假区玩一趟，费用由爱凑热闹·小王子·邓自掏腰包。

值得一提的是，邓昊没上大学，被赶去家里的公司做生意，但他改变不大，还是每天嘻嘻哈哈地到处凑热闹，上班跟逛商场似的，三天打鱼两天晒网。

用他自己比较文艺高雅点的说法就是，永远年轻，永远热泪盈眶。

可能他哪天就回头是岸了。

度假区的游玩之旅定在周末，一行大约是十个人，也算热闹。

先进度假区的人开始找房间放行李，阮音书和李初瓷一间，程迟和邓昊一间，结果大家发现后都在骂邓昊。

“人家小情侣好好的，你说你干什么要进去掺一脚？我要是程迟，我早就打死你了。”

邓昊：“哦？打死我了谁请客呢？”

“当我没说。”

这地方囊括的项目非常多，除了基本的泳池、温泉、汗蒸房等等，还有小型的音乐会和简单的音乐分享，报名就可以进去学一些想学的乐器。

正式开玩之前，阮音书和程迟简单地做了个计划。

“我们要去泳池还是音乐会？你想去哪？”阮音书看着导览图，“不过还是要跟大家的节奏保持一致。”

程迟的心思显然不在这上面，他只是以手支颐，眼睑微垂：“你今晚不陪我？”

“是呀。”阮音书也在自说自的，“不过大家好像都想去学乐器。”

“没意思。无聊。”程少爷展望了接下来她不在自己身边的行程，提出了一个想法，“不如我们还是回家吧。”

阮音书：“你说什么胡话呢？欸，群里他们发消息了，我们可能还是要去乐器街那边看看。嗯，初瓷说她要报钢琴的，邓昊说报吉他的，班长说想报二胡……你呢？你想报什么？”

程迟眯了眯眼：“我啊……”

阮音书眨了眨眼，眼底铺开明明晃晃的亮，催促道：“嗯？你想报什么？”

程迟像是想到了什么，倏而一笑，脑袋往后仰了仰，手托着揉了把碎发，声音懒洋洋的：

“想抱你回家。”

阮音书：“……”

无论程少爷多么不情愿，既定的行程是不会再改了，他只能乖乖留在这儿，而不能抱自己女朋友回家。

阮音书当然玩得高兴，毕竟她和李初瓷这么久没见，平时都靠软件聊天，现在见了面，当然有说不完的话题。

后来男生有了自己玩的内容，女生们也去了别的地方，她和李初瓷弹了会儿钢琴，又去做了个按摩，就到了晚餐时间。

两个人不约而同选择用烤肉解决饥饿问题。

肉刺啦刺啦地烤着，她们从口红聊到包，又从包聊到工作，再兜兜转转又聊回了高中生涯。

学生时代的美好大约是青柠汽水，摇一摇，从玻璃瓶底哗啦啦涌起气泡，还有在舌尖爆炸的感觉。

李初瓷伸手翻动纸上的培根：“对了，之前我们初中同学聚会，我碰到张牧之了。”

阮音书抬头看她。

大学是间改造屋，大部分女孩儿进了大学之后会变好看不少，而初瓷的改变尤为明显。更重要的是，初瓷找到自己的兴趣爱好后明显自信了，气质也相应得到抬升。

她五官底子本身不差，好好打理之后，扔进人群里也能算个小出挑。

此刻说起张牧之的时候，她没有以前的沮丧和哀怜，颊边是笑着的，只是眼底不小心走漏了一点风声。

阮音书问：“怎么说？”

“也没怎么，就是见了几面吃过饭。”

“见了几面？聚会后你们怎么见的面？”

李初瓷说：“他约的我。”

阮音书愣了一下：“他主动约你了呀？”

“今天也是他送我来的，我原本打算自己搭车来。”

“什么意思？”阮音书好像明白了点什么，“他……后悔了吗？”

“不清楚。”李初瓷耸耸肩，“好像是。”

“那你怎么想的呢？”阮音书问她。

“我不知道，我说我想想。”初瓷推推眼镜，“毕竟我以为我们早就玩完了。”

两个人沉默地吃了会儿，阮音书想了很久，又问：“现在关键是……你还喜欢他吗？”

李初瓷戳戳鸡翅：“我倒是想忘，但哪那么容易就能忘。”又说，“我在想……”

“嗯？”

“如果我真能看到他想重新追回我的诚意，我就和他试一试。”

也算她这些年的念念不忘，终于听到了回响。

次年三月，手术机器人终于如期上市，他们给它起名为“清落”，取自“病愈囊空后，神清木落初”。

发布会的那天特别巧，正好又碰上了阮音书生日。

阮音书数不清这是程迟陪她的多少个生日了。

生日兼发布会的前一天，阮音书一回家就收到了一个匿名蛋糕。

蛋糕是程迟代收的，他连寄送人名字都没问。

她本来不是很想吃，但程迟有话要讲：“应该是哪个朋友送你的吧。你不吃明天就不新鲜了，朋友知道了也许会难过。”

“既然是朋友送的，怎么不告诉我？”

“可能没时间，想给你个惊喜。”

阮音书被说服，终于拿起叉子，但还是不免有些奇怪：“你为什么一定要我吃呢……”

“看放哪里比较合适。”程迟脱口而出。

阮音书：“啊？什么？”

“没什么。”程迟摇摇头，“我说再怎么讲也是别人的一份心意，不吃不合适。”

她想：以前怎么不知道你是这么一个为别人着想的人呢？

阮音书挖了一块蛋糕，正送进嘴里，程迟拦住。

“你挖得太小了。”他顺着她刚刚的方向又往前了一圈，“第一口要从这里挖这么大才行。”

阮音书感觉今晚这人怎么像中蛊了一样：“为什么？”

对着她明澈目子，程迟顿了一下，垂眸道：“可能是为了表示对食物的尊重吧。”

“……”

蛋糕是个柴犬的模样，后面还跟了条尾巴，后来程迟盯着这条尾巴出神，忽而又笑了。

他突然很庆幸，幸好自己没有尾巴。

不然的话，他遇到她，尾巴大概会摇出一阵龙卷风吧。

第二天下午，发布会正式开始。

场地不算大，阮音书也去了，坐在前排，听各种各样的负责人介绍机能、计划，以及市场前景，干货很多，同时也有点无聊。

不过幸好几个小时之后，发布会就结束了。

虽然产品介绍结束了，但是还有一些媒体在等着采访，出乎阮音书意料的是，有很多是奔着程迟来的。

大概是之前那条微博到现在还在被频频转发，程迟自身本就带着热度，又加上这样的职业，自然就给他加上了话题价值。

程迟是最后一个被采访的，由于发布会结束，有些负责人提前走了，也有留下来的。

人走了小一半之后，场地明显空旷了一些，大家的呼吸也变顺畅了。

她正低头看了会儿手机，再抬头的时候，程迟面前的媒体已经散了，但是还有人举着手机和摄像机，不知是不是在直播。

媒体退开一些之后，程迟抬了抬桌上的直立话筒，直直地看向阮音书。

阮音书被这气氛弄得有些莫名其妙，忽然，手边被人推上了一块蛋糕。

她也不知道该干什么，以为是程迟要看她吃蛋糕，于是手摸到一边的叉子，顺着叉了一块吃掉。

程迟手撑在桌沿，声音掺着些微冷感，徐徐道：“今天除了是发布会，也是我女朋友的生日，所以，我想做点更有纪念意义的事。”

程迟：“如果顺利的话……”

就在他说话的时候，阮音书顶了一下舌尖，感觉自己吃到了一个什么东西，她用牙齿咬住，扯了张纸把东西拿出来。

程迟看着底下的情况，勾唇把话说完：“她现在应该找到了一枚戒指。”

她来不及反应，低头去看纸巾上的东西。

奶油被口腔的温度融掉，露出里面熠然发亮的东西，她以为自己看错了，用纸巾包裹着它，擦拭干净。

一枚完整的戒指躺在手心，灯光洒下来，指环泛着漂亮的莹白冷光。

她心猛地停了一瞬，然后快速跳起来，连带着颈边的血脉都在跳跃。

程迟不知道什么时候走了过来，外套也脱掉了。

她这才发现，他里面穿的，居然是校服。

好像回溯到高中时代。这个纨绔小少爷抱着一个箱子走到她面前，说：“之前拿了课代表那么多东西，现在用别的东西还你一些。”

阮音书手伸进去，拿出了一张他准备的卡片。

卡片上写着“要嫁给程迟的二十个理由”。

底下的每一条理由都被小纸封起来，阮音书一条条撕开，像在拆彩蛋，每一秒都带着无法预知下一秒的惊喜。

一、他很喜欢你。

二、他愿意照顾你。

三、他脾气不好，但会为你改。

四、他会保护你。

五、会对你很温柔、很细心。

六、你的头发和我的眼睛是一个颜色。

七、我的头发和你的眼睛也是一个色。

八、除了命中注定，我想不到别的解释。

十九、西瓜最甜的那一口，给你。

轮到最后一条，阮音书手抖了一下，然后拉开。

二十、求你了。

难以想象，不可一世的小少爷有一天也会说出这三个字，阮音书忽地一下笑开，却不知道为什么，眼前忽然模糊了一瞬。

伴随着视线渐渐模糊，以及轻轻的、泪水落在纸张上的声响，她伸手去拿箱子里的另一张纸。

也是他准备的。

纸上写的东西分在两侧，而且好像都只有一半，她不明所以，可看到他校服衣角的那一瞬，像是和他心有灵犀一般——

她把那张纸叠成纸飞机的形状，下一秒，两个机翼拼合，凑成一个完整的单词。

“Marry me？（嫁给我）”

她哽咽了一瞬，听到面前的人继续说：“现在你有两个选择。”

程迟举起成拳的双手：“选左手代表‘好’，选右手就是‘你愿意’。

“选哪个？”

标准的程迟选择题。

阮音书咬了咬唇，笑着吸吸鼻子：“我要是选中间呢？”

这人没有丝毫迟疑：“那么中间就是——Yes，I Do.”

“你答应了。”程迟伸手去取桌上的戒指，不由分说地推入她无名指。

明明他的动作强硬又霸道，可是为什么，他的声音好像有点哑。

头顶忽然传来乐声，好像是有人在放歌。

只是调子好像有点点熟悉。

很快，阮音书听到班长熟悉的声音，那声音又焦急又刻意压低着：“邓昊你是有病吗？谁让你放《义勇军进行曲》了？？”

邓昊：“我、我、我太紧张，点错了……”

班长：“我去你妈的，鼠标给我！赶紧，赶紧！”

歌忽然停了，过了几秒，换成了熟悉的前奏。

阮音书笑得快闭过气了。

邓昊擦一把额头上的汗，身边的无数工作人员这才反应过来似的，纷纷开始鼓掌和欢呼。

程迟似乎从来没穿过校服，这是第一次。

蓝白相间的校服，束扣整齐的领口，微黑的发，上挑的眼。

歌手的声调温淡，缓缓唱着：

好想再回到那些年的时光

回到教室座位前后

故意讨你温柔的骂

是胡夏的《那些年》。

阮音书笑着笑着，恍惚之中，好像无数个画面在眼前交相重叠，让她回到高中那一年，他坐在她后面，讨打无聊又幼稚，可却让人挪不开眼。

少年坐在楼梯间，说，喂，借个火。

他拍着篮球淡漠道，帮我打个钩。

他拍着她发顶说，谁欺负你了，我去揍他。

他盯着她的刘海儿，揶揄她，课代表头发怎么剪缺了？

他的吻也落在她鬓角，满怀缱绻温存地念我爱你。

他是这样闯入她的世界，不由分说，霸道又无理。

可到底什么时候，他在她心里变得鲜活难挡，变得独一无二，无可取代。

而她又是什么时候，把人生中的疯狂，全都心甘情愿地给了这个人。

他们在这段爱情里，都被改变了很多，而这种改变，是他们心甘情愿的。

程迟牵着她走出位置，阮音书的手指搭在箱子旁，她抬眉问："你以前拿了我那么多东西，现在两张纸就算赔完了吗？"

他的目光落在她无名指上，扬起满足的笑，朗声回她："当然不止。"

我拿过你的小玩具，拿过你的练习册语文书，还拿走你那么美好的青春和爱情。

也因为你，我找到有意义的自己，也有了这么值得期待的余生。

所以没有办法，只好把我余生所有的温情，都赔给你。

谁让我这么喜欢你。

喜欢到走出班门，一眼就看到枝丫上长出的少女。曳地长衣，铃铛缠绕足踝，隐隐奏响，她循声回头望。

那一年，那一天，那个瞬间——

承蒙你惊鸿一眼，让我惊艳好多年。

番外一

小别胜新婚

求婚成功之后，结婚领证程迟倒是一个都没落下。

那阵子他出差去了，回来的时候正巧是早上五点半点。正逢周末，阮音书蜷在被子里睡得天昏地暗日月不知，下一秒，就隐约听到不知哪儿传来的开门声响。

她还处在混沌中，不知道自己是梦着还是醒着，一翻身，嗅到了程迟身上专属的柑橘味儿淡香。

是他回来了吧。

她恍惚地喊了一声，得到了肯定的答案，于是意识又沉沉地要睡过去——

床垫一软，程迟躺在她身侧，一把将她揽进怀里，下巴还蹭了蹭她的脸颊。

他没刮胡子，刚冒头的胡楂像块磨砂板一样，她被刺得有点点疼，糯着声音问他："怎么不刮胡子呀？"

"凌晨赶飞机回来见你，哪还有时间刮胡子？"程迟轻轻地摸了摸她的发顶，"我剃须刀你放哪了？"

她嗯了一会儿，还是不太清醒答：“柜子右边，打开就是。”

程迟颔首，手指把玩着她发尾的栗色软发：“那我的衬衣呢？”

“原位，衣柜第三层。”她声音愈发朦胧。

“你替我代收的那本参考资料呢？”

“床头。”

她大脑完全转都不转，有问必答，老实得很。

程迟就趁着这时候，继续循循诱问她：“你户口本呢？”

“抽屉第二层。”她挪了挪枕头，睫毛颤都没颤一下，“牛皮纸袋里。”

“嗯。”程迟这才放过她，翻身下了床。一阵轻微的翻找声传出，她以为他在找东西洗漱，也没再管了。

程迟洗完之后也陪她再睡了一会儿，但因为自己还在想事情，所以没睡太久，一个多小时就醒了。

八点半的时候阮音书也睁了眼，躺在床上缓着神。

程迟从客厅走进来，笑着看她：“睡饱了没有？”

“差不多了。”她眨眨眼，“你不是后天的票吗，怎么今天就回了？”

他低头看表：“我提前回了。”

“为什么？”

“事情提早办完了。”他道，“起床吧，我带你出去吃。”

“今天怎么出去吃……”阮音书虽然这么说着，但她还是换好衣服，简单化了淡妆，就跟他一块儿出门了。

喝了粥吃了小笼包，她本以为这就要打道回府的时候，车仿佛“顺路”一样地在民政局门口停住了。

程迟拿起手边的证件：“下车吧。”

阮音书：“啊？”

“我们顺便领个证。”

“……”

哪有人吃完早餐顺便去领结婚证的？阮音书整个人一头雾水，就连填完信息拍完照的时候都是蒙的，直到坐进车里，看见盖了章的两个红色的小本子，这才大梦初醒。

她看着照片里的自己，还是有点木木的：“你怎么忽然……”

“没忽然啊，早上不是问了你户口本在哪？”这人说着就开始点火，但上扬的唇角还是昭示他此刻心情十分愉悦。

阮音书说：“但是你都没通知我好好打扮一下什么的。”

“那可不行。”他忽然说。

“什么不行？”

“随便打扮一下就够好看了，万一你精心打扮之后感觉我配不上你，不跟我结婚了怎么办？”

阮音书：“……”

但看在照片确实不错的分儿上，阮音书没再纠结这个问题，只是新奇而心跳加速地观察着手里的结婚证，感觉实在太奇妙。

“哪有人出差一回来，一大早就去拿结婚证的啊？跟头脑发热似的……”

程迟侧眸看她一眼，这才转回眸光继续目视前方。

“没头脑发热啊，我想很久了。”

分开一小阵子后，他才更迫切地想要确定，她永远是他的。

婚礼定在欧式城堡里，来来回回忙了大约有一个月，很多大事小事都是程迟去解决的，阮音书只用负责做一个好看的新娘。

热热闹闹的形式过后，两个人去海岛度足了蜜月，这才订机票回国。

不少工作都堆积在一块儿，阮音书忙着处理学校的事情，而程迟要开始二代手术机器人的研制了。

之前的一代手术机器人反响不错，很多知名医院已经开始投入使用。机器人使手术做得更加精确，完成得出彩。

随着一例例手术的成功，机器人的知名度也渐渐打响，不少医院的采购部纷纷联络和要货，甚至一度出现机器人断货的情况。

但在这样漂亮的成绩下，程迟他们仍然发现了一代机器人还存在的问题，便着手准备完善和增加功能，做出更好的二代机器人。

几个月之后他就开始繁忙了起来，经常没办法按时回家，甚至偶尔会给阮音书发消息，说自己要通宵，第二天下午才能回去。

阮音书这边的工作告一段落之后，挑了个时间去“在舟”的总部看他，那时候正是下午两点，日光正好，洋洋洒洒地蔓延流淌。

她站在玻璃窗外面，看里面的人似乎在讨论什么东西，隔音效果做得太好，她什么都听不到，只能看到程迟的侧脸。

他今天穿了工作服，一身纯白，扣子一颗都没扣，衣摆敞在两条大长腿旁边。

旁边的人扣子都扣得齐整，站得笔直，双手交叠，特别认真地俯身恭听。

而程迟漫不经心地立在那儿，一手落在口袋里，另一只手指端钳了根烟，一边听一边惬意地把烟送到嘴边，时不时敲敲烟尾，看烟灰飘摇地降落。

他怎么看都不属于科研人员超正统的画风，可就是让人挪不开眼。

里头的人讨论完，开了门准备去另一个房间，阮音书站在那儿，还没来得及跟程迟打个招呼，他却目视前方，很冷静地跟她擦肩而过。

她想应该是没看到她，便站在一个拐角等了一会儿，琢磨着刚刚他们是朝哪个房间去了来着……

阮音书正探出身子往前看的时候，手肘忽然被人一拉，她还没来得及惊呼，手肘就被人举了起来抵在墙上。

程迟凑过来吻她，舌尖描摹过她的唇线，带着薄荷糖的味道，气息一寸寸渡入她的口腔，从唇到齿。他软绵绵地钩过她的舌尖，又推回去，亲得婉转缠绵，她差点闭过气去。

他手掌托着她的腿根，阮音书双腿离地没有支撑，只能似有似无地盘在他腰侧。

好在这个吻并没有持续太久，程迟很快放开她，哑声问她："怎么过来了？"

"我、我来看看你。"她问，"你刚刚不是没看见我吗？"

"你一来我就看到了，假装没看到是为了给你惊喜。"他捏捏她的耳垂，"惊不惊喜？"

"……"真的好惊喜哦。

她从他身上跳下来，指指他的衣服，换了个话题："你怎么没扣扣子？我看大家都扣了。"

"他们都单身，不像我。"程迟直起身子，意有所指，"扣了不方便脱。"

阮音书："……"

番外二

什么样都漂亮

Y城这年的冬天特别冷，气温还没到零下，寒风却已率先开始登陆，呼啸着席卷每一个角落，凶猛又刺骨，跟落刀子一样往人脖子里吹。

阮音书硕博连读之后选择了直接留校当老师，好处就是不太忙，而且还能有寒暑假。

一放寒假，她立刻向高寒怪天屈服，安安静静窝在家里面开着暖气，看动漫和做甜品。

程迟还在进行二代机器人的工作，虽然不像之前那么忙，但每天还是得上班，唯一的好处就是偶尔可以早点下班。

不过这人太闲太有精力，对阮音书来说不是什么好事就对了……

那天阮音书起床后不久，等待杯子蛋糕烘焙的时候，不经意地往窗外一看，居然看到了有小雪飘落。

因为是第一场雪，所以刚开始还是小雪子，慢慢才有了白茫茫的正形。雪纷纷扬扬地飘到窗台上，随后渐渐融化。莫名的，她想到了和程迟确立关系时的圣诞初雪，给人带来猝不及防的惊喜。

她给程迟发消息：“下雪啦。”

程迟："真的假的？你起床了？"

阮音书不服气："这都十一点了，我怎么可能还在睡啊。"

程迟想了想："凌晨两点才睡的，我以为你起码要睡到十二点。"

想到昨晚十点就困了，却硬是被折腾得两点才酸软睡去的自己，她陷入了沉默："……"

程迟倒也有点良心，没继续下去这个话题，只是过了会儿才给她回消息："你想谋杀亲夫吗？"

阮音书感觉茫然又无辜："我怎么了？"

程迟："我刚刚把窗户拉开往外看，头差点被吹掉。"

她发了一个萨摩耶红脸笑的表情过去，好笑道："可能是报应唷。"

程迟："什么报应？"

阮音书端正地回："你不让我早睡的报应。"

于是，作为报应中的报应，阮音书当晚也没有早睡，并且后来的许多个个晚上，她仍然没能如愿早睡。

天气一天天地冷了起来，但幸好晚上睡觉的时候，被窝里有一个温暖的怀抱迎接她。她觉得冷了，就往他怀里拱拱，她哪里冰了，他都会帮她焐热。

就这么大门不出二门不迈地被养了一阵子，阮音书已经彻底不想出去跟冷空气对抗了。

"但是我刘海儿又长长了，该去理发店了。"她比了比自己搭到眼睛上的刘海儿，又颓丧地叹一口气，"我真的不想出去。"

"那就在家剪。"程迟说。

阮音书想到自己很久之前剪的头发一直被某人笑："我对自己的技术不是很有自信。"

程迟放下遥控器，又笑了声："那我来帮你剪。"

她本来以为他只是随口一说，可没想到过了一会儿，程迟就拿着她的剪刀走到了她面前。

这双手匀称好看，骨节分明，就连上下合拢剪刀的样子都带着迷人的感觉。

可听到咔嚓咔嚓的剪刀声，她只想捂住头发开始逃："你冷静点……我过两天还要出去见人的！"

“我没开玩笑。”程迟扶住她乱晃的小脑袋，“放心，我会好好帮你剪的。”

阮音书眨巴着眼瞧他，声音带着浓浓的不相信，眼睑抖了抖：“你讲真的吗？”

“真的。”

看他一副不剪到不罢休的样子，阮音书只好慢慢地松开了手，小声说：“那你好好弄哦……”

她的神色像是把命都交给他了一样。

程迟低笑一声，说：“就动几下剪刀有什么难的？你是觉得我得了帕金森？”

阮音书偷偷在心里疯狂点头，感觉帕金森可能都会比程少爷剪得好看一点。

程迟没再说话，手指夹住她刘海儿，拉到她眉毛的位置：“就这儿？”

“嗯。”

他一专注就喜欢皱眉，此时此刻的眉间更是起伏不平，像藏了一座绵延的山，山下是沉沉暗暗的眼，琥珀色瞳仁看不到底。

有发丝随着他的动作落在地上，阮音书紧张地吞咽，甚至闭上了眼。

“你眼睛闭这么紧，是在等我亲你？”程迟手指指腹敲敲她眼尾，“睁眼看看。”

阮音书怀着壮士断腕的决心睁开眼，面前的镜子里映出她此刻的刘海儿状态：稍微有点斜，也不算特别齐，不过拿夹板夹一下应该也就看不出来什么了。

总的来说，比她预想中要好上很多，她还算比较满意。

程迟挠着她下巴处的软肉：“怎么样？”

阮音书仰起头看他，把问题推回去：“你呢？你觉得你剪得怎么样？”

程迟扫了一眼她的脸，言简意赅：“好看。”

她轻哼一声：“你自己剪的，当然觉得好看。”

“就算这是别人剪的，我也觉得好看。”程迟似是十分客观。

“你这么容易就觉得好看啊？”她问，“那什么样不好看呢？”

程迟没思考多久，很快道：“没有。”

阮音书没有不好看的时候。

他的姑娘，什么样都好看。

番外三

争风吃醋

阮音书怀孕这件事，是程迟比她先感知到的。

整个过程说来也是让人啼笑皆非。

那天是周六，阮音书难得一个懒觉睡到自然醒，拿出手机一看，居然已经十一点半了。她正模模糊糊地想着自己这阵子怎么这么嗜睡的时候，程迟从房间外走进来了。

“醒了？”他笑着看她一眼，眉眼里蕴着温存，声音也低低的，“想吃什么？我给你做。”

她抬手揉了揉眼睛：“嗯……想点什么都可以吗？”

“大概。”程迟倚在门边挑挑眉，“只要你不点满汉全席的话。”

她边掀被子边咕哝：“你是不是出轨了呀……不然怎么突然开始会做那么多菜了？”

程迟好笑道：“哪门子的歪理？开始做菜就是出轨？”

“不是，我之前看微博上说，万一你男朋友突然反常开始用颜文字或者新表情包，那八成是和一个新情况聊天了。”

“我是你男朋友吗？”这人摇摇头，声音倒是挺肯定，“我是你老公。”

“……”她感觉很牵强但又好像有点道理的样子。

“再说了，我要真出轨，新学的菜还第一个做给你吃，每天按时回家，天天围着你转？我早就乐不思蜀，成天敷衍你了。”

她趿拉着拖鞋走进浴室，挤了一团牙膏，声音含混不清道：“可能是你觉得愧疚呢？”

程迟盯着她：“你脑回路挺……”

阮音书没听他说完，牙刷晃了一下，一股怪异的感觉涌上来，她趴在盥洗池旁就开始干呕了两声。

她什么都没吐出来，但不太好受，她还以为是牙刷压到舌根引起的不适，更何况她还没吃早餐。

她没上心，程迟倒是走到她背后，有点儿担心地轻拍抚摸她后背。

就这么拍了一会儿，阮音书漱了口，忽然听到他问：“到时候了吧？你来例假没有？”

阮音书一愣，这才后知后觉问：“今天几号？”

“二十二。”

她生活习惯规律，所以经期也规律，一般十五号左右就会来姨妈了，误差前后不会超过三天。这次过了七天还没一点动静，确实很反常。

阮音书擦了擦脸：“怎么回事，难道我最近吃了什么寒宫的？”

“那倒不一定。”程迟撑手站在她身后，“没来例假，干呕而且嗜睡，阮阮，你大概有宝宝了。”

她完全没想到，睁大眼睛回头看他：“啊？”

程迟从抽屉里拿出一根验孕棒：“背后有说明，你测一下。”

阮音书惊愕：“你怎么还准备了这种东西？”

某人勾勾唇，很满意的模样：“两周前的那晚，我做了充分的准备，不可能不中标。”

她忽然想起，那天他的确是问她想不想要个宝宝，她也答应了，不过也不知道他是哪根筋搭错了，那天晚上要求特别多，折腾得她对那晚的记忆就只剩下别的了……

谁能想到那时候他就开始计划了……

“等等，所以你学做菜也是……”

“当然，我总不能让挺着肚子的你给我做饭。”程迟道，“我也是想周全地照顾你们。

“好了，赶紧进去测一下，免得我空欢喜一场。”

“……”

阮音书拿了验孕棒，乖乖进了卫生间，按照背后的说明测完。

验孕棒的准确率很高，程迟预测得好像没有错，她应该是怀孕了。

这个结果来得太突然，阮音书对着手里的东西发了好半天愣，各种情绪交织，激动又惶恐。

直到外面的某位准爸爸难耐地敲了敲门：“……好了吗？”

她这才回过神来，不迭答道：“好了。”

看她推开门，程迟合了合眼睑，笑道：“这么久，你是背着我在里头生孩子了？”

“是吧。”阮音书把验孕棒现出来，“不过要过几个月才能生出来。”

程迟滞了几秒，启了启唇，这才看向她，缓缓道：“真怀孕了？”

阮音书第一次看他这种有些怔、意料之中又难以置信的表情，好笑说：“是啊，诸葛·程不是料事如神，已经预料到了吗？”

“预料到了。”程迟低头确认一眼，“但是幸福还是来得太突然了。”

阮音书背着手看他：“这么幸福吗？”

程迟挑眉：“当然。”想想又道，“这应该算是我人生里第二……不对，第三值得纪念的时候。”

“嗯？那第二呢？”她问。

“你答应我求婚的时候。”

“排第一的呢？”

“你答应做我女朋友。”

他值得纪念的满足瞬间，似乎都和她有关。

他已经迫不及待地为此欣喜，因为将有一个属于他们的孩子诞生。这个孩子会可可爱爱，活泼又聪明伶俐，会让这个家更温馨，更热闹，更完满。

阮音书的预产期也在意料之中，后面的一切都很顺利，直到一声婴儿的啼哭完整又响亮地从产房内冲出来。

母子平安，降生的是个男孩儿，取名程溯。

程溯小朋友刚生下来的时候还有点皱皱巴巴，但继承了父母的优良基因，三岁的时候，长得非常好看了，属于走在路上都有小姐姐不自觉想要摸一下脸蛋的类型。

在三岁那年，程溯小朋友不仅迎来了喜爱爆表的巅峰期，也迎来了生命里的另一个转折，因为这一年，他的妹妹降生了。

妹妹长得特别像妈妈，所以起名阮沁怡。阮沁怡一双大大沁了水的眼珠，聪慧又漂亮。

妹妹还小，需要人照顾，所以妈妈常常抱着她，可就连爸爸每晚都哄她睡觉。

程溯小朋友本以为只有刚开始是这样，但没想到一连到沁怡四岁，爸爸还是对她宠爱有加。

不就是因为沁怡长得像妈妈吗！

虽然爸爸妈妈对他也很好，可程溯小朋友仍然有些不平衡，捏着小拳头，一个计划悄然成形。

那天，程迟把哄睡着的阮沁怡放回小床上。终于能够休息，正当他搂着阮音书快睡熟的时候，忽然感觉到有个小脑袋拱啊拱，挤进了自己和老婆中间。

"……"

看到程溯，程迟立刻进入严父的角色："跑我们床上来干什么？回自己房间睡去。"

程溯："我……我不想一个人睡……"

既然沁怡独占爸爸，那么他就要独占妈妈。程溯小朋友鼓着嘴想道，这次不能输！

程迟还没来得及再说什么，阮音书翻了个身，拍拍他的后背，宠爱道："那就睡这儿吧。"

程溯往妈妈怀里拱了拱："嗯！"

于是那一整晚，程迟看着这个扫兴的小东西，又看看自己空荡荡的怀抱，陷入了沉默："……"

又过了几晚，程迟看程溯似乎准备扎根于此不挪窝的时候，他明白，不能再这么下去了。

他已经好几晚没抱到人了。

这严重影响了他各种方面的幸福指数。

于是一周后的某天，他带程溯去逛商场，难得地好说话："想要什么尽管说，爸爸都给你买。"

程溯双眼放光："什么都行吗？"

"什么都可以。"

一顿狂购后，程迟提着手里的袋子，仿佛捏住了某位小朋友的命脉。

在程溯期待的眼神下，程迟不疾不徐道："这些都给你，但你要答应我一个条件。"

程溯不明白："什么条件呢？"

程迟语重心长地教导："你七岁了，是个成熟的大孩子了，要学会一个人睡，别再爬到我和你妈中间了。"

"……"

番外四

众包子登场

A 大作为全国知名高校，自然也和其他高校有许多沟通交流的机会，阮音书作为 A 大的“门面担当”，经常被派遣出去代表 A 大进行交流学习。

随着几次出差，还有当地一些老师朋友介绍，机缘巧合下，她也结识了身在 W 市的林盏和郑意眠。

认识后她才知道，原来在 W 市看过的那两场好看的画展是林盏的个人展，在书店被力推的漫画是郑意眠所绘画的。

三个人兴趣爱好较为相同，所以阮音书离开 W 市以后，也和她们保持着联系。

不久之后，林盏和郑意眠两家跑到 Y 市来玩，顺便来泡温泉，阮音书为尽地主之谊，自然是提前准备好好招待。

林盏和郑意眠都结婚了，出来玩也就带上了自家老公和孩子，阮音书这边也一样，带上了程迟还有两个小调皮鬼。

林盏和她丈夫真是天造地设的一对儿，她闹腾话多，丈夫沈熄则是以静制动，话少又偏高冷，远远看去的时候，像是朵难以采撷的高岭之花。

就连林盏开玩笑的时候都说："他太高冷了，我当时追他真的费了很多工夫。"

沈熄声音虽冷沉，却夹着难以言喻的柔情："也没有。我不是很快就被你攻克了？"

林盏笑嘻嘻："你是指毕业典礼上把名字倒着写的事吗？"

沈熄倏而沉默。

阮音书问："什么倒着写？"

林盏乐意为她讲："就是他以前说，如果他喜欢上我就把自己的名字倒着……"

"可以了。"沈熄不自然地咳嗽一声，看向面前的台球室，"去打台球吧。"

"好的呀。"林盏站起身来，"但是这也不能改变你息火尢三的事实。"

"……"

"谁的台球打得比较好？"沈熄及时调整话题方向，"梁寓先来吧。"

面前这位英气不羁的梁寓是郑意眠的老公，据说他暗恋了郑意眠一整个学生时代，过程之精彩，可以谱出一本《混世魔王暗恋我》的少女漫画来。

好在结果不错，二人顺利牵手，结局圆满。

六个人在台球室里打了会儿台球，孩子们则在儿童乐园里撒欢狂玩。沈熄的大儿子年龄最大，负责维护小孩子们的秩序。

阮音书本来还有点担心，那么几个小孩儿就由一个小孩子照看，会不会弄丢？

谁知道郑意眠率先给她打安神针："你放心吧，沈慕展是个小大人了，很会管事的。而且儿童乐园是封闭的，没大人来接小孩子也是出不去的。"

如是，阮音书这才放下心来。

本来他们是打台球比赛，到最后却变成三位男同胞教自己老婆打台球，专心致志心无旁骛，比赛什么的早扔一边儿去了。

打了一个多小时台球，他们出门，正靠近儿童乐园，就听到里面传来的争执声。

阮音书本来还挺好奇的，一群小孩子能讨论什么讨论得这么带劲？凑近一听，发现他们好像在"拼爹"。

不过他们这个比拼的重点好像有点不对啊……

梁熠：“我爸以前是混世魔王，能单挑一个篮球队。”

程溯很快应战，不在话下：“我爸以前是一高制霸，能单挑一个足球队！”

梁熠：“我爸能被全校通报批评但是不退学！老师都怕他！”

程溯：“我爸也能啊！！”

梁熠不认输：“我……我爸高中时候拿刀打过架！”

程溯的好胜欲疯狂燃烧：“我爸初中能拿椅子把别人砸得头破血流！”

梁熠：“我爸打架还进过医院！”

程溯：“这算什么！我爸以前还进过 ICU 抢救过两个小时！！”

“我爸全身上下骨折过三个地方！”

“我爸身上的淤青超过十处，差点被割过大动脉！”

似乎应该觉得光荣，但此刻并不感到光荣的梁寓和程迟：“……”

他们这比的都是些什么玩意儿？？

小孩子有比较心很正常，好胜心强，想比出个一二三四也正常，但比身高长相威严成就哪个不好，为什么要比谁的黑历史最多？？

程迟感觉头有点痛。

梁寓伸手捏了捏眉心。

两位小朋友还在疯狂输出，并且已经开始空口说胡话，满嘴跑火车——

梁熠：“我爸能胸口碎大石！”

梁寓感觉很棘手：“不，我不行。”

程溯：“我爸能仰天吞长剑！”

程迟蹙了蹙眉头：“……你爸不能，你是想让你爸死吗？”

顿了顿，程迟又道：“我以前的事你是怎么知道的？谁跟你说的？”

程溯兴奋道：“邓昊哥哥！”

“都说了叫他邓昊叔叔。”

“他非要我叫他昊哥哥嘛。”

一边的围观群众差点笑倒。

局势好不容易被稳住，阮音书不过是出去买了几杯奶茶的工夫，再回来的时候，似乎又开始了新一轮较量——

程溯仰起小下巴："我爸物理超好，我所有不会的物理题他都能在三分钟内做完。不是想出思路，是做完哦。"

沈慕展继承了沈熄一贯的成熟稳重："那我爸确实不太一样。他什么都好，我所有不会的都可以问他，他全都信手拈来。"

程溯被噎了一下，很快又道："我家的物理奖杯多到放不下，全是我爸高三的时候拿的。清落手术机器人听过吗？我爸做的。"

沈慕展回敬："我爸从小到大各种奖拿到手软，从不偏科，干什么什么好而已。医者仁心听过吗？为我爸量身定制的。"

程溯握紧小拳头："我爸用奖杯泡花茶。"

沈慕展："我爸用奖状打草稿。"

程迟："……"

沈熄："……"

阮音书赶紧走过去："行了，说这么久肯定累了吧，赶紧喝点水休息一下。"

结果没休息多久，几个小朋友又开始七嘴八舌闹开。

梁熠："我妈是漫画家，我爸为了她能按时交稿，会帮她叠衣服给她按摩眼睛，有时候还替她想剧情。"

他说完，四下沉默了。

梁熠小朋友骄傲地抬起脸，心想，这下没人能比得过我了吧。

结果角落某处忽然传来一个稚嫩的声音："我爸也是。"

梁熠："……"

小梁熠正准备转头去看是谁煞风景的时候，陆延白赶紧把往外爬的小女儿揽进怀里，颇为抱歉地颔首："不好意思，她有点自来熟。"

一边的徐叶羽哼哼唧唧："你的意思就是她随我呗。话多点怎么了？女孩子就是要开朗活泼。"

陆延白低头拉她："我的意思是，我就是喜欢话多的。"

徐叶羽抬眉："哦？"

阮音书看角落里有三个人，猜测应该是爸爸妈妈带着小朋友来玩。虽然这一家和他们都不认识，但却莫名瞧着挺亲切的，接话的小朋友也长得白嫩可爱，阮音书便欣然接受她进入话题。

阮音书逗她："你还没说完。你爸爸也是什么？"

小朋友："我妈是写书的，老爱拖稿，有本书拖了三四年，编辑差点就拿手榴弹把我家炸了。"

徐叶羽："……"

小朋友继续说："我爸为了让她按时交稿，好好写剧情，经常给她做饭按摩，还给她提供很多素材。"

阮音书："你妈妈是写什么的？"

小朋友："爱情小说的。"

爱情小说的素材……

阮音书想着想着，忽然听到有人指着背后的屏幕喊了声："顾予临！"

又有另一道声音："聂江澜！是聂江澜吗？"

她回过头一看，是屏幕里在播放最近热播的某档综艺，叫《急速燃烧时》。这期正好有两个当红嘉宾，聂江澜是固定的，顾予临则是特邀的。

两个人人气之高，就连在商场屏幕里出现，都能引来一片欢呼。

听说顾予临也结婚了，老婆是自己的粉丝。两个人的爱情故事用一句"我和我爱豆结婚了"可以很好地概括，甚至还有人让他老婆出一本书，就叫《那些年我是如何引起爱豆的注意，顺便让他娶了我》。

就在大家沉迷于看综艺，以及欣赏两位鲜肉年轻精致的容貌时，郑意眠随口说了句："顾予临的老婆也是挺厉害的……"

话还没说完，沈熄的小女儿接话道："再厉害也没有我妈妈厉害。"

林盏被提到时愣了一下，但感觉自己可能是要受到表扬了，于是直起了身子，微笑鼓励女儿继续说："嗯？"

"没人能比我妈厉害！"

小孩儿气势汹汹撂下一句话，用力拍了拍桌子："她手劲超级大，上次打了一下我的屁股，我疼了一个月呢！"又面有得意，"怎么样，没人能比得上她吧？"

林盏："……"

番外五

像风一样

李初瓷 x 张牧之

001.

叮!

一阵短而清脆的按铃声从三号桌传出，吸引了各方，众人纷纷投来探寻的目光。

李初瓷作势就要把桌上仅剩的几张牌收走："五个苹果。我赢咯。"

"等等，等等，再给我看一眼。"对面的人扒住她的手，不死心地确认一遍，这才松下肩膀，"好吧，你赢了。"

她笑着理理手上的牌，往亮着灯牌的门口看了眼："还没开放入场吗？"

"还没。"桌边的另一个人回答，"还有八分钟。"

这是Y市新开的一个游乐项目，主打的是裸眼3D的观感。观众坐在悬空的马车上，随着马车的挪动，在变幻的光影间观看一段某人物的一生。

李初瓷初中同学聚会时，大家选择了这个作为项目之一，但他们在等候开场之前太无聊，一行人便玩桌游消磨时间。

桌游的规则是两个人轮流翻牌，当牌面上的水果有五个的时候就按下桌铃，按错罚牌，按对了就收走桌面上所有牌，最后手上无牌的人是输家。

李初瓷很擅长玩这个游戏，在等待的一两个小时里已经淘汰了无数对手，稳坐“不败神话”的宝座。

“哎，初瓷，我问你个问题。”

“嗯，你问。”

“玩这个游戏到底有什么技巧啊，你怎么老是赢？”

李初瓷摸摸后颈：“也没什么，就是翻牌动作要快，不要用翻牌的手去摁铃铛。脑子里运算也要快。”

“这是考手速的吧。”有人哈哈笑，“何致，你都单身这么多年了，怎么手速还比不过人家女孩儿？”

何致：“去，我只是不熟练。初瓷你再教教我啊。”

李初瓷带着何致练习翻牌的速度，各种各样的问题纷纷朝她抛了过来，她一一解答，甚至连中午吃了什么都交代得干干净净。

大家一开始的问题还是和游戏有关的，随着越来越多的同学凑热闹，问题也越变越离谱。

“现在有男朋友吗？”

“没啊。”她下意识答，然后又去看何致，“你不是喜欢桌游吗？我给你推——”

人群中又骤然爆出下一个问句——

“那你还喜欢张牧之吗？”

李初瓷愣了有半秒，牌都忘了发，往声音发源的方向茫然地看过去。

怎么会有人在同学聚会上问这种问题？

七嘴八舌的吵嚷声忽而间安静了下来，大家也不知该作何反应。

关于这段尽人皆知的秘密，大家会心照不宣地想起，却没人真的敢提及。

“请三号桌团购顾客在门口集合，新一轮项目体验即将开始。再播报一遍，请三号桌……”

场馆的开放解救了这难以言喻的对话，很快有人拍拍桌子转移话题：“快快快，去坐车了！你们把票拿好跟我走啊！”

众人如获大赦，赶忙嘻嘻哈哈讲了别的话题，跟上，在门口排好队伍。

李初瓷为了收牌走在最后，等她准备上车的时候，发现最后一辆车上居然坐着张牧之。

一台车只能坐两个人，前面都坐满了，她没有选择。

“发什么呆呢？赶紧坐进去啊！要开始了。”工作人员在一边催促。

她硬着头皮坐进去，工作人员又给了她一根橡皮筋：“等会儿风会有点大，把头发扎好吧，免得头发乱飞影响体验。”

她头发扎好的时候，车正巧启动。头顶传来提醒声：

“小飞侠的回忆之旅正式启程，准备好了吗？”

李初瓷看着身旁的镜子，恍惚之中，她感觉自己好像倒退回十二年之前的那个夏天：她扎着短短的黑色马尾，裹在宽大的校服里，就这么坐在张牧之身边。

那时候的她还不会扬长避短地打扮自己，也不会培养很多兴趣爱好让自己充实，更不会把嘴角笑弯出好看的弧度。

那时候的她，所做的只有一件事——

追逐。

002.

时间回到遇见张牧之的那一年，葱茏繁茂的盛夏只剩一个尾巴，却拖着烧滚了的日光，提神又催眠地晒在皮肤上。

那时候她才刚刚进初一，好像什么都不太懂，就这么稀里糊涂地上了一周课，就到了老师重新安排位置的时候。

她被转到第二组第一排，张牧之也以同桌的身份，正式地进入了她的青春。

“张牧之就坐在李初瓷旁边吧。”

听完这句话，她抬头环视四周，想看看自己的新同桌是怎么样的一个人。

很快，有男生从角落中站起身来，很高很瘦，穿一件格子衬衫，袖口微微挽起，刘海儿有点偏。

张牧之慢悠悠地拎起书包走到她旁边，然后坐下，也没跟她打招呼，把书整理好之后就坐在那儿放空。

她本还以为他内向寡言，没想到一下课他就跟换了个人似的：四处跑来跑去地跟朋友胡闹；在本子上画只有自己能看懂的涂鸦；去小卖部买一堆零食囤着，还不分给她……

好像每对同桌都有从陌生到熟悉的过程，随着时日推移，清晨的补作业和课上的讨论与悄悄话，都让他们慢慢建立起了友谊，她终于也变成能分到他零食的人物，偶尔还能有幸分享到他的新鲜笑话。

少女的喜欢来得猛烈又莫名，却又好像有迹可循——她是什么时候发现自己喜欢他的呢？

大概是几个月之后重新换了一次位置，对着新同桌，她忽然难以遏制地怀念起和张牧之有关的一切来。

想到他会在音乐课上把《桑塔 · 露琪亚》唱成《蛋挞 · 露琪亚》；想到他偶尔会跟自己说的一些莫名其妙的笑话；想到他那双漂亮清澈的眼睛，长睫敛着，眸底像淬了星星。

喜欢一天天积累，她不敢说出口，因为那时候她没有和别的女生一样的柔顺温软的长发，只有天生弯弯的自来卷。她不够高不够瘦也不够漂亮，戴着一副黑框眼镜，还有一个黑色的发箍。那时候的她平凡到平庸，低着头，就能淹没在人群里。

可他不一样，他高挑，他好看，他站在人群里都好像在发光。

她没有自信，她甚至连挺直腰杆说一句“喜欢”都做不到，只能以朋友的名义靠他近一点，再近一点，玩笑一样说出自己的很多心里话。

同桌的关系被拆离之后，两个人的交集越来越少，但很奇怪的是，她的喜欢只增不减。大概爱情这件事天生就不讲道理。

她和所有暗恋的女生一样：偷偷地给他补好他未完成的作业；利用小小职权把他的名字从黑名单里擦掉；躲在人群里观察他的一举一动，希望自己能帮上他一毫一厘……

那时候没人告诉他，女孩子是不能这样喜欢一个人的。

没人告诉她女孩子要变得优秀才会被人喜欢，一味地深情只能获得无穷尽的自我感动而非回应。卑微到尘埃里，是不能开出花来的。

可她什么也不知道，像个傻子一样跌跌撞撞，笨拙地捧上一颗用力过度的真心，忐忑又期许地等待着童话结局的降临。

初中三年一晃而过，中考前一天，在很多人的怂恿下，她终于决定告白——她想，万一他会同意呢？

毕竟他在情人节送过自己巧克力，虽然那是他补给她生日礼物的回礼；毕竟他也对她说过很多暧昧朦胧的话，虽然不知道是不是说者无心听者有意。

可万一呢？

喜欢一个人就是这样，连一点小小的希望都不愿意放过。

她没有选择直接告白，而是在毕业前送了他一个盒子，里面装着她写给他的很多明信片——不知什么时候她养成了一个习惯，想要跟他说些什么却无法做到的时候，就只好把这些东西全部写在明信片上，好像他真的就在对面倾听一样。那时候她没想过要把这些给他，只是为情绪寻找一个宣泄口。

就像《情书》里说的一样，那些无法说出口的话，最终还是让他听见了。

张牧之收到了明信片，也给了她裁决和回答，答案是他们不太可能，她还是放弃比较好。

那日天气转凉，铅灰色的流云一寸寸压下来，几乎闷得人不能呼吸。

倾盆暴雨就在这个时候落了下来，她伸出手探了探，冰凉的雨珠一滴滴砸在她手心。

很冰。

后来两个人的关系逐渐退至疏离的地步，他们不聊天，只偶尔会互相点赞。

上了高中，她已经慢慢学着改变自己，打理头发、穿好看的衣服，努力让自己变得可爱，尽力地去发掘自己的优点。

高二她生日那天，她本来在和朋友们一起唱 K，一个电话把她从包间炸了出去，她没料到张牧之会祝她生日快乐。

他们的电话内容只是些很简短的对话，时间也很短，但她已经很满足。她想，他大概也是有一点点在乎她的。

她那时候不知道，原来命运就等在拐角的地方，准备给她下一个重创。

生日后没多久，他说要来一高见另一个同学，顺便可以看看她，她满心欢喜地应下。

她记得那天是考试，下午的考试不算很重要，为了见他，她中午特意回去换了一身衣服，下午的考试也提前交卷了。

因为提前离开，她比约定时间早到了一个多小时，就在校门口殷切地等着他。她换下臃肿的保暖外套，穿着薄薄的漂亮开衫，用最好的状态迎接他的到来。

天气虽然冷，但这时候好歹有暖和的阳光，将要重逢的喜悦也足以盖过严寒。

到了约定的时间，他仍是没有出现，她有点茫然，但还是选择继续等待。这一等，就是四五个小时过去。

阮音书出来的时候看到她还在校门口，目光几乎可以算得上是惊诧了，她本来还在强忍，最后还是忍不住哭出声来。她想，如果是他喜欢的女孩子，他不舍得让她等那么久吧？就因为她喜欢他，所以才要一而再再而三地承受这些委屈吗？

可是喜欢一个人，本身就不该有错啊。

他几点来的她已经记不太清了，只记得她从下午硬生生等到了晚上。看到他的那一刻，冻僵的身体早就没有喜悦了，她单薄地站在寒风里，就像一个笑话。

她和朋友站在一起，他走过来的第一句话居然是问她："你们谁是李初瓷？"

说来实在是有点讽刺，她在万千人的背影中尚且能一眼认出他来，可现在他们相对而立，他分辨不出她是谁。

吃不到糖的小孩子会不停哭闹，可她已经不是小孩子了，所以她只是跟在他身后沉默地掉着眼泪。她知道这样一点儿都不好，她不该哭，哭没有任何用处，还显得有点儿矫情。

但青春期的情绪来得多么猛烈，哪里是她能控制住的。她觉得委屈，但更多的是心酸，好像自己和感情同时被人轻慢地敷衍，他连表面功夫都懒得去做。

明明不是她求他过来的。

这时候的寒意才逐渐浸入了四肢百骸，为了等他，她甚至没有吃一顿温暖的晚餐，只是怀着一腔热忱等待他履行诺言。

可他迟到了，他甚至认不出她是谁。

一场本该令人欢欣的重逢被搅得一团糟，她最终沉默地和他告别，然后上了回家的班车。她还记得那天的路灯特别昏黄，像胶片电影里泛着黄的镀色，她就在这个时候收到他的消息。

“你还是先把我删掉吧，等你真正放下了，我们再恢复联络。”

他甚至没有回头多看她几眼，就能发现她的不快乐。

也许他本来是想给她惊喜的吧，却没想到阴错阳差间给她带来了沉重的负担。删除有关他的一切的时候，她胡乱猜测着。

李初瓷恍惚地往窗外看去，鸣笛声和车灯如常地来回交织，平常得就像任何一个下了晚自习的夜。外面又下起了小雨，雨细细密密地溅在车窗上，蜿蜒的水迹像斑驳的泪痕。

好像她和他相关的片段里，一直都有雨。

她被他拒绝时下了雨；她被他推远时下了雨；她偶尔回忆起他的时候，也带着绵绵不绝的雨。

他多像雨，入夜时分是暴雨，急促鞭挞她——无人庇护的脆弱枝叶，却又在清晨时分，裹着雾和晨光，以蒙蒙细雨抚慰她的伤疤。

他让她受伤，也教会她成长。

003.

李初瓷没想到自己会陷入回忆。

大概是一切都微妙得刚刚好，坐在他身边，记忆都忍不住卷土重来，走马灯一样重现那些遗憾。

他们真的很久没有见过面了，整整七年过去，在说大不大的 Y 市，他们连一次偶遇的缘分都不曾有。

高二那年大雨之后，她把他的痕迹赌气似的删得干干净净，只是后来偶尔想起的时候，还是会有种空荡荡的失落。

谁能想到有一天，他居然又坐在了她身边。

一段过渡的黑暗之后，马车也回顾完了人物的一生，往出口驶去。

看着出口隐隐透出的光亮，她这才反应过来自己什么都没看到，反倒是跟着项目又回顾了一次自己的故事。

下了车的人都开始聊天，李初瓷也等待着马车下落到地面，可还没俯冲，他们的车就在半空中停住了。

前面的马车都顺利着陆，只有他们的车还悬在半空，她这下是真的傻眼了，用目光向左侧的工作人员求助。

一直低头玩手机的张牧之似乎也意识到了什么，抬头时，不期然和她对上了目光。

四目相对了很久。他的眼仍旧是记忆里的那般漂亮，透亮清明，睫毛的投影顺着筛在瞳仁上沿。

他好像有点儿惊讶，看着她的目光里都带了一点惊喜的茫然。李初瓷不知道他在表达什么，也有点没底气地看着他，眨了一下眼睛。

“李初瓷？”他笑了一下，一口白牙细若编贝，感慨了声，“你怎么变了这么多？”

这样的语气，好像两个人就只是简单的普通朋友。

她也笑，顺着无关痛痒的话题，不踩雷区：“真的假的？你都差点没认出我。”

他晃晃手机：“我真没认出来，一开始还以为是拼团的陌生人坐我旁边。”

她轻轻挑了挑眉，玩笑道：“我一直都在啊，你之前没看到我吗？”

“桌游的时候看到了，不过我被挤在后面，光太暗了，还以为是隔壁班的歆月。”

她细细想了一会儿，才想起歆月好像是他们隔壁班的一个小美人，因为人长得漂亮又帮过几次忙，所以跟他们班的人关系也不错。

张牧之居然把她认错成了歆月，也不知道她该高兴还是失落。

马车就吊在半空，面前还有个鼓风机一直对着她吹，李初瓷搓了搓手臂，忍不住吐槽说：“冷成这样，是马上要接我们进冰雪奇缘的馆了吗？”

他被她三两句话给弄得低笑出声，把外套递给她：“你先穿着吧，我不冷。”

李初瓷低头看了眼，还没来得及想什么，手已经下意识接过。她好像从来没穿过他的外套，以前念想最强烈的时候，越想要什么，反而越不能得到。

披上他的外套，她很自然地说了声谢谢。张牧之又意外地看了她一眼："你真的变了很多。"

"嗯？"

张牧之收起了一直在玩的手机，道："以前的你虽然想要，但肯定会扭扭捏捏着不敢接。"现在的她大方很多了，说话的语气和声调也都变了，带着底气和让人觉得舒服的温度。

她忽然跟着他回望了一下："以前是以前嘛，那时候太小了，什么都不懂。"

后来她慢慢成长，学着改变，找到了自己喜欢的事情，充实自己，过程可能有点辛苦，但也是必经之路。

他们就这么聊了聊以前，只是说些有趣的事情，没有提到他们之间最敏感的那一段。

出了点问题的马车终于被工作人员料理好，在二十分钟后徐徐降落到地面。

"不好意思，不好意思，刚刚程序卡住了，现在可以出来了。实在抱歉啊。"

李初瓷也还是体谅的："没事，下次记得关鼓风机就行。"

说完她去解安全带，这个安全带扣得太牢，她摁了两三次都没开，还是张牧之力气大，伸手帮她调开。

玩完这个项目，他们朝下一个行程进发。路途中还有人跟李初瓷咬耳朵，八卦道："你跟张牧之在马车上说什么呢？我看你们津津有味地说了好久。"

后面大家玩项目就比较散了，不是每个项目都全员参与，想玩某个项目的人一起集合就行。

过山车是个热门项目，但李初瓷的胆子实在是太小，只敢玩平和版的激流勇进。玩激流勇进的一共有六个，张牧之也算其中之一。

他们俩又被分到了并排坐。以前的她其实也会有预谋地做这种事情，比如看到张牧之站在最后一个，就偷偷让自己走得特别慢，好顺理成章地跟他安排在一起。

她现在想起来，当初真是又傻又精又可爱。

激流勇进边上还安装了摄像头，为的就是捕捉他们从高点冲下来的精彩表情。李初瓷坐的位置正对摄像头，所以一下来她就在大屏幕里看到了自己的脸。

照片里的她因为害怕，把头埋在臂弯中，一头长发被吹得四下纷飞。张牧之倒是不怎么害怕地往右看，刚好和她的脸错位，乍一看，还以为是他长出了长发。

"想打印照片吗？一次只要二十块哦。"

李初瓷吓得连连摇头，顿了顿，又产生了"毁尸灭迹"的念头，心头一动："我给你们三十的话，能把源文件一起删了吗？"

话一说完，两个人看着照片对视一眼，都笑了。

004.

同学聚会过后，李初瓷的生活又回到了原有轨道，朝九晚五是不存在的，因为她是个设计师。

是的，传说中越努力越脱发的职业。

公司新接了一个活儿，是澄水某个客栈的平面广告设计，公司把它分给了李初瓷。

澄水是一个非常有情调的古城，民谣文艺，别有风情，吸引了一大派文青驻扎。游客多到不行，所以才有人看中商机，商人投资了一个颇具当地风情特色的客栈，也投入了大把资金准备好好宣传。

因为客栈的类型比较特殊，所以设计也有一定难度，既需要突出特色，又要表现出当地风情。李初瓷先跟公司磨了一周，而后，老板大手一挥，派遣她先去澄水客栈出差个一两周，体会一下当地风情，找找感觉。

澄水阴雨连绵，客栈老板娘看她淋了雨还给她煮了姜茶。第一天晚上，她埋在被窝里发了个朋友圈，纪念了一下天气和朦胧的景致，顺便夸了一下人超好的老板娘。

结果没过几天，初中同学看她在澄水，也说想来澄水自驾游一趟，顺便在她这个客栈住下。她说行啊，正好热闹点。

同学来之前给她发了要来的名单，人不多，就五六个，里头还有个张牧之。

张牧之抵达的时候，李初瓷正在帮老板娘装挂灯，由于“姜茶之交”，她跟客栈不少人关系都不错，人手不够时也会帮帮忙。

李初瓷没发现他们来了，还在忙自己手上的事情。挂灯缠好后倏然亮起，在她面庞上洒着柔和温软的浅光，让她看上去说不出的灵动温柔。

她的五官还是原来的五官，可好像有什么真的不一样了。

张牧之看着她的侧颜出神地想着，原来十几年的时间，真的能让一个女孩子变化这么大。

他放下行李箱，忽然感觉有那么一瞬间的心跳过速。

人一多，气氛很容易就热闹起来，李初瓷也发现他们的到来，去给他们倒水。大家放了行李就在楼下聊天。楼下是吧台设计，很适合边喝边聊。

聊到一半，李初瓷忽然有了个设计思路。灵感这东西稍纵即逝，她只好立马端着电脑到一边去修改了。

何致在跟张牧之聊天，边喝着小酒边问：“欸，你怎么还没谈恋爱啊？”

“没遇到。”他说得模棱两可。

何致仰着头，自然接话道：“那你喜欢什么样子的？”

张牧之酒意翻涌，好像有点上头，他的目光不受控地往李初瓷那边看了一眼：“不清楚，合眼缘就行吧。”

何致也跟着往李初瓷那边瞟了眼，道：“你别说，李初瓷真的变化好大——”又挤眉弄眼道，“你跟我说实话，是不是后悔啦？！”

他没回答。

怎么说，他好像是有一点。

005.

大家并没有在澄水停留太久，李初瓷跟着他们玩了几天，就有一批人结束旅行回家了。

但是张牧之和何致，还有一个女生没有走，继续留在这边。

那阵子李初瓷过得清闲又安心，她早上起来吃过早点之后就四处逛逛，下午就在靠窗的桌子旁边做设计，偶尔累了就跟他们一起开黑打会游戏，晚上听听歌改改设计，一天就这么过去。

她和张牧之的关系到了一个很微妙的状态，两个人聊天的次数变多，有时候也会有相互接话的默契，可又算不上关系特别好的朋友。

偶尔有那么一秒，舞台上的歌手在弹民谣，两个人隔着杯盏对视一眼，有一点很特别的东西在发酵。

她在哪里看过一句话，说是暧昧上头的那一秒，像极了爱情。

以前的她或许还会朦胧地陷入绮丽幻想，但现在已经不会了，所以在要上头的前一秒，她及时克制自己，打消了所有念想。

为了不让自己重蹈覆辙，她选择不再给自己希望。

冰冰凉凉的桂花酒下肚，她的神思也清明三分。

“你们先听着，我去改海报了。”说完这句话，她抱着自己的电脑闪向一边，让自己从这头晕的感觉中抽离出来。

喜欢上他的那年她还不明白自己的方向，世界观尚未成形，是在喜欢他这件事上才找到了意义。于是她不管不顾地一头扎进去，觉得飞蛾扑火，即使是牺牲了，也是壮美的，所以心甘情愿又清醒地看着自己越陷越深。

但她捧出的一颗真心到底是被摔碎过，所以害怕了，无论如何也不敢再次全部捧出去了。

同学聚会时的那个问题再次浮现上脑海——还喜欢他吗？她好像不知道。

自己拼命喜欢过的人怎么可能这么快就遗忘，但若要让她重新走向他，她也早没有那样的勇气了。

台上的民谣歌手正在演奏，歌单轮着唱一遍，曲目换了一首又一首，最后又换回她最初听到的那首。

就像一个圈。

海报设计的方案二她已经发给了甲方，这会儿她正好接到了电话，是来说修改意见的。对方的修改意见有点刁钻，但好在属于她能完成的范围内。要知道，有些甲方可是对设计一窍不通，还非要对着方案一通乱指。

朋友给她打电话问情况，李初瓷报喜不报忧：“算好的了，至少他没让我给他做一个五彩斑斓的黑，灯红酒绿的黄。”

她做设计的这两年遇到的奇葩甲方真不算少，有“希望简约大气雍容华贵又不失地气”的，也有按照他的想法改了五百版之后说“还是用初版吧”的。甚至还接到过死亡拷问。对方一脸迷惑，又理直气壮地问：“微软雅黑咋不是黑的？”

如此种种，不胜枚举，折腾得人心力交瘁。

她没想到电话正打着，对面又坐了个男人，好像也是做设计的。最后场面就变成了三个人的吐槽大会，尽情分享自己遇到的甲方。

这种话题一聊起来就完全收不住了，李初瓷一直跟他讲到十点多才结束，然后抱着自己的电脑上楼睡觉。

张牧之其实很早就发现她在跟一个陌生异性聊天，但自己又不方便上去打扰，路过的时候听到他们在聊设计，很投机的样子，还彼此加了微博关注，他就更没办法参与进去了。

只是他看到她的位置空荡荡时，还是有种难以言喻的感觉。

他目送她上楼，直到她的背影消失在拐角。

何致看着他连声啧："别看了，人都走了。"

张牧之又兀自出神了一会儿，捞过手边的酒瓶，喝了一大半。

他从前是真的不喜欢她，就把她当一个普通朋友，看到她困扰他也感觉棘手，所以唯一希望的就是她能找到自己，为自己而活。

他看着她的背影越走越快时才恍然发现，现在的她的确是做到了，而他的目光，也快要追不上她了。

006.

两周后，李初瓷的“出差之旅”到期。

李初瓷要走的前一天，家里居然给她安排了一个男生，让她去见一见。男生也在澄水做短暂的停留，她走之前可以去跟他吃顿晚饭。

彼时她正在跟张牧之他们一块儿吃饭，电话的内容他们也听到了大概。

何致问：“什么意思？介绍你去相亲啊？”

“倒也没有那么直接。”李初瓷说，“就是去接触一下。”

张牧之沉默了一会儿，还是问：“你想去吗？”

“不管我想不想去，我爸妈都帮我安排了，我肯定还是去吃个饭好一点。看看人怎么样，再不济也算交个朋友了嘛。”

“什么时候出发？”

李初瓷看了眼时间，想了想地点：“过一个小时吧。”

而后，他们那顿饭吃得很安静，还伴随着若有似无的低气压。时间到了，李初瓷起身时，张牧之也站起来了。

李初瓷疑惑地看他。

他压了压眼睫："我送你。"

"好。"

车一路平稳驶到目的地，到了饭店门口，李初瓷正准备下车，听到他问："如果接触了，感觉不错，你会怎么样？"

李初瓷说："那就考虑一下吧。"

车内忽然传来落锁的声响，她后知后觉去拉车门，没有拉开。紧接着，张牧之的声音从驾驶座传来。

"别考虑他了，考虑我吧。"

"啊？"

张牧之眸色有点深，涌动着她看不懂的情愫："怎么办？我好像后悔了。"

像是某根弦忽然断掉，李初瓷指尖抖了一下："什么……意思？"

深呼吸一番后，张牧之看着她的眼睛，缓缓道："意思是我喜欢你，想追你，希望你在考虑别人之前，能先考虑我一下。

"他们做的我都能做到。可以接你上下班，陪你吃饭看电影，你所有有需要的时候，都可以打给我。

"以上，包括但不限于这些。

"你不用现在就回答我，你可以先看看我的诚意，再决定要不要和我重新开始。"

一切都和以前不一样了，我会努力不让你再等，不会给你空欢喜，也不让你感觉你只有自己。我会在之后的时间里，让之前向我倾斜的天平……倒向你。

过去已经过去，希望我现在喜欢你，依然来得及。

所以——

我想和你重新相爱一次，从我走向你开始。

后记

一生偏爱，回头太难

兜兜转转写了这么多题材，我发现我仍然很喜欢校园，好像一旦有了构思，就能看见他们充满张力和无限可能的人生。

而在故事里我算不上绝对的主宰者，我尊重他们，指引他们，同时也被他们指引。

作者对每本书大概都有个倦怠期，就像恋爱一样，每天对着这些人物难免会有点疲惫，不过不会持续太久。

可说来也是奇怪，我对程迟并没有过这种时期，这本书创作期间，我从来没产生过“不想写他了”的念头。

大概是他太好，也太惹人心疼，导致我不舍得把对他的感情抽走一毫一厘，恨不能给他多一点，再多一点。

而音书看似是他的另一面：从小在爱里浸润生长，没有受过多少锋利的恶意，善良干净，第一眼就讨人喜欢。

但某种程度他们其实也一样，都在自己的路上走错过，迷失过，最后也在对方的影响下得以顺利前行。

少女终于从保护圈中突出重围，找到了自己；少年也终于从荆棘林中重整旗鼓，再度发光。

这是我一直想写的成长故事。“成长”这两个字看似美好，其实也很残忍。

因为没有哪一种成长是不流血不掉眼泪的，更何况是一瞬之间的成长。

但所幸有喜欢的人在身边，挫折都变得不算太难熬。

他帮她坚定信念，她也帮他找到了主场。属于他们的每一秒都弥足珍贵，每一个吻都有意义。

有句话是：“一生热爱，回头太难。”对我来说，把“热爱”改成“偏爱”反倒更适合。

因为人会偏爱某样东西，所以即使当下困难，也没办法立刻掉头离开，就好像我对他们，他们对彼此。

那么，就不要回头了吧。

朝着光亮那方英勇而决绝地前行，一定能看到特别的风景。